七颗糖 著

小匈小匈善诱

上册

青岛出版集团 | 青岛出版社

图书在版编目（CIP）数据

恂恂善诱/七颗糖著. —青岛：青岛出版社，2023.8
ISBN 978-7-5736-0990-8

Ⅰ.①恂… Ⅱ.①七… Ⅲ.①言情小说－中国－当代 Ⅳ.①I247.5

中国国家版本馆CIP数据核字（2023）第047898号

XUNXUN SHAN YOU

书　　名	恂恂善诱
作　　者	七颗糖
出版发行	青岛出版社（青岛市崂山区海尔路182号）
本社网址	http://www.qdpub.com
邮购电话	18613853563
责任编辑	郭红霞
特约编辑	崔　悦
校　　对	郭金乔
装帧设计	蒋　晴
照　　排	梁　霞
印　　刷	三河市良远印务有限公司
出版日期	2023年8月第1版　2023年8月第1次印刷
开　　本	32开（880mm×1230mm）
印　　张	17
字　　数	490 千
书　　号	ISBN 978-7-5736-0990-8
定　　价	65.00元（全2册）

编校印装质量、盗版监督服务电话　4006532017　0532-68068050

目录

上 册

目录

下

册

第一章

好久不见

十二月初的云城，温度已经降至零度，整座城市宛如一座巨大的冰窖。

下班高峰期，市中心的某条街道被堵得水泄不通。

顾影已经被堵在桥中间有一段时间了，出租车司机看起来比她还急，抱怨了十来分钟还没消停。他操着本地腔，大概意思是说不该接这一单，连带从后视镜里看她的眼神都带着怨念。

顾影不予理会，静静地看着前方一望无际的红色车尾灯。

手机响了一声，进来一条微信消息，来自她的闺密李思怡：到哪儿了？

顾影收回目光，无奈地回复：还在原地。

李思怡：你但凡走路都过桥了。

前面的司机还在碎碎念，顾影想这么干坐在车里也不是办法，于是回了条消息：那我现在下去走。

顾影跟司机商量完，付了应付的车费，开门下车。

顾影刚走到人行道，李思怡的电话便打了过来："你真的走路过来？"

顾影嗯了声。

"冷不冷啊？又不着急。"李思怡说，"小杰还在加班，估计要等上一段时间。"

"没事。"顾影不甚在意，"坐在车里也不舒服。"

"你说你怎么不坐地铁呢？"李思怡不解，"地铁多方便哪。"

"我给忘了。"顾影摸了摸鼻子。

她刚回国没多久，出国那年这座城市还没通地铁，她现在住的小区附近也没有站点。她地铁坐得少，以至于第一时间没有想到这种交通工具。

"那我陪你聊聊天吧。"李思怡这会儿坐在一家奶茶店里，正愁没事干。

"行啊。"江面上的风格外大，凛冽的寒风像针一般穿过几层衣物刺进骨子里。顾影拢了拢衣服，将下巴埋进围巾里。

"对了，你回国那天，我把我们在机场拍的合照发朋友圈了，后来有好几个同事问我你有没有男朋友。"李思怡试探地问，"要不我给你介绍一个？"

"不要。"顾影拒绝得很干脆。

李思怡叹息一声："你都二十六岁了，在国外混了这么多年，一场恋爱都没谈过。我要是有你这长相，帅哥随便撩，哪儿能单身到现在？！"

李思怡这恨铁不成钢的语气把顾影给逗乐了。顾影笑着道："我忙死了，哪儿有时间撩帅哥。"

"你没有下班时间？"李思怡忽地想到了什么，话锋一转，"你不会还是忘不了高中时很喜欢的那个男生吧？"

提到这个，她一下子来了兴致："我一直忘记问了，你后来追到他了没？"

一下子扯到这么久远的事情上，顾影表情愣怔，正要回话，一个染上哭腔的求救声把她的注意力给拉了过去。

"怎么办？我媳妇要生了，谁来帮帮我？！"呼救者是一位二十多岁的有点儿胖的男士，他身后的车内不时传出女人难忍疼痛发出的呻吟声。

"遇到点儿事，先不跟你说了。"顾影挂断电话，加快脚步朝那辆车走去。

那辆车旁此时聚集了一堆人，都在帮忙想办法，有人打120，有人打110。

"看起来要生了。要不把她抱过桥再想办法？"

"这个时候可不能随便动啊。"

其中有个大妈看着车辆密集的前路，忧心地问："小伙子，救护车一时半会儿也过不来，你媳妇能等吗？"

微胖的男人俯身帮车内正忍受着剧烈疼痛的妻子擦了擦汗，声音里透着无助："我不知道。"

"借过一下。"顾影拨开人群走到车旁，对那个束手无策的男人说，"我是一名产科医生，应该可以帮到你们。"

男人连忙打开后座车门请顾影上车，激动得语无伦次："太幸运了，我……谢谢医生，麻烦了。"

顾影没敢耽搁，弯腰正要上车，一个大妈在她身后提醒："小姑娘你可以吗？你是实习生吧？这可是两条人命啊，你不能乱来的。"

顾影头也没回地道："这里应该没人比我更合适了。"

她没有随身携带工作证的习惯，不然就可以像警察叔叔一样，帅气地掏出工作证伸到大妈的眼前晃一下。

车厢内空间狭小，那名孕妇蜷伏在后座上，看起来极为痛苦。顾影发现她的裤子全湿了，皮质的座椅上也有积液。

顾影淡定地问："羊水什么时候破的？"

"下午两点半。"孕妇挣扎着要坐起来。

"你先躺好。"顾影将她按了回去，手在她的肚子上或轻或重地按压，"当时为什么没去医院？"

"我以为不会这么快生。"孕妇忍了许久的眼泪在这一刻终于决堤，"医生，我的宝宝没事吧？"

"暂时没事。"顾影边给她做检查边问，"你宫缩多长时间了？"

顾影专业从容的态度给孕妇带来不少安慰，让她比刚开始冷静了不少。

"四点开始有点儿疼，那会儿我们就收拾东西准备去医院，出门的时候疼痛已经加剧，怎知路上这么堵……"又一阵宫缩来袭，孕妇疼得全身都在发抖。

"深呼吸，别紧张。"顾影看着她的眼睛，严肃的语气中带着一丝安抚，"宝宝迫不及待地想出来，你可能等不及救护车来了。"

顾影没说，孩子的头位置靠下，再拖下去孩子不仅会缺氧，还有被感染的风险。

"你是要现在帮我接生吗？"孕妇问。

顾影从手腕上取下发圈，把黑色长发绑成个马尾辫："你相信我吗？"

"相信。"孕妇的眼神坚定，她抓着顾影的手，眼泪止不住地往下流，"麻烦姑娘一定要让我的宝宝平安。"

"会的。"顾影拍了拍她的手，"你也会平安的。"

顾影说完回头打开车门，跟站在门外的微胖男士说了下目前的情况。

男人听了之后，非常郑重地对她鞠了一躬："拜托了。"

沟通完，顾影让他尽量准备好宝宝的衣物、湿巾、纱布、剪刀等需要用到的物品，还请围在外面的人暂且回避。因为车内空间不够，她需要打开车门。

围观人员很配合，立马就散开了，剩下两个自称生过孩子的女士，她们手上拎着几个装了热水的保温杯，自愿留下来帮忙，还有人自发地拿来毛毯遮挡。

后方一辆黑色的越野车内，一个气质出众的年轻男人靠在驾驶座上静静地看着这一幕，目光在顾影上车后便收了回来，碎发下的眼神很复杂。

一切准备就绪，顾影回到车上，一边帮孕妇调整姿势，一边说：

"你现在听我说，宫缩的时候深呼吸憋气，然后往下用力，呼吸间隙放松就好。"

孕妇照做。

如此几个回合后，顾影跪在座椅上开始按压她的腹部："我知道很疼，你忍一下。"

过了二十来分钟，宝宝的头部终于出来了。与此同时，救护车的声音由远及近，救护车前面还有辆开道的警车。

救护车到达，随行医生下车了解完情况，连忙从车里取出急救箱，来到车旁同顾影一起接生。

没一会儿，一个婴儿的啼哭声从车内传出，周围默默围观的人群自发鼓起了掌，站在车门边的微胖男人眼里泛起泪光。

孕妇和宝宝很快被移至救护车内，顾影跟随行医生简单地交代了下孕妇和婴儿的情况，最后看了一眼被护士抱在怀里的宝宝，才转身离开。

救护车的声音渐行渐远，周围恢复正常。

顾影蹲在人行道上，她的围巾早已不知去向，白色的呢子大衣上都是血，手上也染了血。她的额头上沁着细密的汗珠，有几缕碎发落在耳畔，看起来稍显狼狈。

有人问顾影要不要上他们的车休息一会儿，她摇头婉拒。

有人递过来一瓶矿泉水，瓶盖已经被拧开。顾影打算接过，但是对方躲开了她的手。

"洗手。"低沉好听的嗓音从头顶传来，带着一种记忆深处的熟悉感。

顾影怔怔地仰头，猝不及防地对上一双清澈的眸子。

此时，二人身后的路灯到点亮起，昏黄的光落在男人棱角分明的脸上，他轻掀眼帘，朝她晃了晃手里的水。

顾影低下头，小心翼翼地伸出两只带血的手。

旁边的人半蹲下来往她的手上倒水，干净清冽的味道扑面而来，她没来由地一阵心慌。

一瓶水倒完，手也洗了个七八分干净。

"小姑娘，这是你的围巾吧？"她洗完手，有个大妈走过来递给她一张纸巾，手上还拿着她的围巾。

"是的。"顾影接过纸巾擦手，"谢谢阿姨。"

"不客气，不好意思，我之前还质疑你，"大妈帮她系好围巾，笑眯眯地道，"主要是阿姨没见过这么年轻漂亮的女医生。"

顾影的五官生得精致，眼睛是标准的杏眼，明眸善睐，给人一种清纯娇憨之感，整个人看起来不像是可以拿手术刀的医生。

"没关系的，阿姨。"顾影压根儿没放在心上。别说她现在不在医院里，也没穿白大褂，就是在医院里也会被人质疑。

阿姨走后，她第一时间回头，发现身边早已没了人。

顾影环顾了一下四周，目光蓦然定格在某处。身后不远处停着一辆黑色的越野车，一个身形挺拔的男人倚在车侧，右手握着手机贴在耳畔。

夜色下，男人耷拉着眼皮，神色很淡然。

不知道男人在跟谁通话，偶尔蹦出几个字，手有一搭没一搭地敲着车窗，给人一种漫不经心的感觉。但顾影知道，这是他开始不耐烦的表现。

这一念头出现在脑子里，顾影被自己吓了一跳。她慌忙移开目光看向前方，桥头的车子已经开始缓慢地移动，不久道路应该就会畅通。

顾影继续往前走，刚刚出了一身汗，刺骨的寒风一吹，像是有什么凉凉的东西贴在身上，难受极了。

迎面走来几个年轻男女，忽然有两个小女生直接绕开她走。

顾影原本还没意识到这是自己引起的骚动，直到发现有人盯着她的衣服的眼里流露出恐惧时，才慢半拍地反应过来，是衣服上的血吓到了别人。确实如此，血染在白色的衣服上太过触目惊心。

顾影自己也觉得不舒服，但是她现在不能脱衣服，会冷。她把围巾拉下来稍稍挡住胸前那两块大一点儿的血渍，之后便没去管那些异样的目光，埋头前行。

她走着走着，心思渐渐飘远，往前走的脚步越来越慢。她想回头看一眼身后的某个地方，但是又不敢。

李思怡的一个电话打断了她的思绪："在哪儿呢？"

顾影清了清嗓子："还在桥上，走了……"

她趁机往后看了一眼，发现刚刚站在那里的人不见了："应该有二十米了。"

李思怡被气笑了："你在逗我呢？刚才干吗去了？给你打了好几个电话你没接。"

顾影叹了口气，说："临时加了个班。"

李思怡将语气转为诧异："你在桥中间加班？有孕妇？"

顾影嗯了声："我现在身上全是血，你见了可别害怕。"

"你什么样我没见过？"李思怡笑了，"我记得小时候在儿童福利院里，有一次你染一身血回来把院长妈妈吓坏了。"

顾影还记得，说："那是狗血。"

车流在缓慢前进，一辆黑色的越野车在顾影旁边停了下来，她下意识地偏头，只见副驾驶座的车窗慢慢地降下，露出江恂清俊的脸庞："要不要上车？"

呼呼的风声从耳畔刮过，夹杂着江恂淡漠又疏离的嗓音。

两个人对视两秒后，顾影冲他摇摇头。

电话那头的李思怡还在说话："我也上桥了，马上跟你会合，先挂了。"

顾影压根儿没听清她说了什么，只是含糊地应了声。

后面开始有鸣笛声催促，江恂看了顾影一眼，拿起一件外套准确无误地丢了过来。

顾影眼前一黑。

待她取下头上的外套，视线不再受阻，那辆车已经行远了。

手上的外套暖烘烘的，不知道是被空调烘热的还是残留的他的体温。

不久前犹豫的短短两秒里，顾影的心思百转千回，她一开始是不想弄脏了他的车，就像她拒绝别的好心人一样。后来她又想，为什么自己偏偏在这么狼狈的时候遇到了他？

在这种情况下，她不能保证自己的大脑能正常地运行，怕说错话或者说不出话，所以拒绝上车是最好的选择。

顾影脱下自己的外套，忍着心疼丢进路边的垃圾桶。

江恂扔给她的是件黑色的大衣，穿在身上衣摆到达小腿的位置，衣服不厚，却很暖和，除了袖子有点儿长，穿着也没显得另类，像韩式宽松的大衣。

少了异样的目光，顾影感觉自在了许多。不过她的思绪很快又被另一个问题占据：他是认出了她随手帮同学个小忙，还是对一个刚刚做了件好事的陌生人表示友好？

在顾影的记忆里，江恂好像不会这样对人示好，尤其是对陌生人，但他刚刚看她的眼神又的确像在看陌生人。

顾影有些不确定了，自从她高三出国到现在，两个人有七八年没见了，离开之前自己留着齐耳短发，现在已经长发及腰。

按理说江恂认不出自己也正常，就算认出了，他那眼神也正常，不然她还指望他对自己热情不成？

脑子里在想事，顾影没注意前面走来的人，正要跟对方擦肩而过，忽然手被拉住，一个戏谑的声音响起："魂丢了？"

"思怡？"顾影抬头，眉眼弯了弯，"你怎么走过来了？"

"你那时突然挂断电话，我打回去又没人接，还以为你出了什么事。"李思怡将她打量了一遍，"你刚不是还说衣服脏了？血呢？这件衣服……"

李思怡说到这里，语气变得意味深长起来："不是你的吧？"

"不是，是一个……"顾影脑子里浮现出江恂疏离的眼神。

她耸了耸肩，轻描淡写地道："热心帅哥的。"

"帅哥呀？"李思怡挽着她的手往回走，"那有没有留联系方式？我跟你说，缘分往往就是这样开始的。"

顾影拢了拢被风吹乱的头发，笑道："没有。"

两个人说说笑笑，终于下了桥。

下桥后，李思怡带着顾影一边过马路一边说："我给小杰发过信息了。"

她指着对面一幢写字楼，说："我们等会儿去那幢楼后面的小吃街吃饭，小杰上班的公司就在那幢楼里。"

"小杰还没下班？"顾影问。

"他前段时间换了家新公司，说今天要加班。"李思怡说。

"你知道他的公司的具体位置吗？"顾影建议，"要不我们买点饮料上去看看？拜托他同事照顾一下他。"

"行，还是你想得周到。"李思怡拿出手机编辑消息，"我问问。"

"记得问他公司现在有多少人在加班。"顾影提醒。

不一会儿，李思怡抬头："走吧，问到了。"

半个小时后，顾影和李思怡拎着十几杯饮料站在楚一科技公司门口，一个眉目清秀的小伙子从里面走出来。

"没打扰到你们吧？"顾影见到他，第一时间看向他的耳朵，看到上面挂着助听器才放心地开口。

杨杰摇摇头，脸上挂着浅浅的微笑，看得出来很高兴。他接过二人手中的饮料带头往办公室走。

杨杰今年二十岁，不会说话，重度耳聋。据说他生下来时很正常，因为生病用药不当才聋哑。

她们跟着他来到一间超大的办公室，里面有十来个人坐在电脑前加班，大家见杨杰领了人进来都暂停手头的工作，站起身。

有人问："杨杰，这就是你姐姐？两个都是？"

杨杰笑着点头，把她们买来的饮料分给同事。

"哇，还买了咖啡，这简直是雪中送炭，我正好困了。"

"杨杰你小子可以呀，有两个这么漂亮的姐姐。"

"谢谢姐姐的饮料。"

分饮料的过程中众人你一句我一句，办公室渐渐热闹起来。

在场的十几个人大多是男士，只有两个女孩，从他们的互动来看，杨杰跟他们相处得还不错。他们不懂手语，杨杰跟他们交流靠发消息或肢体动作。

“我们小杰还得请你们多照顾他一点儿。”李思怡趁一个安静的空当说，“沟通方面，可能需要你们多点儿耐心。”

“小姐姐放心，我们沟通得挺好，等忙完这阵子我还打算去学手语呢。”一位戴黑框眼镜的男生搂着杨杰的肩膀，笑呵呵地道。

杨杰摆摆手，又指了指手机，表示没必要，他可以打字。

顾影环顾了一下室内，发现每个人的办公桌上都堆着不少零食。她问：“你们最近经常加班吗？”

他们齐齐点头：“对，这几天都加班。”

室内暖气开得很足，顾影把身上的外套脱下挂在臂弯里，感叹道：“这么辛苦！”

其他人开玩笑地道：“对呀姐姐，你看杨杰都有黑眼圈了。”

“我女朋友快跟我分手了。”

“还有我，还有我，程序员掉头发这件事在我的身上得到了验证。”

他们虽说在抱怨，但是每个人脸上洋溢着开心的笑，可以看出公司的氛围很好，老板肯定也大方，他们才这么心甘情愿地加班。

顾影靠在办公桌旁，也同他们开起了玩笑：“把你们老板叫出来，我替你们讨回公道。”

有人正想说老板比我们还忙，一个低低的嗓音突兀地插了进来：“找我？”

顾影循着声音看过去，目光意外地撞进一双没什么温度的眸子里。

江恂懒懒地倚在门框上，不知道站了多久。

短时间内两次猝不及防的相遇，让顾影一时间愣在原地没了反应。

其他员工也面面相觑，不曾注意到不知何时出现在办公室门口的老板。

老板不是出差去了吗？他什么时候回来的？

还是杨杰最先反应过来，忙低头编辑文字，走到江恂的面前，抱歉地冲他一笑，然后把手机上刚打的字给他看：不好意思老板，我们在开玩笑，我姐姐不清楚状况，我代她向你道歉。

江恂随意地扫了一眼手机，很快又把目光落在顾影的身上，问："你想怎么讨回公道？"

男人语气散漫，目光在她臂弯的外套上停留了一秒又与她对视。

顾影就是再迟钝，此时也搞清楚了江恂就是杨杰的老板。她突然有一种在背后说人坏话被当场抓住的尴尬。

杨杰还在跟她比画手语，告诉她这是他们老板，最近公司在赶一个大项目，研发部的全体员工都要加班，后面空闲下来会给大家放假。

"我……"顾影舔了舔唇，突然不知道该怎么和江恂对话。

如果换成上学那会儿，她估计会回一句："你先近一点，有话对你说！"

这样的调戏往往会换来对方一个轻飘飘的眼神，只有一次例外。

那天上晚自习，江恂被她问问题问得烦了，让她换回原来的位置。

"好。"顾影二话没说就答应了，"不过有一个条件，你知道是什么条件吧。"少女的嘴角噙着笑，眼里闪着狡黠的光。

她原本以为江恂会对她的要求置之不理，但他忽然偏过头，缓缓地朝她靠近。

看着离自己越来越近的脸，顾影心里有无数头小鹿在乱撞，紧张到接近窒息。

少年长而卷翘的睫毛，黑曜石一般的眼睛，颜色偏艳的嘴唇，每一处都符合她的审美，无时无刻不在诱惑着她。

谁能想到，在最后关头她居然慌了！

顾影顶着一张涨红的脸，跑了！

所以她没看到身后少年眼里转瞬即逝的笑意，以及"我早知道会是这样"的表情。

收回飘远的思绪，犹豫再三，顾影选择服输，指着办公桌上剩余的两杯咖啡说："我请你喝咖啡。"

她的话让周围霎时陷入了谜一样的寂静。

短暂的沉默过后，江恂嗯了声。

他没去拿咖啡，转身之前跟办公室里的其他人说："还有最后一次测试，做完就可以下班了。"

江恸离开后，办公室里响起此起彼伏的笑声。

顾影看了一眼憋笑的众人，在思考要怎么把衣服还回去。

李思怡见顾影耷拉着脑袋不说话，以为她在为刚刚的事不开心，安慰道："没事，开玩笑呢。"

李思怡说完又转向其他人："你们老板帅是帅，不过看起来有点儿凶。"

"这就凶了？他不说话的样子才吓人。"一个胖胖的男生边说边警惕地看向门口，还有模有样地坐下来学江恸的动作：面无表情看着前方，手有一下没一下地敲着桌沿。

"对对，就是这样，每次开会只要见他这样，我就脊背发凉。"

"我也是，我也是。"

杨杰笑笑没说话，老板虽说脾气称不上好，但平时也不会这么对陌生人，可能是最近太忙的缘故。

为了让他们安心加班，顾影和李思怡离开办公室来到前台的沙发区等待。

顾影盯着手里的外套陷入了沉思。她当着这么多人的面还回去好像不太好，而且等会儿还要出门，外面又那么冷，要不还是另外找个机会还给他？

等了好一阵，顾影感觉有些饿，一看时间已经是晚上八点。

"我饿了。"顾影纳闷儿地问，"他们不饿吗？"

"我听小杰说，他们老板每天都会给他们买下午茶。"李思怡正在跟男朋友聊天，头也不抬地说。

又过去几分钟，她们终于听到里面传来一阵欢呼声，这是加班结束的信号。

"姐姐，今晚我们老板请吃大餐，你们一起吧。"先前说要去学手语的眼镜男搂着杨杰来到她们的面前，发出邀请。

顾影跟李思怡对视一眼，都觉得不方便去参加别人公司的聚会。

心思细腻的杨杰一眼就看出她们的想法，进去跟同事和老板解释了一番，之后便跟李思怡和顾影提前离开了公司。

吃饭的地方就在写字楼后面的这条街上，结果他们仨刚到没多久，楚一科技的一群人紧随其后地走进了饭店。他们被服务员领着往包间走，其间有人发现了杨杰朝这边招手。

走在最后的江恂也看了过来，只是一秒，便移开了目光，快到顾影都没捕捉到他的目光。

这让她产生了一种对方是不是忘记刚刚在桥上借给她一件衣服的错觉。

吃饭的时候，杨杰说了很多公司的事情，说公司很好，老板和同事们都非常照顾他。

顾影从他那里了解到，江恂开的是一家游戏制作公司，目前市面上一款非常火爆的网络游戏就是出自楚一科技，主设计师就是江恂。

说起江恂，杨杰眼里全是崇拜。

顾影不免想起上学时期，明明江恂话不多也不是好说话的主儿，偏偏人缘很好，班里的男生都喜欢找他玩。尤其是每次化学课做实验，参加篮球赛，班里的同学都想跟他一组，似乎他就是那张胜券，大家都想握在手里。

他身上总有一种特殊的能吸引人的气质，这一点顾影一直知道。

三个人很久没聚，一时间聊得有点儿多。

一顿饭吃完，已经是一个小时之后。

三个人才出饭店门又碰到了楚一科技的那伙人，听说他们还要去下一个场子。

在他们的又一番盛情邀请下，顾影和李思怡也跟着一起来到了一家位于市中心的酒吧。

这是一家英伦风酒吧，不会过于喧嚣。

正中间的舞台上有个戴着鸭舌帽的男子正在自弹自唱，略显沧桑的歌声跟他的外表严重不符。

“听说今晚所有的消费都由他们老板买单。”李思怡的话把顾影的目光从舞台上拉了回来，“这家酒吧的消费很高，一瓶酒随随便便就要上万块，他们老板可真大方。”

顾影扯唇笑了下，心道这点儿消费对那位大少爷来说，简直是九牛一毛。

“喂，又高又帅又有钱。”李思怡碰了碰顾影的胳膊，悄声问，“你心动吗？”

她们坐的位置是一个小型吧台，位于舞台西侧，江恂就坐在斜对面。

顾影下意识朝他看过去，视线里，江恂仅着一件黑色的衬衫，身子随意地靠在吧台边缘，正低头看手机。灯球散发出的彩色光束不时在他脸上划过，光影交错间，他偶尔一个抬眸的动作都十分帅气。

“不敢动。”顾影说。

“谁跟你提感动了？我说心动。”李思怡睨了她一眼，单手支着下巴，“不过呢，这种男人看起来很难搞定。”

顾影喃喃低语：“其实……也还好。”

“你说什么？”李思怡没听清。

然而还没等顾影回答，李思怡就被杨杰叫去跟他的同事一起玩游戏了。

顾影有点儿累，不想去，便坐在原地听音乐。

她听完一首歌回头，发现不知何时原本坐在旁边的人都跑去玩游戏了，整个长方形吧台边只剩下她和江恂两个人。

顾影听歌的注意力渐渐无法集中，余光不由自主地往江恂的身上瞟。

现在没人注意这边，是她还衣服的最好时机，顾影正打算行动，有人却先她一步走到了江恂的面前。

那人身着一身西装，应该是江恂的熟人。江恂放下手机，端起一杯红酒跟他碰了下杯。

两个人聊了几句，那人招来不远处的一个年轻女孩，女孩穿一身米色的连衣裙，身材火辣又有气质。

熟人走了，女孩在江恂的身边坐了下来。

江恂衬衫的袖子挽到手肘处，他手里握着一个高脚杯轻轻地摇晃，眼睛盯着杯里的酒红色液体，姿态随意又散漫。不知道女孩说了句什么，他笑了，低低的笑声里带着无法言说的慵懒。

女孩的眼睛盯着江恂，在酒吧迷离的光线的渲染下，媚态浑然天成。

反观江恂，他神色自若，还带着几分意兴阑珊的慵懒。

顾影别开视线，忽然感觉有些渴，但摆在她面前的全是酒，只有离江恂比较近的桌上有一杯看起来像橙汁的饮料。

她站起身，伸长手臂准备把饮料端过来，怎知手刚碰到杯壁，杯子就被人按住了，而按着杯子的人还在若无其事地跟人聊天。

沧桑动人的歌声在酒吧内回荡。

昏暗的灯光下，顾影盯着江恂的侧脸，手下暗暗用了点儿力，想将杯子抢过来。

杯子没动，江恂终于回过头来，意味不明的眼神在顾影的脸上停留了两秒，然后他将一杯白开水挪到她面前。

许是看出了她的疑惑，江恂轻描淡写地解释："这是鸡尾酒。"

"我知道。"这句听起来有几分叛逆的话不假思索地脱口而出，顾影觉得脑子空白了一瞬。

她在说什么？她明明不想喝酒，怎么还言不由衷了？

顾影其实不是一点儿酒都不能喝，但是在这种有陌生人的场合，她不想喝。

她发现在自己说出这句话后，一种紧张的气氛萦绕在二人之间。

他们都没说话，就这么僵持着。顾影注意到他嘴唇紧抿，终是败下阵来。她缩回手，默默地端过那杯白开水，小口小口地喝了起来。

江恂则端起高脚杯凑到唇边一饮而尽。

他们的互动全部落在旁边的女孩的眼里，她看了一眼顾影，脸上露出了然的微笑，最后朝江恂摊了摊手，潇洒地离开了。

顾影喝着白开水，回忆女孩离去前的那一幕，脑子里有个念头一闪而过：自己刚刚是不是被利用了？

因为那个女孩是朋友带过来的，江恂不好直接拒绝，就让她出来挡枪？不然他怎么会管自己喝酒还是喝饮料？

虽然这个猜测跟他表面看起来的游刃有余的样子毫不相符，但顾影想不到第二种可能。

想到这里，顾影放下杯子，朝江恂看过去。此时他正好接到个电话，起身往外走。

她在心里叹了口气，算了，不就是被利用，左右自己也没有什么损失。

江恂出去接电话后再也没回来，据他的同事说他留了张信用卡在前台就走了。

顾影终究没能把衣服还回去。

原本就兴致缺缺，她这会儿更加觉得无聊，拉着正玩得尽兴的李思怡和杨杰也离开了酒吧。

回到家里，顾影洗完澡躺在床上，明明感觉很累，却睡不着。

她脑子里反复浮现的是今天最初遇到江恂的那一幕，男人站在路灯下朝她递来一瓶水。

画面渐渐放大，只余下他那张跟少年时期相差无几的脸，伴随着很多尘封在心底深处的记忆一帧帧地在脑海里播放。

顾影甩甩头，忽然又想起李思怡在电话里问的那个问题："你后来追到他了没？"

好在后来李思怡没再追问，不然她真的不知道怎么回答。

脑子放空几秒，顾影突然翻身下床来到书桌前，拉开中间那个抽屉，从里面拿出一个老式的翻盖手机。

她打开收件箱，翻到一条信息，里面只有短短的两个字：可以。

无论何时看到这两个字，顾影心中总会涌出一股酸涩以及一丝小小的内疚。

顾影将手机放回去，转眼又看见了挂在衣帽架上的黑色大衣。她莞尔，要是这种事发生在以前，不等江恫主动，她肯定先跑去撒娇装可怜了。

李思怡曾说顾影出国后性子变了许多，其实这种变化是在她彻底理解"云泥之别"这个成语后开始的。

现在想来，自己当年真是年少无畏，不然怎么敢追江恫那样的天之骄子？

是呀，她怎么敢？

重新遇到江恫的连锁反应是，顾影晚上失眠了，半睡半醒间她梦到了上学时期的事情。

初夏，老旧的风扇在教室里呼呼地转着，周围都是认真做题的同学。

阳光从窗外洒进来，落在左侧少年的头上，映成一片光晕。

顾影拿笔轻轻地戳少年的胳膊，在他看过来时，弯了弯眉眼："江恫，跟你商量件事？"

少年轻抬眼帘，示意她讲。

顾影朝他凑近了几分，脸上露出几分羞赧："要是我下次月考考进年级前一百名，毕业后你当我男朋友行不行？"

"男朋友"三个字她说得非常含糊，再加上她声音小，很难听清。

江恫的目光落在她小巧的耳垂上，那里已经染上绯色，他眼底掠过笑意，反问："当你什么？我没听清。"

他问完只见目光里那抹绯色更加艳丽，已经变成滴血的红。

"男朋友。"顾影都没太敢看他，说完才偷偷地瞟他一眼。

江恫脸上挂着散漫的笑："我觉得我答不答应都影响不了最后的结果。"

顾影没听明白："什么意思？"

"年级前一百名？"江恫悠悠地说，"不知道的还以为你在玩我呢。"

顾影终于反应过来，坐直身子："你少瞧不起人了，我会努力的。"

末了，她又小声地加了句："为了你。"

自那天起，顾影像是提前进入了高考前的复习，每天晚上挑灯夜读。一到周末，她便缠着江恂在市图书馆里给她补课。

她这么努力了一段时间，终于迎来了最后一次月考。

考完试当天的晚自习，顾影没精打采地坐在江恂的身边，欲言又止。

江恂在看书，但注意力没在这上面，面前的书很久没翻页。他在等人开口。

"江恂。"一个很轻的声音从旁边传来。

江恂偏头："嗯？"

"你记得你上次答应过我什么吗？"顾影问。

江恂把书合上，顺势问："我答应你什么了？"他明明没有表态，都是她在说。

"你答应我……"顾影湿漉漉的黑眸有些闪躲，她双手紧抓着桌沿，"如果我这次考试考进年级前一百名，毕业后你就做我的男朋友。"

江恂神情微愣，下一秒，嘴角一勾："你确定？"

顾影点头："嗯，确定。"

少女看过来的眼里闪着细碎的光，眼神不闪不避，带着一丝期待、一丝小心翼翼、一丝被纵容后的无理取闹，毫无半点儿心虚。

江恂迎上她的目光，右手悠闲地转着笔，一时没说话。

顾影终于没了底气，低下头道："你就答应我吧，可不可以？"她最后还大着胆子拉了拉江恂的衣摆，"可以吗？"

江恂当时始终没松口，但也没有拒绝。

但是当天晚上，顾影睡觉之前收到了一条来自江恂的短信：可以。

怎么形容顾影那时的心情呢，她兴奋地爬起来把家里的卫生都搞了一遍，还是激动得睡不着，就好像摘到了天上的星星那样快乐。

可是后面几天发生的事情，将她的心情从云端拉到了谷底。

梦醒了，顾影起床倒了杯水喝，再回到床上时睡意全无。

墙上的夜灯散发出微弱的光芒，她翻了个身，目光落在床头柜上的一张名片上。这是江恂衣服口袋里的东西，里面除了这张名片还有一个银质打火机。

在顾影的印象中，江恂是不抽烟的。他是谪仙一样的存在，跟这些沾不上边。

但这次重逢，对方带给她一些不一样的感觉，除了岁月积累的成熟，还有一种她不曾了解到的桀骜。

虽然以后没有联系的必要，但衣服不能不还，顾影认识这个牌子，这一件衣服的价格至少五位数。她打算先把衣服送去干洗店清洗干净再还回去。

直到天边泛起鱼肚白，顾影才迷迷糊糊地睡了会儿。

早上七点五十，顾影顶着一双熊猫眼来到雅康医院。

实习生孔莹见到她，一脸见了鬼的表情："小影姐，你昨晚熬夜了？"

"差不多吧。"顾影走到办公椅前坐下，拍了拍自己的脸，试图让自己清醒一下。

"十点有台手术，下午要坐门诊。"孔莹帮顾影倒了杯温水放到她桌上，面带担忧，"你没问题吗？"

"谢谢。"顾影递给她一个安抚的眼神，"放心，我没问题。"

顾影有一项特异功能，就是一旦进入工作状态，她就像一个机器人，完全不知道困和累。

同一时间，楚一科技有限公司的总经理办公室里。

江恂坐在办公椅上接电话："我不去。"

"我看你是想气死我。"电话那头是江恂的妈妈，一向端庄温柔的她此时不顾形象地低斥出声。

江恂扶额轻笑："我怎么气你了？"

"我现在说话不管用了是吗？"江妈妈有些生气。

江恂拿起桌上的一份文件，边翻边说："我昨晚不是听你的话回去了？"

"我要不告诉你我生病了你会回来？"江妈妈反问。

江恂这回没搭腔，算是默认。

江妈妈叹息一声，不由得放轻了语调："我不是让你马上结婚，你至少先谈个恋爱吧。"

江恂靠在椅子上，问："你担心我找不到女朋友？"

"也不是。"江妈妈清了清嗓子，吐字有些含糊，"我担心你想找的不是女朋友。"

"什么玩意儿？"江恂愣了一秒，被气笑了，"这就是你非逼我去相亲的原因？"

"也不全是。"江妈妈说。

外面响起一阵敲门声，江恂飞快地对电话那头说："妈，我现在有事，挂了。"

江恂刚挂断电话，唐科就大摇大摆地走进办公室，说："昨晚你们聚餐了？"

唐科是江恂的大学同学兼合作伙伴，前两天去了临市出差，今天凌晨才回。

江恂嗯了声，随意地将手机丢在办公桌上，打开面前的电脑准备工作。

唐科在他的对面坐下，单手支着下巴，似笑非笑地看着他。

"你很闲？"江恂睨了他一眼。

"听说我不在的这两天你找女朋友了？"唐科吊儿郎当地道。

"你这种话千万别让我妈听到了，"江恂嗤笑了一声，"她会觉得我们俩有问题。"

唐科一愣，很快又反应过来："你妈很潮哇。"

江恂直接无视他的话，拿起右手边的一沓画纸递了过去："帮我把这几张图送去美工组，让他们重新修改一下。"

"不是，"唐科接过那几张纸，还是没放弃八卦，"这事到底是不是真的呀？”

江恂抬眼，语气毫无波澜：“你从哪儿听来的？”

“贺俊早上跟我说，他老婆的闺密亲眼看见你和你女朋友在酒吧里喝白开水。”唐科说到这里，笑得止不住，“你真的在酒吧里喝白开水了？”

他现在一想到那个画面就想笑，笑到最后他都忘记自己原本是来求证什么的了，只想知道江恂是不是真的在酒吧喝了白开水。

江恂等他好不容易止住笑，才慢条斯理地开口：“笑完了？”

唐科抬头撞上江恂冷淡的眼神，顿时停止开玩笑，神情变得认真：“笑完了，而且我觉得在酒吧里喝白开水没什么好笑的，养生。”

江恂：“……”

“我去工作了，走了。”唐科拿起那沓画纸，快速地走出了办公室。

门一开一关，偌大的办公室霎时恢复安静。

桌上的手机屏幕亮了一瞬，江恂瞄了一眼，随即叹口气拿过来点开屏幕。

手机上是江妈妈发过来的微信消息：你这次不去就算了，我跟温阿姨说一声。下次你可不能再拒绝我了。

冬天的傍晚，太阳早早地收起了它的光芒，只余一抹金色挂在天边。

一缕光透过百叶窗的缝隙照进室内，调皮地落在正帮人做胎心监测的顾影的耳朵上，把本就白皙的皮肤衬得更加晶莹剔透。

“好了。”顾影收起检测仪，帮助躺着的孕妇坐起身，轻声嘱咐，“宝宝的心跳很正常，离预产期还有半个月，你这段时间要特别注意，有任何不适要及时来医院。”

“行，谢谢顾医生。”

孕妇离开后，顾影揉了揉发酸的颈椎坐回办公椅上。

“下班啦。”实习生孔莹踩着轻快的步伐从外面走进来，“小影姐，我今天碰到院长夫人了，她问我你有没有交男朋友。”

顾影将解白大褂的手一顿：“嗯？”

孔莹眨了眨眼睛：“我估摸着她要给你介绍对象。”

顾影失笑："还真有可能。"

她之前帮过院长夫人一个小忙，自那以后院长夫人就对她特别照顾，前几天也旁敲侧击地问过她的感情问题。

看来二十五岁真的是一个感情评判标准，超过这个岁数还没有男朋友，周围的人都会替你操心起来。

"小影姐，你喜欢什么样的男生啊？"孔莹好奇地问。

顾影偏头想了下，说了个特别肤浅的答案："帅的。"

"我有个表哥挺帅的，不过呢，"孔莹撇撇嘴，"我觉得他脾气不大好，也不像个会对女朋友温柔的人。"

"你不会也想给我介绍对象吧？"顾影笑了，"可千万别。"

"没，我随便问问。"孔莹帮忙收拾桌上的资料，"我自己还没男朋友呢。"

"院长夫人怎么不给你介绍？"顾影问，"你们两家不是有交情吗？"

孔莹是个大小姐，进医院的第一天就毫不避讳地告诉顾影自己是走关系进来的，还一再强调自己的专业知识一点儿都不扎实，希望顾影不要骂她蠢。

顾影还记得自己当时的心情，无语的同时差点儿以为这姑娘脑子有问题。

"我还小呗。"孔莹昂着头，语气得意。

"行，你还小。那请小朋友好好准备下个星期的考试，争取一次考过。"顾影放下白大褂拿上自己的外套往门口走，"走了，明天见。"

"明天见。"

顾影离开医院后没有直接回家，而是来到了天骄街。

这条满载她童年回忆的街道还是原来熟悉的模样，只不过多了一些翻新的痕迹。

顾影路过墙壁上满是彩色涂鸦的天骄幼儿园，经过有一群学生正从大门涌出的天骄小学，在前面的一个便利店旁右拐，再上一段长坡，就到了从小长大的地方——天骄儿童福利院。

顾影买了些水果，路过便利店的时候，见到三个小孩在买零食，其中一个身材消瘦的男孩手里拿着一包辣条，站在收银台前正准备结账。

他后面站着一高一矮两个小胖子，手里分别拿了些饼干和饮料，高的那个用手推了一下前面的人："喂，帮我们一起付了呗。"

男孩显得有些为难，但又不敢得罪他，支支吾吾地道："我没那么多钱。"

矮个胖子瞄了一眼他手上的钱，说："你这不是有二十块吗？够了。"

见男孩还在犹豫，高个胖子非常鄙夷地道："我们又不是不给你钱，只是让你先垫着而已。"

顾影实在看不下去了，上前两步，说："那你们为什么不自己付呢？怕老板找不开吗？"

老板听到这句话顺口接了句："找得开，找得开。"

两个小胖子回身齐齐瞪了顾影一眼，那个瘦小的男孩则冲她微微一笑。

他们付钱走后，男孩跟顾影道谢："谢谢姐姐。"

顾影弯腰，摸了摸他的脑袋，仿佛看到了小时候的杨杰，那时杨杰被人欺负了也是她帮忙出头。

"不用谢，你要记住，不是每次都会有人帮你。"顾影语重心长地说，"你得学会反抗，学会拒绝，态度强硬点儿，不要让别人觉得你好欺负。"

小男孩似懂非懂地点点头。

"回家吧，我也要走了。"顾影朝他挥了挥手，绕过便利店上坡。

这段坡道比较窄，仅能过一辆车，周围都是灌木丛。北风穿过丛林发出呜咽的声音，听起来还怪吓人的。

顾影今天主要是来看院长妈妈的，也就是天骄儿童福利院的上一任院长顾慈，顾慈如今年事已高，且患有阿尔茨海默病。

顾慈的丈夫早年去世了，膝下无亲生子女，好在有一群以前在儿童福利院里待过的年轻人经常来看她。

顾影走进儿童福利院，穿过前坪来到小花园，果不其然，看到院长妈妈正拿着把小铲子蹲在地上松土。

这里原本有一个石砖砌成的乒乓球台，由于存在的时间太长，某场暴雨后塌了一半，后来又有社会爱心人士捐赠了全新的乒乓球台，这个地方就被用来种菜了。

顾影悄悄来到顾慈的身后蹲下，从后面轻轻地拥住她："猜猜我是谁？"

原本专注于给白菜苗松土的顾慈身子一僵，慢半拍地转过头，见到顾影，她脸上只有茫然和困惑。

"你不记得我了？"顾影叹口气，接过她手上的小铲子帮着松土，还不忘嘀咕，"前天还说要给我做辣椒炒肉呢！"

"你也喜欢吃辣椒炒肉？"顾慈闻言笑得很开心，"我有个女儿也喜欢吃。"

顾影轻笑了声："你那女儿叫什么名字呀？"

"叫'小霸王'。"顾慈看着虚空中的某处，脸上带着宠溺的微笑，"她可调皮了。"

顾影忍俊不禁："哪儿有女孩叫小霸王的，她肯定很丑。"

"胡说。"顾慈非常不赞同地睨了她一眼，"我女儿可漂亮了，比你……"

顾慈打量顾影的目光变得复杂起来。在顾影以为她要认出自己的时候，她用小孩子一样的语气说："反正比你好看！"

行吧，顾影犯不着自己吃自己的醋。

冬天天黑得早，太阳下山后，气温骤降。

顾影抵不住空气中的湿冷，把院长妈妈扶起来带到室内："你跟我讲讲你女儿吧。"

"你说的是哪个女儿？"

顾影没好气地道："就是那个小霸王。"

"她呀，出国留学咯。"顾慈笑着说，立马又冷下脸来，"不许叫她小霸王，叫小影，漂漂亮亮的一个小姑娘叫什么小霸王呢。"

顾影喉间微微发涩，顺着她的话说："好好，不叫小霸王，那她在国外你想不想她呀？"

"想啊，"顾慈的声音充满惆怅，"不过我经常跟她视频聊天，她可懂事了，说要回来帮我植牙。"

实际上，顾影在医院入职的第二天就已经带顾慈去植了牙。

顾慈东拉西扯地说着顾影小时候的一些事，顾影带笑的眼里泪光若隐若现。

“对了，我告诉你一个秘密。”顾慈忽然警惕地左右看了两眼，在确认没其他人后才压低声音说，“我们家小影有喜欢的人了。”

顾影眼里的泪水被硬生生地憋了回去，她故作好奇地问：“是谁呀？”

“一个非常帅气的男孩子，”顾慈抿唇笑了，“叫江恂。”

顾影压根儿不记得自己跟院长妈妈说过这件事。她现在更关心另外一个问题：“你没有跟别人说过这件事吧？这可是小影的秘密呢。”

“没，我嘴很严的。”顾慈做了一个封嘴的动作。

“那你不是跟我说了吗？”顾影欲哭无泪，“该不会儿童福利院里的所有人都知道了吧？”

顾慈被她问得陷入了沉思。

儿童福利院的人是不是都知道这件事，顾影无从知晓，但她可以肯定的是，李思怡知道了。

回家的路上，顾影接到了李思怡的电话，对方显然很激动：“顾影你藏得够深哪！”

这没头没脑的一句话把顾影给整蒙了，她说：“我藏什么了？”

“小杰的老板就是你学生时代喜欢的那个人吧？”

这句话犹如一道惊雷劈在顾影的头上，她脑子空白了一瞬，好半晌才出声：“为什么这样问？”

昨天她和江恂没什么交流吧？他们在李思怡眼皮子底下的交流，也就是在办公室里那段莫名其妙的对话了。李思怡到底是怎么猜出来的？

“当然是有足够的证据咯。”李思怡的语气里有几分得意。

她昨天得知江恂的名字时就有一种在哪儿听过的感觉，直到今天下午从杨杰那儿听来江恂也是一中的，他还跟顾影同届，她突然就记起不知从哪儿听说顾影喜欢的人就叫这个名字。

“你昨天有点儿反常。”李思怡回忆了一下。

“我有点儿反常？”顾影没觉得，至少表面上没有。

“你认输了。”李思怡笑。

“那种情况本来就是我理亏，我认输不是很正常？”顾影问。

“如果换成别人你应该会冷静地解释一下。”李思怡说。

李思怡这么说也没错。顾影和李思怡不在一所学校念书，只告诉过李思怡自己有喜欢的人，没说名字。她这无疑是从院长妈妈那儿听来的，也不知道她跟多少人提过。

顾影无声地叹息，幸好会来看院长妈妈的也就几个熟人。

“欸，据我分析，你们分开的时候不太愉快呀！看起来……像是你负了他？”李思怡嗓音含笑，“说说吧，怎么回事？”

“请问您是根据什么分析得出此结论的？”顾影不可思议地反问。

“第一，你们连招呼都不打；第二，他对你说话，”李思怡停顿了一下，像是在找一个合理的形容词，“怎么说呢，听起来不怎么友好，这种感觉就像是情侣间吵架，你做了对不起他的事情，就得面对他这种不友好的态度。”

顾影倒觉得江恂不是这么斤斤计较的人，更准确地说，他不屑跟人计较。再说，过去这么多年了，当年那些事他估计早就忘了。

“没有不愉快，”顾影说，“我们又没谈过。”

“没谈过？看着不像啊。”

“真没有。”顾影说。

顾影跟李思怡几乎无话不说，但是对于江恂这个人，顾影觉得自己不会再跟他有什么交集，所以不想多说。

“那你现在呢？”李思怡笑问，“还喜不喜欢他？有没有二次怦然心动？”

“没呢。”顾影来到公交车站，看着马路上来往的车流，轻声道，“这都过去多久了。”

“真的吗？”李思怡说，“我不信。”

顾影笑了笑：“好了，你别八卦了，也别跟小杰说，免得给人造成困扰。”

李思怡察觉出顾影不想聊这个，立马转移话题，等顾影上了公交车便草草地结束了通话。

公交车上人不少，没有空座。

顾影找了个门边的位置站好，看着外面飞逝的路灯出神。虽然她刚刚说当年没有跟江恂闹得不愉快，事实上，在两个人分开之前有过一次不愉快。

那天，天气跟今天一样，艳阳高照。

那个学期最后一节体育课，顾影被江恂叫到篮球场旁边的一棵大树下。

阳光透过树叶的缝隙在地上洒下一片斑驳的光影。

少年冷着脸站在她对面，语气相当不善："你真的没收到短信？"

顾影别开头："没有。"

沉默几秒，江恂忽然一笑："挺有种啊，顾影。"

他说完头也不回地扬长而去，留给她一个决绝的背影。

那之后的很长一段时间，江恂都没理过她。

公交车报站的声音把顾影从回忆中拉了回来，她忙走下车。

回到黑漆漆的家里，顾影按亮客厅的灯，打开电视，走到沙发前坐下。她的目光落在电视屏幕上，但她想起了床头柜上那张简单大方的名片。

衣服她已经拿去干洗，过两天就能拿回来。

顾影一开始想让小杰把衣服带给江恂，但这么一来，她还得跟小杰解释一番，指不定最后又要跟李思怡解释一番，那会是件非常头疼的事。

秉着多一事不如少一事的原则，顾影打算自己联系他。

她拿过那张名片左思右想了一番，为避免尴尬，放弃了打电话的想法，决定发条短信过去。

自我介绍的时候顾影有片刻犹豫，原本编辑好的文字，她想了想又删掉了，改成：你好，我是小杰的姐姐，请问我怎么还你衣服？

第二章

我们不熟

顾影再次见到江恂是在圣诞节的前一天。

她今天做了一台紧急手术。那名孕妇她很熟，是她在国外留学时的学姐张宜婷，最近两个月的产检一直都是在她的手上进行的。

无论是胎儿的位置还是孕妇的身体情况都非常符合顺产的条件。顾影给张宜婷的建议是顺产。

张宜婷今天凌晨四点发作，来医院就开了三指。怎知进入产房，她完全不知道用力，拖延时间过长导致急性胎儿窘迫，没办法只能转剖宫产。

当时顾影还在跟晚班医生做交接，得知情况后立马进了手术室。

好在手术及时，母子平安。

下午两点，顾影按照惯例来住院部查房。

她查完所有病房，只剩下最后一间VIP病房，里面住的就是张宜婷。

产科住院部分两层，第二层就两间 VIP 病房，里面布置豪华，空间很大，当然价格也不便宜。

顾影进去的时候，客厅沙发上坐着几个人。

产科病房里时常会有亲戚朋友过来看宝宝，并不稀奇，平时她都是目不斜视地走过去，不过今天她被那个悠闲地坐在沙发上玩手机的男人吸引了注意力。

江恂半个身子陷在沙发里，双腿随意伸长，姿态懒散。

顾影完全没想到会在这里遇见他，脚步顿了下。

“顾医生来了？”靠门边坐着的是张宜婷的老公，见到顾影进来他笑着站起身，“今天真是辛苦你了。”

“没有，这是我应该做的。”顾影回过去一个微笑，余光似有若无地往沙发方向瞟。

江恂闻言抬头看过来，两个人的目光在空中交会。对视两秒后，他若无其事地收回目光继续低头看手机。

顾影藏在口罩下的红唇抿了一下，她随即往里面走去，里间是产妇和宝宝休息的地方。

“你还好吗？”顾影走过去查看了一下张宜婷的刀口，“恢复得不错。”

“刀口有点儿疼。”张宜婷脸色苍白，语气哀怨，“你说我怎么这么惨？挨了两次痛。”

“别这样想，平安就好。”顾影叹口气，“毕竟这种事谁也无法预料。”

“为什么会这样？”张宜婷沮丧地说，“我那会儿使不出一点儿力气，平时也没那么娇气呀。”

“这跟娇气没关系，你可能是太紧张了。”顾影从口袋里摸出一个精致的小盒子放在床头柜上，“给小苹果的见面礼。”

因为今天是平安夜，所以张宜婷给宝宝取了个小名叫小苹果。礼物是顾影早就准备好的长命锁。

“那我就替小苹果谢谢顾影阿姨了。”张宜婷笑到一半就僵住了，“哎哟，疼死了。”

“你别动，少说话，”顾影帮她按了一下镇痛泵，“六个小时内不能喝水，省点儿口水吧。”

张宜婷舔了下干涩的唇，乖乖地安静下来。一旁张宜婷的妈妈见状，连忙拿蘸满水的棉签给她润了下唇。

"差不多也六个小时了。"顾影走过去把婴儿床里的小苹果换了个位置，"等会儿让你老公帮你翻个身，排气后方能进食。"

她又回到床边查看点滴的剩余量，状似不经意地问："外面坐着的是你朋友？"

"嗯？"张宜婷愣了一秒才反应过来，"他们是我老公的大学室友，铁哥们儿。"

她说完又问："他们不能久留是吗？"

"不是。"顾影面上有瞬间的不自然，"只要没吵着你和宝宝就行。"

顾影避免再跟她说话，检查完，交代了几句注意事项后走出病房。

又一次经过客厅，顾影放慢了脚步。她现在戴了口罩，江恂估计认不出来。

前几天晚上的那条短信石沉大海，对方压根儿没回复，不知道是没看到还是纯粹不想理她。

后来顾影也没继续发短信或打电话过去，怕给他造成什么困扰。

现在在这里碰到他，恰好那件衣服也让干洗店送到了医院，顾影不想错过这个机会。

于是临出门前，她停住脚步，回头。

"江恂。"

这是阔别多年后，顾影第一次喊他的名字。她都有一种恍如隔世的感觉。

江恂缓缓地抬头，脸上丝毫看不出情绪。

反而他身边的唐科和沈熠都很诧异，看看她又看看江恂，脸上仿佛写着"你们居然认识"。

"怎么了？"目光在她脸上定了两秒，江恂淡淡地问。

"你可以出来一下吗？"顾影被他疏离的态度影响到，说话不自觉紧张了几分。

顾影的紧张不只源于江恂的态度，还有他身边那两个人的表情。他们从最开始的诧异到审视，再到一种探究八卦的兴奋。

这让她感到无所适从。

江恛眼皮微抬，然后将手机放下站起身。

见他起身，顾影暗暗松了一口气，率先走出病房，来到斜对面的楼梯间。

等江恛跟过来在她的对面站定，她拉下口罩，不确定地问："我上次穿了你的衣服，你还记得吧？"

江恛眼眸微垂，似是嗤笑了一声："那晚顾小姐的形象着实有点儿难忘。"

顾小姐，不是没人这么叫过她，但是从江恛的口中听到这个称呼，她莫名地觉得不怎么舒服。这也说明他一开始就认出了她，反倒显得她上次发的那条短信有些可笑。

"我前两天给你发了条短信问衣服怎么归还，你没回，"顾影说完又补充了一句，"你衣服口袋里有一张名片，我在那儿找到的号码。"

"哦，"江恛态度很敷衍，"没注意。"

他这个态度不由得让顾影想起了李思怡之前的话，江恛的态度真的很不友好。

虽说他上学时期说话也冷淡，但是给人的感觉不一样。那时她只会觉得是他个性使然，不会觉得有任何不适。难不成自己现在的行为让他误会了什么？

"你可不可以在这儿等我一下？"顾影赶紧说出自己的目的，"衣服在我办公室里，我去拿过来还你，衣服已经洗好了。"

她说这话的时候，杏眼清澈明亮，里面带着隐隐的期待。

江恛看着她，忽然想起上学那会儿，一到晚自习或者课间，她都会带着一堆不懂的习题过来，跟他说："江恛，你给我讲讲这题好不好？我不会。"

江恛一般看都不看就拒绝："不会就去问老师。"

"可是我不敢问老师，我怕他嫌我不聪明。"顾影眨了眨眼睛，试图装可怜。

江恛觉得好笑："我就不会嫌？"

"你不会的。"她当时说这句话时眼神跟现在如出一辙。

顾影偷偷地观察他的神色，在她说完后他陷入了沉默，也不知道他在想什么。她刚要再问一遍，却听见江恂莫名笑了声："好。"

那笑像是自嘲，抑或是嘲讽，总之他不大愉悦。

"那我这就去拿，很快的。"顾影丢下这句话便转身离开。

住院部离门诊部有一段距离，顾影用最快的速度跑回办公室拿上衣服，一刻也没有耽误又原路返回。

回到住院部，顾影拎着衣服打算送去 VIP 病房，敲门之前她下意识地倾身往楼梯间看了一眼。这一眼让她缩回了手。

这个角度，她能看见江恂的衣服一角。

顾影抬脚走了过去。

楼梯间，男人还是她离开之前的模样，斜倚在墙壁上，窗外洒进来的光勾勒出他下颌的轮廓，棱角分明。

"给。"顾影来到他的面前把衣服递过去，随口道，"我以为你回病房了。"

"不是你让我在这儿等？"江恂扬眉，"刚说的话就不记得了？"

她是怕他离开医院，没让他非得站在原地等。再说，他也不是那种乖乖听话的主儿。

许是他三番五次不怎么友好的态度刺激到了她，顾影脱口而出："我没想到你这么听话。"

楼梯间光线昏暗，气氛霎时变得剑拔弩张。

江恂神色微愣，竟是给气笑了。见顾影难得表现出带刺的一面，他忽然朝她走了一步。

男人冷冽的气息渐渐逼近，高大的身躯将她笼罩在阴影里。顾影来不及后退便听到他低声问："我听话？"

两个人的距离介于礼貌和暧昧之间。他的语气似是反问又像是被惹恼后的质问。顾影感觉偏向于后者，毕竟她刚刚的话里带着明显的挑衅。

她插在口袋里的指尖微微一动，抬眸对上对方莫测的眼神，一时不知该作何回答。这样的江恂带给她一种前所未有的压迫感，但她这次莫名不想认输。

她的沉默以及她不闪不避的目光似是一种无声的对峙。片刻后，江恂目光扫过她微闪的睫毛，轻轻地哂笑了一声，随即转身离开了楼梯间。

顾影：“……”为什么她有一种被嘲笑了的感觉？

江恂回到病房，客厅里的唐科和沈熠第一时间围了过来。

沈熠盯着他的眼睛问：“你跟顾医生是什么关系？”

唐科指着他手中的袋子：“这是她给你买的衣服？”

江恂把衣服随手往沙发上一放，从口袋里掏出一个印着“聪明伶俐”字样的红包丢给沈熠：“给。”

沈熠接过红包，继续问：“你怎么跟顾医生认识的？”

“人家姑娘是不是在追你？”唐科说，“沈熠说顾医生平时冷静自持，刚刚跟你说话时可拘谨了，你是不是做过对不起人家的事？”

江恂身子一僵：“不是我。”

“什么？”唐科没听清，“不是，你们俩到底啥关系？”

“高中同学。”似乎被问得烦了，江恂吐出这几个字后便掏出手机，一副明显不愿再聊的姿态让另外两个人的好奇心直接被点燃。

“初恋？”沈熠问。

“白月光？”唐科猜。

江恂连眼皮都没抬一下，用行动告诉他们“别烦我，无可奉告”。

唐科盯着江恂看了几秒，忽然眼睛一亮：“我去问单浩天。”

单浩天是江恂的高中同学，如果江恂跟顾影有什么，单浩天肯定知道。

江恂听见唐科嘀咕，微微蹙了一下眉，终究没说什么。

这天下班回到家，顾影随意吃了点儿东西便坐在客厅里看电视。

没一会儿，她收到一条短信，短信只有短短的几个字：还有一个打火机。

她立马就知道了这条短信来自谁，因为对话框里还有一条自己前几天发出的短信。他提到的那个打火机正静静地躺在床头柜上。

顾影没想到他还会因为这个打火机特意发条短信过来问，毕竟他之前看起来对那件大衣不甚在意。

想了想，她回了一条短信：不好意思，我拿去干洗的时候把打火机掏出来了，打火机现在在我家里，我怎么给你？

那边隔了很久才回复：先放你那儿。

顾影有点儿摸不清江恫的心思。通过这几次相遇，她多少看出些他对自己的疏离。今天要不是她主动打招呼还衣服，两个人估计会像陌生人般擦肩而过。

他看起来不想搭理自己，更别说自己今天还惹到了他。但现在他主动问起打火机，问完了又不急着要。他这行为令人有些迷惑。

算了，她懒得去琢磨，放这儿就放儿这吧！万一哪天碰到他或者他想起来要打火机，她还给他便是。

顾影拿起打火机放在手心里仔细地端详，意外发现侧面刻了个字母：J。

J是江恫姓氏的首字母，看来打火机是私人定制款。如此一来，他主动发短信这事便有了合理的解释。

只是没想到这个打火机在顾影家里跨了个年。元旦之前她没碰到过江恫，对方后来也没联系过她，就好像那天只不过是他随口一问。

元旦这天晚上，顾影一个人在家里吃泡面。

她将头发扎成丸子头，窝在茶几前的地毯上，手里捧着泡面，眼睛盯着电视屏幕，因为受不了麻辣的刺激，不停地吸气。

放在茶几上的手机响了，是李思怡发来的视频邀请，顾影把电视静音，接起视频通话。

李思怡的脸瞬间出现在屏幕上："新年快乐！"

"新年快乐，你没跟男朋友出去玩？"顾影找个位置固定手机，解放双手继续吃面。

"刚刚一起吃了晚饭，他突然被公司叫去加班了。"李思怡说到一半，目光停在她手中的泡面上，蹙了下眉，"你就吃这个？"

顾影嗯了声："懒得做，一个人也不想出去吃。"

"你要是租我们小区的房子就好了，小杰做饭可好吃了，"李思怡说，"我经常去蹭饭。"

李思怡和杨杰住一个小区，相较顾影现在住的小区，那里离医院更近。

顾影对吃倒是没什么讲究，能填饱肚子就行。只不过天气越来越冷，她从这里到医院坐公交车需要四十分钟，还不包括从家里走到公交车站和等公交车的时间。所以值早班的时候，天还没亮她就得起床。

当时她租这个小区的房子主要是看中它便宜，户型是一室一厅，不用跟人合租，乐得自在。

"你们那儿有一居室出租吗？"顾影问。

"好像没有，"李思怡说，"市区的公寓也不便宜呢。"

"那算了。"顾影吃完最后一口面，拿纸擦了擦嘴，"我先待在这儿吧。"

"其实你可以不用这么省。"李思怡轻声道，"李院长不是说了嘛，那边并不需要你还钱。"

"要还的。"顾影似乎不愿意在这件事情上多说，开始转移话题，"你染头发了？"

李思怡笑着撩了撩自己的栗色长鬈发："对呀，好看吗？"

顾影笑："好看。"

女人只要一聊到发型、护肤品和衣服，就没完没了。顾影手机快没电了，两个人才不舍地结束通话。

新年第二天，顾影值白班。

中午用餐时，她接到了天骄儿童福利院现任院长李院长的电话："小影吃饭了没？"

"刚吃完。"顾影放下吃了一半的饭，问，"是有什么事吗？"

她跟李院长之间联系不多，没事对方不会给她打电话。

"是这样的，当年资助你的那人打来电话，让你不用再汇钱过去了。"李院长说完停了两秒，像是怕顾影不高兴，说话时有些犹豫，"你现在一个人也不容易，我的建议是，等你以后手头有足够的钱了再去还也不迟。"

跟昨晚一样，顾影没有回应这件事，而是说："我给小朋友们买了一些毛衣，地址填错寄到医院来了，我等会儿下班送过去。"

"行，那等你过来再聊。"

今天顾影到底是没能按时下班。

最后一个看诊的是一位怀孕三个月的年轻姑娘，陪同她一起来的是她的男朋友和妈妈。

女孩手持B超结果过来找顾影，从一开始顾影给她开检查项目到现在来看结果，女孩全程一副很不开心的样子。

顾影拿着B超单，平静地叙述结果："胎儿目前十二周了，长大概五厘米，器官开始运作，胎心正常。"

"医生，如果我现在不要孩子的话还能做掉吗？"女孩脸上没有一丝对新生命的期待，似乎这对她来说只是一个烦恼。

"可以。"顾影说，"你想好了就行。"

"你说什么胡话呢？"女孩的妈妈不满地呵斥了她一句，"打胎对身体伤害很大你知不知道？"

"可是我还不想结婚，他也不想。"女孩看向站在边上一声不吭的男朋友，"他也不想要这个孩子。"

女孩的男朋友戴了顶棒球帽，一身嘻哈风的穿搭，站在一旁像个事不关己的外人。

女孩看向他的时候，他耸了耸肩，说："我随你。"

"反正孩子不能打掉。"女孩的妈妈对嘻哈男说，"你联系一下你父母，我们找个时间见面，商量一下婚事。"

"我爸妈不在国内。"嘻哈男脸上一直是那种满不在乎的表情。

"那也给我叫回来！"女孩的妈妈明显怒了，"你不想负责是吧？"

"我不要他负责。"女孩拉住妈妈，"你别这么大声，丢死人了。"

"你们要不先去外面考虑吧，"顾影不愿听他们在这儿争吵，冷静地开口，"做好决定再进来。"

"医生，我决定好了，我不想要这个孩子。"女孩目光转向顾影，语气异常坚定。

"医生你别听她的，这孩子不能打掉。"女孩的妈妈要她起身，"走，我们先出去。"

"我不去。"女孩甩开妈妈的手，"我想好了。"

女孩的妈妈大声吼道："我不同意！"

顾影深吸一口气，难得多了句嘴："您应该尊重她的意见。"

女孩的妈妈一愣："什么意思？你这是赞同她打胎？"

"作为医生我不可能参与你的决定，我只是想告诉你，胎儿越大，打胎对身体的伤害也越大。"顾影抿了抿唇，继续说，"作为普通人，我想说的是，生宝宝之前一定要做好当爸爸、妈妈的思想准备，一定要担当起这份责任，免得让生下来的孩子在这个世界上受苦。"

女孩的妈妈脸色微变，似乎认真地思考起来。

"你得考虑孩子生下来以后的生活，考虑孩子有没有爸爸、妈妈疼爱。"顾影说，"生孩子不能是一时冲动的决定。"

顾影说完意识到自己说的话有点儿多了，端起面前的杯子喝了一口水，再开口时，又恢复成那个冷静的顾医生："抱歉，我只是希望每个人都能对自己生下来的孩子负责，您可以试着说服她而不是强迫她，你们再好好考虑一下吧！"

被他们耽误了一些时间，顾影下班时，暮色已经降临。

她抱着一箱御寒的衣物，在医院门口处打了辆车直接去儿童福利院。

半个小时后，出租车停在了那条窄窄的上坡路上。一辆开着双闪的黑色越野车挡在前面，司机打开车窗，按了下喇叭。

夜色中，只听见前面传来一个清冷的男声："抱歉，车抛锚了。"

"还真是抛锚了。"司机关上车窗，回头朝顾影道，"姑娘，上不去了。儿童福利院就在前面不远，你自己走一下吧。"

"哦，行。"司机的声音将顾影的目光从越野车上拉了回来。

她付完钱下车，走到后备厢前把装有衣物的箱子搬出来。出租车开始倒车离开。

顾影搬着箱子正打算贴着灌木丛越过越野车。此时，越野车暗黄色的双闪灯熄灭，车头大灯骤然亮起，暖白的光线一直延伸到了儿童福利院门口。

顾影一时站在原地没动，眼睛直直地盯着正前方。

越野车驾驶座的车窗打开，一只手伸在外面，指尖处有一点红光，被寒风吹得忽明忽暗。

她看着伸在外面的手收了回去，微弱的灯光下，一缕薄烟从里面飘出来，很快在风中消散。

"你还要站多久？"熟悉的声音再一次传来。

顾影眨了眨眼睛，原来她刚刚没有听错，车上的人真的是江恂。

这条路能到的地方只有儿童福利院，再往前走就是乡下，他怎么会在这儿？还有，他是在跟自己说话吗？

江恂的目光落在后视镜上，他清楚地看见女孩抱着一个大箱子站在路边，箱子遮住了她半边脸，只露出一双黑白分明的眼睛。此时这双眼里有疑惑和不解。

江恂捻灭烟头，开门下车。

箱子有些沉，但在顾影能承受的范围内，可能是抱的姿势不对，她感觉有点儿吃力。

顾影放下箱子，想换个姿势抱起来，刚蹲下去，就听到车门打开的声音。

她仰头，就见走过来的江恂先她一步抱起箱子往前走，他问："去儿童福利院？"

顾影对他突如其来的动作有片刻失神，待反应过来时，他已经越过了车身。

"是的。"顾影跟了上去。

男人搬着箱子走路看起来毫不费力，顾影忍不住打量他。他今天穿了一件皮衣，跟他酷酷的外表很配，加上他刚刚抽烟的行为，莫名给人一种玩世不恭的感觉。

这其实不是她所熟悉的江恂，但是这些特质出现在他身上又不显得违和，好像他本来就是如此。

气氛太过于安静，顾影决定随便聊点儿什么。她问："你怎么在这儿？"

江恂偏头瞥了她一眼："跟你一样。"

顾影没明白："嗯？"

"做好事。"江恂掂了掂手里的箱子。

顾影眸光微动，意外的同时又觉得理所当然。只是不知道他是经常来这里，还是突发奇想。

前面就是儿童福利院，到了门口，顾影伸手接过箱子，道："谢谢。"

江恂嗯了声，转身离开。顾影看着他走远才进入儿童福利院。

得知李院长在等她，顾影把衣服交给工作人员便来到了院长办公室。

李院长是个四十多岁的中年妇女，见到顾影，脸上立马露出温和的笑容："小影来了，快坐。"

顾影坐下后，先是问了一个与自己无关的问题："刚刚有人过来给儿童福利院送东西了？"

"刚刚？"李院长微眯着眼睛，做思考状。

"就是在我之前，"顾影提醒，"一个很帅气的小伙子，穿皮衣。"

"哦，你说小江啊。"李院长说，"他刚刚也送了一些衣服和玩具过来。"

"他常来吗？"顾影发现江恂看到她出现在这里时眼里没有丝毫意外，像是知道她的目的地就是儿童福利院。

"对，他隔一段时间就会来一次。"李院长说。

顾影呼吸微微一窒："什么时候开始的？"

李院长回忆了一下，有些不确定地说："大概一年前？"

一年前？那应该跟她没关系。

顾影忽略掉心底的异样情绪，开始进入正题："李阿姨，你知不知道资助我的那家公司当年是派谁来谈的，又是怎么选的我？"

"你见过呀，"李院长以为她忘了，提醒道，"就是那个魏叔叔。"

顾影语气稍显失落："就是他给你打电话让我不要还钱？"

"对。"李院长叹了口气，"小影啊，其实他们这种有钱人真的不会在乎这点儿钱，当时他们选择资助你，就没想过要你还钱。"

"那我也不能白拿别人的钱，人家资助我我已经感激不尽了。"顾影抿了抿唇，"李阿姨您就别劝我了，钱我是一定要还的。"

"行，那你也别亏待了自己，以后别给孩子们买东西了，这里不缺。"李院长微笑着说，"近些年很多好心人往这里寄东西。"

顾影点点头，继而又问："您能帮我问一下魏叔叔家的地址吗？我想过年过节给他寄点儿东西过去。"

顾影回国的时候提过要请魏叔叔吃饭，当面感谢他，但对方像是忘记自己还资助了这么一个人，婉拒了她。但就算别人不在意，她也不可以当白眼儿狼。

"我改天帮你问问。"李院长帮顾影倒了一杯茶放在她的面前，"你要去看看孩子们吗？"

顾影摇摇头。她现在来儿童福利院，内心有些抗拒去看那些小朋友。每看一次她都要难受好几天，心情待在谷底里出不来。

李院长从抽屉里拿出一个小礼品袋递给顾影："这是孩子们给你准备的新年礼物。"

顾影接过，看清礼物的一瞬间，鼻头一酸。

那是一只小羊羔布娃娃，一看就是出自孩子们之手。布娃娃的针脚很粗糙，还有棉花从缝隙中跑出来。眼睛用一大一小的黑色纽扣缝制，看起来有些滑稽。

但是这种手工活儿对于那些或多或少有些缺陷的孩子们来说实属不易，更衬得这份心意难能可贵。

顾影吸了吸鼻子，把娃娃挂在了包上面。

跟李院长聊了一会儿，顾影又去看了一眼顾慈。等她从儿童福利院出来时，差不多过去半小时了。

顾影发现那辆越野车还停在那儿，开着双闪。

江恂没有坐在车内，而是站在一旁的路灯下。男人的指尖捏着一根烟，手机贴在耳畔在打电话，微微蹙起的眉头显示出他的心情极其不爽。

顾影放慢脚步，内心在纠结是直接越过他走人还是打声招呼再走。

听到脚步声的江恂抬眼看过来。

四目相对，顾影不得不停下脚步。等他打完电话，顾影问了个非常傻的问题："你怎么还在这儿？"

江恂拿掉嘴里的烟，淡淡地道："等拖车。"

"哦。"顾影又一次陷入艰难的抉择中。也许是因为他刚刚帮了自己，她觉得自己这么直接走人有点儿不厚道，但是他们又不是那种可以陪对方等拖车的关系。

稍一犹豫，顾影指了指前路："那我先走了？"

江恂微微抬起眼皮看过来，道："帮个忙？"

顾影问这句话只是出于礼貌，左脚已经迈出去了，蓦地听到这句话，她堪堪收回脚："我吗？"

江恂象征性地左右望了望："这里还有其他人？"

顾影暗自叹口气："帮什么？"

江恂走到车前打开引擎盖，示意她过来："帮我打一下灯。"

顾影明白过来，他应该是想自己尝试修车。他不已经叫了拖车吗？为什么还要自己修？

然而没等她发问，江恂已经递过来一个手电筒："靠近点儿。"

于是顾影充当起了手电筒，还是声控型的。

"往左边照一点儿。

"对，就是这里。

"上面一点儿。"

江恂低沉如同大提琴的嗓音在夜里听起来尤为性感，顾影盯着他的侧脸，一时失了神。

直到江恂抬手挡住自己的眼睛，她才反应过来手电筒的光不知何时打在了他的脸上。

“不好意思。”顾影连忙将手电筒转了个方向，“我没注意。”

江恂站直身子，悠悠地看了她一眼：“才几分钟就不乐意了？”

顾影见他已经收起工具箱、关掉引擎盖，不免有些心虚：“不修了？”

“我再修眼睛可能会瞎。”江恂的手上沾了些机油，他稍抬下巴示意顾影去后备厢帮忙拿瓶水。

顾影取了瓶水过来，见江恂已经半蹲下身子伸出手，做出一副等待洗手的姿态，她拧开瓶盖往他手上倒水。

她脑子里不由自主地想起上个月二人重逢时的情景，差不多跟现在一样，只不过角色进行了调换。

男人的手指修长白皙，骨节分明，他洗手都洗出几分矜贵优雅来，一看就是养尊处优的公子哥儿。

顾影忽然想起他刚刚的话，犹豫几秒，开口道：“你是不会修吧？”

“……”

“还怪我。”

江恂洗完手拉开驾驶座的车门，从里面扯出几张纸擦干手。他回头看着面前眼里有埋怨之色的女孩，笑了下：“没错，我是不会。我也没说我会。”江恂的语气散漫又理所当然。

那她为什么要浪费这个时间？

顾影把手电筒还给他，沉默了一秒，还是礼貌地问：“你现在没事了吧？那我走了？”

江恂接过手电筒，看了她一眼，道：“谢了。”

顾影朝他点点头，继续往坡下走。

下了坡拐过便利店就是天骄街，顾影的肚子有点儿饿，她打算先买点儿东西吃。

不远处有一家煎饼店，这家煎饼店在顾影小时候就已经存在，店面又小又窄，仅能放下一个烤炉，在里面的老板想出来还得把烤炉搬开。

顾影光是闻着香味就馋了，走过去边掏手机边说："老板，给我一个煎饼，加里脊肉。"

顾影掏手机的时候指尖触到一个冰凉的物体，目光一顿，随即低头看过去，是江恂的那个银色的打火机。

那天收到江恂的短信后，她就一直把这个打火机带在身上，随时准备还给他，刚刚一时没想起来。难得碰上，她要不等一下还是返回去还给他好了。

煎饼店老板打了一个鸡蛋，手拿铲子把蛋液快速地抹平，香味扑鼻而来。

顾影忽然想，江恂是不是也没吃晚餐？他来得比自己早，吃了晚餐的可能性微乎其微。

想到这里，顾影又对老板说："再帮我做一个，加培根和鸡蛋。"说完又想起什么，她抿了抿唇，"算了，只要一个。"

顾影拿着做好的煎饼，走进拐角处的那家便利店，买了一杯牛奶和一个三明治。拎着这些东西，她又往坡上走。

江恂坐在车内，整个人有些烦躁。

手机屏幕亮起，上面显示的是他和唐科的微信对话框。

唐科：云城竟然还有拖车进不去的地方？你去那儿做什么？那你现在怎么办？

江恂低头回复：刚叫了牵引救援。

回完信息，他将手机随意地丢进储物箱里，闭目养神。

未几，车窗被敲了两下。

江恂睁开眼，隔着一层玻璃他看到了才离开不久的顾影，眼里的讶异一闪而过。他将车窗降下，问："怎么了？"

"这个还给你。"顾影朝他摊开自己的右手，手心里躺着他的打火机。

江恂眉梢微扬，随即伸手拿过打火机，指尖不小心碰到了她的手，那手跟打火机一样冰凉。

他抬眼，目光落在顾影的脸上。因为山间气温低，她的睫毛染上了一层水雾，泛红的鼻头在白皙的脸蛋儿上显得尤为明显。

就在江怉想开口说点儿什么的时候，对方又递过来一个小塑料袋，透明的塑料袋里装着牛奶和三明治。

"给你。我买了点儿吃的，猜你应该也没吃晚餐，顺便带了给你。"顿了两秒，她又添上一句，"这里的便利店东西不多，你将就一下。"

江怉听见"将就"两个字时微不可察地蹙了蹙眉，目光往下落在她的另外一只手上，问："那是什么？"

"煎饼。"顾影如实道。

"为什么不给我买煎饼？"江怉下意识地问。

"你不是不喜欢吗？"顾影反问。

江怉愣了愣："我什么时候说我不喜欢了？"

这段对话仿佛把他们带回了高中时代，一下子打破了两个人之前陌生人一般的相处状态。

江怉还在等她回答，似乎很在意这个问题的答案。顾影没说话，将手里的塑料袋丢进车内，一副"爱吃不吃"的态度。

见她要走，江怉慢条斯理地开口："上车。"

顾影吸了吸鼻子："嗯？"

江怉将目光又一次落在她手里的煎饼上："吃完再走。"

顾影盯着他的眼睛，想从里面看出点儿什么来，抑或是看出他说这句话的目的，但是对方神色淡然，好像只是随口一提。

顾影正想拒绝，脑子里冷不丁地浮现出刚刚她敲车窗之前看到的画面：男人眼睛紧闭，紧皱眉头，看起来很憋屈。这么想，很有可能是他一个人在这儿吃东西有些无聊，想找个人陪着。

想通这点，顾影秉着好人做到底的原则，绕过车头坐上了副驾驶座。她进车之后瞬间被暖气包围，才意识到外面有多冷。她的手快冻得没知觉了。

手里的煎饼还有温度，顾影捧着煎饼小口小口地咬。坐在有暖气的地方，又吃上了热乎乎的食物，顾影感觉身心无比舒畅。

她自顾自地吃了几口，发现旁边的人没有动静，转身一看，原来他又在闭眼假寐。

少了那道让人心慌的目光，顾影开始肆无忌惮地打量他。她从这个角度可以看见他纤长浓密的睫毛，路灯在上面洒下一层光晕。男人的五官棱角分明，透出一种张扬的帅气，什么都不做就能让人轻易移不开目光。

就在她看得正投入时，江恂猝不及防地睁开眼，捕捉到了她没来得及收回的目光。

目光对上，谁都没有开口。

顾影咽下口里的煎饼，好半晌才找回自己的声音："你为什么不吃？"

江恂原本想说不饿，没来由地又想起了她刚说的"将就"，便拿起那瓶牛奶，拧开瓶盖喝了一口。

他盯着牛奶瓶，嘴角微微勾起，心想，唐科说的没错，养生。

顾影继续吃着煎饼，借这个动作来掩饰自己偷看被抓的尴尬。

煎饼的香味在狭小的车厢内四散开来。

江恂百无聊赖地把玩着打火机，盖子打开又合上，车厢内响起吧嗒吧嗒的声音，气氛不至于太尴尬。

顾影吃完煎饼，身子也暖和起来。

这下真的该走了，她转身刚要跟江恂打招呼，就见他接起电话。

"嗯，你直接进来，看到一个便利店，右拐上坡。"

江恂的手指有一下没一下地敲着方向盘，即便他内心已经很不耐烦了，语气仍没有什么起伏地说："便利店的名字？没注意。"

顾影此时轻声插了一句："大良便利店。"

江恂分神看了她一眼，对电话那头说："大良便利店。"

看样子他马上就能离开，顾影在这儿也帮不上忙，等他结束通话，她问："拖车到了？"

江恂偏头，给了她一个很意外的答案："拖车进不来。"

顾影一愣："啊？"

拖车进不来？那他安安静静地坐在这儿等什么？他居然还叫自己上车吃东西，佯装岁月静好。

忽然想到一种可能，顾影不可置信地看向江恂。

"看我做什么？"江恂看着她变幻莫测的脸，觉得有些好笑。

顾影在心里组织了一下语言，温暾地道："江恂。"

"嗯？"

"我其实没什么力气的。"

江恂一脸莫名其妙的表情。

"如果你想让我跟你一起推车，我觉得这个办法行不通。"顾影一本正经地道。

江恂微愣，下一秒就摸清了她的脑回路，轻笑出声："那怎么办？"他顺着顾影的话，无奈地摊手，"这附近我也找不到人帮忙。"

江恂的眼睛是月牙眼，他不笑的时候，眼神很冷；笑的时候，眼睛弯成初月，像个阳光大男孩。

顾影被他的笑晃到了眼睛，导致说话都变得不利索："那……那你可以找朋友过来。"

"这里离市区远，朋友过来得好久。"江恂单手搭在方向盘上，像是逗她上了瘾。

顾影捕捉到他眼里的戏谑，也看出他的不正经，语气生硬地道："那跟我有什么关系？"

"这路上我也找不到第二个人了，我不抓住你，抓谁？"江恂问。

"那你自己一个人慢慢推吧。"顾影拉开门下车，关门之前还给他打气，"下坡路，你可以的。"

江恂轻扯了下唇，并未阻止她离开。

气温越来越低，路面上之前有积水的地方已经结了冰。

顾影裹紧自己的围巾小心翼翼地走在夜风中，才走了没几步，又被叫住了。

"等等。"江恂的嗓音伴随着开门声传来。

顾影叹口气，认命般地回头，抿了抿唇，轻声问："江恂，你是不是一个人怕呀？"

她想来想去也就只有这种可能了，虽然看起来似乎不大像。

一时间，周围万籁俱寂。

江恂眼皮狠狠地跳了几下，看向顾影的眼神充满了不可思议。

短暂的沉默过后，他拖长尾音说："被你看出来了。"

还真是这样。

这下顾影真不知道回什么才能不让他难堪。她记得网上有人说，安慰一个人最好的方法，就是告诉他自己比他更惨。

顾影清了清嗓子，因为冷不自觉地跺了跺脚："没关系，其实我也——"

怕字还没说出口，她脚下一滑，整个人倏地跌坐在地上。

江恂完全没料到这一幕的发生，急忙跑过去蹲下身想将顾影拉起。他问："怎么样？"

"别，你别拉我。"一阵剧痛从某个不可言说的部位传来，顾影挥开他的手好让自己缓缓。

江恂缩回手，维持着半蹲的姿势，低声问："很痛？"

"你说呢？"顾影没好气地嘀咕，"你怕又不早说！"

他要是早说，她也不用这样来回走，也不至于摔跤。

江恂单手搭在自己的膝盖上，并没有因为她的话而有任何不悦。他在一旁静静地盯着她的侧脸。

顾影的五官很漂亮，带了点儿天然的娇憨。此刻她拧眉抿唇，非但没有一丝威慑力，反而像是在撒娇。她如海藻般的长发被夜风吹乱，带来淡淡的清香。

江恂喉间泛起了痒意，别开目光。

几秒后，他朝顾影伸出右手，道："所以，你知道我怕，就留下了这个在车里陪我？"

顾影闻言将目光移到他的手上。路灯下，男人手里拎着小朋友送给她的羊羔玩偶，漫不经心地晃着。

一股热意渐渐蔓延至脸颊，顾影立马反应过来自己误会他了，同时她也意识到自己先前的话有点儿迁怒于他的意思。

一阵寒风袭来，陷入懊恼中的顾影冷得瑟缩了一下。

江恂不紧不慢的声音再次响起：“你还不起来？”他停了下，勾起唇角，“要抱？”

公交车上，顾影坐在最后排靠窗的位置。

窗外飞逝的灯光在她的脸上掠过，忽明忽暗间依稀可见一层淡淡的绯色。

时间回到一刻钟前，在江恂问完那句话之后，顾影蓦地仰头看向他。

相较于她的诧异，江恂显得淡定许多。他眉梢微扬，像是在认真地询问，丝毫没有察觉到自己话里的暧昧。

顾影自然没让他抱，而是攥着他的手臂借力站了起来。

再后来，江恂叫的救援车到了，为了不影响他办正事，顾影打算拖着仍有些痛的身子离开。

她刚转身，手腕就被他反手抓住，江恂将她上下打量了一番，问：“你可以走？”

“没事，就刚刚坐下去的那一瞬间有点儿痛。”顾影不甚在意地笑了笑。

当时刚好救援车上下来的人来找江恂，江恂定定地看了顾影两秒，丢下一句“手擦破皮了，你记得回去上点儿药”，便转身朝自己的车子走去。

顾影收回思绪，伸出自己又痛又麻的左手，白皙的手掌上大拇指根部的位置有几条红色的划痕，那是她摔倒用手撑地时摩擦而来的。

她当时并没有查看，在那么昏暗的环境下，也不知道江恂怎么就发现了。

今晚的江恂跟前几次比起来，说话的语气虽然还是很冷淡，但明显少了一些疏离感，给她的感觉是，两个人不再是陌生人，而是许久没见面的普通同学。那么他最后那句看似关心的话也可以理解为同学间的客气。

这也让顾影松了一口气，证明他已经忘了或者根本不在乎之前她做过的那些不成熟的事情。

顾影的目光落在重新挂回包上的小羊羔玩偶上，她忽然想起一件事，掏出手机给杨杰发了条微信：小杰，你们老板知道你是儿童福利院出来的吗？

杨杰估计在玩手机，回复得很快：知道，小影姐放心，老板对我特别照顾。

顾影又问：你进公司多长时间了？

杨杰：到前天刚好两个月。

两个月的话，那江恫去儿童福利院跟小杰没关系，兴许纯粹是如他自己所说的那般为了做好事？

但以她对江恫的了解，如果他想做好事，第一选择是直接打钱，连姓名都不留的那种。

手机上小杰又发过来了信息：其实我一年前在儿童福利院里碰到老板一次，那会儿院长妈妈刚出院，我在后院里陪她晒太阳，老板突然走了进来。那是他第一次来儿童福利院，就是你打电话给思怡姐，哭着说想回来的第二天。所以我去公司面试，老板一眼就认出了我。

顾影神情微怔。

一年前，她还在国外的一家医院里工作，院长妈妈生病那会儿，正是她考职称最关键的时期。

那家医院是她攻读硕士期间的实习单位，她留在那里继续工作一年就可以考中级职称，这样对她回国找工作很有利。所以那段时间她很煎熬，在李思怡的安慰和劝说下，才放弃了提前回国的想法。

她记得有一次跟李思怡通完话后自己还发了一条说说，大概内容是想回去看妈妈。

她平时很少发朋友圈，倒是偶尔会在企鹅空间里发条说说。

那时的空间对她来说更像一个树洞。

江恂的企鹅账号她有，但在顾影的印象中，他高中那会儿应该不知道她是孤儿，班上的同学也没几个知道的，毕竟她那会儿有“爸妈”。

顾影摇摇头，甩掉脑子里那些不切实际的猜想。

手机振动了一下，又进来一条消息。

小杰：别看我们老板看起来难相处，其实人挺好。

杨杰以为顾影对江恂印象不好，为了让她放心才解释这么多。

顾影莞尔，回复小杰：我知道。

公交车停停走走。

顾影靠在车窗上，耳畔不合时宜地响起江恂针对煎饼问出的那句话：“我什么时候说我不喜欢了？”

顾影无声地笑了下，他是没说过不喜欢，但他表现出的样子跟不喜欢差不多。

煎饼对顾影来说是个美好的词，但是煎饼加上江恂，这两个不同的物种合在一起，对她来说就不那么美好了。

她高中那会儿，一腔热情地想把自己喜欢的东西分享给他，煎饼就是其中之一。

那时候的顾影已经不住儿童福利院了，买煎饼都是去学校对面的那个煎饼摊，往往早上还要排队。

三块钱一个的煎饼对顾影来说算奢侈品。因为那时候她周末还要出去做兼职，自己赚取生活费。但在这种情况下，给江恂带煎饼她心甘情愿。

有一天早上，顾影在排队买煎饼，轮到她的时候，她向老板要了两个。

她喜滋滋地站在边上等，旁边忽然传来一道充满不屑的嗓音：“给江恂带的？”

顾影回头，是一个眼熟的女生，看起来是校友，但她不知道对方的名字。

“是呀。”

顾影理所当然的语气让对方噎了一下，那个女生说：“江恂才不会吃这种东西。”

“为什么？”顾影似是觉得很不理解，“煎饼很好吃呀。”

那女孩像是被她无语到了，干脆转身走人。

顾影耸了耸肩，以为这件事到此为止，结果等她拿着煎饼走进学校，那人又跟了上来。

“你是真不懂还是假不懂啊？”女孩嗤笑一声，“你知道江恂家是什么条件吗？”

“不知道。”顾影老老实实地道。

“他爸经营一家很大的公司，是云城有名的商人，他出门有车接送，随随便便一件衣服就能抵别人几个月的生活费。”女孩嘴角勾起，语带嘲讽，“你觉得他会吃你三块钱买来的煎饼吗？”

“会呀。”顾影杏眼微弯，“他前天就吃了。”

那女生被顾影气走了，但是她的话被顾影记在了心上。

尤其是她走之前说：“你真以为你这种人能追上江恂？就算他现在看起来不讨厌你，也是看你有几分姿色罢了。”

顾影当时还对她说了声“谢谢”。

她的回答很傻，但她又不是真傻，自然知道那个女生在说什么，也知道那个女生的目的。

有的人看见了一朵喜欢的花，但这朵花长在悬崖峭壁上不敢去摘，看到别人已经爬了一大半眼看就要摘到花，就在下面乱跳脚，警告说：这朵花有刺还娇贵，你摘不到，摘到了也养不活。那个女生就是这种人，她的忌妒是真的，花难摘难养也不假。

顾影以前或多或少也听班里的同学说过江恂家的条件不错，她根本没放在心上，因为对她来说，周围大部分人属于条件不错的范畴。

她小时候不懂事，从来没有因为自己是孤儿这件事自卑，虽然她叫顾影，但她从不顾影自怜，照样跟人正常相处、交流。

那天她提着两包煎饼来到教室时，江恂还没到。

顾影这次没有像往常一样把煎饼放到江恂的桌上，而是分了一个给同桌。

第一节课下课，顾影去后排打水，经过江恂的时候，一道惫懒的嗓音响起："早餐呢？"

顾影心下一慌："啊？"

"不是你昨晚给我发短信让我别吃早餐？"江恂抬了抬眉，"忘了？"

"忘倒是没忘，"顾影抓着手里的水瓶盖，讷讷地道，"但是你又不喜欢吃煎饼。"

"是不怎么好吃，"江恂笑了，"里面还有蛋壳。"

顾影感觉有点儿沮丧，放弃了对方难得主动找自己聊天的机会，继续去打水。

她回来再经过江恂身边的时候，一瓶杧果牛奶被递到眼前，他说："给你配煎饼吃。"

顾影接过，有点儿心虚："可是我都吃完了。"

"所以你自己吃了没给我带是吧？"江恂缓缓地点头，"可以。"

翌日清晨，天空下起了小雨，整个云城像是笼罩在了朦胧的烟雨中。

顾影进医院前抖落了雨伞上的水珠，来到办公室开始了今天一天的坐诊。

上午十点，顾影又遇到了昨天那个女孩，女孩这次是跟妈妈一起来的，男朋友没来。

"医生我想好了，决定打掉孩子。"女孩跟昨天相比淡定了许多，像是一夜之间从小女生长成了大人。

她妈妈站在边上不说话，只一味地摇头叹息。

顾影一点儿都不意外，昨天她说完那番话后就已经料到会有这样的结果。当然，这也是她认为的最好的结果。

"行，我现在给你开单子，你明天上午过来做手术，"顾影边在电脑上操作边提醒，"记得不要吃早餐。"

顾影把诊疗卡递给她，又说："以后这方面要注意，女孩子要爱惜自己的身体。"

女孩接过诊疗卡，眼眶渐渐湿润："谢谢医生。"

离开之前，女孩妈妈朝顾影点了点头，这里面包含了歉意和感谢。

坐了一上午诊，顾影连口水都没顾得上喝。

午休时间到，她刚拿起水杯喝了一口水，院长夫人林夜蓉便走了进来："小影，累不累？"

林夜蓉两鬓已经斑白，但五官不显老态，穿着高雅贵气，不难看出年轻的时候是个美人。

"不累。"顾影站起身，笑意盈盈地说，"您怎么来了？"

"昨天有人送了一箱樱桃给我，我吃不完，带点儿过来给你们尝尝。"林夜蓉将带来的樱桃放在办公桌上，又拉开椅子坐下，"你不急着去吃饭吧？"

"不急。"顾影跟着坐下来，"我一般都去得晚。"

"阿姨很喜欢你，你应该也知道。"林夜蓉看顾影的眼神像是在看自己的女儿一样，还带着点怜惜，"你不是没男朋友吗？阿姨给你介绍一个怎么样？"

顾影失笑："阿姨，我现在工作比较忙，没时间谈恋爱。"

"年轻人谁不上班哪，恋爱当然是下班时间谈。"林夜蓉笑着说，"你这么漂漂亮亮一个小姑娘，阿姨生怕你随便找个人将就了。"

林夜蓉认识顾影不久，一开始被她的善良和懂事吸引，后来接触的过程中发现她内心有一点点敏感，这种敏感源于她的身世。这一发现让林夜蓉越发心疼这个孩子。

听到这句话，顾影心口微微一颤，感动的同时还有一种内心深处的想法被看穿的震惊。

她敛了敛神，用轻快的语气说："那麻烦林阿姨了。"

"行行行，"林夜蓉声音带笑，"这件事就包在阿姨身上了。"

林夜蓉从顾影那里离开后直接回了家，路上，她打了个电话。

"曼文，忙吗？

"不打麻将，我就是跟你确认一下你儿子是不是还没找女朋友？

"对对，就是这事，我们医院有个从国外留学回来的女医生，又漂亮又有能力。

"哎哟,你问人家家世干吗?难不成你们家还讲究门当户对这一套?姑娘好不就行了。

"对嘛,我儿子要是没结婚才不会介绍给你。

"那你先跟你儿子说说,到时候约个时间直接让俩孩子单独见面,我们这些长辈也别掺和。

"行,就这么说定了!"

下午五点二十,离下班还有十分钟。

顾影正在给今天最后一位看诊的孕妇开补铁药丸,孔莹风风火火地从外面跑进来,脸上满是开心的笑容,到嘴边的话在看到现场还有病人后又咽了回去。

顾影好笑地看了她一眼,心里已经猜到让她这么激动的原因了。

孕妇离开后,孔莹迫不及待地开口:"小影姐,我考试通过啦。"

"恭喜呀,你离留在医院里又近了一步。"顾影由衷地替她高兴,虽然她可能不需要。

"我需要庆祝一下,晚上请你吃大餐。"孔莹朝顾影眨了眨眼睛,"赏脸吗?"

顾影莞尔:"为什么不?"

云城一天比一天冷,今天还下了一整天小雨。

地铁上的老人家在唠嗑,说这种情况一般得下一场雪才会放晴。

顾影虽然怕冷,但她喜欢下雪天,听完老人的话,内心竟生出了几分期待。

孔莹选的地方是市中心的一家私房菜馆,两个人出了地铁站,由孔莹领路七拐八拐地来到目的地。

这家菜馆闹中取静,里面别有洞天。白墙、灰瓦、回廊和六边形拱门,像极了缩小版的江南园林。

结果到了前台,她们被服务员告知现在已经没位置了。

"啊?"孔莹一脸蒙,"没了?"

服务员脸上挂着歉意的微笑："已经全部预订完了。"

孔莹回头看着身后的顾影，神情有些沮丧："我忘记预订了，现在只能换地方了。"

"没关系。"顾影对吃的没什么讲究，能填饱肚子就行，何况市中心这块找个吃饭的地方很容易。

两个人踏出店门，走在回廊上。烟雨中的园林美如画，顾影觉得没吃上饭，欣赏一番美景也不枉此行。

"哥？"孔莹将目光停在前面某处，眼睛一亮，"你也来吃饭？"

顾影闻言看过去，迎面走来两位身形高大的男士，看到右边那个，她神色一愣。

好巧。

江恂恰好看过来，走到离她们一米远的地方站定，视线转向孔莹，淡淡地应了声："嗯，你吃完了？"

一旁的唐科目光先是在孔莹的身上定格一秒，最后落在她左侧的顾影身上，以为江恂没看见，他用胳膊撞了江恂一下，悄声提醒："欸，你的老同学。"

江恂又轻轻地扫了一眼顾影的左手。

在他再次看过来的时候，顾影想回一个礼貌的微笑，怎知微笑还没扯开，对方已经错开视线。

"没呢。"孔莹没注意到他们的互动，说起这个就有点儿郁闷，"我本来跟同事来吃饭，可惜这里没位置了。"

不等江恂开口，唐科便建议："我们订了个包间，要不一起？"他之前见过孔莹，知道她是江恂的表妹。

"不了吧。"孔莹下意识地看了一眼顾影，嘴上这么说，实则在征询她的意见。

唐科趁机补充道："反正都是熟人，是吧，顾医生？"

唐科邀请她们一起其实有私心，他对顾影太好奇了！好奇心没有得到满足真的是件非常痛苦的事情，这送上门的机会，哪有不抓住的道理。

一直充当隐形人的顾影突然被提及，非常实诚地反驳："不是。"

唐科："……"

孔莹大笑："小影姐可没那么好撩。"

唐科眼皮子一跳，急忙解释："我哪儿敢撩顾医生，她跟你表哥是同学，我们见过一面。"

"你们是同学？"孔莹看了看顾影，又看了看江恂，"看不出来呀！"

顾影像是为了证明两个人是同学，微笑着跟江恂打了声招呼："好久不见。"

江恂似乎并不领情："不是前几天才见过？"

顾影："……"

察觉气氛变尴尬的孔莹拉了拉她的手，小声嘟囔："我哥这人就这样。"

得知顾影和江恂是同学，孔莹也不推托了，拉着她转身往回走，跟随他们去包间。

坐下之后，他们的话题一直围绕着江恂转，主要形式为：孔莹和唐科提问，顾影作答。

"小影姐，我哥这个人是不是很不好接触？"孔莹问。

顾影似在认真地点菜，回答得稍显敷衍："还行。"她现在才知道，原来孔莹以前提到过的脾气不好的表哥就是江恂。

"不过凭我哥这长相，在学校里肯定有很多女孩追吧？"孔莹偷偷地瞥了一眼江恂，见他神色没什么变化，继续问。

顾影含糊地嗯了声，心想：大小姐你别问了行不行？

江恂就坐在她右边，她都不敢往旁边看。江恂有很多人追，自己还是其中之一，这种话她打死都不会说。

孔莹接过菜单点菜，似乎听到了她的心声没继续问。

还没等顾影喘口气，唐科又把问题接上了："那些追江恂的女孩中，有没有让你印象特别深刻的？我们上大学期间有不少女孩追他，我记得有个女孩还自称是他的女朋友来着。"

唐科说完感觉有一道冷冷的视线落在自己身上，不用看也知道是谁。他笑着迎上江恂的视线，耸耸肩，说："就……随便聊聊。"

唐科的前半句话让顾影紧张了一下，后半句话却让她内心莫名失落，其实不需要听别人说她也知道，像江恂这样的天之骄子，到了大学肯定更加受欢迎。

顾影端起茶抿了一小口，掩饰自己复杂的情绪，说："我不大清楚。"

"那他以前谈过恋爱吗？"唐科根本不给她喘气的机会。

顾影偏头，目光不经意地瞥了江恂一眼。

对面的两个人还在等她回答。而江恂从容得好像置身事外，明明他才是话题中心的人。

顾影清了清嗓子，继续敷衍："我不知道。"

她在一中的时候江恂没谈过恋爱，但是高三下学期她不在一中了，这期间什么都有可能发生，所以她说不知道也没错。

话音刚落，她隐约听到旁边传来一声哂笑。

"那你呢？"唐科脸上挂着无害的笑容，"你对江恂——"

"还吃不吃饭了？"话还没说完，江恂把菜单往他面前一扔，眼帘微抬，"我们不熟。"

唐科听出他语气里的不爽，心里暗道不妙，看来玩笑开过火了。他接过菜单，摸了一把鼻子，说："吃饭吃饭，我要一份清蒸鲈鱼。"

孔莹暗自庆幸，虽然她也八卦，但是她会看脸色，表哥真正发起火来她根本遭不住。对于他跟小影姐不熟这件事在她看来再正常不过，因为她从没见表哥跟哪个女孩走得近过。

"我们不熟"这种话听在顾影耳里，乍一听像是在给她解围，细想一下，就目前来说他们两个的关系确实是这样。

顾影又喝了一口水，脸上没有丝毫变化，只不过心口像是被人撞了一下，不痛，但有点儿闷。

因为刚刚的这个小插曲，这顿饭大家吃得非常安静。

饭后，顾影跟孔莹坐上了江恂的越野车，唐科自行回家。

孔莹住的地方离市中心不远，不到一刻钟，车子便停在了她的小区门口。

"哥，谢啦。"孔莹解开安全带，拉开车门下车，"小影姐明天见。"

孔莹下车后，车子重新启动。

车厢内安静得能听见空调运作的声音，一种无形的尴尬在空气中蔓延。

"你住哪儿？"江恫率先出声。

"莲花一村。"顾影答。

两个人一路无话。

到了莲花一村门口，顾影拉开车门之前，礼貌地说："谢谢。"

江恫偏头，默默地盯着她，过了几秒才懒洋洋地嗯了声。

顾影开门下车，往小区门口走去。

江恫坐在车内，看着她走进小区，收回视线正要离开，电话响了，他接起。

"真生气了？"电话那头传来唐科带了点儿试探的声音。

江恫把手机开免提，丢在一旁，从储物箱里掏出一根烟点燃。夜里的寒风从窗外刮进来，他却丝毫不觉得冷。

"喂，我就开个玩笑，这不好奇嘛。"听江恫没回话，唐科又道，吊儿郎当的声音里夹杂着一丝心虚。

"单浩天难道没满足你的好奇心？"江恫声音低沉，"能不能开玩笑你自己心里没点儿数？"

看来江恫是真生气了。

唐科现在悔不当初，主要是难得碰到个能跟江恫扯上关系的姑娘，自己一下失了分寸。

"你开我玩笑可以，人家一姑娘，你想让她怎么回你？你这不故意让她难堪吗？"江恫眉微蹙，目光再一次看向顾影消失的方向。

"嗯，是我考虑不周。"唐科老实认错，心里对顾影的好奇却只增不减。

上次他问单浩天江恫和顾影的关系，对方只说顾影是当年追过江恫的女孩之一。

那天在医院里看江恒对她的态度，疏离中透着些许冷淡，唐科一度怀疑顾医生对江恒余情未了，江恒则是流水无情。

今晚这种情况，唐科算是看清了，他冷淡个屁！不知道的人还以为当年追人的是江恒。

"挂了。"

江恒坐车里抽完一根烟，待车厢内的烟味散尽准备驱车离开。

又一阵来电铃声阻止了他的动作，他拿起手机按下接听键："妈？"

叶曼文不疾不徐的嗓音在那边响起："晚饭吃了没？"

江恒无奈地叹了口气："吃了。"

"妈妈跟你商量个事，"叶曼文懒得啰唆，直接进入正题，"你林阿姨说给你介绍个女朋友，是她们医院的医生。你把这周末的时间空出来，去跟人家见一面。"

"我不去。"江恒双手搭在方向盘上，神情寡淡，拒绝得很干脆。

电话里沉默了两秒。

叶曼文的嗓音带着些讨好的意味："见一面，你就当结识个新朋友，我又不是非让你谈恋爱，人家姑娘还不一定看得上你呢。"

"你就别操心这些了。"江恒抬手按了按眉心，"女朋友我自己会找。"

"你天天不是工作就是跟唐科那几个人一块玩，一个女性朋友都没有，你去哪儿找？"叶曼文突然有些生气，"我每次跟朋友说好了你都不去，你至少给妈妈点儿面子吧？就见一面，行不行？"

江恒不松口。

"妈妈要被你气出病来了，"叶曼文语气缓和了几分，"就见一面？不喜欢咱就走。"

半晌，江恒说："行，那你也答应我，没有下一次。"

第三章
相　亲

　　第二天是周四，顾影早上有台手术，天才蒙蒙亮她就打车到了医院。

　　上午十点，她从手术室走出来，换好衣服回到门诊部。

　　顾影发现手机上有两个林阿姨的未接来电，立马拨了回去："林阿姨，我刚刚在做手术。"

　　"辛苦了。"电话那头林阿姨的声音依然很温和，"我来跟你确认一下，你这周日休息是吧？"

　　顾影大概知道了对方打这通电话的目的："对。"

　　"我有个朋友的儿子年纪跟你差不多大，小伙子人不错，阿姨想介绍你们认识一下，你看行不？"林夜蓉的话里透露着对顾影的尊重，不会让人有一丝不适。

　　"可以，我听阿姨安排。"顾影乖巧地应下，毕竟自己上次答应了对方。

　　"那阿姨等会儿把你的微信号给他，你们可以先聊聊。"林夜蓉说，"你只管好好上班，阿姨保准儿给你安排得妥妥当当。"她说完笑呵呵地挂了电话。

顾影放下手机后，脑子有一瞬间放空。

她忽然忆起昨晚江恂说两个人不熟时的表情。男人语气冷硬，像是在生气。现在想来，他很有可能是不爽自己的名字多次跟她一起被提及，也不想提以前的事，也有可能是他根本就忘了这回事，突然被提起影响了心情。

他的这种态度顾影其实可以理解，毕竟以前的事对他来说的确不是什么光彩的回忆。她站在他的角度上，自己当年的行为委实不妥。他还能把自己当普通同学一样对待，多半是他良好的教养在支撑。

也许是她最近碰到江恂的次数太多，顾影心底某些不受控的基因开始蠢蠢欲动。这不是一个好现象。

如果说之前她还对相亲有所抵触，那么这一刻她变得有些庆幸，或许自己该好好地对待一番了。

很快到了周日。

前一天晚上，顾影被临时叫去做了一台手术，回到家已经是后半夜了，洗完澡吃了点儿东西差不多破晓才睡着。

以往这种情况，顾影基本会睡上一整天。但今天显然不行，林夜蓉怕她忘记下午的相亲，特意打了个电话过来提醒。

顾影挂断电话，看了一眼时间，才十二点半，跟对方约的是下午四点半。

时间还早，顾影本打算再睡一会儿，但在床上躺了几分钟没有睡意，叹口气还是决定起床。

她磨磨蹭蹭地洗漱完，感觉肚子有点儿饿，从冰箱里拿出几片吐司和一杯牛奶打算先垫一下肚子。

一阵来电铃声打破了满室寂静，李思怡打了个电话过来："你在干什么？"

顾影把手机开免提丢到餐桌上，撕开吐司包装，说："刚起床。"

"晚上一起吃饭？"李思怡问。

"我要去相亲。"顾影说。

"相亲？！"李思怡震惊的声音传了过来，"你们院长夫人介绍的？"

顾影嗯了声。她之前跟李思怡提过林阿姨要给自己介绍男朋友这件事。

"挺好，你是要找个人照顾你了。"李思怡震惊过后很快平静下来，"我跟你说，你们院长夫人认识的人肯定不简单，你记得好好打扮一番出门。"

顾影听着手机里传出的声音，随意地应了一声。她倒希望对方是个简简单单、家世一般的人，这样她才没有心理负担。

许是听出顾影语气里的敷衍，李思怡非常认真地喊了她一声："顾影。"

"怎么了？"顾影把空掉的牛奶瓶丢进垃圾桶里。

"自信一点儿，你这么漂亮又留过学，还有一份这么体面的工作，这些足够让很多年轻人羡慕了，所以呀，"李思怡语气轻快，"你不要因为一些自己不能选择的出身就觉得配不上别人，你看我大学都没读完，不照样谈恋爱？"

"我知道。"顾影咬着干巴巴的吐司，心里暖暖的，"你又不差，你现在工资多高呀。"

李思怡在一家房地产公司当房产销售，工作很累但提成高。

顾影自认为是个乐观的人，从小到大都是，但是现在这种乐观对某些人和某些事免疫。

"那可不！"李思怡笑了，"我不跟你说了，你赶紧去打扮。"

结束通话，顾影继续啃了两片吐司，在沙发上看了一会儿电视才慢吞吞地起身去洗头发。

出门前，她难得给自己化了个淡妆。

顾影站在衣柜前纠结了许久，最后放弃了保暖但会显得臃肿的羽绒服，选了件呢子大衣穿上。

相亲的地点林阿姨昨天已经发到她手机上了，是市中心一家有名的咖啡厅。林阿姨还买了两张电影票，电影院就在咖啡厅楼上，林阿姨可以说是最贴心的媒婆了。

顾影感觉今天跟她相亲的这个人肯定不是自愿的，不然这种事也轮不到林阿姨准备。据林阿姨说，对方工作很忙，可能没时间提前准备这些。顾影则觉得不尽然。

昨天晚上林阿姨给她推送了一个微信名片，说是男方的微信号，顾影加了。

对方的头像是一个卡通人物，像是某个游戏里面的角色。不知道他是不是在忙，好友申请一直没通过。

上次通话时林阿姨就表示会把顾影的微信号给他，但顾影这几天一直没收到新的好友请求，这就说明对方拿到她的账号后根本没理会。

他真就忙成这样？

不过对方是不是自愿这件事对顾影来说影响不大，她也是盛情难却，顺便交个朋友转移一下注意力，没什么其他的想法。

想着想着，顾影已经到了约定的咖啡厅，此时是下午四点二十五分。

她扫了一眼店内，发现只有靠窗最末尾的位置坐着一位男士，但是对方的桌上摆着一台电脑，一看就不像是来相亲的。

那就是对方还没来，顾影随便找了个座位坐下。

咖啡厅内暖气开得很足，她将外套脱了搭在椅背上，睡眠不足加上肚子里没什么东西，她整个人显得有气无力的。

江恂到的时候就看到这样一幅画面：女孩身穿一件黑色毛衣，单手撑着脑袋看向窗外，颊边散落几缕碎发，恹恹的样子好似随时都能睡着。

他走过去在她对面坐下。

余光瞥见对面坐下一人，顾影缓缓转头，待见到来人时，她的杏眼渐渐瞪圆："你怎么在这儿？"

江恂召来服务员要了一杯咖啡，之后才慢条斯理地回答她的问题："相亲。"

优雅舒缓的钢琴声回荡在整个咖啡厅，在本该让人放松的环境里，这两个字像平地一声惊雷砸得顾影晕头转向。

她突然觉得自己的脑子不大够用："你也来相亲？"

“怎么，你也是？”江恂漫不经心地反问，还掏出手机在屏幕上划了几下。

几乎是下一秒，顾影放在桌上的手机亮了。

她拿过来一看，是一条微信通过好友申请的消息。她看了看对面的人又看了看手机屏幕，脑子里一闪而过的想法在对话框进来一条消息时得到了验证。

J：江恂，我到了。

顾影放下手机，喝了一口咖啡压惊，一抬头就对上了江恂漆黑的眸子。

不知道为什么，这样的目光竟让她产生了一种不敢与之对视的感觉。

还没搞清楚这种感觉的由来，她又想起了另外一个问题：他刚刚直接坐过来，一点儿犹豫都没有，难不成早就知道了相亲对象是她？

“你早就知道是我？”沉默半晌，顾影问出了心中的疑惑。

“不知道，我看了一圈发现就你符合。”江恂靠在椅子上，姿态懒散。

“符合什么？”顾影不解，难道林阿姨形容过她的长相？

“就你一个单身女性。”江恂说。

顾影重新环顾了一下店内，发现明明还有两桌都只有一个女孩坐着：“那俩不都是吗？”

江恂顺着她手指的方向随意地看了一眼，说：“她们一看就是有男朋友的人。”

顾影一下就不开心了：“就我看起来像大龄单身剩女？”

注意到对方嘴角下拉，江恂端起咖啡喝了一口，眼里有笑意一闪而过。

顾影的不开心只持续了一两秒，脑子很快被“江恂就是她今天的相亲对象”这个事实所占据，以至于她都不知道该说些什么。她双手握着陶瓷咖啡杯，不安地坐着。

江恂也没着急开口，目光肆无忌惮地落在她的脸上。顾影的皮肤在黑色毛衣的映衬下白到发光，眼睑下方隐约可见的乌青让她看起来有几分病态，好像一碰就碎的瓷娃娃。

“靠门边的那个女生手上有戒指，你身后那桌她的男朋友刚离开。”江恂低低的嗓音把顾影的目光勾了过去，花了两秒钟她才反应过来对方是在解释刚刚的话。

顾影点点头，忽然想起微信的事：“那我昨天加你微信你怎么没通过？”

“你看信息吗？”江恂的眼皮微微抬起，他意味深长地说，“我以为你从不用这种社交方式。”

顾影握着咖啡杯的手紧了紧，她就是再迟钝也听出了对方的话意有所指。

也许前段时间的那条短信也不是如他所说的那般“没注意”。

原来这些天自己的猜测都是错的，他并没有忘记以前的事情，反而以此奚落她。

他还挺记仇，顾影想，不过他能把这件事以开玩笑的方式说出来，是不是代表他也放下了？

“你之前发短信过来，我不是回了吗？”顾影怕他不记得，添了句，“问打火机那次。”

江恂只是瞥了她一眼，并未出声。

接下来一段时间里他们都没有玩手机，也没有说话。顾影感觉有一种微妙的尴尬在二人之间蔓延。她偷偷地瞄了一眼江恂，他看起来依旧淡定从容，似乎尴尬的只有她自己。

于是顾影主动挑起一个话题：“你跟林阿姨是什么关系？”

“我妈的朋友。”

“哦，她是我们医院院长的夫人。”

“我知道。”

“你今天休息？”

“嗯。”江恂嗓音很淡，顾影的每一句话他都回，但他每次的回应都让人接不下去。

顾影安静下来，转头看向窗外。

天空乌云密布，狂风大作，预示着一场大雨即将到来。

“我们是不是要自我介绍一下？”江恂盯着她的侧脸，冷不丁地来了这么一句。

顾影看过去，脸上写满问号。

“按理说是这么个流程。”江恂转了一下手机，一副公事公办的口吻。

顾影脱口而出：“你很熟悉？”

江恂愣了一下，随即轻笑出声：“电视剧里不都这么演？”

顾影说：“那你先开始吧？”

“我觉得我们可以省去这个步骤，”江恂轻点了一下桌面，“直接进入下一个流程。”

“为什么要省去？”顾影将一缕碎发拨至耳后，抬眼后说，“我们又不熟。”她说完这句话有一种为自己出了一口气的舒畅感，连带看对方的目光也多了几分底气。

江恂意外地抬了抬眉梢，平静地回望她。

顾影昂起的头，在对方明目张胆的注视下一点点低下来，底气渐渐减弱，视线也从他身上不动声色地移到面前的咖啡上。

一声轻笑自对面传来，江恂道：“你躲什么？”

“……”

“心虚？”

“我心虚什么？”顾影重新抬头，“是你自己说的。”

“那我要怎么说？”江恂稍稍歪头，状似思索，“说你是我的……”

顾影眼睫微颤。

“同桌？”

顾影暗自松了一口气。她其实不介意让人知道她追过江恂，那确实是她做过的事情。但是一聊到这个话题，势必会牵扯出一些她没办法解释，又或者是现在已经没必要解释的事情。

好在江恂没有继续这个话题。

顾影的肚子空空的，她饿得心慌，注意力开始分散。

江恂去外面接了个电话，接完电话回来就见顾影半趴在桌上。

“怎么了？”他问。

顾影不好意思地笑了：“饿了。”

“那就去吃饭。”江恂拿起搭在椅背上的外套，居高临下地看着她，“你想吃什么？”

顾影从善如流地站起身：“随便。”

江恂率先走出咖啡厅，问：“上次那家怎么样？”

顾影知道他问的是哪家私房菜馆，不过那家店好像离这儿有点儿距离。

“林阿姨买了电影票。”顾影往上指了指，“电影院就在这楼上。”

江恂站在电梯前准备去地下停车场开车，闻言看向她，问：“电影几点开始？”

顾影看了一眼手机：“晚上八点。”

江恂仍带她上了车，车子启动前他状似不经意地问：“你都不知道相亲对象是谁，就打算吃饭看电影？”

“这不是林阿姨安排的吗？我也没有非要去。”顾影并没有觉得哪里不对，既然接受了相亲，最起码今天得好好配合。

“那就去。”江恂启动车子，“别浪费。”

其实顾影也是这么想的，不然她只能回家补觉。

两个人吃饭没花多少时间，吃完又赶回之前的商场。

电影院就在商场的四楼，顾影先去自助机上兑换了电影票。

江恂扫了一眼周围几个捧着爆米花和饮料的女生，在顾影走过来的时候，下巴往那边抬了抬：“要不要？”

顾影摇摇头。晚饭吃得很饱，她现在什么都吃不下。

今天是周末，影院的人特别多，整个等候大厅已经没有空余的位置了。

电影十分钟后才开始检票，两个人就站在离检票口很近的地方等。

俊男美女的组合吸引了不少人的注意。顾影注意到有几个小女孩在偷偷地打量江恂，要不是旁边站着她，说不定会有人上前要电话号码。

这个年纪的女生还不懂胆怯，喜欢便会去争取，一如当年的她。

她还挺怀念的。

顾影往旁边看了一眼，江恂正靠在墙上低头回复微信消息，看起来是真忙。

突然，有人急匆匆地跑来检票，一个没注意撞了顾影一下。她惯性地后退两步，靠在了一个人怀里，与此同时，一只手臂横在她腰间帮她稳住了身子。

“喂，撞到人了没看到吗？”头顶响起一个清冷的声音。

正在检票的那位男子听到这句话急忙回头，在看到江恂眼底的冷意时，连连说了几句“对不起”。

顾影想说“没关系”，话到嘴边，改成了：“下次注意点儿。”

估计那人要看的电影已经开场，得到顾影的回应后他一溜烟儿地跑开了。

熟悉的男性气息将顾影包围，在她站稳后，腰上的手很绅士地收了回去。

顾影在那一瞬间忽然想起了李思怡的话：“找个人照顾你。”

她以前觉得自己一个人挺好，没什么需要被照顾的地方。但是就在刚刚，身后的人给了她一种前所未有的安全感，也让她产生了一种想要依赖的念头。这念头来得很突然，有些不切实际。

“没事吧？”江恂收起手机，看了一眼低着头不知道在想什么的顾影。

“没事，刚刚谢谢了。”顾影往旁边挪了两步，主动拉开距离，免得受到他的气息干扰而胡思乱想。

江恂注意到她的小动作，嘴角微微一扯：“客气。”

很快轮到他们的电影场次检票了。

进去之后，顾影发现他们的座位是最后排的情侣座，不得不佩服林阿姨的良苦用心。恐怖片配情侣座，不发生点儿什么好像有点儿说不过去。

电影一开始比较慢热。影厅的灯全部熄灭，银幕上基本上是夜间画面，这种氛围对困极了的顾影来说简直如同催眠。

不到五分钟，江恂感觉左边的肩膀一沉，一个毛茸茸的脑袋靠了过来。他稍稍偏头，借着大银幕反射的光，看见了女孩恬静的睡颜。她竟然就这么毫无防备地睡了过去。

饶是今天化了妆也没能掩饰她的憔悴，在咖啡厅他就看出她精神不怎么好，现在她睡着了，江恂也没觉得很意外。

这部影片江恂本就没什么兴趣，他干脆拿出手机玩起了游戏。一局游戏结束，微信上跳出几条消息，来自“三人游”群。

唐科：江恂你不是去相亲了吗？怎么还有空玩游戏？

沈熠：你还不知道他？被逼着去相亲，能有啥好态度！

唐科：你该不会没去吧？之前不是说想请我帮忙？也没见你找我呀。

J：在看电影。

唐科：看来这个相亲对象不错呀，还有这个流程，我还以为你见到人就走呢。

沈熠：估计是长辈早买好了电影票吧？

唐科：江恂是这样吗？

唐科对于江恂会答应相亲这件事感到意外，毕竟那晚他见识到了江恂对顾影不一样，那绝不是对一个不熟的高中同学应有的态度。

以他对江恂的了解，这场相亲江恂肯定会拒绝。现在这种情况倒让他有点儿看不懂了。

J：嗯。

唐科：我还以为有情况呢，那你也不能太敷衍了，跟人家姑娘看电影还玩游戏，多伤人哪。我跟你说，我第一次相亲也很敷衍，我比你还厉害，我看电影的时候睡着了。

沈熠：厉害，相亲都能睡着？对方是有多无趣？

唐科：是挺无趣的，她还选了部文艺片，我又困又无聊，实在没忍住睡着了。江恂你可别学我，事后我觉得太不礼貌了。

江恂偏头看了一眼睡得正香的某人，无声地扯了扯嘴角。

影厅内被恐怖音效环绕，江恂在玩游戏，顾影依然睡得很沉。浅浅的呼吸打在江恂耳畔，像是有人拿了根羽毛在那儿挠，酥麻感扰得人注意力不集中。

江恂玩游戏的手一顿，很想把肩膀上的那个脑袋挪开，视线落在她无意识揪着他衣摆的手上，想法瞬间化成了无声的叹息。

电影在一阵恐怖音效中高调结束，影厅内的灯光骤然亮起。

顾影扑扇了几下睫毛，悠悠转醒。刚醒来的大脑还没完全恢复思考能力，顾影茫然片刻，意识到自己正枕在别人的肩膀上。她视线抬高，骤然对上一双似笑非笑的眸子。

“还挺准时。”江恂说。

顾影：“……”

影厅内在播放电影片尾曲，前面的观众陆陆续续离场。银幕发出的光投射在他们的脸上，随着场景的变化忽明忽暗。

顾影坐直身子，不自在地理了理自己的头发。半晌，她清了清嗓子，问：“电影好看吗？”

江恂单手搭在椅背上，定定地看着她，说：“你礼貌吗？”

淅淅沥沥的雨点敲打着窗沿，跟呼呼的风声交织在一起，衬得室内越发安静。

顾影躺在床上看手机，屏幕上是江恂的朋友圈页面。

他发朋友圈的次数少得可怜，都不用往下划就可以看到底。内容也很简单，就几张估计是在外旅游时拍的风景照。

视线定格在一张晚霞图上，顾影呼吸一窒，想到了什么，又觉得不可能，随即甩甩头，否定掉突然冒出来的荒唐想法。

顾影退出朋友圈，回到两个人的微信聊天界面，上面有一条她十分钟之前发过去的消息：今天真是不好意思，我昨晚加班到凌晨，实在没忍住困意睡着了。

在电影院，江恂问完那句话后，顾影的脑子直接宕机了。她有一种小时候上课交头接耳，被老师点名批评的无措感。

后来江恂接到一个工作上的电话，讲了很久。过了最好的解释时间，顾影也就没继续说这件事，最后被他送回了家。

回到家后，顾影左思右想还是觉得这件事自己做得不对，换成任何一个人碰到这种事，都会有不被尊重的感觉，所以她才发了条微信过去解释。

顾影对于这件事的发生还挺意外。她一个人生活惯了，安全意识很强，尤其是跟男性打交道时格外注意。今天她居然放任自己在公共场合里睡着了，究其根源，只能说自己对江恂太过信任。

手机屏幕亮起，进来一个电话，是李思怡打来的。

顾影接起电话，说："还没睡呢？"

"这不是特意在等你的消息吗？"李思怡笑道，"说说吧，今天的相亲怎么样？"

顾影在被子里翻了个身，犹豫着要不要告诉李思怡今天的相亲对象就是江恂。她能感觉出来，江恂答应过来相亲也是迫于无奈，不然也不会到了才加微信。尤其是他今天见到的还是自己，她估摸着这场相亲也就止步于此了。

顾影觉得还是不说为好："挺好，又高又帅，还有钱。"

"这可是妥妥的'高富帅'呀，那你们聊得怎么样？"李思怡笑着问，"不是说还去看电影了吗？有没有发生点儿什么？"

顾影失笑："确实发生了点儿事。"

"是什么？快说！"李思怡声音都变得兴奋起来，"牵小手了？"

"我睡着了。"顾影想想都觉得好笑，"电影一开始我就睡着了，一直到结束。"

似乎是被她无语到了，电话那头沉默了几秒，李思怡才艰难地出声："你确定跟你相亲的人是'高富帅'？面对一个又高又帅的男人，你选择睡觉？！"

"我太困了。"顾影也很无奈。

"退一万步讲，他要是个外表华丽的猥琐男怎么办？"李思怡问到了重点。

"我觉得他不是。"顾影说，"事实证明他确实不是。"

"合着你睡觉是在考验别人呢？"

"怎么可能？！"

"那后来怎么样了？"李思怡笑了笑，"他也许会觉得你很可爱。"

"他觉得我没有礼貌。"顾影说到这里也笑了出来。

"哈哈哈，他是不是那种一本正经的人？"李思怡推测，"就是那种很严肃，开玩笑都不会的那种？"

"不是。"江恒不是那种人，他问那句话的时候面无表情，仿佛带了点儿脾气。

"那你觉得你们还有机会继续了解对方吗？"李思怡问。

"应该没有，我刚给他发微信道歉他都没回。"顾影如实说。

"行吧，估计他是家里条件好的大少爷，平时被众星捧月惯了，咱不惯着他，爱理不理。"李思怡安慰完她，又问，"你昨晚是不是加班了？"

顾影嗯了声，想替江恒解释两句，又觉得没必要。

"那早点儿睡，晚安。"

结束跟李思怡的对话，顾影打算关灯睡觉，手刚碰触到开关，江恒的微信消息便跳了进来：嗯。

顾影："……"

简简单单的一个字，顾影却从中读出另一层意思：已阅，你可以退下了。

她也没打算回复，直接关灯睡觉。

翌日清晨，云城气温再度下降，顾影出门时还在下雨。

淅淅沥沥的小雨中夹杂着雪花，雪花落在地上便消失在雨水里。

医院这个地方，无论什么天气都人满为患，特别是产科，轮到门诊值班的医生，连喝口水的时间都难得。

顾影忙了一上午，刚到午休时间，办公室门口传来一道声音："顾医生忙完了？”

她抬头，只见张宜婷从门外探进来半个身子，后面还跟着她老公。

“你怎么来了？”顾影站起身，“还没出月子吧？”

“今天过来做个检查，顺便给你送这个。”张宜婷递过来一张请柬，“邀请你参加小苹果的满月宴。”

顾影伸手接过请柬，说：“我当然会去，你不是在微信上跟我说了吗？干吗还特意送这个？”

“这不顺便嘛。对了，”张宜婷冲她眨了眨眼睛，“邱安南也许会来。”

“邱学长回国了？”顾影根本没领会她别有深意的眼神。

“还没，不过他跟我说会尽量赶回来。”张宜婷见顾影脸上的神情没有太大变化，收起了玩笑的心思，“那到时候见，你要是找不到地方可以给我打电话。”

这时一旁充当透明人的沈熠笑着插嘴道：“你找不到地方可以跟江恂一起过来。”

“对。”不等顾影开口，张宜婷像是突然想起件事，有些纳闷儿，“你跟江恂是同学，那天查房怎么没听你说呢？”

顾影微微一笑，回答得很含糊：“我们很久没见面了。”

“这样啊，江恂也算是我和沈熠的‘助攻’，”张宜婷瞄了一眼沈熠，“不知道该怎么跟你形容，总之如果没有江恂我们可能已经分道扬镳了。”

顾影脸上的期待和好奇让原本打算离开的张宜婷开始解释：“考研那年我和沈熠闹分手，本以为我们俩就这样完了，结果没多久他就到 M 国来找我复合，后来我才知道，是江恂将要死不活的他拽来的。”

顾影很意外，这不像是江恂会做的事情，当然也不排除他是出于兄弟义气。

张宜婷怕耽误顾影用餐，没继续聊下去，之后便离开了办公室。

张宜婷离开后，顾影休息了一会儿才起身去食堂用餐，路上她接到了林夜蓉的电话。

“小影，昨天怎么样？”

顾影莞尔，就知道她会来问这个：“挺好。”

“是吧，我就说这小伙子人不错，自己还开了一家公司，长相那更是没话说。”林阿姨又问，“那你对他印象怎么样？满意吗？”

顾影不知道怎么回答，这不是满意不满意的问题：“我觉得他很好，但我不够好，阿姨你也知道我的情况。”

“这有什么关系！阿姨跟你说过，家庭情况不影响你的优秀。”林夜蓉笑了，“你满意就好，你们可以继续聊，有时间多出去见见面。”

“知道了，谢谢阿姨。”

电话挂断之前，顾影还能听到那头林阿姨笑呵呵的声音：“满意就好，满意就好。”

说得好像她满意这事就成了似的。说实话，跟江恂的这场相亲，并没有让顾影觉得他跟她之间的距离有所缩短。

他在她心里仍是遥不可及的存在。况且她现在已经不是高中时期那个被神明没收了胆怯的顾影，不可能再像以前一样无畏地往前冲。

现在她要做某件事之前，最先考虑的是结果，这也是一个成年人思考问题的正确方式。

孔莹近几天回学校准备论文了，少了她，办公室比以往安静不少。

顾影用完餐休息了一会儿，很快到了下午的上班时间。

前面几位病人都是上午做过检查拿单子来看结果的，基本没什么问题。

下午四点，进来一个挺着大肚子的孕妇，目测腹中的宝宝应该二十六周左右大，这是顾影第一次见到她。

“你的孕检记录呢？”顾影问。

“没有。”女孩的眼睛空洞无神，她话语间充满了一种无力感，“医生，我要做引产。”

顾影停下翻病历本的动作，抬头认真地看向她：“为什么？”

“这个孩子不能要。”这么冷的天，女孩仅穿了一件洗得发白的牛仔外套，用袖子擦了擦干涩的眼睛，声音沙哑地说，“不能要。”

"你先别哭，孕期自身情绪很重要。"顾影不由得放缓语速，"先跟我说说什么原因，你这孩子少说也有六个月了吧？"

"六个半月了。"女孩说，"可宝宝是畸形，不能要。"

"畸形？"顾影蹙眉，"谁跟你说的？你的检查报告呢？"

话音未落，又走进来一个身穿黑色棉衣的中年妇女，她腋下夹着一把折叠伞，边走边嘀咕："我去上个厕所回来就不见人了，打你的电话也不接。"

女孩闻言从口袋里掏出手机看了一眼："没电了。"她回头跟顾影介绍，"这是我婆婆。"

"你跟医生说清楚没？"中年妇女问完扭头转向顾影："医生，做这个引产贵不贵？做完要住院吗？"

"我们先不说这个，我想弄清楚，你们要做引产是因为得知肚子里的孩子是畸形？"顾影问。

女孩点头："对。"

"在哪儿检查的？检查结果呢？"顾影又问。

"在我们镇上的一个诊所，结果放家里忘记带过来了。"女孩抚摸着自己的肚子，神情恍惚。

顾影低头查看她带来的病历本，发现里面的信息还是两年前的，又问："你一直在镇上的诊所做孕检？"

"只做过两次。"女孩说，"刚怀孕的时候做过一次，还有就是最近这次。"

"我现在先给你开个四维彩超，你做完拿到结果再来找我。"顾影开始在电脑上操作。

女孩的婆婆问："那我们回去拿结果可以吗？"

"你在诊所做的应该不是这个，就算把结果拿过来我还是会建议做个四维。"顾影把打印出来的单子递过去，"去吧，交完费就去做，差不多下班之前能拿过来给我看。"

"这做一次得多少钱哪？"中年妇女抢过女孩手里的单子，前后看了一遍，没看到价格。

"四百块。"顾影说。

"四百块？这么贵！我们不做了。"中年妇女立马将单子扔在办公桌上，拉起女孩的手往外走，"走，说了不要到大医院来，在镇上把手术做了就是，非得跑这么远折腾。"

看着女孩跌跌撞撞地跟上她婆婆的脚步就要出门，顾影放弃按下一个号，叫住了那两个人："等等。"

两个人停住脚步，回头。

女孩的婆婆抢先开口："你们大医院就是想搞点儿检查费，随随便便做两个检查就上千块，我告诉你，我们没钱给你们讹！"

顾影直接无视她的话，看向女孩："镇上诊所的设备不先进，检查可能不会那么全面，你想想，如果是检查结果出现了误差，你直接把孩子打掉，事后得多后悔？"

女孩有些犹豫，低头盯着自己的肚子不说话。

"还有一点，做引产需要社区开引产证明。"顾影拿起桌上刚刚被她婆婆扔下的单子，重新递过去，"有些东西不能用钱来衡量，你得尊重生命，更何况这还是你自己的孩子，我看得出来你很爱他。"

中年妇女见女孩想去接那张单子，想起自己在外辛苦打工的儿子，一把扯住女孩的胳膊，冷哼了一声："你说得倒是轻巧，那这四百块钱你帮忙出哇？"

顾影抿了抿唇，没说话，换成实习时期的自己，可能会随口应一声好。

并不是因为她人傻钱多，相反，她过得捉襟见肘，只不过她见不得这种漠视生命的行为。可是后来在医院里待久了她才发现，类似的事层出不穷，凭她一己之力根本帮不过来。

她是医生，不是圣人。

顾影默默地看着女孩再一次被她婆婆拉走，直到消失在视野里。她心里堵得慌，喝了口水，稍微调整了一下心情，继续叫下一个号。

直到下班，顾影也没等来那个女孩回头。她有些后悔，应该多劝两句的，毕竟那个女孩看起来没什么主见。

冬日的雨夜，空气又湿又冷，云城的大街小巷比平时少了几分嘈杂。

此时的楚一科技有限公司总经理的办公室灯火通明。

江恂还在加班，放在桌上的手机发出嗡嗡的响声，已经是第三次响了。

江恂做完一个副本测试，拿过一旁的手机接起电话："妈？"

"你怎么不接电话？还在加班？"电话那头叶曼文的声音听起来有些不满。

江恂身子往后靠在椅子上，懒懒地嗯了声。

"妈妈还没问你昨天的相亲怎么样？"叶曼文问，"聊得来吗？"

江恂揉了揉眉心，回忆起前两天走进咖啡厅见到的画面，嘴角扬起一个浅浅的弧度："还行。"

"还行？"叶曼文声音带笑，"那就是聊得来？我问了林阿姨，那姑娘对你可满意了。"

江恂揉眉心的手一顿："她说的？"

"对呀，这有什么奇怪的吗？"叶曼文骄傲地说，"我儿子走出去还能有女孩不满意？"

江恂哂笑："既然你对我这么自信，还怕我找不到女朋友？"

"我这不是怕——"

"行了，妈。"江恂慢条斯理地打断她，"收起你那天马行空的想象力。"

叶曼文呵呵笑了几声，说："你觉得还不错的话，就试着谈一下，要觉得不行，你李阿姨说她侄女今年刚大学毕业，那女孩我见过，长得还挺漂亮。"

"妈，"江恂声音变沉，"我说过，我就听你安排这一次。"

"好了好了，我不说了。"叶曼文听出他语气里的抵触，及时打住了这个话题，"你早点儿下班回家休息。"

张宜婷宝宝的满月宴在周六，顾影这天值晚班。

设宴的地点在城郊的度假酒庄里，顾影怕找不到地方，直接打了个车到酒庄门口。

她进入大厅，就看到张宜婷夫妇站在离入口处不远的地方迎接宾客。

“顾影，”张宜婷第一时间发现了她，“你来啦，走，我带你进去。”

顾影在她挽上自己胳膊的时候，把手里准备好的礼物递了过去：“给，小苹果的满月礼。”

“不是送过礼物了吗，干吗又送？”张宜婷瞋了她一眼，“不用这么破费。”

顾影弯了弯唇：“就是个小礼物。”

云城这边的习俗是亲朋好友会在得知宝宝出生后第一时间去探望，同时会送上见面礼，见面礼一般是红包，之后的百日宴或满月宴则不需要再送礼了。

顾影想着上次没给红包，所以去买了个礼物。

“行吧。”张宜婷歪头，“那我就替小苹果谢谢顾影阿姨了。”

顾影笑着说：“不客气。”

张宜婷说小苹果现在睡着了，月嫂正抱着孩子在休息室里。她把顾影带到了靠近舞台的一桌，那里已经坐了好几个年轻人。她说：“你就坐这儿，等会儿江恂他们会来，这样你就不会无聊了。”

听到这个名字，顾影心思微动。她坐下来，忽然想到什么，仰头问张宜婷：“你不是说邱学长会来？”

“他呀，我今天就没联系上他，估计他说着玩呢。”张宜婷拍了拍她的肩膀，“你先坐，我去那边了。”

顾影点点头，想起一会儿会见到江恂，有一点点紧张。自从那天相亲完后，他们就没再联系过，作为前相亲对象，再见面也不知道会不会尴尬。

“美女，你是江恂的高中同学？”对面一个身穿黑色西装，留着寸头的年轻人吊儿郎当地看向顾影，“我是江恂的朋友，认识一下呗？”

“顾影。”顾影回了个礼貌的微笑，然后端起茶杯喝茶。

“名字真好听，我叫邹旺。”邹旺说完站起身绕桌子半圈走过来，想坐在顾影身边，“你有男朋友吗？”

然而一只修长有力的手伸过来先他一步拉开那把椅子，然后来人大大咧咧地坐了下来。

“江恂？”手伸在半空中的邹旺目光一顿。

“嗯？”江恂靠在椅子上，两条长腿随意地叉开，下巴朝对面抬了抬，他懒洋洋地道，“你那边的餐具拆了准备给谁用？”

“我听张宜婷说顾影是你同学，这不是想跟你同学聊聊天吗？”邹旺嬉皮笑脸地道，“你来得正好，要不你帮我介绍一下？”

江恂瞥了一眼顾影，很快又回头冲邹旺勾唇一笑，一双眼睛弯成月牙，亮眼极了：“行。”

此时走过来的唐科推了邹旺一把，在江恂左边坐下来，说：“你还是别让他介绍了，你想让他把你大学时同时交三个女朋友的事情说出来？”

“三个？”江恂状似思考，“我怎么记得不止？”

“我……我那都多久的事情了？”邹旺脸上满是尴尬，“行了行了，我只是怕你同学一个人无聊，既然你来了，你们聊。”他说完黑着一张脸回到了自己的位置上。

顾影在一旁小口小口地喝茶。她不渴，只是想找点儿事做。

她余光瞥见江恂正漫不经心地玩着手机，桌上其他人跟他打招呼，他偶尔抬头应一声，看起来兴致不高。

自他坐下起，两个人自始至终都没说过一句话，连对视都没有。刚刚的事情江恂算是给她解了围，她本想跟他道声谢，但见他好像没有要打招呼的意思，便只好作罢。

“顾医生。”唐科身子往后仰，隔着一个位置喊她。

顾影看过去：“啊？”

“上次的事很抱歉。”唐科做了个抱拳的手势，脸上表情诚恳。

顾影眨了眨眼睛，一时没反应过来他道的是哪门子的歉。为了避免尴尬，她敷衍地回道："没关系。"

唐科舒了一口气，末了还别有深意地碰了下江恼的肩膀。

江恼轻飘飘地看了过去："有病？"

唐科："……"

这桌又坐过来一个人，来人看了一圈，发现就顾影眼生，问："这位美女是谁？没见过呀。"

他将视线移到顾影旁边的江恼身上，扬了下眉："江恼，你女朋友？"

江恼放下手机，端起茶壶给自己倒了一杯水，慢条斯理地吐出两个字："同学。"

"你同学真漂亮。"那人又说。

顾影在犹豫自己要不要吱个声，毕竟他们在谈论自己，而且她今天是作为张宜婷的朋友来参加满月宴的，又不是以江恼同学的身份。

哪知她还没开口，就听到江恼低低地嗯了声。

顾影顿了顿，在脑子里理了理刚刚的那段对话。

别人说："你同学真漂亮。"

江恼说："嗯。"

没有哪个女孩不喜欢被夸漂亮，顾影这些年被夸的次数不计其数，看似对这种赞美已经免疫，但江恼只是一个简简单单的表示肯定的"嗯"，就让她心头一阵雀跃。

这句话杀伤力太大，顾影感觉一股热意直冲脸颊，不用照镜子也知道脸肯定红了。她没忍住悄悄往旁边看了过去，江恼似有所感地也在此时偏头看了过来。

视线在空中交会，顾影的眉眼弯了弯，她冲他点点头，算是打招呼。

"可以。"江恼轻笑，"非得夸你漂亮才理人。"

顾影对于他把自己礼貌示好的行为解读成这种意思也挺佩服，反驳道："不理人的是你才对吧？"

"这还能倒打一耙？"江恼挑眉。

顾影以前在他面前很少有这么无语的时候："你有毒吧？"

江恒微微掀起眼皮："骂人就不对了。"

这段莫名其妙的聊天终止于顾影的沉默。

离开餐还有一段时间，舞台大银幕上滚动播放着小苹果的各种照片，下面的人聊得十分火热。

顾影这桌只有两个女孩，另外一个女孩跟她一样，安安静静地坐在椅子上看照片。

桌上的话题渐渐肆无忌惮起来，不知道谁提了句最近某位岛国女神下海的新闻，一群男士像是找到了共同话题，纷纷说起自己对此事的看法。

忽然有人问："江恒，你看过了没？"

"没有。"他懒洋洋地回答。

顾影思绪一顿，这个场景没来由地让她想起很久远的一件事。

高三那年，某著名水果牌手机出了一款新手机，不同以往的是，这款手机多了粉、绿、蓝三种颜色。

一天晚自习前，班上有几个男生在谈论这款手机，把手机的颜色说成脑残粉、茶绿和××蓝。

前面几个颜色命名的由来顾影大概知道，只有最后那个她不明白。

于是路过后排的顾影停下脚步，面带好奇地问："××蓝什么意思？"

其中一个男生回过头来，笑着反问："你不知道？"

顾影摇摇头。

另外一个男生忍着笑建议："你去问江恒，让他告诉你。"

顾影狐疑地看了他们几个一眼，几个人脸上精彩的表情和略显不正经的笑让她觉得这不会是个好的知识点。

在她眼里，江恒跟这些根本沾不上边，所以她立马反驳："他肯定不知道。"连她这种不务正业的人都不知道，江恒哪能知道这些？

第一个开口说话的男生用非常笃定的语气说："相信我，他肯定知道。"他的这句话直接把顾影的好奇值拉到满格。

顾影抬眼的一瞬间见到走廊里逆着光走过来一个人,只是一个剪影,她便认出了他。

她连忙迎上去,把江恸堵在走廊中间,说:"江恸,我有话问你。"

蝉鸣蛙叫,晚风习习。

少年双手插兜斜靠在墙上,清澈的眼睛直直地看向她:"说。"

顾影凑近,压低嗓音问:"你知道××蓝吗?"

"××兰?"江恸神情微愣,短短两秒内眼神由不可思议渐渐变成玩味,他低笑,"你知道?"

"我不知道。"顾影说,"我想知道,他们说你知道。"

江恸的笑容微微收敛,他透过敞开的窗户瞥了一眼中间后排那几个看好戏的男生,眼里的警告意味十足。

那几人接收到信号,立马坐直身子,低头看书。

顾影其实很喜欢看江恸笑,要换平时肯定得欣赏一番,但现在她整个脑子被好奇占据。她不依不饶地问:"是什么?你告诉我呀。"

江恸微微俯身,低沉的嗓音带着一丝不易察觉的轻佻:"那你知道××空吗?"

顾影感觉手臂被人戳了一下,一下子从回忆里挣脱出来。

"要上菜了,注意点儿。"江恸在一旁提醒她。

顾影这才发现身后站着的服务员正打算撤桌上的冷盘。她立马挪动一下椅子,方便他们工作。

待服务员离开,江恸随口问:"你刚才在想什么?"

顾影脑子还不清醒,下意识地回答:"××空。"

这话一出口,两个人都愣住了。

见江恸眼里渐渐浮现出意味深长的笑,慌乱之下,嘴永远快于脑子,顾影改口:"不是,是××兰。"

说完她恨不得找个地缝钻进去。

江恸似乎想到了什么,喉间溢出一声轻笑。

见他要开口，顾影用眼神和语言制止了他："江恫，你别说话。"

江恫倒是听话，没出声，但是上扬的嘴角让此刻的顾影觉得十分碍眼。她干脆坐直身子，装作认真喝茶的样子。

顾影暗自庆幸他们刚刚谈话的声音小，其他人也都在聊天，不然她就太丢脸了。

顾影喝了几口茶，心情也平静下来，以为这件事就这么过去了，怎知某些人偏不遂人愿。

"给我个邮箱。"江恫说。

顾影一开始不知道他在跟自己讲话，直到发现对方正在看自己，才反问："我吗？"

"不然呢？"江恫含笑的嗓音在嘈杂的环境中清晰地落入顾影耳中，"给你发资源。"

顾影就这么被呛到了，连灌了几口茶都没缓过来。

"这么激动？"江恫递过来一张纸，"你想看随时找我，我不收钱。"

顾影动作粗鲁地从他手中接过纸，胡乱擦了擦嘴角，说："江恫。"

"嗯？"

"你闭嘴。"

顾影没注意到周围渐渐安静下来，说完才发现一桌人朝她和江恫看了过来。他们每个人眼里或多或少都带着点诧异和探究。

早前说她漂亮的那位男士开口道："敢让江恫闭嘴的女孩，我还是第一次见，看来你这同学不简单哪。"他这话是对着江恫说的，眼神却落在顾影身上。

"什么意思？"江恫淡淡地看过去，脸上没有一丝不自在，"我就这么不近人情？"

"没有没有。"那人讪笑几声，"就是好奇。"

顾影脸上一阵发热。最近几次碰面，她老觉得江恫跟高中时期有些不一样。现在发现这其实是她的错觉，江恫从来没变过。只不过高中时期她对他有一种刻板的印象，内心认定他就是一个高冷的学霸，其实他也有不正经的一面。

顾影正想着，肩膀被人拍了一下，伴随着张宜婷的声音响起：“你看谁来了。”

顾影回头，一眼便看到了站在张宜婷身边的人。

邱安南穿着灰色西服，手里拎着件同色系大衣，脸上的微笑让人如沐春风。

“邱学长。”顾影站起身走出座位，脸上挂着浅浅的微笑，“你还真的回来了。”

邱安南耸耸肩：“没办法，宜婷结婚我没赶上，这次要是再不来，我怕我们的友情要到尽头了。”

“你少来。”张宜婷意有所指地看了一眼顾影，“我看你是醉翁之意不在酒吧？”

她说完，邱安南脸上划过一丝不自然的笑。

“当然不是呀，”顾影莞尔，“在小苹果。”她略显俏皮的话以及极其自然的笑容化解了空气中小小的尴尬。

张宜婷意识到自己的唐突，赶紧岔开话题：“马上要开餐了，我带安南去入席。”

邱安南没马上去，而是看了一眼顾影。张宜婷见状，停下脚步回头问顾影：“要不你跟我们一起坐前面去？”

“不了，”顾影摇摇头，“我的餐具都拆了。”

“行，那我们先过去，你吃完饭别走哇。”张宜婷没有再劝说，而是领着邱安南往前走去。

看着他们离开，顾影才重新坐回刚刚的座位。

等菜差不多上齐，顾影拿起筷子准备吃饭。她吃之前用余光扫了一眼旁边的江恂，发现他紧抿着唇，表情淡漠，跟刚刚开玩笑的样子判若两人。

整个用餐期间，他们都没有眼神交流。

饭吃得差不多的时候，舞台上传来张宜婷的老公拿话筒说话的声音。他交代大家吃完饭别急着离开，下午可以留下来活动，打牌、唱歌都安排了地方。

顾影原本的打算是吃完饭就回家，下午补个觉再去上班。但是邱安南好不容易回来一次，这个面子她不能不给，怎么也得聊会儿天再走。

“江恂，走走走。”对面的寸头男迫不及待地起了身，“听说你德州扑克玩得超级厉害，我们会一会。”

江恂不置可否地勾了勾唇。

唐科笑着站起来，拇指和食指并拢搓了搓：“会需要这个的。”

寸头男无所谓地摊手：“谁输谁赢还不一定呢。”

听他们的意思是要去打牌，顾影不会玩他们口中的那种牌，也没打算跟他们一起，便坐在原地等张宜婷过来找自己。

江恂没有急着起身，直到有人催他，他才收起手机偏头看向顾影：“你怎么打算？”

“我吗？”顾影没想到他会问自己，只好如实回答，“我只会打麻将。”

小时候天骄街上经常有老太太们把桌子摆在外面打麻将，顾影在长期的耳濡目染下也学会了这门“国粹”。

江恂的眼皮跳了下，最后他似是叹了口气才跟着那伙人离开。

江恂前脚刚走，邱安南后脚就到了顾影的身后：“吃完了吗？”

“吃完了。”顾影站起来看向他身后，“宜婷呢？”

“她去门口送亲戚了，让我们先上楼。”邱安南指了指楼上，“她一会儿就来。”

沈熠安排的休闲娱乐场所就在这家酒店的三楼。

顾影点点头，跟他一同到了三楼包间。

他们所在的是一个大厅，里面已经坐了一些人，有人在唱歌，但没见到江恂和唐科。

两个人找了个角落坐下来，邱安南嘴唇动了动，奈何前面那位大哥的歌声越来越大，完全盖过了他的嗓音。顾影没听清，抱歉地冲他笑了笑，之后便干坐在那儿欣赏那要人命的歌声。

好在没多久张宜婷走了进来：“坐这儿干吗？里面还有包间，走，我们去里面聊。”

他们跟在张宜婷后面到了一间跟外面差不多大的包间。

包间右侧有吧台和沙发区，左侧有一桌人在打麻将。见到有人进来，牌桌上的几个人齐齐看了过来。

顾影隔空撞上了江恫的目光。男人坐在靠里侧的位置，正意兴阑珊地把玩着打火机，整个人看上去矜贵又优雅，麻将桌都被他衬托出几分高级感。

他们刚刚不是说玩德州扑克，怎么打起了麻将？

"你们要玩吗？"张宜婷的老公也在其中，见他们进来礼貌地发出邀请。

顾影将视线转向他，摇摇头。

"安南要不要去玩会儿？"张宜婷也问。

邱安南摆手道："不用了，你们玩。"

顾影和邱安南拒绝了邀请，三个人在沙发上坐了下来。他们聊起了在国外留学时的趣事，基本上是张宜婷和邱安南在说话，顾影在一旁听着，不时插上一句。

聊着聊着张宜婷突然往牌桌那边指了指，说："你们先聊会儿，我去看看我老公赢钱了没。"

她走后，沙发上只剩下邱安南和顾影两个人。

"新单位你还习惯吗？"沉默两秒，邱安南问。

"挺好的。"顾影说，"你这次回国待多久？"

"不走了。"邱安南像是开玩笑一般，问，"我打算去你们医院，欢迎吗？"

"欢迎。"顾影笑。

邱安南盯着她大方的笑容，嘴角不自觉地扬起。他正要说什么，就听到牌桌那边传来一声低沉的嗓音。

"顾影。"

顾影回头："啊？"

江恫朝她招了招手："过来一下。"

这是重逢后江恫第一次叫顾影全名，她心尖有一瞬的酥麻。

其实高中那会儿江恂就很少叫她的名字，好像都是直接说话，反倒是她每天“江恂”“江恂”地叫个不停。

顾影不知道江恂让自己过去做什么，没问便依言走了过去。

等她来到江恂身边，他拿过桌上的打火机和烟站起身，说：“你帮我玩一把。”

很明显，他要去抽烟，她被抓来当“工具人”。

顾影坐下，看了一眼周围的几个人，有些不安地说：“我很久没接触这个了。”事实上她都没正式上过桌！

“没事，你随便玩。”江恂丢下这句话就走出了包间。

第一次坐在牌桌上的顾影多少有些忐忑，以至于没注意到其他人投过来的略显暧昧的目光。

张宜婷诧异地挑了挑眉，跟沈熠对视一眼，好像发现了什么有意思的事情。她下意识地往沙发区看了一眼，却见邱安南微微垂首，神情晦暗不明，不知道在想什么。张宜婷暗自叹息一声，朝那边走过去。

顾影连规则都没搞清楚，还是唐科在一旁好心地教她。

都说新手手气好，顾影完全印证了这句话，上桌后连赢了两把。赢了后的顾影眼角眉梢都是浅浅的笑。

不一会儿，江恂回来了，她回头看了一眼，道：“你来了，给你。”

顾影刚要起身，又被按回到椅子上。江恂说：“你继续，我还有点儿事。”

顾影只好继续出牌。江恂则搬了把椅子在她身边坐下，之后便掏出手机像是在忙的样子。

顾影没维持多久好手气，之后连放了几个炮。输了钱，她的心态有点儿不稳，导致她出牌有些犹豫不决。

“江恂。”顾影偏头悄声喊。

“嗯？”江恂将视线从手机上移到顾影脸上。

“这个要怎么出？”顾影问。

江恂随意扫了一眼她手里的牌：“八万。”

顾影照做。

一分钟后，顾影又犯了难："江恂。"

江恂抬起眼，这次没等顾影问，就开始指挥："三万。"

顾影依然照做。

如此反复几次，江恂已经按灭手机，右手搭在顾影的椅背上，带着磁性的嗓音不时在她耳边响起。

玩了几把，顾影意识到不对劲，忽地转过脸："你……"

顾影转过头才发现两个人离得很近，近到可以看清他如乌羽一般的睫毛。头顶暖白色的光洒下来，根根分明的睫毛上跳动着细碎的光。男人棱角分明的脸好看得让她当场愣怔。

顾影往后挪了一点儿，继续未完的话："忙完了？"

江恂看了她几秒，然后低低地应了声。

"那你来吧。"顾影再次起身，把位置还给他。

江恂没有坐下，而是对坐在唐科身边一个围观的人说："张放你来打。"

被点到名的张放表情困惑："你不玩了？"

"抱歉，"在一桌人不解的眼神中，江恂解释，"我要去趟城西，你们继续，过两天单浩天回来再聚。"

顾影听见他说要去城西，眼睛一亮，问："我可以搭个顺风车吗？"

江恂似乎一点儿也不意外，懒懒地偏了下头："走吧。"

顾影住的小区正好在城西，她现在回去还能补个觉，不然今天的晚班会很难熬。

"你等一下，我去跟张宜婷和学长打声招呼。"

"快点儿。"江恂已经迈开脚步往门外走，并没有要等她的意思。

顾影以为他很忙，匆匆跟张宜婷解释了下上晚班的事，又许诺邱安南休息日再请他吃饭，便跟在江恂身后出了门。

外面天寒地冻，呼出的气遇到冷空气凝结成白色水雾。

走出酒店，顾影把羽绒服帽子套在头上，跟江恂来到那辆熟悉的越野车旁。

她上车坐好，边系安全带边问："你周末还有工作？"

江恂不咸不淡地嗯了声。

顾影偏头，视线里的男人下颌线紧绷，生出一种拒人于千里之外的气场，好像一瞬间又从同学变回了陌生人。

顾影敛了敛神，坐直身子，不再开口。

车子开进主路，江恂目视前方，问："去哪儿？"

"回家。"顾影说。

车子不知不觉到了顾影所住的小区门口。

顾影道完谢，准备开门下车，发现车门没解锁。她回头，指了指门把手，说："打不开。"

江恂靠在驾驶座上，侧头看向她："聊聊？"

窗外又下起了雨，毛毛细雨从天而降，像是给整座城市蒙上了一层轻纱。

雨水落在车窗上，汇聚成水滴，顺着车窗流下来。

顾影缩回手，看向他，眼里有淡淡的疑惑："聊什么？"

看他这么严肃，顾影忽然想到什么，疑惑瞬间被紧张所取代，他该不会要谈高中的那件事吧？其实也不是不能谈，毕竟过去这么久了。但她转念一想，就二人现下的这种关系，好像又没有聊的必要，他们又不是在一起的情侣，还用翻旧账？

"听说——"江恂的嘴角勾起一个小小的弧度，语气不似刚刚的冷淡，话里多了几分玩味，"你对我还挺满意？"

"嗯？"顾影还沉浸在自己的思绪里，蓦然听到这句话，脑子瞬间宕机，"什么意思？"

"就是上次相亲，"江恂提示，"林阿姨跟我妈反馈的。"

这个"反馈"用得非常巧妙，更加说明了他把上次相亲当作一次任务。

顾影记不清这是她今天第几次尴尬了。这种尴尬程度不亚于有人把你暗恋一个人的事告诉了你的暗恋对象，结果对方还跑来求证。她若否认吧，显得不真诚，毕竟是自己说过的话；承认吧，面对现在的江恂，根本不知道他下一句话会是什么，也不知道自己应不应付得来。

思前想后一番，顾影含糊地说："你说这个呀，林阿姨上次问我，我就随口应付了一下。"

"应付？"江恂左手肘放在车窗上，支着额头，"那你怎么不直接说不满意？"他的意思是直接说不满意的话以后都省得应付了。

顾影不清楚他是在试探什么还是随口一问，毕竟曾经的自己确实对他产生过非分之想。

男人隐在暗处的眸子清澈明亮，里面透着一股子认真，但是嘴角的弧度以及他淡淡的嗓音让这句话听起来像是在开玩笑。

沉默几秒，顾影回道："场面话而已，同学一场，我总不能这个面子都不给吧？"

她这句话在江恂听来像是在极力和他撇清关系，生怕他误会什么。这种感觉无端地让他很不爽，但又找不到发泄的理由，他气极反笑："那真是谢谢你了。"

顾影嘴巴动了动，小声道："不客气。"

下一秒，车内响起解锁声。

顾影知道这意味着"聊聊"已经结束。她朝江恂示意了一下，随即开门下车。

关门之前，江恂扔给她一把伞，语气莫名有些冲："下雨了不知道？"

第四章

扰人清梦

　　顾影值完晚班有两天的假期，在家里睡了一天，第二天她打算请邱安南吃个饭。

　　在这之前她拨了个电话给张宜婷："你晚上有空吗？"

　　"今晚？"张宜婷似乎有些犹豫，"今晚我老公一个朋友回国，约好了一起吃饭。"

　　"那中午呢？"顾影又问。

　　"中午我家有客人。"张宜婷大概知道她打电话来的目的，"你是想请邱安南吃饭吧？他明天晚上的航班，要不明天中午？"

　　顾影叹了口气，说："可是我明天上班。"

　　张宜婷想了一下，说："那就今晚好了，我不跟我老公一起去了。"

　　"行。"顾影也没跟张宜婷客气，结束通话后发了条消息给邱安南，说晚上请他吃饭，对方回了个"好"。

　　她是因为张宜婷才认识邱安南的，异国他乡遇到同胞总要比别人亲切几分。邱安南也是医学系的学生，在专业上曾给过顾影不少帮助。顾影对他一直抱有一种敬畏的心态，只因邱安南有时候会带给她一种压迫感。

其实她偶尔也会从江恂身上体会到这种感觉。很明显，这两种压迫感不一样，江恂的压迫感会让她感到紧张和心跳加速，会让她陷入想继续对峙又想退缩的矛盾状态。但是邱安南的压迫感会让她略微感到不适，从而产生排斥。这就是顾影为什么一定要叫上张宜婷一起。

前两天的那场雪终究没能落下来，雨一直下个不停，气温依旧很低。

这种天气其实最适合吃一顿火锅，但难得请邱安南吃顿饭，顾影觉得还是体面一点儿好。

她知道的饭店不多，回国后不是在小区门口的小餐馆用餐就是叫外卖，唯一去过的好一点儿的地方就是那家私房菜馆，好像叫明月阁。

顾影不想费时间查别的地方，便让孔莹帮自己在那儿订了个位置。张宜婷知道明月阁，说晚点儿来接她一起前往。

邱安南的老家不在云城，这两天在酒店落脚。酒店的位置恰好离饭店不远，他可以自行过去。

下午五点，顾影收到了张宜婷叫她下楼的短信，彼时天色已经入暮。

小区门口停了辆开着双闪的红色小车，副驾驶座的车窗降下一半，张宜婷朝顾影招手。顾影走过去拉开后座车门坐上车，看到驾驶座上的沈熠一点儿也不意外。

因为她下来之前，张宜婷在微信里跟她说沈熠跟朋友也约在市中心，顺便一起过去。

“我让邱安南晚点儿出门。”张宜婷拿出手机编辑短信，“我老公还要去接两个朋友，我们可能没那么快到。”

“耽误不了多少时间。”沈熠说，“他们俩在一块，不用绕路。”

听到他们说要接朋友，顾影往里面挪了挪。

半个小时后，车子在一栋写字楼前停下。

看到熟悉的写字楼，顾影心里隐隐有种不好的预感。他说的朋友该不会就是……

后座车门被打开，顾影思绪中断，预感得到了证实。

“顾医生？”唐科见到里面的人，开车门的动作一顿，冲顾影笑了下，随即退到一边让身后的江恂先上，“你坐中间，我晕车。”

江恂轻飘飘地扫了他一眼，然后弯腰坐上车。

顾影脸上的微笑在接触到江恂的视线时变得有些不自然，她说：“又见面了。”

江恂往后靠了靠，嗯了声以示回应。

唐科上车后被挤在门边，有了上次的教训，他学乖了，这次不再问顾影一些敏感的问题，但也没闲着。他问：“顾医生跟我们一块去吃饭？”

“不是，我和宜婷跟人有约。”顾影答。

“就是上次跟你们坐一块的那个人？”唐科顿时来了兴趣，“他是你的学长？”

顾影点头：“对。”

“他是不是在追你呀？”唐科问得很直接，“以我纵横情场这么多年的经验来看，他看你的眼神不对劲。”

江恂靠在椅子上，闭着眼睛休息，闻言眼皮动了动。

“那你这么多年的情场白纵横了。”顾影淡定地解释，“我跟他是朋友，和宜婷一样。”

张宜婷这时候也补上一句：“我们之间是纯洁的友情好嘛。”

“是吗？”唐科挪了挪身子，不小心撞到了江恂，“欸，你能不能往那边一点儿？”

江恂偏头，抬眼：“不能。”

唐科是将近一米八的大高个，这会儿挤在门边着实很憋屈。

听到他们的对话，顾影又往门边挪了挪。她抬头看向江恂，原本想让他坐过来一点儿，怎知注意到她动作的江恂扭头看了过来，问：“你也晕车？”

顾影摇头，指了指两个人中间的一小块位置，说：“你可以坐过来一点儿。”

“不用。”江恂说，“我坐这儿挺好。”

顾影：“……”

唐科在心里咆哮：我不好哇！

车厢内的气氛陷入了微妙的尴尬。

张宜婷清了清嗓子，率先打破尴尬：“唐科你前天是不是去相亲了？”

“别提了。”说起这个唐科脸一黑，“我被放鸽子了。”

驾驶座上的沈熠冷不丁插上一句：“你是不是提前给人家姑娘发照片了？”

唐科沉默了一秒，说：“你什么意思？”

“就这么跟你说吧，”沈熠忍着笑道，“如果你发过去的是江恂的照片，你觉得妹子能不来吗？”

“呵呵，”唐科冷笑，“长得好看有什么用，相亲还不是失败了。”

张宜婷一脸诧异地回头，问：“江恂也去相亲了？”

顾影原本安静地看向窗外，这句话把她的注意力一下子吸引了过去。她拉长耳朵想听后续，一颗心仿佛被吊了起来。

“对呀，”唐科的声音带着几分幸灾乐祸，“他上次跟人相亲回来，我问他怎么样，他说还行，结果还不是没有下文。”

顾影心口一颤，随即朝江恂看过去，只见他眼眸微垂，一副事不关己的模样，她甚至怀疑对方有没有在听，不然他怎么会一点儿反应都没有？

他说“还行”，是指对她还算满意还是随口敷衍？顾影觉得后者的可能性比较大。他们应该不知道江恂的相亲对象就是她，不然不会当面这么问。

林阿姨跟顾影提过江恂对她也满意，她没在意。她怀疑林阿姨问都没去问，因为在林阿姨那里，应该没人会对她不满意。如果有，那就是对方眼神不好。

就在此时，江恂眼皮轻抬，视线与她对上，清冷的目光里什么情绪都没有，这次没等顾影先移开视线，对方就像头两次碰到她一样，对视一秒便面无表情地移开了目光，给她一种他其实是想看窗外风景的感觉。

张宜婷欲言又止。双手操作方向盘的沈熠也分神从后视镜里看了江恂一眼，问：“你真看上人家姑娘了？”

他的话音刚落，车子经过一个水洼，因为没有减速，车身一阵颠簸。顾影依照惯性身子往前倾，千钧一发之际，一只手伸过来按住了她的脑袋，温热的感觉一触即离。待她稳住身子，看向旁边，却见江恂依然若无其事地坐在原位，仿佛刚刚伸手过来的人不是他。

唐科揉了揉自己被撞到的额头，顺着沈熠的话问：“喜欢不至于吧？有点儿好感？”

江恂并未回应，右手食指在手机上有一下没一下地点着。

唐科见状，没敢再追问，而是扯起了别的话题，说：“对了，我们去哪儿吃饭？”

“去酒吧那边随便找个地方吃，晚上喝酒。”沈熠说。

没等到想听的答案，张宜婷坐直身子，从后视镜里看了眼后排的人，面带困惑。

江恂难得出声说：“去明月阁吧。”

沈熠无所谓地道：“也行，那你给单浩天打个电话，让他直接去明月阁。”

“我来打。”唐科主动将这个差事揽了过去。

贴在门边的顾影听到“单浩天”和“明月阁”这几个字眼，太阳穴突突直跳。他们口中从国外回来的朋友就是单浩天？他们也要去明月阁吃饭？

“欸，顾影。”张宜婷再次回过头来，“单浩天跟江恂是高中同学，那你不也认识？”

“认识，”顾影说，“是我同学。”

“既然都去明月阁，那要不一起吃饭好了。”沈熠提议。

张宜婷附和：“我也有这个想法，邱安南应该不会有意见，”她问顾影，“你觉得呢？”

顾影觉得自己没有拒绝的理由，便答应了。

单浩天算是江恂最好的朋友，也是全程见证她追江恂的人之一，这一事实让顾影对接下来的见面开始紧张起来。

唐科这会儿已经打完了电话，说："单浩天说他快到了。"末了，他又弓起身子看向顾影，"你们刚才是不是说一起吃饭？"

顾影嗯了声。

得到肯定答案的唐科眼里闪着类似兴奋的光。顾影倒不会自恋到以为他这种反应是因为她答应跟他们一起吃饭，总觉得这里面有几分不怀好意。

到了明月阁，一行人下了车。

单浩天已经在里面等了，邱安南说马上到，张宜婷让其他人先进去，她跟顾影两个人打算在门口等一会儿。

待身边没了别人，张宜婷煞有其事地问："你在国外见过江恂没？"

"没有。"顾影不解，"为什么这么问？"

"我之前不是说过，当年是江恂劝我老公去国外找我复合的吗？"张宜婷说，"我老公说，其实那次江恂也去了，不过我没见到他。"

那次闹分手，沈熠每天借酒浇愁，出国的前一天晚上还在找江恂喝酒。结果第二天江恂就给他买了机票，还怕他喝多了酒身体不舒服跟着一块去了，江恂说顺便旅个游。

前两天的满月宴上，江恂对顾影的态度很特别，张宜婷晚上回忆起此事，推测江恂当时的目的可能没那么简单，但是刚刚得知江恂去相亲了，再加上顾影此刻的回答，让她有一种自己多想了的感觉。

"他去过我们学校？"顾影一愣。

"不知道。"张宜婷搓了搓冻僵的手，"他应该是去旅游的。"

"哦。"顾影想起了江恂朋友圈里的旅游照，并未多想。

不到五分钟，邱安南便到达了明月阁。

张宜婷跟他解释了一下目前的情况，说自己的老公和朋友也约在这儿用餐，恰好跟顾影也认识，询问他要不要一起。她说："除了刚回来的那个，另外两个人你前两天见过。"

"我没问题。"邱安南轻松应下，继而催促两个人，"快点儿进去，你们也真是，外面这么冷为什么不去里面等？"

三人穿过回廊进到店内，暖气从四面八方袭来，舒服得让人忍不住喟叹。

江恫他们所在的包间在饭店二楼，顾影进到里面一眼就看到了正对门口的单浩天，对方朝她歪头一笑："嗨，顾影，好久不见。"单浩天是个单眼皮帅哥，笑起来有几分可爱。

"好久不见。"顾影露出一个发自内心的微笑。她出国后跟高中同学几乎没什么联系，但是高中那两年半算得上她人生中最开心的时光，所以对于老同学，她还挺怀念的。

互相打完招呼，顾影几人落座。张宜婷说老同学很久没见面了，便让顾影坐单浩天旁边，单浩天右边是江恫，顾影左边是邱安南。

因为有急事，邱安南的航班改签到了明天一早，顾影没忘记今天的初衷，无论在点菜还是交流方面都对他特别照顾。

"你有了新同学就抛弃老同学了？"单浩天把椅子往后挪了挪。在说这句话之前，他观察了顾影一小会儿，发现她竟然没有看江恫一眼，反而一直在跟她那位学长聊天。

"怎么会？"顾影正在打开一大盒酸奶，准备先给自己倒上一杯，听单浩天这么一问，她转了个方向，"你要酸奶吗？"

单浩天笑着递过去一个杯子："谢谢。"

"不客气。"顾影帮他倒了半杯酸奶，目光越过他落在江恫身上。对方耷拉着眼皮，靠在椅子上，神色很淡。

"江恫，"在他的目光看过来后，顾影晃了晃手中的酸奶，"要喝这个吗？"

"不用。"江恫说罢又添上一句，"谢谢。"

他的回答在顾影的意料之中，他一向不喜欢这种饮品。那她为什么要问呢？大概是单浩天刚刚的那个问题触动了她的某根神经，她突然不想让江恫产生什么误会吧。

已经问过两个人，顾影为了顾全大局只能硬着头皮继续问其他人。

单浩天看完顾影和江恫两个人的互动，眼里闪过几分意外。他意外的是顾影的态度，她太过自然和客气，对江恂一点儿杂念都没有，就是很普通且不是很熟的老同学之间的交流。

高中时期，她对江恂的喜欢他都看在眼里。那个时候，无论身边有多少人，她的眼神总是旁若无人般落在江恂身上，那是一种明目张胆且毫不掩饰的偏爱。但是现在，她看江恂的眼神跟看别人相差无几，果然时间能冲淡一切吗？

对面的唐科在冲单浩天使眼色，单浩天暗暗骂了一声愚蠢。虽然他也好奇，但他没那么不识相，做不出在这么多人面前提敏感话题让别人难堪的事情。再者，他上次只透露了一半的事给唐科，他知道的远远不止那些。因为他知道得多，所以才不会轻易拿这件事开玩笑。

饭后，沈熠几人准备去酒吧，离开的时候他邀请了邱安南，后者以明早要赶飞机为由拒绝了。

他们走后，顾影和张宜婷把邱安南送回酒店后也分别回了家。

还是那间英伦风酒吧，舞台上一个戴面具的女孩在唱一首爵士歌曲，声音沙哑磁性。

正对着舞台的卡座里坐了四个人，桌上开了两瓶上好的红酒。

江恂闲散地坐在沙发上，听着旁边的三人聊天，只在被说到的时候才会应上一句，酒倒是没少喝。

他们四个人中江恂酒量最好，唐科酒量最差，不到半小时他就嚷着要缓一会儿。

沈熠离江恂最近。他像是想到了什么，用仅能两个人听到的嗓音不经意地问："你当年陪我去 M 国，有私心吧？"

江恂端起酒杯跟他碰了下，掀起眼皮反问："什么私心？"

知道套不出话，沈熠微微一笑："谁知道呢。"

他喝完放下酒杯，起身去了洗手间，江恂也去了吸烟区。

这边唐科按了按眉心，趁江恂不在，踢了单浩天一脚，问："你上次跟我说顾影高中追过江恂？我怎么看着不像呢？"

单浩天收回脚，反问："那你看着像什么？"

"一开始我也觉得顾影喜欢江恫。"第一次在医院病房从他们的交流看，确实像是这么一回事。

唐科往沙发上一躺，继续说："后来我感觉不像，反而更像江恫喜欢她，但你也不至于骗我，所以我斗胆猜测，是不是顾影把江恫追到手又甩了他？"

单浩天笑笑没作答。

"好像也不可能。"唐科闭上了眼睛，自顾自地说，"要真是这样，江恫估计连个眼神都不会给她。"

在他眼里，江恫是一个绝对不会吃回头草的人。记得公司创业初期，有个合作方因为对他们不信任而放弃合作，后来无论怎么示好江恫都不理那个合作方了。

单浩天拍了拍他的肩膀，说："你先休息会儿，我也去抽根烟。"

单浩天来到吸烟区，找到了还在那儿吞云吐雾的江恫。他走过去点燃一根烟叼在嘴里，随口问："你之前跟顾影碰过面？"

江恫低低地嗯了声。

作为一起长大的朋友，单浩天明显地察觉出他情绪有点儿低落。虽然对方的神色跟平时没什么两样，但单浩天就是有这种感觉。

"我感觉她变了很多。"单浩天靠在墙上，一副谈论两个人共同好友的口吻，"我是说性格，比以前文静了，对你……"

他没说完就发现江恫朝他看了过来，到嘴边的话又被他咽了回去。

江恫倒是很淡定："对我怎么了？"

"对你的喜欢没有了呗。"单浩天用轻松的语气把这句话给讲了出来。

话音落地，他暗暗观察江恫的反应，发现江恫并没有不高兴，只是不咸不淡地点了点头。江恫的反应看在单浩天眼里，这个动作可以翻译为"嗯，我知道"。

这么看来江恫自己也知道这点，就是不知道他现在的想法。毕竟江恫当年对顾影的态度，在单浩天看来用宠溺来形容都不为过。

江恫是那种认准了一件事，无论中间有什么困难和诱惑都会坚定不移地去完成的人。

小时候别的小朋友定自己长大后的目标，基本上是一年一换，或者根据当时热播剧的主角职业不定时更换，但江恂从小就知道自己想做什么，并且一直朝着这个方向努力。

他把自己的人生把控得很好，做什么都游刃有余，不会出一点差错，执着专一是他的代名词。他曾说过高中不想谈恋爱，确实也坚定地拒绝过一些人，但是到了顾影这里，他好像变得没那么坚定了。

"那你呢？"单浩天的话没说满，他相信对方懂。

"我什么？"江恂把手中的烟掐灭，瞥他一眼，率先往前走，"走吧，去喝酒。"

周二这天，顾影上白班。

上午她打算去查房，出门前正好碰到了匆匆忙忙跑进来的孔莹。

"小影姐，你听说了吗？"孔莹进来后随手关门，一脸神秘兮兮的样子。

"听说什么？"顾影一头雾水。

"昨天下午，徐医生做了一台引产手术，那名孕妇说在别的医院检查出孩子是畸形，手里还有社区开的引产证明。"孔莹在顾影对面坐了下来，继续说，"徐医生要求她做个四维彩超，她没同意，坚持直接做引产，结果你猜怎么着？"

顾影呼吸一窒，大概猜到了结果。

孔莹小脸皱成一团，说："引产出来是个四肢健全的男婴，孕妇麻药醒后当场昏厥，她婆婆跪在地上大哭大闹。"

"那名孕妇是不是姓刘？"顾影声音很轻，虽说是问句，但是答案已经昭然若揭。

"好像是。"孔莹一愣，"你怎么知道？"

"前几天她来过一次医院。"顾影把那天发生的事情简单地跟她说了一遍，"没想到她还是不听劝。"

"我听到这个消息后也觉得很难受，"孔莹叹了口气，"以后是不是会经常碰到这种事呀。"

"不会。"顾影安慰她，"别多想。"

"我最近一直在怀疑自己到底适不适合当医生。"孔莹说，"周六下午我在家人群里抱怨了一下上晚班有多难熬，结果我的七大姑八大姨都劝我干脆别做了。"

"这个还是要看你自己。"顾影揉了揉太阳穴，"你的初心是什么？当初为什么选择这个专业？"

"算了，不提这个了。"孔莹挥了挥手，"我妈妈今天生日，等下我哥会来接我，我提前几分钟离开呀。"

顾影没注意听她说了些什么，只是点头应了声"好"。她现在心情很复杂，有些后悔，有些难过。后悔的念头一滋生就迅速在脑海里发酵，她甚至会想，要是那天自己答应付了那四百块钱，是不是就挽救了一条小生命？

那名宝宝本来还有不到三个月就能顺利来到人间，却在最后关头被送了回去。没出生的宝宝无辜又可怜，那名孕妇亦是。从孔莹的描述来看，她婆婆事后也很后悔，不过顾影觉得这种人不值得同情。后来发生的事情更加证明了这一点。

顾影查房的时候没看到小刘，护士说她醒来后就被婆婆带回了老家。顾影不知道这姑娘以后的命运会怎么样，希望她坚强点，经历过这件事之后能变得有主见一点儿。

下午下班之前，顾影进行了今天的最后一次查房。她查完房后回到门诊办公室，发现里面空无一人，孔莹已经提前离开。

离下班还有几分钟，顾影坐在办公桌前整理资料。她原本想去对面办公室找徐医生聊聊小刘的事情，结果徐医生被院长叫去了行政楼。

整理好资料，顾影起身脱掉白大褂准备下班，忽然听到一阵脚步声由远及近。顾影正疑惑这个时候会是哪些人在这里走动，却见门口冲进来三女一男，他们什么话也不说，进来直接踹桌椅，桌上的文件也被扫落在地。

顾影直接愣住，几秒后才找回自己的声音，问："你们这是干什么？"

那些人把办公室里除电脑外的东西都掀得差不多时，一个披头散发的中年大妈才回答了她的问题："医生，你认识刘云香吧？她肚子里的孩子就是在你们这儿被弄没的，我们是她亲戚，过来讨个说法。"

"不是她自己要引产的吗？"顾影强迫自己平静下来，"她还带了引产证明。"

"她懂什么？孩子是不是畸形你们医生不会看吗？"大妈拖了一把椅子坐在顾影面前，跷着二郎腿指控，"你们就是丧尽天良，对得起医德仁心这几个字吗？！"

"我做了我该做的。"顾影突然有些生气，虽然知道在这种情况下不适合跟他们争论，但她还是想解释，"我们劝过小刘做四维彩超确认，但她婆婆不同意，执意相信镇上诊所的检查结果，要求直接做引产。"

"你们那个徐医生也看了B超单，说有点儿像畸形。"大妈甩了甩胳膊，说，"姑娘，我也不为难你，你就搁这儿待会儿，等你们院领导过来我们谈好就走。"

"你跟她废什么话。"在场唯一一位壮汉靠在墙边，横眉竖眼地看向顾影，那表情好像在说"给我老实点"。

顾影听说过也见过医闹，亲身经历却还是第一次。她注意到这几个人说是为亲戚讨回公道，面上却没有丝毫难过，像是在走过场。

大妈坐在她面前，另外两个年纪跟她差不多大的妇女守在门口，壮汉这会儿已经走过去坐在顾影的办公椅上，还有闲情抖腿。

顾影大概知道了这些人的来历，他们应该就是传说中的职业医闹，就是一群无业人员帮跟医院产生医疗纠纷的患者威胁医院，要求赔偿，并从中获利。

顾影觉得可笑的是，刘云香这件事根本构不成医疗纠纷。他们应该去找诊所，毕竟他们是拿那里的诊断书去社区开的引产证明。他们估计就是看准了大医院怕影响声誉，大多选择息事宁人，所以才敢这么放肆。但据顾影所知，雅康医院跟非常专业的律师团队有合作，他们应该捞不到什么好处。

另一边，孔莹提前几分钟下班来到医院门口，发现有人在门口拉白底横幅，横幅上面写着几个醒目的大字：还我孙子！还有头戴白巾的妇女一左一右地坐在医院门口哭。

这是孔莹第一次见到这种阵仗，还没弄清楚情况，江恂的越野车已经到了门口。

她穿过围观的人群，走过去坐上车。江恂对外面的吵闹一点儿也不好奇，目不斜视地将车开出医院。

车子才驶出医院停车场，孔莹便接到了同为实习生的邓佳佳的电话。

"莹莹，你在哪儿呢？"

"我下班啦，在路上，怎么了？"孔莹问。

"幸好你下班了，你不知道你们办公室有人来闹事，太可怕了。"邓佳佳说。

"闹事？什么情况？"孔莹心里一紧，"那小影姐呢？她在哪儿？她有没有事？"

正在开车的江恂闻言目光一顿。

邓佳佳说："顾医生好像还在办公室里，我也下班了，不清楚现在是什么情况。"

"行，谢啦，我打个电话给小影姐。"孔莹挂了电话后立马拨通了顾影的号码。

电话被接起的瞬间，孔莹迫不及待地问："小影姐你在哪儿？没事吧？"

电话那头顾影的声音还算正常："我在办公室里，没事。"

此时车子停在一个红灯前，江恂微微偏头，目光落在孔莹的手机上。

孔莹小声地问："是不是有人去办公室闹哇？"

问完后，她没听到顾影回答，隐约听到那边有人咒骂了几句什么，然后才传来顾影的惊呼声："别动那个！"

"怎么了？"孔莹一颗心提到了嗓子眼儿，"小影姐？"

"别担心，我这边有事，先挂了。"

孔莹听着电话里的嘟嘟声，身子猝不及防地往前一扑，再抬头时，发现车子停在了路边。她茫然地看向江恂："怎么了？"

"你下去自己打个车，我现在有点儿事。"江恂的语气不容置喙。

"啊？"孔莹反应有些迟钝，"现在？"

江恂的回答是直接俯身帮她把车门打开。

外面这么冷，虽然很不情愿，但看到江恂面无表情的脸，孔莹终究是不敢反抗，只好听话地下了车。还没等她站稳，车子便快速离开，甩了她一脸尾气。

雅康医院。

壮汉因为不满顾影接电话，佯装要动她的电脑，顾影立马出声阻止。其他东西还好，电脑坏了会很麻烦。

"好好站那儿，别动。"壮汉继续抖着腿。

顾影点头："行。"她乖乖收好手机乖乖地靠在墙边。

壮汉见她安静下来，满意地拿出手机看视频。顾影稍稍松了一口气。

砰——门被人从外面撞开，一个人出现在门口。

守在门口的两位大妈见到来人下意识地站起身开始往后退，其中一个磕磕绊绊地问："你……你是新来的？"

来人胸口起伏，呼吸有点儿急促，似乎还没从剧烈运动中缓过来。见到屋子里的几个人，他垂眸轻笑了声，就这么几个人？工具白拿了，他随手丢一边。

顾影扭头见到江恂的那一刻，眼里全是意外："你怎么来了？"

江恂大方地朝她走过去："接你下班。"

离顾影还有两步远的时候，壮汉拦了过来："你出去！她现在还不能走，否则我就对你不客气了。"

江恂根本不把他的威胁放在眼里，看他的目光像是在看什么垃圾："滚开。我可不是医院的人，没什么忌讳。"江恂没什么耐心地道，"要打架就快点儿。”

顾影很少见江恂生气。他生气的样子很吓人，就像此刻，他眼神冰冷，那种从内而外散发出的戾气足以威慑到周围的人。

壮汉看起来被吓到了，但是又碍于面子不肯服软，只好虚张声势地继续挡在江恂面前：“还要等等。”

“我不想等。”江恂轻声嗤笑一声，在所有人诧异的目光中朝壮汉逼近。

旁边响起顾影的惊呼声：“江恂！”她怕他受伤，也怕他伤人。

江恂递过去一个让她放心的眼神。下一秒，他眉头轻轻蹙了下，迅速拧着壮汉的右胳膊往外一拽，壮汉疼得龇牙咧嘴，嗷嗷直叫，手中藏着的工具也应声落地。江恂手上的力道渐渐加重，在壮汉终于忍不住求饶时，将他往地上一扔。

那两个大妈试图过来拉顾影，江恂眼神轻飘飘地看过去：“我这里可没有不打女人的绅士规矩，你们要不要试试？”

江恂说话带着一股子挑衅的意味，他的头微微后仰，俨然一副不良少年的模样。顾影没见过这样的他，肆意又张扬。

那几个人自然不敢跟江恂起冲突，都害怕地退到一边。

江恂嗤笑一声，转身拉起顾影往外走。

两个人来到走廊，迎面撞上了才赶来的科室主任和保安。顾影停下脚步，跟主任说了一下刚刚发生的事情。她担心会给医院造成困扰，或者对江恂有影响。

她之前受过这方面的培训，遇到医闹特别是这种职业医闹，一定不要跟闹事者硬来，尤其是不要产生肢体上的接触，除了必要的自保，动手更是明令禁止，不然会让眼下的情况变得更糟糕。

主任听完她的叙述，安抚似的拍了拍她的肩膀，示意她先走，接下来有人处理。

江恂继续拉着顾影往前走。走了几步，顾影感觉有什么温热的液体流到她手上，黏黏糊糊的。她低头看过去，视线里的一抹红刺到了她的眼睛。

顾影眉间一紧，立马松开江恂的手，小心翼翼地拉起来查看，问：“你受伤了？”

江恂的手背上有一条三指宽的刀痕，鲜红色的血液从里面不断渗出，伤口看不出深浅。

“没事。”江恂稍稍挣脱她的手，一副轻描淡写的样子。

“走，我带你去包扎。”顾影像是没听见他的话，改拉着他的另外一只手往扶梯那边走。

江恂任由她拉着，丝毫不在意自己还在流血的手。

一路上顾影紧抿着唇不说话，把他带到急诊室，让值班医生给他上药、包扎。完了之后，顾影让他在候诊大厅等，她去药房给他拿药。

顾影拿完药回来，却见他把刚包扎好的绷带解开了。男人一只手捏着绷带一头，嘴里咬着另外一头，正试图把绷带重新缠上去。

“你干吗解开？”顾影走过去接过绷带，“刚才不是缠得好好的？”

“她给我系的蝴蝶结。”江恂靠在椅子上，顿了一下，又懒洋洋地吐出一个字，“娘。”

顾影帮他缠好，好脾气地问：“那我要怎么系显得男人一些？”

刚刚那名外科医生认识顾影，估计是觉得好玩，才给江恂这么系绷带。

“不要蝴蝶结，稍微紧点儿。”江恂说。

“你那棍子哪儿来的？”顾影边帮他包扎边问。

“后备厢。”江恂说，“之前修车工留下的。”

“你怎么会受伤？”顾影纳闷儿，“那人不是都被你打趴下了吗？”

江恂盯着她的头顶，嘴唇动了动，最终还是没说话。

顾影没等到回答，缓缓抬起头，撞上一双神色复杂的眸子。跟之前淡淡一瞥又很快错开不一样，他这次是直勾勾地看过来。

自从前几天参加完小苹果的满月宴后，他就没有认真看过自己，就算之前两个人关系稍微缓和一点儿的时候也没有这样的对视。压迫感随之而来，就是这种压迫感让她很矛盾，想要退缩又想迎上去。对视几秒后顾影放弃追问，低头继续帮他包扎。

重新包扎好伤口，他们一同来到医院门口，门口已经没了那些拉横幅和哭丧的人。

“送你回去？”江恂问。

顾影点点头，上车后她看着对方手腕上的纱布，忍了忍，还是说：“你刚刚太冲动了。”

“你怕不怕？”江恂没急着启动车子，目光直直地看着顾影的眼睛，仿佛要把她看穿。

“其实他们的目的不是要伤我们——”

“我问你怕不怕？”江恂声音低沉，看起来有些火大。

顾影现在脑子还有点儿蒙，被他这么一吼，先前极力压抑的恐惧、后悔、难过等种种情绪全部化作了委屈。她喉咙阵阵发紧，眼眶泛红，吸了吸鼻子，仰头看向窗外，强压下眸中几欲夺眶而出的泪水。

“怕还装什么冷静？”江恂的声音不自觉软了下来，“这种时候你的自身安全最重要，管那么多干什么？”

这句话直接戳到了顾影最脆弱的那根神经，心底筑起的那道叫作坚强的围墙轰然倒塌。有冰凉的液体从眼角滑落，顺着脸颊往下流，她尝到了咸咸的味道。

江恂盯着她的后脑勺儿，收回视线的前一秒，似乎看到了一滴晶莹剔透的水珠从她的下颌落下。

江恂指尖微动，随手扯了几张纸递了过去。顾影伸手接过，抵在眼眶下面，没一会儿纸张就渐渐湿润直至湿透。

车子依旧停在原地，江恂扭头看向窗外，只有微拧的眉毛泄露了他此刻的烦躁。

顾影记不清自己多久没哭了，哭出来后身体轻松了不少，好像卸下了千斤重的包袱。

顾影收拾好心情，坐直身子，余光瞥到江恂搭在方向盘上的手，有些担心地问：“你能开车吗？会不会痛？”

江恂偏头扫了她一眼：“你来开？”

“我没有驾照。”顾影话里带着浓浓的鼻音，睫毛上还有水光。此时她褪去了冷静的外衣，像个小可怜。

"那就坐好。"过了两秒，他又说，"不痛。"

顾影瞥了一眼他的手，心里很不是滋味，流了那么多血怎么会不痛？

"回家还是去朋友那儿？"车子开出一段距离后江恂问。

"嗯？"顾影很快反应过来，他估计是担心自己刚刚受了惊吓可能不想独处，所以才这么问。

内心生出一种异样的感觉，顾影吸了吸鼻子报了李思怡住的小区的名字。在这之前她没想过找朋友倾诉，兴许刚刚脆弱的一面被江恂吼了出来，顾影这会儿确实不想一个人待。

车子不知不觉到了目的地，顾影道完谢开门下车。

江恂坐在车内看着她的背影渐行渐远。他从储物箱内拿出一根烟点燃叼在嘴里，没有着急离开。

顾影流泪的画面在脑子里挥之不去，跟他记忆深处的某个场景重合了。

前天晚上单浩天的话犹在耳侧："我感觉她变了很多。"

其实在江恂的印象中，顾影这种表面上的变化是从高二的某天早上开始的。

那天她原本说好要给自己带早餐，最后却食言了，后来问她原因她支支吾吾含糊其词。

自那以后她整个人远不如从前有活力，最明显的变化是不再像以前那样一有空就过来找他，有时候无意间碰到，她也只是点头微笑再无其他言语。

她跟班里其他同学的相处似乎也不如之前那么热络和肆无忌惮，好像身体被一种无形的东西束缚了一般。

就这样过了一段时间，到了五一假期。

江恂的生日正好是五月四日青年节那天，跟以往一样，爷爷奶奶早早地来了家里。中午，妈妈和家里的阿姨一起精心准备好一桌好吃的饭菜，一家人开开心心地给他过生日。

晚上他跟朋友一起过，吃饭、唱歌和玩游戏。

江恫对于庆祝生日这件事兴致一直不高，在家里，不如叶曼文开心；在外面，不如单浩天热情。

打了几局台球，单浩天提议去楼上的包间里唱歌。

包间里有十来个人，都是江恫小时候的玩伴和班里的几个男生。

唱歌自然免不了喝酒，作为寿星的江恫被灌了几杯后默默坐在角落听别人唱歌。

晚上十点半，江恫口袋里的手机响了下，他拿出来一看，是条来自顾影的短信：你在哪儿？

这是那天后顾影第一次主动联系他，江恫看完短信，拿起手机走出包间。来到一个安静的楼梯间，他拨通了顾影的电话。

那边接得很快："江恫？"

"嗯。"江恫靠在墙上，语气随意，"你找我有事？"

"对呀。"电话那头的顾影还在喘气，像是在赶路，"你现在在哪儿？在家吗？你家住哪儿？"

她这一连串问题问得江恫有些好笑。他说："我在外面。"

"具体位置？"

"建设南路金域大厦。"

"你在建设南路？"顾影咳嗽了一声，又说，"我离那儿不远，你十分钟后到门口来一下行吗？"

她没说什么事，江恫也没问便应下了。

挂断电话后，江恫没有回包间而是直接下了楼。他站在门口等了七八分钟，见到顾影从右边马路跑来。许是跑得太急了，她来到他面前的时候还咳嗽了好几声。

"把手打开。"待气息平稳，顾影伸出一只握拳的手到他面前，"给你个礼物。"

少女白皙的脸上泛起两抹不正常的红，嗓音也不似以往清脆，略显沙哑，只有眉眼间的笑意透着些许生动。

"生病了？"江恫问。

“小感冒，不碍事。”顾影见他不动，又催促了一遍，“你伸手。”

江恂这才将视线从她脸上移开，慢慢伸出手。

顾影拳头一松，手心瞬间掉落一个红色的小福袋。

“生日快乐！”少女眉目间的笑意不减，“这是我之前去玖玉山寺求来的福袋，你带在身上，可以保平安。”

大概是她的眼神太过真诚，江恂居然有片刻失神。他把福袋收回来放进口袋，抬眼说：“谢谢。”

“不客气。”顾影摆了摆手，又看了眼他身后五光十色的灯，“你继续去玩吧，我先回家了。”

江恂原本想问她要不要上去坐一下，视线触到她脸上那两抹不正常的红晕，到嘴的话又咽了回去。

顾影转身打算走，忽然想起什么又抬头看着江恂。她双手绞在一起，显得有些局促：“你，可不可以送我到公交车站？”

江恂抬了抬眉梢，不答反问：“你知道现在几点了吗？”

“嗯？”顾影今天做了一天兼职，刚刚才结束工作。原本的感冒加上匆匆赶来送福袋，一天下来，她的体力已经消耗殆尽，此刻精神有些恍惚。

江恂看了一眼没精打采的她，换了个问题：“你坐多少路车？”

“76 路。”顾影说。

“那走吧，先去看看。”

江恂抬脚往前走，前方不远处有个酒吧，门口站了几个人。

顾影见状立马挪到江恂的左侧，借他的身子挡住了几道令人不适的视线。

江恂瞄了一眼她的小动作，继而又看了一眼右边，瞬间明白过来她让自己送的原因。

他无声地弯了弯唇，不由得想起她曾经跟自己提到过的一个称号：天骄街小霸王，原来是徒有虚名的小霸王。

两个人来到公交车站，江恂先是看了会儿公交车站牌，等回过头来，发现顾影上身靠着广告灯牌像是在闭目养神。

江恂走过去，站在她面前。顾影感觉被一片阴影笼罩，仰起头，意外江恂还留在这儿。她说：“谢谢你，你回去吧，公交车应该马上就来了。”仿佛刚刚送他生日礼物花光了她所有的力气，这会儿连说话的音量都降低了不少。

江恂叹了口气，说：“现在快十一点了，76路公交车十点结束运营。”

“啊？”顾影拿出手机看了一眼时间，看完整个人像是被霜打了的茄子，脑袋耷拉着，“那我打车回去好了。”身体不舒服加上对的士费的心疼，顾影说这句话的时候声音带着哭腔。

一辆出租车驶来，顾影招了招手，出租车在路边停下，她打开后门上车之前，转身说：“生日快乐，我走了。”

她弯腰坐进去，刚要关门，一只手拦在了门边。江恂说：“你坐进去一点儿。”

没搞清楚状况的顾影呆呆地往里挪了挪。紧接着，江恂弯腰坐了进来。

车子行驶了好一段路，顾影才慢半拍地开口：“你去哪儿？”

“送你。”江恂说。

现在时间太晚，让一个女孩单独回去不好，更别说她还生着病。

“哦。”顾影缓缓偏头看向窗外，怕他看见自己抑制不住上扬的嘴角。

建设南路在城南，顾影家住城北，这个点儿不堵车行程也要二十分钟。这期间不断朝顾影袭来的睡意战胜了因为江恂坐在旁边的雀跃，她半路睡着了。

到了目的地，江恂付好的士费，转身碰了下她的胳膊，但收效甚微，她只是拧了下眉，并没醒来。怕影响司机接单，江恂加重了手下的力度摇晃了她一下，说：“到家了。”

顾影的头昏昏沉沉的，听到江恂的声音，意识才回笼了一点儿。她迷迷糊糊地走下车，因为四肢酸痛无力，刚下车又坐到了花坛边。

江恂在她下车的时候怕她撞到头，贴心地用手挡了下车顶，收回来的时候掌心无意间碰到了顾影的额头，烫人的温度霎时令他蹙起眉头。

“你发烧了。”江恂走到她面前低声问，“感觉怎么样？”

“哪里都不舒服。”她喉咙痛，头痛，手痛，脚痛，身上还时冷时热。

面前是她喜欢的人，对方还这么温柔地跟她讲话，她一下子委屈起来，泪水像断了线的珠子往下掉，因为低着头，眼泪直接砸到了地上。

随后江恂把她带到了附近的一家诊所，医生开了药给她打点滴。

江恂等她闭上眼睛，打算出去打个电话，单浩天发了好几条消息过来问他在哪儿。怎知刚走了两步，床上的人就睁开了眼，江恂有所察觉地看过去，少女黑眸湿润，里面倒映着破碎的光，眼神委屈，似乎不舍得他离开。

那一瞬，她的眼神像是化作了实物穿过层层障碍撞在了江恂心上，他心口阵阵发软。

他记得自己解释道：“我出去打个电话，马上回来。”

他说完这句话，床上的人便满足地闭上了眼睛，嘴角依稀可见浅浅的弧度。

那天晚上，江恂陪她挂完水把她送回家才离开。

五一假期结束，班里调整了座位，好巧不巧，他的同桌变成了顾影。

也是那天起，她好像慢慢变回了原来的样子，整天“江恂”“江恂”地叫，只是再也没给他买过煎饼。

“喂，你怎么都不吃呀？”

空间不大的客厅内，面前的火锅正咕嘟咕嘟沸腾着，李思怡的声音穿过缭绕的水蒸气从对面传来。

“吃呀。”顾影抬头，拿筷子夹起一片肥牛放进嘴里，嚼了几下，评价道，“有点儿老。”

“谁让你坐那儿发呆？”李思怡斜了她一眼，蓦然想到什么，心疼地说，“还在想刚刚的事情呢？要不今晚睡我这儿好了。”

"不用，我没事。"

之前在车上，顾影发信息给李思怡说过去找她，当时李思怡正好在菜市场买菜，准备在家里煮火锅，让顾影赶紧过来，还顺带叫上了杨杰。

见了面，李思怡一眼就看出了顾影不对劲，当下便问她原因。顾影把医闹的事情简单说了一下，自动省去了江恟冲进去把自己带出来这段。

实际上她刚刚走神并不是因为医闹，甚至都忘了这事，何况她刚刚哭过，恐惧已经随着泪水的流出慢慢消失了。

"还说没事！"李思怡伸手在她眼前晃了晃，"都吓傻了。"

顾影把旁边的一盘土豆片下进红汤里，抬头又见杨杰用一种很担忧的表情看着自己。她叹口气，说："我真没事，你们吃吧。"

"换成小时候的你遇到这种事，我倒是一点儿也不担心。"李思怡舀了几个虾滑放进顾影碗里，"但是现在嘛，你爱逞强爱装冷静，把什么都埋在心里，也不知道你是不是真的没事。"

"说实话刚开始我是有点儿害怕，刚才过来的路上偷偷哭了下，现在全都忘了。"面对好友的关心，顾影心里很温暖。

"哭啦？"李思怡眨了眨眼睛，认真地打量她片刻，"不容易呀，我除了那次院长妈妈生病听你在电话里哭过一回后，再也没见你哭过了。挺好，发泄完就没事了。"

顾影嘴角弯了弯，心道这都是拜江恟所赐，他好像总能激起自己一些不为人知的小情绪，无论是前几次的胆怯、叛逆、挑衅、迁怒，还是刚刚的委屈、崩溃。

明明她这些年已经学会了冷静地对待所有事，但是这种冷静一碰到江恟就失了效。有些反应不由自主，有些话来不及过大脑便脱口而出，自然到令她自己都惊讶的地步。她刚刚失神也是因为这件事，原因她不敢细想，怕得出的答案不在她能控制的范围内。

为了防止自己往死角里钻，顾影扯开了话题："对了，快过年了，你们什么时候放假？"

"我还有一个星期就放假了。"李思怡说。

杨杰脸上扬起淡淡的微笑，双手比画手语，说自己除夕才开始放假，跟同事约好了去海边度假，问顾影她们要不要一起。

"我去不了。"说到这个李思怡面无表情，"虽然很不想回家，但是我不得不回。"

"同事找我换了班，除夕、初一、初二都要值班。"顾影笑了，"我赚加班费，他们跟家人团聚，两全其美。"

杨杰笑了笑，两个人的回答在他意料之中。

吃完火锅，杨杰主动起身开始收拾残局。他双手比画几下，示意顾影她们去沙发上聊天。

"我来刷碗吧。"顾影想抢过他手中的碗，"洗菜、切菜都是你做的，你现在去休息一会儿。"

杨杰笑着冲她摇摇头，表示自己没问题。

"就让他刷吧，小时候你护了他那么多次，他照顾一下姐姐怎么了？"李思怡拉着她往沙发前走，边走边说，"弟弟比男朋友好使多了。"

两个人在沙发前坐下，顾影往餐厅所在的方向看了一眼，杨杰正低头认真地收拾碗筷。他额前的碎发随着转头跳动，少年气十足。要不是先天缺陷，他这种长相在学校里肯定有大把女孩喜欢。

"小杰长这么高了！"顾影忽然感叹道，"之前还是个小屁孩呢，现在长成大男孩了。"

"是吧，还挺帅。"李思怡也随着她的目光看过去，笑了笑，"可以找女朋友了。"

"他有喜欢的女孩吗？"顾影说，"真希望他能找到一个可爱善良的女朋友。"

"肯定会的。"李思怡也看了过去，这句话承载了她们内心的希望。

杨杰刷完碗，为了不打扰两位姐姐聊天，便先回了家。

他走后，李思怡从冰箱里拿出几罐啤酒来到沙发前，递给顾影一罐："喝点儿，忘掉今天的不开心。"

顾影接过，手刚握上去，冰凉的触感让她打了个寒战："太冰了。"

"那你放一会儿再喝。"李思怡拉开拉环，往嘴里灌了一口酒，"我就喜欢冬天喝冰饮。”

“你少喝点儿，小心等会儿胃不舒服。”顾影靠在沙发上，扭头看向李思怡，“你要是不想回家就别回，打点儿钱过去就好了。”

“没那么简单。”李思怡握着啤酒，自嘲地一笑，“他们知道我有男朋友了，第一时间问我什么时候结婚，经常念叨着叫我带男朋友回家，还说什么彩礼得多少钱，第一次见面要给长辈打多少钱红包，要带些什么礼品……”

李思怡说着又灌了一口啤酒：“有时候我挺羡慕你的，幸好那家人当年放过了你。”她将头靠在顾影肩膀上，“虽然他们对我有几年的养育之恩，但我还是想说，或许当初我不被收养会过得更好。”

“你现在一样可以。”顾影把头跟她靠在一起，“你高中毕业就出来打工给弟弟交学费，这么多年你回报的远远超过了他们对你的付出，已经够了，我可不想你做‘扶弟魔’。”

“我不回去，他们就会来找我闹。”李思怡无奈地苦笑，“我不想面对这样的局面，算了吧，至少在外面我还有绝对的自由。”

她们窝在沙发上聊了很久，晚上九点半，顾影拒绝了李思怡的挽留打车回了自己家。

她掏钥匙开门的时候，发现包里有原先在医院开的止血药和纱布。她目光一顿，暗道糟糕，忘记把药给江恂了。她进到屋内拿出手机给江恂发了条微信：你的手还好吧？

那边很快回了条语音：“怎么样算还好？”

男人嗓音低沉充满磁性，听得顾影耳朵发热，她刚想拍张药的照片给他发过去，对方又发来一条文字消息：不好打字。

江恂伤到的是右手，伤口在手腕背面往上的地方，估计吃饭、打字都会受影响。

顾影顿时有些内疚，放弃打字发了个语音通话邀请过去。语音接通那边没有立马说话，顾影敛了敛神，开口道：“今天在医院开的药，我放包里带回家了。”

“嗯。”江恂的语气无波无澜，像是在说一件与他无关的事情。

顾影继续说：“你明天会在公司吧？要不我给你送过去？”

“可以。”江恂说。

电话里又安静了下来，电话两端只能听到两个人的呼吸声。

“你……”顾影想说些什么，吐出一个字之后又忘记自己要说什么了。

“嗯？”

“你记得伤口别碰水，不要剧烈运动。”顾影怕他不记得又提醒了一遍。

“比如？”江恂像是个求知欲很强的学生，懒懒的语调带了一丝轻佻的意味。

顾影搓了一下自己发热的脸，一本正经地解释：“就是健身、提重物之类的。”

江恂拉长尾音哦了一声：“了解了。”

“那明天见。”顾影说完想要挂断电话，蓦地想起了什么，又轻声道，“今天谢谢你了。”

“怎么谢？”江恂又是那种懒洋洋的反问语气。

虽说这句谢谢出自真心，却没想到他会要求落到实处。顾影以为他会像以前一样只是无所谓地应一声，被这么一反问倒让她有点儿手足无措。

怎么谢？无非是送礼物请吃饭什么的。送礼物没必要，第一，他应该什么也不缺；第二，容易造成不必要的误会。

“改天请你吃饭？”顾影问。

“行。”停了一秒，江恂继续道，“你最好说话算话。”

“我会的。”

电话挂断之前，顾影似乎还听到那边传来一声似有若无的哂笑。

不就是一顿饭吗？她穷是穷了点儿，也不至于那么小气吧？

第二天顾影准时到了医院。

昨天坐在医院门口哭闹的人已经不见踪影，看来事情已经得到解决，就是不知道解决方式是什么。

顾影到了值班室，刚换好白大褂就被主任叫到了办公室。主任说昨天的事情差不多已经解决，那些人要求赔偿，医院这次连谈判的余地都没有留给他们，直接请来律师跟他们聊。

这些职业医闹对于什么官司能打赢什么官司打不赢心里都清楚得很，所以听说医院连商量都省去了立马转移目标，说医护人员的家属打伤了他们的人。壮汉提出要去验伤，说江恂伤了他。

"他现在就揪着这一点不放。"主任说，"你看你要不要叫你的男朋友来一趟，解释一下？"

"他不是我的男朋友，是同学。"顾影说。说完她自己都觉得有些好笑，"同学"这两个字最近使用得有点儿频繁。

"我去跟他聊吧，正好要找他。"顾影抿了抿唇，"他拿刀伤了我同学，我们办公室和走廊估计都可以看见不少血。"

"地上是有血，"主任面露诧异，"我还以为是那个人的，原来是你同学受伤了，伤得重不重？"

顾影言简意赅："没伤及筋骨。"

"那就好。"主任松了一口气，随后他让人找来壮汉跟顾影当面对峙。

"他不是医院员工，也不是我家属。"顾影先入为主，"你昨天砍了他一刀，伤口很深，我正好要找你聊聊赔偿的事情。"

没等那人开口，她继续道："我朋友伤的是右手，他现在不管生活还是工作都受到了影响，我觉得除了必要的治疗费用还应该赔偿误工费。他作为上市公司的负责人，平均每天的收入应该在五位数以上，误工费目前不好算总数，得看恢复情况而定，你这边有什么问题吗？"

原本气势汹汹的壮汉渐渐没了底气，但还在垂死挣扎："他也伤了我，我一只手骨折了。"

"可以，你去验伤。"顾影没有半分退让，"你的医药费是多少？误工费我们也出。"

作为专业医闹的壮汉顿时心虚到不行，先不论顾影说的是不是真的，就昨天他对江恂的印象来看，对方气质矜贵，一看就不是泛泛之辈，误工费怎么也得比他的高出不知道多少倍。

听顾影说要叫江恂过来时，他立马就慌了，说了句“算了”就想离开，但又被主任给叫住，说后续还有扰乱公共秩序、损坏公物等问题没有解决。

顾影从主任办公室出来，细想了一下，似乎明白过来江恂昨天受伤的原因。他极有可能是心里有顾虑，为了不让医院因为他产生不必要的纠纷，当时不想伤人，倒是让人给伤了。

这个原因却让顾影陷入了自责。

江恂平日里看起来处事从容，骨子里却是个肆意的人，要不是她，他哪能顾虑这些？为了她的大局观，他让自己受了完全没必要的伤。

回到值班室，孔莹以及科室里的其他几位医护人员纷纷前来问候了一番。特别是孔莹，小姑娘听说昨天有个帅哥过来帮忙，八卦的心瞬间被勾了出来，一个劲儿地问是谁。见她一脸什么都不清楚的样子，顾影便随口说个人名搪塞了过去。

午休时间到，顾影换好衣服来到江恂公司所在的写字楼下。

天空下起了毛毛细雨，空气又冷又湿。

她坐在一家奶茶店内，五分钟前她给对方发了条微信消息，告知自己所在的位置。

门口风铃发出清脆的声响，顾影抬眸看过去，恰好看到江恂推门走进来。她朝对方招了招手：“这里。”

江恂走过来在她对面坐下，随口问：“你今天不上班？”

“上，只是中午休息。”顾影在他坐下后第一时间扫了一眼他的手，发现原本绑在右手手腕上的绷带不见了踪影，由于衣袖的遮挡，她看不清伤口的情况。

顾影眉间一紧，问：“你绷带呢？”

“绑着不舒服，扯了。”江恂说。

“这是治疗。”顾影叹了口气，“你把手给我看看？”

江恂眼皮微动，依言抬起手放在桌上。

顾影探身过来，小心掀开他的衣袖，看清伤口的情况后，眉间的褶皱越发深了。

"伤口都恶化了，幸好是冬天，要不然铁定会化脓。"她嘟囔，"你都二十几岁的人了，怎么还像个小孩一样任性？"

"嗯。"江恫不咸不淡地应了声，"我不光听话还任性。"

顾影眼眸闪动，想起上次在张宜婷病房外自己说过的话，他这语气看似平淡，实则在挖苦她。其实顾影自己也知道这两个词用在江恫身上实属违和，但事实看起来就是如此。他觉得不舒服就把绷带拆了不是任性是什么？

顾影原本想把药给到他就离开，这会儿也顾不上其他，忙低头拿出放在包里的药，起身走到江恫身边坐下，说："你把袖子往上拉一点儿，我给你上药。"

江恫靠在椅子上，一双黑眸静静地看着她拿出棉签蘸上碘伏帮他把伤口消毒，整个过程女孩紧抿红唇，拧着眉毛，似乎很不高兴，但是棉签落在伤口上的力道很轻。

她消毒的时候，还不忘抬头看他一眼，问："痛吗？"

"痛。"江恫的回答不带犹豫。

顾影一愣，自从昨晚开始，她跟江恫的对话就进入了一个充满意外的阶段。

她这么问只是出于本能，走个流程，还以为他会说不痛。她自认动作已经很轻了，要是痛也跟她没关系，应该是伤口本身就痛。

于是顾影轻飘飘地睨了他一眼："谁让你把绷带扯掉的？"

她说完低头继续给伤口消毒，还以为他会说些什么，却听到头顶传来一声很轻的笑。顾影眼睫微微一颤，无端地感觉心口被人撞了一下。

奶茶店门口的风铃声不时响起，两个人谁都没有再说话。

消完毒之后就是上药。

顾影上班期间头发扎成马尾，出门前把橡皮筋拿了下来，现在长发自然地散在肩头，因为低头的动作，两侧的发丝往下滑落，有几缕还遮住了视线。她暂停手上的工作，把头发随意地拢至耳后，又继续。

这家奶茶店面积不大，仅有的几个位置都坐了人。两个人旁若无人的上药行为吸引了好几个人的注意。

江恂的左手搭在椅背上，视线从伤口处挪到了顾影的侧脸上。

奶茶店内的暖色灯光像是为她加上了一层美颜滤镜，她的皮肤白到发光，他还能清楚地看清上面细小的绒毛。耳朵后方的头发因为她转头蘸药的动作又有往下滑的趋势，江恂不由自主地伸出左手替她把头发给勾了回去。

干燥温热的触感从侧脸到耳垂轻轻扫过，顾影指尖微颤，那只手仿佛挠在她的心上，这一瞬的悸动和害羞让她像个十七八岁的小姑娘，紧张到不敢呼吸。

良久，她才干巴巴地冒出两个字："谢谢。"

江恂的左手重新搭回椅背上，他搓了搓指腹，嗓音有些哑："客气。"

顾影帮他上好药，开始包扎伤口："你这下千万别再把绷带随便扯掉了，拖越久越难好。"

江恂懒洋洋地嗯了声，问："昨天那事你们解决了？"

"解决了。"顾影把绷带系了个结，宣告完成，"好了。"

江恂看她眉目终于舒展开来，微不可察地勾了勾唇。

昨晚进酒店吃饭前绷带就被他扯了，原本想往上绑一点儿不让绷带露出袖口，事实上还是很明显。他那样子进去势必会接受一番盘问，特别是他妈，他最烦那样的场面，干脆把伤口给藏了起来。

顾影收拾好桌上的东西，把剩余的药递给他："这个给你，我要走了。"

"你吃饭了？"江恂跟她一起走出店门。

"没，我让同事给我留了饭。"顾影撑开伞，准备走去路边坐公交车。

江恂却说："我还以为你会请我吃饭。"

"……"

两个人站在屋檐下，顾影瞥了他一眼，轻声解释："我下午还要上班，吃饭来不及了，下次请你。"

"走吧，我送你。"江恂沿着屋檐往前走示意她跟上。

顾影站在原地没动："我坐车过去就好，你这几天还是别开车了，尽量不要用这只手。"

江恂停下脚步，回头说："估计有点儿难。"

顾影问："是因为工作吗？如果是工作——"

"不是，"江恂打断她，神情散漫，"是因为任性。"

"小影姐，你在干吗呢？"

值班室内，正对着电脑发呆的顾影被突如其来的声音吓了一跳："啊？"

孔莹双手环胸，问："你今天不对劲，发呆好几回了。"

顾影清了清嗓子，强装镇定地道："可能是昨晚没睡好。"

听完这话，孔莹想起了昨天的事情，神情瞬间转为心疼："今天又不只有你一个值班医生，去休息会儿吧。"

"嗯，没事。"顾影有些心虚。

实际上，导致她发呆的原因是江恂中午那无意识地撩头发和跟以前不一样的态度。之前自己说他听话，他看起来有些不爽，而今天自己说他任性，他非但没有不爽还拿这个反将她一军。

顾影回忆他说"因为任性"时的表情，像是在……调戏她？

临近下班，顾影口袋里的手机响了，来电人是李思怡。

"下班后要不要一起去趟儿童福利院？"

"有什么事吗？"顾影问。

"我听说圆圆被收养了，不知道手续办齐了没，想去问问是什么样的人家。"李思怡说，"这不过两天就要回家过年了，正好年前去看看。"

"行，那我等会儿打个车到你们公司门口接你。"

顾影听说有人被收养，内心多少有些感慨，她跟李思怡一样，迫切地想要知道收养人是什么样的人家。

圆圆是儿童福利院的这群孩子中难得身心全部健康的几个孩子之

一，现在才三岁。她是某天晚上被一个拾荒人在草丛中捡到的，当时还没满月，在派出所待了几天没人认领就被送到了儿童福利院。

小姑娘有一双圆溜溜的大眼睛，故小名叫圆圆。

"圆圆，你见过爸爸妈妈了吗？"

顾影和李思怡到达儿童福利院说明来意后，把圆圆带到了李院长的办公室。

"见过了。"小姑娘抱着个一看就不便宜的芭比娃娃，一蹦一跳笑得很开心。

"那你喜欢他们吗？"顾影又问。

"喜欢。"圆圆用力点点头。

"那圆圆以后就不跟院长妈妈和香香阿姨住一起了。"李思怡把圆圆抱在腿上，捏了捏她肉嘟嘟的脸，"以后你就跟新爸爸、新妈妈住一起，跟他们一起吃饭、睡觉，可以吗？"

"香香阿姨可以跟我一起去吗？"小家伙天真地问。

"不可以。"李思怡说，"以后圆圆就有自己的家了。"

小姑娘闻言嘴角一撇就要哭出来。

站在一旁的儿童福利院工作人员香香阿姨忙蹲下身子哄她："你的新爸爸、新妈妈家里有很多玩具，他们还会带你去动物园、游乐场，开不开心？"

小家伙立马又笑开了花："开心。"

她终究只有三岁半，能懂多少人情世故？

香香阿姨把圆圆带下去吃饭后，李院长拿出一沓资料给顾影她们看："这是圆圆的收养人的资料，他们夫妻俩有一个儿子，特别想要个女儿，说是看到圆圆的第一眼就很喜欢。"

顾影把资料从头到尾看了一遍，如果资料属实，那这家人的条件确实不错，照片上夫妻俩的面相看起来也很和善。

"我知道你们担心的点。"李院长笑了笑，"这些资料都是经过多番核实的，我们也有相关人员去他们家调查，现在收养手续有专人负责，不像以前。"李院长简单讲了一下流程，好让她们安心。

"那就好。"顾影合上资料递给李思怡。

那家人住北方，离这儿很远。这样最好，随着圆圆慢慢地长大，在儿童福利院的记忆便会在她脑子里淡去，直至消失。长大后，她只需要记得自己是爸爸妈妈的宝贝女儿就行。

不像顾影和李思怡。早年间儿童福利院的各种制度和人员配备都不完善，收养制度也是。

顾妈妈那种善良到骨子里的人，思想有点儿封建，总觉得找个有钱人家不如找个老实人家，虽然物质上没那么宽裕，至少精神上会对她们好。

可是她不知道，有时候明面上看起来老实的人更加恶毒。正如钱钟书先生的一句话：忠厚老实人的恶毒，像饭里的砂砾或者出骨鱼片里未净的刺，会给人一种不期待的伤痛。

顾影和李思怡都体会过这种伤痛。

云城说大不大，说小不小。生活在同一个城市，两个相熟的人遇到的概率其实微乎其微。顾影没想到这天晚上自己就遇到了带给她不期待的伤痛的老实人。

"小影？"

夜色如墨，老小区的路灯也不是那么明亮。

顾影从儿童福利院回来，下了公交车刚要往小区走，就听到了一声很亲昵的呼喊。

她搬到这个老小区几个月了，几乎没出来活动过，所以不可能有熟人。

顾影脚步一顿，循着声音传来的方向看过去，一个人站在路灯照不到的地方，只能看清一个轮廓，勉强能判断出是一个老人家。

"你是叫我吗？"顾影问。

那人从暗处走过来，熟悉的面孔映入眼帘，伴随着她热情的声音响起："真的是你呀，小影，我是妈妈呀。"

顾影脸上的疑惑消失，取而代之的是一脸漠然："您好。"

来人身穿中长款黑色棉衣，手上拎着刚买来的水果和蔬菜，听到这句冷淡又疏离的招呼，热情僵在脸上："你不认得妈妈了？"

"认得。"顾影说完似乎也察觉出自己的态度过于冷漠，于是又补充了一句，"您也住这个小区吗？"

"对呀对呀。"妇人脸上笑容恢复，借着路灯的光把顾影从头到脚打量了一遍，"你什么时候回国的？现在在哪儿上班？这些年过得好不好？怎么不给爸妈打个电话呢？"

面对她一连串的问题，顾影只是平静地回答："在医院上班。"她说完这句话就继续往前走。

"医生啊？"妇人也跟了上来，"当医生好呀，医生工资高。"

"还行。"顾影迈上小区的台阶。

"我住三栋，你住哪栋？吃晚饭了没？小乐下午要上补习班，所以我们家晚饭吃得迟，要不跟我回家吃点儿？"末了似乎觉得有什么不对，她又讪笑着解释，"小乐就是你弟弟，当年你没来得及看他出生就出国了。"

"不用，我吃过了。"顾影到了自己住的那栋楼下，脚步不停直接上楼。

妇人在楼下站了好一会儿，等见到三楼某间房子灯亮了才转身离开。

重新遇到养母给顾影内心带来的波动还不如江恂的一条微信：怎么换药？

怎么换药？昨天外科医生给他演示了一遍，今天她也操作了一遍，还不够清楚？

顾影去厨房倒了杯水喝，边走边回复：先消毒，后上药。

对方回过来一条语音："我不会。"男人的语气散漫又理所当然。

顾影坐回沙发上，寻思着他右手受伤，左手上药是有些困难，其实最困难的不是上药，是绑绷带。于是她回道：今天不用换，你可以明天找个人帮忙。

江恂很快又发来一条语音："家里就我一个人。"

顾影：你可以去公司找同事帮忙，小杰就可以。

江恂："不想让他们看到伤口。"

顾影：那要不你后天上午到医院来换？正好给医生看一下伤口的恢复情况。

那边隔了一阵才回复，他说话之前仿佛还叹了口气："没时间，你后天休息吗？"

后天顾影轮休，她想都没想就回复：休息。

江恂："那你来帮我换。"紧接着又跳出一条语音，"你不是要请我吃饭吗？顺便换药。"

顾影听完愣了一下，去翻看两个人刚刚的对话，有个念头迅速地在脑子里发酵：江恂该不会一开始的目的就是让她帮忙换药吧？

他的每句话都像在抛球，等着她来接，见她站在对面连要接的动作都没有，最后没办法，他只好走过来把球塞进她的手里。

顾影意外的同时又觉得好笑，意外他这么做的目的是什么，笑他还有这么别扭的一面。

基于他是为了自己才受伤，自己请他吃饭很正常，顾影也不想欠个人情在这里，所以她答应去换药并跟江恂约好后天中午一起吃饭。

奈何计划赶不上变化，周五早上，顾影接到顾慈的电话，说圆圆今天上午离开儿童福利院。她们这一别，也许就是永远。

顾慈话里都是感慨和不舍，还难得在电话里说想她。于是顾影打算去看看院长妈妈，顺便送送圆圆。

她从住的地方去儿童福利院，一来一回路上得花不少时间，何况院长妈妈难得清醒，顾影想多陪院长妈妈聊会儿天。于是她决定把跟江恂约好的时间从中午改成晚上。

顾影坐上去儿童福利院的公交车，路上拨通了江恂的电话。电话响了很久才被接起，对方没出声。

顾影拿下手机看了一眼，确定通话正常后又把手机贴近耳侧。她正打算开口，却听见那边传来一个极为不爽的声音："说话。"冷冷的语调带着刚睡醒的沙哑。

他还有起床气！

顾影定了定心神，小心翼翼地道："是我，顾影，不好意思打扰你睡觉了，我是想问你，我上午有点儿事，请吃饭可不可以改成晚上？"

电话那头又是好一会儿没动静，就在顾影怀疑他是不是睡着了的时候，江恂笑了："可以。"

低低的笑声似揶揄又似不满，还带着一丝无法言说的慵懒，他说："你总是这样，扰人清梦又放人鸽子。"

顾影捏了捏发烫的耳垂，以为他没听清自己说的话，忙解释道："不是放鸽子，是改时间，只是从今天中午改到晚上而已。至于吵醒你这一点，我刚跟你道过歉而且你也发脾气了。"顾影最后这句话带了一丝连她自己都没察觉的埋怨。

江恂嗯了声："地址晚点儿发我手机上。还有，"他语气散漫地说，"我只是说话大声了点儿你就在那儿委屈，我要是真发脾气你不得哭？"

"没有委屈，我只是陈述事实，先不聊了。"顾影说，"你继续睡，晚上见。"

挂完电话的顾影做了个深呼吸，缓解过快的心跳。刚刚电话挂得太快，顾影总觉得自己好像忽略了什么，在脑子里梳理了一下二人的对话，发现他一开始说了句"你总是这样"。

这个"总是"从何而来？她当时忙着解释"放鸽子"一事，忘了问他为什么这么说。

此时还对这句话提出质疑的顾影没想到，晚上这句话就在自己的身上得到了应验，她真的放了江恂鸽子。

半个小时后，顾影来到儿童福利院，见到了收养圆圆的那一家人。

他们家七岁的儿子也在，一家人牵着圆圆的手，眼神里流露出满满的喜欢。小姑娘怀里抱着小玩偶，跟他们一起开开心心地上了直奔机场的出租车。顾影倍感欣慰，希望她从此开启幸福快乐的新人生。

送完圆圆，顾影来到后院。

顾妈妈正在房间里看电视，见到她，对方开心地招呼她坐，还拿出不知道去哪儿喝喜酒带回来的几颗喜糖塞进她手里。

顾影失笑："还把我当小孩呢？"

"在妈妈面前你永远都是小孩。"顾慈拉着她坐下，"中午在这儿吃饭吧？"

"必须呀。"顾影问，"你不是说要给我做辣椒炒肉吗？"

"给你做。"

顾慈看上去心情很好，顾影跟她说了一些自己工作中遇到的趣事，逗得她笑个不停。李院长说她现在清醒的时候越来越少，大部分时间都是没有记忆的。其实从某些方面来讲这样也挺好，她至少减少了一些完全没必要的烦恼。

顾影前天才知道，顾慈对于当年没有把关好李思怡和顾影的收养人这件事一直很自责。实际上，顾影和李思怡从来没有因为这件事而责怪过她。

两个人边看电视边聊天，气氛很和谐。

这种气氛终止于顾慈一个冷不丁的问题："对了小影。"

"嗯？"

"你还喜欢江恫吗？"

顾影神情一怔，然后反问："为什么这么问？"

"我也不知道。"顾慈尴尬地笑了几声，又拍了下自己的头，"好像有人问过我，也许是我记错了。老糊涂咯！你别管我，陪了我一上午很无聊吧，我去给你炒菜，你出去走走。"

"妈妈。"顾影叫住了她，问出了困扰自己很久的一个问题，"你是怎么知道江恫的呀？"

"你不记得啦？"顾慈重新坐下，娓娓道来，"你出国前一天晚上不知道从哪儿弄来一瓶二锅头。我发现的时候，瓶子已经见底，你迷迷糊糊地躺在滑梯上，我扶你回房间的路上，你口里一直念着一个名字，我听了好几遍才听清是江恫这两个字，你还跟我说……"

顾慈微微一笑，眼角的皱纹加深了几分："那是你很喜欢的男孩。"

"我……真不记得了。"顾影的脸上浮现些许不自然。她知道自己那晚喝醉了，但是对于喝醉后的记忆脑子里一片空白。

她只记得第二天起床发现手机上有一条跟江恂的通话记录，通话时长显示是二十七分钟。这近半个小时的通话她一点儿印象也没有，直到现在都不知道自己那天说了些什么。

再见面江恂似乎也没提过此事，顾影还在想要不要趁晚上一起吃饭的时候旁敲侧击地问一下，此时，厨房传来的尖叫声打断了她的思绪。

顾影跑进厨房，见到倒在地上的院长妈妈时，呼吸都停了一拍："你们别动她。"

她制止了想采取急救措施的儿童福利院员工，蹲下身简单地检查了一下，当即叫了救护车。

救护车上，医生初步诊断为脑溢血，需要立即做手术。到了医院，顾影跑前跑后办理各种烦琐的手续，忙完后焦急地等在手术室前。她还得强装轻松地安慰李院长和电话那头的李思怡等人。

她整个人神经绷到极致，以至于中途去上洗手间才想起跟江恂有约这件事。

顾影因为心虚和内疚没敢打电话，只是发了条微信：不好意思，我临时有点儿急事，改天再请你吃饭行吗？

等了两分钟那边没回，她没继续等，把手机放回口袋又走回手术室前。

经过长达六个小时的手术，顾影等人被告知院长妈妈目前已经脱离危险。

"好在送医及时，不然后果不堪设想。"主刀医生拍了拍顾影的肩膀，以示安慰。他还说病人要明后天才会醒来，让她们不用担心。

院长妈妈转到病房后，顾影让其他人先去吃饭，自己留下来照看。

等人离开，她拿出手机查看微信消息。跟江恂的对话框里，最后一条消息还是她几个小时前发的，对方压根儿没回。

盯着屏幕看了几秒，顾影退出微信打开通讯录，指尖在江恂的名字上稍作停留，最终还是拨了出去。

铃声响起时顾影的心跳开始加快，随着时间的流逝又渐渐平复下来，机械语音响起的那一刻，失落的情绪瞬间将她包围。

他没接。

这个结果似乎也不意外，顾影几乎可以肯定他看到了微信消息。

现在是晚上七点半，已经过了晚饭时间。因为有约在先，如果没看到，在这之前他应该会联系自己。很明显，他不想回消息。

认识江恂的人应该没有人会说他脾气好，但是真正见过他发脾气的人也没有几个。

他好像很少发火，但就是不言不语，也能让人感到紧张和害怕。就如他公司的员工所说的那般，不说话才是最恐怖的。

“我只是说话大声了点儿你就在那儿委屈，我要是真发脾气你不得哭？”

早上江恂在电话里说的话犹在耳侧，她当时只觉得这句话稍显暧昧，没有深思。

她努力回忆了一下，江恂好像真没对她发过脾气，就连质问她有没有收到短信那次也没有。她当时仅是看着他那冷漠疏离的背影就鼻酸到不行，如果他真对她发火，她说不定会当场掉眼泪。

虽然现在她不至于鼻酸掉泪，但也非常心慌。

这段时间两个人总因为各种各样的原因而产生交集，就好像一根无形的线把他们连在一起，只要拉一拉这根线，对方就会有回应。但是现在，这根线好像被她扯断了。

顾影的心一下子乱了。

一家叫零时空的酒吧内。

江恂寻了一圈在角落找到了正悠闲喝酒的唐科和沈熠，他走过去在他们对面坐下，问：“怎么不去包间？”

“包间哪有这里热闹。”唐科把搭在桌上的双腿放下，给江恂倒了一杯酒，“刚打你电话你怎么不接？我还怕你找不到地方。”

“手机没带。”江恂说。

“你什么情况？”唐科把酒推到他面前，“不是说没空吗？看到门口我帮你准备的花篮了没？大气吧？”

这家酒吧的老板是他们的大学同学，酒吧今天开业，作为昔日同窗的他们特意过来捧场。

江恂环顾了一下四周，舞台上是某位当红说唱歌手，现场气氛被点燃。

他收回视线，回答了唐科的最后一个问题："嗯。"

"你的手是怎么回事？"相较唐科来说，沈熠要细心许多，比如现在他就发现了江恂袖口隐约可见的纱布。

"没事。"轻描淡写的两个字，他明显不愿意多说。

江恂伸手欲端起酒杯，脑子里没来由地闪过顾影紧抿红唇给他上药的画面，手在空中顿了一下，很快又放下，他叫来服务员要了一杯白开水。

"你……这是跟人干上了？"唐科视线跟着落在他的手腕上，犹豫地问。

江恂靠在沙发上，眼帘垂下，并未作声。

沈熠和唐科对视一眼，心照不宣地转移了话题。

休息的两天顾影是在医院度过的，院长妈妈已经醒过来了。

下午李思怡请了假，让顾影回去好好休息。

从医院离开，顾影回家洗漱了一番躺床上补觉，迷迷糊糊间她摸出手机发了一条消息出去。

下午五点，饥饿感迫使顾影从睡梦中醒来。

适应了房间的昏暗后，她第一时间拿过手机查看微信消息。看完她又无力地躺回床上，刚刚发出去的那条消息仍然没有回应。

过了半晌，她从床上爬起来，打算出去吃点儿东西，就在她换好衣服走出房门的时候，玄关处传来了敲门声。

顾影疑惑地停下脚步，来过她这里的人也就李思怡和孔莹，前者现在在医院不可能过来，后者几乎不会来，所以，她想不明白这个点儿到底是谁会来敲门。

木质门又被敲了三下。

顾影忽然想起这个小区的燃气是需要人工上门抄表的，猜想可能是燃气公司的人，便过去打开了门。

当看到外面站着的人时，她眉心微拧："你怎么知道我住这儿？"

"我上次看你走进这栋楼后没多久三楼就亮起了灯，猜你应该住这间。"门外站着的是她前几天晚上在公交车站附近碰到的妇人，也是她曾经的养母——李美。

李美身边还站着个七八岁大的小男孩，见到顾影，他仰起头将她从头到尾打量了一遍，问李美："她就是我姐？她会给我买手机？"

李美赶紧捂住小男孩的嘴巴，尴尬地冲顾影笑："他瞎说呢。"

"嗯，我现在要出门，你们有事吗？"顾影压根儿没打算请他们娘俩进来，也不在乎他们说什么，她越过门槛，反手关上了门。

一时间，三个人都站在了门外。

李美见她态度冷漠，也不生气，反而将拎在手上的一个塑料袋递到顾影面前："这是我昨天包的饺子，刚从冰箱里拿出来，送点儿过来给你尝尝。"

"谢谢。"顾影说，"我不喜欢吃饺子，我有事先走了。"

顾影丢下这句话，绕开他们直接下楼，刚走了几步，脖子上传来一阵刺痛，一颗小石子顺着她的衣服落在地上。

她不可置信地转身，只见小男孩嚣张地看着她，而李美用手不轻不重地拍了拍他的肩膀："你小子干什么呢？"

李美又转向顾影："小影没事吧？你弟弟不懂事，别跟他计较。"

顾影低头看了一眼脚下的小石子，感觉右侧脖子隐隐作痛，应该是被划破了皮。她深吸一口气，抬头看着李美："首先，我不是他姐；再者，不懂事不是打人的理由，如果有下次我会还手。"

顾影说完，小男孩嬉笑一声，再一次扬起手。顾影盯着他，往上走了两级台阶，声色俱厉地说："你再扔一下试试？"

肆无忌惮的小男孩仿佛不知道什么叫害怕，若不是李美强行摁住他的手，石子估计早就朝顾影掷了过来。

母子二人因为争夺石子在互相拉扯，顾影扫了一眼，接着面无表情地转身下楼。

外面下起了毛毛雨，顾影没带伞，但是又不想回去拿，只好只身走进烟雨蒙蒙的夜色中。

顾影走了几步，一阵来电铃声自口袋里响起。她掏出手机，看到屏幕上的来电人，鼻子顿时一酸。

她缓了缓情绪，按下接听键："喂？"

"找我有事？"江恫低沉冷淡的声音从电话那端传来。

顾影刚刚压下去的情绪又喷涌而出。这两天对方不接电话、不回信息积累的失落感，加之刚刚被李美母子影响的糟糕情绪此刻像奔腾的洪水，势不可当。

她喉咙阵阵发紧，尽量让自己的语气保持正常："我是想问问你，手好了没？"

顾影说完把手机拿开，捂着话筒吸了吸鼻子再把手机贴回耳侧，电话里是一阵沉默，她以为自己错过了什么，于是问："你刚说话了吗？我没听见。"

"你在哪儿？"江恫问。

"嗯？"

"不是想知道我的手好了没？"江恫不急不缓地道，"自己看看不就知道了。"

隆冬的黄昏，暮色已经降临，街上的路灯却没亮起。

顾影站在马路边的一棵大樟树下，不久前的各种复杂情绪随着江恫的一句"我来接你"消散了大半。

过了一刻钟左右，雨渐渐停了，一辆熟悉的黑色越野车靠着路边停下，顾影走过去拉开副驾驶座的车门坐上车。

"不是说了尽量不要开车吗？"顾影借由整理头发的动作来掩饰自己的慌乱，"你这两天换药了没？"

"没有。"江恫随手扯了几张纸递给她，"你头发湿了。"

她以为那天江恫说的是玩笑话，没想到他还真的坐实了任性这一点。

顾影接过纸巾随便擦了擦，刚刚从小区门口走到马路边，距离很近雨也不大，头发上只有一层雾一样的小水珠。

“药呢？”顾影擦完头发让他把右手伸过来，“我先帮你上个药。”

江恂没动，也没说话。他的沉默顷刻间瓦解了顾影强装的淡定，也让看似轻松的气氛变得压抑。

她深吸一口气，看着前方的挡风玻璃，说：“江恂。”

“嗯？”

“对不起。我在微信上给你道过歉了你没回，打电话也不接。”顾影抿了抿唇，话里的委屈显而易见，“你刚刚说过来接我，还说给我看手，我以为你原谅我了。”

江恂的视线在她浓密纤长的睫毛上停留一秒，那里依稀还有未干的水迹。

很快，他移开目光从座位中间的储物箱里拿出药，把右手伸在她面前，说：“你看吧。”

顾影顿了顿，旋即低头拆开绷带，发现伤口恢复得挺好，基本已经结痂。

“前天我去看望一个长辈了，她突发疾病进了医院，所以我才放了你鸽子。”顾影把药和纱布取出来放在一边，像是自言自语般嘟囔，“就是说，我失约也算情有可原，你不觉得你……”

顾影说到这里停了下来。刚跟江恂通完电话，她心情平静下来后细想了一下这件事。

站在江恂的角度，她确实是做错了事，但事出有因。虽然她在微信上没解释具体原因，但语气足够诚恳，也说了有急事。她爽约他多多少少会有些不舒服，这可以理解，但没有到生气不理人的程度吧？他会不会过于小气了？

“不觉得我什么？”江恂斜靠在椅背上，嘴角微微上扬。

这样的顾影让他看到了她高中时期那个鲜活的影子。当年她也如现在这般得寸进尺，每当他表现出一点儿情绪，她就委屈巴巴地开始道歉。他一旦松口或妥协，她就反过来倒打一耙。

"没什么，你应该还没吃饭吧？我上次说了改期，"顾影自始至终都没敢看江恂，心里想的是自己没做错，表现出的样子却是十足的心虚模样，"要不现在请你吃？"

手上传来冰凉的触感，江恂垂眸盯着顾影的脸。

车厢内只有车载显示屏发出的微弱的光，她像是怕弄疼自己，手上的动作极其小心翼翼。她的神情看似无比认真，但不停扑扇的睫毛泄露了她的不自然。

江恂抬起左手把车顶灯打开，然后才慢条斯理地嗯了声。

"那你想吃什么？"顾影在心底松了一口气，感觉自己又把两个人之间那根无形的线给连上了。

"随你。"

"烤肉可以吗？"

"可以。"

"要不去明月阁也行，还是你有其他想去的地方？"

"就去吃烤肉。"

顾影的唇勾起一个浅浅的弧度："我知道一家店，等会儿带你去。"

冬天是最适合大口吃肉的季节，前几天孔莹推荐了一家烤肉店，说味道很棒，顾影还没来得及去吃。

江恂靠在椅子上，静静地看她，说："好。"

顾影今天穿着比较休闲，厚实的连帽卫衣外搭一件羽绒背心，因为没洗头，她把头发全盘上去扎成一个蓬松的丸子头，露出白皙修长的脖子。

江恂慢慢游移的视线落在某处时蓦然一顿，她耳朵下方有一道伤痕，伤痕被碎发遮挡了，不仔细看几乎看不见。

顾影仔细帮他包扎好，刚要坐直身子，手腕冷不防被他反手握住，轻轻一个用力，她身子往前倾了一点儿。

"你脖子怎么了？"江恂低低的嗓音伴随着浅浅的气息靠近。

"嗯？"顾影茫然地抬眼，"没怎么呀？"

江恂伸手在她的伤口处轻轻地点了一下："这里。"

顾影瑟缩了一下，不疼，有点儿痒。被碰到的那一块肌肤在不断地升温，酥麻感随之而来。

“没事，不小心划了一下。”顾影眼神闪躲。

“是吗？”江恂跟她对视。

“我骗你做什么？”顾影小声道。

“谁知道呢？”江恂低头打开储物箱，不知道在找什么。

“你怎么总说我骗你？”顾影不解。

“你不是吗？”江恂反问。

“行吧。”以为他说的是放鸽子这件事，顾影脱口而出，“你要这么想我也没有办法。”

江恂抬起眼皮，漆黑的眼睛直直地看着她，两秒后，他忽地倾身靠近：“有没有人说过你扎……”

清冽干净的味道扑面而来，顾影下意识垂下眼帘，她嘴唇动了动，想说话。下一秒，脖子上的伤口被人不轻不重地按了下，伴随着江恂的声音再次响起：“丸子头很漂亮？”

顾影感觉自己像被人打了一巴掌，正要生气，对方又塞给她一颗糖。最可气的是，她居然因为糖的甜很没原则地忘了生气。

感觉伤口处有异物感，她抬手一摸，摸到了一张创口贴。她讷讷地道：“谢谢。”

原来江恂给她的是两颗糖。

顾影想动一下自己的手，但发现还被他握在手里，两个人距离很近，封闭狭小的空间内，一种难掩的暧昧在四周蔓延开来，江恂却似浑然不觉。

好在此时江恂的手机响了，他拿出手机接起电话。

顾影快速地坐直身子，脸上控制不住地开始发热。她余光瞥见江恂把手机夹在耳侧，从外套口袋里掏出一个钱包打开，取出一张名片给电话那头的人念上面的电话号码。

顾影的目光倏地被他钱包里的一个红色的物件吸引了，她看了很久，以至于江恂什么时候结束了通话都没察觉。

“今天你请客。”江恂不动声色地收回钱包并冒出一句不着边际的话。

“嗯？”顾影坐直身子看向他，没懂他什么意思。

“你老盯着我的钱包做什么？”江恂问。

顾影一时无言以对。她刚刚只是看到了一个眼熟的东西，由于那东西放在夹层里，她看得不是很真切，觉得有点儿像当年自己送给他的平安符。不过顾影很快在心里否定了这个猜想，都过去这么多年了，他怎么可能还留着？

“去哪儿？”江恂双手搭在方向盘上问。

“等会儿，我导个航。”顾影拿出手机打开地图，搜索发现烤肉店离这儿不是很远。

奈何下班高峰期，路上堵车严重，他们花了差不多半小时才到目的地。

这家烤肉店的店面比较小，每张桌子上方悬着一个管状抽油烟机。

由于座位比较密集，封闭空间内油烟味还是很重的，但这个小问题一点儿也不影响它生意火爆。这个时候，店内已经座无虚席。

顾影戴着服务员给的一次性围兜吃得很欢，停下来才发现江恂几乎没怎么动筷子。

“你怎么不吃？”

江恂拿铁夹不紧不慢地翻着铁板上的五花肉，周围的烟火气丝毫不损他的优雅从容。他说：“吃了。”

“你是不是不喜欢吃？”顾影见他吃得很少，不知道他是嫌油腻还是其他什么原因。

她用公筷夹出一块牛肉用生菜包裹着递给他：“要这样，菜包着肉就不会油腻，你试试看。”

江恂盯着她递过来的食物，眸子里闪过一秒的挣扎之意。顾影捕捉到这个表情，眼角余光瞟到盘子里的某样配菜，蓦然想起一件事：江恂好像不喜欢吃洋葱。

这是高二的某次篮球赛期间顾影无意间得知的。

云城一中食堂有道著名的菜——洋葱炒鸡肉，这道菜在同学们中广受好评。

那天篮球赛，班上的后勤人员负责给参赛队员留饭，顾影好心地给所有人都打了这道菜。

赛后同学们都吃得很开心，只有江恂餐盘里的洋葱炒鸡肉没被动过，后来全被单浩天夹走了，单浩天说江恂不吃洋葱。

据顾影观察，江恂跟别人不一样。他不吃洋葱不是把洋葱挑出来就可以了，是不吃沾了洋葱味的所有东西。但这家烤肉店的五花肉和牛肉都是提前腌制好的，并且每个盘子里都配有洋葱。

感觉手上一紧，顾影抬眼看过去，发现江恂伸出手接住了她递过去的生菜包牛肉。她没松手，反而用了点儿力收回手，把生菜包牛肉塞进了自己嘴里。

江恂退回去，双手自然垂下，懒懒地道："什么意思？"

顾影嘴里塞着食物，说话有些含糊："你不是不吃洋葱吗？你等会儿。"她说完起身走向收银台。

江恂则因为她前面那句话，愣在原地。

待顾影重新回到对面坐下，他随口问："你怎么知道？"

"单浩天说的。"顾影尽量让自己的语气和表情自然一点儿。刚刚去收银台的路上，她忽然意识到自己刚刚太过于冲动，以至于忽略了一些东西。

比如，这么做会不会被他误会自己对他余情未了？

顾影不想让这样的事情发生，便叽里呱啦地说了一大堆以前的事情，主要说的是高二那次篮球赛。其间她提到单浩天的次数特别多，不知道的还以为她喜欢单浩天。

江恂安静地听着，也不知道听进去了多少，只是在她被烤肉烫得嘴巴哆嗦的时候，适时地递过去一罐打开的凉茶。顾影接过喝了一口，终于停下了不知道跑去哪里的话题。

听完她语无伦次的话，江恂低垂的眸子里带着笑意。

过了半晌，服务员上了两碟没有放洋葱的肉，江恂这才吃了一些。

两个人吃完，顾影起身去结账。

这家店的收银台靠近楼梯口，顾影结账的时候，楼上走下来一人与她擦肩而过，然后猛地一回头。

"顾影？！"

顾影收回手机转身，语气又惊又喜："郑俏？"

"真的是你呀。"郑俏转身拍了一下顾影的肩膀，"什么时候回国的？以前的手机号也不用了，都联系不到你。"

郑俏是顾影高中时的前桌，二人那会儿关系很好，所以顾影见到她也很开心。

"我出国后没怎么跟这边的人联系。"

"你一个人？"郑俏指了指旁边的一个男子，"这是我的老公，我去年结婚了。"

"你好。"他们现在在楼梯口，上下楼梯的人多，很容易造成拥堵。

顾影跟郑俏的老公打完招呼，示意她往前走："我跟江恂一起来的。"

三个人走出店，看到等在门口的江恂，郑俏的眼睛睁大了几分："江恂？好久不见。"

江恂也有些意外："好久不见。"

"你们还是在一起了。"郑俏脸上的惊讶消失，取而代之的是一脸了然的笑，"真好，这算是……有情人终成眷属了吧？"

"不是。"顾影连忙解释，"是江恂之前帮了我一个忙，我请他吃饭。"

郑俏为自己造成的尴尬道歉，之后赶紧扯开了话题。

聊了几句，外面太冷加上郑俏还有事，两个人互相交换了联系方式就离开了。

当天晚上回到家里，顾影发现郑俏把她加到了班级微信群里。

顾影当年因为性格开朗在班里的人缘还算不错，在她加入群后，很多同学纷纷出来打招呼、闲聊。他们得知她是雅康医院的产科医生后，闲聊变成了线上问诊。

有几个自己怀孕或者是老婆怀孕的同学问了一些专业问题，顾影都热心回答。不知道谁提了江恂的名字，线上问诊又变成了感情访谈。

同学A：你跟江恂还在一起吗？当年我很看好你们这一对，养眼！

同学B：对呀对呀，我也是，感觉你们特别般配。

他们还在一起是什么意思？顾影看到这里心跳有些失常，又紧张又害怕。这种情绪都源于江恂的沉默。她怕他误会，又因为别人将两个人的名字放在一起而紧张。

今天郑俏误会的时候，她解释了，但江恂仿佛没听见似的，没有一点儿身为当事人的自觉，置身事外的样子好像路人。难道这就是身正不怕影子斜？

想到这里顾影也懒得在群里解释了，少说少错。

好在群里的都不是十七八岁的少男少女，情商还是有的，见顾影不再回复消息，便及时止住了这个话题。

临近过年，很多在外地工作的同学将回家。不知道谁提议说年后要不要组织个同学会，得到了群里很多人的赞同。很快，策划团队就被推选出来，说过几天在群里发时间、地点，希望所有人提前预留好时间参加。

对于顾影来说，同学会可以期待一下，但过年不过是一个有三倍工资的工作日而已。

第五章

你耳朵红了

除夕这天，应景地下起了雪。

白天的班并没有因为今天是过年就比平常闲，反而很忙。好几个宝宝迫不及待地赶在二〇一七年的最后一天出生。

顾影累了一天，下班后先去病房看了一眼院长妈妈。

院长妈妈怕耽误她工作，拒绝了她的照顾，连李思怡和杨杰想放弃回家和旅游的计划留下来陪她，她也不同意。

她自己执意请了一位看护，加上儿童福利院的几位阿姨轮番过来看望，完全不用顾影操心。

比如现在，顾慈跟同病房的另外两位阿姨边看电视边聊天，笑得很开心，连顾影是谁都不认识，还嫌她挡住了电视，让她赶紧离开。

顾影失笑，从看护那里了解完顾慈今天的饮食情况，就放心地走了。

顾影走出医院时，夜幕已经降临。

街上大雪纷飞，人烟稀少，只有天上不时绽开的烟花和城市各个角落此起彼伏的爆竹声彰显着节日的氛围。

顾影下了公交车，本想在小区门口买包盐回家，却无奈地发现超市已经关门了。

前两天她怕过年没菜买，提前去大超市买了些菜放冰箱，今天早上下面条的时候发现家里的盐没了，最后一点儿盐用来下了面条。

顾影回到家看着冰箱里的食材，给自己好好做一顿年夜饭的计划只能放弃。

她拿出面条，认命地煮了一碗西红柿鸡蛋面，用勺子把盐罐绕着圈刮了一遍也没能刮出多少盐。

这碗面卖相倒是可以，她还给自己煎了个荷包蛋。

刚刚浏览朋友圈看大家都在晒好吃的，于是她也拍了张照片发朋友圈，配上四个字：除夕快乐。

饶是顾影再怎么不挑食，这种没盐味的面条也不大能吃得下。

她吃了几口就倒了，收拾好餐具刚从厨房出来就听到外面传来敲门声。

顾影几乎立马就想到了李美。这大过年的，杨杰去旅游了，李思怡回了老家，除了李美没别人会这个点儿来敲门。

顾影只是抬头看了一眼，权当没听见。她盘腿坐在沙发上跟李思怡聊天，打定主意不去开门。

过了几秒，顾影隐约听到一个熟悉的女声："不在家？不可能啊？"

这老小区隔音不好，外面讲话里面要是没开电视的话，这扇门形同虚设。但顾影放下手机，把电视音量调小，门外又没了声音。

下一秒，她的手机响了，屏幕上显示的是孔莹。

看来她刚刚没听错，顾影接起电话的同时开始穿鞋："喂？"

"小影姐，你不在家吗？"

顾影边往玄关走边说："在。"

"那我刚刚——"孔莹的手机还贴在耳侧，话说到一半面前的门突然被打开，她还有点儿反应不过来，"敲门你听见了没？"

顾影拿下手机，不好意思地点点头，视线触及孔莹身后的那人时，神情微愣，一时忘记开口让他们进来。

昏暗的楼道内，江恂的目光轻轻扫过紧抓门框的那只白皙的手，下巴往里抬了抬：“可以进去吗？”

近几年云城流行在酒店吃年夜饭，离过年还有很长一段时间，大酒店的席位就已经被预订完了。

江恂的奶奶生有两儿一女，女儿恰好也嫁在本地，每年都是一大家子一起过年。

城西的某五星级酒店，富丽堂皇的包间内，头顶的水晶灯折射出亮眼的光线。

酒店的饭菜色香味俱全，孔莹吃饱喝足，来到包间另一端的沙发区休息。比她先吃完的江恂早就坐在这儿玩起了游戏。

孔莹无聊地浏览朋友圈，看到顾影发的那张照片时她微微蹙了蹙眉。

看了一眼餐桌上一时半会儿还结束不了的家宴，孔莹往沙发中间挪了挪，侧身看向江恂：“哥。”

江恂头也不抬地问：“什么事？”

“你现在是不是没事？”孔莹一脸讨好的表情，“帮我个忙呗？”

“有事。”

“你玩游戏哪儿叫有事！”孔莹说，“你开车带我去个地方行不？我送点儿东西给别人，马上就回来。”

江恂空出一只手从口袋里掏出车钥匙丢给她：“自己去。”

“我拿到驾照还没开过几次呢。”孔莹把手机递到他面前，打算动之以情，“你看小影姐除夕就吃这个，我想去给她送点儿吃的，她好歹也是你同学。”

江恂停下玩游戏的动作，目光移至屏幕，看了两秒，他催促道：“那就快点儿。”

知道他这是同意了，孔莹立马叫来服务员点了几个菜加急打包。

孔莹说完，江恂悠悠地插了句：“有煎饼吗？”

服务员显然愣了，不过很快就反应过来：“可以让厨师做。”

“那就做一个。”江恂说。

服务员走后，孔莹疑惑地问："你刚没吃饱？"

江恫退出游戏，打开朋友圈，敷衍地应了声。

过了半晌，服务员将打包好的食物送了过来，孔莹跟妈妈打了声招呼便跟江恫一起出了门。

顾影家她去过一次，之前是去拿考试的资料书。

到了小区门口，孔莹打算让江恫在车内等她，她把吃的送上去就下来。怎知她刚挪动脚步，发现江恫也下了车。

"你干吗？"

"冷，我跟你一起上去。"江恫只穿了件黑色卫衣，外套都没穿。

孔莹一开始也没觉得有什么不对，上了楼才后知后觉地意识到，车里没空调吗？

进到顾影家里，孔莹迫不及待地接过江恫手上的餐盒一样一样摆在餐桌上："小影姐，我们家恰好在附近吃饭，我爸和舅舅他们还在喝酒，我闲着无聊想来你这儿坐坐，给你带了点儿好吃的，你快趁热吃。"

顾影心底涌上感动。她哪能不知道，这姑娘肯定是看到了自己发的朋友圈，特意过来的。

她发朋友圈完全没有别的意思，只是想凑个热闹。没吃饱倒是真的，她原本打算晚些时候煮包泡面吃，现在看来是不用了。

家里没备饮料，顾影准备倒杯白开水给他们喝，孔莹看出了她的意图，忙将她拉至餐桌前坐下，说："你快吃饭，我们不渴。"

顾影看了一眼不远处的江恫，大少爷进门后就毫不客气地往沙发上一坐，小小的沙发被他高大的身躯占去了一半。

暖白的灯光下，男人额前的碎发末端有些湿润，许是刚来的路上落了雪，雪化成水染湿了他的发。

在顾影看过去的时候，他正好也掀起眼皮看了过来，视线对上，对方懒懒地开口："赶快吃。"

顾影随即坐直身子，开始吃饭。饭菜还是热的，味道超级好。

孔莹坐在一旁，双手托腮，边看她吃饭边聊天，在看到她拿起煎饼时，蓦地喊道："等一下。"

顾影嘴巴已经张开，还没咬下去，维持着这个表情不解地看向孔莹。

"这是我哥的。"

孔莹说完，顾影没顾上心里的好奇，堪堪闭上嘴打算把煎饼放下。

然而，沙发那边传来一个漫不经心的声音："我不吃，你吃了吧。"

"那小影姐你吃吧。"孔莹也不清楚江恂在搞什么鬼，买了又不吃，莫名其妙！

顾影看着手里的煎饼，眼神有些犹豫，吃也不是，不吃也不是，最终没抵挡住香味的诱惑，咬了一口。

孔莹看了眼时间，怕江恂等得不耐烦，跟顾影打了声招呼便想先离开。她走到沙发前拿上自己的包："走吧，哥。"

在她们聊天的时候，江恂一直默默坐在沙发上玩手机，俨然一个称职的陪同司机。这会儿他却没有马上起身："再坐会儿，我这局游戏还没结束。"

孔莹无所谓地摊了摊手，又坐回去陪顾影吃东西，等顾影吃完，两个人一起回到客厅看电视。此时江恂还没有要走的意思，孔莹也没敢催他。

这个除夕过得完全在顾影的意料之外，因为他们的到来，她的这个小出租屋总算多了一些人情味。

左边是孔莹叽叽喳喳的声音，右边是江恂身上干净清冽的味道。顾影的心情渐渐愉快起来，她连带觉得电视里的小品都好笑了些。

只是这样和谐的气氛没维持多久，就被一阵敲门声打断。顾影脸上的笑意渐渐消失，不用想也知道是谁！

"小影姐，有人敲门。"孔莹听到敲门声，见顾影没动便戳了戳她的肩膀提醒。

江恂也朝她看过来。

外面的敲门声还在继续，大有一种"你不开门我就一直敲下去"的执着。

顾影没辙，只能起身去开门。毫不意外，门外站着李美一家三口。

“小影，好久不见。”说话的是她曾经的养父顾之年，不到五十岁，头上已经看不见几根青丝，笑起来脸上沟壑纵横。

“顾叔叔，好久不见。”顾影念着以往的情面，对他稍稍颔首。

“我们过来是想邀请你到家里过年的。”顾之年说。

“谢谢，我吃过了。”顾影的手搭在半开的门上，语气淡漠又疏离。

“你让开，让我们进去。”小男孩伸手欲推顾影，却被她捉住了一只手。

“不让。”

李美赶紧把儿子拉回来，她视线越过顾影往里看了眼：“有朋友在呀？”

顾影尽量耐心地问：“你们还有事吗？”

“没事，既然你有朋友在，我们就先走了。”李美说话的同时一直往客厅里瞧，恰好对上了孔莹因为好奇看过来的视线，她立马朝对方笑了笑，“你好。”

孔莹回了个略显僵硬的笑。

顾影往旁边走了一步，正好挡住李美的视线。她不想让里面的人看到他们，尤其是江恂。她像一个自卑的穷小孩，偷偷捂住自己饭盒里没有任何配菜的白米饭，想留一点儿自尊。

“你给我买生日礼物了吗？”小男孩突然仰头问。

顾影被他理所当然的语气给气笑了：“我为什么要给你买？”

“我妈说你是我姐，说你有钱——”他未说完的话被李美用手给堵了回去。

一旁默不作声的顾之年狠狠瞪了一眼李美，看向顾影时脸上多了一丝狼狈：“那我们就不打扰你了，你有时间到家里来吃饭，我们住三栋403。”

他说完推着李美下楼，从顾影连请他们进去坐一下的假客气都没有的态度来看，顾之年知道自己后面那句话白说了。

他们走后顾影重新关上门。

等她回到客厅，孔莹忍不住问：“他们是谁呀？大过年的来看你吗？”

“他们是我的养父母。”面对天真善良的孔莹，顾影没办法说谎。

“啊？”孔莹眨了眨眼睛，“那你不请他们进来坐坐？”

顾影沉默一秒，不知道该怎么解释，正犯难却听到旁边传来一声训斥：“跟你有什么关系？”

接收到表哥传递过来的警告，孔莹乖乖收起自己的好奇心，专心看电视。

面对江恂的解围，顾影心存感激，就是不知道他会怎么看待自己。

大过年的，养父母一家跑来看她，她连门都没让人进，这在旁人看来多少会觉得她道德有问题。

别人怎么看她，她无所谓，但是江恂不一样。至于什么原因她说不出，只知道如果江恂这么想她会让她感觉难过。

顾影红唇微启，想要解释，却又不知从何说起。

手机铃声打断了她的欲言又止，跳进来一条微信：上次你脖子上的伤就是那小孩弄的？

顾影倏地偏头，视线里江恂还在低头玩手机，灯光下，纤长如鸟羽一般的睫毛在眼下投下一片阴影，冷峻的眉眼给人一种难以接近的感觉。似乎感受到了她的视线，对方抬眼瞥了她一眼，嘴角勾起一个意味深长的弧度。

当看到对话框里新跳进来的消息时，顾影明白过来那是对她的嘲笑。

J：你不是号称天骄街小霸王？连小孩都斗不过，出息！

不是什么暖人心的话，不怎么友好的语气，却莫名抚平了顾影不安的情绪。她眉眼弯了弯，也没问对方为什么会猜到这些，低头回道：你懂什么？我那是不屑跟小孩一般计较。

旁边传来一声很轻的笑，声音很轻不是很明显，但顾影的耳朵开始发热。

他没有继续回复消息。顾影也放下手机跟孔莹一起看电视。

江恂玩完游戏已经是半个小时后了。

他们离开时，顾影的内心竟然有些不舍。她就像一个习惯淋雨的人，突然有人给她撑起一把伞，等对方把伞拿走时，再淋雨就会觉得很冷，甚至开始贪恋那把伞带来的温度。

年后几天顾影接连值白班。

大年初一早上，因为下了一夜的雪，道路两旁的草木上都裹上了一层雪花。整个云城一夜之间成为童话世界。

只是童话世界里的交通不怎么方便。顾影今天上班差点儿迟到，晚上也很晚才到家。

她在楼下又一次撞见了李美，不知道对方是恰好路过还是在等她。

顾影打算佯装没看见直接上楼，无奈对方是个没眼力见儿的主儿。

"小影，大年初一还要上班哪？"李美搓了搓手，冷得说话都在发抖。

顾影嗯了声，继续走。

"等等，小影。"李美叫住她。

顾影回头，没什么表情地问："什么事？"

"你现在手头宽裕吗？"李美像是知道自己的话很唐突，看向顾影的眼神飘忽不定，"我知道以我们现在的关系我提这个有些不合适，但我也没办法，小南要交补习费，你爸爸腿又受伤了，每个月——"

"是挺不合适的。"顾影不愿意听她诉苦，这次不管她怎么挽留都没再停下脚步。楼道内微弱的灯光映出顾影嘴角的一丝嘲讽。

后面几天值班顾影带了衣服去医院，干脆住在员工休息室。一来是下雪天交通不方便，二来是为了躲避那一家子人，她还能多出时间陪院长妈妈聊天。面对李美一家，现在的她不至于损失什么，至少别坏了心情。

出租屋离医院远，顾影一直有换房子的想法，但是考虑到在市区租房贵，想法便被搁置了。现在这个念头又冒了出来，并且有点儿迫切。顾影打算春节假期结束就开始找房子。

连续在医院熬了四个白班后，顾影终于迎来了她换班得来的五天假期。

下班后回到出租屋，她收拾了一番房间，直到晚上十一点才躺下来。睡觉前顾影打开微信看了一眼，发现高中同学群里有人在找她。

群里的消息多到看不完，她往上翻了半天才终于明白过来，同学会策划组把定好的时间、地点发到了群里，时间是初八，地点定在城郊的一个农家乐。

顾影初八休息，于是在群里报了名。

同学会前两天顾影在家里没出门，除了睡觉就是在网上看房子。她看中了一个离雅康医院不远的小单间，价格贵了点儿，但也能接受。顾影试着联系了一下中介，约好初八上午看房。

同学会的安排是下午烧烤和自由活动，晚上一起吃饭唱歌。她上午看完房过去正好合适。

初八早上，顾影来到跟中介约好的地点，到了那儿之后发现根本不是单间，是一个大套间隔成的房子，要跟其他几位租户共用浴室。

顾影去的时候正好碰到一个光着膀子的男性从厕所出来。

这一趟注定白跑。

中介看出她不满意，之后又带她去看了好几处房子。要不就是房子不合适，要不就是价格不合适，总之没看到合适的。

临近中午，顾影谢过中介，随便找了家小餐馆解决了中餐。

她吃饭的时候看了一眼班级群消息，今天上午十点开始就有人陆陆续续地在群里发照片，说自己已经到达聚会地点。顾影还看到以前的同桌何语梦在召唤自己。

吃完饭，顾影在路边打了个车直达农家乐。

今天天公作美，阳光穿透厚厚的云层放出几缕光线，隐隐有放晴的趋势。

烧烤的地点是这栋别墅的天台，顾影一进去立马成了话题中心人物。她相信之前每个人进来的时候都当过三五分钟主角。

"顾影你文静了好多呀。"

"对呀对呀，越来越漂亮了。"

“哈哈哈，你以前要是现在这个性格，什么班花校花哪能轮到别人？”

班长最后这句话把大家都逗乐了，顾影也跟着一起乐，很快跟所有人打成一片。

阳台上只有十几个人，顾影扫了一圈没有看见江恂。

“欸，江恂在里面玩狼人杀。”她的手臂被人碰了一下，耳边响起一个刻意压低的嗓音。

顾影拿羊肉串的手微微一顿，之后若无其事地扭头笑了：“我就说怎么就这么点儿人。”

“你要不要去玩？”说话的是何语梦，也是早前在群里召唤她的人。即便这么久没见，再见面的疏离感随着几句寒暄早已消失殆尽。

“等会儿吧，先烤点儿东西吃。”顾影将手中的羊肉串翻了个面，发现已经焦了，“你们烤的也这样吗？”

“你得注意翻面的时间。”何语梦从盘子里拿出一串生肉放在烤架上，“不过大部分人都烤焦了。”

烧烤这种活动重点在于烤，吃起来并不那么美味，反正顾影是没吃上一串没有瑕疵的食物。

随着傍晚的接近，天边仅有的几束阳光也躲回了云层里。天台上冷风瑟瑟，顾影觉得有些冷，便叫上何语梦一起进到屋内。

农家乐的设备很齐全，有桌游室、棋牌室还有桌球室，每个房间都有人。顾影被何语梦带到一间桌游室，里面的一张椭圆形桌前有七八个人正在玩狼人杀。

江恂坐在右边靠里侧的位置，这会儿正侧身听旁边的男同学讲话。男人坐姿懒散，碎发下的眼睛明亮，偶尔一个挑眉都令人心动不已。

见到他的那一刻，顾影有一种心脏落在实处的感觉。这种感觉很难形容，她来参加同学聚会也不是因为他，但是心底深处仍有一种期待，见他的期待。

不需要说话，不需要任何交流，甚至也可以不看他，她只要知道他在那里，跟自己在一个空间就能得到满足。

第一个发现她们的是郑俏。

她高兴地朝两个人招招手："顾影、语梦快过来一起玩。"

江恂闻言看过来的前一秒，顾影的视线正好收回去。

屋里的人刚好玩完一局，准备开始下一局。因为她们的到来，"法官"停下发牌的动作，招呼她们坐下。

顾影坐到郑俏旁边，恰好在江恂对面。她跟所有人都打了一遍招呼，包括江恂。

顾影跟江恂打招呼的时候，能感觉到室内其他人似有若无地投来好奇的目光，即便已经掩饰得很好，但突如其来的安静完全泄露了这些人的心思。

顾影强装淡定，江恂是真淡定，他向来不在乎别人的目光。

好在同学们也不愿场面尴尬，气氛似乎只凝固了一秒，很快又热闹起来。

短暂的寒暄过后，游戏继续。

这次是十人局，三个狼人，三个神职，四个平民。

顾影是三号位，江恂是八号位，本局她拿了一张女巫牌，只要不是拿狼人牌顾影就不紧张，拿狼人牌她总有一种做贼心虚的感觉。

第一轮，警徽最终落在了郑俏身上，怎知警徽还没焐热她就被"法官"通知昨晚被狼人"杀"了。

郑俏在"法官"的示意下留遗言："我是预言家，昨晚验了三号，她是好人，这个警徽就交给她了。"

顾影被"发金水"并接手警徽，自知责任重大，一改之前散漫的状态开始打起精神来。

她仔细聆听每个人的发言。第一轮，场上有三人自称预言家，加上已经被"杀"的郑俏，一共有四人。

江恂就是其中一人，他跟郑俏的说法一致，说昨晚验的是三号，三号是好人。

面对这种好人假装预言家为其挡刀和狼人演戏的复杂局面，作为菜鸟的顾影很难做出正确判断，第一轮她根据自己的直觉随便投了一个人。

事实上顾影之前只玩过一次狼人杀。高二那年夏天，学校突然停电，班里有同学组织一起玩游戏。那会儿不知道是谁带了根蜡烛，就着这一星半点儿的烛光，他们玩了两个小时的狼人杀。

顾影记得自己还闹了个笑话。

有一局她拿了跟现在一样的女巫牌，晚上，当“法官”指着江恂问救不救的时候，她激动得边点头边说：“救救救！”

当时一圈人集体愣了一秒，紧接着就是此起彼伏的爆笑声。

那局游戏没能继续玩下去，所有人都睁开了眼。

其中一个男生好不容易止住笑，看着顾影戏谑道：“刚刚被‘杀’的是江恂吧？看把你激动的。”

他的话收获了很多赞同的声音。

“想都不用想，肯定是。”

“我猜也是。”

在顾影被说得面红耳赤之际，一个懒懒的声音插了进来：“还玩不玩了？”

“玩玩玩。”这些人见好就收，准备开始下一局。

顾影看向江恂的眼里充满感激，一句“谢谢”还没说出口，就被对方抢了先。

少年嘴角微微上扬，散漫地道：“谢了。”

而现在，像是情景再现，顾影睁开眼，面对“法官”指着江恂问救不救的时候，她毫不犹豫地点点头，只是没再蠢到发出声音。

这一夜是平安夜，江恂说昨晚验了七号，对方是狼人。

在顾影这里，江恂昨晚被“杀”这件事间接证明了他是好人，所以对于他预言家的身份，她开始相信并接受，发言也特别倾向他。

两轮过后，有人提出江恂很有可能是狼人“自杀”骗女巫的解药，顾影女巫的身份倒是没人怀疑。

自称是平民的五号让顾影下一轮毒死江恂，还说如果顾影被“杀”了，要顾影把警徽给他。

顾影大受震撼，还有这种玩法？她觉得这种玩法太冒险，一般人不会选择，五号这么说一定是狼人在挑拨离间。

没想到顾影下一轮真被"杀"了，"法官"告知时，她用毒药毒死了五号。

天亮了，"法官"宣布两个人退出游戏时，五号一脸复杂地看着顾影。当时顾影没看懂他的表情，只当他很有游戏精神，结束了还在演。

可当她作为观众坐在一旁观看接下来的游戏，看到江恫在"法官"说完"狼人请睁眼后"慢悠悠地掀开眼皮时，她才懂五号那眼神是什么意思。

那是一种感叹：什么玩意儿？怎么会有这么傻的人？

作为第一轮就已经阵亡的郑俏，看到顾影呆若木鸡的样子，安慰地拍了拍她的肩膀，又是叹气又是摇头。郑俏一句话没说，非但没把顾影从尴尬中解救出来，反而让她陷入了更加尴尬的境地。

顾影忽地抬头看向江恫，对方正好懒懒地看过来，眼神清澈，毫无半点儿心虚，甚至还抬了抬眉梢，像是在问她：怎么了？

顾影难得生出几分恼羞成怒。她动了动嘴，无声地说了两个字：骗子。

不知道是不是自己的嘴型太夸张很容易懂，总之，江恫笑了。在他听"法官"口令闭上眼那瞬间，顾影看到他的嘴角微微上扬了些许。

他居然还好意思笑？

这笑容看在顾影眼里跟嘲讽没差别。

游戏结局也是对她的一种嘲笑。这一局，狼人胜利，明眼人都看得出最大的功臣是顾影。

"顾影，你怎么还跟当年一样？"刚刚被她毒死的五号同学，用恨铁不成钢的语气对她说，"江恫说什么你都信，把你卖了你都不知道。"

游戏结束，江恫就走出了包间，所以他才敢这么肆无忌惮地开玩笑。其他同学虽然没说话，但他们的眼神说明了一切。连旁边的何语梦也凑到顾影耳边咬牙道："你真是……色令智昏。"

顾影抿了抿唇，说出了一个连她自己都觉得难以服众的理由："我不大会玩。再说了，”顾影觉得自己还能抢救一下，“又不是只有我一个人相信他，一开始你们不也相信他吗？”

江恂每一次的分析逻辑性都很强，讲话慢条斯理，很容易让人信服。再加上他那副游刃有余的姿态，让人很难不跟着他的节奏跑。

“是呀，不能怪队友太弱。”何语梦见她成为众矢之的，开始帮她讲话，“要怪就怪对手太强。”

“也对！”

“以前就玩不过他。”

游戏是游戏，友情是友情。

没人真正怪顾影，之前都是带着调侃的玩笑话。他们毕竟不好直接提她和江恂的绯闻，总想满足一下好奇心，只是没想到最后真正放在心上的是顾影。

在里面待了会儿，顾影起身去了洗手间。

从洗手间出来后，顾影没有回包间，而是四处转了转。

她路过一个阳台时，看到里面有人，一身黑色休闲服的江恂懒懒地靠在栏杆上，右手握着手机贴在耳侧，正在打电话。兴许是听到了脚步声，男人侧身看过来。

对视一秒，顾影淡定地收回视线，像是没看见他一般，继续往前走。突然，她的羽绒服帽子被人扯了一下。

“等等。”

顾影被迫停下脚步，转头，见江恂快速对电话那头说：“先这样，其他的回公司再谈。”接着他便结束了通话。

“骗子？”他把手机放回口袋，另一手将她拽进阳台。

这家农家乐位于山脚下。二人所在的阳台下面有一个池塘，清风拂过，带起一层层涟漪。

猝不及防被拽进来的顾影仿佛没听见江恂那两个字，她抿了抿唇，问：“你拉我干吗？”

两个人面对面站着，江恂很高，顾影估计只到他下巴的位置，说话需要微微仰头。

"算账。"江恂不咸不淡地道。

"你还想找我算账？"顾影眼睛睁圆了几分，不可置信地问，"就因为我说你是骗子？"

"不是。"江恂将她脸上生动的表情尽收眼底，微不可察地勾了勾唇，"其实我刚刚急着出来接电话。"

顾影没反应过来："什么意思？"

"谁知道被你救了。"江恂继续说。

"所以……"顾影快速在脑子里理了一下前因后果，"你本来想'自杀'退出游戏，因为被我救了，没办法才继续玩？"

她舔了舔唇，艰难地道："也就是说，我耽误你接别人电话了？"

"可以这么说。"江恂煞有介事地点点头。

顾影莫名给气笑了："江恂你真是——"

江恂视线落在她水光潋滟的唇上，低声问："是什么？"

"白眼儿狼。"顾影讷讷地吐出这三个字。

江恂移开视线，轻声笑了："是你太菜了。"

男人的眼睛清澈明亮，这会儿笑成弯月，好看到让人难以移开目光。

顾影忽然想到了刚刚何语梦在她耳边说过的话："色令智昏。"

她现在有点儿相信了。不然为什么自己被说"太菜"还生不起气来？

顾影强迫自己移开视线，看向池塘，说："我玩游戏本来就不擅长。"

"你也知道是玩游戏？"江恂扫了她一眼，"刚刚不是还生气？"

"我哪有生气？"顾影拒绝承认。她应该没表现出来。

"你可能不知道，我叫住你之前你看我的眼神，就好像……"江恂直视她的眼睛，慢条斯理地把话说完，"我做了什么对不起你的事情。"

"你看错了。"顾影搓了搓手，"这里好冷，我先进去了。"

回到桌游室，一伙人结束了游戏，打算下楼吃晚饭，顾影便跟着一起来到餐厅。

餐厅用的是大圆桌，一桌可以坐十五个人，一共两桌。

江恂被拉着坐在门口那桌，一群男士围着他，似乎有说不完的话。

顾影跟他不同桌，吃饭期间两个人没有任何交流。

她在等上菜的空隙，回想了一下之前跟江恂的对话，发现了一个问题：江恂一开始就知道她因为游戏的事情有点儿小情绪，所以故意先发制人。这样导致的结果是，她的情绪没了，还因为生气而心虚。

高手，这是高手！

饭后一群人去了楼上的 KTV 唱歌。

不同于在楼下包间时一群人侃侃而谈，到了 KTV，众人根据熟悉度渐渐分成了好几个小团体，或唱歌或聊天或玩游戏。

顾影、郑俏跟何语梦三人没去点歌，也没去玩游戏，只是拿了些零食坐在角落聊天。

"欸，"何语梦忽地靠近顾影，眼睛还警惕地左右扫了一眼，像是生怕别人不知道她要说秘密的样子，"你那会儿跟江恂是怎么分的呀？"

话音落地，郑俏也凑了过来。

顾影被她们俩卡在中间，身子一下子不能动弹。当然这都不是重点，重点是何语梦的问题。

"什么叫怎么分的？"顾影疑惑，"我们在一起过？"

"没在一起？"她们俩异口同声，诧异地看向她。

"真没有。"顾影问，"你们为什么会这么问？"

她追江恂这件事班里同学都知道，好多人还做过她的助攻，在没在一起他们难道不知道吗？

"你当年不是追到他了吗？"何语梦问。

"啊？"顾影又是一惊，她们怎么会知道？

"你这是什么反应？"何语梦眨了眨眼睛，缓了一秒，继续说，"我记得高二最后一次月考考完的第二天，我在篮球场旁边碰到有人跟江恂表白，当时为了替你打探敌情，特意放慢了脚步，你猜我听到江恂说什么？"

顾影松了一口气的同时心里一紧："什么？"

"他说他有喜欢的人了。"何语梦快速朝另一个方向看了一眼，"那妹子问他是不是顾影。"

"然后呢？"顾影感觉自己的声音有些发抖，心脏似乎被吊了起来。

何语梦也没卖关子："他没说话，但我觉得这相当于默认，况且你们之前不是关系挺好的吗？我还以为你们那会儿已经在一起了。"

"他显然是喜欢你呀。"郑俏说，"我高一就跟江恫一个班，之前也见过不少人给他送情书表白什么的，他每次只是淡淡地说声'借过'就走了。我从来没见他对谁像对你这么纵容。"

她们还在一唱一和地说些什么，但是顾影的注意力已经无法集中，落入耳中的声音越来越模糊。

她的视线不自觉地移向在跟一群人玩掷骰子游戏的江恫。

他似乎输了，在旁人的哄笑声中，淡定地端起面前的一杯酒一饮而尽。迷离的灯光下，男人的脖子微微上扬，喉结随着吞咽的动作上下滑动，看得顾影脸颊发热。然而下一瞬，江恫缓缓转过头，深不见底的眸子隔着人群捕捉到了她的视线。

顾影下意识地想要转头，又觉得这样有点儿欲盖弥彰，索性冲对方弯了弯唇。

她看见江恫的眉尾轻轻扬了下，不知是意外还是想表达别的什么。

没容顾影多想，何语梦的话又把她的注意力给拉了回来。

"我记得你高二下学期的最后几天每天都闷闷不乐，有时候突然就哭了，当时问你原因你啥也不说，有时候饭都不去食堂吃。"何语梦说，"有次从食堂出来，江恫让我带份饭给你，走之前，他提醒了一句让我说是我自己给你带的。"

何语梦当时还以为两个人正在闹矛盾，怕顾影因此不吃饭，所以还真就没说，后来便把这事给忘了。

听完这些，顾影感觉脑子空白了一瞬。她们说的这些事情都发生在她骗江恫没收到那条短信之后，那时候他们已经很少说话了。实际上，当年顾影收到江恫的那条短信时很开心，但那种开心是基于"我终于让他答应我了"，而不是"江恫也喜欢我"。

她当时甚至都没来得及思考这个问题。

她脑子里突然涌入一些高中时期的记忆碎片，江恂时不时丢给她一瓶她喜欢喝却舍不得买的杧果牛奶，就算被她烦了，也没真正给过她脸色看，还不厌其烦地给她讲解试题，纵容她的耍赖……

从这些记忆中可以看出，江恂对她真的很好。

她后来出国了，想起他的时候，偶尔也会觉得江恂是喜欢她的。

自己觉得是一回事，旁观者说出来又是另外一回事。顾影现在几乎可以肯定，她年少时的喜欢也曾得到过回应。

这就好比她买了一张刮刮乐忘记刮了，多年后被人翻出来刮给她看，告诉她中奖了。她第一时间是开心的，但是很快开心就被遗憾所取代。

因为刮刮乐过期了，兑不了奖金了。

有人叫她们仨过去玩游戏，何语梦二话没说便拉上顾影和郑俏起身加入游戏。

她们同样是玩掷骰子的游戏，只是不是跟江恂他们一起。

其间顾影喝了几杯酒，脑子有点儿昏昏沉沉的。她怕喝醉，就借口上洗手间去外面透了会儿气，直到感觉有些冷才回来。

顾影没有回到何语梦她们那儿，而是走到离江恂很近的沙发前坐下。

江恂就在她左前方的吧台前。他单手搭在吧台上，侧身坐着，屈着一条腿，另一条腿伸直踩在地上。

周围总有人叫他的名字，他是众星捧月一般的存在，跟顾影第一次见他时一样。

高二那年，刚到新的班级，顾影坐在教室里好奇地环顾了一下四周，视线落在后排时，眼睛陡然一亮。

她看见一个身穿黑色 T 恤衫的男生懒懒地靠在正中间最后一排的椅子上，他周围坐了几个男生，他们在聊天，声音不小。

顾影只听清了美女、校花之类的几个词，一听就知道他们在聊女生。

只有中间那个黑衣服的男生，脸上的表情淡淡的，他没怎么搭腔，旁边有人碰他一下，才勾唇笑一下。

那天阳光炙热，蝉鸣声不绝于耳。顾影觉得他的笑比阳光还要灿烂。

后来教室里又进来几个男生，有人喊了一句："江恫，接住。"紧接着一个篮球从前门往后排抛去。

顾影看见那个黑衣少年在球飞来的时候连眼睛都没眨一下，只是从容地偏了下头，球结结实实地砸到了他身后的黑板上。

"不是让你接住吗？"抛球的那人赶紧跑过去把球捡起。

少年笑笑："不想接。"

从那天起，顾影的心里住进了一个人，他的名字，叫江恫。

包间内人多，又开了空调，有点儿闷。

顾影喝了点儿酒，越发觉得热。她把外套脱了放在一边，然后双手托着腮，看向近在咫尺的江恫。

记忆中的画面跟现实重叠在一起，男人身穿黑色圆领毛衣，笑容跟当年一样让人心动。

顾影知道自己现在的心跳很快，不得不承认，她对江恫还是会心动。第一眼就喜欢上的人，哪会那么容易忘掉？

许是酒精作祟，顾影不由自主地喊了句："江恫。"

她声音不大，自己也没指望江恫能听见，再说她也没什么事，但正在摇骰子的江恫第一时间回过头来。

愣了一秒后，顾影跟刚刚一样，冲他浅浅一笑。

"喝酒了？"江恫问。

周围是欢声笑语和不怎么动听的歌声，顾影像是自动过滤掉了那些声音，把江恫的话一字不落地听了进去。

她点点头，咬字清晰："一点点。"

因为喝了酒，加上包间内闷热，顾影的脸上染上了酡红。她这会儿双手托腮，眼眸澄澈，娇憨乖巧到令人心痒。

桌上有人注意到二人的交谈，皆投来意味深长的目光。江恫轻描淡写地一瞥，他们又都了然地收回视线继续游戏。

江恂继续盯着顾影，喝了酒的嗓音比以往多了几分沙哑：“你刚刚叫我做什么？”

顾影早猜到会被问这个问题，所以刚刚快速在脑子里搜刮了一个答案：“等会儿坐你的车回家行吗？”

“我没开车。”江恂说。

顾影的笑容僵在脸上，过了好几秒才勉为其难地哦了一声。

江恂的眸子里掠过笑意，他看了她几秒，又转身继续跟人玩游戏。

顾影发热的脑子因为刚刚的尴尬渐渐冷静下来。她意识到周围全是认识的同学，觉得自己不能再这么下去了，于是起身去了何语梦那儿，只是这次她没再参与游戏。

晚上十点过后，有人陆陆续续回家了。

顾影等到十点半，跟剩下的同学打完招呼也离开了包间，奇怪的是她走之前扫了眼包间内，没见着江恂。难不成他先走了？

很快，她就知道了答案。顾影在走廊里遇到了他，他在抽烟。

视线对上，江恂掐灭了手中的烟朝她走过来，问：“回家？”

“嗯。”

“一起走。”

顾影下意识地问：“你不是没开车吗？”

江恂反问：“你怎么回去？”

顾影挥了挥手机：“我在叫网约车。”

江恂投来淡淡的一瞥：“只允许你坐我的车，不能我蹭你的顺风车？”

顾影说：“可以，就是不知道你顺不顺路。”

“顺路，在这儿等我。”江恂说完返回包间跟同学告别，顾影在电梯口等他，顺便叫了辆网约车。

两个人来到路边，司机已经到达。

“走吧。”顾影确认了车牌，打开后座车门坐进去，江恂随后也坐了进来。

车子开上路，顾影看向窗外。因为持续几天的低温，除夕那天下的雪到现在还有些没融化，花坛边上的积雪已经泛黄，只有道路两旁的大树上还有少量白雪。

顾影鼻息间全是江恂身上干净清冽的味道，其中混着淡淡的烟草味。那份干净清冽容易让人产生距离感，但加上烟草味又不至于拒人于千里之外。

她缓缓偏头，发现江恂靠在座椅靠背上，眼睑微合，不知道是不是喝了酒的缘故，眉宇间多了一丝倦意。

“看我干什么？”低沉磁性的嗓音猝不及防地响起，带着些许沙哑。

顾影还来不及转头，就跟他陡然抬起的视线对上。沉默两秒，她清了清嗓子，淡定地说：“我想看你是不是醉了。”

“醉了你想干什么？”江恂唇边扬起笑，语气似是逗弄，又似认真询问。

“你觉得我要干什么？”顾影一噎。

“背我回家？”江恂问。

“你觉得我背得动你吗？”

“不试试怎么知道？”

“不用试。”顾影说，“我自己几斤几两我还是知道的，而且我也喝了酒，我还得自己回家。”

“我是说背回你家。”江恂声音很低，暧昧的话说得一点儿都不轻浮，却轻而易举地搅乱了她的心。

“我家没有你睡的地方。”顾影声音越来越低，“而且我觉得你自己可以走。”

“你的耳朵红了。”

顾影感觉他低哑的嗓音以及染着酒意的灼热呼吸似乎靠近了一些。她本就对江恂没什么抵抗力，更别说喝酒后乱撩人的江恂。藏在她心里的小鹿开始不安分地往外撞，顾影不着痕迹地往旁边移动了一点儿，说：“我喝了酒就会这样。”

“噢。”江恂尾音上扬，嗓音透着愉悦，“这样啊。”

第六章

不是遗憾，是喜欢

跟重遇江恂的那天一样，顾影晚上又失眠了。她躺在床上很久都酝酿不出睡意，脑子异常清醒，甚至有些亢奋。

自我催眠失败，顾影干脆坐起身把灯打开，拿过床头柜上的手机。现在已经是凌晨了，不知道李思怡睡了没。迟疑片刻，顾影发了条微信消息过去：睡了没？

没想到李思怡居然马上就回复：没呢，晚上才到云城，打扫了好几个小时卫生，刚洗漱完躺床上，说吧，什么事？

顾影拿了个枕头垫在背后，坐在床上打字：我刚参加完同学会回来。

李思怡：嗯，然后呢？

顾影：今天跟同学聊天，我从她们口中得知江恂以前也喜欢我。

李思怡：就这？我还以为你们旧情复燃了呢！他以前喜欢你，那现在呢？

旧情复燃那也是顾影单方面燃了。她也不知道自己为什么要说这些，像是想分享喜悦又像是在寻求安慰。

她回复：就是跟你说一下，我现在也没别的想法。

不得不说李思怡的打字速度是真得快，她又发来了一长句话：所以你这么晚发消息过来就是告诉我，你高中喜欢的男孩高中也喜欢你，而你因为这件事开心到睡不着？

顾影：可能还有点儿遗憾。

李思怡：他现在有女朋友？

顾影想起那场莫名其妙的相亲，于是回复：应该没有。

李思怡：那遗憾个屁呀，你就不想跟他再续前缘？追呀！

顾影盯着这句话看了很久，江恂今天在同学会上的各种神情像放电影一般一帧一帧地在脑子里播放。他从容、随性、慵懒……每一面都对她有致命的吸引力。

她心底深处一个想法破土而出：想。

见顾影半晌没回复，李思怡又发来一大段话：你是不是觉得再次主动很没面子？我跟你说，你这种情况，说不好，就是你当年抛弃了他，他心里多少会有点儿芥蒂，就算心里还有你，在没有完全确认你的心意之前应该不会有明显的行动。这个时候就需要你来主动了，他接收到信号自然会回应。

李思怡分析得头头是道，可顾影压根儿没考虑到那里去。

她在心里组织了一下语言，回了一段话：跟谁主动没关系。高中那会儿有个女孩特意找到我，告诉我江恂家条件很好，是那种我很难想象的好，并问我像我这种人怎么敢追江恂。那时候我才知道他是天上的星星，而我居然没意识到二人之间的距离遥远，试图徒手摘星。

顾影躺回被子里，继续打字：从那以后，如果有同学约我周末出去玩，我再也不敢理直气壮地说我要去做兼职了，我也开始找借口。但是对于江恂，我仍然没办法假装不喜欢，直到出国前我还在想，是不是我爬高一点儿就能够着他了？我那时候好想跟他说，让他等我，在原地等我，我会努力地成长，努力地爬到够得着他的高度，再回来追他。

屏幕上反射的光映出顾影嘴角那抹自嘲的笑，许是打字打累了，她发了一条语音过去："幸好我当年没跟他说，你看我现在依旧平平无奇，他呢，依然是我高攀不起的天之骄子。"

李思怡：首先，你不差。还有一点你想错了，你以为你爬到山顶就能摘到星星吗？其实那是一种错觉，星星只是看着近了而已。星星喜欢你，自然会把光照到你身上，如果你躲起来，不给它看到，它也照不到你。

李思怡这句话让顾影陷入了沉思。她可以不躲，但做不到像以前一样无所畏惧。

隔了两秒，李思怡又发过来一条消息：你现在最重要的是理清楚自己的感情，你没谈过恋爱，也只喜欢过他一个人，再次见面的心动也许是一种遗憾带来的假象。如果你真的喜欢就冲。我困死了，先睡了。

顾影看到这段话，心里那种说不清道不明的情绪平静了大半，似乎给自己不敢直面这份感情找到了合理的借口。

江恒的手好了，同学会结束了，兴许不见面就好了，她想。

忽略掉这些虚无缥缈的感情问题，顾影现在最紧迫的是换房子。

最后一天休息，她也没能去看房，因为要接院长妈妈出院，休息完回到岗位只能抽空找房。

好在今天门诊不是很忙，午饭过后，顾影正在租聘网站上找房子，孔莹打水路过的时候好奇地瞟了一眼："咦？你要找房子？"

顾影拿笔在本子上记下一处地址："对呀。"

孔莹抱着保温杯侧坐在顾影桌上："你介意跟人合租吗？"

"对方人品没问题的话我倒不介意，但我要上晚班，怕别人介意。"顾影说完，抬头，"怎么了？有房子介绍？"

孔莹点头："嗯哼，我现在就是一个人住，还有一间空房，坐地铁来医院只要十分钟，非常方便。"

顾影挑眉："你不是住家里吗？"

"我两边都住。"孔莹笑了笑，"要不我带你去看看？"

如果坐地铁过来只需要十分钟的话，那房子应该离市中心不远，租金不会低。

沉默一瞬，顾影问："你那儿租金多少？"

孔莹眨了眨眼睛，歪头想了下，缓缓伸出两根手指。

顾影问："两千？"

孔莹又把手指缩回来一根："多了吗？要不一千也可以。"

顾影干脆放下手机，好笑地问："你多少钱租的？"

孔莹讪笑几声："其实不是我租的，是我爸妈买的。"

差点儿忘记她大小姐的身份了，顾影叹口气，又打开手机："你之前没想过要把自己的房子出租吧？"

"之前是没想过。"孔莹说，"不过现在想了。"

"别闹，我要是有自己的房子才不舍得出租呢。"顾影一本正经地道。

"其实我住那里的时间很少，可我妈总说房子如果不去住，很容易脏，墙壁也容易脱落。"孔莹说，"我之前也想过租给熟人，但是没找到合适的。"

"真的？"顾影将信将疑，总觉得她纯粹是想帮自己。

"当然是真的。"孔莹起身，继续去打水，"现在租到合适的房子很难，你那儿离医院太远了，考虑一下呗。"

孔莹走出门又返回来探出脑袋，俏皮地道："拎包入住。"

这确实是个令人心动的选择。顾影在心里挣扎了一番，再三跟孔莹确定不会打扰她之后，决定搬去她家。

顾影利用下班时间跟她商量了一下房租，最终定了两千元一个月。

"行，那水电煤气这些我都包了，房租随便你什么时候给。"孔莹其实不大清楚房价，起初说两千也是随口说说，后来想到顾影的情况以及她的工资，有点儿后悔自己说多了，但拗不过顾影的坚持，只好答应下来。

"两千已经是你给我的友情价了，你们那个小区的房价超级贵。"顾影刚上网查了一下，那个小区两室一厅的租金五千起步，精装房更贵。但跟她现在一千五的一室一厅相比，这个价格相当划算了。

这天晚上顾影回家又一次碰到了李美。顾影没给对方说话的机会，直接无视李美上了楼。

房子她得赶紧搬才行。

晚上顾影给杨杰发了个消息，请他明天下班后过来帮忙搬家。

之后她又收到了孔莹发来的几张家里的照片。纯白色系装修，厨房一尘不染，厨具一应俱全，一看就不是经常住人的模样。

所以顾影第二天搬家的时候，忍痛放弃了她的那些锅碗瓢盆，只带了一些衣物和新买的棉被。

两个行李箱加一床棉被，幸好有杨杰在，不然她下楼都成问题。

待两个人坐上车已经是晚上七点半。

出租车内，顾影的手臂被人碰了一下，她侧头看向杨杰："怎么啦？"

杨杰比画手语："你跟我们老板认识吗？"

顾影心里一咯噔，还以为他也从院长妈妈那里听说了些什么："你……为什么这么问？"

杨杰掏出自己的手机，点了几下，然后递到她面前。

屏幕上是江恂的朋友圈页面，最新一天朋友圈发自三天前，是同学会当晚的一张大合照，配文：好久不见。

其实这张照片她看过很多次，那天晚上回家，她发现很多同学都用这张照片发了朋友圈，只不过当时没看到江恂发的。

照片拍摄于聚会当天晚餐后，所有人坐在餐桌前，江恂在顾影的斜后方，男人单手搭在椅背上，漫不经心地看向镜头，明亮的眸子好似隔着屏幕跟她对视，顾影没来由地红了脸。

不见面他也能对她产生影响！

她移开视线，把手机还给杨杰，佯装淡定地道："对，我们是同学。"

杨杰点点头。

顾影从他眼里看到了疑惑和不解，猜想对方估计是想到了几个月前在他们公司的那次碰面。但杨杰是个特别懂事的男孩，即便心里有疑问，他也只是笑笑，没继续问下去。

到了孔莹家门口，顾影敲门，几乎是下一秒，门从里面打开了。

"你们终于——"孔莹见到顾影身后的杨杰时，开心的声音顿了一下，她再开口时，声音比刚刚弱了不少，"来了。"

"对，不好打车。"顾影换好鞋站在一旁让杨杰先进去，顺便给两个人介绍，"这是我一起长大的弟弟，叫杨杰，这是孔莹。"

杨杰微笑着朝孔莹点了点头。

一贯大大咧咧的孔莹难得流露出几分羞赧："你好。"

顾影没注意到她的不正常，问她自己住哪间。把东西放到房间里后，顾影让杨杰先在外面坐一会儿，她简单地收拾一下再带他们出门吃饭。

杨杰今天戴了顶棒球帽，身穿黑色冲锋衣，帮顾影把东西搬到房间后他没有坐下，而是安静地站在离玄关不远的位置等。

"你坐呀。"孔莹站在打开的冰箱前，回头问，"你想喝什么？"

杨杰摇头，表示自己不用。

孔莹看了看他又看了看冰箱内，忽地拍了拍自己的头："对，这么冷的天喝什么冰饮，我去泡茶。"

杨杰眼皮微动，来不及伸手阻止，就见她走进了厨房。

孔莹来到厨房，找了半天没找到烧开水的壶，正嘀咕着"在哪儿呢"，身后传来敲门声。

她扭过头，见杨杰站在门外，在她看过去的时候，把手机递到她面前。

孔莹没动，有些不解："怎么啦？"

杨杰淡笑着点了点手机，让她看。

孔莹接过手机，屏幕上是打开的备忘录，上面写了一行字：我不喝茶，你别忙了，谢谢。

"哦。"孔莹呆呆地应了，反正也没找到烧热水的壶，于是跟他一起走出了厨房。

她盯着杨杰的背影看了几秒，总觉得有些不对劲："你……是感冒了吗？"

杨杰转过身，再一次摇摇头。

"那你为什么不说话呀？"

面对她天真的问题，杨杰嘴角笑意不减，低头在手机上打了几个字，把手机递了过去。

"不会讲话？"因为震惊，孔莹不小心把看到的文字念了出来，说完立马看向杨杰，眼里充满歉意，见他没有任何不适的情绪，才讷讷地道歉，"对不起，我不知道。"

杨杰笑着摇头。

"走吧，吃饭去。"顾影的声音打破了二人之间的尴尬。

吃饭的地方是孔莹推荐的，就在楼下的小餐馆。

饭后，杨杰自行回了家。

回小区的路上，孔莹整个人心不在焉，顾影问她有什么事，她也不说。

回到家后，顾影在房间收拾衣物，孔莹站在门口佯装不经意地问："小影姐，那个……杨杰他不会说话？"

"啊对，我忘记跟你讲了。"顾影把杨杰的经历简单地说了一遍，"他跟你年纪差不多，不过已经大学毕业了，在你哥的公司上班。"

"小影姐，你可不可以把他的微信发给我？"孔莹生怕别人误会似的，很认真地解释，"我开始可能有些不礼貌，想跟他道个歉。"

顾影拿过一旁的手机在屏幕上点了几下，说："怪不得你吃饭的时候都不讲话呢，没事，他不会放在心上的。"

孔莹拿到联系方式后离开了顾影的房间。

孔莹真的如她自己之前所说的那般，很少住这里，但是上完晚班会回来。

这天上完晚班，两个人回到家，孔莹往沙发上一躺，让顾影先去洗澡。

顾影也没客气，收拾衣服去洗澡，怎知头发洗到一半，热水陡然变为冷水。她将开关关上重新打开，等了好一会儿，出来的还是冷水。

顾影关掉水龙头冲外面喊了一声："孔莹，没热水了，麻烦帮我看一下怎么回事？"

"啊？好。"孔莹忙穿上拖鞋，跑到厨房查看热水器，一番检查外加搜索后得知是燃气欠费了。

孔莹来这里后就没缴过燃气费，水电费都在手机上缴，一时半会儿找不到缴费渠道。

"好了吗？"顾影又问了句。

"没燃气了。"孔莹走到浴室门边，小声道，"我现在没找到缴费渠道，要不你先穿上衣服，我给你烧点儿水？"

"行，谢谢。"

大冬天的洗澡洗一半没热水了，真是一次令人头皮发麻的体验，顾影忍着不舒服快速套上一套家居服出了浴室。

厨房里，孔莹终于找到了热水壶在打水，她眼睛盯着水壶，手里握着手机正在打电话。

顾影走过去，她正好挂断电话。

"我妈说这里的燃气需要拿燃气卡去营业厅充值。"孔莹无奈地叹口气，"不好意思呀，我不知道。"

"没关系。"顾影看了一眼她身后，"还有其他热水壶吗？"

孔莹摇摇头，忽地想起什么，眼睛一亮："你进去拿衣服，我带你去楼下洗澡。"

"楼下？你朋友吗？"顾影听说可以洗澡，内心的郁闷随之消散，边问边走回浴室拿衣服。

"我哥呀。"

听完孔莹的回答，顾影脚步一顿，回头确认："你哥？"

"没错。"孔莹推着她进房间拿衣服，"就是你同学，快点儿，免得感冒。"

拿了衣服，顾影被拉着出了门。

因为只有一层楼的距离，孔莹带她走的是楼梯。

一路上顾影有过迟疑，心跳也隐隐有了加快的趋势，但是想洗澡的欲望完全把这些紧张和顾虑都压了下去。

来到江恂家门口，在看到孔莹抬手摁门铃时，顾影才反应过来自己的穿着有多么不合适。

然而她连后悔的机会都没有，没过几秒，门从里面被打开，伴随着江恂懒懒的声音响起：“什么事？”

“我家没燃气了，借你的浴室用一下。”孔莹说完，往旁边挪了一步好让他看见自己身后的人，“小影姐洗澡洗到一半没热水了。”

顾影头上裹着毛巾，耳后还有洗发水泡泡，一身家居服套在身上，狼狈中透着些许尴尬。

感觉一道不容忽视的视线落在自己身上，她暗暗深吸一口气，抬头，对上了江恂意外又耐人寻味的眼神。她露出一个僵硬的微笑：“嘿。”

顾影躲进浴室，鼻息间全是熟悉的男性气息，强烈到无法忽视。隔着一堵墙和一条走廊就是客厅，江恂就坐在那儿。

她想到十多分钟前，自己迎着对方那似笑非笑的眼神硬着头皮走进门，就感觉脸上火辣辣的。

太尴尬了！

顾影已经洗完澡，也换好了衣服，但迟迟不敢出门。当她鼓起勇气出门时，又因为纠结是用毛巾裹着头发出去还是直接让头发披在肩头耽误了一些时间。最后她选择了第三种方案：将湿发绾成丸子头。好像上次江恂说过她扎丸子头好看？

顾影抱着自己换下的衣服，走出浴室来到客厅。

江恂家的客厅很大，黑、白、灰的设计处处彰显出质感。

客厅里原本说等她的孔莹已经不见踪影，只有江恂随意地坐在沙发上，百无聊赖地把玩着那只银色打火机，电视没开，手机也没拿，给顾影一种对方在等她出来的感觉。

见她出来，江恂眼帘微抬，目光落在她脸上：“洗完了？”

“嗯。”顾影点头，捏着衣服袋子的手不自觉地紧了紧：“谢谢。”

他的话太过自然，好像两个人是本就住在一起的恋人，顾影好不容易平复下来的心跳又有了加速的趋势。

“客气。”江恂目光缓缓下移，依次掠过顾影的脸和脖子。

刚洗完澡的她，脸上被热气熏得浮上一抹绯色，就连脖子和锁骨也是白里透红的。她的眼睛和头发一样湿漉漉的，里面还有一丝不易察觉的慌乱。

江恂眼底的笑意一闪而逝："吹风机就在浴室门口的墙壁上，孔莹上去拿衣服了。"

"啊？"顾影的脑子有些迟钝，她反应了好几秒才明白过来他话里的意思，"哦，好的。"

再次回到浴室吹头发时，顾影又静下心来了理江恂刚才的话。孔莹上去拿衣服和她吹头发之间好像没什么联系呀？她原本打算直接回楼上吹头发，这样一来又留在了这里。难不成孔莹跟他说让自己等她？

等顾影吹完头发重新回到客厅，孔莹还是没下来。

"随便坐。"江恂不知道在忙还是在玩游戏，快速看了她一眼。

顾影张了张嘴，一句"我先上去了"到嘴边却变成了："哦。"主要是江恂太自然了，拒绝反倒显得她扭扭捏捏。

顾影左右张望了一下，发现能坐的地方好像只有那张沙发。她走过去在江恂左边坐下，两个人之间隔着一个人的距离。她刚坐下，眼前被递过来一个遥控器。

"自己开电视，茶几上有水，刚倒的。"

顾影接过遥控器，微微偏头，视线里，江恂还在低头看手机，左手才收回去。从某种层面上来说，他这种待客之道有些过于随便了，却奇迹般驱散了顾影内心的紧张，就好似对方给了她足够的空间和自由。

顾影打开电视，调到一个正在放综艺的频道。

回家到现在还没喝水，她着实有点儿渴，倾身想去够茶几上的水，结果发现上面放着两杯水。一模一样的玻璃杯，不知道哪杯才是她的。

"左边那杯是你的。"悠悠的声音从右后方传来，顾影眼皮微微一跳，随即伸手端过左边的玻璃杯凑到唇边喝了两口。温热的水慢慢流经喉咙，缓解了干渴。居然是温水，看不出他还挺养生。

顾影放下杯子，随手拿过沙发上的一个灰色抱枕抱在怀里，安静地看电视。

电视机的声音可以听清但不至于会吵到别人。综艺里的嘉宾正在玩憋笑挑战，每人嘴里含着一口水，一笑嘴里的水就像开了闸的喷泉，喷的到处都是，笑料百出。

看到特别搞笑的地方，顾影没忍住笑出了声，笑完下意识往右边看了一眼，正好对上江恫缓缓抬起的视线。她笑意僵在脸上："打扰到你了吗？"

"没。"江恫把手机丢在一边，目光也移向屏幕。

过了几秒，他漫不经心地问："你什么时候搬过来的？"

"就，前几天。"顾影说。

江恫缓缓点头。须臾，他又问："同学会之后？"

"对。"顾影的注意力又回到了电视屏幕上，她对于江恫的问题没有深思，只当闲聊。

短暂的闲聊结束，综艺里的憋笑挑战也告一段落。下面的游戏显得有些无聊，顾影的注意力开始涣散，铺天盖地的困意朝她席卷而来。

广告时间到，一夜没睡的她终于没抵挡住困意，陷入了睡眠。

余光瞥见她的脑袋渐渐耷拉下来，江恫扭头看过来，见顾影手里抱着抱枕，靠在沙发上头歪向一边，不知何时已经睡着了。

他拿过遥控器把电视音量调到最小，刚放下遥控器便见顾影的身子随着脑袋一起开始往右边倾斜。

江恫手疾眼快地过去轻轻托住她的脑袋。犹豫一秒，他叹口气，身子坐正后，主动把自己的肩膀凑过去给她当枕头。

顾影浅浅的呼吸拂在耳边，淡淡的玫瑰清香扑鼻而来，撩人心弦。他不由自主地回忆起不久前顾影从浴室走出的画面：肌肤似雪，明眸似水……

江恫眸色微黯，眼睛盯着茶几上的另外一杯水，此刻他特别想要借助那冰凉的液体来缓解体内突如其来的燥热。

江恫闭了闭眼睛，静坐了几分钟，再睁眼时，他眸色已经恢复如初。

江恫微微低头，抬手撩起顾影的一缕头发绕在指尖上，轻轻转着圈，然后将其拨到她的耳后，露出莹白如玉的耳垂和侧脸。

他缓缓伸出的手，在离顾影侧脸上方一厘米处停下。他的喉结上下滑动，最后改变方向在她的耳垂上不轻不重地捏了一下："这是惩罚，知道吗？"

男人嗓音带着沙哑，似嘲笑似宠溺："你怎么哪里都能睡着？"

半个小时后，门铃声骤然响起，打破了满室温馨。

顾影像是被人突然从睡梦中拽醒，蓦然睁开眼，发现手里紧抓着的抱枕变成了黑色毛衣，自己枕在一个熟悉的肩膀上。

顾影咽了咽口水，缓缓抬头，与此同时，江恂也低下头。她的唇猝不及防地擦过对方的下颌，温热干燥的感觉一触即离，带来的震撼却无法忽视。

顾影心尖一颤，紧张到屏住了呼吸。

门铃声再次响起，吓得她赶紧坐直了身子。

"对不起。"

江恂："嗯？"

顾影眼神飘忽，语无伦次："我知道自己这样很没礼貌，但是我太困了，我昨晚上晚班，所以没忍住睡着了……"

江恂打断她："你对不起的是这个？"

"还有，我不该枕在你的肩膀上。"顾影想起自己的唇碰到他下颌的那一瞬，轻到几乎察觉不到，所以他应该不是指这个，顾影这么安慰自己。

说完没等到回应，她没忍住偷偷地看过去，再次跟江恂明亮的眸子对上。男人姿态懒散，眼神意味深长，像是能把人看穿。

"我去开门。"顾影慌忙起身，指了指玄关，"应该是孔莹到了。"

"可以。"

顾影脚步一顿，听到一声轻笑在身后响起："你想当作什么都没发生是吧？"

顾影脚下像是生了根，僵硬地立在原地。她没回头，更准确地说是她不敢回头。江恂这句话的意思明显是察觉到了那个不算吻的吻。

当门铃声第三次响起的时候，顾影飞快地走向玄关打开门。

门外的孔莹见到顾影涨红着一张脸，纳闷儿地问：“小影姐，你怎么了？怎么脸红成这样？”

面对心思单纯的孔莹，顾影多少有些心虚：“我在这儿等你，结果不小心睡着了。”

“你也睡着了？”孔莹讪笑几声，压根儿没有多想，“我也是，刚回去拿衣服，往床上一躺就睡着了。”

“那你去洗吧，我先上去睡了。”顾影越过她走出房门，头也没回地上了楼。

孔莹瞥见她落荒而逃的样子，小声嘀咕：“小影姐这是怎么了？”

“心虚了吧。”江恂拇指轻轻擦过自己的下巴，懒懒地道。

孔莹原本打算无视沙发上的表哥直接去浴室洗澡，没想到他会搭腔。她问：“为什么心虚？”

“谁知道呢。”江恂拿过一旁的手机，打开微信。

“啊，我知道了，”孔莹说，“她是害羞了。”

江恂眼皮跳了一下：“你怎么知道？”

“在不熟的人家里睡着当然不好意思了。”孔莹丢下这句话走向浴室。

“不熟的人？”江恂重复着这几个字，忽地嗤笑了声。

这边回到房间的顾影，掬了几捧冷水泼在脸上，灼热感好不容易降下去，心头的悸动却没法平复。她平时下晚班能睡上一天，这会儿却睡意全无。

微信提示音响，顾影立马拿过手机，想借此转移注意力。

万万没想到，发消息的人是江恂：逃避没有用，事情总要解决。

这件事情竟然严重到需要用到“解决”这两个字？

顾影在心里组织了好一会儿语言，编辑了一段文字发过去：我当时刚醒来，人迷迷糊糊的不大清醒，突然抬头不小心撞到了你，不好意思。

顾影猜他只有轻微的触感，至于是什么碰到了他，他应该不清楚。

他很快回过来一条：撞到了？

顾影回复：可能没撞到？

江恫紧接着又发来条语音："你确定不是……亲到了？"

男人从容淡定的语气像质问，只是在说"亲"这个字时嗓音刻意压低，莫名带着些缱绻。

顾影没想到他会这么直白地说出来，一时不知该如何作答。还好是隔着屏幕，不然她绝对会尴尬得想钻地洞。

她想了想，拒绝承认：应该不可能。

然而下一秒，手机开始振动，屏幕跳出来江恫的来电显示。顾影的心怦怦直跳，她死命盯着他的名字，不敢接。

她等了几十秒，微信又跳出一条消息：接电话。

顾影无奈地叹口气，这才按下接听键。

"需不需要我提醒你一下？"江恫说话声音很低，像是在耳语。

顾影躺回床上，将自己埋在被子里："提醒什么？"

"提醒你刚刚做了什么。"江恫说。

沉默几秒，顾影拉开被子，深吸一口气，一副视死如归状："对不起。"

"终于承认了？"电话那头传来打火机打火的声音，隔了几秒，江恫又说，"我可以不跟小孩计较，但是成年人得为自己做过的事情负责任。"

顾影没懂他话里的深意，只觉得他有点儿小题大做，没给自己台阶下，于是辩解道："我觉得这件事情又不是我一个人的错，当时我抬头，你正好低头，怎么不说是你的原因呢？"

"我用下巴亲你？"江恫好笑地道。

顾影说："那也是你凑上来的。"

"要是我知道，凑的可不是下巴。"江恫不知道是不是在抽烟，嗓音比刚刚哑了几分。

顾影理解的是，他会用手挡住，当即有些生气："难不成你以为我想占你的便宜？"

"现在不知道。"江恫拖着腔调道。

顾影反应过来，脑子里像是炸开了一朵烟火，热气从头蔓延到脚。

他的意思是：现在不知道，但以前是有过的。

江恂这句话像是揶揄，又像是旁敲侧击地试探。顾影忽地想起她睡着之前，江恂那两句随意的问话。

他问她是不是同学聚会之后搬过来的，该不会以为自己搬来这里是因为他吧？因为那天晚上自己知道了他的住处？

“江恂。”顾影张了张嘴，终究是问出了口，“你是不是怕我对你有什么非分之想啊？”

“什么？”江恂似乎被烟呛了一下，“我怕什么？”

“那你老怀疑我。”顾影说。

江恂沉默了。

顾影像是想给自己留条后路，又添上一句：“要是有，我会告诉你的。”

江恂嗯了声：“你的衣服丢我家了。”

她这一天到底还要经历多少尴尬？

“睡吧。”江恂说，“我让孔莹带上去。”

顾影像是被老师叫去办公室训话的学生，听到这句话如获大赦，迫不及待地挂了电话。她缩进被子里，闭上眼睛，脑子里浮现出自己适才亲江恂的画面。

一个一触即离又怦然心动的吻。

如江恂调侃的那般，她高中时期不懂掩饰，老喜欢开一些笨拙又大胆的玩笑。但她那会儿㞞，有贼心没贼胆。

不过相比以前，现在的她甚至连贼心都不敢有。

这个意外也算是完成了她少女时期的一桩心愿。只是短时间内她有点儿不敢跟江恂见面，至少等尴尬淡化了再说。

正好，医院就给了她这样一个机会。

休息两天返岗，顾影被告知她要去帝都上级医院参加一个学术研讨会，三天后出发，为期一个星期。

周五下午，顾影坐上了前往帝都的航班。

三个小时后航班降落在帝都机场，顾影打了个车到达医院安排的酒店。

学术研讨会也在这家酒店召开，来之前她听主任说这次还请了国外知名产科专家前来授课。顾影怎么也没想到这位知名专家就是她的学长——邱安南。

看到台上那个风度翩翩、妙语连珠的邱安南，顾影眼里有一瞬间的错愕。

一场讲座结束，两个人才得以打招呼。

"邱学长好。"顾影像一个跟很久不见面的老师问好的学生，礼貌又恭敬。

"我看到人员名单里有你的时候还惊讶了一下，怎么样，能听懂吗？"邱安南穿着一身铁灰色西装，精英范儿十足。

"当然能听懂。"顾影下巴朝他身后抬了抬，"有人找你。"

虽说现在男产科医生越来越多，但是在国内女医生所占比例还是比较大。像这次来参加学术交流的大多是女医生，年轻帅气的专家自然受欢迎，没一会儿，邱安南就被一群人围住问问题。

"抱歉。"他面上笑容温和，说出的话却不容置喙，"你们把问题整理好，等下午交流会提出来大家一起讨论。"

女医生们似乎也感受到了他的疏离，请教无果，便一哄而散。

前三天的学习交流都在酒店会议室进行，吃住也在这里，顾影压根儿没出酒店。由于她的刻意回避，除了打招呼，跟邱安南单独接触的机会几乎没有。

后四天的安排是在医院实践交流。

一个星期过得很快，最后一天中午在食堂用餐，邱安南坐到了顾影边上。

"你什么时候回云城？"邱安南低声问。

"明天。"顾影伸手夹了一块烤鸭，"你呢？"

"我还要在国内待两天。"邱安南偏头看了她一眼，极其自然地问，"晚上有空吗？"

"嗯？"

"请你吃个饭。"邱安南难得开起了玩笑，"能赏脸不？"

顾影低垂的眸子里闪过犹豫，她最终还是答应了："我请你吧，上次你回国说好的请你吃饭最后也不是我付的钱，这次补上。"

"行。"邱安南笑。

话是这么说，结果到最后还是邱安南付的钱。

晚餐期间，顾影特意借口上洗手间中途去收银台结账，结果被服务员告知已经结过了。

"不是说好我请的吗？"回到座位，顾影还没落座就开始问，"你怎么把账给结了？"

"都一样。"邱安南笑笑，"你要是实在觉得过意不去，等会儿请我喝饮料吧？"

顾影嗯了声，没再开口。

饭后两个人走出餐厅，外面是漫天飞雪。

身为南方人的顾影第一次见这么大的雪，脸上不自觉地露出浅笑。

"走回去？"邱安南盯着她嘴角的那抹笑，轻声提议。

"可以。"这恰好也是顾影内心所想。

餐厅离酒店不远，走路差不多要花一刻钟。

顾影把羽绒服的帽子戴在头上，走进纷纷扬扬往下落的雪花中。

前面隔着一个广场是帝都著名的名胜古迹，即便这个时间大门紧闭，还是有很多人在以其为背景拍游客照。

"美女，能帮我们一家三口拍张照片吗？"一位年轻女士走到顾影跟前礼貌地问。她身边应该是她的丈夫，手上还抱着个一岁左右的孩子。

顾影莞尔："当然可以。"

她接过对方的手机，连续拍了好几张照片后交给对方查看："你先看看，不满意再拍。"

"拍得很好，我很喜欢。"女士笑得很开心，"太感谢你了。"

"不客气。"顾影正要转身，对方又说，"我帮你们也拍一张吧？"

顾影还没来得及拒绝，就见一直站在身后默默不语的邱安南适时地递出了自己的手机。他说："那麻烦你了。"

"不麻烦不麻烦！"女士接过手机，还帮忙指挥顾影和邱安南摆姿势，"帅哥你可以搂住你女朋友，头再往中间靠一点儿。"

"我们不是。"

"就这样拍吧。"

顾影和邱安南同时出声。

女士诧异了一秒，不过很快恢复正常："好嘞，这样也挺好。"

拍完照，邱安南谢过对方拿回手机。顾影只是随意地看了一眼，并没有要求邱安南把照片发给她。

两个人又继续往前走。

走了几步，顾影脑子里无端冒出一个念头：要是身边的人是江恫该有多好。这念头来得莫名其妙又猝不及防，顾影甩了甩头，试图把它甩出去。

下一秒，头上传来轻轻的压力，然后帽子被人轻扫了几下。

"好了。"邱安南笑着说，"上面也没什么雪。"

顾影不自在地往旁边移了一步："谢谢。"

"不客气。"邱安南说。

顾影闻言轻笑了声，想起江恫在别人说"谢谢"的时候，总喜欢省略"不"字直接回"客气"。

"你笑什么？"邱安南问。

"没什么。"顾影颇为无奈，自己怎么老是想起江恫？她不就是亲了一下他的下巴，后劲这么大？

顾影抬头，继续欣赏美景，视线触及路边的一家店时她的眼睛亮了一下："学长，我请你吃冰激凌吧。"

邱安南顺着她的目光看过去，好笑地点点头："可以。"

顾影并不是那种喜欢在冬天吃冰激凌的人，现在这种冲动完全源于这家店的店名——橙雪。

高二那年的暑假她在橙雪冰激凌工厂里打过两个月暑假工。当时工厂还不大，只做批发，冰激凌总共就五种。

看得出公司这些年发展得很好，不仅冰激凌的种类越来越多，还开了迎合高端消费群体的实体店。

云城也有实体店，顾影去吃过几次。虽然她的这份消费影响不了什么，但是在顾影看来，这算是她的一种报恩方式。

在橙雪的那份兼职，是她当年工资最高的一份工作，那会儿她作为临时工不仅跟正式工拿一样的工资，还不用倒班。

工作结束的那天，老板还以她工作认真勤奋为由给她发了一千块的奖金。这对当时的顾影来说无疑是天上掉馅饼的事情，是以她对橙雪的老板也存了几分感激之情。

只是她没想到，两分钟后，她就在店内遇到了橙雪的老板。

这家店店面很大，分上下两层。

此时从楼上走下来一位西装革履的中年男士，身后跟着店内的工作人员。顾影一眼就认出了他。

"叶总。"顾影在他经过自己身边的时候，适时站起身叫住了他。

"你是？"叶其停下脚步回头，看向顾影的眼神有些茫然，"你认识我？"

"嗯。"顾影点头，"我叫顾影，七年前在您那儿做过兼职。"

"啊，我想起来了。"叶其恍然一笑，"你是江恫的那个小女友吧？"

"嗯？"顾影脸上一热，忘记先解释，而是问，"叶总您认识江恫？"

叶其的视线在顾影旁边的邱安南身上扫过，他随即淡笑着说："我是他舅舅。"

"我是他舅舅"这几个字在叶其走后好几分钟还在顾影的脑子里回荡。她开始回忆自己为什么会找到橙雪的这份工作。

貌似是源于一份不知道怎么跑到她桌上的传单，而那个时候她的同桌是江恫。结合他跟叶总的关系，顾影很快猜到一种可能：她以为天上掉下来的馅饼其实是江恫给她的。

顾影心口一软，那些被她一直以来强压在心底的情愫翻涌而出。她忽然好想找江恫求证。

只不过她还没想好怎么说，就收到了来自江恂的一条微信：下次跟男人拍照隔远点儿。

顾影看到这句话，先是茫然，接着又因为从这句话里轻易就能品出来的某种情绪而心跳加速。

她定了定神，回了一条消息过去：什么意思？

J：自己想想。

顾影：我不知道。

这次过了十几秒江恂都没有回消息过来，顾影重新去看他发的第一条消息。

他是不是发错了？这句有点儿霸道又带了醋意的话，明显不适合他们现在的关系。那他原本想发给谁？

顾影抿了抿唇，又发过去一条消息：你是不是发错了？

“刚刚那人你认识？”邱安南突然开口。

“嗯？”顾影意识到自己把他给忽略了，有些过意不去，她放下手机，开始解释，“对，他是我以前兼职的公司的老板。”

“高中兼职？”邱安南似乎有些意外。

“是呀。”顾影低头舀了一勺冰激凌送进嘴里，浓郁的奶香味在舌尖扩散，冰冰凉凉的感觉几乎延伸到了指尖。她不由得打了个寒战。

“很冷吗？”邱安南问，“要不要换杯咖啡？”

“不用。”顾影继续小口吃着，不想浪费。

“你们刚才提到的江恂是上次宜婷宝宝满月宴上我见过的那位？”邱安南吃完最后一口冰激凌，随口问，“他是你前男友？”

“不是。”顾影很诧异他会这么问。

印象中邱安南成熟稳重，说的话跟他的人一样，从来不会聊八卦私事，顾影没想到他会直截了当地问自己这么私人的问题。

他许是听到了叶总说的那句“小女友”。她想了想，补充道：“叶总应该是有什么误会，我不是江恂的女朋友。”

邱安南的视线在她脸上停了几秒，然后转头看向落地窗外：“顾影。”

"嗯？"顾影抬头。

"你喜欢雪是吗？"邱安南仍看着窗外。

顾影嗯了声，也将头转向窗外。

橙黄的路灯下，雪花似乎也在发光，异常亮眼。

地上已经积了一层薄薄的雪，依稀可以看见藏青色的地砖。

良久，顾影听到对面传来邱安南温和带笑的嗓音："我喜欢你。"

顾影嘴角浅浅的弧度因为这句话而渐渐消失。很奇怪，她没有心跳加速，也并不紧张，只有一点儿震惊。

张宜婷曾多次暗示她，邱安南喜欢她。但是她不信，因为在她看来邱安南对她和对张宜婷的态度并没有什么不同。再者，邱安南认识她这么多年了，要是喜欢早说了，等不到现在。

她没说话，邱安南也没催她，甚至没看她，仿佛不想给她压力。

思虑片刻，顾影终于抬头看过去，说："学长，对不起，我有喜欢的人了。"她在拒绝别人的表白这件事情上从不拖泥带水。

"嗯，知道了。"邱安南也看向她，嘴角的笑意不减，只是眼里的失落是顾影不曾见到过的。

"对不起。"顾影语气真诚，"学长你很好，你肯定会找到比我好一百倍的女朋友。"

"别给我发好人卡。"邱安南无奈地一笑，"我喜欢你五年了，一直在等你。怎么说呢？等你转变对我的看法和态度吧！

"你一开始就把我当学长，甚至当老师或长辈，总之没把我当同龄人。所以我想，是不是等你毕业了这种观念就会改变，可是好像也没有。

"我已经尽量在你面前表现出我的平易近人和耐心，但效果甚微。你的态度没改变，仍然敬我、畏我。我看你平时淡然冷静，以为你对待感情也这样，所以这么多年来我一直还抱有一线希望。

"上次回来见到你对江恂的态度我才知道，原来那才是你对喜欢的人的态度。刚刚，我第一次见你听到一个人的名字会脸红，原来你不是对谁都冷淡，只不过我不是那个人而已。"

顾影垂下眼帘，脸上有几分不自然。

“就在刚刚我已经彻底放下，我应该是走不进你心里了。因为那里面，早就住着一个人，而你把门关得严严实实，他出不来，别人也进不去。所以你不要有负担，我跟你说那句话之前就知道了结局，还是要谢谢你的坦诚。”邱安南说完拿出手机，轻点了几下屏幕，“刚刚拍的那张照片算是我们唯一的合照，当时开心到忘了分寸直接发了朋友圈，为了不给你造成困扰，我删掉了。以后，我还是你的学长，有什么专业上的问题，随时欢迎你来问我。”

今晚大概是两个人认识的这六年里，邱安南讲话最多的一次了。

顾影对于他的理解和包容心存感激，但是她觉得自己以后应该不会再主动找他帮忙了。她内心有点儿难过，是那种失去一个好朋友的难过。

“学长，谢谢你。”

邱安南笑：“走吧，回酒店。”

“你先回去吧。”顾影看向窗外，“我还想看会儿雪。”

“行。”邱安南说完起身走出了店门。

顾影盯着外面的大雪看了很久，脑子里提炼出邱安南的两句话：“第一次见你听到一个人的名字会脸红。”“你的心里早就住着一个人。”

顾影拍了拍自己发烫的脸颊，拿起被反扣在桌上的手机，屏幕上跟江恂的对话框里多出了两条消息。

第一条消息是她和邱安南在雪中的合影。照片中，邱安南把头微微偏向她这边，表情很愉悦。顾影的脸半隐在帽子下，眼神看不真切，灯光映出她上扬的嘴角，看起来也很开心。

他怎么会有这张照片？！

诧异之余，顾影给江恂回复：照片是哪儿来的？

一分钟过去，对方没回复。

五分钟过去，对方还是没回复。

过了十分钟，顾影拿起手机，套上羽绒服的帽子出了橙雪的大门。

走在大雪纷飞的街上，她拨通了江恂的电话。

电话响了好几声才被接起："有事？"

这语气怎么跟放他鸽子那次一样？顾影小声说："不是你找我吗？"

"那你倒是说说我是什么时候找你的？"江恫反问。

"不好意思，我刚刚在和学长聊天。"顾影解释。

"可以呀，顾影。"江恫轻声哂笑，"我白给你辟谣了。"

顾影一头雾水："什么意思？你怎么会有那张照片？"

"有人发来问我，你是不是交男朋友了。"江恫的语气散漫又耐人寻味，"我让人家不要造谣，你说我现在是不是要回去跟人家解释一下？"

"解释什么？"顾影无语，"本来就不是呀，我在首都出差遇到了学长，刚刚一起吃完晚饭出来碰到个好心人说帮我们拍照，学长想拍，就一起拍了一张照片。"

"学长想拍？"江恫找出她话里的重点，"我怎么看照片上你笑得更开心？"

"我开心那是因为下雪了。"顾影讷讷地道。

"这种照片发出去十个有九个会误会。"江恫说，"以后自己注意点儿。"

"好的。"顾影的声音异常乖巧，"谢谢你给我辟谣。"

"客气。"

顾影停下脚步，踩了踩脚下的雪，轻声问："那你怎么没误会？"

"你说我怎么没误会？"江恫不答反问。

"我不知道。"顾影没戴手套，拿电话的手都快冻僵了。她换了只手，将手机重新贴回耳侧。

"你不喜欢他。"江恫语气笃定。

顾影的心口一阵收缩，她连问为什么的勇气都没有，吸了吸鼻子，又换了只手握手机。

"哭什么？"江恫低声问。

自己哭了？顾影愣了一秒，终于反应过来："这里下了好大的雪，我冷。"

"冷还在外面闲逛？"江恫懒懒地催促，"赶紧回酒店休息。"

"好的。"顾影犹豫两秒，叫了他一声，"江恂。"

"嗯？"

"谢谢你帮我辟谣。"

"刚刚不是谢过了？"

"再谢一遍。"顾影说，"我以后不会随便跟人拍照了。"

"嗯。"

"我希望下次跟男性合照是跟男朋友。"顾影的嘴角翘了翘。

"所以呢？"江恂淡淡地问。

"所以省得你辟谣！"顾影伸手接住一片雪花，声音轻快。

"我也不是所有的谣都辟的。"江恂说。

"比如？"

"比如有可能发展成真的就没必要辟了。"

酒店离橙雪很近，顾影没走几分钟就到了。

回到房间后，顾影一个人静坐在沙发上。良久，她拿出手机给李思怡发了一条微信：我好像能确定了，那不是遗憾，那应该就是喜欢。

而李思怡驴唇不对马嘴的回复让她拧起了眉头：我被绿了。

顾影连忙打了个电话过去问具体情况，李思怡没说而是问她什么时候回来，称见面聊。

"我明天中午到家。"顾影说，"到家我给你打电话。"

"行。"

第七章

我是孤儿

翌日，正好是周末。

顾影下飞机赶回家，洗完澡又立马出了门。

下午两点半，云城终于得以见到了太阳。

阳光融化了树上的残雪，顾影从树下走过，感觉有水滴在头发上，还以为下雨了。抬头的一刹那，树叶缝隙间漏进来的阳光刺得她睁不开眼。

"顾影，上车。"一辆出租车停在面前，李思怡打开后座车门探头喊她上车。

她们本来约的地方是市中心的一家咖啡馆，等电梯的时候她接到李思怡的电话，说让她在小区门口等。

待顾影坐上车，李思怡问："你怎么突然搬家了？"

"我在以前的小区碰到了顾叔叔一家人。"顾影说，"他们找过我几次。"

"啊？他们还好意思找你呢？"李思怡似乎被气得不轻，有些语无伦次，"见到你他们不应该心虚吗？什么人，真是的！你说我们为什么老是遇到这种小人？被爸妈抛弃还不够惨吗？"

顾影拍了拍她的肩膀，示意她声音小点儿："你跟你男朋友怎么回事？之前不是挺好的吗？"

"只是我单方面觉得好罢了。"李思怡冷笑了声，"他昨天跟我说他跟那个女孩在一起快三个月了，你说他贱不贱，还跟我炫耀呢！"

意识到前面的司机投来异样的目光，顾影不动声色地转移话题："现在去哪儿？"

"找他算账。"饶是李思怡脸上化着精致的妆容，也不难看出她眼睛的红肿。

"这种人咱还理他干吗？"顾影说。

"我想了想，不能这么便宜他了。"李思怡坐得笔直，一副气势汹汹的模样。

"你打算怎么做？"顾影抬了抬眉梢，"我挺你。"

李思怡脸上这才有了笑容："我不能让鱼死，但网一定要给他撕破。"

李思怡说那男的骗了她很久，这次春节放假回来，两个人约出来吃饭。她只是随口提了养父母让她带男朋友回家的事情，对方支支吾吾半天，说二人不合适，要不分手算了。

她立马察觉到了不对劲。自己跟他交往也有一年半了，通过一些细微的表情李思怡一看就知道对方心里在想什么。于是她进行了一番盘问，对方最后也跟她坦白，说有了新的交往对象。

"他居然怪我工作太忙没时间陪他，还罗列出很多条对我不满的理由。"李思怡冷笑了声，"他借口都找好了，我差点儿被他洗脑了。老娘现在就去他的公司找他。"

顾影嗅出了事情的不简单："那个第三者也是他们公司的人？"

李思怡撩了撩头发："对。"

"就我们俩去？"顾影问。

"怎么，你不敢？"李思怡看向她，"还小霸王呢？"

顾影摸了摸鼻子："倒也不是。"

"想什么呢？你还真当我是去干架的？"李思怡笑了，"我只是去要回我的东西。"

顾影也跟着她一块笑了，当然知道李思怡不会那么莽撞。

到了公司，李思怡让前台把渣男叫出来。

见到李思怡的那一刻，渣男的脸色以肉眼可见的速度变得惨白。

"你怎么来了？"

李思怡躲开了他过来拉她的手："来要回我的东西。"

"我拿你什么东西了？"渣男左顾右盼，生怕同事们注意到这边，讨好地对李思怡说，"我在上班呢，要不下班我去找你？"

"别紧张，我很快就走。"李思怡不顾他的眼神请求，直接坐在了前台的会客沙发上，"把年前我送你的那块手表还给我。"

李思怡并没有刻意压低声音，前台员工在给两个人端茶的时候将她的话一字不落地听了去，看渣男的眼神变得意味深长起来。

"我没带。"渣男说，"明天给你送过去行吗？"

"没带？"李思怡坐在沙发上仰头看他，气势却压他一筹，"你是不想还吧？怎么？不是已经有块表了吗？绿色的很适合你。"

站在一旁的顾影反应了两秒才懂其中的意思，遂侧身悄悄给李思怡竖了个大拇指。

渣男被说得脸上挂不住，突然翻了脸："李思怡你太可笑了，我难道没送过你东西？送出去的还能要回去？"

"为什么不能？"李思怡说，"我送你的那块手表可是花了我一年的年终奖，你送了我什么？就我过生日时送的这条银项链吗？"

李思怡伸出一只摊开的手，上面躺着一条银项链，链条垂下左右摇晃。她说："还给你。"

渣男拿起被扔到肩膀上的项链，似乎忍无可忍："你怎么变得这么贱呢？你以为你这样，我就会跟你复合吗？你也不想想，你一个儿童福利院出来的女人，还想跟我结婚？你配——"

他话还没说完，左右两边脸上分别被泼过来一杯水。温热的水顺着脸颊流下，鼻子、眼睛、嘴巴上全是茶叶，那模样要多狼狈有多狼狈。

顾影和李思怡对视一眼，似是都没想到对方会动手。

渣男胡乱抹了一把脸，气得扬手就要朝李思怡的脸挥过来。

李思怡后退一步，躲开他的手。顾影手疾眼快地拿出手机打开相机："你打人我就告你，我们有朋友是律师，信不信告你个倾家荡产？"

渣男手上的动作一顿，稍微冷静下来后，余光看到了前厅玻璃门外一群围观的同事，里面还有他的现女友，他咬咬牙放下了手。这可能是他这辈子最狼狈的时刻。

"你等着。"他冲李思怡喊了句，然后走进了办公室。

顾影轻轻碰了碰李思怡："他去叫人了？"

李思怡扑哧一声笑了："他去拿手表了。"

这人其实是个胆小鬼，只不过她以前被爱情蒙蔽了双眼，没看出他的本质。

一分钟不到，渣男果然拿了一块手表出来丢到李思怡怀里："滚！"

"你但凡用个走字我都不跟你计较了。"李思怡跷起二郎腿，"我累了，坐会儿再走，对了，麻烦你把我之前送给你的衣服、鞋子、钱包这些东西都扔了。"

渣男的脸色由黑转红再转白，他回到办公室，玻璃门都被他推得哗哗响。

见自己的目的已经达到，李思怡可没想真留在这儿，拉上顾影很快出了办公楼。

"啊，爽。"李思怡仰头长舒了一口气。

顾影伸手揉了揉她的脑袋："走吧，晚上请你吃饭。"

"行，吃完饭去喝酒。"李思怡搂着她的肩膀往马路中间走，"老娘今晚要彻底忘了这个渣男。"

晚上八点，顾影和李思怡来到一家酒吧。这家酒吧看起来新开不久，叫零时空。

李思怡说不想去清吧，想要热闹一点儿的环境，顾影都依她。

两个人找了个不起眼的角落，李思怡让服务员开了一瓶度数不低的洋酒，说："换以前我才舍不得这么花钱。"

她倒上酒："我以前真是太蠢了，因为自卑，总在心里提醒自己不要花他的钱，出去吃饭我付钱的次数都比他多，我给他去专柜买衣服，自己在网上买，以为这样就不会被看不起。"

李思怡一杯接着一杯，边喝边说。顾影替她拭去眼角溢出的泪水，心疼得不行。

她下午在渣男的公司还一副嚣张跋扈的样子，顾影知道那不过是她的伪装，心里的委屈这时才发泄出来。

"他凭什么嫌弃我没上大学？他凭什么嫌弃我是孤儿？"李思怡吸了吸鼻子，"我的工资比他的还高呢。"

"不用理他。"顾影温柔地抱了抱她，"是他配不上你，你以后眼睛擦亮点儿。"

顾影来之前没打算喝酒，想着总得有个清醒的人，不然晚上回家都成问题。后来情绪一上来她就什么都不管不顾了，但仍倔强地保留了最后一丝清明，见李思怡喝得差不多了便给杨杰发了条短信。

两个女孩子从酒吧走出去，其中一个还烂醉如泥，总归不安全。通常这种情况下顾影能想到的只有杨杰。

顾影有点儿想去洗手间，但是又不放心把李思怡一个人丢在这儿。实在忍不住，她叫来个服务员帮她看着李思怡，自己去了洗手间。

此时酒吧门口进来四个人，走在最后的唐科在大厅内扫了一圈，视线落在某处时眉尾扬了一下。他上前一步，撞了一下江恫的胳膊，说："看十点钟方向，那是不是顾医生？"

江恫闻言看过去，漂亮的眸子微闪。他侧身跟旁边的几人说了句什么，便朝洗手间走去。

因为担心李思怡，顾影从洗手间出来后脚步很快，以至于她都没看见站在走廊上的江恫。

男人倚在墙上，在她经过的时候适时拉住了她的胳膊。

顾影吓了一跳，下意识地想甩开，在看到是江恫时，眉眼顷刻间染上笑意："江恫？"

"你一个人来的？"江恫在她站稳后收回手。

“不是。”顾影指了指外面，“跟朋友。”

“又喝酒了？”江恂盯着她的脸，不咸不淡地问。

“朋友失恋，陪她喝了一点儿。你刚来吗？”一个多星期不见，顾影将他认真打量了一番，他今天穿的是之前曾借给她的那件大衣，矜贵又帅气。

江恂嗯了声，视线一直停留在她的脸上。女孩的睫毛上水光潋滟，她像是刚哭过。

“我朋友还在那儿，我先过去了。”不知道李思怡点的是什么酒，顾影刚开始觉得还好，现在酒精发挥了作用，脚步变得虚浮起来。

她走了两步，手腕再一次被人拉住。

“喝了多少？”

“不多。”顾影讪笑，“可能酒有点儿烈。”

“我送你过去。”江恂松开了她的手，改成虚揽着她。

“谢谢。”回到座位后，顾影低声道谢。

刚刚一路走来，江恂的气息将她包裹，让她原本就昏昏沉沉的脑子更加不清醒，只能将自己发软的身子绷直。

江恂瞄了一眼已经趴在桌上的李思怡，稍抬眉梢，问：“你们怎么回去？”

“我叫了杨杰过来。”顾影说。

一个女孩从旁边经过，似乎没注意到前面有人，眼看就要撞在江恂身上，他稍稍侧身，不着痕迹地躲了过去，连余光都没给对方。

“那你呢？”江恂坐在了顾影对面。

“我什么？”顾影不解。

江恂低低地叹了口气，随即拿出手机发了条消息给唐科。

顾影见他迟迟没有起身，不由得问：“你不走吗？”

江恂轻抬眼帘，问：“蹭个座可以吗？”

“可以。”顾影指了指桌上剩下的酒，问，“你要喝吗？”

“不用。”江恂说。

顾影没搞懂江恂为什么要留在这儿，凭她现在装满糨糊的脑子好像也很难想出个所以然，干脆安静地坐在一边。

　　缓了一会儿的李思怡终于从桌上抬起头，见对面忽然多出个男人，一下子蒙了。她揪住顾影的衣服凑近问："这个帅哥是谁？"

　　压根儿不需要顾影回答，李思怡又自顾自地说："他好帅！极品！"虽说是凑到耳边说的，她的音量却一点儿也不低。

　　顾影把李思怡按了回去："你先休息会儿，小杰马上就来了。"

　　"你还没回答我呢？帅不帅？"李思怡眨了眨眼睛，笑眯眯地问，"那我换个方式问你，你觉得他帅还是江恂帅？"

　　江恂自然听到了李思怡的话，一开始只是意兴阑珊地玩着手机，没任何反应。听到这里，他掀起眼皮，饶有兴致地看着顾影，那模样看起来比李思怡还想知道答案。

　　顾影觉得目前已经够尴尬了，可是李思怡嫌不够似的，喊了一声："算了，我知道，在你心里应该谁都比不上江恂帅。"

　　顾影终于体验了一把想找个地洞钻进去的感觉。她眼睫微垂，根本不敢看对面，见李思怡还想说什么，手疾眼快地捂住了对方的嘴，在李思怡耳边咬牙切齿道："他就是江恂。"

　　"不会吧。"李思怡用力拍开她的手，歪头看向对面，"欸，他要是江恂，那你怎么还这么冷静？"

　　"啊，你看我这记性。"她忽地拍了下自己的额头，记忆跑到了遥远的几个月前，"你说你现在不喜欢他了。"

　　顾影动作一顿，把李思怡扶好坐正，才抬眼去看江恂。男人眼眸低垂，神情晦暗不明，好似没听到她们的谈话一般。

　　而李思怡还不停歇："帅哥，你是来搭讪的吧？看上我们小影了？是不是？难不成是看上我了？"

　　"不是。"一直沉默不语的江恂淡淡地吐出两个字，算是回答李思怡的最后一个问题。

　　李思怡被这两个字打击到，一时没了声音。

　　好在杨杰很快赶到酒吧。见到自家老板，杨杰满脸诧异，想起他跟顾影的同学关系，又觉得没什么好诧异的。现在明显不是纠结这些的时候，打完招呼，杨杰同顾影一起把李思怡带出了酒吧。

江恂跟在他们身后出来："在路边等一下，我送你们回去。"他丢下这句话，转身去停车场开车。

等他把车开到路边，杨杰先把李思怡安置在后座，为了稳住她随后自己坐了进去。

顾影稍做犹豫，选择坐副驾驶座。上车后，她像没骨头似的瘫在椅子上，全身乏力，好想睡觉。

"你朋友住哪儿？"

江恂的声音像是给她充了电，她正了正身子，说："锦江名城。"

车子很快到达锦江名城，迷迷糊糊间，顾影知道杨杰把李思怡带下了车，江恂跟杨杰说了句什么，最后车门关上，车子重新启动。

这种感觉很奇怪，她知道身边发生的所有事情，但就是不想动，不想说话，想睡觉又睡不着。

顾影维持着这种不知是半醉半醒还是半睡半醒的状态一直到了小区的地下停车场。

江恂停好车后，朝顾影看了一眼："还醒着？"

顾影点点头："嗯。"

"到家了。"江恂说完下车绕到副驾驶座这一侧帮她把门打开，"下来。"

顾影撑起自己软绵绵的身体缓缓走下车，一下车就感觉腿有点儿软，幸好江恂扶了她一把。

"还能走？"

"我可以的。"她只是走不了直线。

顾影走了几步觉得脚步不稳，头也晕得厉害，索性在原地蹲了下来。

"怎么了？"江恂来到她身边低声问。

"没事，让我缓一缓。"顾影将脑袋埋在臂弯里，瓮声瓮气地说道。

"行。"江恂走到一根柱子边，从口袋里掏出打火机和烟。

这个点儿停车场内很安静，打火机的声音显得异常清晰。江恂把烟叼进嘴里，眼神落在不远处的人的身上，一贯淡漠的眼神渐渐变得复杂。

口袋里的手机嗡嗡振动，江恂拿出来一看，来电人是单浩天。

“我刚给你发了条微信你看到没？”

“没看。”

“你在干什么？”单浩天问。

江恂拿掉嘴里的烟，看向顾影的目光里浮现一丝浅浅的笑意：“在……守着一朵蘑菇。”

单浩天以为自己听错了：“蘑菇？在工作？”他以为蘑菇是游戏道具之类的东西。

而这边的顾影听见江恂的话慢半拍地抬起头：“‘蘑菇’是说我吗？”

静谧的停车场内，顾影轻柔的嗓音隐隐约约传到了单浩天的耳朵里。

“有女孩？”单浩天尾音上扬，嗓音带笑，“顾影？”

“先挂了。”江恂懒懒地道。

“行，你忙，你忙。”单浩天说完主动结束了通话。

江恂哂笑一声，把烟熄灭扔到旁边的垃圾桶里，然后来到顾影身边蹲下。

顾影的视线全程跟着他移动，她重复了一遍刚刚的问题：“你刚刚说的‘蘑菇’是我？”

“不像吗？”江恂反问。

顾影低头看了一眼自己的模样，似是认同了他的话：“那你把我摘走吧。”

“我倒是想摘走。”江恂漆黑的眸子里映着顾影此刻迷糊的模样，他低笑了声，“但我怎么知道这朵蘑菇有没有毒？”

“也对。”顾影歪头想了想，问，“那要怎么才能知道？”

女孩看过来的双眸湿润，又不失原有的澄澈，乖巧又撩人。

江恂眸色变黯，低叹：“那得你自己告诉我才行。”

“不对。”顾影说，“你管我有没有毒，不吃不就好了。”

江恂喉间溢出一声笑，声音轻到像在自言自语：“那我恐怕忍不住。”

顾影没听清，不过她又回到了之前的那个问题：“我没毒的。”她说完突然笑起来。

顾影并没有意识模糊到不知所云，就是身体有点儿不受控制，此时回想两个人这段莫名其妙的对话，觉得无聊又好笑。

江恂也受到她的笑声感染，嘴角抑制不住地上扬。他率先站起身，拉了拉顾影的卫衣帽子：“走吧，蘑菇。”

顾影动了动，顺势站起来。结果刚一站起身就往旁边倒去，早就预料到会发生这种情况的江恂适时伸手稳住了她的身子。

“站好。”

“谢谢。”顾影乖乖地站好。她揉个太阳穴的工夫，发现江恂已经在她身边蹲了下来。

顾影没动，江恂转头悠悠地催促：“快点儿，你想在停车场过夜吗？”

喜欢的人就在面前说要背她，怎么不让人心动？但顾影选择让他背的理由不是因为喜欢，只是不想浪费他的时间。

“搂住，摔下去我可不管。”江恂轻松地站起身往电梯的方向走。

顾影迟疑了一下，最终还是把手伸到前面搂住他的脖子。她像是放弃了挣扎，脑袋也一点点地靠在他的肩头。

这个人无论何时都能给她安全感，就像刚刚在酒吧，见到他以后，那种时刻保持警惕的情绪一下子消失得无影无踪。

她一想到自己曾经被这么优秀的人喜欢过，内心就泛起阵阵愉悦，短暂的愉悦过后接踵而来的便是苦涩。

顾影脑子里抑制不住地想起今天那渣男的话。她以前从来不觉得身为孤儿就要受到歧视，从小就有人告诉她，你是孤儿也没有错，有错的是你的父母。他们凭什么瞧不起孤儿？

小时候也有人去给他们开家长会，晚上也会有人给他们盖被子，他们犯了错也会有人罚、有人骂，怎么就低人一等了？

读书时家境不好，对顾影来说只不过是在食堂里别人打两三个菜她只打一个菜的区别，可是真正喜欢上一个人后，这种差距就变成了自卑。

就算现在她意识到自己还喜欢他，也不敢像以前一样明目张胆地去追求了。她甚至不敢把这种喜欢摊在明面上。

她对江恂的喜欢就像一颗种子，这颗种子被出国后的她埋在了心底深处，后来两个人一次次见面，好似在一次次给它施肥浇水，直到同学会那天种子终于冒出了嫩芽。

她现在想掐断这根幼苗，可是又不舍。

电梯门打开，江恂背着她走进电梯。

电梯内的灯光偏橘色，映衬得这方小天地温馨。

鼻息间全是江恂身上干净清冽的味道，顾影却难过得想哭。她感觉有个很重的东西压在心口上，很闷，闷得她喘不过气。

泪水从眼眶流出，顾影靠在江恂的肩头上一动不动，安静地任凭泪水浸湿江恂的外套。

“江恂。”她忽地喊了一句，声音沙哑带着浓浓的鼻音。

江恂微微偏头：“嗯？”

“我是孤儿。”静谧的电梯里，女孩带着浓浓鼻音的嗓音听起来委屈又可怜。

江恂的身子僵了一下，不过很快他恢复正常：“嗯，怎么了？”

他的声音过于冷静自然，没有半分惊讶，但此时脑子里一团糨糊的顾影没有察觉出来。

“就是说，我没有爸爸妈妈，我甚至不知道我爸爸妈妈是谁。”一句话她说得断断续续，哽咽不止。她的每个字就像弹珠一样击在江恂的心上，在那里泛起一阵痛。

“顾影。”

“嗯？”

江恂嗓音沙哑：“你是想他们了吗？”

顾影觉得脑子有些迟钝："想谁？"

"你爸妈。"江恂说。

"你说的是哪个爸妈？"顾影抽抽噎噎地道，"是从我出生就不要我的爸妈，还是给了我一个短暂的家又把我丢回儿童福利院的养父母？我都不想。他们都不要我了，我为什么要想他们？"

江恂心口的痛感越发明显，喉结滚了滚，他哑声道："那就不要想。"

"他们都是坏人。"顾影的声音闷闷的，"不想。"

"那你为什么哭？"此时电梯到了，江恂背着她走出电梯。

"我很难受。"泪水不断地从眼眶溢出，顾影用仅剩的一点儿理智尽量控制自己不哭出声来。

"哪里难受？"江恂背着顾影来到孔莹的家门口。

"这里。"顾影动作笨拙地拍了拍自己的胸口。

"先按一下指纹。"江恂微微蹲下身子，"能看清吗？"

"能。"顾影吸了吸鼻子，从善如流地打开门。

客厅内一片漆黑，很明显孔莹不在家。

江恂按开灯把她轻轻放在沙发上，然后转过身半蹲在她面前："你刚刚说哪里难受？"

顾影睁着红红的眼睛看向他，对视几秒，无声地摇摇头。

"不难受了？"江恂把她脸上的一缕头发拨开。

顾影点点头。

江恂单手搭在膝盖上，失笑道："你这到底是难受还是不难受？"

"行，我去给你倒杯水。"江恂起身之前用力揉了揉她的头，"自己擦一下脸。"

他转身后，顾影缓缓闭上了眼睛。

半睡半醒之际，她感觉有人碰了一下她的手臂，她困到睁不开眼。后来江恂熟悉的嗓音在耳畔轻轻说了句什么，然后她被腾空抱起。

她似乎听到了两次开关门的声响，之后她被放到了床上。熟悉的气息随着脚步声越来越远，陷入混沌中的她莫名又湿了眼眶。

两分钟后，她脸上传来温热湿润的触感，然后响起江恂低沉无奈的嗓音："你怎么又哭了？"

顾影眼皮动了动，迷迷糊糊地开口："你怎么还没走？"

"帮你擦擦脸。"江恂轻笑，"丑死了。"

顾影撇了撇嘴："你之前还说我好看来着。"

听到她不满的话，江恂挑了挑眉："这倒是记得。"

"当然。"顾影说着又要哭了，"我也就这点优点了。"

"谁说的？"江恂坐在床沿，借着窗外一星半点儿的月光静静地看着她的脸。

女孩的乌黑长发胡乱散在枕头上，她眼睛紧闭，睫毛上泛着水光，眉微微蹙起，平添了几分脆弱的美感。

"这是事实。"顾影的脸被擦干净，清爽的感觉让她忍不住蹭了蹭被子，"我小时候调皮，读书时成绩不好，还……还没有爸妈……"她的声音越来越小。

"这算什么缺点？"江恂嗤笑，"就因为这个难过？我高中就知道了，这又不是什么大不了的事。"

这是顾影陷入睡眠前听到的最后一句话。她其实想说点什么，但终究敌不过困意和疲惫。

"耍无赖、不讲信用才是你的缺点。"江恂帮她掖了掖被子，又端来一杯水放在床头柜上，"不过，你耍无赖的样子还挺招人喜欢的。"

他顿了顿，压低了嗓音继续道："别难过了，晚安。"

江恂回到家里，盯着自己衣服上那一小块湿润的地方看了很久。

后来想起单浩天说的微信消息，他点开，发现是张照片。

照片出自那天的同学会，KTV 包间内一群人其乐融融，但只有他和顾影两个人占据了中间的焦点位置，周围的人皆成了虚化的背景。

昏暗迷离的灯光下，女孩双手托腮，脸上笑意盈盈，江恂单手搭在吧台上，侧过身子，长相同样出色的两个人无声地对视，画面赏心悦目。

江恂刚按下保存键，单浩天的电话就打了过来。

“照片看了没？”

“看了。”江恂起身去厨房给自己倒了杯水，“谁发给你的？”

“班长，他代表班上的其他同学问我你们俩到底是什么情况。”单浩天叹息一声，“我应该请假回国的，总觉得错过了很多。”

江恂没吭声。

“怎么回事呀？”单浩天问，“你们俩这是谈上了？”

“没。”江恂喝完水走回沙发前坐下，嗓音一如既往地从容淡定。

“兄弟，我收回之前说过的话。”单浩天的声音再一次传来，“我觉得顾影八成还喜欢你。”

江恂的耳畔冷不丁响起她朋友说的那句“你说你现在不喜欢他了”。他捏了捏眉心，无声叹口气：“是吗？”

“怎么不是？照片上她看你的眼神简直跟高中时期一模一样。”单浩天说，“还有你也是，啧啧啧，就差扑过去了。”

“你打来就是为了聊八卦？”江恂问。

“对呀。”单浩天大方地承认，隔了两秒，像是突然想起了什么，“你们刚刚不是在一起？”

江恂嗯了声：“她喝了酒，我送她回家。”

顾影委屈可怜的嗓音以及无声流泪的画面再一次出现在脑子里，江恂稍作犹豫，问：“你知道顾影是孤儿吧？”

“知道，”单浩天说，“我们班的同学不都知道吗？怎么了？”

“她刚刚哭了，哭得很伤心。”江恂闭了闭眼睛，“哭着说自己是孤儿。”

“受欺负了？”单浩天问。

“应该是。”江恂忽地拿起桌上的烟和打火机，走向阳台。

“你问她原因没？”

“她不说。”

“等等。”单浩天说，“你有没有想过原因可能出在你身上？”

“什么玩意儿？”江恂冷声反问，“我会欺负她？”

"我不是这个意思。"单浩天解释，"她有没有可能因为觉得自己是孤儿配不上你，所以哭？"

江恫点烟的手一顿。

单浩天继续分享自己的猜测："不然她为什么要告诉你她是孤儿？她应该不知道你早就知道了。她醉了都不肯说原因，极有可能是因为她说不出口。"

江恫想起顾影这些年在性格上的变化，忽然觉得单浩天说的也不是没有道理。这样一来，顾影出国前一天晚上在电话里说的话，以及这段时间让人捉摸不定的态度也算有了合理的解释。

江恫又心疼又无奈。

"知道了。"他低声提醒，"你别出去乱说。"

第二天，顾影睡到日上三竿才醒来，好在还有一天假期。

宿醉后的头痛简直要人命，她醒来后在床上缓了很久。她缓过最开始的疼痛，空白的脑子里渐渐涌入昨晚的记忆。

她在酒吧碰到江恫，后来他送自己回家。她依稀记得自己趴在江恫背上哭了，还跟他说了自己是孤儿。

对于此刻的她来说，最清晰的记忆莫过于江恫离开之前说的那句"我高中就知道了"。

江恫怎么会知道？如果他那么早就知道了，那其他同学知不知道？

以前从没人在她面前提过，上次同学会也没有。

稍做犹豫，顾影拿过一旁的手机给何语梦发了条微信：问你件事，你知道我的家庭情况吗？

何语梦回复得很快：你是指……你是孤儿这件事？

这个回答在顾影的意料之外，却又不是那么意外。

顾影定了定神，又问：你们都知道了？

何语梦：是呀，高二的最后一次月考结束没多久，有一次班长从老师办公室回来，说无意间听到班主任和你在谈话。那天早自习，班长跟同桌说的时候，同桌因为诧异声音大了点儿，被我们都听到了。这又不是什么丢人的事，你怎么突然问起这个？

她的话让顾影回忆起那几天发生的事情。

高二最后一次月考考完的第二天，也就是收到江恂短信的第二天，放学回到家，顾影被李美告知她怀孕了。

当时大大咧咧的顾影还因为自己即将有个弟弟或妹妹而开心到转圈，可是李美的下一句话让她的心情从天上掉到了谷底。

"我们家目前的经济情况不好你也知道。"李美坐在凳子上，抚摩着自己的肚子，"我现在怀孕了什么事都做不了，小影，你看你成绩也不好，要不还是辍学算了。"

"什么意思？"顾影不知是没听懂还是不愿听懂。

"我的意思是，你读完这学期就别读了。"李美重复了一遍，这次是看着她的眼睛说的。

顾影的脑子嗡嗡作响，她像是想抓住最后一根稻草，急忙说："我可以自己赚钱，你看，我都没问你们要过生活费，再说，只有一年就高考了。"

"是，生活费你可以自己挣。"李美说，"但是学费呢？学费一年要近三千块，这对我们这个家庭可是一笔不小的开支，你辍学了还能帮家里减轻点儿负担。"

"我读完书报答你们行不行？"顾影朝李美走近了两步，"你让我读完高中行不行？要是没考上大学，我就去打工。"

"我上次问了老师，你这成绩很难考上好的大学。"李美看了一眼另外一边的顾之年，"我跟你爸商量过了，要不你辍学，要不——"

像是觉得接下来的话不好说出口，李美垂下眼帘，声音也低了几分："要不你还是回儿童福利院吧。"

这句话像一张密不透风的网笼罩在顾影身上，她瞬间感觉呼吸困难，又像被泼了一盆冷水，从头凉到脚。

顾之年似乎于心不忍，犹豫地说："要不读完高中也行。"

"你有钱吗？！"李美立马反驳了他一句，说完又转向顾影，"你也别怪爸爸妈妈，家里就是这么个条件，你看你边打工边读书也很辛苦，不如干脆辍学算了。"她脸上带笑，嗓音轻柔，以为这样就可以降低事情本身对顾影的伤害。

顾影只觉得恶心到不行。她咽了咽口水，坚决不让自己流眼泪。

一阵很长的沉默过后，她平静地问："你们当时为什么要收养我？"

"是因为我十五岁了可以干活儿了是吗？"顾影看了看李美，又看了看在窗户旁默默抽烟的顾之年，"我初三毕业那年来到这个家，除了学费没花过你们一分钱，但我仍感激你们，因为你们给了我一个家。"

"我选择回儿童福利院。"顾影扬起小脸，在另外两个人惊讶地看过来的时候，嘴唇勾起一个弧度，"麻烦你们办一下手续，我随时可以走，欠你们的钱，我也会还。"

话音落地，她头也不回地进了房间。

那时的收养手续虽说简单，但他们办理也要一个过程。

顾慈知道这件事后第一时间把她带回了儿童福利院，之后还跑了一趟学校，跟老师说明她的情况。

重新回到儿童福利院的顾影，情绪一直很低落。班主任当然注意到了，某天早自习前，她被叫到了办公室，班主任对她进行了一番心理疏导和安慰。

那种再次被抛弃和差点儿辍学的恐慌等回到教室后彻底被释放出来，她终于忍不住哭了出来。

一片早读声中出现了一个非常不和谐的抽泣声，朗读声逐渐减弱，大家都循着声音看了过去。

顾影沉浸在自己的世界里，悲伤到不能自拔，压根儿没发现大家投来的带着好奇以及怜悯的目光。等她反应过来时，发现大家都停止了朗读，她狼狈得想要跑出去。

可是下一秒，教室里又响起抑扬顿挫的读书声。

顾影偷偷地朝周围看了一眼，发现每个人都在认真地读书，没一个人注意到她在哭，仿佛刚刚的停顿是她的幻觉。

现在想来，他们当时已经知道她的家庭情况，估计是为了不让她难堪佯装看不见。

一种无以名状的情绪排山倒海地朝顾影袭来，她很幸运能遇到这么好的同学。

原本孤儿和父母双全的人在这个世界上是没有区别的，那种戴有色眼镜的人多了，才会让孤儿成了特别的存在。

对比昨天李思怡的前男友的行为，人性的善与恶在她的同学和他身上体现得淋漓尽致。

李思怡的来电打断了顾影的思绪。

“起来没？”

“醒了，还没起。”顾影按了按太阳穴，躺回床上。

“听小杰说昨晚是江恂送我们回来的？”李思怡问。

顾影嗯了声，目光落到床头柜上的水杯上时，微微一顿。

“那……”李思怡似乎有些心虚，“我没说错话吧？”

“如果不算你把江恂当成是过来搭讪的，并问他是不是看上你了的话，应该没有。”顾影说。

酒后做错事说错话不可怕，可怕的是第二天有人帮你回忆，李思怡恨不得扇自己一巴掌：“我喝醉了，对不起。”

“你跟我说对不起干吗？”顾影失笑，“开玩笑呢，没事，他不会计较。你好些了没？”

李思怡自然知道她问的是什么，自嘲地笑了笑：“这才过去一天，姑娘，我跟他好歹谈了一年多，也真情实感地喜欢过他，一夜之间全部忘掉好像有点儿难。我倒不是还喜欢他，就是为自己这一年的付出感到不值而难过。”

“就当是教训吧。”顾影说，“以后别那么傻，你要多为自己考虑。”

“嗯。知道了。”李思怡问，“昨天江恂抱你回家的？”

顾影忽略她话里的揶揄，盯着那杯水看了很久，说：“我昨天告诉他我是孤儿，结果人家早就知道了。”

“这就证明他不在乎这种身世差距，我发现了一个问题，”李思怡说，“我觉得一个人的家庭情况可以在他的自身气质上体现出来，就好比江恂，你看他那种从内而外散发出的自信就知道，他一定是在健康、和睦并且充满爱的环境下长大的，这种人反而不会有那么多偏见。"

"你为什么跟我说这个？"顾影讷讷地问道。

"你不是已经清楚自己的感情了吗？"李思怡笑了笑，"我觉得江恂应该还喜欢你，你可以试一试。"

"是吗？"顾影不确定。

怎么说呢？她可没觉得自己能让一个人惦记这么久，还是在她对不起对方的前提下。

退一万步讲，就算江恂对她有一点点好感，也不在乎两个人之间的身世差距，但总有人在乎，比如他的家人。既然这样她为什么要去做一件明知道不会有好结果的事情？

她都不知道自己在纠结什么。

"在你眼中江恂是那种爱管闲事的人吗？"李思怡的声音再次响起，"我这个才见过他两次面的人都能看出来他不是，你说他昨晚为什么要送我们回家？"

"我们好歹是同学。"顾影不知道是在安慰自己还是在说服李思怡。

"不确定就去问，喜欢就去追。勇敢一点儿，小霸王。总之不要让自己后悔就对了。"电话那端响起了敲门声，李思怡说完站起身，"我的外卖到了，不跟你说了。"

顾影原本一团麻的思绪，因为李思怡那句让她勇敢的话被理顺了一些。一直压在胸口的巨石，像是被人敲碎了一小块。

所以，她这段时间所有的担心和纠结都是因为自卑和胆小？

好像确实是这样，她这辈子的勇气都在以前用完了。但李思怡不知道的是，她顾虑的不只是这些。

通话结束后，顾影发现手机上有一条未读消息。

J：醒了就到楼下来。

顾影想起昨夜的种种，有些不好意思面对他，但还是回了个"好"。

十五分钟后，她出现在江恂家的客厅。

当她知道对方是叫她过来吃饭时，委实有点儿受宠若惊。

"愣着干什么？"已经走到餐厅的江恂回过头来，示意她跟上，"过来吃东西。”

“哦。”顾影走到餐桌前坐下，发现面前摆着的是一碗热气腾腾的蘑菇肉丝面。

“这是你做的？”她头也没抬地问。

“嗯。”江恂似乎笑了，很轻的一声笑，几乎可以忽略，“老板说蘑菇是早上摘的，没毒。”

顾影开始埋头吃面，眼皮都没抬。

“你说老板怎么知道这个蘑菇有没有毒？”

“……”

“我猜是蘑菇自己说的。”江恂问，“你觉得呢？”

“江恂。”顾影忽地抬起头，“你吵到我吃面了。”

“……”

“你不觉得你今天话太多了吗？”顾影乘胜追击，“安静点儿。”

“看来你酒醒了。”江恂靠在椅子上，看她说完又低下头吃面，不恼反笑，“蘑菇长刺了。”

不得不说江恂做的蘑菇肉丝面还挺好吃，顾影由衷地称赞：“面很好吃。”

“主要是蘑菇新鲜。”江恂说。

顾影忍了忍，继续说：“昨晚谢谢你。”

“客气。”比她先吃完的江恂没离开座位，而是拿出手机浏览朋友圈。

“那个，我朋友说让我代她向你道谢，还有……”顾影顿了顿，又低声吐出两个字，“道歉。”

江恂懒懒地抬眼：“道什么歉？”

“她说她昨晚说错话了。”顾影答。

“哪句？”江恂转着手机，不紧不慢地问。

“应该是误会你搭讪那句吧。”顾影说。

江恂尾音上扬：“只有这句说错了？”

顾影反问：“不然呢？”

江恂盯着她的眼睛看了几秒，眉梢微抬：“你说呢？”

“我不知道。”顾影继续低头吃面。她好像知道他意有所指，但她不知道该怎么回答。而她没想到，更难回答的问题还在后面。

两个人吃完面回到客厅，江恂给她倒了杯水，问：“昨晚有人欺负你了？”

“没有。”顾影听他又扯起昨天的话题，心想早知道就直接上楼了。

“那你昨晚哭什么？”

“喝醉了，头痛。”

江恂的目光落在她仍然有些红肿的眼睛上，他懒懒地道：“我还以为你是舍不得你那学长，一回来就喝酒，还哭。”

“怎么可能？”顾影说，“你不是也说了吗，我又不喜欢他。”

“那你喜欢谁？”江恂拿过遥控器打开电视，也没看她，像是随口一问。

顾影像是没听到他的这个问题，认真地解释：“我昨晚喝酒是为了陪李思怡，就是我那闺密，她被前男友戴了绿帽子；我哭是因为昨天听到那男的骂她，说了很难听的话。”

“说她是孤儿？”江恂嗤笑，“但凡脑子正常的人都不会把这个词用来骂人。”

顾影低下头。

“他不会还说你的闺密配不上他吧？”江恂悠悠地说，“他活在清朝呢？”

顾影感觉江恂意有所指。

“你还理这种人做什么？”江恂说，“孤儿这个词只能代表你的出身，就好比我，很多人看到我也会说这是谁谁谁的儿子，这是一个道理，懂吗？”

“江恂，”顾影抬眼，“你今天话真的很多。”

江恂伸手重重地揉了一下她的脑袋，给气笑了：“那你忍着点儿。”

顾影理了理被他弄乱的头发，嗯了一声：“知道了。”

虽然他一直问自己为什么哭，但顾影总觉得他好像知道什么，并且借由批评渣男间接地安慰自己。

她低落的心情因为听了江恛的一席话轻快了不少，跟外面放晴的天气一样。

顾影的好心情一直维持到了第二天的白班。

午休时间，顾影跟孔莹、邓佳佳三人在食堂吃饭。

邓佳佳中途出去了一趟，回来时手上多了一盒比萨："来，吃比萨。"

"咦，有情况。"孔莹冲她挤眉弄眼地道，"我看你上午才发朋友圈说想吃榴梿比萨，现在就有人送过来了，男朋友送的？"

邓佳佳大方承认："是呀。"

"不会就是你经常说的那位男神吧？"孔莹兴致勃勃地问。

"就是。"邓佳佳把比萨盒打开，推至饭桌中间，"吃！"

"哇，你真的追到人家了。"孔莹探身过去，眨了眨眼睛，"快，教我一些秘诀呗！"

"你有喜欢的人了？"邓佳佳眼睛微眯，"我怎么不知道呢？"

"我自己都不知道。"孔莹不自在地说，"才见过一次呢。"

"一见钟情啊，我懂。"邓佳佳笑眯眯地道，"这个我有经验。"

"那你快教教我。"孔莹催促。

一直在旁边笑着听她们聊天的顾影，这会儿也不免往桌前凑了凑。

"我跟你们说，"邓佳佳神秘兮兮地推了推鼻梁上的眼镜，身子都快趴在餐桌上了，"最重要的一点是——"

"是什么。"顾影手里还抓着筷子，眼睛紧紧地盯着邓佳佳。

邓佳佳转而看向她，一字一顿地道："欲，擒，故，纵。"

孔莹舔了舔唇："那个，可不可以具体点儿？"

"就是你一开始要主动点儿，不管是发微信消息也好还是出现在他面前的次数也好，要频繁一点儿，然后突然哪天你就收住，不联系他，等他来找你。"邓佳佳绘声绘色地说。

"有没有可能你突然不联系，他也察觉不到呢？"顾影问。

"那他就是不喜欢你呗！"邓佳佳说，"我们这么做就是为了弄清楚他喜不喜欢自己。"

"哦。"顾影若有所思地点点头。

"咦，小影姐。"邓佳佳忽然抬起头看向顾影，表情变得耐人寻味，"你怎么也这么感兴趣？"

"对呀。"孔莹也发现了这一点，"你也有喜欢的人了？"

顾影迅速坐直身子，清了清嗓子："怎么，不可以有吗？"

"真的？"孔莹捂住自己的嘴，很快又拿开，"是谁？是我们医院的吗？"

"不是。"两个小姑娘满脸期待地看着自己，顾影忽然觉得跟她们聊聊也不是不行，"是一个我喜欢了很多年的男生。"

"啊？"邓佳佳的嘴里塞满了比萨，她说话有些含糊，"那你还没追到？"

孔莹说："那男的不喜欢你？"

顾影言简意赅："我之前不是出国了嘛，就错过了。"

"久别重逢啊，这种最容易擦出火花。"邓佳佳感叹，接着话锋一转，"小影姐，那我再教你一招。"

顾影笑："好。"

"就是在两个人的相处过程中你有意无意地进行肢体接触，你自己把握尺寸，那种要碰不碰的效果更好。就你这长相，我觉得没几个男人能经得住你撩拨。"邓佳佳小脸一扬，仿佛在说"信我没错"。

顾影失笑，暗道江恫可不吃这套。记得上次在酒吧有女孩想靠过来，他面无表情地闪开了，动作从容又及时，明显不给任何人靠近的机会。

现在让她像以前那样肆无忌惮地去表达，她可能做不到。她以前不怕拒绝，觉得你现在不喜欢我没关系，那我就一直追，只要我不放弃，总有一天你会喜欢上我。

但是现在，她怕被拒绝，所以只能循序渐进。

"你说现在的男生怎么这么幸福呀，都是女孩子主动。"孔莹吃完擦了擦自己的嘴角，继续说，“我哥也是，前几天有个邻居家的女儿从国外回来，回来的第一天就声称要追我哥。”

“你哥？”顾影心口微微一窒。

“嗯，就是你同学。”孔莹继续说，“他那性格，估计难追。”

接下来她们在聊什么，顾影都没能听进去，脑子全被“现在有人在追江恂”这个消息占据了。

这就好比面对一个田径项目，你还在纠结要不要参赛的时候，那边已经有人开始比赛了。

这件事直接刺激到了顾影。如果赛后的奖品是和江恂谈一场恋爱，她怎么也要搏上一搏。她这次不再是靠年少的无畏，而是成年人的勇敢。

顾影以前追江恂的时候，从没研究过方法和技巧。她记得自己最常用的手段是找他借东西。今天借支笔，明天借本笔记，这样一借一还，就有两次接触的机会。她觉得这个方法还挺管用，故技重施也不是不可以。

第八章

跟我撒娇呢

顾影最近睡眠不大好，在网上买了个有助于睡眠的香薰蜡烛。

晚上当她拿出香薰蜡烛打算使用的时候，发现家里没有打火机。之前她还一直在想怎么找借口去接近江恂，这不，借口就送上门来了。

客厅里，孔莹坐在沙发上玩手机。

顾影经过的时候，随口说："我买了香薰蜡烛，没有打火机，去楼下找你哥借一个。"

"去吧。"孔莹的心思根本没在她身上，甜甜的嗓音表明了她此刻的好心情，眼睛盯着手机屏幕，不知道在和谁聊天。

顾影莞尔，这姑娘恐怕怎么也想不到顾影喜欢的男生就是她哥。正好顾影现在也不希望孔莹知道，免得节外生枝。

顾影穿着宽松的针织衫和家居裤，又一次站在了江恂家门口。

她按下门铃没多久，江恂便出现在眼前。

许是在可视电话里看到了她，男人斜倚在门框上，脸上没有丝毫意外："你找我？"

顾影之前下楼时心情还算平静，见到他的这一刻突然变得紧张起来。她用手不自觉地揪着衣服下摆，强装镇定地说："我想借你的打火机用一下。”

江恂的视线在她白皙的手指上轻轻扫过，眼尾一扬：“可以，你先进来。”他说完侧过身子让顾影进来，关上门后率先往里走，“打火机在书房，我去拿。”

顾影进入客厅后没有到沙发前坐下，而是站在入口处等他。

不一会儿，江恂拿过来一个打火机递给她，问：“你要打火机做什么？”

“点香薰蜡烛。”顾影接过打火机，还是上次那只银色的。

江恂缓缓点头，继而又问：“要喝水吗？”

“好呀。”顾影顺势接了话。

“随便坐。”江恂丢下这句话去了餐厅，再回来时手上多了一杯水。

顾影接过喝了一口，水是温的。

两个人坐在沙发上，一时都没有说话。

江恂拿过遥控器打开电视。电视的声音一出来，瞬间缓解了空气中似有若无的紧张气氛，电视里面播放的是体育赛事。

顾影看了两分钟，开始笨拙地拉话题：“你刚刚是在工作吗？”

“没有，玩游戏。”相比坐姿拘谨的顾影，江恂的坐姿闲适懒散，没有半分不自然。

“哦，你很喜欢玩游戏？”顾影又喝了一口水，尽量让谈话显得自然一些。

“怎么？”江恂悠悠地反问，“觉得我不务正业？”

“不是。”顾影差点儿被水呛到，扭头看向江恂，神情无比认真，“我没这么觉得，你不是做游戏的吗？这很正常，再说我不觉得玩游戏就是不务正业。”

“你玩游戏吗？”江恂单手撑着自己的脑袋，懒洋洋地问。

“没玩过，不会玩。”顾影的唇弯了弯，她似开玩笑一般说，“要不你下次教我？”

江恂的目光在顾影的脸上停留几秒，在她马上就要维持不了镇定的时候，他忽然开口：“好。”

顾影的嘴角悄悄上扬了些许，她把水杯放在茶几上，开始看电视。

过了半晌，身边响起一阵铃声，是那种千篇一律的微信视频通话邀请铃声。顾影转头，见江恂拿起手机直接拒接了对方的视频邀请，连眼皮都没抬一下。

“我先上去了，打火机明天——”顾影怕自己在这里影响他跟别人的视频通话，打算起身离开。

怎知话说到一半，江恂的手机又响了，这次是语音通话邀请，他没有挂断，选择了接听。只不过手机被他随意地丢在沙发上，都没有拿起来。

“江恂，”电话那头传来一个嗓音清脆的女声，“你为什么不接我的视频？”

顾影听到这个声音，没来由地想起孔莹的话，这该不会就是那个追他的女孩吧？她顿时放弃了回家的想法，决定再留一会儿。

“有事说事。”江恂的声音很冷淡，是那种疏离的冷淡，就跟刚重逢时跟顾影说话的语气一样。

“没事就不能找你？”女孩说完自己觉得底气不够，似乎怕江恂挂电话，连忙改口，“当然有事，我这周六生日，邀请你参加我的生日聚会。”

“没空。”江恂说。

“我刚刚问了唐科，他说你那天有空。”女孩不满地道。

顾影的眼睛一直盯着前方的电视屏幕，听到这句话，她偏头往江恂那儿看了一眼。视线越过他落在他右手边的电视遥控器上，她忽地起身，上半身朝江恂探去。

江恂正要挂掉电话，一个人影靠近，伴随着好闻的玫瑰清香扑鼻而来，几缕头发从他的锁骨上划过。

他的身子微微一僵。眼前是女孩白皙的侧脸，灯光下，细小的绒毛清晰可见，小巧的耳垂上透出晶莹剔透的粉色。

江恂靠在沙发上，喉结上下滚动了几下：“你做什么？”

电话里的女孩纳闷儿地问：“什么意思？”

江恂没作声，视线停留在顾影的脸上，他伸出手在面前粉白的耳垂上弹了一下：“问你呢。”

顾影下意识地偏头看过去，撞上了一双明亮的黑眸。由于两个人离得很近，适才江恂说话时带出的浅浅呼吸尽数喷在她的耳侧，那块肌肤酥酥麻麻的，有些痒。

顾影眼睫轻颤。对视两秒后，她错开视线起身，手里拿着一个遥控器在他眼前晃了晃：“我拿这个。”

“是谁？”电话里的声音陡然变得震惊，“江恂，你那儿有女孩？你交女朋友了？”

“跟你没关系。”江恂说完，随手结束了语音通话。他的视线一直没从顾影身上移开。

感受到他的眼神带来的压迫感，顾影进一步解释：“我想换个台。”

“是吗？”江恂挑眉看过来的模样，相较于平常的漫不经心多了几分玩味。

顾影立马坐直身子，理了理自己的头发，手拿遥控器不停地换台：“是呀，我不喜欢看体育频道。”

江恂注意到她的耳朵由粉变红最后变成深红，并且变红的区域在一点点扩大，最后连锁骨那一块都红了。他垂下眼帘藏起里面的笑意。

顾影随意调了一个台，状似无意地问：“刚刚电话里的是你的朋友？”

“嗯。”

“你们关系很好？”

“还行。”

“她这么晚还打电话给你，是不是喜欢你？”

“不知道。”

“你……”顾影忽地扭头，撞上一双含笑的黑眸。

她眼神闪了闪，温暾地问：“笑什么？”

“笑你幼稚。”江恂饶有兴致地瞧着她。

“我怎么幼稚了？”顾影的心脏快要跳出嗓子眼儿，她以为自己的小伎俩被识破了。

“不幼稚还看动画片？”江恂的目光从她脸上移至电视屏幕上。

顾影跟着看过去，这才发现里面正演着《喜羊羊与灰太狼》。她刚刚压根儿没注意。

顾影几乎是从江恂那儿逃回家的，不过她留给对方的背影应该还算从容淡定。

她后来胡乱解释一通说自己有童心，还说这部动画片最近在网上很火，才勉强敷衍过去。

别人都是一回生二回熟，到她这儿正好相反。她现在做这种事远远没有高中那会儿得心应手。

顾影躺在床上，摸了一下刚才被江恂碰到的耳垂，觉得那里的温度高得烫人。回想起江恂今晚的反应，顾影暂时还摸不清他的态度，但有一点她可以确定，他好像不排斥自己的靠近。

总体来说，她还算满意自己今晚的表现。

之后几天顾影没去找江恂，直到周六。

她想起有一段时间没去儿童福利院了，便打算下班后去看看。

公交车上，顾影回忆起那天晚上电话里那女孩说过的话，对方好像说今天过生日来着，不知道江恂去了没。

顾影握着手机，屏幕上是跟江恂的微信对话框。

她打了一句“你在干什么”，又删掉了，删删改改几次最后干脆退出了微信。她倒不是怂到不敢问，只是觉得这样做好像不尊重他。

顾影感觉自己那天晚上的行为已经有些过了，毕竟才开始主动，还是得循序渐进，不能着急。

到了儿童福利院，顾影意外地发现门口停着一辆熟悉的黑色越野车。

她眉眼弯了弯，这么巧？江恂也来了？所以他没去参加那女孩的生日聚会？

顾影心中一喜，连带着往前走的脚步都轻快了不少。

她先是把买来的零食分给孩子们，儿童福利院一般不让人送零食过来，但是顾影上次答应过几个小朋友，不能食言，所以便让李院长通融通融。

送完零食，顾影在儿童福利院外面绕了一圈也没看到江恂。按理说，车子停在外面，人应该没走才对，怎么会找不到？

见天色已晚，顾影没再找他而是来到了顾慈居住的后院。

还是那块菜地，此时顾慈坐在躺椅上，身上盖着一层毛毯，而她身边站着的是顾影之前一直在找的江恂。

顾影脚步一顿，震惊地瞪大了眼睛："江——"叫到一半她突然想起什么，"恂"字硬生生被她吞了回去。

前面的两个人闻声齐齐回过头来。

"小姑娘，你又来了？"顾慈显然又不记得人了。

江恂倒是没有多惊讶："刚来？"

"来了一会儿了。"顾影边说边走过去，"冷不冷啊？"她摸了摸顾慈的手，还好不是很凉。

"都春天了，怎么会冷？"顾慈把手抽回来，仰头对江恂笑了笑，"不理她，我们继续聊天。"

江恂扫了一眼顾影瞬间变得郁闷的小脸，低笑了声："行，您继续，我听着。"

"咦，我有没有说过我有个很喜欢的女儿？"顾慈看着远处的崇山峻岭，微笑着说，"她叫小影——"

"妈！"顾影及时打断顾慈，"你别逢人就说她。"

顾慈白了顾影一眼："关你什么事？我就喜欢我们家小影，就爱说她。"

看着跟小朋友一样的院长妈妈，顾影无奈地咬了咬牙："你说说思怡呀。"

"也行。"顾慈笑了笑，"等会儿，等我说完小影。"

顾影："……"

"我们家小影，嗯？我说到哪儿来着？"顾慈看着江恂问。

“您说小影从外面捡回来一条被汽车撞伤的狗。”江恂提醒。

“哦，对。”顾慈说，“那条小狗浑身是血，把小影的衣服也蹭得到处都是血，我吓坏了……”

顾影现在是什么感觉呢？就好像你在看电视，发现主角正准备告诉反派一个至关重要的秘密，你急得在房间里打转，非常想钻进去阻止主角。

她现在虽然没隔着电视屏幕，但是隔着一层看不见的屏障。主角根本不为所动。

“告诉你一个秘密。”顾慈朝江恂招招手，后者从善如流地俯身靠过来。

“我们家小影有个——”

“妈！你别说了！”顾影忽地在边上大喊了一声，还试图去捂顾慈的嘴。

顾慈把她的手挥开，转头瞪了她一眼：“你干什么？吓死我了。”

顾影的眼皮微微一跳，你吓死我了才对！她现在都不敢去看江恂的眼神，不知道对方对她的这种行为会作何感想。

幸好院内的工作人员过来叫顾慈去吃饭，及时把顾影从这种尴尬紧张的状况中解救了出来。

“快去吃饭，不然等会儿赶不上新闻联播了。”

顾影的这句话很奏效，顾慈听到立马起身去食堂。她边走还边回头说：“小伙子，下次继续。”

“行。”江恂笑着朝她点点头。

待她走远，顾影回头看向江恂：“你们很熟？”

“嗯。”江恂的语气散漫又耐人寻味，“所以你根本没必要阻止。”

顾影心里一紧：“什么意思？”

江恂无声地勾起了一个笑：“就是我已经听过不止一遍了。”

这句话给了顾影当头一棒，打碎了她的天真。她舔了舔唇，不死心地问：“她跟你说什么了？”

江恂瞧她的脸色比刚刚白了几分，无视她的问题，抬脚往外走，问："你小时候就住这里？"

"对。"顾影跟上，"所以院长妈妈到底跟你说了什么？"

走出后院，江恂不紧不慢地道："带我逛逛？"

"江恂！"顾影停下脚步，隔着几步远的距离看着他。

"怎么了？不愿意？"

"不是，"顾影底气不足，只好又走了过去，"你先告诉我，我再带你逛。"

"她难道没跟你讲过？"江恂瞥了她一眼，"这也要问我。"

"也许讲的不一样。"顾影小声解释，"她现在记性不好，很多东西都记不清了，有些可能是乱说的，如果是有损我形象的事情，我总得澄清吧？"

"我自己会判断。"江恂说。

顾影忽然冷静下来，江恂不肯说就算了，反正说与不说，左右尴尬的都是她。再说了，以前她很喜欢他这件事，他自己也知道，不是什么秘密。

然而她刚在心里放弃，江恂便悠悠地开口："她说你有一个非常——"

顾影被他不急不缓的语气弄得心跳加速："什么？"

江恂笑了："一个非常有意思的小名，叫小霸王。"

顾影舒了一口气："这件事你不是知道吗？"

"是呀，我都知道。"江恂将她黑色卫衣的帽子套在头上，用力揉了揉她的头，"那你紧张什么？"

"我不紧张。"

初春的傍晚，夜风很凉，戴上帽子瞬间暖和很多，顾影也就没有把帽子拿下来。

江恂没理她的口是心非，继续往前走："走吧，你现在可以带我逛了？"

"可以。"顾影把他带到了前坪，这里有滑梯、跷跷板、秋千等一些游乐设施。

“我小时候经常在这里玩。”顾影面带微笑，“不过这个滑梯换过了，以前只有直的斜坡，没有这些弯曲的。”

“开心吗？”江恂问。

“嗯？”顾影扭头，有些不懂他的意思。

天色已经暗下去，这个时候小朋友们都在吃饭，院子里的灯没打开。

江恂盯着顾影那双在黑暗中异常清澈明亮的双眸，轻声问：“我说，玩滑梯开心吗？”

“开心，”顾影的眼角染上笑，“很开心。”

江恂眼帘垂下，下巴朝那边抬了抬：“去玩一下。”

“现在？”顾影摇头，“我不要。”

“你不是说你有童心？”江恂往旁边走了两步，坐在秋千上，长腿伸直，姿态懒散。

“你不是说我幼稚？”顾影反问。

“我又没说幼稚不好。”江恂随意地说，带了几分吊儿郎当的味道。

顾影脸上一热，总觉得他指的不是看动画片和玩滑梯之类的幼稚。她转过身，用手摸了摸滑梯表面，忽然想到了什么，动作一顿。

“江恂。”顾影没回头。

“嗯？”江恂拿出手机看了一眼时间。

“问你一件事。”顾影说，“就是，你记不记得我出国之前跟你打过一个电话？”

江恂盯着她的背影眸光闪动，似乎意外她会主动提起这件事：“记得。”

“那……我说什么了？”顾影用手无意识地在滑梯上摩擦，在戴着帽子又背对着他的情况下这些话似乎很容易问出口。

江恂一愣，原本有些期待的眼神渐渐冷了下来：“就是说，你不记得了？”

“我那晚喝了一点儿酒。”顾影感觉到江恂的语气不对劲，说话变得小心翼翼起来，“第二天起来才发现手机上有跟你的通话记录。”

要是顾慈知道她把一瓶二锅头说成“一点儿酒”，大概会气得敲她的头。

“那你觉得自己会说什么？”江恂问。

“我不知道，什么记忆都没有，完全断片儿了。”顾影说。

“转过来。”江恂没什么情绪地吩咐。

“啊？”顾影缓缓地转身，发现江恂站到了她眼前，周身顷刻间被他熟悉的气息包围。她下意识地想往后退，但身后是滑梯，已经无路可退。

“江恂你别站这么近。”

“心虚？”江恂微微俯身，眼睛微微地眯着，“我想看看你是不是在说谎。”

“我没有。”顾影低下头，一副做错事的模样，“真不记得了。”

她原本就戴了帽子，这会儿又耷拉着脑袋，他完全窥探不到她脸上的表情。

“可以。”江恂轻声嗤笑，“你真是……”

顾影终于抬头。

黑暗中只有从身后那幢楼的窗户里透出的一点微光，借着这点微光，顾影能看清江恂紧抿的唇以及他根根分明的睫毛。

两个人无声地对视，半晌，江恂紧抿的嘴角放松，他伸手把顾影的帽子往下一拉：“你可真能耐。”

顾影整理好帽子，发现江恂已经转身往儿童福利院大门走去。

“你是要回去了吗？”顾影连忙跟上，“等我一下，我进去打声招呼，跟你一起走。”

江恂脚步不停，也没应声。

顾影犹豫一秒，还是往后院跑去。她跟顾慈和李院长说了声“再见”，很快又跑了出来。

大门外，江恂正好启动发动机。

顾影跑到副驾驶座这一侧，手轻轻一拉，门就开了。

她开心地坐上车，系好安全带：“谢谢。”

话音未落，车子已经驶了出去，速度快得顾影惊呼：“慢点。”

顾影说完发现车速明显降了下来。她偷偷瞄了他一眼，昏暗的灯光下，男人的下颌线紧绷，他似乎不大高兴。

“江恂。”顾影讷讷地问，“你在生气吗？”

江恂轻睨了她一眼，仿佛在说：不明显吗？

“是因为我？”顾影又问。

江恂又投来轻飘飘的一眼：这不废话吗？

顾影不知道他生气的点是跟遗忘本身有关，还是跟她遗忘的内容有关。

她也不知道自己到底做错了什么，但她现在是一个追求者，只好选择哄人：“我请你吃饭吧？你别生气了。我们小区门口新开了家火锅店，我请你吃火锅行吗？”

江恂轻笑了一声，那笑声说不上愉悦，似是自嘲：“行。”

到了火锅店，等服务员上菜的间隙，顾影问服务员要来一盆热水烫碗。

她拆了两套碗筷丢进装了热水的不锈钢盆里，等了几秒，正要去捞，钢盆被江恂拖到了他面前。

“保护好你拿手术刀的手。”

简简单单的一句话像是在顾影心口撞了一下，那里一阵发软。

她还没来得及感动，又听到他说：“其实烫这么一下没用，杀菌的话至少要五分钟。”

她烫个心安不行吗？

顾影接过碗，想起刚刚的事情，忽然问：“你吃完火锅能不能告诉我那晚我到底说了什么？”

江恂让服务员把热水端走，没回答。

“行吗？”顾影又问。

“我告诉你，你敢听吗？”江恂扬起头，直直地盯着她，语气似威胁又似挑衅。

顾影突然沉默下来，她好像不是那么想知道答案了。以她当年对江恓那种毫不掩饰的喜欢，在那样的状态下，她指不定会说出什么让她听了想穿越回去捂住自己嘴巴的话。

"那算了。"顾影见菜上来，端起一盘土豆片下进锅里，"饿死了，快吃。"

话音落地，她隐约听到对面传来一声嗤笑。

他又在嘲笑她了。

自从那天邓佳佳给顾影和孔莹传授经验后，邓佳佳每隔两天就要问一次她们情况。

"怎么样？有没有效果？"又是一天中午用餐的时间，邓佳佳像极了抽查家庭作业的老师，一上桌就开始问。

"目前看来还行。"顾影说，"他不排斥我的靠近。"

"那我问你，他原本就是那种好接触的人吗？"邓佳佳问。

"不是。"顾影想起江恓对待陌生人的态度，笑了，"应该算比较难接近的类型。"

"你有戏。"邓佳佳开始批改作业，"那就证明他对你是特别的，加油，你追到他指日可待。"

顾影："……"

"你呢？"邓佳佳又转向孔莹，"情况怎么样？"

"不怎么样。"孔莹无精打采地扒着碗里的饭。

"什么意思？"邓佳佳又问。

"就是我往湖里丢下一颗石头，以为能激起水花，哪知道湖面上结了一层厚厚的冰。"孔莹说，"我的石头丢不进去，他压根儿就不懂。"

"那你慢慢将冰融化吧。"邓佳佳拍了拍她的肩膀，"加油，你追到他……也指日可待。"

孔莹："……"

接下来邓佳佳又教了她们几招，顾影没怎么听进去，因为她手里还握着一个能随时见面的筹码——打火机她还没还回去。

前几天顾影值了几个晚班，夜里上班白天睡觉，没时间去找江恓。

倒是他有天晚上发了条消息问顾影在不在家，当时她在上班，第二天早上才回复，还换来了他的一句调侃：楼上楼下还有时差？

晚上回到家，顾影看了桌上的打火机很久，还是决定把它还回去。

结果到楼下按门铃，她发现江恂不在家。

孔莹的话犹在耳侧，顾影莫名地开始紧张，他该不会被别的女孩约出去了吧？

她边返回楼上边给江恂发微信：你不在家？

等了一会儿没等来回复，顾影干脆放下手机进了浴室。

她洗完澡出来，江恂的消息已经发过来了：不在，找我？

顾影回复：还打火机。

这次那边回复得很快：你用着就是。

他这是无形之中把她的后路堵死了。

顾影不死心地又发过去一条消息：要还的，你什么时候回来？

江恂回了两条消息过来，一条是文字消息：在外面出差。还有一条语音："这么着急还，是怕我收租金？"

男人用一贯漫不经心的语调开着玩笑。安静的空间内，顾影听红了耳。

她对他的喜欢一旦不去刻意回避和压制，就会开始泛滥。她听到他的声音都会心跳加速。

顾影顺着他的话回复：是呀，怕付不起。

没等他回复，顾影又发了一条消息过去：所以你可不可以不收？

海市。

江恂和唐科坐在一辆平稳行驶的汽车上。

累了一天的唐科靠在座椅上闭眼休息，听见江恂低低的说话声，他忽地睁眼看过去："跟谁聊天呢？还发语音？"

江恂像是没听见他的话一般，眼皮都没抬一下，视线紧紧地盯着手机屏幕。对话框内进来一条消息，他低头正欲打字，紧接着又跳出一条消息。江恂一愣，勾了勾嘴角，眉眼间尽是愉悦。

“你发情了？”唐科坐直身子想去看江恂的手机，“跟谁聊天呢？邀你参加生日聚会的那妹子？”

江恂快速打了几个字发过去，这才回应唐科：“谁？”

“就是你那邻居。”

江恂微不可察地蹙眉：“不是。”

“那是谁？”唐科问。

“跟你有关系？”江恂又看了一眼手机，似乎在看对方回消息没。

唐科不以为意：“呵呵，你不说我也知道，顾医生呗。”

江恂闻言脸上的表情没有丝毫变化，唐科见状也没了揶揄的心思。

他们这次过来是找国内一个专业游戏团队合作，想用他们新开发的游戏开展一次竞技比赛，以提高这款游戏的知名度。但目前的进展并不是很顺利，他们估计还要在这儿耗上几天。

离开饭店坐上车之前江恂的面色都不是很好，很明显这会儿阴霾被一扫而空。顾医生是对他施展了什么魔法吗？

被认为会魔法的顾影此时红着脸把自己埋在被子里。手机被她丢在一边，亮起的屏幕上是跟江恂的微信对话框，最后一条消息来自两分钟之前：跟我撒娇呢？

一种被戳中心思的羞耻感让她直接把手机扔在了一边。她觉得自己表达得够隐晦了，给小心思都套上了一层保护膜，结果被他直接挑破，暧昧瞬间溢出屏幕。

顾影不知道怎么回复他，干脆不回。隔了没一会儿，她又想，如果不回复不就坐实了他的说法吗？思虑再三，她决定回一条看起来很自然的话。

平复了好久的心跳在顾影拿回手机点开屏幕的那一刻又一次失常了。顾影的目光特意避开那行字，她快速编辑了一条消息发过去：不是在开玩笑吗？

J：嗯，挺好笑。

顾影：“……”

接下来好些天顾影都没能见到江恂，也不知道他出差回来没。

顾影没问，潜意识里觉得他回来了应该会找自己，所以她现在的生活较之前多了一种无形的期待。

时值四月，天气回暖。雅康医院门口的樱花都开了。

自从那次遇到医闹后，这段时间顾影在工作上没遇到什么棘手的问题，但是今天在门诊处她看诊了一名年近四十岁的孕妇。

随着国家二胎政策的开放，今年高龄产妇比以往多了好几倍。四十岁左右的孕妇很常见，但是这名孕妇不一样，她本身患有风湿性心脏病，已经生过两个孩子了，这是第三胎。

一般有心脏病的妇女超过三十五岁就不建议怀孕了，这名孕妇已经三十九岁，并且上一次怀孕生产期间出现过心力衰竭的症状，再次怀孕的话危险性较之前要高出很多倍。

顾影看了很久她的病历，最后语重心长地说："你现在的身体不适合受孕。"

"顾医生，你帮帮我，我需要这个孩子。"孕妇说，"其实我自己也知道我的身体条件不好，你多开点儿保胎的药给我吧，我以后就待在家里，哪儿都不去。"

"你的问题跟保胎没关系。"顾影解释，"是你自己身体欠佳，你现在心脏二尖瓣病变，心脏输送血液的能力大大下降，你就算不怀孕也不能劳累。"

"可是我要这个孩子。"孕妇低下头，语气无奈又执着。

顾影还想说点什么，此时从外面走进来一位中年男人，拍了拍孕妇的肩膀，问："怎么样？"

孕妇脸上复杂的表情全数退去，她笑吟吟地道："没事，医生说还不错。"她说完别有深意地看了一眼顾影。

虽然不知道她为什么要瞒着自己的丈夫，但顾影心领神会，没继续说下去，只是提醒她先去心外科看看，拿到结果后再来这边。

下午五点半，门诊闹哄哄的一天终于结束。

顾影换好衣服下班，这些天孔莹不在家，她晚餐通常都是随便吃些水果或面包解决。

今天顾影打算去超市买菜自己做饭，然而从地铁站出来，发现天空下起了雨。

春雨绵绵，如烟似雾。

她没有伞，超市去不了，做饭计划泡汤了。

从地铁站到小区门口有大概五百米的距离，顾影把卫衣帽子套在头上，冲进雨幕中。

她跑到门卫室，感觉卫衣帽子被人扯了一下。她依靠惯性后退了两步，退到一把黑色雨伞下，熟悉的气息顷刻间将她包围。

顾影倏地转头，眼底有她自己都没有察觉到的惊喜："江恂？"

江恂嗯了声，垂下眼帘看她："伞都不带？"

"早上出门的时候没下雨。"顾影说，"你怎么在这儿？"

"拿快递。"江恂问，"吃晚饭了没？"

"没。"顾影如实说。

"陪我去拿快递，拿完请你吃饭。"江恂说完撑着伞往对面那家快递驿站走。

顾影乖乖地跟上。至于陪他拿快递为什么会值得他请吃饭这件事，她没有多想。

只是没想到拿完快递，顾影被直接带到了停车场。坐上车的顾影还有点儿蒙："出去吃？"

"怎么？想吃我做的？"江恂的眉宇间多了一丝疲倦，"下次吧。"

"不是。"顾影说，"我也可以给你做。"

江恂系上安全带："行，下次。"

吃饭的地方就在离小区没多远的一家商场内，上楼之前顾影发现商场一楼有一家橙雪。

吃完饭出来，顾影犹豫地开口："江恂。"

"嗯？"

"我请你吃冰激凌吧？"顾影指了指楼下。

江恂顺着她手指的方向随意地扫了一眼："橙雪？"

顾影点点头："对，要吃吗？"

她不是想跟江恂确认对方当年帮她的事情，这个在她心里已经是事实。她只是想告诉他，自己知道了，并且谢谢他。

"你这喜欢请男人吃冰激凌的毛病什么时候能改改？"江恂没什么情绪地道。

"啊？"顾影一时没反应过来。

"上次在帝都不是也请你学长吃了？"江恂继续往电梯所在的方向走。

顾影忙跟上去："你怎么知道？"

"你说呢？"江恂在电梯面前站定，睨了她一眼。

顾影反应过来："叶总跟你说啦？"

"当晚前一秒我收到你和你学长的合照，后一秒又接到我舅舅的电话，说你带男朋友在他店里吃冰激凌。"江恂云淡风轻地说着让顾影脸红的话。

"那是因为他晚上请我吃了饭，我回请他。"顾影解释，她的意思是不想欠邱安南人情。

电梯门开，江恂走进电梯，嗤笑一声："套路都一样。"

顾影站在他的角度思考了一下，自己好像有点儿花心的嫌疑。这个名头她可承受不起。

"我只请过他一个人吃冰激凌，也只跟他一个男的拍过合照。"顾影说完总觉得这话怪怪的，直到对上江恂意味深长的目光，才反应过来自己话里的歧义。

她在干什么？在自己喜欢的人面前强调自己对另外一个男人有多专一？

江恂靠在电梯壁上，斜眼看她，好似在说：你自己听听你说的是人话吗？

"我不是这个意思。"顾影见他按下负一楼的按钮，讷讷地问，"你真不吃冰激凌了？"

"不吃。"江恂说，"让你留些美好回忆。"

坐上车，顾影小声辩解："我没有觉得那是什么美好的回忆，而且我请你吃的意义不一样。"

"我不喜欢吃。"江恂启动车子离开停车场。

"那你喜欢吃什么？"顾影问。

"蘑菇。"江恂说完这两个字后面色稍微缓和了些。

顾影特意忽略他话里的深意："那我下次也给你做蘑菇肉丝面。"

江恂分神看了她一眼，没说话。

一路到家，两个人进入电梯。

江恂按下自己家所在的楼层，扭头问："你带手机了没？"

"带了。"顾影一时没跟上他的思路，不懂话题怎么转到了手机上。

"上次不是说要玩游戏？"江恂懒洋洋地道，"我教你。"

"你不用睡觉吗？"他看起来有些累，顾影担心地问。

江恂笑："现在还不到八点。"

就这样，顾影又一次出现在江恂家的客厅里。

"坐吧。"江恂走到冰箱前拿出一瓶水喝完，随手将空瓶丢进垃圾桶，转身去餐厅给顾影倒了一杯温水过来，"想玩什么游戏？"

"不知道，我只玩过一次。"顾影前几天晚上看孔莹在玩游戏，便让孔莹帮忙下载了一个，当时孔莹还兴致勃勃地带她玩了一回。

那几十分钟里，顾影感觉孔莹好几次想爆粗最终都忍住了。

游戏结束后，小姑娘深吸一口气，嘴角勉强扯出一个笑："小影姐，你还是玩单机游戏吧，放过队友。"

在这之前她还听邓佳佳抱怨过孔莹是个游戏菜鸟，她是一个孔莹都嫌弃的人，水平到底有多低可想而知。

"你手机上有什么游戏？"江恂今天刚出差回来，里面穿的是衬衫。他脱掉外套随意丢在沙发上，仅着一件黑色衬衫坐在顾影身边。

顾影翻到《和平精英》这个游戏把手机递了过去："我就跟孔莹玩过一次这个。"

"那就玩这个。"江恂扫了一眼，打开自己的手机，"你对操作都熟悉了？"

“那个，要不玩你设计的游戏吧？”顾影说。

“嗯？”江恂重新看过来，慢条斯理地说，“原来你不是想玩游戏，是想玩我……”

他说到这里顿了下，脸上是说不出的轻佻，满意地看见顾影脸上渐渐爬上红晕，才继续说：“设计的游戏？”

顾影的心跳随着他的话时缓时急，他这样说话大喘气可不好。

她猜到对方可能是故意为之，于是浅浅一笑：“我这不是给你个面子嘛。”

江恂低笑：“那你下次记得带电脑过来。”

“玩你们公司的游戏要用电脑？”顾影问，“用手机不可以？”

“基本上都要。”江恂没有多说，而是打开了手机里的《和平精英》，“今天先玩这个。”

说罢二人进入了游戏。

一分钟后，江恂诧异地说：“你确定你玩过一次？”

顾影没说话，表情有些僵硬。

江恂收起眸底的笑意，开始耐心地教她按键的用法，从最基本的走和转弯开始。

又过了几分钟，江恂说：“上车。”

顾影注意到游戏中的江恂骑了辆摩托车过来。她按了一下跳跃键想上车，结果代表她的游戏人物只是在原地蹦了一下。

江恂不解地偏头：“你在干什么？”

“我在上车呀。”顾影操作人物跳了几下没反应，急得把手机都往上抬了抬，“可是我上不去。”

江恂被她的操作逗笑了：“你再用力抬手机也没用。”

经他提醒，顾影也意识到了自己的傻气。被他脸上的笑刺激到，顾影难得反驳了句：“你这到底是在教我还是看我笑话？”

“我不知道这么简单的操作还需要教。”江恂忍了忍，还是忍不住想笑。

顾影转头与他对视，眼里莫名带了些埋怨。

江恂挑眉：“你出国几年不认识汉字了？”

顾影一愣：“什么意思？”

江恂把下巴抬了一下，说：“屏幕上的‘上车’那两个字你看不见？”

顾影没想到是这么操作，刚刚恼羞成怒的气势一下子没了。

而旁边的江恂还在催促：“你点一下试试。”

顾影点了上车，屏幕中的人迅速地上了车。

事实证明，这种培养共同兴趣的追人方法真的不可取，容易暴露自己的智商。

玩完一局，顾影宣布：“不玩了。”

离开之前，她决定挽救一下自己之前被误会的形象。

“江恂。”

“嗯？”江恂把手机丢在一旁，抬眸看向她。

“我不喜欢邱安南。我请他吃冰激凌的目的和请你不一样。”安静的氛围很容易让人感觉不自在，顾影意识到了并打算起身回家，“总之，我可不是什么随便的人。”

她话没说完衣摆被人扯住了。

男人身着黑色的衬衫，神情散漫，气质矜贵又张扬。

江恂拽着她坐下，嗓音玩味又认真：“那你请我的目的是什么？”

顾影被迫和他紧挨着坐在一起，舔了舔干涩的唇，轻声道：“跟你分享。”

“两个人吃一杯？又想占我便宜？”

“一人吃一杯，再说了，”江恂曲解别人意思的技能再一次上线，顾影根本招架不住，“我哪儿有占你便宜？”她这不是还没占到吗？

“上次亲了我不算？”江恂问。

“都说了不是故意的。”顾影说，“而且这哪儿算亲啊。”

“那怎么样才算？”江恂抬了抬眼皮，“我也不是什么随便的人。”

顾影沉默两秒，忽地迎上他的目光：“怎么样算亲吻你不知道？”

江恂反问：“你知道？”

“你……”顾影舔了舔唇，“你就没有类似的经验？”

江恸忽地沉默下来，看着她不说话。

顾影在他直白又不加掩饰的目光下，渐渐垂下眼，感觉自己的小心思在他面前无所遁形。

"不就是上次你给的经验。"江恸笑了，"所以你知道我为什么要找你算账了吧？"

他的意思是那是他的初吻？虽然觉得他把那称之为吻有点儿荒唐，但顾影仍没来由地觉得开心。

"那你没吃过猪肉总见过猪跑吧？"她说，"没看过电视？"

"没有。"江恸回答得毫不犹豫，"要不你教教我？"

顾影突然想起什么，微笑着说："好。"

江恸眼里划过诧异，不过很快诧异被笑意取代："行，那你教吧。"

他一副予取予求任人宰割的模样，让顾影乱了心跳。但她还是鼓起勇气倾身朝他的脸靠近，在距离他的脸很近的位置停下，眉眼弯弯地笑了。

"你知道武藤兰，会不知道什么是亲吻？我信你才怪！"她说完趁他愣怔之际快速站起身，怎知手腕又被他拉住了。

江恸靠在沙发上，微微仰头看着她的侧脸，只需轻轻一用力就能把她拽到怀里。

但他没动，视线在顾影微微颤抖的指尖掠过，他无声地一笑，缓缓松开了她的手。

"我知道的可不只有这些，要不我教你？"

"我知道的可不只有这些，要不我教你？"

回到家里，顾影一想起这句话，脸上就阵阵发烫。

男人姿态闲散，嗓音漫不经心，语气却是说不出的轻佻。

"今天太晚了，下次吧。"顾影记得自己是这么回复的。

她的声音一如既往地冷静，几乎听不出尾音的颤抖。她说完也没去看江恸的反应，匆匆离开了他家。

隔天中午，当被邓佳佳问起追人进度时，顾影想了想，说："我感觉他开始回应我了。”

“我就说吧。”邓佳佳用筷子点了点自己的碗，“他肯定喜欢你。”

顾影笑弯了眉眼，没应声。

“你如果还不确定的话，就按我之前说的，冷落他几天。”邓佳佳冲她眨了眨眼睛，“等他主动找你。”

“嗯，我尽量。”顾影嘴上应着内心却不这么想，因为时刻想见到对方的欲望不支持她这么做。

而且邓佳佳似乎忽略了一种情况，一种不需要谁主动就能见面的情况，那就是偶遇。

周一早上七点二十，顾影在电梯里碰到了同样去上班的江恂。

“早。”顾影撩了撩头发，淡定地跟他打招呼。

江恂一脸困倦地走进电梯，见到顾影，讶异地抬了抬眉梢：“早，你每天这个时候出门？”

“上白班都差不多是这个时候。”顾影问，“你呢？”

“今天算是我这段时间出门最早的一天了。”江恂如实说。

“当老板这么自由吗？”顾影的语气里满是羡慕。

“想多了。”江恂轻声哂笑，“我昨晚加班到凌晨三点。”

“那怎么不多睡会儿？”不知道是不是顾影的错觉，总觉得他最近好像瘦了。

“公司有点儿事。”电梯马上到了一楼，见顾影往门口走，江恂伸手扯了扯她的外套帽子，“等会儿，我顺道送你上班。”

“哦。”顾影重新退回来，“好。”

她很识时务地没有问是不是真顺路这种有可能令双方都尴尬的问题。

坐上车，顾影边系安全带边问：“你吃早餐了没？”

“我不吃。”江恂将车开出停车场，右拐后在路边停下，“你下去买早餐，我在这儿等你。”

顾影花了五分钟买早餐。回到车上后，她有些犹豫，自己是吃还是不吃。

“盯着就能饱？”江恂把双手搭在方向盘上，扭头看了她一眼，“还不赶紧趁热吃？”

“会不会弄得你车里全是味道？”顾影问。

“你之前不是还在车里吃过煎饼？”江恂好笑地道，“这会儿知道客气了？”

那次是他先开口叫自己吃完再走的。

顾影抽出一次性筷子夹起一个煎饺放进嘴里，煎饺外酥里嫩，咬一口汁水四溢，好吃极了。

吃完三个煎饺，她打开一杯豆浆，吸了一口，问：“你平时都不吃早餐？”

“偶尔吃。”江恂说。

“这个煎饺很好吃，你要不要试试看？”顾影其实买了二人份的量，碍于江恂之前说过不吃，不知道怎么给他。

前面遇到红灯，江恂看过来：“行，我试试。”

他说完，眼睛一瞬不瞬地看着她。男人的眼眸像一汪深潭，见不到底。顾影几乎不需要过多揣摩就懂了他的意思。

顾影眼帘垂下，佯装镇定地夹了一个煎饺送到他唇边。

江恂从善如流地张嘴吃下煎饺，吃完还满意地评价：“是很好吃。”

顾影翘起唇角，又继续给他喂了几个，见一盒煎饺被他吃去了一大半，心里莫名地生出满满的成就感。

“我不要了。”江恂伸手在她头上不轻不重地揉了一下，“你自己吃。”

“好。”顾影忽略他亲昵的举动，把剩下的煎饺吃完。

没一会儿，医院就到了。

车子在路边停下，顾影解开安全带：“谢谢。”

“客气。”江恂抬眼，“也谢谢你的早餐。”

顾影把手放在门把上正欲开门，像是做了个什么决定，突然转过身来：“江恂。”

“嗯？”

“你头发上有东西。”顾影说。

"什么东西？"江恒下意识用手去摸，"哪里？"

"这儿呢。"顾影倾身靠近，伸手在他头发上胡乱摸了几下，"好了，没了。"

她做完这些，开门下车，动作一气呵成。

江恒看着她离去的背影，神情微怔。他理了理自己被弄乱的短发，想到什么，忽地笑了。这行为倒是跟她以前一样，又戾又喜欢撩人。

这边，又戾又喜欢撩人的顾影跑进办公室，猛灌了好几口水才平复激动的心情。

今天又轮到顾影坐门诊，她换好衣服坐在办公桌前，见时间差不多了就开始叫号。

第一个进来的又是那名有心脏病的孕妇。

想来心外科那边的诊断结果也不尽如人意，孕妇看上去有点儿沮丧，说心外科医生的建议跟顾影的一样，都不建议自己要孩子。可孕妇坚持不肯打胎，说无论如何都要保住这个孩子。

"你有没有想过你的身体可能熬不到孩子出生？"顾影这次没有任何保留，把最严重的后果告知了她。

"我知道。"孕妇迟疑了一下，艰难地道，"可是如果我不要这个孩子，我的家庭就没了。"

"怎么会呢？"顾影不解，"你不是已经有两个小孩了吗？"

"那两个小孩是我前夫的。"孕妇苦笑，"我现在的丈夫没有孩子，这是他现在对我唯一的要求。"

"他不知道你有心脏病？"顾影又问。

"知道，但他想要个小孩。"孕妇平静地说。

"可是……"顾影还想再说下去，孕妇笑着打断了她。

"顾医生你不懂，我现在这个年纪还带着两个小孩，能找到像我老公这样的男人已经很不错了，我当时也说过不想生，但他坚持要一个自己的小孩，如果不行就离婚，我不敢拿离婚去赌，但我的身体还能赌一把。"

她话里婚姻比生命更重要这一观点让顾影大受震撼，顾影虽然不能认同她的想法，但能感受到她的无奈。

顾影觉得造成这种局面最主要的原因还是不爱，如果她的丈夫足够爱她，肯定不会拿她的身体开玩笑，这不是一命换一命吗？

孕妇也不自爱，这种不自爱主要源于自卑，觉得自己的条件不如丈夫，又不能承受离婚的后果。

人一旦自卑，就会把自己放在一个很低的位置，不自觉地去讨好别人。李思怡跟前男友的相处亦是如此。

但是这种自卑都是对方明里暗里施加给她们的压力。这就好比两个体重悬殊的人坐跷跷板，体重轻的这个人可能用尽全力都无法撬动对面那个人，尤其是对方不配合你的话。

顾影发现江恂从来没有因为自身条件优越给过任何人这种压力，这也是她当时能毫无保留地追他那么久的原因。

顾影以前有自知之明选择不上跷跷板，上去后才知道好像并不难玩。

江恂降低自己的重量在配合她，这里面有一部分原因是他恣意随性的性格，顾影觉得还有一部分原因如邓佳佳所说的那般，江恂应该是喜欢她的。

收回思绪，顾影给孕妇开了点儿药并让她回去再好好想想，便开始叫下一个号。

最近江恂好像也比较忙，顾影后来又一次说要还他打火机时，他说还在公司加班。

这天晚上回家，顾影正欲收拾衣服去洗澡，就收到了他的微信消息：你不是要还打火机？下来。

顾影重新坐回沙发上，回复消息：你现在要吗？

J：嗯，想抽烟。

难不成他家只有一个打火机？

江恂的下一条信息给了她答案：那个用习惯了。

行吧，顾影回复：那我马上送下来。

顾影去房间拿了打火机，走出门。来到楼下，她按了门铃，没一会儿江恂出现在门口。

“给。”顾影把打火机递过去。她今天做了手术，这会儿没洗澡浑身不舒服，所以没打算进去坐。

江恂接过打火机，朝屋里示意了下：“不进来坐会儿？”

“不了。”顾影说，“我要回家洗澡。”

江恂倚在门框上，缓缓点头：“行。”

顾影转身走人，才走了两步，身后的声音再次响起。

“喂。”

顾影回头：“怎么了？”

“问你个问题。”江恂手里把玩着打火机，眼睛看着她。

“什么问题？”顾影不知道为什么有些紧张，自己在他面前不能提的事情太多了。

江恂的嗓音低沉又随意：“你说，有人莫名其妙地发来一张天空的照片是什么意思？”

“天空的照片？”顾影心口一紧，“谁呀？”

江恂笑了：“你先告诉我是什么意思。”

“还能是什么意思？就是说想你了。”说完顾影才察觉自己语气里的酸味，耳根一热。

“是吗？”江恂若有所思地说，似乎在判断什么。

“当然——”顾影话说到一半，脑子里很快闪过一段回忆。

她大二那年，有次生病发高烧在医院打了三天点滴。

人在脆弱的时候最容易产生依赖和思念等情绪，她那会儿烧得迷迷糊糊的，尤其想念清醒时不敢想的江恂。

趁着这种不清醒的状态，她放任自己做了一件疯狂的事情：给江恂高中时期的手机号发了一张照片，那是她拍摄于前几天傍晚太阳落山之前的一张晚霞照。

她当时发完那张照片，心里既害怕又紧张，害怕对方不回复，又因为期待他的回复而紧张。

可是随着时间一分一秒地过去，手机毫无动静，顾影的心一点点往下沉。

三天后出院她才彻底接受这个事实——江恂没理她。

那之后她消极了好长一段时间，直到某天看到一个老同学在企鹅群里问谁知道江恂的新号码，她才知道原来江恂换手机号码了。

他的大学在首都，换号码很正常。

知道那个号码江恂没再用了，顾影便放心地把它当成了一个寄托相思的树洞。她后来还发过好几次消息，从没收到过回应。

“当然什么？”江恂的声音把她拉回了现实。

顾影清了清嗓子，轻描淡写地道：“当然是我乱说的，我哪里知道是什么意思。”

她不知道江恂问这个的目的是什么，也不知道他那个电话号码还在不在用。总之要给自己留条后路。

“不知道？”江恂拖长了音调缓缓地说，“我还以为你知道呢。”

“我怎么会知道？”顾影试探地问，“你要不去问问给你发照片的那个人？”

江恂嘴角上扬：“我这不是在问吗？”

“啊？”顾影的心脏跳到了嗓子眼儿，她紧张得有些喘不过气来。

“我这不是先问问你吗？”江恂说，“你不知道就算了。”

“行，那我先上去了。”顾影松口气的同时转身上楼。

他应该不知道吧？那会儿她使用的是国外的手机号码，他应该不知道才对。而且她只发过照片没发过文字，他应该很难猜到目的。

对了，照片！顾影猛地想起什么，连忙打开微信，翻到江恂的朋友圈页面。

他有条朋友圈就是一张晚霞照片，她第一次看就觉得眼熟，现在想来，该不会是她拍的那张吧？

他是什么时候看到的？他到底知不知道照片是谁发的？他知道这张照片是什么意思吗？

顾影在忐忑中过了几天，到周五终于知晓了答案。

第九章
我喜欢你

周五，顾影值门诊白班。

孔莹说今天是她舅妈的生日，晚上要去舅妈家吃饭，但是自己还没准备好礼物。

十二点午休时间一到，顾影就被她拉出了医院，陪她挑选礼物。而邓佳佳中午要陪男朋友。

"你哪个舅妈过生日呀？"两个人到达商场，顾影状似不经意地问。

"就是你同学的妈妈。"孔莹拉着顾影走进一家首饰店，"我小舅妈。"

顾影眸光微微一动，随即恢复正常。

半个小时后，在两个人的一致认同下，孔莹买了一只翡翠镯子。

回去的路上，孔莹准备打个电话："我给我哥打个电话，看他下班能不能来接我。"

顾影坐在一旁没吭声，没一会儿，听到孔莹叫了声"哥"。

"下班顺道来接我一下呗。"

"怎么就不顺路了？"

"嗯嗯，你就在路边等我，不用进来。"

孔莹挂断电话，撇了撇嘴："你的同学一点儿都不友好！"

"还行吧。"顾影失笑,"他不是答应你了吗?"

"也是。"孔莹挽上她的手,"你下班跟我一起走吧?反正也要路过我们小区。"

"没事,我坐地铁回家也挺方便的。"顾影还在因为那天晚上的事心虚到不敢见江恂。

"放心,我哥不会有意见的。"孔莹说着拿出手机,"我跟他说一声。"

"欸,别。"顾影眼看着她给江恂发了条消息过去却来不及阻止。

她叹了口气,觉得有些尴尬,只是她没想到最尴尬的状况还在后面等她。

下午五点半,顾影准时下班。她拗不过孔莹的坚持,还是跟孔莹一起走出了医院。

"咦。"孔莹的视线落在医院门口一辆熟悉的越野车上,"他不是说不进来吗?"

她拉着顾影跑了两步:"快点儿,等会儿大少爷又要不耐烦了。"

顾影硬着头皮跟在后面,到了车旁,率先打开后座车门坐了上去。

驾驶座上的江恂回过头来,懒懒地开口:"装不熟?"

顾影小声说:"哪有。"

外面的孔莹想了想,也坐上了后座。

"可以。"江恂悠悠地点头,"都把我当司机是吧?"

"我想跟小影姐说说话。"孔莹说完朝他晃了晃手里的一个礼品袋,"看,我给舅妈买了礼物,是小影姐陪我一起选的。"

"是吗?那你找对人了。"江恂抬了抬眉梢,看向顾影的眼神里多出几分玩世不恭,"她眼光一向不错。"

顾影:"……"顾影不知道他这句话是什么意思。

"我也觉得。"孔莹笑了笑,像是想起什么,狐疑地问,"你们不是不熟吗?"

江恂启动车子,反问:"谁说的?"

"你说的呀!"孔莹怕他不记得,还好心地提醒,"就是去年年底我们在明月阁碰到的那次。"

江恂难得无言以对。

顾影还附和道："我也记得。"

江恂抬起眼皮从后视镜里扫了眼幸灾乐祸的顾影，说："那你说说，我们到底熟不熟？"他又是用那介于威胁和挑衅之间的语气。

顾影怕他在孔莹面前说出什么不合时宜的话来，只好老老实实地认了："熟的。"

"呵呵。"孔莹不以为然，"你们能熟到哪里去？"

顾影："……"

江恂嘴角上扬，看得出心情不错。

两个人都没搭话，孔莹也不在乎，不知道谁给她发了消息，她开始低头看手机。

过了半晌，她忽然抬起头来，神神秘秘地问顾影："你知道给别人发天空的照片是什么意思吗？"

顾影的太阳穴一跳，一种不祥的预感突然降临。

"我不知道。"她说。

"那你想知道吗？"孔莹兴味十足地问，眼眸晶亮。

"不，我不想"，顾影其实很想这么说。

在她纠结之际，驾驶座上的江恂已经先一步表明了意愿："说说看。"

"你也想知道？"孔莹把注意力转到他身上，"你怎么会对这个感兴趣？"

"我怎么就不能感兴趣了？"江恂懒懒地说道。

"你又不用追人。"孔莹没好气地说道。

"你说什么？"江恂一愣。

顾影心里一紧，忙用手扯了扯孔莹的衣服下摆，示意她别乱说。

孔莹冲她点点头，表示：放心，我懂。

"我说不适合你这种有人追的人。"孔莹说。

顾影："……"

"有人追？"江恂饶有兴致地问，"具体说说看。"

“你邻居家的女儿不是在追你？”孔莹说，“我听舅妈说的。”

江恂脸上散漫的表情尽数散去：“别在这儿给我造谣。”

孔莹嘀咕：“又不是我说的。”

“而且她也没说错。”顾影插话，“上次不是还听到那个女孩给你打电话？”

“那个？”江恂意有所指，“你不是帮我解决了？”

被蒙在鼓里的孔莹在他们身上来回扫视一通，问：“什么意思？解决什么？”

“就是我去找他借打火机那次。”顾影一本正经地解释，“我无意间听到有人给他打电话。他开的外放，可能那边的人听到了我的声音有什么误会吧。”

“这样啊。”孔莹无所谓地道，“哥你有需要的话我回头帮你解释。”

“解释什么？”江恂把跑远的话题拉回来，“继续说说天空的照片是怎么回事。”

“啊对，”孔莹侧头看向顾影，“刚刚邓佳佳跟我说，她男朋友给她发了一张天空的照片，她不知道是什么意思然后去网上搜了一下，你猜猜看是什么意思？”

顾影看向窗外，暗道怎么还没到，江恂今天的车速也太慢了。

车厢就这么点儿大，她又不能直接忽视对方的问题，只好说：“我猜不到。”

“你怎么一点儿都不好奇？”孔莹说，“我告诉你，可浪漫了。”

顾影强行扯出一个笑容：“好奇，你说。”

“你们有没有听过一句诗？‘晓看天色暮看云，行也思君，坐也思君。’”孔莹一脸兴奋，“这是表达思念的意思，所以发一张天空照片就表示‘我想你了’。”

顾影装作什么都不懂的样子：“原来是这样。”

江恂也不轻不重地重复了一遍她的话：“原来是这样。”

顾影：“……”顾影觉得他的每一个表情、每一句话都富含深意，她连细品都不敢。

好在此时车子在小区门口停下，她道了声谢匆匆下了车。

根据江家的传统，不管谁过生日，也不管是不是整岁生日，都要一家人聚在一起吃个便饭。

聚餐往常都在饭店，今天叶曼文邀请大家在家里吃饭。

饭后，江恂和孔莹坐在沙发上玩游戏。

孔莹妈妈随后也走了过来：“江恂。”

江恂闻声抬头：“嗯？”

孔莹妈妈也就是江恂姑姑往他身边一坐，语气揶揄：“听说你交女朋友了？”

“谁说的？”孔莹和江恂异口同声地道。

孔莹妈妈扭头看向正端着一盘水果走过来的叶曼文：“不是你说的？”

叶曼文把水果放在茶几上，在沙发上坐了下来：“贺歆说的。”

江恂反应了一秒，很快明白过来是怎么回事。他没解释，继续低头玩游戏。

“贺歆是谁？”孔莹问。

“就是他隔壁邻居家的女儿。”叶曼文见儿子没解释，暗自高兴，“她说晚上打电话给江恂，听到他房间里有女孩的声音。”

孔莹歪头，心想这故事怎么这么熟悉？两秒后，她反应过来：“你们搞错了，那不是他的女朋友。”

“不是？”孔莹妈妈问，“你怎么知道？”

“是我室友。”孔莹说，“她那次下楼跟我哥借打火机，人家有喜欢的人了。”

“这样啊。”叶曼文盯着自己的儿子无声地叹了口气，白高兴一场。

随后，叶曼文和孔莹妈妈去了麻将房陪老人家打麻将。

她们走后，江恂抬起眼皮看向孔莹，问：“你刚刚说，顾影有喜欢的人了？”

“对呀。”孔莹刚好进入一局游戏，头也不抬地道。

"是谁？"江恂状似漫不经心地问。

"不知道。"孔莹完全忘记了顾影的提醒，和盘托出，"不过我知道她正在追这个人。"

"正在追？"江恂的语速极为缓慢，他似乎边说边在想事情。没多久他像是想到了什么，忽地笑了。

"对了。"孔莹突然出声，"她好像喜欢那个男生很多年了，他是不是你们的高中同学呀？"

"可能吧。"江恂靠在沙发上有一下没一下地转着手机，还时不时看一眼墙上的挂钟。

"那你知道是谁吗？"孔莹像是来了兴致，终于舍得把视线从手机上移开。

"知道吧。"江恂回答得模棱两可。

"那你能不能给我看一眼照片？"孔莹笑眯眯地道，"小影姐说长得可帅了。"

"是吗？"江恂失笑，"她是怎么跟你说的？"

"她说的有点儿夸张。"孔莹想了想，说，"大概意思是那是她见过的最帅的男生。"

江恂停下转手机的动作，打开微信给顾影发了条消息：听说我是你见过的最帅的男生？

偌大的客厅内，屋顶的水晶灯折射出璀璨亮眼的光。

光落在江恂额前的短发上，给头发染上光晕。男人眼帘微敛，视线停在手机屏幕上，唇边挂着似有若无的笑。

"喂，哥。"另一边的孔莹边玩游戏边问，"你还没回答我呢！"

江恂的指尖在屏幕上移动："什么？"

"给我看照片哪。"孔莹无语，才说的他就不记得了。

"没有。"江恂偏头看了一眼餐厅，又回过头来问，"你走不走？"

"走，等我玩完这局。"孔莹说。

"你今晚回哪儿？"江恂问。

“年华里。”孔莹说，“我爸妈现在一时半会儿还走不了，我想早点儿回去睡觉。”

江恂拿过沙发上的外套站起身，催促道：“那就快点儿。”

“行行行，但打游戏不能催的。”孔莹抽空看了他一眼，“你先去跟外公外婆打声招呼。”

十分钟后，两个人坐上车。

在江恂启动车子之前，孔莹把手机递到他面前：“你指给我看，谁是小影姐喜欢的人。”

手机屏幕上是江恂朋友圈里的那张同学聚会照，他随意瞥了一眼，语气慵懒地说：“她不是说很帅？你自己找找。”

车子开上路。

孔莹认真查看了照片里每个男生的脸，迟疑地问：“那人是不是没参加同学会呀？这里面没有长得特别帅的。”

江恂：“……”

“虽然不想承认，但不得不说这里面也就你长得好看点儿。”孔莹继续嘀咕，“难道是小影姐给他加了一层滤镜？他其实长得不怎么样？”

江恂：“……”

“算了，那我就不感兴趣了。”孔莹把手机收回包里，“你回头别跟小影姐提这个事，就当不知道，我怕她不好意思，还有也别告诉你同学。”

“为什么不告诉？”江恂直视前方，随口问。

“免得给他造成什么心理负担。”孔莹说，“我又不知道他们现在是什么情况。”

“说不定他会很高兴。”江恂的声音很轻，像是在自言自语。

“嗯？高兴？”孔莹眨巴着眼睛，“意思是你知道内情？”

江恂不再开口。这反应看在孔莹眼里，就好像他不小心说出了一个秘密，及时闭嘴止损。

所以一回到家，她就迫不及待地把这个好消息带给了顾影：“小影姐，我替你打听过了，你喜欢的男生也喜欢你。”

当时正在客厅看电视的顾影听完这话，愣了几秒，隐隐猜到了什么，捏了捏发烫的耳垂，问："你怎么打听的？"

孔莹傻笑两声以示心虚："我先跟你道歉，我一个不注意就把你有喜欢的人这件事告诉了我哥。"说到底，她当时也是为了澄清顾影跟江恂的谣言。

"然后呢？"顾影的心跳漏了一拍，"他怎么说？"

孔莹把晚上自己和江恂的对话简单地复述了一遍："他这么说是不是代表他知道那个男生也喜欢你？"

顾影舔了舔唇，压下心头的雀跃，问："他真的说他会很高兴？"

"是呀。"孔莹说，"我哥就是这么说的。"

顾影的嘴角抑制不住地上扬："我知道了，谢谢你。"

"不客气，你们到时候在一起了记得请我吃饭。"孔莹拍了拍她的肩膀，笑道，"加油，争取五一搞定。"

顾影点头："我尽量。"

"我困死了，洗澡去。"孔莹丢下这句话便回了房间。

顾影在她转身后拿出手机打开微信，屏幕上是半个小时前她跟江恂的聊天内容。

J：听说我是你见过的最帅的男生？

顾影：这不需要听说吧？

J：难道不是？

顾影：高二那年我好像跟你说过不止一遍。

J：你不说我都不记得了。我还有点儿不习惯。

他最后这句话里的调侃意味很明显，顾影没法接，干脆没回复。

电视机里还在放着某档综艺节目，烘托气氛的笑声不断从里面传出。

顾影的心思早就不在那上面，她盯着手机屏幕，犹豫着要不要回个什么，刚打开输入法，一个字还没打完，屏幕上跳出来一个来电。

看着那串久违的、早已烂熟于心的电话号码，顾影的身子僵了片刻。

直到原本打开的对话框内跳出一条消息“接电话”，她才接起，发现自己的手微微发抖。

“怎么，”江恂懒懒的嗓音从电话那端传来，“不敢接电话？”

“你……”顾影开口发现自己的嗓音有点儿哑，清了清嗓子，继续道，“你不是换号码了吗？”

“没换，这个号码一直在用。”江恂沉默了一下，问，“你为什么说我换号码了？”

“你之前不是用另外一个号码跟我联系的吗？”顾影听到他说原来的号码一直在用，脑袋开始隐隐作痛。

“那是工作电话。”

“你怎么还用两个号码？”见孔莹从浴室出来，顾影拿起手机往房间走去，“之前怎么不告诉我你没换号码？”

“我以为你知道。”江恂尾音上扬，“难道不是？”

“我怎么知道？”顾影回到房间靠在门板上，眼睛闭了闭，试图催眠自己：你不知道，你什么都不知道。而且，她那会儿的确不知道。

“行，不知道就不知道吧。”江恂今天看起来很好讲话，语气纵容，不给她任何压力，“那我现在告诉你，以后找我就打这个电话，发照片也行。”

眼下这种情况，关于那几条信息是谁发的，双方已经心知肚明。

顾影也不是不想承认，只是有点儿不好意思，更多的是想知道他当年为什么不回自己信息。

可她怕问了会破坏两个人现在的关系，他们现在差不多都明白了对方的感情，就隔着一层窗户纸，只需找个时间把它戳破就行。万一她问起这些事情，节外生枝怎么办？

思前想后一番，顾影继续装什么都不知道：“嗯，我知道了。”

虽然问题没问出口，但是过了两天，顾影好像知道了答案。

这天在门诊值白班时，她见到了很久不见的张宜婷。

“顾医生？”中午十二点刚过，张宜婷便从门外探进半个身子，“忙完了吗？”

“你怎么来了？”顾影把视线从电脑上移开，看向门口，“快进来坐。”

“给。”张宜婷带了一杯奶茶给她，“小苹果感冒了，刚刚在楼下开了点儿药，我让沈熠抱去车里等，我来看看你。”

“谢谢。”顾影将她从头到脚打量了一番，“身材恢复得不错嘛。”

“那当然。”张宜婷笑笑，“怎么样，听说你拒绝了我们邱大帅哥？”

“他跟你说了？”顾影脸上的笑容微微收敛。

张宜婷嗯了声：“因为我问他，上次为什么发了朋友圈又删掉。”

“我去那儿学习，正好碰上他了，就一起吃了个饭。”顾影把奶茶插上吸管吸了一口，语气很平静。

两个人随便聊了几句，张宜婷怕小苹果在下面等太久，起身打算离开。

“对了。”顾影忽地想起一件事，稍显不自在地问，“你老公那会儿出国找你复合是大几来着？”

张宜婷心领神会地一笑：“就是大二那年，你当时发高烧住院，因为沈熠过来，我还找邱安南去照顾了你一天，你不记得了？”

顾影呼吸一窒，因为震惊半天没回话。

“怎么了？”张宜婷问。

“没事。”顾影扯出一个微笑，“我就随便问问。”

张宜婷离开办公室后，顾影在里面坐了很久。如果她猜的没错的话，江恂那时候出国，除了陪沈熠外，另一个原因是不是他收到了自己发的那张照片？

所以，他不是没有回复，他只是用行动在回复。那她为什么当时没看见他？

顾影绞尽脑汁地回忆那几天发生的事情。

邱安南去过她知道，他当时还被护士误会是她的男朋友。

记得她有次傍晚醒来，护士正在给她换药，见她醒来，笑着说：“你的男朋友刚来过。”

顾影当时一脸困惑，问是谁。

护士做了一个特别夸张的表情："一个大帅哥。"

她当时解释说自己没男朋友，护士还遗憾地摊了摊手。

直到半个小时后邱安南提着餐盒走进病房，她才知道护士说的人是谁。

顾影当时脑子本就不清醒，压根儿没想过护士口中的"大帅哥"和邱安南可能是两个人。

现在这个想法疯狂地在脑子里发酵，江恫该不会真的去看过她吧？那他为什么不等她醒来？

带着这些问题，顾影晚上来到了江恫家里。

今天还在下班路上，顾影就收到了他的消息，说请她帮忙翻译一份文件。

进到他家客厅，顾影问："文件在哪儿？"

"书房。"江恫把她带到书房，让她坐在电脑前，"就是这份文件。"

他俯身过来打开电脑上的文件，从后面看像是把顾影抱在怀里。两个人的侧脸挨得很近，近到不管谁稍微偏一下头就能碰到。

顾影僵着身子一动不动，呼吸都放轻了许多。

"紧张什么？"江恫扫了她一眼，低笑，"以你在国外待了这么多年的经验，这种文件应该不难。"

"我不紧张。"

他说话间浅浅的气息萦绕在耳畔，温热的感觉像是要把顾影灼伤。

"你确定？"不知是有意还是无意，江恫把头稍稍侧向她。

顾影屏住呼吸，头微微后仰，眼睫轻颤："你离得太近了。"

江恫状似思索了一秒，问："那就是你害羞了？"

"你离这么近，我害羞不正常？"顾影垂下眼帘，不自然地道，"你把文件打开了就坐对面去吧，别打扰我。"

"行。"江恫的眼底掠过笑意，他从善如流地起身走到对面坐下。

他拿出手机准备玩游戏，但目光不由自主地被对面的人吸引了去。

"好了。"等顾影忙完抬头，发现江恫不知道坐那儿看了她多久，"你……要看看吗？"

"不用，我相信你。"相较于被看的顾影，大方地盯着人看的江恫显得自在多了，"谢了。"

"客气。"顾影学他的口气，想起自己本来的目的，又小心翼翼地问，"我帮了你忙，你能不能回答我一个问题？"

"什么问题？"江恫起身示意她一起去客厅。

"你是不是去过我的学校？"顾影走在他旁边，用余光去窥探他的表情，"我是说大学。"

"去过。"江恫毫不犹豫地承认。

"那你为什么去那儿？"顾影在沙发上坐下。

"陪沈熠去过一次。"江恫给她倒了一杯水。

顾影接过水，问："陪他干什么？"

江恫在她边上坐下，看向她的眼神意味不明："你说干什么？"

"我能知道什么？"顾影下意识地反问。

"你什么都不知道那你问什么？"江恫的语气不怎么友好。

短暂的沉默之后，顾影终于鼓起勇气，低声道："我以为你是去看我的。"

江恫盯着她的眼睛，问："为什么这么说？"

"因为我给你发了照片，"顾影迎上他的目光，"对吗？"

江恫靠在沙发上，轻声哂笑："你终于肯承认了？"

"那你去了为什么不跟我见面呢？"顾影忽略他的奚落，问出自己的疑惑。

"这个问题，等你想起你出国前那天晚上跟我说了什么再谈。"江恫瞥了她一眼，"好好想。"

她怎么可能想得起？

江恫打开了电视，屏幕上正在播放新闻，说五一假期即将来临，预计全国有几百万人出游。

五一快到了，也就意味着江恫的生日要到了。她上次跟李思怡逛街顺便给他买好了生日礼物。

顾影看了自己的值班表，五月四号那天她在住院部里值白班，要晚上八点才下班。

她记得高中时期江恂过生日都是跟朋友一起在外面过，很有可能他会玩到很晚才回来。

“江恂。”顾影喊了他一声。

“嗯？”

“你的生日怎么过？”

“唐科他们几个说晚上一起吃饭，吃完饭去酒吧玩。”江恂把电视音量调小，“你那天要上班？”

“要上班。”顾影说，“我要晚上八点才下班。”

“晚上一起吃饭？”江恂问。

“太晚了，你们去吃吧。”顾影说，“我晚上在医院里吃，等你回来给你礼物。”

“有礼物？”江恂悠悠地道，“看在礼物的分上，我晚上去接你。”

“也行。”

五月四号这天，顾影出门前特意打扮了一番，化了个淡妆，还穿上了裙子。

医院的同事们见到她无一不露出惊艳的目光。邓佳佳和孔莹因为在忙毕业相关的事宜，近段时间都不会来医院。幸好她们不在，不然顾影将无所适从。

晚上八点，顾影准时收到了江恂的微信消息：下来，在门口。

怕他久等，她火速地换衣服下楼。

坐上车，顾影弯了弯唇，因为跑了几步，说话的气息还不是很稳：“生日快乐。”

“谢谢。”江恂见到她，目光顿了一下，接着了然地笑了，“跑什么？又不是不等你。”

顾影系上安全带：“去哪儿？”

“你想去哪儿？”江恂没急着启动车子，而是偏头问她。

“你不是在和朋友玩吗？”顾影问，“就散了？”

“没，他们在酒吧，你要是不喜欢就不去。”江恂无所谓地道。

“去吧。”顾影莞尔，“我没事。”

江恂定定地看了她几秒，笑了：“行。”

二十分钟后，顾影又一次来到了零时空酒吧。

江恂带她走进二楼的一间包间，里面坐着七八个人，其中包括唐科和沈熠。顾影只认识他们俩，也只跟他们俩打了招呼。

唐科的右边是一个女孩，顾影看了一眼，莫名地觉得很熟悉。这种熟悉感驱使她又往那边看了一眼，这一次，她终于想起了对方是谁。

她就是那个在煎饼摊前告诉自己江恂家条件有多好的人，顾影记得好像叫贺歆。

他们坐下后，包间内其他不认识顾影的人要求江恂做介绍。

江恂言简意赅地说：“顾影。”

顾影不自在地朝他们笑了笑。

“你喝这个。”江恂把一杯果汁推到她面前，“还有，不想笑不用笑。”

顾影收起嘴角的弧度，端过果汁喝了一口。

包间内，江恂跟几个朋友在聊天，贺歆偶尔插一句嘴。

只有顾影坐在江恂边上默默地玩手机，她能感觉到江恂时不时投来的目光，似是怕她不自在。

顾影在他又一次看过来的时候，把手机往他那边倾斜了一下：“老看我干吗？我在玩游戏呢。”

江恂扬眉：“你又在害哪个队友？”

顾影抿了抿唇：“我现在进步了。”

江恂的嘴角翘起一个浅浅的弧度，他见她玩得认真又转身继续跟人聊天。

顾影喝完一杯果汁，想上厕所，跟江恂说了声，走出了包间。

从洗手间返回包间的路上，顾影碰到了似乎在等她的贺歆。

“顾影，好久不见。”贺歆靠在栏杆上，“聊聊？”

“行。”顾影走到她身边站定，“聊什么？”

贺歆刚刚在包间里还装作一副不认识顾影的样子。顾影不觉得她们有什么好聊的，她们俩也就打过那一次交道。

顾影知道贺歆的名字还是因为何语梦曾经指着贺歆在她耳边说：“那就是你情敌，叫贺歆。”

“没想到这么多年过去了，还是你。”贺歆露出一个轻蔑的笑，“我就不懂了，你……”

话说到一半她看了一眼顾影，眼神闪了下：“不就是有几分姿色吗？”

“谢谢。”顾影道。

贺歆气结：“你怎么还这么天真？我不是在夸你！”

“有几分姿色不就是漂亮的意思吗？”顾影说，“我听着就是夸奖。”

贺歆张了张嘴，移开视线不再看她：“上次电话里的人是你吧？”

顾影眉梢微动，原来那次孔莹口中在追江恂的人是她。

“你不是出国了吗？”贺歆似乎也没想要她回答，“还回来做什么？”

“我只是出国读书。”顾影说。

“也不知道江恂喜欢你哪一点。”贺歆轻声嗤笑，“当年你抛下他出了国，现在又回来找他。”

“我——”

“你到底有什么魔力？”贺歆根本不给她开口的机会，“不管是以前还是现在，只需要勾勾手指头，江恂就乖乖地到你跟前，我追了这么多年，他一个眼神都不给。”

“可能是你的方法不对。”顾影一本正经地分析。

“你真是有病。”贺歆又一次被她气走了。

顾影：“……”

顾影看着她离去的背影，无奈地叹了口气。她没有马上回包间，而是往这条走廊的尽头走去，那里有一个封闭式的阳台。

贺歆的话仿佛点醒了她。

顾影一直以为她跟江恂的相处，自己处于下风的位置。但是贺歆刚刚话里的意思是，这段感情的主导权好像一直在顾影手上，江恂才是被动的那一方。

如果真是这样，这种主动权也是江恂给她的。他好像一直在包容和迁就她，无论以前还是现在。

“你站在这里做什么？”江恂低沉的嗓音从身后传来，“不嫌冷？”

顾影回头，眼里染上笑意：“不冷。”

她今天穿了一条黑色半袖裙，方形的领口露出白皙精致的锁骨，有几缕发丝落在上面。收腰的设计勾勒出她盈盈一握的腰，往下是纤细笔直的腿。今天的她，娇憨中多了一丝性感。

江恂把视线从她身上移开，又问：“你怎么不进去？”

“我刚刚碰到贺歆了。”顾影答非所问。

“你认识她？”江恂斜靠在身后的玻璃上，抬了抬眉梢。

“她不是我们学校的吗？”顾影说，“我见过。”

江恂缓缓点头，像是才记起贺歆跟他们同校。

“她就是那天在电话里约你的那个女孩吧？”顾影问。

江恂嗯了声，不知是抱怨还是解释，懒懒地道：“是唐科把她叫来的。”

顾影点点头，为即将要说的话而紧张，手指无意识地揪了下裙摆。她将头转向窗外，小声说：“她刚刚跟我说了些话。”

“嗯？”江恂眉毛微蹙，“她跟你说什么了？”

“她说，”顾影深吸一口气，“她说我只要勾勾手指头你就会乖乖地过来。”

话音落地，四周陷入了沉默，仿佛把楼下舞厅里的噪声都隔绝开来。顾影只听得到自己的心跳声。

“那你试试。”短短的几秒钟就像过了一个世纪，江恂终于开口了。

顾影倏地转头：“啊？”

江恂眼眸微垂，看过来的目光直白又热烈：“试试勾勾手指头。”他的嗓音低沉，语速缓慢，“看看我会不会过来。”

顾影懂了他的话。

昏暗的灯光下，一个人低头一个人仰头，二人无声地对视。

须臾，像是被蛊惑了一般，顾影缓缓地伸出右手，朝他动了动食指。她的动作生硬笨拙，毫无半点儿勾引的意思，倒显得有几分可爱。

就在她尴尬得想收回手之际，下巴被人抬起来，视线里江恂的脸慢慢靠近。

在她还没反应过来的时候，唇角传来柔软的触感。

顾影的脑子一片空白，周围的一切似乎在这一刻静止了。

唇角只是被轻轻吻了一下，温热柔软的感觉一触即离，却把她的呼吸都夺走了。

江恂抬眼，用手轻轻捏了捏她的下巴："这不就过来了？"

封闭式阳台的玻璃窗将晚风挡在了外面。暧昧的因子在两个人周围疯狂增长，越来越密集，像是把这里的空气都挤压走了。

顾影的脑子一片空白，心脏跳到了嗓子眼儿。近在咫尺的江恂还在看她，似乎在等她回应，又似乎在观察她的反应。

其实她刚刚那么问只是一次小小的试探，想看看江恂会怎么说，没想到对方再一次用行动回复了她，还是这么出人意料的行动。

他就好像她一直在努力摘的星星，在她试探地把手伸出来的时候，一下子飞到了她面前，只需要伸手就能摘到。

这种感觉太不真实。但是眼前的人和仿佛还留在唇边的吻提醒着她，这一切都是真的。

"我……你……"顾影的意识被复杂的情绪侵占，她完全不明白自己要说什么。

江恂的目光掠过她长而卷翘的睫毛，水光盈盈的眸子，最后来到她因为涂了唇膏更显娇艳的樱唇上。喉结上下滚动一番，他随即放开她的下巴，站直身子。

"怎么？"江恂把她的话延伸了一下，"你没想到我会这么听话？"

顾影抬眸，撞进他明亮的黑眸里。

她记得在医院还他衣服那次，自己被他的态度刺激到，说了这么一句不怎么好听的话。

当时他逼近自己反问了句："我听话？"

那时他一副被惹恼后极其不爽的样子，跟现在完全不一样。现在的他眉眼柔和，语调漫不经心，像是在开玩笑。

"没有。"顾影终于找回了自己的语言组织能力，"我喜欢你……"

她的眼皮耷拉下来，声音愈来愈小："的听话。"

听完她的话，江恫笑了，低低的笑声带着浅浅的气息，听得人耳根发烫。

"顾影。"他喊。

"嗯。"

"抬头，看我。"

顾影没动。

江恫伸手在她头上揉了一把："你以前的胆子呢？"

她以前的胆子被自卑吞噬了一大半，现在好像又被江恫拉回来了一些。

顾影终于再次抬眼："干什么？"

"我刚刚没听清。"江恫垂眸与她对视，低低的嗓音似乎能蛊惑人心，"你再说一遍。"

顾影觉得，星星在向她招手。

"我说。"她舔了舔唇，这次声音无比清晰，"我喜欢你。"

"嗯，知道了。"江恫微微俯身跟她平视，黑亮的眸子里闪过笑意，"我也喜欢你。"

不知道为什么，这一刻顾影有点儿想哭，不是因为喜极而泣，而是因为一种类似委屈的情绪。

这种委屈不是别人给的，而是来源于她自己。她后悔自己为什么不早点儿鼓起勇气来面对自己的感情，为什么要因为江恫根本就不在意的一些事情而想要放弃。

"喂。"江恫一向散漫的声音透着一丝慌乱，"你怎么哭了？"

顾影眼里噙着泪水，但没有让眼泪掉下来。她微微仰头，眨了眨眼睛，用力把泪水给憋了回去。

江恫被她的动作逗乐了："你这是感动？"

"不是。"顾影睁着红红的眼睛看着他，瞎扯出一个理由，"你为什么非要我先说？"

"就为这事？"江恪靠在玻璃窗上，懒懒地道，"我这不是一朝被蛇咬，怕你要赖吗？"

顾影一时无言以对。

好在此时江恪的手机响了，他接起，应该是包间里的人在催他，他嗯了声很快结束了通话。

"走吧，回包间。"江恪示意顾影一起，"坐一会儿就回家。"

两个人并排往包间走，江恪卫衣的衣袖不时在顾影的手臂上擦过，即便隔着薄薄的布料，她似乎也能感受到对方的体温。顾影被这种似有若无的暧昧干扰，觉得路都不会走了。

她下意识地往旁边挪了一步，然而下一秒，江恪又将她拉了回来。

"刚亲完就想划清界限？"他这语气搞得好像主动亲人的是她似的。

"不是。"顾影说，"一起进门会有点儿挤。"

"你想得可真周到。"

两个人前后脚地走进包间。

顾影发现里面没了贺歆的身影，对方显然已经离开。

她坐下后端过刚刚没喝完的果汁小口喝着，借此缓解过快的心跳和躲避包间内其他人投来的耐人寻味的眼神。

"来来来，吹蜡烛。"唐科把摆在桌上的蛋糕盒拆开，插上蜡烛，"沈熠去关一下灯。"

被叫到的沈熠老老实实地走到门边把灯关掉。

顾影没想到他们几个大老爷们儿也这么注重仪式感，看着围在蛋糕前的几个人，她没忍住笑了。很轻的一声笑，但还是被旁边的人听了去。

顾影的指尖被人碰了一下，黑暗中，江恪转头看过来："笑什么？"

"没什么。"顾影悄悄缩回手，指尖的神经异常敏感，触感直达心脏，心口像是被人挠了下，酥麻感遍布全身。

"江恪你老盯着人家看干什么？"微弱的烛光亮起，伴随着唐科戏谑的嗓音传来，"快来吹蜡烛。"

顾影强装淡定的本事今晚好像发挥不出来，脸上火辣辣的，她甚至还有逃离窘境的想法。

江恂把视线从她身上移开，看向其他人时脸上没有半分不自在：“幼稚。”

“幼稚也得给我吹。”唐科说，“这个蛋糕可是我为你特别定制的，看到没，这是我们新游戏里面的人物。”

江恂今天心情好，嘴上说着幼稚，还是凑过去把蜡烛吹灭了，但是对于唐科提出的让他许愿的话怎么也不肯照做。

“你就没有什么愿望？”唐科把蛋糕上代表江恂年纪的数字 2 和数字 7 拿下来，“随便许个也行啊，比如说告别单身？”他意有所指地看了一眼顾影，还想说点什么的时候就接收到了来自沈熠的提醒——对方给了他一脚。

这一脚让唐科想起上次开顾影玩笑被骂的经历，于是他话锋一转：“算了，许愿不适合你，吃蛋糕，吃蛋糕。”

吃生日蛋糕就是走个流程，除了顾影和唐科各吃了一块，其他人只是意思了一下，几乎没动。

“江恂晚上还没怎么喝酒吧？”他们的大学同学也就是这间酒吧的老板秦雨提议，“来玩个游戏怎么样？”

“可以。”江恂看了一眼时间，“但很晚了，最多玩半小时。”

“很晚了”这三个字其他人听着莫名地想笑，同时他们也听出来他这句话里传递出来的另一个意思：这半小时怎么玩他都奉陪。

“既然顾医生在，那我们就玩个温和一点儿的游戏，叫‘我有你没有’。”秦雨说，“就是你要说一个你觉得别人没有但自己有的东西或做过的事，在场没有的或没做过的人就喝酒。”

顾影虽然没玩过这个游戏，但是在电视里面看过。玩这个游戏喝酒的概率很高，但她又不想扫兴，只好跟着一起玩。

“女士优先。”秦雨示意顾影先说。

顾影抿了抿唇，说：“我会给人做手术。”

她说完特意看了一眼江恂，眨了眨眼睛，像是在说：对不起了。

江恂闷笑一声，第一个端起酒杯认罚。在场的其他人无一幸免，纷纷喝下面前的酒，又把酒杯重新灌满。

第二个轮到沈熠，他微笑着说："我有孩子。"

其他人又一次全军覆没。

大家都在喝酒，顾影还在盯着自己面前的两个杯子犹豫：是喝酒还是喝果汁？

江恂替她做了决定："果汁。"

"哦。"顾影端起那杯果汁，刚凑到唇边还没喝就被唐科制止了。

"顾医生也太不够意思了，我上次还见过你喝酒呢！"

顾影："……"

"我替她喝。"江恂端过她的酒面不改色地灌进嘴里，面上也没有丝毫不悦。

唐科和秦雨交换了一个眼神，好像懂了点儿什么。

接下来又玩了两轮，大家上的都是绝活儿，基本不会给其他人留活路。江恂每次都喝双份的酒，连眼皮都不眨一下。

"时间差不多了。"江恂喝完一杯酒淡淡地道，"秦雨说完，我们今天就散了。"

"那我就随便说个吧。"秦雨笑了声，"我有对象。"

唐科端起酒杯愤愤地道："你太狠了。"

唐科喝完发现其他人没动，扫了一圈，视线落在顾影和江恂身上。他没说话，眼神传递出来的信息是：你们怎么不喝？

顾影也在纠结。她想起刚刚在阳台上跟江恂的对话，那会儿算是互相表明了心意，但是在她的固定思维里，这种事情好像需要一个仪式，需要问"你可不可以做我的男朋友"，对方答应了才算正式确定关系。

她对两个人现在的关系认知还有些模糊，所以觉得心虚。特别是当其他人看过来的时候，顾影紧张得想要伸手去够那杯果汁。

"你渴了？"江恂在她手抬起的一瞬间随口问。

"啊？没有。"顾影的手又缩了回来。

"没有就走了。"江恂从容不迫地站起身，"今天谢了。"他前面那句话是对顾影说的，后面的话是对屋子里的其他人说的。

“不……不是。”唐科还没从“这里只有他一条‘单身狗’”这件事上缓过来，“你不用喝酒？”

江恂等顾影站起身一起往门口走，闻言，回头看向唐科，勾起嘴角：“不用。”

短短的两个字不仅是对唐科的嘲笑，也间接承认了他和顾影的关系。

顾影走出包间后听到里面传来一声咆哮，眼皮动了动，她莫名地觉得唐科有点儿可怜。

来到停车场，顾影忽然想起了一件事：“你喝酒了怎么开车？”

“我叫了代驾。”江恂带她来到车旁，打开后门，让她先上去。

没一会儿，代驾来了，江恂上车坐到了她边上。熟悉的男性气息夹杂着淡淡的酒精味几乎将顾影淹没。

封闭的空间内，她害怕自己的心跳声被听到，只好佯装冷静地看向窗外，殊不知右边有一双眼睛一直在看她。

车开进年华里的停车场，司机拿钱走人。

顾影先下车，然后拉着车门等江恂下来。他下来后靠在车身上没动。

“怎么了？”顾影担心地问，“醉了？”

江恂嗯了声：“走不动。”男人懒懒地靠在车上，染着酒意的嗓音低沉又充满磁性。

“那怎么办？”顾影舔了舔唇，“要不你在车上休息一会儿，我上去给你弄杯蜂蜜水下来？”

“你的良心呢？”江恂的语气里带着一丝谴责，“你上次喝醉了我还把你背回家了。”

“主要是我背不动你。”

“那你牵着我走。”江恂说。他就站在那里，看过来的眼神直白又不加掩饰。

顾影觉得自己要是不答应，他会在这儿站一晚上。这样的他，像她之前形容过的"任性"。

顾影定了定神，缓缓伸出右手去牵他的左手，手刚碰到他的指尖，顾影微微颤抖了一下。

"抖什么？"像是怕她逃走似的，江恫在她的手探过来的时候，及时握了上去。

手被握住的那一刻，顾影的心脏都为之一颤，就好像整个人从身体到灵魂都被他拿捏住了。

"走吧。"顾影回握住他，用了点儿力道想拉着他走。

江恫不为所动："你怎么看起来不高兴？"

"江恫。"顾影干脆站着不动。

"嗯？"江恫懒洋洋地应了声。

"我第一次谈恋爱。"顾影说，"面对自己喜欢的人本来就会紧张，更何况今天这种情况有点儿突然。我其实很开心，开心到心跳加速又有些不知所措，我又不像你一样，面对什么事情都这么淡定从容——"

她话还没说完就被江恫拉进了怀里。

"你听听。"

顾影的脸正好贴在他的胸口，耳边是他强有力的心跳声，明显快于正常频率。

"听见没有？"头顶响起江恫无奈又宠溺的嗓音，"从今晚接到你开始，它就这样了，我也控制不住。"

安静空旷的停车场内，随便一丝声响都能被无限放大，就连平时可以忽略不计的心跳声也变得震耳欲聋。

顾影依偎在江恫胸口，听着耳边的心跳声，她自己的心跳也愈来愈快。紧挨着的两颗心脏像是在比谁跳得更快似的，跳得越来越快，互不相让。

知道他不如面上表现出来的那么从容，也跟自己一样激动，顾影的嘴角不自觉地翘起。

"高兴了？"

江恫的突然出声把顾影吓了一跳，她抬头，发现江恫正在看她，不知道看了多久。

她收起嘴角的弧度，清了清嗓子：“走吧，回家。”

这次江恂没有反对，任她牵着往前走：“你这是什么毛病？一点儿亏都不能吃？”

“我没有。”顾影埋头走在前面，余光瞄到两个人交握在一起的手，心头不禁涌上一阵雀跃，“我是怕你误会，这不着急解释嘛。”

进到电梯里，江恂像没骨头似的，头轻轻靠在电梯壁上，捏了捏她的手：“去我那儿坐坐？”

顾影帮江恂按下楼层按钮，手往上想继续按，听到这话迟疑了一下：“也行，我陪你过完生日。”

江恂闷笑一声：“嗯，还有半小时。”

“你笑什么？”顾影动了动手，想抽出来，“你根本没醉。”

“我那酒一半是替你喝的，醉没醉你都得把我送回家。”江恂没松手。

“我又没让你喝。”顾影说，“其实我也可以喝一点儿的。”

“然后呢？”江恂轻声哂笑，“明天又把今天的事忘得一干二净？”

顾影：“……”

“所以你今天必须清醒着。”

电梯门开，这次换江恂拉着她往外走，他进到屋内才放开她。

顾影换好鞋来到客厅，发现江恂半个身子陷在沙发里，手背搭在额头上，眼眸微合，酒精像是给他镀上了一层慵懒之色，她看一眼都怦然心动。

她抬脚转向餐厅：“你家有蜂蜜吗？”

“不用。”江恂拍了拍自己身边的沙发，“过来坐。”

顾影打开冰箱没找到蜂蜜，见他眼神还算清明，便给他倒了一杯温水。

刚要坐下，视线触及茶几上的一个礼品盒，她猛地想起一件事：“对了，礼物还没给你。”

“嗯？”江恂抬了抬眉梢，“不是给过了？”

“什么时候给了？”顾影边说边往门口走，“我都忘记带了，这就去给你拿。”

没过几分钟，她重新出现在客厅，手上还拿着一个包装精美的盒子。

“给。”顾影把礼物放在茶几上，“我不知道你喜欢什么，随便买了一个。”

“我喜欢什么，今晚不是告诉你了？”江恂坐直身子，拿过礼物顺手拆开。

顾影想起今晚他说的“我也喜欢你”，双颊一下爬上绯红，眼神也无处安放：“啊，那个，我知道了。”

江恂瞥了一眼她紧抓着裙摆的手，笑意在眼底晕开：“所以你不是已经送过礼物了？”

顾影指了指他手里的东西：“你看看喜欢不？”她买的是一个游戏手柄，想来他应该用得着。

江恂有些意外：“谢谢，很喜欢。”

“喜欢就好。”顾影眉眼弯了弯，“你可以试一下，如果有问题我就拿去换。”

“行。”江恂重新靠回沙发，单手搭在顾影身后的沙发上，一副占有欲十足的姿态。

顾影僵着身子，觉得自己差不多该回去了：“要不我先上去了？”

“还有十二分钟。”江恂懒懒地说，“刚刚不是说要陪我过完生日？”

“哦，那看会儿电视。”顾影拿过茶几上的遥控器，打开电视，佯装认真地看起来。

“顾影。”

“嗯？”

“你把遥控器拿反了。”

“啊？”顾影连忙把遥控器转了半圈，低头发现还是反的，“你骗我。”

“是呀。”江恂低哑的嗓音带着些许笑意，“你假装镇定的样子还蛮有趣的。”

从江恂家里回来已经过了十二点，顾影像八年前收到他短信那晚一样，兴奋得睡不着。

她把房间的卫生全搞了一遍还是睡不着，好想找个人分享这种开心，于是她找到了李思怡的微信，给对方发了条消息过去：睡了没？

李思怡隔了几十秒才回复：本来睡了，被你吵醒了。

顾影心情好，乖巧地认错：对不起，我就是想告诉你一声，我有男朋友了。

结果李思怡给她回了个电话过来：“你追到江恂了？”

“嗯。”顾影的嘴角好像不受自己控制，一直往上扬，“算是吧。”

“我就说他喜欢你吧？”李思怡说，“谁先表白的？”

“是我。”顾影回忆起晚上的事情，好像做梦一般。

她本来对于“江恂也喜欢她”这件事持怀疑态度，对贺歆那句“只需要勾勾手指头，江恂就乖乖地到你跟前”更是嗤之以鼻。

她自知没有这么大的魅力，江恂也不是这种呼之即来的人，但她还是被好奇心驱使去试探了一番。没想到江恂给了她一个意想不到又无比惊喜的回应。

他好像从来不在乎别人说什么，也没考虑面子不面子的问题，倒是给足了她面子。

“可以呀。”李思怡调笑道，“在一起了就不要考虑其他因素了，他喜欢你才会跟你在一起。你好好享受恋爱，记得请我吃饭。”

“嗯，我知道，我现在就怕吓到他。”顾影咬了咬唇，脑子里回忆起今晚跟江恂的相处，虽然紧张害羞，但是好几次都想要去抱抱他，特别想的那种。

“你怕吓到他？”李思怡被顾影逗乐了，“你做什么能吓到他？”

“没事，我就是……”顾影盯着头顶的白炽灯，嗓音很小，“我就是好喜欢他，好喜欢。”

就好像她小时候买了一件梦寐以求的新衣服，刚开始几天都会挂在柜子里舍不得穿，每天打开来看着，知道是自己的就很满足。因为她太喜欢了，穿上怕把它弄脏，但又想穿。

她现在就是这样，江恂成为她男朋友这件事让她觉得很满足，想亲近他，又怕吓到他。

“我真是服了。”李思怡说，“你这不是已经确定关系了吗？还要压抑自己的感情？喜欢就大胆地说出来，想做什么便去做，他估计巴不得你热情点儿。”

“嗯，我知道了。”顾影说，“你睡吧，下次见面聊。”

有些事情她不方便跟李思怡说，但不代表不存在。毕竟当年做错事的人是她。

第二天一早，顾影又一次在电梯里碰到了江恂，当时电梯里不止她一个人。

由于晚上没睡好，她迷迷糊糊地缩在角落，没注意到进来的人是他。直到额头被人轻轻弹了一下，她才抬起头。

“江恂？”

江恂懒懒地嗯了声：“昨晚通宵了？”

“没有。”顾影小声说，“晚上回去搞了一下卫生。”

“那么晚回去还搞卫生？”江恂一脸困倦，看起来也好不到哪里去。

“我睡不着。”顾影老老实实地道。

江恂盯着她的脸，像是猜到了什么，忽然一笑：“巧了，我也是。”

男人的眼睛笑成一弯月，衬得整个人都阳光起来。顾影也被他感染，眉眼染上笑意。

“去负一楼，我送你去上班。”江恂说。

“不是顺路？”顾影问。

“我的公司在哪儿你知道吧？”江恂弯腰与她对视，“顺不顺路你会不知道？”

顾影垂下眼帘：“知道。”

江恂轻笑：“走吧，女朋友。”

隔了一晚重新涌上顾影心头的那种不真实感，因为他的这三个字消失得无影无踪。

坐上车，江恂问："吃早餐没？"

"没。"顾影系上安全带，"你呢？"

"一起去吃？"江恂启动车子，将车开出停车场，"有时间吗？"

"有。"顾影说。

江恂送她要比她搭地铁快，省出的时间正好可以吃早餐。

五分钟后，两个人坐在一家早餐店内。

顾影点了一碗甜酒和一个奶黄包，江恂要了一份蒸饺。两个人安安静静地各自吃着自己的早餐。这样的相处还是会让顾影感觉紧张和局促，但更多的是开心。

吃到一半，包里的手机响个不停。顾影拿出来一看，见是高中同学群有人在聊天，她本不想理会，怎知无意中一瞥就看到自己和江恂的名字出现了两次。

顾影立马点开群消息，只是一眼便让她面红耳赤。

群里的同学排着整整齐齐的队伍，全都在发一句话：恭喜有情人终成眷属！@顾影 @江恂。

"你这是什么坏习惯？"江恂悠悠的嗓音自对面传来，"先好好吃早餐。"

"哦，好。"顾影把手机收起，继续埋头吃早餐。

吃完早餐回到车上，顾影再次拿出手机打开微信，同学群还有人陆陆续续地在发那句祝福的话，她压根儿不敢回。她正打算退出微信，群里突然跳出一个眼熟的名字。

J：谢了。

顾影倏地扭头看过去，江恂也随之抬眼。

四目相对，他轻挑了挑眉梢："要有礼貌。"

顾影："……"

江恂随手把手机丢进储物箱里，不紧不慢地提醒："系安全带。"

顾影手忙脚乱地系上安全带。

车子从路边的停车位汇入车流，顾影目视前方，清了清嗓子，问：“他们怎么会知道？”

“知道什么？”江恂明知故问。

顾影小声说：“知道我们的事。”

“什么？”江恂说，“我没听清。”

顾影动了动嘴唇，满足他也满足自己，回了一句：“知道我们在一起的事情。”

笑意在江恂的眼底晕开：“单浩天说的吧。”

昨晚唐科在朋友圈里发了条江恂已经告别单身的朋友圈，凌晨两点，单浩天还给江恂打了个电话过来求证。

顾影也大概猜到了是怎么回事，昨晚沈熠和唐科都在，单浩天跟他们关系好，知道很正常。

车子很快到了雅康医院门口，顾影解开安全带，手缓缓搭上门把手：“我下去了？”

“今天下午我要去海市出差。”江恂靠在椅子上，偏头看向她，“过两天才回来。”

“嗯？”顾影不解。

“跟你报备一下行程。”江恂说。

顾影假装不在意地点点头：“知道了。”

江恂笑了：“你这两天自己坐地铁，回来我给你打电话。”

“好。”顾影淡定地应了声，然后开门下车。转身的一瞬间，她的嘴角抑制不住地往上翘，心里像灌了蜜一样甜。

当天晚上回到家，顾影洗漱完躺在床上看手机。

白天上班没时间看，现在才知道同学群里一整天都有人在聊天，话题基本围绕着她和江恂展开。

顾影随便翻了翻，发现还有人在讨论他们谁主动的问题。很多男生猜是顾影，但大部分女生不以为然，有人说：给你们看一张照片就懂了。

顾影看到那张照片时，目光微微一顿。

照片背景是同学会那晚的KTV包间，昏暗的灯光下，她和江恂旁若无人地对视。她都不知道自己当时的眼神有这么明目张胆，里面的爱慕不加掩饰，全然暴露在外人面前。但是，江恂好像也差不多，男人漆黑的眸子隔空锁定她，里面有着顾影连看照片都无法直视的占有欲。

她正看着，手机里跳出来两条消息，来自何语梦：啊，你们终于还是在一起了！

何语梦：快跟我说说，这次是谁追的谁？是不是江恂？我猜是他！我跟俏俏赌了一百块，你可别让我输了！

顾影失笑，恐怕要对不住了。她拍了拍自己发烫的脸，退出跟何语梦的对话框，重新点开群消息找到刚刚的那张照片把它保存了下来。

做完这些，她才给何语梦回消息：我追的。

消息发出去的下一秒，顾影便惊觉不对劲，她居然把回给何语梦的消息误发到了同学群里！

顾影连忙点击撤回，可是为时已晚。她这三个字就像一滴水落入滚油，炸开了锅。群里全是感叹号、问号和“我就知道”。

另外还有何语梦的消息炮轰：啊啊啊！你太不争气了！我的一百块没了！

顾影把脸在枕头里埋了一会儿，然后拿过丢在一边的手机，打算给何语梦回消息。

文字还没编辑完，屏幕上又跳出两条新消息。消息来自江恂。

顾影的心跳停了一拍，她快速回复了何语梦，转而点开江恂的消息。

他发过来两条语音：“你追的？”

男人的嗓音耐人寻味又带着隐隐的笑意，一条播完又自动播放下一条：“什么都没做还骄傲上了？”

顾影藏在心里的小鹿开始不安分地四处乱撞。她在床上翻了个身，回复：我追了。

江恂回复得很快，依旧是语音消息：“那你告诉我你做什么了？”

顾影想了想，不知道该回复什么。她好像的确没做什么具体的事情。

她一开始就是去借了个打火机，后来坐在他家看电视，出去吃饭，玩游戏，好像每次都是他极其自然地发出邀请，自己只是顺势接受。

这么看来，她以为的追求其实都是在江恂不动声色的引导下进行的，就连表白也是。

顾影微微一笑，继续回复：我请你吃了火锅。

J：那难道不是赔罪？

顾影正想解释，他又回过来一条语音："不过你的确做了一件事情。"

顾影刚发过去一个疑问号，何语梦又发来一条消息，连标点符号都能看出她的激动：啊啊啊！你们俩够了！！！

顾影：什么意思？

何语梦：你没看群消息吗？

顾影忙打开同学群，此时群里跟早上一样，同学们排着整整齐齐的队伍发着同一句话：狗粮吃饱了，谢谢！

顾影不明所以地往上翻了翻，终于看到了造成这种现象的源头。

J：因为我好追，她勾勾手指头我就过来了。

顾影的心跳再次失控。所以江恂说她做了一件事，就是勾勾手指头？

这让她有点儿心虚，就好像自己明明说了要追他，结果什么都没做。这样的认知让顾影产生了一种想要补偿的心理。

于是，她红着脸给江恂发过去一条消息：我会对你好的。

江恂回复得很快："嗯，我等着。"男人的闷笑声从字里行间透出来，带着浅浅的气息，仿佛能灼人心。

顾影连续听了几遍，终于忍不住去浴室用冷水洗了个脸。

江恂出差的第二天，顾影休息。

白天她出去逛了个街，买了两身新衣服。下午回到家后她给自己做了一顿饭，吃完躺在沙发上看电视。

时间越晚，顾影看向手机的次数越频繁。不知道江恂下班没？他现在在干吗？

最后她干脆拿起手机打开跟江恂的微信对话框，编辑了一条"你在干什么"，却迟迟不敢发过去。

顾影盯着对话框，半晌，还真被她盯出一条消息来。

J：在干什么？

顾影的眉眼顿时染上笑意，她把之前编辑好的文字删掉，重新打了几个字发过去：在看电视。

J：我来制造点儿存在感。

顾影觉得自己真是无可救药，江恂随随便便的一句话就能扰乱她的心跳。但她回的文字跟她的心情完全不相符：哦。

发完她觉得好像有点儿冷淡，又补发了一条：你呢？在干什么？

J：刚下班，打算去吃饭。你明天几点下班？

顾影：五点半。

江恂回过来一条语音："明天下班我去接你，陪我买个东西。"

顾影微笑着回复：好。

江恂又发来一条语音："顺便约个会。"

顾影抱紧怀里的抱枕，脸上是绷不住的笑意。

跟江恂发完消息，顾影嘴角的弧度就没消失过，这种好心情一直维持到了第二天中午。

七颗糖 著

下册

循循善诱

青岛出版集团 | 青岛出版社

第十章

想和江恫做的十件事

今天顾影值门诊白班。

上午离午休还有十分钟时，她再一次遇到了那名患有心脏病的孕妇。

因为孕妇情况特殊，且坚持要孩子，上个月底心外科那边组织了一次专家会诊。

顾影也参加了会诊，有人提出唯一的解决方案是做瓣膜置换手术，但是手术过程存在很大的风险。很多医生觉得不可行，这样做的后果很有可能是一尸两命。

但孕妇得知可以做手术时，没有丝毫犹豫，说自己可以承受，让医生帮忙安排手术。她的丈夫也说手术费不是问题，最重要的是保住这个孩子。

院方多次劝阻无效，夫妻俩决定去其他医院做手术。顾影没想到还能在这里碰到她。

"现在是什么情况？"顾影问。

孕妇说其他医院也拒绝给她做手术，其实这个结果在顾影的意料之中。

雅康医院是南方最好的医院，如果连这里都不愿意为病人做手术，本地的其他医院应该也做不了这类手术。

顾影语重心长地跟她说了几句话，最后嘱咐："你好好想想，要尽快做决定。"

孕妇走后，已经到了午休时间。

顾影起身去食堂吃饭，在走廊上碰到了心外科的一位男同事，叫林辞。他说正巧有问题要问她，两个人便结伴一起去用餐。

他们刚走到食堂门口，一道熟悉的声音从身后传来。

"小影？"

顾影转身，没想到会在这里碰到李美，她像是见到救星般跑上台阶，来到顾影的面前。

"真的是你呀，你在这里工作？你爸被人撞了，就住在那里的十一楼里。"她指着住院部说。

"严重吗？"顾影非常平静地问。

"双腿不能动。"李美见顾影愿意聊天，不免多说了几句，"顺便看了一下还有风湿和肌无力，那人不愿意多出钱，你在这个医院里肯定有熟人，可不可以开一些补品……"

"我没这个权力。"顾影打断她的话直接走人。

李美此时注意到了她旁边的林辞，笑呵呵地问："这是我们小影的男朋友吗？一表人才呀。"

"不是。"顾影走了两步，又回过头来，示意林辞跟上。

林辞显然没看懂她们之间的关系，见李美亲昵地叫着顾影的小名，走之前还是客气地喊了一声"阿姨"。

"欸，你好，我们家小影这几年没跟我们住一起，所以有些生疏了，你有空来家里玩。"李美热情地说。

顾影这会儿犯恶心，已经无心吃饭，于是跟林辞说了声，转身往回走。

她知道李美跟在她身后。走到一个没人的角落，她终于停下脚步，转过身面对李美："你以后能不能别自称是我的家人了？"

"我——"

顾影没给她说话的机会："是你自己把我丢回儿童福利院的不记得了？我不想说难听的话是因为我曾经也叫过你们两年爸妈。你们既然放弃了我就不要再来纠缠了，行吗？"

对于这件事，李美多多少少有些心虚，所以这会儿安安静静地站那儿没说话。

"以后见面当陌生人就好。"顾影丢下这句话走回了办公室。

自从碰到李美起，顾影整个人就不在状态，李美这种人看似老实，其实骨子里坏得很。跟坏人打交道难，跟这种对自己有过一丁点儿恩惠的坏人打交道更难。

顾影怕李美知道了自己上班的地方，经常找过来，那将会是一件非常糟心的事情。只是她没想到，糟心的事不只有这些。

顾影回到办公室没一会儿，觉得不吃东西会影响下午上班，于是打算下楼去小卖部买点儿吃的。走到电梯间等了会儿，电梯门打开，顾影站在一旁打算让里面的人先出来。

然而没过两秒，一个人影快速逼近，顾影来不及做出任何反应就被狠狠地往后一推，随后中年男人愤怒的嗓音响起："你跟我老婆说了什么？"

身边的病人和病人家属都发出惊呼声，顾影被推得重重地摔倒在地，脑子嗡嗡作响，半天没回过神来。

就在中年男人再次逼近时，一个人快速挡在她面前："你神经病啊，小心我告你。"

与此同时，那名孕妇也从身后拉住了她的丈夫："你干什么？走，先回家。"

中年男人不顾她有孕在身，用力甩开她的手，指着顾影问："就是她劝你打掉小孩的对不对？"

"你别在这儿闹了，不嫌丢人吗？"孕妇又试图去拉他，结果被他躲过了。

"你给我站一边去，我的孩子谁都没资格动。"男人这话也不知道是说给她听还是说给顾影听的。

"小影，你没事吧？"顾影被人拉了起来，这才看清刚刚挡在自己面前的是不久前才见过的李美，不知道她是不是跟在自己身后过来的。

顾影目前无暇顾及这些。她缓缓上前两步，对中年男人说："走吧，我们去办公室聊。"

电梯口人多口杂，顾影怕影响公共秩序，把他们带回了办公室。

进到屋内，顾影毫不避讳地坦白："我刚刚是劝你老婆不要孩子，那是因为她现在的身体状况不适合怀孕，她熬不过十月怀胎。"

"她的心脏病又不是这两年才有的，她之前不也生了两个小孩。"中年男人冷笑，"你们医生只会把病情夸大，不就是怕出了事不想负责？"

"我一开始就跟你们解释过，她现在的病情比以前严重，再加上年龄大了，所以身体状况跟以前不一样。"顾影耐心地解释，"你应该为她考虑一下，她很有可能因为怀孕丧命，你想过后果吗？"

"我不管，这是我的第一个孩子，谁都别想打掉，动不动就劝人打掉孩子，你们尊重生命吗？"中年男人油盐不进，似乎除了孩子什么都不在他的考虑范围之内。

顾影说："我们就是站在尊重生命的立场来劝说的，你别忘了，你老婆也是一条活生生的人命。"

"但是她——"

"够了！"中年男人还想继续说下去，孕妇忽地吼了一句。

顾影看过去，只见孕妇不知何时已经满脸泪水，眼里的悲戚让人心疼。

"离婚吧。"她看向自己的丈夫，短时间内像被人抽掉了全身的力气，了无生气，"我们离婚吧，我会把孩子打掉的。"

她的丈夫似乎被她的话震惊到，眉毛紧蹙，像是没听懂般反问："你知道自己在说什么吗？"

"我知道，我说离婚。"孕妇擦了一把眼泪，语气很轻，咬字清晰，"我为了挽救这段婚姻付出了很多，总不能把自己的性命也搭进去吧？这样太傻了。"

她之前一个劲儿地想留住丈夫，想挽救这段婚姻，所以无论付出什么样的代价都想生下这个孩子。刚刚顾影点醒了她，如果她因为这个孩子付出了自己的性命，那她又得到了什么？她挽留的又是什么？她之前的两个孩子又该何去何从？没人会在意她和她的两个孩子。

她跟丈夫虽然平时关系还算不错，但是他对她从前夫那里带过来的两个孩子从没付出过关心，通常都是视而不见。对两个孩子的愧疚让她幡然醒悟，婚姻固然重要，但远远没有生命重要。老话说得好，留得青山在，不怕没柴烧。

她说完转身离开。

下一秒，顾影叫住了想跟在她后面一起离开的中年男人。

"等等，你伤人的事情还没解决。"顾影现在全身都痛，感觉腰椎骨都裂开了，"我们报警处理吧。"

中年男人原本想置之不理走人，但被及时赶到的医院保安和主任拦住了。

顾影随后被送去做检查，现场留给主任处理。这期间李美一直跟在顾影左右，还不停地问她感觉怎么样。

"您能离开吗？"顾影甩开她搀扶自己的手，"我的同事会陪我。"

李美的眼神闪了闪，她随即退到了一边。

顾影拍了个片，结果显示尾椎骨有轻微骨裂。骨科医生说情况不严重，说她现在身体的疼痛都是由于肌肉组织损伤造成的，之后又给她开了一些活血化瘀的药，并嘱咐她近几天尽量多卧床休息，少走动。

顾影拿完药又去了一趟派出所做笔录，主任报了警，医院调取了监控，监控画面能清楚地看见中年男人推人的全过程。

民警根据监控和双方口供以寻衅滋事、故意伤人为由对中年男人处以拘留十四天的惩罚。

顾影从派出所回到医院已经到了下班时间，缓过最开始的那阵疼痛，现在身体感觉好了许多，就像平地摔了一跤，只有尾椎骨那儿还有点儿痛。医院给她放了两天假，让她在家里好好休息。

顾影刚换好衣服就收到了江恒的微信消息，说他已经到达医院门口。

她下到一楼忍不住小跑了几步，这一跑全身又开始痛起来。顾影连忙放慢步子。

坐上车，见到江恼，她才绽开一个笑："去哪儿？"

"先去吃饭，你想吃什么？"江恼将双手搭在方向盘上问她。

"我都可以，你定吧。"顾影说。

"今天这么——"江恼缓缓地朝她靠近，在距离她的脸很近的位置停下，接着微微偏头在她耳边说，"乖？"

顾影因为他的靠近而屏住了呼吸，听到落锁声，才知道他在帮自己系安全带。

因为见到他，心里那种开心夹杂着委屈的情绪促使顾影做出了一个大胆的举动：她在江恼起身之际伸手轻轻环住了他的腰。她能感觉到手抱上去的那一刻江恼的身子微微一僵。

"怎么了？"

顾影将脸埋在他肩头，声若蚊蝇地说："抱抱。"

阳光穿透玻璃窗洒进来，给狭小的车厢内添加了一层暖色滤镜。

顾影搂着江恼的腰，鼻息间全是他干净清冽的味道。她抱着喜欢的人，这种美好似乎能驱赶所有不开心，就连身体的疼痛都缓解了不少。

正当她觉得差不多可以了的时候，江恼此前一直垂在身侧的手缓缓攀上了她瘦削的肩背。

"行，随便抱。"

男人散漫的嗓音透出些许纵容，手上的温度隔着一层薄薄的面料仿佛烙在了她心上，她的心窝暖暖的，嘴角止不住地上扬。她微微偏头，在见到江恼耳朵上的那抹红时，嘴角的弧度又继续扩大。

原来他也会害羞。

隔了两秒，顾影察觉背上的手倏地收紧，被压到的地方传来一阵疼痛，她没忍住轻呼出声："嗞，江恼，你先放开我。"

江恼感觉耳畔传来浅浅的气息，似有若无，勾得人心痒。他下意识地收紧了手把人往怀里带了些。听到顾影的抽气声，他连忙松了手。

“不是。”他看着顾影微微拧起的眉，失笑，“这也痛？”

顾影不好解释。

“你这娇气得让我有点儿担忧呢。”江恂把手撑在她身侧，那双眼睛看过来的时候，里面混杂着暧昧和轻佻。

“那个，你先开车吧。”顾影将头别到一边，“这里是医院门口，等会儿同事看到了不好。”

“讲不讲道理？”江恂捏了捏她的耳垂，坐直身子，“明明是你先动的手。”

他这么一说怎么跟打架似的？

江恂把顾影带到了明月阁吃饭。

饭后，他说要去买东西，顾影问了才知道他要去买游戏光盘。

“你家里没有吗？”到了商场，顾影问。

“有是有，但是没有适合你玩的。”江恂领着她走进一家游戏配件店。

顾影张了张嘴：“我又不会玩。”

“我教你玩。”江恂看了她一眼，“所以，你多下来坐坐。”

顾影懂了。他是在给两个人创造相处的机会，知道她干坐着会尴尬，所以说教她玩游戏。

在江恂的推荐下，顾影选了几个看起来还不错的游戏光盘。

他们买完光盘出来还不到八点。

江恂看了一眼楼上，问：“要不要去看电影？”

这一刻，顾影的身体和灵魂分开了，身体叫嚣着想回家睡觉，灵魂却想和江恂多待一会儿。

经过一番撕扯，最终灵魂获得胜利，顾影点点头：“可以。”

电影院就在商场的四楼。

现在恰逢五一档，热映的电影很多。顾影选了一部网络评分很高的爱情片，江恂没什么意见。

坐在电影院内，灯光暗下来的那一瞬间，顾影突然想到跟江恂第一次看电影的经历，那时候的自己从没想过还会跟他有什么交集。没想到半年不到，两个人就成了男女朋友。

“江恂。”顾影碰了碰他的手臂，“问你个事。”

江恂附耳过来：“嗯？”

“那次相亲，你是不是事先就知道对象是我呀？”顾影问了藏在心里很久的一个问题。

“是呀，我一直都知道对象是你。”江恂看着她，悠悠地说，“你还好意思提这事？”

两个人小声说话似乎引起了别人的不满，前面的人回了一下头，顾影立马坐直身体。

这部电影时长两个小时，结束的时候，顾影打算起身，刚动了一下身子，发现全身酸痛难耐，就好像受伤的组织细胞睡了一觉，现在全部清醒过来。

等江恂站起身，顾影朝他伸出一只手：“牵我。”

江恂从善如流地握住她的手，见她还坐着不动，他抬了抬眉梢：“要我拉你起来？”

顾影点点头：“你轻点儿拉。”

话音未落，江恂就发现了不对劲。顾影看他的眼神委屈中又带了点依赖，跟多年前自己生日那晚，她躺在病床上看过来时的眼神一模一样。

他忽地俯身仔细端详她的脸：“你是不是不舒服？”

“有点儿。”顾影老实地承认。她身体现在的疼痛跟刚摔到地上那会儿差不了多少，怕是瞒不住。

“怎么了？”江恂用手背在她额头上探了探，“好像没发烧。”

“我就是这两天太累了。”顾影弯了弯唇，“昨晚也没睡好。”她不想让江恂担心，也不想把工作中的烦恼带入生活中，所以选择隐瞒。

“那刚刚还答应看什么电影？”江恂把她拉起来，牵着她往外走，“不舒服要说，懂不懂？”

“知道了。”顾影伸手扯了扯他，“走慢点儿。”

两个人回到车上，顾影长舒了一口气。她实在太痛了。

江恫启动车子前，看了她一眼，见她面色苍白，不像是没睡好引起的。

"你……"江恫想到一种可能，难得不知道怎么开口，"你是不是肚子痛？"

"啊？"顾影一时没反应过来，当捕捉到江恫脸上的几分不自在时，她好像懂了，"不……不是，我回家睡一觉就好。"

江恫不疑有他，发动车子上路。

车子刚驶入年华里停车场，顾影就接到了来自孔莹的电话。

"小影姐你没事吧？"孔莹焦急的声音从听筒里传出，"我刚听说你今天被人打了，还骨裂了，怎么回事？怎么老有这种人哪？"

顾影想把手机音量调小，但为时已晚。江恫偏头看了她一眼，那眼神让她心虚得不行。

顾影跟孔莹解释完，发现车子已经停下。她转头对上江恫面无表情的脸，眼皮动了动，问："你听到了？"

"怎么回事？"听到孔莹的话，江恫想起之前自己抱她的那一下，她就痛成那样，心里烦躁得不行。

"今天被一个病人家属推了一把。"顾影轻描淡写地说道。

"骨裂？"江恫边说边下车，绕过车头来到副驾驶座这边，拉开车门，"哪里骨裂了？"

"尾椎骨轻微骨裂。"顾影不敢看他的眼睛，"我同事说不严重，在家休息两天就好。"

"你挺能耐呀顾影。"江恫替她理了理颊边的刘海儿，语气生硬地说，"骨裂都能忍？"

"轻微的。"顾影说。

江恫嗤笑一声，随即俯身将她打横抱起："这样会不会痛？"

"有一点儿。"顾影如实说，在江恫打算松开手换个姿势背她时，她伸手搂住了对方的脖子，"但是可以忍。"

江恫被气笑了："你这是什么毛病？"

“这样比自己走好多了。”顾影靠在他的胸口，“而且我想要你抱。”

江恂用手肘把车门关上，小心翼翼地抱着她往电梯走。

进了电梯，他低头看着顾影，语气相当不善：“别以为撒个娇我就不跟你计较了。”

江恂把顾影送回房间，在头顶的白炽灯灯光下，把她从头到脚都打量了一遍，问：“除了后背痛，还有哪里痛？”

“还有手臂，还有大腿。”顾影说，“其实哪里都有点儿痛。”

“不是说只是没休息好？”江恂拉过她的手，把袖子卷起，看着胳膊上那一块明显的瘀青，顿时抿紧嘴唇，不用想也知道背上是什么情况。

“医院有没有给你开药？”他问。

“有，在我包里。”顾影乖乖地把药拿出来给他看。

江恂看了一眼药，转身去厨房给她倒了一杯温开水，“你这什么破工作？三天两头被人揍？”

“哪有三天两头？”顾影喝完药，讷讷地反驳：“一共就两次，都被你碰到了，而且上次我不也没受伤吗？”

“推你的人呢？”江恂接过杯子放在茶几上，回头揉了揉顾影的脑袋，“怎么下得去手？”

顾影脸上一热：“送去警局了，拘留十四天。”

江恂忍住说脏话的冲动：“便宜他了。”

顾影附和道：“我也觉得。”

“我以前是不是告诉过你？”江恂说，“无论发生什么事自己的安危最重要，少管闲事。”

“我知道。”顾影懂他的意思，就像今天这件事，如果她没有那么真情实意地去劝说那名孕妇，可能一切就不会发生。

但怎么说呢，面对这样的结果，她还挺开心的。她说的结果是那名孕妇决定打掉腹中的胎儿，保住自己的生命。

“江恂。”顾影扯了扯他的衣摆，“我今天帮两个小朋友保住了他们的妈妈，厉不厉害？”

江恂胸口的那点儿烦躁因为她的这句话消失殆尽，他这一刻像是突然明白了她选这个职业的原因。

心口泛起一阵痛，江恂握住她揪着自己衣摆的那只手，说："嗯，很厉害。"

顾影休息的这两天，除非必要江恂都在家里办公，顺便照顾她。

两天过后，除个别地方按压她还会有点儿痛外，顾影的伤基本上已经痊愈。

休息完顾影又投入工作岗位中，最近几天江恂每天负责接送她。

这天下班，顾影刚出医院大门，就碰到迎面走来的李美。

对方见到她眼睛一亮："小影，你回来上班了？身体好了没？"

听到这话顾影就知道对方肯定去门诊办公室找过自己，她把心里的厌恶毫不掩饰地表现在脸上："我不是说了以后我们当陌生人吗？"

"我们好歹当过两年母女，我怎么可能把你当陌生人？"李美把自己手里的保温盒递给她，"这是我熬的骨头汤，本来是给你爸……你顾叔叔喝的，你要不要喝点儿？"

"不用。"江恂的越野车就停在门口处，他许是看见了她，这会儿副驾驶座的车窗降下一半，顾影见状撇下李美走了过去。

身后的李美一直站在原地，见顾影上了车，直到车子驶走，才转身离开。

第二天同一时间，顾影走出医院，意外发现江恂的越野车旁站着阴魂不散的李美。

顾影气得胃痛："你在干什么？"

李美闻言吓了一跳，回头见是顾影，讪讪地笑，什么都没说，灰溜溜地走了。

坐上车，顾影抿了抿唇，问："她刚刚跟你说什么了？"

江恂靠在椅子上，语气懒散："还没来得及说。"

"你别理她。"顾影说，"她不是什么好人。"

"我知道。"江恂意味深长地扫了一眼顾影，"她是坏人。"

顾影扭头看过去，眼里有着诧异和不可置信。她从没跟江恂说过养母的事，只记得喝醉那晚说了句“他们都是坏人”。他居然记得，并且猜出了李美就是“坏人”之一。

“你怎么知道？”顾影问。

“除夕那晚不是见过一次？”江恂不咸不淡地道，“猜的。”

“哦。”顾影暂时不想多说这件事，怕影响心情，于是转移话题：“你以后不用每天来接我，我坐地铁就好。”

“前后才几天，变化这么大？”江恂单手搭在方向盘上，侧头看她，“第一次来接你还有一个拥抱，现在呢？”

顾影解释：“我怕你麻烦。”她能感觉到江恂最近工作很忙，不然他也不会每天早上都是一副没睡醒的样子。

“顾影。”

“嗯？”

“你那天为什么忍着身体的疼痛也要跟我去吃饭、看电影？”

“因为我开心。”顾影脱口而出。

江恂勾起一个笑：“我也是。”

顾影微微一愣，继而弯了弯眉眼。他的意思是即使麻烦他也想来接她，因为开心。

两个人一起回到江恂家里，因为顾影答应今天给他做饭。

顾影从小就会做饭，自认厨艺还行。她做饭的时候，江恂一直倚在厨房的门框上看她，也不帮忙。其实是顾影不想让他帮忙。

“你去客厅看会儿电视或者去工作都行，别站在这儿。”

江恂没动。

顾影叹了口气，抬头道：“江恂，我怕切到手。”

江恂一愣，继而低头轻笑一声，离开了厨房。

饭后，江恂说教顾影玩游戏。他把上次买的游戏光盘装好，连上新手柄。

顾影选的都是单机游戏，江恂给她示范了几个游戏的玩法，发现她对《超级马里奥》特别感兴趣。

“你喜欢玩这个？”江恂没问她为什么小时候没玩过，而是在她点头后，认认真真地教她。

这个游戏简单，顾影没多久就学会了。

“我自己玩会儿。”

“行。”江恂把手柄递给她，坐在边上安静地看她玩。

两个人这会儿背靠着沙发坐在地毯上，顾影把双手搭在茶几上玩游戏，澄澈的眼眸里盛满光，眼角眉梢都是笑意，开心得像个孩子。江恂屈着一条腿，懒散地靠在沙发上看她。

屋子里不时响起马里奥用头撞金币的声音。

“好玩吗？”过了半晌，江恂撩起她脸颊的一缕头发拨至耳后，漫不经心地问。

耳根被温热的指尖触碰，顾影的身子轻轻一颤，屏幕里的马里奥也跌落悬崖。她定了定神，继续操控着游戏手柄，说：“好玩。”

“那你不感谢我？”江恂的手还搭在她的肩膀上，说话时轻轻拨弄了下她的耳垂。

“谢什么？”顾影强装镇定，几乎听不出尾音的颤抖。

江恂笑：“是我教你的。”

顾影干巴巴地道：“谢谢。”

她的眼睛自始至终盯着屏幕，马里奥死而复生，一直在原地徘徊。

“太敷衍了。”江恂毫不领情。

顾影没说话，屏幕里的马里奥仍然在跟一只鸭子较劲，怎么都跳不过去。

将这一切尽收眼底的江恂蓦地喊了一声：“顾影。”

“嗯？”顾影下意识地回头。

江恂在她回头的一刹那，快速把脸凑了过去。顾影的唇猝不及防地吻在他的侧脸上。

“嗯，收到了。”江恂心满意足地靠回沙发上，黑亮的眸子里闪过笑意。

顾影眨了眨眼睛，脑子有点儿蒙，唇上温热柔软的触感仿佛还在，提醒她刚刚发生了什么。

她缓了两秒，转过身继续玩游戏，但经过江恂这么一闹，刚刚学会的游戏好像又不会了，她甚至分不清按键的上下左右。

男色误人!

身后传来一声轻笑，顾影忽地放下手柄："我不玩了。"

"怎么了？"江恂明知故问。

"因为这里有妖精。"顾影闷闷地说，起身回家。

她说完身后安静了两秒，很快又传来男人的闷笑声。低低的笑声似乎带着灼人的温度，隔空把她的脸烫得火热。

有两天没见到李美，顾影还以为她不会再来找自己。这天中午，顾影刚从食堂吃完饭回来，李美又一次出现在办公室门口。

顾影面无表情地走过去关门，门却被李美从外面撑住了。

"我就是来告诉你一件事，那个……我前几天手头有点儿紧，跟你朋友借了两千块钱……"她的声音在顾影陡然变得震惊的目光下越来越小，"我想了想，觉得还是要告诉你一声。"

顾影第一次有想要打人的冲动。她忍了忍，不顾对方还撑在门上的手，用力将门摔上："滚！"

下午五点四十，江恂的车准时出现在医院门口。

顾影坐上去，招呼也没打，默不作声地拿出手机给他转了两千块钱。

江恂听到手机响，拿出来随意地扫了一眼，见是顾影的转账信息，他目光一顿，随即扭头看了过来："给我转钱做什么？"

顾影没作声，在心里告诉自己别生气，这件事不能怪江恂，不能对他发脾气。

"喂，说话。"江恂悠悠地道。

顾影还是没说话，江恂终于察觉出她情绪不对，问："怎么了？"

"你说呢？"顾影压抑了一下午的怒气顷刻间爆发，"你都说了她是坏人，为什么还要这么做？"

江恂把车开出医院，停到路边的一棵树下。

他并没有因为顾影的质问而产生任何不悦，而是冷静地问："发生什么事了？"

顾影现在没法冷静，气得脑子嗡嗡作响："她今天都告诉我了，你说你自己会判断，我本来还挺高兴，也相信你，可是你……"

顾影再怎么丧失理智也没办法对江恂说重话："你知不知道他们有多过分？我初中毕业那年，他们去儿童福利院收养了我，我到了他们家以后，几乎包揽了所有的家务，放学回家还得做饭给他们吃，周末得自己出去做兼职赚生活费，本来这些我都觉得没什么，直到她怀孕。"

她没有看江恂，眼帘微垂，继续说："她说她怀孕了，家里负担不起我的学费，让我辍学出去打工，我当时还求过她你知道吗？可是她一点儿也不顾念我们两年的母女情分，坚持让我辍学，我不愿意，她就把我丢回了儿童福利院。"

"这样的人你竟然给她钱？"顾影倏地抬头看向他，"说是借，你以为她会还你？我知道你不差这点儿钱，你也不清楚我们之间的情况，但是你能不能问问我？我现在特别想摆脱她的纠缠，但你还跟她扯上关系！"

江恂静静地听她说完，暂时压下因为心疼她产生的复杂情绪，快速理了一下前因后果："你的意思是你的养母找我借了两千块钱？"

"不是吗？"顾影说话带着鼻音，眼眶泛红。

"我的钱有那么好借？"江恂伸手擦去她眼角的泪，语气充满不屑，"别把我想得那么傻。"

"你的意思是钱不是你借的？"顾影的脑子空白了一瞬，"那是谁？"

"她怎么跟你说的？"江恂问。

"她说我的朋友借给了她两千块钱。"顾影答。

"我是你的朋友？"江恂似乎对这个称呼有些不满。

"她又不知道我们在一起了。"顾影解释，"而且那天我看到她站在你车旁找你。"

"我是不是说过她还没来得及讲话？"江恂看着她的眼睛，不让她逃避，"是不是？"

顾影被怒气冲昏的头脑渐渐恢复理智。对呀，江恒说过，而且他从来没骗过她，也不屑骗人。听完李美的话，她脑子里出现的第一个人就是江恒，因为除了他，顾影想不到还有谁会看在她的面子上借钱出去。

李思怡和杨杰知道她和李美之间的关系肯定不会借，何况他们也没有接触李美的机会，再加上那天她看到的画面，心里更加认定这个人就是江恒。所以她连求证都没有，坐上车就是一顿劈头盖脸的指控。

顾影记得除夕那晚她将李美一家人拒之门外，江恒连问都没问，从她的态度就判断出那小孩曾经伤过她。相较于他对自己的信任，顾影此刻对他的误会更加显得不可原谅。

"对不起。"她耷拉下脑袋，内心无比自责又内疚。

江恒盯着她的脑袋，眉眼舒展开来："知道错了？"

顾影点头："知道了。"

江恒凑过去揉了揉她的脑袋，笑着道："都说女孩谈恋爱会有点儿无理取闹，看来这话不假。"

顾影听到他把她的不信任用"无理取闹"四个字轻松带过，心里的愧疚感更甚。

"晚上想吃什么？"江恒重新启动车子上路。

"你想吃什么？"顾影现在特别想弥补他，"我给你做。"

"不用。"江恒说，"我做。"

两个人从超市买完菜回到家。顾影像条小尾巴一样，江恒走到哪儿她跟到哪儿。

直到进了厨房，江恒见她准备洗菜，终于忍不住出声阻止："不用你洗，去外面玩。"

顾影放下手中的菜，抿了抿唇，问："你是不是还在生我的气？"

江恒好笑地道："我什么时候生你气了？"

他好像是没有生气，也就是因为这样，顾影才觉得不舒服，总觉得要做点儿什么才能消除心中的内疚。

“觉得误会我了不舒服？”江恂问。

顾影缓缓点头。

“那来吧。”江恂用手指了指自己的侧脸，“给你个机会。”

顾影脸上一热，立马懂了他的意思。她红着脸上前两步走到江恂身前站定：“你，下来一点儿。”

“嗯？”江恂状似不解地问，“什么意思？”

顾影小声说：“我亲不到。”

“自己想办法。”

顾影在脑子里回忆了一下他刚刚指的是哪边脸，好像是右边。

确认好目标，顾影仰头踮起脚往上凑。下一秒，一开始不为所动的江恂突然按住她的脑袋，随着他微微一偏头，两个人的唇瓣紧紧地贴在了一起。

顾影的眼睛睁得大大的，卷翘的睫毛轻轻颤抖。江恂眼里浮现淡淡的笑意，另一只手搂着她的腰往上一提，轻轻含了一下她的唇便放开了。

顾影露在外面的肌肤无一处不染上绯色，红唇上水光潋滟。

江恂眸色变黯，伸手用指腹轻轻擦去她唇上的水，随即推着她往外走：“好了，去外面玩。”

顾影坐在沙发上，拿过一个抱枕，将自己的脸埋在里面。她觉得跟江恂在一起久了可能会得心脏病，她的心脏三天两头这么超负荷运转，根本承受不住。

不知不觉中，欢喜和害羞占据了她的所有意识，把对江恂的内疚全部挤了出去。

平复好情绪，顾影打开电视，自己开启了一局游戏。

江恂叫她去餐厅吃饭已经是半个小时之后了。

“对了，你刚刚说你想摆脱你的那个养母。”江恂盛了一碗饭递给顾影，随口问，“她经常来找你？”

“谢谢。”顾影接过碗，“我之前跟她住一个小区，她找过我几次。最近她的丈夫被人撞了在住院，所以又碰到了。”

江恂若有所思地点点头："她找你要钱？"

"借钱。"顾影说，"但我没借。"

饭后，顾影主动提出要洗碗："我来收拾，你去坐着。"

"不用。"江恂接过她手里的碗筷，转身走向厨房，"放洗碗机里就可以了。"

重新回到客厅，江恂问："所以她说的朋友是谁？"

"我还不确定。"顾影说，"可能是我的某个不太熟的同事。"

她刚刚认真想了下，最近几天跟她一起出现在李美面前的除了江恂，就是心外科的林辞。

可是两个人实在不熟，她也不知道自己猜得对不对。

江恂不咸不淡地问："男的女的？"

顾影的眼神闪了闪："我也不知道。"

江恂嗤笑一声："那你明天又要给人家转两千块钱？"

"我才不给。"顾影说，"他们俩之间的事情跟我有什么关系？"

"那你刚一上车就给我转钱怎么说？"

"我那时在生气。"她当时认为是他给的钱，好像比知道李美找她的朋友借钱更令她生气。

顾影叹口气，一遇到江恂就变得不理智的毛病到现在还改不过来。

说起那两千块钱，她多问了句："钱你没收吧？"

"怎么？"江恂拿起手机，作势要收款，"我这就收。"

"别呀。"顾影说，"我穷。"

她起身想要阻止，许是起得太急，之前骨裂的地方传来一阵痛。

"咝……"

"怎么回事？"江恂放下手机，让她坐下，"上次的伤还没好？"

"不是。"顾影笑了笑，"就刚刚那一下，现在不痛了。"

"顾影。"

"嗯？"

"以后不要受伤了。"江恂对这件事比较敏感，每次说起，脸上都面无表情。

"知道了。"顾影乖巧地应下了。

"保护好自己。"江恫漫不经心地把玩着她的头发，"你要是再发生什么意外，我可能会找过去。"

"你找谁？"顾影扭头问。

"找那个让你受伤的人。"江恫说。

"你找他干什么？"顾影又问。

"你说呢？"江恫扫了她一眼，语气不紧不慢。

顾影老老实实地道："我会保护好自己的。"

隔天，午休时间顾影去心外科找林辞打听情况。

对方承认确有此事，像是知道她会来找自己似的，林辞还挺开心："不是什么大不了的事情，我跟阿姨说不用还了。"

"那是你们的事。"顾影站在门口，打算说完就走，"怕你误会，我来告诉你一声，我跟那个人没有任何关系，所以你们之间有任何金钱往来都跟我没关系。"

"啊？"林辞面上一僵，"她……不是你妈妈？"

"她到处跟人这么说。"顾影微笑，"林医生你乐善好施是好事，但还是要分清楚好人坏人。"

林辞张了张嘴，没说话。

"我说完了。"顾影刚要转身又顿了一下，"对了林医生，那人的老公还在这里住院，你可以去找她把钱要回来。我希望你能要回来，我不想因为这样一件跟我没关系的事欠你一个人情。"

言尽于此，不管对方去不去要钱，顾影都不想去管了。

回到门诊办公室，顾影意外地发现孔莹和邓佳佳在里面等她。

"你们怎么来了？"顾影笑着走进去，"今天学校没事？"

"来看看你呀。"孔莹拎了两袋零食放在她的办公桌上面，"前几天我们忙着论文答辩，没时间，你受伤了都没来看，这不一有空就来了。"

"怎么样，好点儿没？"邓佳佳也凑过来问。

"早就好了，"顾影说，"又不严重。"

得知她没事，两个人便放心地坐下来聊天。聊着聊着，难免又聊到了顾影追人的进度问题。

"已经在一起了，"顾影莞尔，"就是五一时的事。"

两个小姑娘兴奋得哇哇大叫，都嚷着要顾影的男朋友请客。

"行。"顾影说，"看他周末有没有时间。"

下午五点，江恂提前半小时来到雅康医院。

他把车开到停车场，打算去住院部大楼找人。结果还没下车，他要找的人就出现在了车旁，江恂把车窗降下。

"小伙子，你是我们小影的男朋友吧？"李美把双手插在兜里，笑眯眯地问。

"跟你有关系吗？"江恂从储物箱里摸出一根烟叼在嘴里，然后用打火机点燃，吸了一口。

"我是小影的养母。"李美完全不在乎他不礼貌的态度，视线在车身上环视了一圈，她小声问，"听说你这车要上百万？"

江恂把夹着烟的手随意地搭在车门上，烟头对着李美的衣服，逼得她不得不退后两步。

他不答反问："你就是那个让她辍学打工无果，又把她丢回儿童福利院的人？"

江恂的语气很冷，没有一丝起伏，却莫名地让李美感觉到害怕。

她装模作样地擦了擦眼睛，说："我那时候也是没有办法，家里条件不好。"

江恂不愿看她惺惺作态，直入主题地说："那就不要再来烦她。"

"我……我本来也不愿再找她。"李美看着他，神色哀婉，"就是最近她的养父住院了，家里经济困难，想请她帮——"

"你们住城西，"江恂懒懒地打断她，"你儿子应该读育英小学吧？"

李美脸上的哀婉转为惊慌："你怎么知道？你调查我们？你什么意思？"

江恂轻飘飘地扫了她一眼，暗自嗤笑，现在的小学按学区划分，用得着调查？

“我的意思是，如果你们继续找顾影的麻烦让她不开心的话，”江恂的嘴角扬起一个笑，笑意却不达眼底，“我会让你们全家都不开心。”

“你……你想干什么？”李美急了，“你别动我儿子，他还是个孩子！”

“你是不是忘了？”江恂冷冷地盯着她，语气平静地说，“你们那么对顾影的时候，她也是个孩子。”

白天跟孔莹约好周末请吃饭，顾影晚上还没来得及跟江恂提这事，又收到了孔莹发来的微信消息，说周末她们宿舍约好一起去海边看日出。

请吃饭的计划暂时搁置。顾影松了一口气，因为她还没想好怎么和孔莹说自己恋爱的对象就是她表哥。

近段时间江恂加班的次数越来越多，顾影也上了好几个晚班，明明就隔着一层楼，见面的次数却少得可怜。

周六这天，顾影前一天上晚班，回家睡完一觉醒来刚好到午饭时间。她的手机上有一条江恂半个小时前发的微信消息：醒来回个消息。

顾影翻了个身，趴在床上给他回消息：醒了。

消息才发过去，江恂的电话就打了过来：“起床没？”

“没呢。”顾影刚睡醒，说话带着浓浓的鼻音，“刚醒，你还在加班？”

江恂嗯了声：“差不多还有一个小时，你起床吃点儿东西，我等会儿来接你。”

“接我干吗？”顾影问。

“你昨天不是说要去儿童福利院看看？”那边有键盘敲击的声音，江恂显然在忙。

“啊对，我是想晚点儿去一趟。”

江恂笑着道：“正好挤出时间出来约会。”

顾影的嘴唇微弯：“那你别来接我了，我去找你。”

“嗯？”

“这样可以多挤点儿时间出来。”顾影说完，听见那边传来一声很轻的笑，似乎还能感受到江恂浅浅的气息。

“行，等你过来。”

结束通话，顾影翻身起床把房间的窗帘拉开。

夏日正午的阳光没了遮挡，一股脑儿地从窗外倾泻进来，刺得顾影好几秒都没能睁开眼。

她伸了伸懒腰，转身走进洗手间。

楚一科技公司的总经理办公室。

江恂还在进行最后的测试工作，唐科拿着一沓资料敲门从外面走进来，说：“这是设计部的成稿，你看看。”

“先放着吧。”江恂头也没抬地说。

“晚上去喝酒？”唐科往沙发上一坐，跷着二郎腿，“最近累了，需要放松一下。”

“没空。”江恂抬眼，嘴角扬起一个很浅的弧度，“等下有人来接。”

“谁？”唐科问完立马想到了什么，脸色一黑，“顾医生？”

江恂没说话，相当于默认。

“不是我说，你们这样真不好。”唐科一副过来人的姿态，语重心长地说，“不是你接她就是她接你，你们不给彼此一点儿私人空间是不能长久的。”

江恂还是没理他。桌上的手机屏幕亮起，显示是顾影的来电，他按下接听键。

对面的唐科还在喋喋不休：“而且你这么惯着她也不好，最近工作这么忙，你非得抽时间去接她，女孩子一惯就容易上天，还不如冷着她，她反倒还乖些。”

唐科见自己说了这么多江恂一点儿反应都没有，便起身过去敲了敲他的桌子。

但他接下来的话被一道清晰的女声堵了回去：“江恂，我会乖的。”

唐科身子一僵，随即不可思议地盯着江恂的手机，在看到他拿起手机贴在耳边笑着说“好”的时候，唐科感觉自己受到了单身以来最大的伤害。

江恂靠在椅子上，看着摔门而出的唐科，气定神闲地对电话那头说：“我马上下来。”

而此时的顾影坐在曾经给江恂上药的那家奶茶店内，把视线从手机上移开，轻轻拍了拍自己的脸。

顾影捧着面前的去冰柠檬茶连续喝了好几口，脸上的温度还是没降下来。她暗自后悔，早知道刚才就不让服务员去冰了。

五分钟后，门口的风铃发出清脆的响声。

顾影抬头，发现江恂正朝她招手：“过来。”

微风拂过，六月的阳光好像也没有那么晒人了。

顾影捧着柠檬茶走出奶茶店，跟他并排走在街上。

“吃饭没？”江恂将她拉到树荫这边，随口问。

顾影摇摇头：“没。”末了她又想起自己只买了一杯饮料，便停下脚步问，“你要喝饮料吗？”

“不喝。”正当顾影打算继续往前走的时候，江恂抓着她的手往上抬了抬，“试一下。”

他就着她的吸管喝了一口柠檬茶，最后给出一个评价：“酸。”

顾影愣愣地收回自己的手，强装淡定地说道：“我觉得还好。”

江恂盯着她白里透红的脸，笑着问：“喜欢吃酸的？”

顾影没回答，而是低头吸了一口柠檬茶。

她再抬头时，江恂还在看她。顾影的视线落在他泛着水光的薄唇上，那水光似乎在提醒她，两个人刚刚有过怎样间接亲密的行为。

冰凉的液体入喉，非但没降低她的体温，她反而觉得更热了。

“去哪儿吃饭？”顾影移开视线，“你吃了吗？”

“没。”江恂看了一眼时间，“你想吃什么？”

“随便。”顾影说，“我不挑的。”

“嗯。”江恂失笑，“你不用这么乖的。”

顾影想起自己在电话里脱口而出的那句话，顿时不知道该说什么。

“顾影。”

“嗯？”

江恂理了理她被风吹乱的刘海儿，散漫的语气又添了几分认真：“在我这里你可以上天。”

结合前面唐科的话，这明明是一件特别令人感动的事情，顾影却很想笑。

江恂捕捉到她嘴角那抹弧度，问：“笑什么？”

“开心。”顾影说。

江恂眉毛一扬：“那你继续。”

两个人回到去哪儿吃饭这个话题。江恂说：“前面有家饭店味道不错，你热不热，要不开车去？”

“远吗？”顾影问。

“不远。”江恂的下巴抬了抬，“就在前面那个路口，过马路就到了。”

“这点儿距离用得着开车？”顾影就差翻白眼儿了。

“你以为我想开？”江恂说，“走吧。”

周末的市中心，街上行人很多，随处可见各种花色的太阳伞。

顾影捧着的柠檬茶杯身上起了一层细小的水珠，弄得手上又湿又凉。她喝完最后两口，随手把空杯丢进路边的垃圾桶内。

江恂走在她右侧，正在接电话。他今天穿了一件黑色T恤衫，恰好顾影今天也穿着黑色短款T恤衫搭配灰色高腰休闲裤，二人像穿了情侣装。

街上也有穿情侣装的男女，他们手牵着手，举止亲密。

顾影瞄了一眼身边的人，男人把手机贴在耳畔，神情很淡，一直是对方在说话，他偶尔才蹦出几个字。

两个人的距离很近，顾影的视线往下，落在他垂在身侧的左手上。她舔了舔唇，试探性地伸出手指碰了下。下一秒，那根手指就被人抓住，江恂骨节分明的大手顺着手指一点点将她的手全部握住。

顾影抬头，他还在打电话，整个人似乎跟刚刚没什么两样。但是这个表面看起来一本正经的人，在用手指轻轻刮她微凉的掌心。

顾影压下心口的悸动，将脸偏向别处。

“手怎么这么凉？”江恂打完电话，捏了捏她的手，“这都六月了。”

“没有，是刚刚捧着的那杯柠檬茶弄的。”顾影解释。

“等会儿想去哪儿玩？”江恂的视线落在她白皙的脖颈上。

“随便，也玩不了多久，我们还得去儿童福利院。”顾影今天扎了丸子头，雪白脖颈上的动脉清晰可见，脆弱又惹人怜爱。

江恂嗯了声，移开视线：“等会儿看看。”

饭店在一家商场的三楼，顾影适才上来的时候看到二楼有一家情侣装专卖店。

“吃完饭我们去楼下逛逛。”顾影翻着菜单，状似随意地问，“行吗？”

“行。”江恂说，“听你的。”

“要不还是你点吧。”顾影把菜单递过去，“我没来过，不知道什么菜好吃。”

“点你喜欢吃的。”江恂没接菜单，“你喜欢吃什么就点什么。”

实际上，顾影觉得上面的菜太贵了，不敢点。

跟江恂在一起的这段时间，很多时候他们都是在家里做饭，有时候她买菜，有时候江恂买菜，但是在外面吃饭都是江恂买单。这似乎成了二人之间的默契，并且她还适应得挺好。

“试试这里的火焰虾，味道不错。”江恂以为她还在纠结点什么，干脆给了个建议。

“哦。”江恂极其自然的态度打消了顾影的顾虑。她找到火焰虾，在上面打了个钩，又点了两个菜后叫来服务员下单。

饭后，两个人下到二楼。

江恂随意地扫了一眼，问：“你要买衣服？”

顾影不自在地理了理头发：“就随便看看。”

“那走吧。”

顾影领着江恂往前走，眼看就要路过那件情侣装专卖店，她像是不经意看到一般，淡定地停下脚步，问：“进去看看？”

江恂往里看了一眼，又看了看眼前的人，突然明白了什么：“行啊，我正好要买T恤衫。”

顾影看着他淡淡的表情，眉眼弯了弯：“我也是。”

江恂忍着笑，率先走进去：“那要不买一样的颜色？”

顾影嘴角噙着笑，跟在他后面：“也行。”

顾影本来只选了一件衣服，但是经不住导购员的夸赞，最后买了三件。

导购员一直说两个人很般配，第一次见到这么好看的情侣。

顾影后来觉得可能经不住夸的是江恂，因为他看起来还挺开心，她还在纠结选哪件衣服时，他就拿着衣服去结了账。

从商场出来，他们又回到江恂公司楼下的停车场，开车前往儿童福利院。

顾影在网上买了一些夏天的衣服，到了儿童福利院，她打算跟工作人员一起去每个房间发给孩子们。

“你不用跟我一起去。”顾影接过江恂手上的箱子，“你去看院长妈妈吧，跟她聊会儿天，她看起来很喜欢你。”

江恂点点头，抬脚往后院走去。

他走后，顾影转身去看孩子们。可能是心境不一样了，以前看着这些不会说话或者卧床不起的孩子，她会觉得很难受，但是现在，她只有心疼和鼓励。

跟几个能说话的孩子聊了会儿，顾影又去了一趟李院长的办公室。

“小影来了？”李院长站起身来给她泡茶，“最近工作怎么样？”

“挺好。”顾影让她别忙，“我不喝茶，您坐。”

“那行。”李院长又坐下，“你是为了感恩答谢会来的吧？”

“嗯。”顾影在她对面坐下，“您邀请了魏叔叔吗？”

“邀请肯定是会邀请的。”李院长扶了扶眼镜，“但是他来的可能性不大，人家根本没把这件事放在心上，像是日行一善，我们经常打电话过去反而给他造成了困扰。”

“这样吗？我觉得应该不是。”顾影像是在自言自语，声音很小。

“你说什么？”李院长没听清。

“没什么。”顾影笑了笑，“如果他来的话麻烦您通知我一声。”

“行。”李院长说，“我知道的。”

从李院长的办公室出来，顾影慢悠悠地往后院走。她现在一点儿都不担心顾慈会抖出什么秘密，因为那些在江恂面前已经不再是秘密了。

只是令她没想到的是，她还有其他秘密在顾慈手上。

还是那块菜地，同样的两个人，同样的姿势。

只不过下午四点半的太阳还很灼热，顾慈的躺椅被放在了阴凉处。

江恂蹲在她的边上，手里翻着一个泛黄的笔记本。

“你在看什么？”顾影走过去问。

顾慈见到她进来，快速抢过江恂手里的笔记本抱在怀里：“有人来了，等会儿给你看。”

顾影撇了撇嘴，走过去蹲在顾慈身边，问：“什么东西呀，为什么不能给我看？”

“我们家小影的笔记本。”顾慈神秘地一笑，“里面有秘密。”

顾影茫然片刻，眼睛紧紧地盯着她抱在胸前的笔记本，猛地想起什么，伸手去抢却被顾慈躲过了。

“你为什么要抢我的东西？”

“这是我的！”顾影站起身，抓住本子的一角用力往自己的方向拉扯，这一刻她都顾不上会不会伤到顾慈了，“你还给我。”

顾慈：“不给。”

眼看顾慈的上半身已经离开躺椅，江恂在一旁懒懒地开口：“别抢了。”

顾影动作一顿，抬眼看过去。

“我都看完了。”江恂单手搭在膝盖上，仰头与她对视，嗓音惫懒地说，“不就是草稿本？”

顾影彻底僵在原地，手里的笔记本被顾慈抢了过去。她盯着江恂的眼睛，像是想从里面读出点儿什么。

良久，她轻轻地嗯了声。

顾影记得自己追江恂的那段时间里，经常会记录心情，但是记录心情的那个笔记本一直被她带在身边，从没给人看过。

顾慈手上的这个笔记本是顾影用来打草稿的，有天晚自习顾影突发奇想，在其中一页写下了《想和江恂做的十件事》。

她大概记得几条，比如想和他一起去山顶看星星，想和他一起在夏天里吃西瓜，想和他一起在江边骑自行车，想和他拍大头贴……

顾影印象最深的一条，也是她写的最后一条：想和江恂一起去小树林散步，然后……

回忆到这儿，顾影不敢再看江恂的眼睛。

而此时，江恂重新和顾慈聊起天来，内容都是顾影小时候发生的一些事情。

顾慈讲得仔细，江恂听得认真。

过了大概两分钟，顾影重新蹲下身子，在一旁静静地听他们聊天。

从儿童福利院出来，江恂没问她关于那十件事的任何问题，也没调侃她，像是真的没看见一般。顾影渐渐放下了悬着的一颗心。

直到车子驶上大马路，她发现不是回家的路。

"不回家吗？去哪儿？"

"去云城一中。"江恂说。

顾影心里涌出一种不祥的预感："去那儿干什么？"

"帮你完成梦想。"

"啊？"顾影觉得心跳渐渐加速。

江恂偏头看她一眼，勾起嘴角："去小树林。"

顾影的脑子一片空白，她半晌才找回自己的声音："你……都看到了？"

"我不是说看完了？"江恂反问。

"那你……"顾影有些不好意思，不知道他刚刚是不是在开玩笑，"真去一中？"

"嗯，好久没去了。"江恂说，"去看看。"

顾影拍了拍自己的胸口，心道还好只是看看。

"现在是暑假，里面应该没几个人。"江恂再次开口，"你可以做任何你想做的事情。"

顾影的脸一下红了个彻底。

她终究是躲不过，半个小时后，江恂的车停在了云城一中校门外。

门卫得知他们是这里毕业的学生想回母校看看，便爽快地放了行。

越往里走，顾影越紧张，总觉得有什么事情在等着她。这种带有目的性的散步让她始终没法静下心来。

“我们去篮球场那边看看吧？”

“行。”江恂看起来很好说话的样子，牵着她往篮球场走。

露天篮球场上有几个少年在打篮球。应顾影的要求，她和江恂坐在了旁边的观众席上。

“江恂。”顾影碰了下他的胳膊，“你要不要去打篮球？”

“嗯？”江恂挑眉，“现在？”

顾影点点头：“我还挺喜欢看你打篮球的。”

江恂盯着她的眼睛看了几秒，忽地笑了：“行，那就再给你点儿时间。”

顾影眸光微微一闪：“我是真的喜欢看你打篮球。”

“嗯，我记得你说过。”江恂起身，丢下这句话便往篮球场走。

他跟几个少年说了句什么，那几个人纷纷点头，应该是欢迎他的加入。

跟高中那会儿一样，江恂连打篮球都很从容淡定，每个动作看起来都游刃有余。江恂带球连过两个人，然后站定高举篮球，轻松一抛，篮球沿着抛物线落入篮筐。

然后顾影看见他迎着夕阳朝自己走来，不紧不慢的脚步像是带着某种魔力，随着他的靠近，顾影的心跳越来越快。

“做好心理准备了没？”江恂走过来把双手撑在她身侧，俯身跟她平视，“走不走？”

江恂打球出了汗，凑过来时带着浓浓的荷尔蒙气息，加上他意有所指的话，顾影一时间手足无措。

“啊，去哪儿？”

“这就不乖了。”江恂一把将她拉起，牵着她就走，“当然是去小树林。”

似乎每个学校都有这么一片小树林，光听名字就让人面红耳赤。顾影此刻就是这种状态。

云城一中的小树林在宿舍通往食堂的必经之路上。

江恂拉着她穿过一片草地来到这儿。树叶阻挡了阳光，里面格外凉爽。

“在这里散步果然还不错。”江恂放慢了脚步，神态悠闲。

顾影看着二人交握的手，紧张与雀跃在心头交织。她看了看身边的人，江恂的眼神时而落在树叶上，时而落在地上，总之没看她，像是在特意给她创造机会。

他的意图太明显，反倒把顾影的紧张拉到了最高点。她跟当年写下那些文字时一样，既期待又害羞。

“顾影，”走了一小段路，江恂突然开口，“这天都快——”

“江恂你别说话！”顾影的话带了几分恼羞成怒的意味。

“我这不是提醒你动作得——”

江恂的话还没说完，就感觉右边的脸颊有轻柔的触感。那感觉转瞬即逝。

“可以了。”顾影低下头，自顾自地往前走，“回家吧。”

“喂！”江恂两步追上她，“就这样？”

顾影低低地嗯了声。她心跳如擂鼓，盯着脚下那片斑驳的树影，嘴角抑制不住地弯起一个浅浅的弧度。

江恂本来还想说点什么，在看到她红红的脸蛋儿和嘴角弯起的弧度后，转而捏了捏她的丸子头：“开心了？”

顾影老老实实地承认：“开心。”

“这么容易满足？”走出小树林，江恂掏出手机，指尖在屏幕上点了几下，“现在还有拍大头贴的地方吗？”

“要现在去吗？”顾影意外他记得这么多。

“时间还早。”江恂说，“查查看还有没有。”

顾影没想到他会这么认真地帮自己实现少女时期那些幼稚又天真的梦想。其实他不知道，让她开心的不是梦想得以实现，而是眼前的人。

她当时写下这些文字时，是心怀期待的。但她经历了一些事情后，这些期待就变成了奢望，最后这些在她心里变成了不可能实现的存在。

时隔这么多年，梦想被挖掘出来，梦想中的主角非但没嘲笑她，还陪她一起去实现梦想。

顾影藏在心底深处的少女时期的遗憾仿佛一下子被弥补了。江恂像是在告诉她，只要她说，他就能陪她做到。

从学校离开后，江恂说先去吃晚饭。

他们来到学校对面的巷子里，顾影惊喜地发现多年前那个卖煎饼的阿姨还在摆摊，只不过阿姨现在已经两鬓斑白。

“我去买个煎饼。”顾影指了指煎饼摊，问，“你要吗？”

“要，”江恂语气懒散，“现在愿意给我买了？”

顾影没想到他还记得这件事。买完煎饼后坐到一家饭店内，她神色颇为认真地解释道：“我一直愿意给你买煎饼。”无论是从前还是现在，这件事就像她对他的喜欢一样，从没变过。

“你记不记得高二下学期有天晚上你给我发消息，说让我第二天别吃早餐，你给我带煎饼？”江恂从她的眼神中判断出她明显还记得，轻扯了一下嘴角，“结果第二天我没早餐吃。”

“江恂。”顾影垂下眼帘，语气较之前严肃了几分，“其实你过生日那次不是贺歆第一次找我。”

江恂给她烫碗的手一顿：“她以前找过你？”

顾影微微一笑：“就是我答应给你带煎饼的那天早上。”

江恂微不可察地蹙了下眉：“她跟你说什么了？”

“她说你家的条件很好，说你不会吃这种三块钱买来的煎饼，说我这样的人追不上你，说你当时不讨厌我不过是看我有几分姿色而已。”顾影说完，感觉这些话好像也没那么难以启齿。这是第一次，顾影把两个人之间的差距摊开来讲。

“所以，”江恂倒了一杯茶递到她面前，漫不经心地道，“你就因为这个让我饿了一上午？”

顾影感觉他搞错了重点：“当时我突然被她点醒了，再加上你之前的确说过煎饼不好吃来着，所以我就没带。”

"我是说过煎饼的味道不怎么样。"江恫哂笑，"但说完之后我不也照样吃吗？"

顾影："……"

"顾影。"江恫突然正色道，"你有没有发现，你总是被一些跟你不相干的人或是不怀好意的人影响心态？"

想起她的身世，江恫的眉眼柔和下来："跟人相处要用心去感受，而不是听别人怎么说，不过这点你有进步。"

顾影："嗯？"

江恫笑着道："你现在知道过来求证了。"

顾影神情微愣，只是一秒，立马明白过来他说的是什么。她后来一想起那晚自己勾手指头的动作就恨不得找个地洞钻进去。

顾影没应声，转而拿起手边的煎饼咬了一口。吃着吃着，她忽然发现，这个她一直以来觉得有些沉重的话题，无形之中被江恫轻描淡写地带过了。

他给的反应，可以用两个字来总结：就这？

这就好比两个人之间的悬殊像一根扎在顾影心口的刺，她不敢去碰，一碰就痛。

今天她终于鼓起勇气告诉江恫这根刺的存在，岂料他只是随意扫了一眼，就轻轻松松地帮她把刺拔了，快得连伤口都没留下。

这让顾影觉得自己保留了这么久的刺像个笑话。

他是真的不在乎这些。他也是在用这种方式告诉她，别杞人忧天。

顾影笑弯了眉眼，随即拿起桌上的另一个煎饼递到对面："趁热吃，很好吃的。"

江恫懒洋洋地接过，问："为什么会有蛋壳？"

"没有吧？"顾影咬了一口，含糊地说道，"偶尔会有一点儿，可以忽略不计。"

江恫看着她一鼓一鼓的腮帮子，眼底掠过一丝笑意，"那是因为你很喜欢。"

顾影眨了眨眼睛，反应两秒，脸上渐渐爬满绯色。

第十一章
患得患失

盛夏来临，天气越来越热。

顾影发觉自己好像很久没碰到过李美一家了。她们最后一次见面还是在顾影找林辞解释完的第二天，李美来了住院部，说了一堆奇奇怪怪的话。

顾影当时在忙，没怎么理她。顾影隐约记得她说不会再来找自己，还说什么别去找她儿子。

现在想来顾影觉得不对劲，按照那人的脾性，知道了她的工作单位，不可能会放过她，但李美还真就消失了。结合李美后面的那些话，她像是受了什么威胁。

于是这天晚上在江恂家里吃饭时，顾影随口问："你后来还见过我养母吗？"

"为什么这么问？"江恂轻抬眼皮，"又想给我扣什么帽子？"

"不是。"顾影解释，"她最近都没来找我，很奇怪。"

"有什么奇怪的？"江恂不咸不淡地道，"是个人都不好意思再来找你。"

"是吗？"顾影说，看向他的眼神带着审视的意味。

江恂好笑地反问："不然呢？"

就当是李美良心发现了吧！

饭后，顾影坐在茶几前的地毯上玩手机。

江恂端来一盘切好的西瓜放在茶几上："吃西瓜。"

"等会儿。"顾影头也没抬地说，"等我转个账。"

江恂在她身边坐下，叉了一块西瓜递到她嘴边，问："转租金给孔莹？"

顾影张嘴咬住西瓜，说："不是。"她咽下嘴里的西瓜继续说，"转给当年资助我的人。"

江恂还是第一次听她提起这件事，顺便问道："当年你出国是别人资助的？"

"是呀。"顾影转完账放下手机，自己吃西瓜，"不然我怎么上得起国外的大学？"

江恂缓缓地点头："他们是去儿童福利院，从里面随便挑一个人资助？"

"是的吧。"顾影轻声说。

其实院长妈妈曾经说过，魏叔叔来儿童福利院直接点了顾影的名字，好像他原本就认识她一样，但顾影确定自己没见过他。

江恂见她的情绪明显变得低落，以为她不想聊这件事，便转移了话题。

"我又帮你完成了一个梦想。"

顾影盯着眼前的西瓜，眉眼渐渐染上笑意："你过目不忘吗？"

"也不是。"江恂说，"所以你得提醒我。"

"好的。"顾影开心地应下。

吃完西瓜，江恂说出了汗不舒服，起身去了浴室洗澡。

顾影自己打开电视连接手柄，玩起了《超级马里奥》。

洗完澡回来的江恂重新在她的身边坐下，见她玩得开心，也没去打扰，拿过自己的手机回复了几条工作上的消息。

其实在江恂坐下后，顾影就开始走神，他身上的气息混合沐浴露的清香充斥在周身，几乎夺走了她一半的注意力，并且随着时间的推移，他对她的影响越来越大。

在马里奥又一次落水后，顾影终于忍不住偏头看了他一眼。

江恂背靠着沙发，眼眸微垂，半湿的碎发稍显凌乱，姿态闲适，气质矜贵。

手机屏幕上反射出的光，映出他棱角分明的脸，清澈明亮的黑眸，高挺的鼻梁以及紧抿的红唇。

顾影觉得有些渴，回头端起水杯灌了一口水，之后又继续玩游戏。

隔了不到一分钟，她看着屏幕上又一次光荣牺牲的马里奥，轻轻地叹了口气。像是鼓足了勇气一般，她一点点地往后退，直到靠在沙发上跟江恂平行地坐着。

她再一次扭头唤他："江恂。"

江恂抬头："嗯？"

"我想亲你。"顾影的嗓音很轻，因为害羞尾音微微颤抖。

江恂不动声色地把手机丢到一边，伸手拉过她："想就过来。"

顾影被迫趴在他的身上，两个人离得很近，近到顾影可以看清他眼里惊慌失措的自己。

江恂把她拉过来后没动，只是盯着她的眼睛，似乎在等她主动。顾影的视线从他的眼睛上移到唇上，放在他身上的手无意识地抓着他的衣服。

江恂低低的嗓音响起："不想吗？"

这句话像是带着蛊惑，顾影终于凑过去吻住了他的唇。她原想轻轻碰一下便退开，但是一只大手阻止了她的行动。

江恂反客为主地按住她的脑袋压向自己。他浅浅吻了几下后，不再浅尝辄止，左手抬起她的下巴，渐渐加深了这个吻。

顾影的脑子里是一团糨糊，只能睁着大大的眼睛看着眼前的人，所有思绪都被他侵占。她渐渐闭上了眼睛，乖巧地感受他带来的悸动。

不知道过了多久，就在顾影觉得自己要喘不过气的时候，江恂终于放开了她。

两唇分离，顾影缓缓地睁开眼，下一刻撞进一双眸色深沉的眼里。江恼目光灼灼，眼里的情欲不加掩饰，全然暴露在她的眼中。

按在她脑袋上的手慢慢移到前面，轻轻摩挲着她的侧脸，拇指来到她的唇上，或轻或重地按压着，最后拭去上面的水珠。

唇上酥麻的痛感让顾影清醒过来，她淡定地挣脱江恼的手，转身端起刚才没喝完的水连灌了好几口。缓了好几秒，她重新回头看向江恼，发现他眼皮耷拉下来，似乎在思考什么。

顾影轻声问："你在想什么？"

江恼抬起眼皮："想再来一次。"

顾影："……"

顾影再一次端起水杯喝水已经是十分钟以后了，此时茶几上剩下的几块西瓜不知何时掉到了地毯上。

"江恼，你看，"顾影把西瓜捡起来丢进垃圾桶，"都是你。"

"你说清楚点儿，"江恼重重地揉了一下她的脑袋，懒懒的嗓音还有点儿哑，"到底怪谁？"

真要追究起来，好像也只能怪她没能经住诱惑。

从江恼家回到楼上，顾影猝不及防地见到了正在客厅看电视的孔莹。

"你什么时候回来的？"顾影低头继续换鞋。不知道为什么，面对孔莹，她莫名地有一种面对男朋友家人的局促感。尤其是她和江恼刚刚做过那么亲密的事情，这种感觉更甚。

"半个小时前。"孔莹把视线从电视屏幕上移开落在她脸上，"你约会回来啦？"

"嗯。"顾影装作随意地扫了一眼电视，"在看什么呢？"

"最近一部超火的偶像剧，佳佳推荐给我的。"孔莹拍了拍自己身边的位置，示意顾影坐过来，"里面的男主角超级帅。"

"是吗？"顾影坐过去，看了一眼她指的男主角，不以为然地道，"也还好。"

"只是还好？"孔莹侧头看向顾影，在看清她的脸时，顿了一秒，又继续说，“这可是万千少女眼中的男神。”

“真的还好。”顾影垂下眼帘，无声地笑，“我可能被身边的人影响了审美标准吧。”

孔莹的嘴角抽了一下：“你该不会是说你的男朋友吧？”

顾影大方地承认：“嗯，他比这个男主帅。”

孔莹觉得“情人眼里出西施”这句话被顾影诠释得非常到位。忽然想起什么，她拿出手机找到江恂朋友圈里那张同学会合照凑到顾影面前，问：“这里面有你的男朋友吗？”

顾影瞄了一眼照片，准确地说是瞄了一眼照片中的江恂：“有。”

一直在观察顾影眼神的孔莹循着她的视线看过去，目光落在江恂身边的某个五大三粗的男人身上，眼皮狠狠跳了一下：“你……”

孔莹缓缓收回手机，露出一副似乎被打击到的表情：“你喜欢他这种？”

“啊？”顾影怔怔地看着她，不自在地舔了舔唇，问，“你猜到了？”

其实孔莹的反应顾影能理解，她好像一直觉得江恂脾气不好，对他的评价也不是很高。

孔莹点了点头，说：“你直直地盯着照片中的他，很难不猜到。”

“哦。”顾影小心翼翼地问，“那你怎么看？”

“什么怎么看？”孔莹看时候不早了准备回房睡觉，“既然你喜欢这种，当然是祝你幸福咯，还有别忘了叫他请客。”

“谢谢。”顾影眉眼弯了弯，“那我晚点儿跟他商量个时间。”

“行，我先去睡了。”孔莹往房间走，走到一半，又回过头来，眼里闪过促狭的笑，“小影姐，你的男朋友帅不帅我不做评价，但他真的很粗暴。”

顾影眼睁睁地看着孔莹的背影消失在房门后，压根儿没听懂她话里的意思。直到回到自己的房间，坐在梳妆台前，顾影看着镜子里自己那稍显红肿的唇才反应过来是怎么回事。

孔莹促狭的模样在脑子里闪过，顾影转身往床上一趴，借以缓过这阵羞赧。须臾，她翻过身轻轻触了下自己的唇，那里似乎还残留着江恂的气息。

顾影不由得回想起不久前他说完“想再来一次”后把自己抵在茶几边亲吻的场景。

男人的唇重重地压过来，这次不再是一遍遍描绘她的唇形，而是长驱直入，肆意搅动着她的唇齿。清甜的西瓜味在两唇之间迸发开来，随着暧昧的因子不断地在周围扩散。顾影感觉胸腔里的氧气都被他卷走了，受不住地发出一声嘤咛。这似乎刺激到了江恂，他的动作比刚刚更加强势、霸道，力道重得似乎要将她拆骨入腹。

他那个时候的确可以用“粗暴”两个字来形容，明明前一刻还在心无旁骛地看手机的人，没想到一点就着。

顾影弯了弯唇，拿过一旁的手机给江恂发了条微信：孔莹知道我和你在一起了，说让你请吃饭。

江恂回复得很快：嗯，你定好时间了告诉我。

顾影：好的。

接着，她抿了抿唇，又发过去一句没头没尾的话：我还是觉得要怪你。

江恂发来一个问号。

顾影：怪你秀色可餐。

顾影发完这条消息后把手机丢在一边，重新埋进被子里。手机连续不断地发出嗡嗡的声音，明显不是消息提示音。顾影猜到大概是来电，但她不敢去接。

手机那头的人似乎很有耐心，电话响到自动挂断，紧接着又拨了过来。

顾影终于从被子里抬起头，拿过手机接起电话。

“怎么？”江恂散漫的嗓音带着些许笑意，“你敢撩人不敢接电话？”

“不是，”顾影找了个借口，“我刚刚去喝水了。”

江恂低笑：“你说你今晚喝多少水了？”

顾影温暾地道：“可能是晚上的菜有点儿咸。”末了，她又补充道，“所以，还是怪你。”

“那就下来。”江恂说。

“嗯？”顾影不解。

“不是说怪我？”江恂站在阳台上，靠着冰凉的栏杆，指间转着没点燃的烟，“下来找我算账。”

“算了。”顾影说，“你不是也没找我算账吗？”她的意思是，一开始江恂说怪她也没找她算账。

“怎么没有？”江恂闷笑一声，“还痛不痛？”

顾影脸上一阵发热，唇畔有处被他咬到的地方虽然没破皮，但确实还在隐隐作痛。

“我先问问孔莹哪天有时间，之后再通知你。”顾影扔下这句话后便挂了电话。

最终请吃饭的时间定在周五晚上。

这天顾影值门诊白班，孔莹和邓佳佳也忙完了学校的事情回到了工作岗位。

下午四点左右，顾影看诊了一位怀孕七个月的孕妇。

这不是顾影第一次见她，她大概一个星期以前来过一次，当时说在别的医院检查出胎儿基因突变。顾影看过她的检查结果，结果显示是一种在国内还算常见的基因突变。

存在这种突变基因的胎儿出生后，前几年几乎跟常人无异，但随着年龄的增长，会渐渐出现高度近视、夜盲、视网膜病变等症状，直至变成真正的盲人。

顾影为了确保结果的准确性，让她在雅康医院做了一次羊水穿刺。

这次基因检查的结果已经出来了，顾影接过她手里的单子认真查看。即使已经有了心理准备，顾影还是觉得很遗憾，结果跟上次无异。其实这个结果早已体现在孕妇和她老公两个人的表情上。

“医生，我现在要接受什么治疗吗？”孕妇语气急切地问，满眼含着期待。

“我想你应该在家里也查过这种突变基因的资料。”顾影冷静又残忍地打碎了她的期待，“目前在临床上还没有研制出应对这种突变基因的药物。”

孕妇眼里的光瞬间消失了：“那我现在该怎么办？”

“你得尽快做决定。”顾影说，“好好跟家人商量一下这个孩子的去留问题。”

“孩子我肯定是要的。”孕妇的眼眶陡然一红，“都七个月了，上次拍四维时还能看到他笑呢。”

顾影有些于心不忍：“决定权在你手上，但是你得想清楚。这个基因突变是已经诊断出来的疾病，不是说可能会发生，是一定会发生。这意味着你的孩子一到要上学的年纪，视力就会变得很差并伴随着各种眼部疾病，最后会在风华正茂的年纪彻底失明。”

后面的这句话顾影原本不打算讲，因为她记得江恂说过让她保护好自己。这种话很容易刺激人，但是顾影想起儿童福利院里那些被抛弃的残疾儿童，就有点儿控制不住自己。

好在对面的夫妻俩并没有激动，反而沉默下来。

“我可以照顾好他。”沉默片刻，孕妇抚摩着自己的肚子，话音落地的同时一滴泪悄然落下。

旁边的丈夫一直没出声，见妻子哭，也难过地揉了揉眼睛。

“嗯，这是你的选择，”顾影停顿一秒，又说，“可以说这是你目前的选择，但你可以代入宝宝思考一下，他愿不愿意这样过一辈子。”

后面还有孕妇排队，顾影看她的单子上显示贫血，给她开了一点儿补铁的药。把病历本和诊疗卡递还给她后，顾影由衷地说：“你们有时间可以去儿童福利院看看，或许可以帮助你做决策。”

这种母胎带有先天性疾病的孩子生下来就是一种痛苦，不光他自身痛苦，也会给家庭带来负担。这个世界不缺爱，也不缺疼爱孩子的父母。但有些父母的爱是有期限的，不然儿童福利院也不会有这么多被丢弃的残疾儿童。

儿童福利院不像电视里演的那样，一群孩子跟在大人身后玩老鹰捉小鸡。真实的情况是，那里面的大部分孩子根本不能正常地活动和交流。他们不光被抛弃，还要活在别人异样的目光中，甚至受到歧视。

下班后，顾影带上孔莹和邓佳佳来到明月阁。

"我们是不是来得太早了？"邓佳佳问，"你男朋友什么时候来？"

"快了，"顾影看了一眼手机，"可能路上堵车。"

邓佳佳笑着道："我还有点儿激动呢，终于要见到你说的大帅哥了。"

走在最边上的心不在焉的孔莹听到这话，在想要不要给邓佳佳打个预防针，免得她到时候觉得落差太大，控制不住表情误伤了小影姐。

"嗯？"顾影看了一眼孔莹，"你还没告诉她吗？"

"没呢，我这就跟她说。"孔莹讪笑两声，拉过邓佳佳跟她说起了悄悄话。

"啊？"邓佳佳听完，脸上出现跟孔莹那晚一样的表情，仿佛受到的打击不小。

孔莹立马把她拉回来，小声说："都说了别表现得太明显。"

邓佳佳朝孔莹比了个"OK"的手势。

顾影见二人分开，知道她们已经讲完了。她舒了一口气，说："我还怕你们知道后太过震惊呢，看来还好。"

她们都在心里腹诽：你要不硬夸男朋友是个超级大帅哥，我们也不会这么震惊啊！

到了明月阁，三个人在前厅休息处等候，没有上楼。

"小影姐，杨杰怎么还没来？"孔莹状似无意地问。

顾影还叫了李思怡和杨杰，她这会儿正在和李思怡打电话，那边没人接听。

"不知道，我给他发消息他没回。"

"杨杰又是谁？"邓佳佳看向孔莹。

孔莹眼神闪了闪，说："小影姐的弟弟。"

"哦。"邓佳佳应了一声，继续低头看手机。

不多时，江恂从外面走了进来。

"哥？"孔莹第一时间发现了他，"怎么又碰到你了？"

江恂抬了抬眉梢："什么意思？"

"什么什么意思？"孔莹站起身往他身后瞧，"你一个人？"

"你不是人？"江恂扫了一眼那边正在打电话的顾影，问，"怎么不上楼？"

"不是。"孔莹还是没懂，"你跟我们一起？"

江恂瞥了她一眼，问："谁请你吃饭？"

孔莹眨了眨眼睛，忽地恍然一笑："啊，我知道了。"

江恂轻声哂笑："我还以为你早知道了。"

"我给忘了嘛。"孔莹笑了笑，"忘记你们都是同学了！"

"欸，哥。"孔莹朝他靠近了一点儿，"你们那同学给小影姐灌了什么迷魂汤啊？"

江恂抬脚正欲往顾影那边走，听到这话，极为不可思议地抬了抬眉梢："什么玩意儿？"

"就是，哎呀，你小声点儿。"像是怕顾影听见似的，孔莹把声音压得更低了，"就小影姐的男朋友，我都看见了，他不说丑吧，但怎么也不可能是她口中的绝世大帅哥呀。"

孔莹没说，顾影这得是多爱才能盲目成这样？

江恂用看傻子的眼神看了她几秒，然后没什么情绪地问："你在哪儿看的？"

"你的朋友圈。"孔莹打开手机又一次翻出那张同学会合照，指着那个五大三粗的男人问，"你看，是不是这个？"

江恂看了一眼她手指的地方："谁跟你说的？"

"这还用说？"孔莹收回手机，"我问小影姐的时候，她的眼神直勾勾地盯着这个人。"

"你可真聪明。"江恂又扫了一眼照片，结合她的话，大概猜到她跟顾影之间有着怎样的误会，本想提醒一句，但还没开口就被走过来的顾影打断了。

"江恂，"顾影面露急色，"小杰还没下班吗？你怎么没把他带过来？"

"他下午请假了。"江恂低声问，"怎么了？"

"我联系不上他，思怡也联系不上他。"顾影边说边低头发消息，"他以前从来不会这样。"

"我问问他有没有回公司。"江恂拿起手机打了个电话出去，没一分钟，他挂断电话冲顾影摇摇头，"没在公司。"

"要不我也问问吧。"孔莹也拿出手机打算编辑微信消息。

与此同时顾影收到了李思怡的微信消息，说杨杰目前在派出所。

"派出所？"孔莹的脸上出现几分慌乱，"出什么事了？"

"我也不知道，估计我们得晚点儿吃饭了。"顾影抱歉地看了一眼孔莹和邓佳佳，随即转向江恂，"你送我去趟派出所。"

"我们跟你一起去。"孔莹拉起一脸蒙的邓佳佳，"快走吧。"

半个小时后，一行人到达派出所。

下车之前，顾影对车内的其他人说："你们在这儿等我，我自己下去就行。"

江恂侧身拉开车门："我跟你一起去。"

顾影顿了顿，说："好。"

下车后，两个人朝等在门口的李思怡走去。

"怎么回事？"顾影走上台阶，迫不及待地问。

"他们说小杰偷了东西。"李思怡等他们走近，领着他们往调解室走，"我也刚赶过来不久，具体情况还不了解。"

"不可能！"顾影斩钉截铁地说，"谁这么诬蔑他？"

"他的室友说的。"李思怡抿了抿唇，"我也不相信。"

说话间，三人到达了调解室。

里面摆着一张方形会议桌，主位上坐了一位民警。杨杰面对门口坐在里侧，他对面背对着门口的地方坐着两男一女。

进到里面，民警给他们讲述了一下当前的情况。简而言之就是，杨杰的室友说杨杰偷了东西，杨杰坚持说自己没偷。一方不承认，另一方咬着不放，民警也束手无策。

"他有点儿难沟通，你们先自己调解一下。"民警说，"偷东西也要讲证据，把证据补齐才能立案。"

"警察叔叔，我都说了我在他的房间里找到了我丢失的旧手机。"其中一位剃着寸头的室友吊儿郎当地道，"还要什么证据？"

杨杰静静地坐在椅子上，脸上一派淡然，在见到江恂出现时，眼里才浮现出不自在。

"那也只是你的片面之词，不能充当证据。"民警说完走了出去。

民警走后，顾影来到杨杰身边："没事吧？你跟我说说……"她话说到一半，看到杨杰嘴角和额头上的伤时，声音陡然变了调，"你脸上的伤是怎么回事？谁打了你？"

杨杰指了指自己的耳朵，又指了指桌子。顾影这才发现他的耳朵上没戴助听器，他面前的桌上放着一张 A4 纸，上面只写了一句话：我没有偷东西。

顾影只觉得喉间一紧，微笑着比画了个简单的手语："我知道。"

"姐姐，他不只偷东西，"刚刚说话的那个寸头男伸手搂住右边那位穿着背心热裤的女孩，在她的脸上亲了一口，"他还偷窥我的女朋友。"

他的话是对顾影说的，目光却落在杨杰身上，眼神充满挑衅。杨杰似乎从他的动作和眼神中猜到他说了什么，一贯淡漠的脸上出现鄙夷之色。

"哈哈！"李思怡夸张地笑了，"我们的弟弟耳朵是不好使，但眼睛还挺正常，看不上她。"

"你说看不上谁呢？"背心女孩不乐意了，"你问问他，他还想偷看我洗澡呢！"

"不用问。"顾影轻飘飘地看过去一眼，"他就是看不上。"

背心女孩气笑了："他以为自己是谁呢？一个聋哑人还在这儿装清高？"

顾影拧眉："你吃什么了嘴巴这么臭？"

李思怡嗤笑："也不看看自己长什么样？"

"我长什么样也是我爸妈捧在手心的宝贝。"背心女孩气得口不择言，"不像你们，从小就是没人要的小孩！"

"你怎么知道她不是别人捧在手心的宝贝？"一个懒懒的声音插了进来，所有人都循着声音看过去，只见原本站在顾影身后的江惆缓缓地走出来，"先解决事情。"

江惆面无表情的样子和稍显不耐烦的语气，似乎削减了些对面三人的嚣张气焰。

寸头男把手一摊："行啊，偷窥我女朋友这件事先不说，偷我手机怎么解决？"

"有证据吗？"江惆捏了捏顾影的手，让她跟李思怡先出去等。

"我看到了。"寸头男说。

"那就是没有证据。"顾影出去后，江惆在杨杰身边坐了下来，淡定地说，"那我就要告你诽谤了。"

"你去告！"寸头男满不在乎地道，"我还怕你不成？！"

"别急。"江惆拿出手机拨了个电话，"我请律师来跟你们谈，顺便谈谈你故意伤人的事情。"

杨杰的室友年纪跟杨杰差不多，都在二十岁左右，他没见过什么世面，听到要请律师，顿时有些心慌。

"他偷东西还不许我们打人了？"寸头男的气势明显比刚刚弱了不少。

江惆没理他，继续跟电话那头的人讲话："嗯，新源派出所，麻烦你现在过来一趟。"

之后无论对面那几个人说什么，江惆连一个眼神都不屑于看一眼。他低头在微信上跟杨杰聊天，了解具体细节。

事情的真相是寸头男最近经常带女朋友回出租屋，杨杰在某次回家不小心碰到他刚洗完澡的女朋友后，跟他委婉地提了一下，让他尽量别带女朋友回来。

寸头男原本就因为女朋友第一次见杨杰就夸他帅心生不满，因此借题发挥，故意把手机丢到他的房间里诬陷他偷东西。寸头男原本也没想来派出所，只是让杨杰跟自己道个歉，但杨杰不肯，坚持报警，在警察来之前寸头男还气得打了杨杰两拳。

时间一分一秒地过去，看着气定神闲的江恼，杨杰的另外一个室友有些坐不住了："我晚上还得去上班呢，要不还是算了吧？"背心女孩也摇了摇寸头男的手臂，暗示他算了。

"那，我就放过他这一回。"寸头男站起身，"算了，我不追究了。"

"谁说算了？"江恼掀起眼帘，"你给我坐下。"

"跟你有什么关系？"寸头男一开始就知道杨杰的情况，他不光聋哑还没有家人。寸头男想着就算闹到派出所也没人来为他讲话，所以才敢这么肆无忌惮。

"我是他……"江恼无声地一笑，在"老板"和"姐夫"中选择了后者，"姐夫。"

顾影和李思怡出去后，同已经从车上下来的孔莹和邓佳佳一起在大厅等。

大概过了一刻钟，终于看到几人从调解室走出来。江恼和杨杰走在前面，一个从容，一个淡然。后面跟着垂头丧气又心有不甘的两男一女。看样子事情已经得到解决。

顾影走过去问杨杰怎么没戴助听器，他表示助听器被室友弄坏了。

"喂，等等。"顾影立马叫住已经走出派出所的寸头男，"赔钱。"

寸头男惊恐地瞪大了眼睛："还要赔什么钱？"

江恼失笑地走过来揉了揉顾影的脑袋，"已经赔过了，让他们走吧。"

"哦。"当着这么多人的面，顾影被他亲昵的动作弄得有些不自在，清了清嗓子，小声道，"那没事了。"

周围的一群人看着两个人的互动，表情各异。

李思怡眼神揶揄，杨杰的脸上有些意外又好像没那么意外。邓佳佳一脸茫然，孔莹茫然过后瞪大了眼睛："哥，你……你干吗揉小影姐的脑袋？"

这一刻，她心里似乎已经有了答案，但是她觉得自己一时还不能接受，所以想要求证。

"你什么毛病？"江恼斜她一眼，"不是你让我请吃饭？"

“不……不是，”孔莹艰难地道，“怎么是你呀？”

“你不是已经知道了吗？”顾影听完他们俩的对话，一头雾水，“就是你拿照片问我的那天晚上。”

一行人往派出所外走，孔莹边走边拿出手机，再一次翻到那张照片。看着五大三粗的男人旁边的江恂，她总算知道自己闹了个大乌龙。不是江恂不帅，而是她压根儿就没往他身上想。

“你们不是不熟吗？”孔莹还是觉得难以接受。

其他人没说话，只有邓佳佳扯了扯她的衣袖，像是才反应过来似的问：“所以小影姐的男朋友是你的表哥？”

孔莹点了点头：“好像是这样。”

“那小影姐的审美还挺正常啊。”邓佳佳看了一眼走在前面的江恂，“是很帅！”

孔莹诧异于她的反应：“这是重点吗？”

“不然呢？”邓佳佳一脸无辜，“是帅的呀。”

孔莹：“……”孔莹在脑子里搜刮记忆，现在回想是有很多蛛丝马迹。

比如除夕那晚，表哥那么爽快地答应去送吃的，还有那个莫名其妙的煎饼；比如小影姐第一次去他家借浴室红着脸跑出去的模样；比如刚刚来派出所，她很自然地坐上副驾驶座……

孔莹落在了队伍后面慢慢地消化这个消息，没注意前面有一棵树。她就要用头去撞树，一只大手挡在了她的额头上。

孔莹呆呆地抬起头，看清眼前的人，眉眼弯成一弯月：“谢谢，你没事吧？”

杨杰摇摇头继续往前走。

“你脸上有伤。”孔莹跟上去，“痛不痛？”

杨杰脚步不停，一点儿反应都没有。

孔莹拉了拉他的衣摆，在他看过来的时候，又问了一遍：“你脸上的伤痛吗？”

杨杰淡淡一笑，指了指自己的耳朵，摇了摇头。

“啊？”孔莹这才发现他没戴助听器，“对不起，我没注意。”

她说完意识到他听不见，又懊恼地拍了拍自己的头，在她想拍第二下的时候，手被人轻轻拉了下来。孔莹抬头，撞进一双清冷的眸子里，眸子的主人朝她摇了摇头。

夜幕低垂，一行人再次回到明月阁。

饭后，邓佳佳和孔莹一起离开，江恂把李思怡和杨杰送回了锦江名城。

回年华里的路上，顾影低头跟杨杰发消息，嘱咐他尽快搬家，不要再跟那两个人合租。

“要不今晚让他收拾东西去住酒店？”顾影还是有些担心，“万一那人晚上又对他动手怎么办？”

“放心。”江恂单手打着方向盘，“杨杰不是小孩，能应付。”

他从杨杰那里得知对方根本没占到便宜，杨杰踢到了那人的腹部，据说那人好一阵才缓过来。

“嗯，知道了。”江恂的话似乎能安定人心，就像今天在派出所，顾影放心地把摊子丢给他，跟李思怡走了出去。

从小到大他们遇到过不少类似的事情，被歧视，被诬蔑，通常都是他们三人自己解决，当然也有无能为力的时候，但那又能怎样？他们不像别的小孩，可以哭着回家找爸妈。他们只能自己默默承受，抱团取暖。不过现在，她好像也有可以为她撑腰的人了。

“江恂。”笑容自顾影的嘴角绽放，“谢谢你。”

“谢什么？”江恂以为她说的是杨杰的事，随即无所谓地道，“我好歹是他的老板。”

顾影笑了笑没说话。

到了年华里停车场，两个人下车进入电梯。

“去我那儿坐坐？”江恂扭头问。

“我还是不去了。”顾影瞄了一眼他眼下的乌青，“你早点儿休息。”

她知道江恂最近经常加班到很晚，睡眠严重不足，不想占用他太多时间。话是这么说，但电梯到了江恂的这一层，他们谁都没松开对方的手。顾影鬼使神差地跟着他出了电梯。

“那个，”顾影指了指楼梯间，“我走楼梯上去好了。”

江恂闷笑一声：“行，你等会儿走楼梯上去。”

“嗯？”顾影被他牵着往门口走，还在做最后的坚持，“很晚了，你得休息，我也要早点儿睡。”

“就坐一会儿。”江恂松开她的手，打开门，“我有个东西要给你。”

“那好吧。”顾影弯了弯唇，跟着他进了屋。

江恂进屋后直接去了书房，一分钟不到又回到客厅，在顾影身边坐下。

“把手伸出来。”江恂靠在沙发上低声吩咐。

“什么东西呀？”顾影把手伸到他面前。

江恂伸手一抛，一个红色的小物件呈抛物线落在顾影的手心上。她定睛一看，原来是一个小小的平安符。

“平安符？”顾影收回手，把平安符拿在手上仔细端详，“这不是我送你的那个。”

“当然不是。”江恂轻描淡写地说，“这是我前几天开车去九乐山求的。”

“你求的？”顾影总觉得江恂不像是会做这种事的人，“你也信这个？”

“我本来不信。”江恂从茶几下面拿出自己的钱包打开，从里面取出顾影送给他的平安符，“但它好像有点儿用。你看我这么多年来不挺平安的？”

顾影想说，可能跟这个的作用不大。

江恂又说：“所以我也去给你求了一个。”江恂拍了拍她的脑袋，“希望你以后逢凶化吉，平平安安，免得老让人担心。”

顾影的心脏狠狠地跳了几下。她好像懂江恂为什么说有用了——因为他担心她，希望平安符对她有用，希望她能平平安安的，所以他选择相信。

“你怎么知道她不是别人捧在手心的宝贝？”江恂今天在调解室说的话犹在耳侧。

他把这么矫情的话说得直白又自然，当时她听了心虚又震惊，一度不敢把这个“她”认领成自己。她从来没觉得自己可以得到这样的待遇，可是他一直在用实际行动告诉她，她在他心里的重要性。

从小到大，除了院长妈妈从来没有谁把她看得这么重要过。可是江恂不一样，他一开始就把她当作需要呵护的那一类人。

顾影记得他第一次给自己这种感觉，就是她送江恂平安符的那晚。

那晚顾影生病发烧，还在过生日的江恂陪她到诊所打点滴，从诊所出来已经是凌晨一点半。

送她回家的路上，江恂漫不经心地问：“你这么晚回家你爸妈不担心你？没给你打电话？”

顾影解释她爸妈知道她会很晚回去。

江恂却不以为然：“这么晚你一个女孩总归不安全，下次如果晚归，记得打电话让他们出来接你。”

在那之前顾影都没有这些意识——觉得爸妈应该担心她，晚归应该让人来接。不是她坚强，只是已经习惯，思维成为定式，觉得这一切都是理所当然的。

后来医闹那次，江恂告诉她，无论遇到什么事情，自身安全最重要，她可以害怕。

上次被人推倒受伤，他感叹别人怎么下得去手，那种疼惜之情溢于言表。

顾影那会儿还觉得他的话有些夸张，她又不是什么易碎的宝贝，对方怎么就下不去手了？

“怎么了？”江恂的声音打断了她的回忆，“感动到不会说话了？”

“是呀。”顾影如实说，“感动。”

“那回家继续感动吧。”江恂揉了揉她的耳朵，“好好带着别弄丢了，上去睡觉。”

“好。”顾影站起身，“那我走了？”

“怎么？”江恂见她站着不动，眉梢稍抬，“舍不得我？”

顾影嗯了声，老老实实地点头：“有点儿。”

江恂的心口一软，他起身拉过她的手：“走吧，我送你上去。”

顾影的嘴角悄悄上扬：“好。”

楼梯间安装的是声控灯，两个人没说话，脚步也很轻，一路走过灯都没亮，只有从窗外倾泻进来的月光。银白色的月光铺在曲折的楼梯上，光影斑驳。

顾影突然好想这样一直牵着他，如果可以的话，永远也不松手。

到了楼上，顾影还是松开了他的手：“我到了，你下去吧。”

江恂眼神戏谑：“不请我进去坐坐？”

“不了。”顾影说，“下次。”

“行。”江恂低笑着转身，“你好好休——”

话还没说完，他便被人从身后抱住了。顾影瓮声瓮气的声音自背后传来：“要不再抱抱好了。”

江恂想拉开她的手，但顾影不让。

“喂，你讲不讲道理？”江恂低低的嗓音在楼道内回荡，“只能你抱我，不让我抱你？”

回到房间后，顾影洗完澡躺在床上，适应了黑暗的眼睛盯着手里的平安符。

思绪回到半个小时前。昏暗又安静的楼梯间内，江恂说出那句“你讲不讲道理”后，她小声地回了两个字：“不讲。”

江恂被她逗笑：“你还有理了？”

顾影埋在他背上的脸能清晰地感受到他低笑时身躯的微微振动。

沉默几秒，她再度开口：“因为这样我抱一会儿就能把你松开。”

“嗯？”江恂偏头，尾音上扬。

“如果你转过来回抱我，”顾影轻声说，“我可能就舍不得松开了。”

“那就一直抱着。”江恂勾了勾她的手指，“把我抱进屋也行。”

“抱不动。”顾影在他的背上蹭了蹭，然后松开他，推着他往前走，

"快去吧。"

她其实想说的是，如果你没有回应，我还能退回去；如果你回应了，我就舍不得放手了。

她想跟他这么一直一直在一起。

收回思绪，顾影把平安符放在枕头下面，转身缩回被子里睡觉。

江恒的公司近期新推出一款大型网游。游戏前几天结束测试阶段正式面世，所以近段时间他在公司待的时间越来越长，几乎天天加班。

农历七月初七，中国传统的情人节。

顾影这天在住院部值班，查房的时候碰到了那位胎儿基因突变的孕妇，她已于昨天做了引产手术，术后要么躺在床上发呆，要不然就是默默流泪。

"谢谢你，顾医生。"她的丈夫站起来对顾影强扯出一个笑，"那天我们从儿童福利院回来便做了决定，这个决定对宝宝来说未尝不是件好事。"

"你们能想通就好。"顾影帮床上的女人拉了一下薄被，"好好把身体养好，宝宝还会回来的。"

"对呀，"跟在她身后的孔莹也上前安慰，"宝宝现在只是迷路了，找到路自然就会回来的，你们要加油。"

孕妇的表情终于松动了几分："谢谢，我没事。"

查完房回到办公室，孔莹立马就变得不正经起来："今天七夕，小影姐晚上跟我哥去哪儿呢？"

"你哥加班，"顾影低头写值班日志，"没时间。"

"意思是情人节他都不陪你过？"孔莹说，"我真不知道你看上他哪一点了，他脾气臭又不体贴。"

顾影抿唇一笑："我觉得挺好。"

"你就是看上了他的脸，"孔莹说，"是不是看着他那张脸就够了？"

孔莹突然想起在某个男艺人的微博下看到的一句话：要是我的男朋友长成这样，生气时我都会抽我自己。孔莹把这句话复述给顾影听，问："你不会也是这种人吧？"

顾影解释："你哥很好，脾气也不臭。"他偶尔有点儿小脾气，但是好哄。

"还不臭？"孔莹说，"从小到大没有谁说得了他，没有谁能干预他的事情，帮他做决定。"

"那是因为他优秀，他应该从小到大不需要爸妈操什么心吧？"顾影猜测。

"那倒也是。"孔莹摸了摸鼻子，"他学习上从来都不需要我舅舅舅妈管，不过我舅妈管过他交友，好像是高三吧？舅妈发现他抽烟，就觉得他被人带坏了，责令他不要再跟他当时的朋友玩。"

"然后呢？"顾影本来就遗憾跟江恂错过了这么多年，所以对他的事情特别感兴趣。

"我哥当然不听她的咯。"孔莹背靠桌子双手反撑在上面，"我哥这个人发脾气跟别人不一样，不跟你吵也不跟你闹，就是不理你，随你怎么劝都没用。"

"交友这个确实不好管。"顾影顿了顿，说，"我觉得应该相信他，你哥不是那种没有分寸的人。"

"对，这点我也赞同。"孔莹见顾影想听，也来了兴致，"之前还有一次，他把我舅妈气哭了。"

"怎么回事？"顾影顺势问。

"高一开始，我舅妈就动了把我哥送出国读书的念头。"孔莹喝了一口水，继续说，"她之前试探性地在我哥面前提过几次，我哥说没想法，但是他没有直接说'不去'，这就给了我舅妈一丝希望。高二那年，我舅妈到处了解国外的学校和专业，最后挑了两家让他选择，结果换来他的一句'我什么时候说过要出国'。"

顾影神色一动："所以你舅妈生气了？"

"对呀，她很生气，说了很重的话。"孔莹摊摊手，"但这些对我哥没用，没人能改变他的想法。"

"哦。"半晌，顾影低声开口，"他应该有他自己的人生规划。"

“是呀，你看他现在不是很好？”孔莹笑了笑，“不跟你说了，反正在你心中我哥什么都好。”

顾影眉眼弯弯地笑了，心道他本来就很好。

临近下班，顾影犹豫片刻，还是给江恂发了条微信：你今天几点下班？

她走出医院才收到对方的回复：可能要晚上十点之后。

一阵失落划过心头，顾影边走边打字：行，你回来了给我打电话。

J：好。

顾影来到地铁站，在想晚上要不随便啃两个面包好了，她一个人不想做饭。

地铁到站，她随着人流走进车厢，下班高峰期的车厢拥挤不堪，她找了个角落站好。地铁启动的同时包里的手机铃声随之响起，顾影拿出来一看，是江恂的电话。

“不是在忙吗？”

“我差不多快忙完了，你在哪儿？”江恂问。

“地铁上。”顾影说。

“你回家等我，我晚点儿接你出去吃饭。”江恂那边有点儿吵，似乎还能听到唐科抱怨的声音。

“要不在家里吃吧？”顾影觉得出去吃浪费时间，在家吃完就可以休息，“我去买菜。”

她知道江恂家的密码，现在做饭基本上都在他家。

江恂说没问题，随她高兴。

这通电话把顾影心头的那抹阴霾尽数驱散，她的嘴角不可抑制地上扬。

江恂回家已经是一个小时后，那会儿顾影刚把做好的饭菜端上桌。

“这么快？”江恂把手上拎着的一个袋子随手放在茶几上，转身朝餐厅走去。

“刚做好。”顾影把盛好的饭端出来，“你先去洗手。”

饭后，跟往常一样，他们坐在茶几前，顾影打开电视玩《超级马里奥》，江恫屈着一条腿坐在一旁看手机。

顾影喝水的时候被桌上的一个深棕色礼品袋吸引了注意，根据上面唯一的一行英文判断，这应该是某个品牌的巧克力。

顾影的心跳突然加速。她之前其实有过猜测，江恫一开始说要很晚下班，后来又提前回来，是不是得知今天是七夕特意回来陪她？但见他从进门起到现在一直没提这事，顾影便推翻了自己的猜测。

把视线从巧克力上收回来，顾影的身子往后挪了挪："江恫。"

"嗯？"江恫看了她一眼。

"那个，"顾影指了指那盒巧克力，佯装不懂地问，"是什么？"

江恫抬眼，目光落在巧克力上，很快又转移到顾影脸上："真不知道？"

顾影错开视线："我怎么知道？"

"不乖。"江恫捏了捏她的耳垂，"去拿过来。"

顾影伸手拿过袋子递给他："给。"

"你故意的吧？"江恫弯了弯唇，"自己拿着吃。"

"哦。"顾影收回手，嘴角有点儿控制不住，干脆绽开一个笑，"谢谢。"

"客气。"江恫从茶几下方的抽屉里拿出一个盒子递过去，"这才是礼物。"

顾影一脸蒙地接过："巧克力不是吗？"

"这是之前准备的礼物。"江恫悠悠地说，"唐科说过节没有巧克力，女朋友会生气，所以我刚刚去超市买了一盒。"

顾影关注的重点不一样："你早就准备了？"

江恫嗯了声："不过今天差点儿忘了。"

"我也给你准备了礼物。"顾影把他送的礼物放在脚边，转而从沙发上的包里拿出一个礼品袋，"给，节日快乐。"

江恫接过，眉梢染上笑意："是什么？"

"你拆开看看喜不喜欢。"顾影的眼神充满期待。

江恫打开小盒子，看到里面的东西，目光一顿："项链？"

“对呀。”顾影观察他的神色，“你要是不喜欢可以不戴，我就是想送给你。”

“没有不喜欢，我只是没想到我这辈子还有戴项链的时候。”江恂拿出项链放在手上掂了掂，失笑道，“我们还挺默契。”

“什么意思？”顾影疑惑。

“你看看你的礼物。”江恂示意她打开脚边的盒子。

顾影拿起盒子，一层层打开，发现里面是条手链，一条很细的铂金链条中间串着三颗星星。

怪不得他说默契，因为顾影送他的就是坠着一颗六芒星的黑绳项链，两个礼物都有星星。

“我帮你戴上。”江恂主动接过她手中的手链，帮她戴上。

顾影的手腕白皙纤细，脆弱得仿若一折就断。手链戴好，顾影抬手晃了晃，灯光下，那三颗星星闪闪发光。

“很漂亮，”她开心地说，“我很喜欢。”

“也不看谁挑的。”江恂嗓音带笑地说，“现在轮到你了。”

“嗯？”顾影回头看他。

江恂瞄了眼那条六芒星项链：“你帮我戴。”

“行。”顾影拿过项链，解开上面的暗扣，倾身凑近江恂。

男人双手随意地搭在身后的沙发上，姿态慵懒。顾影呈半跪的姿势，手从他的脖子两侧绕过去。温热的呼吸洒在耳畔，轻易扰乱人的心神，顾影忍着手抖快速给他戴好了项链。

顾影刚要起身，耳垂感到湿热，接着便觉得一阵疼。她瑟缩了一下，嘤咛声也随之而出。

“叫什么？”江恂轻笑，随即把她往怀里带，“别怕，抱一下。”

顾影僵硬的身子渐渐软下来，头也轻轻地靠在他的肩膀上。

良久，顾影推了推他：“你不是还要忙？”

“嗯。”又过了几秒，江恂才松开她，“你坐这里玩会儿再回去。”

“好。”顾影坐回自己的位置上，继续玩游戏。

玩完两局她退出游戏，转而打开手机视频软件，选择了孔莹上次推荐给她的那部偶像剧，投屏在电视机上。

顾影已经看了几集，觉得还不错，尤其是男主角，代入剧情之后越看越帅。

投好屏，她拆开那盒巧克力，拿出一颗塞进嘴里。巧克力很甜，跟电视剧里的恋爱一样甜。

顾影又拿出一颗，犹豫一秒，把巧克力递到江恂面前："要不要尝尝？"

江恂张口咬住，不知是有意还是无意，嘴唇不小心碰了一下她的指尖，酥麻感瞬间从那处蔓延到全身。顾影淡定地收回手，端过面前的茶杯灌了一口水。江恂咬着嘴里的巧克力，微垂的眸子里掠过笑意。

电视剧演到男主角撩拨女主角的桥段，顾影有些心动，同时又有点儿不好意思。尤其是看到男主角将女主角抵在门上要吻不吻的时候，她蜷缩着身子往江恂那边躲了躲。

"怎么了？"江恂用余光瞟到她的动作，抬眼看了过来。

"没有。"顾影一脸痴笑，"太帅了。"

"什么？"江恂循着她的视线看向电视屏幕，沉默一秒，忽地放下手机，拿过遥控器按下了暂停键。

顾影茫然地转头："你暂停干什么？"

江恂靠在沙发上，下巴懒懒地朝电视机里的男主角抬了抬："他帅？帅到你都不好意思直视？"

没了电视机的声音，客厅霎时安静下来。

顾影的反应有些迟钝，过了好几秒她才懂他的意思，试图解释："不是，我的意思是这个男主角帅。"

"可以。"江恂哂笑，"你还敢跟我强调。"

"不是。"顾影舔了舔唇，不知道怎么开口了。她想说的是这个角色帅，无关演员，她又不追星，但是这话对江恂来说好像比较难理解。

"不是什么？"江恂拿遥控器指了指电视机，"刚刚不是你说他帅？"

顾影老老实实地朝他伸出手："遥控器给我。"

江恂被气笑了："还想看？"

"我不是要看。"顾影硬着头皮抽出他手里的遥控器把电视关掉，"我关掉。"

"心虚？"江恂的语气不怎么好，"打算回家看？"

顾影一开始有点儿蒙，后来因为解释不通的确有点儿心虚。不过现在，她看着抿紧嘴的江恂只想笑，还真的笑出了声。

"你还笑？"江恂伸手将她拉过来，弹了一下她的额头，"吃着我买的巧克力夸别的男人帅，你真行！"

"这部剧是上次孔莹推荐给我看的。"顾影捂着额头，忍着笑说道，"她当时说里面的男主角超级帅。"

眼看江恂又要不爽，顾影赶紧说："我当时就说很一般，因为在我心目中你最帅，谁都没法比。"

江恂紧抿的嘴渐渐放松："你刚刚可不是说一般。"

"我说的帅是指他的动作帅。"顾影终于找到了一个合理的理由。

"这样啊，"江恂拿起自己的手机朝顾影晃了晃，"我有廖俊的微信号，想不想要？"

"你有他的微信号？"廖俊就是演这部剧男主角的演员，顾影有些惊讶江恂怎么会认识他。

她的惊讶看在江恂眼里就变成了惊喜。

"想要？"

"你真有？"顾影不大信。

江恂又一次被气到，冷笑一声，嚣张地说："有你敢要？"

见他这样，顾影知道他又误会了。她的嘴角微微翘起："我又不认识他。"

这时似乎有人找，江恂低下头看手机。

顾影绷起嘴角，尽量控制不让自己笑："你在忙吗？"

江恂没理她。

顾影一点点挪到他边上，小声地解释："我刚刚没想到你真认识演员，有点儿诧异。"

江恂还是不为所动。

顾影深吸一口气，倾身过去在他脸上亲了一下。

江恫抬眼，嘴巴动了动，还没开口，就被顾影的话给堵了回去。

"喜欢你。"顾影双手抱着膝盖蹲在他面前，黑眸澄澈，嗓音轻柔。娇憨的模样令江恫的心口一软，顿时生出一种想把她揉进骨子里的冲动。

"还说不心虚？"江恫重重地揉了揉她的脑袋，随即轻描淡写地说道，"我认识演员有什么好惊讶的。"

"所以你真的认识廖俊？"顾影下意识地问。

江恫脸一黑："你还是早点儿回去休息吧。"

顾影后来才知道，江恫认识廖俊是因为公司为了推广新游戏，正在筹备一场大型表演赛，邀请了几个专业游戏选手和艺人，廖俊也在被邀请的行列。

表演赛地点定在帝都，所以江恫去帝都出差的次数也渐渐多起来。不在一起的日子里，两个人每天都会通过微信或电话联系。

夏末秋初，迎来了十一假期，但是对于医生而言，七天假期是妄想。

十月二号这天，顾影值白班。

午休时间，从食堂回办公室的路上，孔莹挽着她的手问："小影姐，昨天是你生日？"

"是呀。"顾影不好意思地笑了笑，"你怎么知道？"

"我猜的。"孔莹说，"我外婆叫我们全家人今晚一起吃饭，本来定在昨天，就因为我哥的一句'没空'，推迟到了今天。"

"你这都能猜到？"顾影摸了摸鼻子，"他有可能是忙工作呀。"

"因为我本来今天晚上约了人，所以就打电话给我哥问他能不能抽空回来吃个饭。"孔莹撇了撇嘴，"他说不行，得陪你吃饭。"

顾影脸上一热，低低地回了个"哦"。

回到办公室，孔莹给她补了一份生日礼物。

"谢谢。"顾影接过礼物。

"欸，我哥送你什么了？"孔莹坐在办公桌前，双手撑着下巴，满眼都是好奇。

想起江恫昨天送给自己的礼物，顾影弯了弯眉眼，说："很多。"

"很多？"孔莹眨了眨眼睛，"有些什么呀？"

"秘密。"顾影端起水杯起身去打水，徒留孔莹一个人在办公室一脸哀怨。

顾影说的"很多"是真的很多。

昨天在外面吃完饭回家，江恫抱了一个大大的箱子放在茶几上，告诉顾影那是她的生日礼物。

顾影还以为是个大件物品，打开发现里面装着很多东西，比如糖果、钢笔、哆啦A梦、泰迪熊，等等。顾影一开始还没弄懂他为什么会送这些礼物，直到看到那个带锁的笔记本，才隐约明白了什么。

之前那次去儿童福利院，顾影蹲在一旁听他和院长妈妈聊天，院长妈妈提过她小时候想要一个带锁的笔记本，但是当时条件不允许，所以没给她买。

念头一起，顾影再次看了一眼箱子里面的东西，这些貌似都是她从小到大爱而不得的东西，就如他这个人一样。他像是要弥补她的过去，把这些全部买齐送给了她。

顾影感动得不知所措，眼眶泛红之际却被江恫的一句话逗笑了。

"喂，"江恫说，"十元店的东西这么好用？"

顾影打完水回到办公室，又迎来了孔莹的另一个问题："小影姐，你今晚要不要跟我们一起去吃饭？"

"啊？"顾影眸光闪了闪，"我去做什么？"

"你以我哥女朋友的身份去呀，"孔莹笑道，"怎么就不行了？"

"还早。"顾影边整理自己的办公桌边转移话题，"佳佳最近和她的男朋友怎么样了？"

"挺好的。"孔莹成功被带偏，"腻歪得不行。"

"你呢？"顾影笑着问，"跟那个一见钟情的男孩怎么样了？"

"不怎么样，"孔莹耷拉着眼皮闷声说，"他应该不喜欢我。"

"你问过了？"顾影有些意外，"还是你跟他表白了？"

"没有。"孔莹的情绪突然变得低落，"我不敢说，我怕说了连朋友都做不成。"

第一次见她这么烦恼，顾影的声音不自觉放低了几分："也许他也喜欢你，你可以试着主动一点儿。"

"是这样吗？"孔莹叹了口气，"算了，不说了，我哥晚点儿会来接我，他应该会顺便送你回家。"

话音落地，她又呸了一声："他应该是来送你回家，顺便接我。"

顾影："……"

下午五点四十，孔莹和顾影一起坐上了江恂的车。

到了年华里，等顾影下车后，孔莹小心翼翼地问："哥，你为什么不带小影姐去吃饭？"

江恂从后视镜里扫了她一眼，没说话。但是晚饭后，她还是知道了答案。

晚上在江恂的奶奶家吃饭，跟以往的每次家庭聚餐一样，孔莹和江恂吃完便回到客厅玩游戏。

这次没过多久，江恂的奶奶和妈妈也坐了过来。

"听说我们家江恂交女朋友了？"江奶奶笑呵呵地看着江恂，"怎么不带过来给奶奶看看？"

江恂先是看了孔莹一眼，她讪讪一笑，老实承认："我说的。"

江恂没理她，视线转向江奶奶："她的胆子有点儿小，等过段时间我再带她回来。"

"还怕我们吃了她不成？"叶曼文失笑，好心情溢于言表，"是你林阿姨介绍的那个女孩吗？"

江恂想起那次无厘头的相亲，无声地勾起一个笑："嗯。"

叶曼文第一次见儿子脸上出现这种类似温柔的情绪，迫不及待地想要见一见这位未来的儿媳妇。她问："你今年过年会带她回来吧？"

江恂重新拿起手机，似乎不想多说："看她的。"

此时结束一局游戏的孔莹猛地抬头，她的思维慢了半拍："林阿姨介绍的女孩是谁？"

"不是你们医院一个留过学的医生吗？"叶曼文笑她大惊小怪，"你应该见过才对呀。"

孔莹在脑子里搜刮出一些零碎的记忆片段，拼拼凑凑勉强弄清了事情始末："所以最开始跟小影姐相亲的人就是我哥？"

"小影姐？"叶曼文抓住重点，"是那女孩的小名吗？"

"对呀。"孔莹说，"她叫顾影，还是我哥的高中同学呢。"

"顾影？"叶曼文低声重复这两个字，总觉得在哪儿听过，不过一时想不起来。

她笑了笑："挺好听的。"说罢，她像是想起什么，脸上的笑容一僵，不过很快又恢复正常。

顾影回家后随便煮了碗面，吃完坐沙发上看电视。

电视上正在播放《今日说法》，起初顾影没怎么在意，一边浏览朋友圈一边意兴阑珊地听着，听着听着她的注意力渐渐被吸引了过去，彻底对这个故事产生了兴趣。

随着案件的一步步推进，顾影越看越觉得毛骨悚然。她拿过一旁的抱枕抱在怀里，又害怕又想看结局。在这样高度紧张又担惊受怕的情绪中，顾影终于看完了一集《今日说法》。

节目结束后，她关掉电视机，快速回了房间。

她洗漱完躺在床上，灯一关，刚刚在电视机里看到的阴森的画面加上自己脑补的恐怖画面像放电影般一帧帧在脑子里播放。她腾地一下坐起身，把灯打开又快速缩进被子里。

窗帘被风吹得沙沙作响，顾影身子一抖，总感觉房间里有别人。她不敢关灯，又不敢闭眼，像是有一个无形的牢笼把她困在了床上，她连下床都不敢。

就这样干瞪着眼躺了一会儿，顾影拿过床头柜上的手机，打开微信给李思怡发消息：在干吗？

李思怡的回复很简单：在忙，有事找你的男朋友。

顾影欲哭无泪。她现在就想找个人聊聊天。

江惆回奶奶家聚餐了，也不知道回家了没，她怕打扰到他。

顾影看了一眼时间，现在是晚上十点。稍做犹豫，她还是给江惆发了条微信消息：吃完饭了吗？

江惆的电话很快回了过来："现在几点了？你当吃夜宵呢。"

听到他声音的那一刻，顾影紧绷的神经总算松懈下来："你现在在哪儿？"

"在家。"江惆说完，意识到这话不太准确，又补充道，"你家楼下。"

"在工作吗？"顾影又问。

"嗯。"江惆从书房出来，来到厨房给自己倒了一杯水，"我以为你休息了，你怎么还不睡？"

"睡不着。"换成平时，顾影这会儿肯定选择挂电话让他安心加班，但是现在，她不想。

"江惆。"顾影轻唤了他一声。

"嗯？"江惆喝完水靠在餐桌上，等她继续。

"我刚刚看了一集《今日说法》。"顾影打算实话实说。

"然后呢？"江惆说。

"然后……你能不能陪我聊会儿天？"顾影把脸往被子里埋了埋，声音愈来愈小，"我害怕。"

电话里安静了两秒。

"顾影，"江惆轻笑，"我发现，你撒娇的功夫退步了不少。"

男人的笑声很轻，带着浅浅的气息，加上他的话，听得顾影面红耳赤。

"你不是要聊天？"江惆问，"怎么不说话了？"

顾影开口："你这次什么时候又要去出差？"

"下个月，十二月比赛。"江惆说，"我应该要待到比赛结束才能回来。"

"那你——"顾影的话在听到门铃声响起时戛然而止。

"别怕，是我。"电话那头的江惆像是知道她此刻的心情，懒懒地道，“你是出来开门还是告诉我密码？”

顾影蒙了：“你怎么上来了？”

“不是你说害怕？”江恂懒洋洋地道，“我过来陪你。”

她只是想要聊会儿天而已，没想到他会上楼。他好像一直都是这样，给她的比她要求的还要多。

“那你输密码吧。”顾影报给他一串密码。

客厅外面一片漆黑，她有点儿怕，而且她还穿着睡衣，不大方便。

电话没挂，顾影听到里面传来按密码的声音，接着是开关门声。她挂断电话，把手机放到一边。

没一会儿，敲门声伴随着江恂低沉的嗓音响起：“我可以进来吗？”

顾影嗯了声：“进来吧。”

江恂打开门，看了一眼把自己严严实实裹在被子里的顾影，失笑道：“你不热？”

“还行。”顾影裹着被子想坐起身，却被江恂阻止了。

“你睡你的，我在这儿工作一会儿。”

顾影这才注意到他手上拎着一台笔记本电脑，问：“你每天都这么忙吗？”

江恂像是不想给她压力，进来之后自顾自地搬了一把椅子坐在梳妆台前，打开电脑。

“十二月之后就不忙了。”

顾影的房间收拾得干干净净的，梳妆台上也没有过多的瓶瓶罐罐，足够放一台笔记本电脑。这是江恂第一次踏入她的私人领域，跟在他家不一样，这让顾影有一种二人的关系又近了一步的感觉。

“键盘声会吵到你吗？”江恂回头问。

“不会。”顾影就是觉得有点儿热，房间内开了空调，原本是不热的，但江恂进来的时候没有关门。

“江恂。”

“嗯？”

“你能把门关上吗？”顾影小声说，“我有点儿热。”

江恂的目光落在她脸上定了两秒，然后他轻抬了一下眉梢："行。"

他不是忘记关门了，而是怕顾影不自在，所以才没关。不过这姑娘好像没有一点儿这方面的意识。

江恂关好门又回到电脑前工作。冷气不再往外跑，房间内渐渐凉快起来。对面时不时响起的键盘声，把顾影心里残存的那丝害怕尽数驱散。他总能让人感到安心。

安心舒适的环境很容易酝酿出睡意，顾影却睡不着。其实她也不是睡不着，是不想睡，想多享受一下这种难得的相处。

她悄悄地把枕头挪了一下位置，身子侧躺着，脸朝着梳妆台。江恂认真工作的样子她看过很多次，他好像一点儿都不受环境的影响，永远那么从容淡定，游刃有余。

"江恂。"看了几分钟，顾影忽地开口，"你要喝水吗？"

"嗯？"江恂隔了两秒才回头，"你去帮我倒？"

"不是。"顾影唇角带笑，"我是想说，你要喝水就自己去倒。"

"你倒是一点儿都不客气。"江恂笑道，"快睡，我渴了自己会去喝水。"

"好。"顾影把下巴埋进被子里，眼睛却没闭上。

不知道过了多久，她开始犯困，但是她还是舍不得闭上眼睛，视线里的江恂像是遇到了什么难题，手指有一下没一下地轻叩桌面。叩了几下后，他的右手下意识地从裤子口袋里掏出一根烟来。像是想起什么，他捏着烟在指尖转了下，又把烟随手丢到桌上。

"江恂。"顾影又喊了他一声。

"嗯？"江恂再次回头，"你还没睡？"

"你是想抽烟吗？"顾影不答反问。

江恂单手搭在椅背上，大方地承认："有点儿。"

"那你抽吧。"顾影的声音很轻，"把窗户打开就行。"

"这么通情达理？"江恂挑眉。

"抽烟对身体不好，但我觉得你现在可能需要它。"顾影说。她带着一点儿睡意的嗓音无比乖巧，像是一只无形的手在江恂的心上挠，让那里又痒又麻。

他喉结上下滚了滚，轻声说："其实也可以换其他的代替。"

"什么？"顾影问。

江恂站起身来到床边，双手撑着床沿，俯身道："亲一下？"

他本来不想在她的领域对她做这种亲密的举动，怕吓着她，但是现在，他好像有点儿忍不住了。

顾影的睡意一下子没了。她迎上江恂的目光，轻轻地点了点头。

得到她的首肯，江恂慢慢往下，在顾影的唇上轻啄了一下，似乎觉得不够，他薄唇微张，轻轻含住顾影的嘴唇，或轻或重地吻她。

顾影的双手紧紧地抓着空调被边缘，指节已经泛白，她仰头费力地呼吸着。意乱情迷下，江恂原本撑在床沿的手不知何时改成捧着她的脸，上半身也俯得更低了。

片刻后，他拨开顾影脸颊边的发丝，亲了亲她的侧脸。顾影莹润白皙的耳垂早已泛红，江恂的视线落在上面，眸色变黯。他偏头轻吻了一下，然后张嘴含住。顾影耳侧的这块皮肤特别敏感，灼热的呼吸喷在上面，痒得她一阵瑟缩。江恂注意到她的反应，随即放开了她。

他撑起自己的身子，看着下面呼吸不稳的人，哑声道："我好像更想抽烟了。"

"嗯？"顾影的尾音还有些颤抖，眼里有水光闪动。

江恂站起身，随手帮她把被子往上一拉："快睡觉，我去喝口水。"

顾影把差点儿蒙在脸上的被子拉开一些，说："我也要。"

江恂出去了好一会儿，才端着一杯温水进来。顾影喝完水后，重新躺回床上。许是刚刚消耗了不少精力，顾影没多久就睡着了。

再次醒来，天光已经大亮。

顾影迷迷糊糊地伸出手，想要去拿手机关闹钟。但手机没摸到，闹钟就停了。

她轻蹙眉头，缓缓地睁开眼。看到江恂的那一刻，她瞬间清醒过来："你一直在这儿？"

江恂帮她关掉闹钟，又坐回梳妆台前："嗯，我现在要回去洗个澡，还要补个觉，你等会儿自己坐地铁去上班。"

"你一夜没睡？"顾影抱着被子坐起身，"你怎么不回去睡呢？"

"你要是半夜醒来怕怎么办？"江恂神色困倦，嗓音愈懒。

顾影怔住，一时不知道该作何回应。

"我走了。"江恂拿起自己的笔记本电脑，走之前看了一眼顾影，"你还傻坐着？马上要迟到了。"

顾影在他走后没一会儿也翻身下床洗漱。她刷牙的时候耳边一直回荡着江恂那句"你要是半夜醒来怕怎么办"。

当时顾影的心跳停了一拍，感动、震惊两种情绪交织在一起。

从来没有人这么在意她的情绪。她知道江恂在意她，喜欢她，但是没想到他能为自己做到这种程度。这样的他只会让她越来越依赖。

在一起之前，顾影曾想过，无论结果怎么样，她拥有过就够了。可是现在，她想一直拥有。

自从那次将李美关在办公室门外后，顾影就再也没有见过她。

直到十月二十号这天早上，顾影下了晚班从住院部走出来，迎面撞上从外面进来的李美。

"顾影！"李美不似以前那样温和地叫她"小影"，而是瞪着眼睛仿佛要吃人，"我还打算去找你呢，你把你的男朋友叫来，老娘要打死他！"

顾影甩开她抓过来的手，拧眉道："你发什么疯？"

"我发疯？"李美扭曲着一张脸，"他把我的小乐伤成那样，我当然要发疯，他在哪儿？"

顾影记得她曾说过她的儿子叫小乐，听她这话里的意思，江恂伤了她的儿子？

"我想是你搞错了，"顾影斩钉截铁地说，"我的男朋友不屑于做这种事。"

"还不屑呢！"李美伸手过去就要抢顾影的手机，"他上次威胁我，我听了他的话没来找你，他为什么还要这么做？"

“我说没有就没有，”顾影往后退了几步，“你再这样我就要叫保安了。”

“你叫呀，最好多叫点儿人过来，”李美转身换上一脸哭相，朝四周喊道，“我的儿子被人打了，你们帮我来评评理，就是这个人……”

她指了指顾影：“就是她的男朋友，一个大人对一个还不满十岁的小孩动手，有没有天理？”

顾影的手机响了，她看了一眼，淡定地接起电话往停车场走：“你到了？”

今天是周末，江恂昨晚说会过来接她。

电话那头的人嗯了声：“我在A3停车场里。”

顾影弯了弯唇：“好，我马上到。”

话音刚落，顾影的手机就被人抢了过去。李美拿过手机背对着她快速地对电话那头说：“你是她的男朋友吧？你在哪儿？今天你要是不来医院，我就不让顾影走。”

“你真是个疯子！”顾影抢回自己的手机，对江恂说，“我没事，你就在那儿等我。”

“又是你的那个养母？”江恂没什么情绪地问。

“对，”顾影话说到一半被李美拉住了手腕。她深吸一口气，重重地往外一甩，可是怎么也甩不掉。

“顾影，”江恂有些担心，“别让她伤到你。”

顾影冷着脸，扬起手里的手机往李美的虎口砸去。

对方吃痛松开手：“好样的顾影，你居然敢打我？！”

“你先动的手。”顾影撇下她继续往前走。

李美紧追她不放，又准备去抓她的手，一个冷冰冰的嗓音制止了她的动作。

“你敢动她试试？”江恂面无表情地从前面走来，冷峻的眉眼自带几分慑人的气势，吓得李美不自觉地缩回了手。

她虽然害怕，但回想起儿子昨晚一脸血的样子，还是挺直腰杆，怒气冲冲地道：“你打了我的儿子还敢威胁我？”

江恂走过来牵起顾影的手，将她从头到脚打量一遍，见她没什么事，便要转身离开，仿佛没看见李美这个人。

“不准走，你要给我一个交代！”李美上前两步拦在两个人面前。

“让开。”江恂轻飘飘地扫了她一眼，嗓音很淡。

“我不让。”李美吸了吸鼻子，又怕又不甘心，“你起码得赔点儿医药费。”

顾影真是服了：“你找打你儿子的那个人去索赔！”

“不就是他打的？！”李美指着江恂说。

江恂忍了忍，继续拉着顾影走，没走几步，身后又传来李美愤怒的声音：“让你打我的儿子！”

话音落地的同时，江恂的后颈处传来一阵钝痛，他倏地停下脚步，低头见到一块鹌鹑蛋大小的石头从肩头滑落。

“你是不是有病？”江恂还没来得及做出反应，顾影先一步挣脱他的手走过去推了李美一把，“你打他干什么？”

顾影气得不行，绷着一张脸，指着身后的江恂道：“你给他道歉！”

她刚刚看到江恂白皙的脖子上那抹显眼的红，内心莫名地生出一种暴虐的情绪。要不是考虑到江恂在，她真想捡起那块石头砸到李美头上。

“我凭什么道歉？”李美也是第一次看到这么生气的顾影，不自觉地往后退了一步。

“道歉！”顾影拉过她的手，往外一拧，“我让你道歉！”

李美的手腕被顾影扭得生疼，她仍不服气：“你放开我，除非他给我儿子道歉！”

顾影加重了力道：“不道歉是吧？那以后请你的儿子放学的时候注意点儿，说不定哪天就有一块大石头砸到他头上。”

“你也威胁我？！”李美大喊，“我要报警！”

“报，你报。”顾影说，“你不报我报。”

江恂觉得这样的顾影特别少见，不免在旁边多看了几秒。视线扫过她泛白的手指，他气定神闲地走过来捏了捏顾影被气红的脸：“松手。”

顾影没看他，闷声说："不松。"

江恫轻笑："手不疼？"

顾影抿了抿唇，过了好几秒才松开："你报警吧，我就在这儿等警察来。"

李美甩了甩自己的手，不知道是心虚还是天生惧怕警察，她这会儿改了口："我们还是私下解决好了。"

"那你先道歉。"顾影说。

江恫都不屑看李美一眼，对方要是个男的，他早就一脚踹过去了。

"哎呀，你怎么在这里？"此时一瘸一拐的顾之年从旁边走了过来，他看到顾影先是一怔，很快又将视线转向李美，"学校老师和打人的同学的家长都过来了，你还在这儿干什么？"

"打人的同学的家长？"李美显然没搞清楚事情的真相，"什么意思？"

顾之年解释说，昨晚他的儿子在放学路上跟同学一起玩的过程中起了争执，被另外两个人合伙打了。

"谁打的？！"李美听了火冒三丈，"老娘要去打死那两个小兔崽子！"

"你还是先道歉再去教训别人吧！"顾影见她要走，及时出声。

李美自知理亏，安安分分地道了歉。

"我上次跟你说的话可不是威胁。"江恫冷眼看着她，"如果是我，你的儿子可就不是流点儿血这么简单了。"

李美失声痛哭："对不起，我错了。我以为是你做的，所以才拦住了小影。"她跌坐在地，"我不是故意的，我保证以后都不出现在她面前了，你别去找我的儿子。"

"我说了让你别去找她。"顾之年拉起李美往住院部走去。

他们走后，顾影被江恫拉着坐上车。回家的路上，她一句话都没说。

到了家，她让江恫坐在沙发上，说："我看看你的伤口。"

江恫侧坐在沙发上，背对着她："你看吧。"

顾影盯着他脖子上的那处伤口，鼻子一酸，喉咙阵阵发紧。他伤得其实不严重，就破了一块皮，伤口有点儿渗血。

“你家有医药箱吗？”顾影轻声问，“我帮你搽点儿药。”

“好像在那儿。”江恂示意她往茶几那儿看。

顾影蹲下身从茶几下方拿出医药箱打开，取出碘伏和棉签。她一开始还能强装冷静，后来实在绷不住了，眼泪夺眶而出，视线渐渐变得模糊，抓着棉签的手都找不到碘伏的瓶口。

江恂察觉到了不对劲，倾身抬起顾影的下巴，见到她脸上的泪，微微一愣：“怎么了？”

“没事。”顾影说话时带着浅浅的鼻音，“看你受伤，难过。”

江恂随手扯了几张纸巾，擦去她脸上的泪，叹息一声：“那你还不赶紧帮我上药？晚点儿伤口就该愈合了。”

顾影被他逗笑了：“破了好大一块皮，好不了那么快。”顾影收拾好情绪，帮他上药。

上完药，她把医药箱收好放回原位，刚站起身，就被江恂拉到了怀里。

“为什么哭？”江恂盯着她的眼睛问，“说实话。”

“我刚不是说了？”顾影低头，缓缓地道，“看你受伤我难过。”

“破点儿皮就让你哭成这样？”江恂轻扯了一下嘴角，“你以为我会信？”

顾影沉默了。江恂也没催她，而是把她搂在胸前，一下一下地抚着她的背，安抚的意味十足。

顾影把脸轻轻地贴在他的肩膀上。周围萦绕着江恂熟悉的气息，她那种被烦躁压得喘不过气来的感觉瞬间缓解了不少。

良久，她哑声开口：“因为，我不喜欢你跟他们接触，我讨厌他们找上你。”

“怎么？”江恂不屑地说，“你还怕我吃亏？”

“不是。”顾影今天知道了他去找过李美，这在她的意料之中。她不担心江恂会吃亏，也不担心他会为了保护她做出什么极端的事。顾影相信他有分寸。但是她一点儿都不想看到江恂跟那样的人扯上关系，她觉得江恂这样的天之骄子就该意气风发，不应该沾染这些俗人破事。

可是这些破事都是自己带给他的。天上的星星本来是沾不到泥土的，可是从泥土里滚过的人非得伸手去摘星。她再怎么小心翼翼，还是让他沾上了泥。

"我说过要对你好的，"顾影用力地睁着眼睛，不让眼泪流下来，"可是我没有做到。"

"怎么没有？"江恫轻抚她背的动作不停，"你刚刚不是还保护我了？"

"可是你还是受伤了。"顾影说。

"顾影，"江恫顿了一秒，问，"你是因为我受伤所以内疚，还是因为不想我了解你以前的事情？"

她好像都有。被戳中心事的她再次沉默下来。

江恫无声地一笑："我不觉得这是不好的事情，见到他们我才知道你高中时候的那份纯真有多可贵。你把自己保护得很好。"江恫偏头蹭了蹭她的发顶，"你也很乐观。"

江恫记得第一次见顾影是在高二文理分班的第一天。

他坐在中间那列的最后一排。课间休息时，他正在看手机，余光瞟到桌上忽然多了个水杯。他抬起眼皮扫了一眼水杯，紧接着将视线转向饮水机，正在接水的顾影也随之偏头看了过来。

四目相对，少女的眉眼弯成好看的弧度，她说："不好意思，我帮同桌接水，杯子拿不下，借你的桌子放一下。"

江恫没什么情绪地嗯了声，很快收回了视线。

没隔多久，她的嗓音再次响起："谢谢你，江恫。"

江恫抬头，有些意外她知道自己的名字："客气。"

"对了，"少女抱着两个水杯走了两步又回头看过来，她脸上的笑容灿烂夺目，"我是你的新同学，叫顾影。"

后来这个新同学便天天在他耳边"江恫""江恫"地叫个不停。她整个人充满活力，无忧无虑。

那时候的江恫从没想过她活在怎样的环境下。现在回想起来，她那快乐的表象下也不知道藏了多少烦心事，而他对这些一无所知。

"他们是他们，你是你。"江恫悠悠地说，"我想了解的是你，跟他们一点儿关系都没有，你怕什么？”

顾影眼睛发涩。他这句话像是在帮自己洗去一身的泥。

“如果你不想说，我就不问。”江恂的眼神冰冷，语气却恰好相反，低沉柔和，“不开心的事你就不要去想。”

“你想听我可以说。”江恂的态度让顾影放下了芥蒂，她面色平静地说，“其实那两年也还好，我没你想的那么可怜。那时候我每天要上学，要做家务，还要出去兼职，身体是有点儿累，但人还是开心的。”

“有什么可开心的？”江恂问。

“可能是因为有个家吧。”顾影当时就是这么想的，她终于可以跟同学说出“我家”这两个字了。她在儿童福利院一样要做家务，有时候还要帮忙照顾其他小朋友。何况她长这么大第一次有了自己的房间，这对她来说算得上是一种惊喜。

“家？”江恂意味深长地说，“你这是在暗示我？”

顾影忽略他话里的深意，继续说：“后来遇见了你我就更开心了。”

“我那时候好像没做什么让你开心的事。”江恂说。

“不是，跟你做什么没关系，见到你我就很开心。”顾影现在说这些还是会有点儿难为情，于是又把话题拉了回去，“所以我那时候除了没时间学习，成绩不好之外，其他的还行。”

江恂蹦出一声笑：“你那时候成绩不好可能跟这个也没多大关系。”

“嗯？”顾影抬起头，眼睛微眯，“什么意思？”

江恂故意忽视她的威胁，弹了下她的额头：“你说，你那时候同一个题目要问我多少遍？”

“我那是真问你问题吗？”顾影抿唇轻笑，“我的动机不纯你又不是不知道。”

原本沉重的气氛因为江恂的一个玩笑不知不觉就变轻松了。

男人靠在沙发上，懒懒地问：“所以你就是不承认你笨？”

顾影推开他坐直身子：“不承认。”

“顾影。”江恂重新把她搂回来，收起玩笑正色道，“别把他们当成你的过去，他们不配。”

第十二章
宣示主权

因为要准备表演赛，江恂十一月中旬就去了帝都出差。

随着冬天的到来，天气一天天地变冷。

十二月一号晚上，顾影收到了江恂发来的一张雪景照。

照片的拍摄角度很奇怪，就是对着天空随手一拍，要不是旁边有一盏路灯照亮了落下的雪花，顾影压根儿不知道他在拍什么。

她看完照片回复道：下雪了吗？

J：嗯，你只看到雪了？

顾影重新点开那张照片细细端详了一会儿，发现右上角有一根无意中出镜的树枝，她试探地回复：还有树枝？

江恂发来一串省略号。

顾影又在照片中找了很久，确定上面连江恂的影子都没有，于是回复：还有路灯。

隔了几秒，江恂才发过来一条消息：我拍的是天空。

顾影一怔，又继续低头回复消息：哦。

江恂的电话很快打了过来："'哦'是什么意思？"

"就是我知道了。"顾影坐在沙发上，把电视的声音调小，脸上是止不住的笑。

"这么冷淡？"江恫应该是在外面，那边有些吵，"你在干什么？"

"看电视。"顾影想了想，说，"我很开心。"

江恫像是走到了一个安静的地方，那边没了喧哗："有多开心？"

"就是，"顾影紧了紧手里的抱枕，低声道，"想立马见到你的那种开心。"

江恫的嗓音里透着愉悦："所以你现在知道我当年为什么陪沈熠出国了吧？"

顾影呼吸一室："所以，你那时候……"

"那时候什么？"江恫帮她问完，"那时候就喜欢你了？还是那时候还喜欢你？"

顾影震惊到忘了回答。她之前一直不是很确定江恫那次出国的目的是什么，虽然曾经得到过一个模棱两可的答案，但顾影的内心始终不敢相信，他那个时候会因为自己莫名其妙的一张照片而出国。

"你怎么不说话了？"江恫问，"觉得很惊讶？"

"有点儿。"顾影再开口时才发现自己的嗓子有些哑。

"这有什么可惊讶的，你不是都知道了？"江恫话锋一转，"对了，我刚路过橙雪门口。"

"嗯？"

"我在想，"江恫不咸不淡地说，"你当时是抱着怎样的心情请你的学长吃冰激凌的？"

顾影清了清嗓子："你怎么又提这事？"

"因为，"江恫的话很直白，"我那次出国也看到他了。"

顾影的脑子有一瞬间的空白。她张了张嘴，问："所以你那时候没跟我见面是因为他？"

"那倒不是，"江恫语气懒散，"跟他没关系。"

顾影记得她上次问这个问题时，对方给的回答是等她记起出国前一晚上在电话里说过的话再谈。

正想问清楚，顾影听见电话那头有人在叫江恫，紧接着，她就听见唐科调笑的声音清晰地传来："顾医生，你可得好好管着点儿江恫，这里有好多妹子给他塞房卡。"

"滚开。"江恫推开嬉皮笑脸的唐科把电话重新贴回耳边，"我这边还有点儿事，你早点儿休息。"

"行。"顾影说，"你去忙。"

他们每次结束通话都是顾影先挂电话，这次她说完话半天还没挂电话，江恫觉得有些奇怪："怎么了？"

顾影咬了咬唇，纠结了两秒，温暾地道："没事，你忙，挂了。"

挂断电话后，顾影穿上拖鞋去厨房倒了一杯水，捧着水杯站在落地窗前看着窗外出神。

从江恫出差到现在他们已经半个月没见面了，她对他的想念与日俱增，在听到唐科的那句玩笑话后直接达到最大值。这一刻，她突然产生了一种想要过去找江恫的冲动。

她不是不相信他，而是有一种连她自己都觉得不可思议的占有欲在作祟，她就是想去告诉别人，他是我的。

这种冲动在顾影第二天上班问过主任可不可以休年假后转为了实际行动。

近期医院人手够，主任批了她下个星期的年假。

顾影当天晚上就跟江恫说了这事，对方知道后立马帮她在网上订好了机票。

"八号那天正好是表演赛，我应该没办法去接你。"江恫在电话里说，"到时候告诉你地址，你自己打车过来行吗？"

顾影抓到了重点，问："八号是表演赛，那你忙完不就可以回来了？"

"赛后还得在这儿收尾。"江恫说。

"要不我不去了？"顾影说，"在家等你回来好了。"

"你在犹豫什么？"江恫闷笑，"不是说想立马见到我？"

顾影最终还是决定前往帝都。

出发的前一天晚上，孔莹得知顾影要去找江恫后，兴奋地抓着她的肩膀摇晃：“你真要去帝都？”

“对呀。”顾影好笑地拉开她的手，不懂她兴奋的由来，“怎么了？”

“你没看微博吗？”孔莹说，“我哥公司的这场表演赛请了廖俊！廖俊哪！”

顾影点头：“我知道。”

“你就不激动？”孔莹歪头，“你就要见到廖俊了！”

“我激动。”顾影想说我激动是因为要见到你哥了。

“你帮我个忙。”孔莹说完跑回了房间，不多时又跑了过来，手上多了一张明信片，“给，你帮我找廖俊要个签名。”

“我不确定能不能要到。”顾影接过明信片，“我尽量吧。”

“你要不好意思就让我哥去问。”没隔几分钟，孔莹又拿给她一张，“这是佳佳的。”

顾影统统收好放进包里，隔天一并带到了帝都。

上午十一点半，顾影从帝都机场打了一辆出租车前往位于城郊的一家电竞俱乐部。

到达目的地时，离十二点还差几分钟，顾影便在门口等。此时俱乐部里刚好结束一局比赛，唐科一边看微博一边跟在江恂的身后往休息室走。

“喂。”他往前走两步撞了一下江恂的胳膊，“你的照片被人发到网上了。”

“然后呢？”江恂漫不经心地回应，掏出手机打算给顾影打电话。

“都夸你帅呗！还能有什么？”唐科说着想到什么，又撞了下江恂的胳膊，“要不这个游戏干脆不要请廖俊代言了，你自己上得了。”

“广告词我都给你想好了。”唐科的语气相当不正经，“我是江恂，我为自己代言。”

江恂的手指停在顾影的电话号码上，闻言，他扭头看向唐科：“你的意思是我比廖俊帅？”

“不是，”唐科轻扯了一下唇角，“这是重点吗？”

江恂嗯了声，同时拨通了顾影的电话。

“你什么时候变成这样了？！”唐科盯着他的侧脸，一脸的不可思议。

江恂没理他，转而问电话那头的顾影在哪儿。

“我在俱乐部门口。”顾影小心翼翼地问，“你忙完了吗？”

“我马上过来。”江恂挂掉电话，转身往俱乐部门口走。

帝都的气温比云城的要低，路上还覆盖着一层厚厚的积雪。

站在俱乐部门口的顾影搓了搓手，将下巴埋在围巾里。她现在心里很忐忑，总觉得自己太冲动了。

不一会儿，她的脑袋被人重重地揉了一下，江恂的嗓音在身后响起：“冷不冷？”

顾影回头，见到来人，她的眼角眉梢都染上笑意：“不冷。”

江恂今天穿着一身剪裁合体的黑色西装，脖子上还打了领带，气质从容又矜贵。

他轻抬眉梢：“我看看。”话音落地，他抬起顾影的下巴在她的唇上亲了一下，“有点儿凉。”

门口还有来往的人，顾影不自在地挣开他的手：“我觉得还好。”

江恂轻笑着牵起她的手：“走，我带你去吃饭。”

顾影以为他要带自己离开这儿，便站在原地没动：“等等，我还有件事没办。”

“嗯？”江恂松开她的手，“什么事？”

顾影从包里掏出两张印有廖俊照片的明信片递给他：“你能不能帮忙找廖俊要个签名？”

江恂盯着被递到面前的两张明信片，照片上廖俊的笑像是对他的无情嘲笑。

他没接明信片，而是将视线抬高移到顾影的脸上：“你说什么？”

“我说你帮我去找廖——”顾影话还没说完就被他不紧不慢地打断。

“你想清楚再说。”江恂不笑的时候眼神偏冷，他这样的目光实在有点儿吓人，更别说他话里还有明显的威胁之意。

顾影以前也有点儿怕，不是怕他会对自己做什么，而是怕自己惹他不高兴。但是现在，她一点儿都不怕，反而受他这反应的影响，一路上因为怕打扰他心里产生的那点儿不安消散了大半。

“我想清楚了。”顾影强压下上扬的嘴角，“但我觉得你不会给我机会说出口。”

江恂捕捉到她眼里隐约的笑意，轻轻挑眉：“合着你这么开心是因为来见偶像？”

“不是，”顾影把明信片收回包里改去拉他的手，“我来见男朋友。”

“少给我整这些。”江恂本来想躲开她的手，指尖碰到一片冰凉又反手将其握住，“我上次就是被你的甜言蜜语给骗了。”

“我说的是实话。”顾影莞尔，“你不高兴就不找他签了，我们去吃饭。”

“把那两张明信片给我。”江恂下巴稍抬，语气懒散。

“你改变主意了？”顾影不疑有他，重新把明信片拿出来递给他。

“想什么呢？”江恂哼了一声，随即把明信片放进口袋。

顾影慢半拍地反应过来他这是没收的意思，马上说：“这不是我的，是孔莹让我拿过来的。”

江恂拉着她往停车场走：“呵，还搬出替罪羊。”

“不是……”顾影跟上他的脚步，“真是她给我的。”

江恂脚步不停：“不是有两张？”

“还有一张是佳佳的。”顾影怕他不知道佳佳是谁，于是多解释了一句，“就是我们科室的另外一个实习生。”

“你倒是把自己撇得干干净净，”走到一辆商务车旁，江恂单手一个用力将她抵在副驾驶座这一侧，“喜欢这样的？”

男人的脸慢慢靠近，唇停留在她唇上一厘米处。他微微抬起眼皮，望着她的眼睛。

“啊？”顾影的手无意识地揪着他的西服下摆，脑子有些转不过来。

半晌，某个电视剧画面在脑子里一闪而过，她眨了眨眼睛，嘴角不受控制地勾起：“嗯，喜欢。”

江恂把手伸到顾影身后拉开车门，然后退开一些，道："上车，你现在最好别说话。"

"我说喜欢你这样的。"顾影伸手揽住他往后退的身子，"不然我也不会听到有人给你塞房卡，就迫不及待地赶过来'宣示主权'。"

江恂一愣："什么？"

顾影把脸在他的胸口蹭了蹭，没说话。她原本不敢把心里那点儿莫名其妙的占有欲表现出来，甚至不敢像江恂那样明目张胆地吃醋。顾影也不知道自己在顾忌什么，像是怕江恂觉得她麻烦，有点儿不好意思。

江恂愣怔了几秒，忽地笑了："你上次听到了？"

顾影轻轻地嗯了一声。

"放心，我只收你的房卡。"

顾影："……"

"所以，"江恂偏头在她耳边呢喃，"你打算什么时候给我？"

顾影的脸开始发烧："我又没有。"

江恂捕捉到她耳垂上的那抹红，无声地勾起一个笑："真是来'宣示主权'的？"

"当然。"顾影抱紧了他，"你是我的。"

江恂垂眸，盯着胸前的这颗脑袋，眼底漾起愉悦的笑："这么霸道？"

顾影点头。

"你打算一直这么抱着我？"江恂好笑地道。

顾影终于抬起头，像是抛下了所有顾忌，说："所以应该是我生你的气才对。"

江恂搂着她的腰往上一提，俯身在她的唇上咬了一口："行，我等会儿就去。"

顾影起初不懂他这句话是什么意思，直到吃完饭，江恂把她带回俱乐部，来到一个满屋都是人的工作间。

两个人进去之后，几乎所有人都朝他们看过来，整个房间像是被按下了暂停键。

最先反应过来的是唐科，他先是冲顾影微微一笑，接着视线转向江恂："你把我们扔这儿吃盒饭，自己带女朋友吃大餐回来了？"

江恂拉着顾影往沙发上一坐："你有意见？"

"你是老板我能有什么意见？"唐科冷笑，低头收起自己的饭盒丢进垃圾桶。

屋内其他人或坐或站，要不在玩手机，要不还在吃盒饭。听完唐科的话，他们看向顾影的眼神渐渐变得兴味十足。

有人问："老板，这是你的女朋友？"

江恂握着顾影的手漫不经心地把玩着，闻言，淡淡地嗯了声。

这一声像是给房间按下了重新播放键，一群人开始小声聊天，还有大胆的管顾影叫老板娘。

顾影可不像江恂这么从容淡定。她紧张又不自在，特别是看到站在角落的杨杰后，这种不自在达到了顶峰。她试图抽回自己的手，但没成功。

"小杰，吃饭了没？"

杨杰淡笑着冲她点点头，看到顾影出现在这儿，他除了一开始有些诧异外，很快就镇定下来。

"我就说怎么看着有些眼熟。"杨杰旁边那个戴黑框眼镜的人猛地拍了一下他的肩膀，"原来是你姐，她之前还请我们喝奶茶来着。"

屋子里的其他几个程序组的同事也纷纷附和。

"对，我也想起来了。"

"哇，缘分就是从那时开始的吗？"

"杨杰你也瞒得太好了！"

这种叽叽喳喳的声音终止于江恂的一句话："吃好饭了就去前厅准备下午的赛事，大家这段时间辛苦了，晚上一起去庆祝。"

"好的，老板。"

"那我们先走了。"

两分钟不到，刚刚还热热闹闹的房间只剩下五个人。

有两个还在吃饭，唐科走到沙发前扫了一眼江恂的手，轻扯了一下嘴角，问："你打算就这么一直握着人家？刚刚俱乐部那边还在找你呢！"

"这不都赖你嘴欠？"江恫抬眼，"谁让你上次乱开玩笑？"

"啥意思？"唐科一头雾水。

"女朋友生气了，"江恫用指尖在顾影的手心刮了一下，懒懒地说，"我在哄呢。"

顾影下意识地抽回手，脸上通红："我没有……"

"嗯？"江恫悠悠地看过来，尾音上扬。

顾影动了动眼皮，抬头看着唐科，淡定地说："嗯，我有点儿生气。"

唐科："……"

顾影抿了抿唇："所以你下次别开那种玩笑了。"

唐科终于反应过来他们在说什么，不可置信地看向江恫："我那……"是在开玩笑吗？他后面的话在接收到江恫警告的眼神后咽了回去。

"我吃饱狗粮了，工作去了。"唐科扔下这句话后转身走出房间。紧跟着唐科离开的还有两个刚刚在默默吃盒饭的人。

此时屋内就剩下沙发上坐着的两个人。

顾影扭头问："唐科说有人找你？"

江恫嗯了声："我知道。"

"那你还不快去？"

"我这不是在哄你？"

顾影顺着他的话说："你先去忙，我晚点儿再找你算账。"

江恫闷笑几声："行，我等着。"

他走之前给了顾影一瓶矿泉水和一个工作牌，嘱咐她下午可以去现场观看网游比赛，也可以在这个房间休息，随她高兴。

"知道了。"顿了一秒，顾影又说，"如果不麻烦的话你还是帮孔莹要个签名吧。"

江恫双手撑在茶几上，俯身跟她平视："咱们俩谁找谁算账呢？"

顾影拧开矿泉水瓶盖，喝了一口水，小声道：“又没人给我递房卡。”

江恂：“……”

江恂走后，顾影在房间里坐了一会儿，下午两点半，她走出房间去前厅看了一眼赛事。

里面人声鼎沸，顾影环顾一圈没找到江恂，倒是看到了电竞椅上的廖俊，还有他边上的……杨杰？

杨杰穿着一身黑色冲锋衣，眼睛认真地盯着面前的屏幕，时不时侧头聆听旁边的队友讲话。少年眉眼清秀，长相看起来一点儿也不输旁边的廖俊。

顾影对游戏没兴趣，没找到江恂，站了没几分钟便回了休息室。闲着无聊她打开微信开始浏览朋友圈，一条新消息突然跳了出来：小影姐，你在比赛现场吗？

顾影退出朋友圈回复孔莹：没在现场，在隔壁。

孔莹：你能不能帮我拍几张廖俊的照片？

顾影正想拒绝，紧接着又进来一条消息：拜托拜托了！

前后相隔不到十分钟，顾影再次来到表演赛现场。她站在入口处，对着台上的廖俊快速拍了张照片发给孔莹。

孔莹：镜头能不能往左边一点儿？

顾影又拍了一张照片发过去。

孔莹：再往左边一点儿。

顾影拍了第三张照片。

孔莹：还能往再左边一点儿吗？

顾影疑惑地打开自己拍的最后那张照片，发现廖俊只有半个身子在镜头内，反倒是杨杰都快全身入镜了。还往左？孔莹是要她拍廖俊还是杨杰？

顾影的脑子里闪过一个念头，她弯了弯嘴角，重新拿起手机拍了一张照片发了过去。

孔莹回复得很快：谢谢小影姐！

看着屏幕上自己拍的杨杰，顾影刚刚冒出的念头得到了证实，她意外的同时又觉得好笑。她第一次见孔莹这么别扭，玩这些弯弯绕绕的小心思，完全没有要廖俊签名时那么大方。

顾影笑着往回走，突然她眼睛一亮，结合孔莹前段时间说过的话，她心里莫名地生出一个猜测：孔莹之前说的那个一见钟情的对象该不会是杨杰吧？

还没来得及细想这个问题，顾影就被迎面走来的一个人吸引了注意力："单浩天？你怎么在这儿？"

单浩天从走廊另一端走来，见到顾影似乎没有多少意外："我回帝都办点儿事，顺便来见一下江恂。"

"你什么时候来的？"顾影停下脚步，微笑着问，"见到江恂了吗？"

"见到了，刚聊了几句。"单浩天挑眉，表情戏谑，"你这是来探班？"

顾影不自在地嗯了声，又指了指左边的房间，问："要不要进去坐一下？"

"不坐了。"单浩天看了一眼时间，"我下午四点半的航班，得赶去机场了。"

"行。"顾影微笑，"那你下次回来再聚。"

单浩天笑道："好，下次回来希望是喝你们的喜酒。"

顾影的眸色微微一变："没那么快。"

"不快了。"单浩天说，"江恂都等了你这么多年，肯定是奔着结婚去的。"

"什么？"顾影倏地抬头，语气稍显迟疑，"江恂等我？"

"是呀，"单浩天眼里难得露出几分不赞同，"你也真够狠的，让他等你，自己出国这么多年不回来。"

顾影突然觉得自己的脑子不够用了，单浩天说的每个字她都认识，怎么连在一起就不懂了？

"你说他等我？"她舔了舔唇，又问，"还是我让他等的？"

单浩天笑了："你这是什么表情？不是你是谁？谁还有这么大本事

让他干等这么多年？"

江恂这种天之骄子，大学期间追求者不计其数。那时身边的人皆好奇他怎么就一个都没有看上，连单浩天也忍不住问："你不会大学期间都不打算谈恋爱吧？"

当时他们在宿舍的楼梯间吸烟，他记得自己问完这句话，对方沉默了很久，直到一根烟抽完，江恂才低声道："我在等人。"

这下顾影的脑子彻底宕机，她望着单浩天，一句话也问不出来。

"反正这事错不了。"单浩天又看了一眼时间，"我得走了，有疑问你去问他。"

他走后，顾影回到休息室静坐了很久。单浩天不像在开玩笑，反而像是在替朋友打抱不平。

江恂等她？她让江恂等她？她怎么敢？出国前的那段时间，她的心情很差，整个人都很消极，在学校都不敢跟江恂讲话，更遑论做这种约定？！

顾影绞尽脑汁地回忆往事，想会不会是某件被她忽略的事情造成了这种误会，又或者是她说过什么自己不记得了？可是几乎没有这种可能，她说过的话尤其是对江恂说过的话不可能不记得，除非是在她脑子不清醒的状态下说的。

不清醒？顾影灵光一闪，陡然冒出一个猜测：该不会跟出国前她给江恂打的那通电话有关吧？

顾影的心跳开始加速，她越想越觉得是。那晚他们近半小时的通话，但是通话内容，她一点儿印象都没有。在儿童福利院那次，江恂还因为这件事生了她的气。所以他是因为自己忘记了这么重要的事情而生气吗？

手机嗡嗡地响了两声，振得顾影收回思绪低头看了一眼。

李思怡发来微信消息：你的男朋友火了。

顾影目光一顿，回复：什么意思？

李思怡发过来一条微博链接。

顾影点开链接，发现是一张照片，微博配文：今天 CHY 表演赛现场我捕捉到了大帅哥！

照片背景就是刚刚她去过的比赛现场，镜头没对准参赛选手，而是观众席一角。

照片中江恂身穿黑色西装懒散地坐在座位上。男人的眼睛盯着手机，昏暗的灯光下，神色莫辨。即便这样，也掩盖不了他矜贵从容的气质。

顾影发现这条微博的发出时间是上午，现在下面的评论已有上千条。她点开看了一下，网友们几乎都在夸江恂帅。

"啊！五分钟内我要知道这个帅哥的所有消息，姐妹们，我能不能告别单身就靠你们了！"

"这是小说中走出来的豪门贵公子吧！"

"姐妹，多拍几张，太帅了！"

正翻着评论，李思怡又发过来一条消息：看到没？你男朋友可是个香饽饽！

顾影安静几秒，老实地回复：一直都是。

下一秒，李思怡打了个电话来："哟，你一点儿都不谦虚呢。"

"我说的是实话。"顾影说。

"是是是，你男朋友最优秀！"李思怡问，"这么优秀的男朋友你就不怕被人抢走？"

顾影想了想，说："怕。"

"我开玩笑呢，你怕个屁？！"李思怡叹口气，"江恂又不是现在才这么优秀，不是从小一直都这样？你跟他分开这么多年，他不也没喜欢上别人。你上过大学应该知道大学是什么样的环境，江恂这种人在大学肯定是风云人物，不知道被多少人搭讪过、追求过，人家在经历过这么多选择和诱惑之后最终还是栽在了你手上，像是在特意等你一样。你不知道羡慕死多少人了！"

单浩天的话给了顾影重重的一击，李思怡在他的基础上加了点儿力道再次对准她的心口撞了一下，她很痛，很闷。

顾影仰头靠在沙发上，心里五味杂陈："嗯，我知道。"

结束通话后，顾影也在想，自己出国的这几年，江恂肯定遇到过不少类似于今天这样的事情。唐科上次在电话里说的话虽说是开玩笑，但顾影觉得也不是没可能。

江恂太优秀了，不只是长相，他的家世背景、自身条件和成就随便一项都是闪光点。可是这样一个天选之子，真的会因为她的一句醉话平白无故地等她那么多年吗？

对于这个问题，顾影当天晚上就得到了答案。

比赛结束后，所有工作人员和参赛人员都受邀前往江恂预订的饭店参加庆功宴。

顾影本不愿意去，觉得这种场合江恂难免会有应酬，不想过去打扰他。

休息室内，大伙都在收拾行李，顾影扯了扯江恂的衣摆，在他低头看过来的时候轻声说："要不我直接去酒店等你好了。"

江恂抬了抬眉梢，语气略显不正经："这么急着找我算账？"

顾影说："不是。"

"一起去吃饭，放心，"江恂握住她拉住自己衣摆的手捏了捏，"我不会待太久。"

顾影最终还是跟他去了饭店，只是进去之后，她选择跟杨杰几个坐在一起，江恂去了包间。

进包间之前，江恂在众目睽睽之下把自己的大衣交给顾影保管。拜他所赐，顾影整个用餐期间受到无数关注，脸上的红晕就没散过。

顾影这桌的其余人跟杨杰一样，都是年轻小伙子，他们像刚结束一场高考，精神格外放松，喝酒都是满杯满杯地灌。

顾影也喝了一些，没人灌她酒，是她自己想喝。下午起她心里始终有种莫名的情绪在翻涌，堵在胸口出不来。

杨杰在一旁看着她再次端起酒杯，手微微抬起想要阻止，转念一想，反正老板在这儿，用不着自己担心，手又放了下来。

饭后杨杰他们还要去酒吧放松，说今晚所有的消费都由公司报销。顾影拒绝了他们的邀请，独自一人去饭店大厅等江恂。

她抱着手里的大衣，乖巧地坐在沙发上。不多时，顾影接到江恂的电话问她在哪儿。

“我在大厅沙发区。”

“行，我过来找你。”

挂断电话没两分钟，江恂便出现在视野里。男人走过来的脚步稍显急促，原本系在脖子上的领带不知何时被他扯下来拿在手里，黑色衬衣的纽扣也解开了两颗，露出漂亮的锁骨。

江恂来到沙发前站定：“等很久了？”

顾影胸口那些翻腾的情绪因为这句话直往上冲。她鼻子一酸，缓了缓情绪，才开口道：“没，刚到。”

察觉她的状态不对劲，江恂俯身直视她的眼睛，问：“喝酒了？”

“嗯。”顾影说，“喝了一点儿。”

“一点儿？”江恂哂笑，“嗓子都哑了还一点儿。”

顾影伸出右手，五指张开，颇为认真地道：“五杯。”

江恂不轻不重地捏了捏她的脸：“挺能耐呀，还骄傲上了？”

“红酒。”顾影补充。

江恂被气笑了：“要不要给你颁个奖？”

“走。”江恂拉起她往外走，“我带你回酒店。”

走出饭店门，冷空气扑面而来，顾影不忘把手里的大衣递给他：“冷，快穿上。”

江恂从善如流地接过衣服穿上，问：“你有哪里难受吗？”

“没有。”顾影摇摇头，有些不确定地问，“我还不想回酒店，你能带我去京大逛逛吗？”

江恂帮她把围巾整理了一下，语带调侃地说：“想去我的大学看看？”

顾影大大的眼里全是期待：“嗯，想去。”

“行。”江恂笑，“我带你去。”

两个人在路边打了辆出租车，到达京大校门口已经是半个小时之后了。

刚下车，江恂的电话就响了，他看了眼来电显示，有些无奈地对顾影说："等我一下，我接个电话，可能需要一点时间。"

"没关系的。"顾影声音和缓，"多久我都等。"

"不会让你等太久的。"江恂觉得这话有些古怪，只当是因为她喝了酒，没多在意便接起了电话。

顾影被他牵着走进京大校园。

由于前几天下了雪，主干道两旁的银杏树银装素裹，被薄雪覆盖的地面上隐约可见几片金黄的叶子，脚踩在上面沙沙作响。

顾影把头轻轻靠在江恂的手臂上，感受他身上的体温。江恂感受到她的靠近，低头看了一眼，随即放慢了脚步。差不多过了十来分钟，他终于得以结束通话。

"头晕？"江恂把手机收回口袋，问，"还能走？"

"你怎么就打完了？"顾影的声音闷闷的，"为什么不让我多等一下？"

"喂，你这是什么毛病？"江恂好笑地道，"喜欢等人？"

"不是，"顾影抬起头，"因为我想要公平一点儿。"

"什么意思？"

"江恂，"不知道是喝了酒还是别的什么原因，顾影的嗓音带着鼻音，"我是不是让你等了好久？"

江恂脚步一顿，微垂的眼里浮现几分诧异。短暂的沉默过后，他无声地一笑："你记起来了？"

人来人往的校园大道上，时不时响起清脆的自行车铃声。路边的一棵银杏树下，两个人面对面而立。

心里的猜测得到证实，顾影的喉间阵阵发紧。她咽了咽口水，强压下汹涌着的不断往上蹿的情绪。

"嗯。"她不敢多说话，怕情绪崩溃。

"你这是什么体质？"江恂不紧不慢地说，"喝醉酒之后说过的话非得喝醉才能想起来？"

顾影稍做思考，暂时没告诉他自己见过单浩天的事，低声问出了心中的疑惑："你当时为什么会答应我？"

"那你当时为什么会跟我做那样的约定？"江恂反问。

为什么让他等？她虽然不记得了，但一点儿都不怀疑这件事的真假。因为那是她内心所想的，她很喜欢江恂，想跟他谈恋爱，想跟他在一起，舍不得两个人就那样断了联系。那些话她清醒的时候说不出口，也不能说，喝醉酒就很有可能敢说了。

"大概是因为我舍不得你吧。"顾影说。

江恂嗯了声，拉着她继续往前走。跟他在一起这么久了，顾影没花多少时间就懂了他这个"嗯"代表的意思，意思是他也是这样。

"那你这几年有没有后悔过？"顾影耷拉着脑袋，轻声问。

江恂偏头扫了她一眼："有。"

顾影嗓音低哑："什么时候。"

"你还我衣服那次。"江恂自嘲地笑了笑，"不过我也没有后悔多久，晚上不是还给你发消息了？"

顾影的呼吸停了一拍。她记得那次。

那次她在张宜婷的病房里碰到他，把他叫出来并归还了衣服。当时面对自己的随口一问，他的语气很不友好："不是你让我在这儿等？刚说的话就不记得了？

顾影那会儿没懂他脾气的由来。现在想来，他的这句话其实意有所指，而她一无所知，还挑衅地回了一句："我没想到你这么听话。"

江恂那时候的表情跟刚刚一样，带着自嘲："我听话？"

他那个时候对她很失望吧？所以他后悔了，后悔答应等她。但是他说，他没有后悔多久，晚上还给她发了那条询问打火机的短信。

"江恂。"顾影忍着喉间的哽咽道，"你可以生我气的。"

"生什么气？"江恂轻扯了下嘴角，"是气你现在才想起来，还是气你让我等太久？"

"都可以。"顾影瓮声瓮气地说道。

"行了。"江恂拉着她转向一条小道，"后悔的时候已经气过了。"

顾影跟上他的脚步，酒精在脑子里发酵，渐渐吞噬她的思绪。

她用仅剩的一点儿理智，回忆重逢之后江恒生她气的次数。除了医院那次，还有后来说好请他吃饭，最后却因为院长妈妈生病放了他鸽子那次。

那时他不接电话也不回信息。当时顾影难过的同时还觉得他小气，也不理解他那句"你总是这样，扰人清梦又放人鸽子"。他那时候其实不知道她压根儿不记得有这回事，站在他的角度，她的行为像是在玩弄他。他那么骄傲的一个人，最终还是原谅了她，并对此事只字不提。

第三次就是在儿童福利院，顾影主动提起这事，他得知自己不记得后突然来了脾气。顾影记得自己当时还觉得他小题大做，用一顿火锅敷衍了过去。

想想这些她就觉得好难过。她心里堵，脑子也犯晕。

顾影的脚步变得不稳。江恒见她一脚差点儿踩空，牵着她的手改成扶住她的胳膊。

"走不动了？"

"还能走。"顾影说，"我就是有点儿头晕。"

"去前面坐一下。"江恒拉着她来到一个湖边的长椅上坐下。借着旁边一盏昏暗的路灯，他看清了顾影眼底的水光。

"这么难受？"江恒没好气地道，"看你以后还喝不喝酒！"

"江恒。"顾影侧身搂住他的腰，声音已经染上哭腔，"对不起。"

对不起让你等了这么久，对不起我忘记了我们的约定。

"对不起什么？"江恒揽住她的肩膀，知道她为什么道歉，"你又不是没兑现承诺，迟到了不碍事。"

"嗯？"她还有什么承诺？

"你说让我等你回来追我。"江恒轻笑，"你不是做到了吗？"

原来是这样。顾影觉得有些冷，把手缩回来改从江恒大衣里面圈住他，"那我还讲了什么？"

"你记事记一半？"江恒问。

"嗯，记不清了。"

“还能有什么？”江恂闷笑，“你不就是使劲撒娇。”

顾影的脑子迷迷糊糊的，她也不想去反驳他的话，主要是她觉得他的话很合理。

江恂其实没说错。那晚接到她的电话，还没开口，他就听到一个抽泣的声音。

小姑娘哭得无比可怜，连喊了好几声他的名字。她喊一声，江恂应一声，也不催她说话，似乎在等她平复情绪。

过了好半晌，她才开始讲话：“江恂，你等我好不好？”

那段时间江恂的心情也很不爽，他每天莫名地烦躁，听到这话，自然没什么好语气：“凭什么？”

“因为……因为……”电话那头的顾影说话断断续续的，“我舍不得你。”

“那又怎么样？”江恂的语气缓和了几分。

“你等我，我出国以后一定努力学习，努力变得跟你一样优秀。”顾影抽噎着道，“变优秀了，我……我再回来追你行不行？”

江恂没说话。

“江恂。”顾影喊他。

“嗯。”

“行不行？”

江恂没说话。

“我害怕。”

“怕什么？”

“害怕以后再也见不到你。”

“不会。”

“江恂。”顾影又喊他，这次呜咽声很重。

“嗯。”

“你等我行吗？”顾影说，“我以后会对你好的，行不行？”

“你多久回来？”江恂终于松了口。

“我应该念完书就回来。”顾影说。

“那好。”

“你……你说‘那好’？”顾影的声音变得小心翼翼，“你是答应了吗？”

江恂嗯了声。

他是什么时候喜欢上顾影的他自己也不清楚，但是喜欢了便是喜欢了。

那次她说没收到短信，他很生气。之后没隔几天他发现她因为家里的事情绪不好，气一下就消了。他那时候想，再等等吧，等她调节好情绪，等她长大一点儿，高中毕业之后就好了。哪知道她现在又要出国，他还得等她变优秀。

江恂自己都觉得很荒唐，但是答应她之后，这些天充斥在心里的那些不爽好像顿时消散了不少，或许他也舍不得吧！

只是没想到她还有要求：“那我们就这么说定了，不过我可能不会跟你联系，你……最好也别跟我联系。”

“为什么？”江恂问。

“因为我一跟你联系我就会想你，那样我可能没办法专心学习。”顾影说话的声音有些含糊，带着浓浓的困意。

“不联系你就不会想？”江恂觉得她尽说歪理。

“不联系我可以忍，”顾影说着还抽噎了一下，“联系了我就会忍不住。”

“随你。”江恂没什么情绪地道。

那时候他不知道自己居然会这么听她的话，说不联系就不联系。

一阵风吹过，靠在他胸口的人瑟缩了一下。他把顾影往怀里带了带：“走了，回去。”

“我还没看到你上课的地方。”顾影说，“我想去看看。”她想以这种方式参与一下他的过去。

“行。”江恂将她拉起，在确定她能走稳后，继续牵着她往前走。

途中路过标志性建筑，江恂都会给她介绍。

走了没一会儿，顾影忽地蹲了下来：“让我缓缓。”她的意识已经彻底被酒精侵占。

江恂跟着半蹲下身：“走不动了？”

“不是。”顾影说，“休息一会儿再走。”

“你怎么喝醉酒老喜欢蹲地上？”江恂觉得无奈又好笑，“坐椅子上行不行？”

“不行。”

江恂挑眉，看来这次她是真不清醒了：“又变成蘑菇了？”

“那你要把我摘回家吗？”顾影抱着自己的膝盖一脸蒙地看向他。

几个月前的对话再次重演，江恂笑道：“已经摘回家了，你现在是我的……蘑菇。”

顾影已经不知所云了：“那你尝过了吗？”

“你说的是哪种尝？”江恂伸手捏了捏她的脸，“浅尝过了，很甜。”

顾影笑了：“我就知道。”

江恂叹了口气，说：“我背你行不行？”

“好。”顾影慢吞吞地趴在他的背上，将脸靠在他的肩膀上。

江恂背着她往回走，说：“今天就逛到这儿，你要是还想来，下次等你清醒的时候再带你来。”

“好。”顾影搂着他脖子的手紧了紧。

“喂，松开点儿。”江恂稍稍扭头，“我呼吸不过来了。”

“为什么会呼吸不过来？”顾影歪头，“我又没捂你的鼻子和嘴巴。”

江恂好脾气地提醒：“你搂着我的脖子了。”

顾影过了好几秒才反应过来，然后终于松开了一点儿：“这样好了吗？”

江恂嗯了声。

“江恂，”顾影吸了吸鼻子，小声嘀咕，“我头晕。”

“谁让你喝酒的？”其实江恂晚上也喝了不少，但他一般都能控制不让自己喝醉。

“没谁，是我自己想喝。”顾影闷声道，“我想起让你等了我这么多年就难过，我觉得我不值得。”

“你还在想这事？”江恂沉默几秒，像是为了让她安心，难得多说了几句，“我这些年又不只是在等你，我在学习，我在工作，我每天都在做自己的事情，只是同时心里多了个期盼而已。”

顾影根本没注意听他的话，时而清醒的脑子又想起了另外一件事：“江恂。”

“嗯？”

“我是不是还跟你说了在我回来之前我们不要联系？”

“嗯。”

顾影喉间一紧，所以这就是他去了国外又不跟自己见面的原因吗？

顾影把脸在他的脖子上蹭了蹭：“你怎么这么听话呀？”

江恂再次从她口中听到“听话”这个词，已经没什么情绪波动了。

“你不是喜欢我听话？”

“嗯，我喜欢。”顾影有些困了，声音也变得模糊，“所以你要保护好自己的隐私。”

江恂的脚步一顿：“什么意思？”

“因为有人在找你。”顾影嘟囔，“有人煽动别人搜索你的信息。”

江恂顺着她的话问：“谁？”

“一个叫樟树小丸子的人。”顾影一本正经地嘱咐，“你保护五分钟就行，这五分钟里你千万别露面，也别告诉别人你的联系方式。”

江恂动了动眼皮，不知道自己还要不要问下去。

顾影对他的不回应似乎有些不满：“听见没有？”

江恂叹口气：“听见了。”

顾影满意地弯了弯唇：“那就好，她就还是单身。”

“谁单身？”

“樟树小丸子！”顾影说完拧了下眉，有些不高兴地说道，“其实不只是她，她们都想跟我抢你。”

“谁？”江恂越听越糊涂，不知道她这些话是有什么依据还是喝醉了说胡话。

“就是微博上的人。”顾影说，“她们都夸你帅。”

江恂面露不解，突然像是想起什么，低声笑了：“你看见了？”

中午唐科跟他说有人把他的照片发到了网上，原来她在说这件事。

“看见了。”顾影低低的嗓音中透出些许委屈，“还有人直接叫你老公，我都没叫过。”

“那你——”

江恂未完的话被她的碎碎念打断了：“她们好热情，还说要扒开你的衣服看腹肌，我也没看过，这都怪你……招蜂引蝶。”

“招蜂引蝶？”江恂嘴里重复着这几个字，“你少给我乱扣帽子。”

“帽子？”顾影抬起手在他的头发上抓了一把，感觉有些冤，“你没戴帽子呀。”

江恂：“……”

“江恂，”顾影脑子里的记忆乱七八糟的，导致她说话也颠三倒四的，“李思怡说肯定有很多人羡慕我，我也觉得，我从小到大就没什么可让人羡慕的。”

江恂静静地听着。

“是你让我有了底气。”顾影说，“让我觉得我好像也没有那么差。”

“谁说你差了？”江恂的语气很是不赞同。

“那为什么他们都不要我？”顾影的声音低不可闻，“为什么他们把我丢了？”

江恂的喉结上下滚动一番，他再开口时，声音变得很冷：“那是他们眼瞎。”

“他们”指的是谁，两个人都懂。

“院长妈妈说我被送到儿童福利院时才不到三个月大，他们都不给我时间长大，也许等我长大，我就变可爱了呢。”顾影无力地靠在他的肩头，眼眶发热，“院长妈妈说过我很可爱。”

江恂把头偏了偏，撞了一下她：“院长妈妈没说错。”

“可是为什么我长大了，那家人也不要我？”顾影拧紧眉头，似乎不想回忆。

她在江恂身上蹭了蹭，闷声说：“其实我上次说谎了，我那两年在那个家一点儿都不开心。”

她本来以为自己有爸妈，有家了会很开心，可是她慢慢发现，有家好累。她在那里比在儿童福利院里还要小心翼翼。她下意识地讨好，下意识地听话，下意识地承受她那个年纪不该承受的东西。

“顾影。”

“嗯？”

江恂的声音没有一丝起伏：“那不是家。”

“嗯？”顾影的眼皮都抬不起来了，她自然没听懂江恂话里的意思。

“以后，我会告诉你什么是真正的家。”江恂轻声哄着她，“所以，你别难过了。”

“好。”顾影的眼角渐渐湿润。

过了很久，她口齿不是很清楚地说：“我不难过了。”说完这句话，她像是累极了，失去意识陷入了黑暗。

睡梦中的她又一次梦到了高中时候的事情。

高二的秋季运动会，江恂在单浩天和体育委员的连环劝说下，松口报了 1500 米男子长跑。

比赛当天中午，顾影在教室里找到了正在玩游戏的他：“江恂。”

江恂眼皮抬了一下，问：“有事？”

“今天的比赛我会给你加油的。”顾影走过去坐在他前面，“我到时候给你送水。”

江恂按灭手机随手丢到桌上，往椅背上一靠，看着顾影说：“行啊。”

顾影弯了弯眉眼：“那就这么说定了，你不能接别人的水。”

江恂答应了，可是她忘记自己下午也有比赛要参加。

顾影报名了跳远比赛，之前看时间表，跳远比 1500 米要晚十分钟进行，这样的话，她正好可以送完水给江恂再去参加比赛。

结果下午江恂刚站在起跑线上准备比赛时，她就被叫去了跳远比赛的场地。

两场比赛同时进行。

最后等她比完赛拿着早就准备好的矿泉水去找江恂时，却听同学说他已经回了宿舍。

顾影怏怏地抱着矿泉水往教学楼走，还没走出操场，马尾辫就被人轻轻扯了一下。

"喂，你去哪儿？"

顾影倏地回头，眼里重新闪过光芒："你没回宿舍？"

"谁跟你说我回宿舍了？"江恂伸手，"水给我。"

顾影开心地把水递过去："听说你得了第一名，恭喜呀。"

"谢了。"江恂拧开瓶盖灌了好几口水，补充道，"我是说水。"

"不客气。"顾影不甚在意地笑了笑。

那边有人在叫江恂，江恂看了一眼头顶的太阳，又看了看顾影，说："我要回趟宿舍。"

"好，我也要回教室了。"顾影朝他挥了挥手，刚转身就听到了班里某个男生的调笑声。

"你跑完了连水都不喝，我还以为你要回宿舍喝盐水，原来是在等人送呢。"

回忆到这儿，顾影已经分不清梦境和现实。她张了张嘴，无意识地呢喃："江恂，我再也不会让你等了。"

她再有意识时，是江恂在叫她："顾影？"

顾影感觉自己处在一个很温暖舒适的环境里，这里不像刚刚在外面那么冷，甚至有点儿热。像是知道她内心所想，有人帮她把围巾取了下来，还帮她解开了外套的纽扣。

"顾影？"江恂的声音再次响起。

顾影迷迷糊糊地睁开眼，刺眼的灯光让她不适地往身后缩了缩。

"你醒了？"江恂把她放在酒店大厅的沙发上，这会儿半蹲在她面前，问，"我们到酒店了，你的身份证呢？"

顾影将视线渐渐聚焦在他的脸上："为什么要身份证？"

"你说呢？来酒店还能干什么？"

"开房？"顾影说完这两个字，也不知道怎么就紧张起来。她双手

366

揪着自己的衣服，直视江恂的眼神却不闪躲。

江恂瞧她这副模样，眼里浮现笑意：“对，开房。”

顾影的眼睫颤了颤，两秒后，她郑重地点了点头：“好。”

江恂被她逗乐了：“你想什么呢，快把身份证给我。”

他前两天就帮她在自己隔壁订了一间房，现在需要刷身份证入住。

顾影从包里取出身份证递给江恂。他拉着她到前台办理入住，拿到房卡后带她乘坐电梯到达相应楼层。从办理入住开始，一直到房间门口，顾影都没说一句话。

“开门。”江恂提醒她，“房卡在你手上。”

顾影盯着手里的房卡，半天没有下一步动作。

江恂捏了捏她的手：“发什么呆？”

顾影没开门，而是把手里的房卡递给他：“给你。”

江恂好笑地接过，刷卡开门：“你开个门的力气都没了？”

顾影抬脚走进房间，江恂跟在她身后，他手上还拿着顾影的包和围巾。到了客厅，他把东西放下，让顾影先在沙发上躺会儿：“我叫酒店送碗醒酒汤过来。”

顾影的身子软绵绵地陷在沙发里，迷离的目光紧紧追随着江恂。

江恂打完电话回到沙发前坐下，看她一直盯着自己，轻抬眉梢，问：“怎么了？”

“是不是要先洗澡？”顾影小声问。

“你想洗澡？”江恂看她浑身无力的模样，无情地嘲笑，“你这模样能好好洗澡？”

“可是不洗澡会脏。”顾影说。

“大冬天的一天不洗澡有什么关系？”江恂叹了口气，起身道，“我帮你擦把脸吧。”

江恂从浴室拿来毛巾，来回走了好几遍才帮她把脸和手都擦干净。

“行了，干净了。”江恂捏了捏她白净的脸，“等会儿喝完醒酒汤你就去睡觉。”

顾影没搭腔。屋内的暖气很足，她把外套脱了抱在怀里，头轻轻地靠在沙发上。

没一会儿，服务员送来了醒酒汤。

江恂坐回沙发上，把碗凑到眼睛半睁的顾影唇边：“来，把这个喝了就去床上。”

顾影听话地张开嘴，把醒酒汤一滴不剩地喝完了。

江恂将空碗放在茶几上，刚坐直身子，就被身边的人搂住了脖子。他问：“这是干什么？”

顾影仰头看着他，澄澈的眼里水汽氤氲，纤长卷翘的睫毛上跳动着破碎的光，娇憨得令人心痒。

江恂的眸光变黯，他见她不说话，又问：“想让我抱你去床上？”

顾影歪头状似思索了一会儿，才点点头。

“行。”江恂就着面对面的姿势将她抱起，起身往床边走。

这样的姿势，顾影的脑袋高出他半寸，她很少这样低头看江恂。男人抱着她走路毫不费力，许是近期长时间加班，眼睛下方有一块明显的乌青。

顾影心疼地在他的眼角处印下一个轻柔的吻。

江恂脚步一顿：“你干什么？”

顾影一脸无辜：“亲你。”说着她低下头还想去吻他的唇。

江恂稍稍偏头：“别闹。”他瞥了一眼面前的人，“我对醉鬼没兴趣。”

“哦。”很快，她又抬起眼皮，“那你对我有兴趣吗？”

江恂刚走了两步又停下脚步，目光直直地盯着顾影，嗓音变得沙哑：“你说呢？”

“有吗？”顾影又问。

“你要不要感受一下？”

江恂抱着顾影的手慢慢往下移，顾影的身子陡然一僵，脸上以肉眼可见的速度爬上绯色。

江恂的唇微弯：“感受到了没？”

顾影不自在地将脸埋进他的颈窝里。

江恂重新抱起她，偏头咬了一下她的耳垂：“知道怕了？还闹不闹？”

江恂把顾影抱到床边，刚准备弯腰，耳边响起一个低到近乎是气音的声音：“不怕。”

在他愣怔之际，顾影继续说：“我刚才不是把房卡给你了？”

江恂闻言极其不温柔地把她扔到了床上，随即掀开被子将她整个人盖住：“我说了我对醉鬼没兴趣，你给我好好睡觉。”

顾影原本就晕晕乎乎的，被他这么一摔更晕了，缓了好一会儿才睁眼：“江恂。”

“怎么？”江恂站在床边居高临下地看着她。

“你太过分了。”顾影轻声控诉。

江恂偏头轻笑一声：“你还有脾气了？”

顾影抿了抿唇，没说话。

“没事了？”江恂俯身揉了揉她的脑袋，“那我过去了，晚上有事给我打电话，我就在隔壁。”

“有事。”顾影说。

“还有什么事？”江恂好脾气地问。

顾影把身子往里侧挪了挪，迎上他的目光：“你陪我睡。”

江恂觉得她就是来折磨自己的。跟她对视几秒，他像是败下阵来，转身关掉房间的灯，然后爬上床将她连人带被子搂在怀里：“闭嘴，睡觉。”

黑暗中，顾影安心地闭上眼睛，嘴角不自觉地翘起一个弧度。

两分钟不到，江恂感觉怀里的人呼吸渐渐平稳下来，看来已经熟睡。他僵着身子又抱了一会儿，这才轻手轻脚地起身下床。

江恂帮她把被子掖好，转身之际脑子里不由自主地回想起她晚上趴在自己背上说的话：“为什么他们都不要我？为什么他们把我丢了？”江恂的心脏像是被一只大手紧紧地揪住，又闷又痛。

像是妥协下来，他重新俯身在顾影耳边轻声说：“我去洗个澡，马上回来。”

江恂回到自己的房间快速洗了个澡，换上一身干净的衣服回到顾影的房间。

翌日早上，顾影从睡梦中醒来。

眼睛没睁开，她先动了动身子，发现动不了。她缓缓地睁开眼，发现让她不能动的是腰间的那只大手。

顾影的呼吸一窒，她用极其缓慢的速度偏头往后看了一眼，入目是江恂熟睡的面容。男人紧闭眼睛，碎发松散凌乱，睡得毫无防备。

顾影昨晚离家出走的意识渐渐回笼，一些零零碎碎的记忆片段涌入脑中。

她从中挑选出几个重点片段：她跟江恂说了网上的事情，她怪他招蜂引蝶，她还给了他房卡……后来还有一些画面，她已经不敢去回忆。

顾影把视线收回来，僵在他怀里一动也不敢动。

时间一分一秒地过去，顾影起初是不敢动，后来是想让他多睡会儿。但她昨晚只脱了外套，上身还穿着一件黑色毛衣，加上被江恂搂着有些热。

她试图往前面移了一点儿，怎知刚动就被人压了回去。

"你干什么去？"

"啊？"顾影眸光微闪，身子再次僵住。

"醒了？"江恂刚睡醒的嗓音带着浓浓的倦意，又低又哑。

"对，醒了。"顾影尽量让自己的声音听起来淡定从容，"我想去洗澡。"

"等会儿。"江恂说，"转过来。"

"啊？"顾影装傻。

江恂的嘴角勾起一个小小的弧度，手稍稍一用力，下一秒，顾影便转过身面向他。

"你不睡了吗？"两个人离得太近，顾影不敢看他的眼睛。

"先满足你。"江恂盯着她无处安放的手，嗓音染上笑意。

顾影屏住了呼吸。

"是先叫老公？"

顾影的眼皮狠狠地跳了下。

“还是……”江恂偏头凑近她耳边，戏谑地道，“先看腹肌？”

时间仿若静止。这一刻顾影好想穿越回昨晚捂住自己的嘴。

她定了定神，打算装傻到底：“什么意思？你……在说什么？”

“把头抬起来，”江恂搂着她的手加重了力道，“看着我。”

顾影被迫抬起头，表情还算镇定，如果忽略她不停扑扇的睫毛的话。

对视几秒，江恂忽地笑了：“看来得给你灌点儿酒，那样你准能记起来。”

“但是给你灌完酒我还得伺候你，要不我干脆提醒你一下好了。”江恂看着她的眼睛，漫不经心地说，“你昨晚有点儿热情，抱着我叫老公还非要扒开我的衣服——”

“江恂，”顾影实在没法听他编下去，讷讷地打断，“我记得。”与其听江恂瞎说，不如她老老实实承认自己做过的事情。

“记得呀，那其他的呢？”

“其他什么？”

“比如给我房卡，主动亲我，还问我——”

“记得，记得。”再次打断他的顾影热得脸都快爆炸了，“我都记得。”

“记得就好。”江恂漆黑的眼里带着笑意，“那来吧，你想先做哪样？”

“要不下次吧？”顾影舔了舔唇，艰难地说道，“我现在想洗澡。”

“叫老公下次也可以。”江恂拉住她的手慢慢往下，“趁现在方便要不先看腹肌？”

顾影的手握成拳，身子僵住不动。

察觉到她的僵硬，江恂不动声色地松开她往后退了一点：“要不等你洗完澡也可以。”

“下次好了。”见他的手从自己的腰上离开，顾影立马转过身背对着他，“我需要做心理准备。”

江恂盯着她毛茸茸的脑袋，嘴角扬起一个无声的笑：“需要多久？”

顾影一点点地往前挪，同时手拉住被子的一角慢腾腾地将其掀开：“现在还早，你多睡会儿。”

放任她离开的江恂单手撑着头，懒洋洋地说道：“你昨晚不是挺能耐的？这会儿怕了？”

顾影没说话，顺利地下床，拿起衣服就往浴室走。

等她洗完澡出来，发现原本躺在床上的人早已穿好衣服坐在沙发上看手机了。

“你怎么不睡了？”顾影来到小客厅，随口问，“不累吗？”

江恂收起手机，抬眼问：“我做什么了？”

“嗯？”

“不是问我累不累？”江恂懒懒地靠在沙发上，轻挑眉梢，“你又没给我机会。”

现在不是在床上，两个人隔着安全距离，顾影的胆子变大了一些。

“昨晚不是给过你机会了？”顾影若无其事地走过去喝水，“是你没抓住。”

“可以。”江恂缓缓地点头，轻笑了两声。

听到这两个字，顾影的眼皮跳了一下，心头冒出不祥的预感。

果不其然，在她喝完水经过沙发的时候，手腕被人拉住，江恂稍稍一用力，她便坐在了他的腿上。

“以为我不敢把你怎么样是吧？”江恂捏住她的下巴，脸缓缓靠近，“现在还来得及。”

最后一个字消失在两唇中间，顾影的呼吸倏地被夺走。

江恂的吻带着惩罚的意味，一点儿都不温柔，顾影只能搂着他的脖子被迫承受他的索取。

不知道过了多久，江恂终于放开了她。正当她觉得这一切已经结束的时候，江恂的唇移到了她的脖子上，亲吻的力道或轻或重，而且亲吻的位置有渐渐往下的趋势。

顾影往后缩了缩：“江恂。”

“嗯？”江恂偏头在她的锁骨上咬了一口。

顾影说话的尾音有点儿颤抖：“我饿了。”

江恂停下动作将下巴抵在她的肩头，闷笑了几声：“尿。”

第十三章

肆无忌惮的爱

十几分钟后，两个人出现在酒店三楼的餐厅。

顾影在这里见到了不少熟人，包括杨杰和唐科。

“这才九点不到呢。”唐科在二人路过自己时，假装看了一眼时间，“你们就下来了？”

江恂无视他的调侃，把顾影带到一个靠窗的座位前：“你坐这儿，想吃什么我去拿。”

“一碗稀饭。”顾影说。

“不是说饿了？”江恂好笑地道，“一碗稀饭就够？”

顾影眸光微闪：“那就再加一个鸡蛋吧。”

不一会儿，江恂给她拿来了不少东西：“你身上没几两肉还节食？”

“我昨晚喝了酒，没胃口。”顾影端过稀饭喝了一口。

“下次还喝吗？”江恂轻飘飘地问。

“看情况。”顾影拿过一个鸡蛋开始剥壳。

早餐吃到一半，唐科走过来问他们吃完饭要不要一起出去玩。

“不了。”江恂说，“我们要约会。”

唐科一脸无语地走了。

饭后，他们走出酒店，顾影的嘴角不自觉翘起：“我们去哪儿约会？”

“游乐场。”江恂拍了拍她的脑袋，“今天你可以在里面玩一整天。”

顾影愣了一瞬，又问：“你还记得？”

十月一号生日那天，江恂送给她一箱礼物后，问她还有什么想要的礼物或者小时候没有实现的愿望。顾影说想去游乐场玩，江恂当时就要带她去。

那会儿已经是晚上了，顾影觉得玩不了多长时间，便说下次有机会要去游乐场玩一整天。

“当然，我不是答应过你？”江恂牵着她往路边走，“我说过的话从来都算数。”

顾影的心口微微一颤，这好像不是她第一次从江恂口中听到这句话。

高三第一学期开学后，因为在橙雪打工挣了点儿钱，加上顾慈对她的特别照顾，顾影因被二次抛弃带来的负面情绪缓解了不少。

她在学校的表现渐渐恢复以往的活泼，对江恂的态度也有所改变。那时候他们还是同桌，她心情好了之后不再刻意和他保持距离，又开始问他问题，找他借东西。

可是这样的日子没持续多久，某天放学回到儿童福利院，顾影被院长妈妈叫到办公室，被告之有人要资助她出国。

顾影当时的第一反应就是拒绝，她不想去。她那时候连云城都没出过，怎么敢一个人出国？国外语言不通，她一个认识的人都没有，想想就难以接受。

顾影跟院长妈妈说了自己的想法，并保证进入大学后她可以养活自己。顾慈自然不会勉强她，只是提醒她这是一个难得的机会，让她务必想清楚。

她考虑了两天，想法还是没变，便让院长妈妈谢绝了那边的好意。但是没过几天，资助方派人到儿童福利院找到了她。那人就是她之前提到过的魏叔叔，对方跟她聊了很久。

也就是那天，顾影决定出国。就在她决定出国的第二天，体育课上，刚跑完800米的她面前被递过来一瓶水。

顾影顺着那只骨节分明的大手，见到了站在阳光下分外帅气的少年。她接过水，低声道了句谢。

"怎么？"江恂轻扯了下嘴角，"跑个800米就蔫了？"

"没有。"顾影捧着水，犹犹豫豫地指了指某个方向，"你要没事，我去找语梦了？"

"等等，"江恂示意她往旁边的树荫下走，"我有话跟你说。"

顾影慢吞吞地跟着他来到树下："你要说什么？"

"我再问你一次，"江恂的眉宇间透着一股子认真，"你上次收到我的信息没？"

顾影的指尖动了动，双手无意识地摩挲着矿泉水瓶。须臾，她摇了摇头："没有。"

江恂沉声道："顾影。"

"嗯？"顾影直直地看着他的眼睛，心里的自卑和委屈从未如此泛滥过。

短暂的沉默过后，江恂似是叹了口气："我就是想告诉你，我说过的话从来都算数。"

顾影记得自己那天离开操场后跑去女厕所大哭了一场。

"发什么呆呢？"江恂的声音把她从回忆中拉了出来，"上车。"

面前停了一辆出租车，后座车门已经打开，顾影弯腰坐了进去。

一个小时后，江恂带她来到了欢乐谷。

怎知在入口处他们碰到了前不久才在酒店餐厅见过面的唐科那一伙人。

"哟，约会约到这儿来了？"唐科阴阳怪气地说道，"我是不是要假装没看见你们？"

"不用。"江恂把刚买的票递给顾影一张，看都没看他一眼，"我假装就行。"

唐科："……"

进去之后，两拨人没有特意走在一起，但总是会碰到。

顾影和江恫来到一座梦幻城堡前，又一次碰到了唐科一伙人在那儿拍照。

其中一个女孩见到他们，开心地跑过来说："老板，我帮你和你的女朋友拍张照吧？"

顾影看向江恫，以为他会拒绝，却见他无比从容地拿出手机打开相机递了过去："行。"

"你们俩往中间站一点儿，"女孩接过手机后退了几步，"来个亲密的动作。"

城堡前有很多人拍照，江恫可不愿去中间凑热闹。他一把搂过顾影，悠悠地吩咐："就这样拍。"

"好，3——2——"

就在最后一秒，顾影感觉自己的耳垂被人捏了下，她下意识地仰头看向身边的人，江恫也随之扭头看过来。

四目相撞的那一刻，画面被定格在了手机上。

"哇！超级有感觉！"女孩把手机递给江恫还不忘感叹，"啧啧，老板，你们俩真般配。"

"谢了。"江恫淡淡地说，眉眼间的愉悦却无法掩饰。

女孩走后，顾影凑过来要看照片："给我看看。"

江恫把手机交给她："随便看。"

顾影接过手机走到旁边一处人少的地方，点亮屏幕。她以为自己那瞬间的表情会不好看，其实不然，屏幕上的她嘴角噙着一个浅浅的笑，只是笑意盈盈的眸里有一丝不解，似是在询问。

江恫的站姿随意，他偏头看她时，嘴角也勾起一个小小的弧度。

这张照片确实拍得挺有感觉的。

"帮我发个朋友圈。"低沉的嗓音在旁边响起。

顾影循声望过去："啊？"

江恫扫了一眼自己的手机，重复道："帮我发个朋友圈。"

"用这张照片？"顾影以为自己听错了，"发朋友圈？"

“对。”江恂揶揄道，“刚刚把你的耳朵捏聋了？”

顾影低头找到微信打开，把照片加进去之后又抬起头问：“说点儿什么？”

江恂不甚在意：“随你。”

顾影干脆没编辑文字，直接发了张照片出去。

她发完朋友圈把手机还给江恂。他拿到手机看都没看一眼，直接揣兜里：“走，去那边玩。”

顾影弯了弯眉眼，跟了上去。她好像知道江恂为什么要发朋友圈了——他在帮自己“宣示主权”。无论是刚刚发朋友圈还是昨天带她见同事，他都在用他的方式给她安全感。

那天两个人在欢乐谷玩到天黑才回酒店，第二天上午便坐飞机回了云城。

顾影在家休息了两天才回到医院上班。

今天是周一，她在住院部值白班，上午十点，一个孕妇家属给她送来一盒草莓。

顾影尝了一颗觉得很甜，于是问她在哪儿买的。那人说自家种的，见顾影想买，说晚点儿给顾影送些过来。

顾影当然不会白收她的草莓，当天下午在她又送来一大箱草莓后，顾影按市场价给她算了钱。顾影分出一部分草莓留在办公室，剩下的打算给魏叔叔寄过去。

顾影从来没去魏叔叔的公司找过他，因为他连面都不愿意见，肯定不想她去打扰。她只是每隔一段时间会寄一些水果过去以表达自己的感激之情。

下班时间到，顾影换好衣服抱着草莓走出住院部，江恂的越野车就停在住院部门口。

坐上车，顾影边系安全带边问：“你喜欢吃草莓吗？”

江恂不答反问：“你想买草莓吃？”

“不是。”顾影指了指后座，“我刚放车上的就是草莓，你要是喜欢吃，我就留点儿给你，不然我都寄出去。”

“寄给谁？”江恂启动车子离开。

“就是资助我的那个人。”顾影说，“他就在本市。”

“就在本市你怎么不自己送过去？”江恂顿了一秒，迟疑地问，“要不你哪天把他约出来，我们一起请他吃个饭？”

“不用。”顾影看向窗外，喃喃道，“他应该不会答应。”

话音还未落下，顾影的手机响了，她低头一看，是李院长。她接起电话：“李院长您好。”

“小影在忙吗？”李院长问。

“不忙，下班了。”顾影问，“您有什么事吗？”

“是这样的。”李院长解释道，“资助你的那人今天打电话来儿童福利院要你的近照，我翻你的朋友圈没找到一张照片，要不你发我一张？”

“要我的近照？”顾影有些不安，“是魏叔叔吗？”

“不是。”李院长说，“是位女士，说跟魏先生是一个公司的，后来魏先生也来了电话，让我把照片发给她。”

“好。”沉默了一瞬，顾影垂下眼帘，轻声道，“我晚点儿发给你。”

冬日太阳落山早，这个点儿余晖已然散尽。

静谧的车厢内，顾影低头翻着手机相册。她发现自己真的很少拍照，相册里没几张她的单人照，大多是跟李思怡、孔莹和邓佳佳几个人的合照。

“谁让你发照片？”等红灯的间隙，江恂问。

“我的资助人。”顾影头也没抬，小声嘀咕，“我都没有近期的单人照。”

“把我们的合照发过去不就得了。”江恂分神看了她一眼，“顺便告诉他你交男朋友了。”

顾影划屏幕的手指一顿，她又继续往下翻：“这样不好，等哪天他想见我了，我再带你去。”

江恂嗯了声：“你这资助人还挺神秘。”

顾影终于找到了一张年前孔莹帮她在医院拍的单人照，看了一眼觉得没什么不妥后发给了李院长。

车子很快到了年华里大门口，顾影让江恂在路边停下："你先回去，我把草莓寄了再回去。"

"我等你。"江恂解开安全带，转身拿过后座的草莓递给她，"用不了多久。"

"也行。"顾影把草莓搁在腿上，从包里取出一张淡粉色的便利贴贴在盒子上，然后扭头问江恂，"你车里有笔吗？"

"等会儿。"江恂低头打开储物箱，从里面找出一支黑色签字笔递了过来，"给。"

顾影接过笔认真地在便利贴上写下一行字：魏叔叔您好，寄盒草莓给您尝尝，希望您和您的家人会喜欢。她还在末尾处画了个笑脸。

江恂没特意看她写了什么，只是无意间一瞥，瞥到了那个笑脸。

他轻扯了下嘴角："幼稚。"

"你不懂，这个微笑可重要了。"顾影套好笔帽把笔还给他，"它可以缓解尴尬，还能表示礼貌。"

江恂用笔敲了一下她的头："哪来的歪理？"

"这是真理。"顾影抱起草莓打开车门，"我走了。"

快递驿站就在路边，顾影出去没几分钟就走了回来。

两个人回到家，江恂打开冰箱取出里面的食材，然后吩咐顾影："你去煮饭。"

"好。"顾影听话地走进厨房煮饭。

煮好饭后回到客厅，她刚坐下又接到了李院长的电话。

"小影吃饭了没？"李院长每次打电话过来都要先寒暄两句。

"还没。"顾影说，"刚到家。"

"我问你呀，你是不是早就知道真正资助你的人不是魏先生？"李院长的声音很轻，像是在说悄悄话似的。

顾影面色一僵："您为什么这么问？"

"我刚把你的照片发给那位女士，没多久她就打来了电话，"李院长说，"她先是问了我你这些年的一些情况，聊了一会儿后，我就问她是谁。"

顾影紧张得屏住了呼吸："她说了什么？"

"她说她是魏先生的朋友。"李院长笑了声，"我想起你之前老问我关于资助人的问题，就很直白地问她是不是真正资助你的那个人。"

"那她怎么说？"顾影拿过一旁的抱枕紧紧地抱在怀里。

"她当时反问我为什么有这样的疑问，问是不是你说的。"李院长说完声音更低了，"小影，你是不是知道些什么？"

"没有。"顾影的眼皮耷拉着，她有一下没一下地捏着抱枕，"我不知道，我以前就是好奇，随便问问。"

"这样啊。"李院长也不知道信没信顾影的说辞，"她没联系过你吧？"

"谁？"顾影问。

"要你照片的这位女士，我问她姓什么，她也没说。"李院长说。

"没有。"

"要不我让人去魏先生的公司找他聊聊？"

"别，有事我自己会联系。"顾影说，"他很忙，你们就别去打扰他了。"

"那行。"李院长察觉出她不想多说，无声地叹了口气，"如果有人找你，或者你遇到任何问题都可以给我打电话。"

"好。"顾影结束通话后把手机随手丢在沙发上，抱着抱枕，双眼无神地看着前方。

须臾，她起身朝厨房走去。

"我跟你一起做饭。"顾影走进厨房，卷起袖子打算洗菜。

正在切菜的江恫回头瞄了她一眼，没阻止。

顾影洗完青菜发现没什么可做的事情，便站在江恫身边看他炒菜。

江恫低声问："你怎么不去玩游戏？"

顾影后知后觉地抬眼："嗯？"

"在想什么呢？"江恫揉了揉她的头，"是不是累了？"

“没。”顾影仰头，嘴角扯出一个笑，“就是想跟你待在一起。”

江恂轻笑：“嘴这么甜？”

“嗯。”顾影开玩笑地说道，“因为我今天吃了草莓。”

像是为了证明自己没事，接下来的时间里顾影一直讲个不停，江恂在一旁安静地听着，偶尔回上一两句。

饭后，顾影负责收拾碗筷。

等她收拾好回到客厅却不见江恂的踪影，她犹豫一秒，继续往里走，来到了书房门口。江恂正坐在电脑前打电话，她走过去在他对面坐下。

在他打完电话朝自己看过来的时候，顾影弯了弯唇：“没事，你忙，我就坐这儿。”

江恂起身走过来拉起她：“我忙完了，今天教你玩个新游戏。”

他们重新回到客厅，跟往常一样坐在沙发前的地毯上。

江恂握着手柄选游戏：“这个怎么样？可以两个人一起玩。”

“可以呀。”顾影没什么意见。

江恂选好游戏开始教她，奈何她一个简单的操作都学不会。

察觉到她的心不在焉，江恂忽地放下手柄，伸手将她带进怀里：“不想玩游戏？”

顾影顺势揽住他的腰：“太难了，学不会。”

江恂感觉她在车上接完那个电话后情绪就有点儿不对劲，但是寄完草莓回家，她的状态恢复了些，不知道他在厨房的这段时间发生了什么，她的情绪又低落下来了。

“发生什么事了？”江恂搂着她靠在沙发上，“要不要跟我说说？”

顾影摇头：“没事。”她自己都没弄清楚的事情，不知道从何说起。

“你上次这么黏人还是因为误会我转钱而内疚。”江恂撩起她颊边的一缕头发绕在指尖把玩，“所以这次又是因为什么？”

“难道是因为偷偷拍了廖俊的照片怕我生气？”江恂哂笑，“这事我早就知道了。”

顾影闷声解释：“我那是帮孔莹拍的。”

江恂垂下头盯着胸前的脑袋，良久，他轻声唤道：“顾影。”

“嗯？”

“你现在每个月还在还那笔资助费？”

顾影点头：“对。”

江恂问：“还欠多少？”

“应该还有十几万。”顾影说，“我没具体算过。”

江恂眼里闪过犹豫，头一次不知道接下来的话要如何启齿。沉默几秒，他轻声问：“我帮你还了，行吗？”

听到这句话，顾影一点儿都不觉得意外。在江恂问出第一句话时她就大概猜到了他想说什么，只是，这并不是困扰她的问题所在。

顾影放开他，坐直身子，理了理自己的头发，状似轻松地说：“不用，那边又不急着要我还，我每个月还一点儿，没什么压力。”

“或许这给你带来了精神上的压力？”江恂捏了捏她的脸，“你在不高兴。”

“可能是我没睡好。”顾影反过来安慰他，“放心，我没事，有压力我会找你的。”

江恂的视线落在她脸上，定格两秒，然后他缓缓地点头：“行，你可以随时提前行使你的权利。”

“嗯？”顾影没听懂。

“沈熠说婚后银行卡都要交给老婆。”江恂懒懒地问，“你觉得呢？”

顾影心里的沮丧瞬间被害羞所取代。她张了张嘴，不知道回什么，正要伸手去端水，水杯就被送到了面前。

“给。”江恂低低的嗓音里带着些许笑意，“感觉你需要。”

顾影接过水喝了两口，稍微平复了一下情绪，小声说：“我不大会管钱。”

“谁让你管了？”江恂帮她把水杯放回茶几上，“是让你花。”

跟江恂在一起这么久，顾影头次见识到他霸道总裁式的作风，突然很想笑。

“笑什么？”江恂瞧见她的唇弯成浅浅的弧度，眼里不自觉地浮现出笑意。

“开心。”笑容在顾影的嘴角绽开，“江总真大方。”

她这一刻的确是开心的，但这种开心悬在心上，落不到实处，像镜花水月，看得见抓不着。

江恂扬起眉尾：“我怎么觉得你在挖苦我？”

“没。”顾影笑，“是实话。”

“坐一会儿送你去睡觉。”

“好。”

顾影休完年假回来的前几个班都跟孔莹错开了，直到周四，她们终于在值班时碰到了。

“小影姐，廖俊的签名呢？”午休时间一到，孔莹便迫不及待地问。

“这个你得问你哥。”顾影眨了眨眼睛，“明信片被他拿走了。”

“他拿了干什么？”孔莹眼睛微眯，“他也喜欢廖俊？”

“我真是服了你。”刚从门外走进来的邓佳佳听到这句话，无语地翻了个白眼，“你哥吃醋了，吃醋懂不懂？”

“我哥吃醋？”孔莹笑了，“请问这醋从哪儿来？”

邓佳佳拍了拍她的肩膀，摇头叹息：“这可能得等你谈恋爱了才能懂。”

孔莹：“……”

“走吧。”顾影笑了笑，“去吃饭。”

饭后回到办公室，顾影拿出手机打算给孔莹转账：“这个季度的房租我现在转给你。”

“你还转我房租做什么？”孔莹正在跟人发消息，闻言抬起头，“我哥给我转了两万块，说是帮你缴房租。”

“啊？”顾影停下手中的动作，“什么时候？”

孔莹歪头想了想：“就是前天。”

“哦。”顾影点开跟江恂的微信对话框，发了条消息过去：你帮我缴房租了？

江恂隔了几分钟才回复：嗯。

顾影还没来得及回复，他又发过来消息：你那天不是夸我大方？我不得坐实了。

顾影一时无语。

江恂很快扯开了话题：你明天晚上有空没？

顾影：五点半下班，有事？

J：唐科明天生日，让我带你一起去玩。

顾影又跟江恂聊了几句，问要不要准备礼物，江恂说不用，他们都不兴这个。

顾影答应了，可是她没想到第二天还有另外一个人找她。

第二天中午，顾影从食堂回办公室的路上接到了一个陌生电话。

“喂？”

“请问是顾影吗？”电话那头是位中年女士，她的嗓音不疾不徐，优雅从容。

“对，请问您是？”顾影的呼吸漏了半拍，她心里有种强烈的预感，这种预感在对方再次开口时，得到了证实。

“我是江恂的妈妈，你可以叫我叶阿姨。”

顾影走到一个没人的角落，尽量让自己的声音显得很平静：“叶阿姨好。”

“你好。”叶曼文语气温和地说，“你今天几点下班？阿姨想找你聊聊天。”

“五点半。”顾影的手开始发抖，怎么也控制不住。

“那我五点四十在你们医院斜对面那家星巴克等你，行吗？”

顾影暗暗深吸一口气，轻声应下：“好。”

“另外，”叶曼文顿了下，说，“阿姨想拜托你先不要告诉江恂我找你的事。”

顾影：“好，我知道。”

今天气温很低，还下着小雨，空气又湿又冷。

顾影握着手机，在角落站了很久，直到手冻得快没知觉她才往办公室走。

回到办公室，顾影给江恂发了条微信消息：今天下午我要加班，你不用来接我了，告诉我地址，我晚点儿自己过去。

江恂回复得很快：加班到几点？

顾影：我也不确定，你先过去，告诉他们不用等我吃饭。

J：行，你下班后给我打个电话。

顾影：好。

顾影放下手机后在桌上趴了一会儿，很快便到了上班时间。她收拾好心情，全身心地投入到工作中。

下午五点半，顾影送别最后一名孕妇，关掉电脑。她坐在椅子上发了一会儿呆才起身去换衣服。

叶曼文所说的星巴克其实离医院有一段距离，顾影到那儿时已经接近六点。

她推开门走进去，视线在店内搜索一圈，最后定格在靠里侧窗户的一位中年女士身上。那人穿着优雅，气质端庄温柔，眉眼跟江恂有几分相似。就在顾影看过去的下一秒，她恰好抬头看了过来。视线对上，对方微微一笑，极其自然地朝顾影招了招手。

顾影回以微笑，随即抬脚走过去在她对面坐下："叶阿姨好。"

"你好。"叶曼文扫了一眼她微微湿润的刘海儿，视线往下，又落在她沾了些水的羽绒服上，"怎么没带伞？"

顾影不自在地拨了拨额前的刘海儿："我忘了。"忘了是真的，还有一个原因是，她心情不好的时候不喜欢打伞。

"别感冒了。"叶曼文开玩笑地道，"免得江恂怪到我头上来。"

顾影倏地抬眼，怔了两秒，意识到自己的失态后端起面前的咖啡喝了一口，隔了两秒才回答："不会，我的身体很好。"

"那就好。"叶曼文仿佛没注意到她的异常，用眼神示意她手中的咖啡，"喜欢吗？我不知道你的喜好，看很多小姑娘喜欢卡布奇诺，就给你点了一杯。"

"我不挑的。"顾影被她大方友好的态度弄得手足无措，末了，她又补充道，"挺好喝的，谢谢。"

叶曼文失笑，语气里带着一丝不易察觉的安抚之意："你不用这么客气，不喜欢就换一杯。"

"没有，"顾影说，"我喜欢。"

"喜欢就好。"叶曼文端起自己面前的咖啡抿了一口，状似轻松地问，"知道我今天找你来的目的是什么吗？"

顾影的眼皮微微一跳，然后摇头："不知道。"

叶曼文收回落在她脸上的视线，轻笑一声："还能有什么？不就是江恂不带你回来，我迫不及待地想看一眼未来儿媳妇。"

顾影再次愣住，心也被搅得七上八下的，她不知道如何回应。

"还有一个原因，"叶曼文说，"我想跟你聊聊江恂。"

"嗯？"顾影反应过来她说的是什么，又点了点头，"好。"

"上次知道他交了女朋友，我们都很高兴。"叶曼文面上带笑，嗓音温和，"我还是第一次看到我儿子脸上露出那种类似温柔的表情。"

顾影的脸颊开始发烫。

"这孩子从小到大都没让我和他爸操过什么心，"叶曼文渐渐进入主题，"学习成绩优秀，人长得帅又不调皮，身边的好友都羡慕我。"

顾影慢慢静下心来，认真地听着。

"他让我很骄傲。"叶曼文陷入回忆中，"那时候他在我心中就是完美儿子，我已经习惯了他的优秀。"

"直到有一次我发现他抽烟，才知道我儿子好像跟我想象中不一样了。"叶曼文自嘲地笑了笑，"那时我的第一反应居然是责令他不要再跟他当时的朋友玩，觉得是他们把我的儿子带坏了。"

"那是江恂第一次冲我发脾气。"叶曼文抬头看向顾影，笑着问，"他对你发过脾气没？"

顾影莞尔："发过。"

"他脾气还挺大，是吧？"叶曼文继续道，"那件事让我难过了很久，也消化了很久。"

顾影张了张嘴，想解释，想说站在江恂的角度想，他应该也会难过。犹豫几秒，她终究没说出口。

“之后又遇到一件让我很伤心的事情。”叶曼文娓娓道来，“我其实早就想好了要送江恂出国念大学，也做了很多准备，一开始跟江恂说的时候，他并没有反对，结果到了高三，我再跟他提的时候，他果断拒绝了这件事。”

“我后来也跟他发了好大的脾气。”叶曼文叹了口气，“我说了很重的话，还威胁他如果不出国就不要回这个家了。”

顾影微不可察地蹙了蹙眉，心想，那个时候的江恂应该很伤心吧?

“但这些对他没用。”叶曼文苦笑，“我很庆幸江恂比较随性，无论你发多大的脾气，他都不跟你计较。”

“但是我计较。”叶曼文抿了一口咖啡，“没过多久，我从我弟弟那儿得知他交女朋友了，这事对我的打击不小。”

顾影的面上划过一丝不解。叶曼文适时地补充：“我弟弟叫叶其。”

顾影面上的不解瞬间被尴尬所取代，心也为之一缩。

“我当时走进了一个死胡同。”叶曼文说，“知道这件事后，我把江恂之前忤逆我的行为全归结于他谈恋爱了。”

“特别是当我得知他的女朋友是一个各方面都平平无奇的女孩后，我很不舒服。”叶曼文低头搅着杯子里的咖啡，“我觉得她配不上我的儿子，江恂值得更好的。”

顾影垂下眼帘，声若蚊蝇地说：“我也觉得。”

叶曼文搅咖啡的手一顿，她抬头笑了笑：“这是我那时候愚昧的想法，我总是想给他我认为最好的，后来才渐渐明白，其实江恂一直知道对他而言什么才是最好的，包括上哪所大学，交什么朋友。”

“我应该相信他，”叶曼文直视顾影的眼睛，意味深长地说，“也应该相信他的选择。”

顾影双手紧握咖啡杯，胸口各种情绪交织，堵得她有点儿喘不过气来。

“我那时候可能伤害了那个女孩，也伤害了江恂。”叶曼文说，“这是我活这么大岁数以来最后悔的两件事。”

顾影堵在胸口的那些情绪像是突然找到了宣泄口，全部喷涌而出，她觉得眼眶发热，过了好半晌，才轻声道：“可能，他们也不会怪你。”

“是吗？”叶曼文听到顾影染上一点点哭腔的嗓音，心里越发不是滋味。

“是呀。”顾影憋回了自己的眼泪，轻声道，“她应该会感谢你。”

叶曼文的心口一软，她看着对面眼眶泛红的女孩，发自内心地说：“那我也要感谢她。”

谢谢她原谅我，谢谢她的善良。

顾影没再回话而是低下头继续喝咖啡，入口的咖啡已经凉了，她却觉得很甜。

沉默须臾，叶曼文看了一眼时间，说：“我就不耽误你的时间了，你去哪儿？要不要我送你？”

“不用，”顾影重新抬头，“我等会儿自己打车。”

“那行。”叶曼文知道她跟自己待在一起会不自在，便没有勉强，“那我先走了。”

刚起身走了两步，叶曼文又回过头来问：“今年你来我们家过年吧？”

“啊？”

“江恂的爸爸和爷爷奶奶都想见你，对了，”叶曼文没头没尾地冒出一句，“草莓很甜。”

叶曼文走后，顾影在原地静坐了很久。她一会儿想哭，一会儿又想笑，情绪难以自控。

这么多年来，她的心底深处一直埋着一根隐形的刺，这根刺看不见摸不着，但是顾影知道它确实存在着。这根刺是什么时候种下的呢？大概就是初次见魏叔叔那天。

那天是周六，一个秋高气爽的日子。

顾影刚洗完自己的衣服，还没晾晒就被院长妈妈叫到了办公室。她进到办公室才发现里面除了院长妈妈，还有一个从来没见过的叔叔。

“小影，叫魏叔叔。”顾慈介绍，“这就是我之前跟你提过的想资助你出国念书的人。"

顾影一脸蒙地跟魏叔叔打了招呼，之后魏叔叔要求跟顾影单独谈话，顾慈便去了隔壁房间。

魏叔叔先介绍了自己的来历，说自己是某公司的财务主管，公司目前在进行一项公益活动，想在儿童福利院里全款资助一名学生出国留学。

顾影对他们一来就选择了自己这件事抱有疑问，但魏叔叔解释说公司在这之前已经做过了解，说她年龄正合适，很符合他们的资助标准。

顾影又问了几个问题后，再次表明自己的意愿，说自己不想去。魏叔叔显然有备而来，说了很多出国留学的好处，还说他们资助她绝不求回报，她以后拥有绝对的自由。

听完这些顾影还是没松口。魏叔叔好言相劝的耐心告罄，最后他搬出她的各科成绩，告诉她靠这样的成绩是不可能考上好大学的，说她格局小，宁愿在国内上个专科都不愿意去国外深造。

顾影成绩不好但不蠢，相反，她的心思很敏感。魏叔叔的这番话让她察觉到了事情的不对劲。

魏叔叔明显在刺激她。他说话难听，眼神却没有丝毫嫌弃，像是在完成任务一般。

顾影当时脑子里蹦出一个念头：有人想送她出国。不然对方为什么连她的各科成绩都费心弄到？不然为什么她已经多次拒绝，对方还在坚持？

小小年纪的她不懂掩饰，当场便把自己的想法说了出来。

顾影记得魏叔叔那会儿愣了愣，虽然他否认了，但这并没有消除顾影脑子里的念头。

她想了很久，到底是谁想送她出国？谁会花这么大手笔让她离开这儿？看过偶像剧的她后来冒出一个非常离谱的猜测：会不会这件事跟江恂有关？

福尔摩斯说："当你排除一切不可能的情况，剩下的，不管多难以置信，那都是事实。"

顾影不是侦探，摆在她面前的也不是案件，所以她没办法冷静，一时间觉得束手无策。

魏叔叔还在劝她，加之贺歆的话再次在耳旁回荡，顾影意志消沉，终于松口应下。其实她从来没有验证过那个猜测，这么多年来，每次想起这件事，还会怀疑是自己多想了。

只不过怀疑的时间很短，往往没几分钟，她又会变得很坚定，但再坚定也只是猜测。

九年后的今天，猜测终于得到了证实，顾影内心百感交集。

她跟江恂在一起前的那些自卑和纠结全部来源于心里的两根刺。其中插在心口的那根刺已经被江恂拔掉，深埋在她心底的那根隐形的刺此刻也已化为灰烬。

她的心脏不需要再被小心翼翼地呵护，一下子变得强大起来。

顾影的嘴角噙着浅浅的笑，眼里热泪盈眶。她缓了缓情绪，拿出手机给江恂打了个电话。

电话才响了两声就被接通，江恂的嗓音从对面传来："下班了？"

顾影刚刚压下去的情绪再次汹涌而出，她安静地抹了一把眼泪，轻快地说："对呀，你们在哪儿？"

"你怎么了？"江恂一下就识破了她的伪装，她浓浓的鼻音怎么听怎么不正常。

"没怎么。"顾影说完控制不住地抽噎了一下。

"哭了？"江恂沉声问，"是不是医院又有人闹事？我有没有说过——"

"真没有。"顾影打断他的话。

"那为什么哭？"江恂似乎在走路，呼吸不如一开始平稳。

她咽了咽口水，温暾地说道："因为，我想你了。"因为，我终于可以肆无忌惮地爱你了。

电话那头安静下来，顾影能听到他的呼吸顿了顿。紧接着，一声轻笑自对面传来："又在跟我撒娇呢？"

顾影破涕为笑："嗯。"

"等我。"江恂说，"我过去接你。"

"不用。"顾影起身走出咖啡厅，"我自己打车过去，你们在哪儿？"

"还在公司，刚准备出发。"对面响起关门声，江恂的声音也随之传来，"我上车了，现在去你们医院，你看着时间下楼。"

"行吧。"

外面的雨不知何时已经停了，顾影仰头看了看天空，随即抬脚往医院走。

顾影坐上江恂的车已经是半个小时之后了。

她正要系安全带，江恂却先她一步倾身过来帮她系上。他系上安全带之后没有马上坐直身子，而是直直地盯着她的眼睛，像是想从里面找出她刚刚情绪失控的原因。

顾影知道他在担心自己，于是撒了个谎："我刚刚就是想到自己又让你等了，心里有点儿堵，所以才……"

"那怎么不抱上来？"江恂不紧不慢地打断她。

"嗯？"顾影的脑子空白了一瞬。

"不是说想我？"江恂抬了下眼皮，懒洋洋地重复，"那怎么不抱上来？"

笑意在顾影的眉眼间绽放，她毫不迟疑地伸手搂住了对方的腰："抱。"

江恂单手回抱住怀里的人，气定神闲地道："你看来是真想我了。"

"是。"顾影抱了一会儿，推开他，"好了，开车吧。"

江恂坐直之前睨了她一眼："你好像也不是很想。"

顾影尽量让自己的心情平静下来，不想引起江恂的怀疑。

毋庸置疑，江恂并不知道顾影和他妈妈之间的联系。顾影不想让他知道，相信叶阿姨也不想让他知道。这件事虽然曾经给她带来过心灵上的伤害，但那些伤害跟她现在得到的相比，根本不值一提。

她心里对这件事的介怀已经随着那根隐形的刺的消失而灰飞烟灭，从此她只是一个被有钱人资助过的幸运儿。

唐科把吃饭的地方定在了明月阁。

　　两个人到那儿时，包间里已经坐满了人，除了一两张生面孔，其余人顾影都认识。

　　饭后一群人去了零时空。

　　顾影发现他们这些人的娱乐活动轨迹很简单，吃饭基本在明月阁，喝酒就去零时空。

　　坐下后，江恫把一杯温开水推到顾影面前，说："我们待一会儿就走。"

　　"没关系。"顾影知道他怕自己不喜欢这种场合，"你玩多久都行。"

　　正好过来给江恫倒酒的唐科听到这话，揶揄道："顾医生可真大方。"

　　"大方？"江恫看向顾影，眼里流露出只有她才懂的意思。

　　不需要太多提醒，顾影一下就想到了她在帝都喝醉的那晚说过怎样的话。

　　她躲开那道灼人的视线，淡定地道："其实也没有那么大方。"

　　唐科把倒好的酒递到江恫面前："你们俩自己玩吧。"

　　"不是，他现在可以跟你们玩。"顾影脱口而出，"我们回家玩就好。"

　　话音刚落，另外两个人皆是一愣。

　　唐科没绷住笑："顾医生你也太不把我当外人了。"

　　顾影的眼皮动了动，她迟钝地反应过来自己话里的歧义，忙解释："我的意思是今天你过生日，我把他让给你一会儿……"话没说完，她觉得越来越不对劲，干脆闭了嘴。

　　"还说不大方，"唐科已经笑到停不下来，"那你们俩先商量一下让给我多长时间。"他说完笑着朝沈熠他们坐的位置走去。

　　包间内灯光昏暗，依旧能看清顾影脸上那抹羞恼的红。江恫盯着她懊恼又窘迫的样子，低头闷笑了几声。

　　"江恫，"顾影抿了抿唇，语气硬邦邦的，"你别笑。"

　　江恫嗯了声，嘴角的弧度并未消失："我听你的。"

　　"嗯？"顾影扭头看向他。

"我们回家玩。"江恫压低的嗓音带着浅浅的气息，无端地生出几分暧昧来。

顾影收回视线，端起面前的水喝了一口，给了一个让江恫很意外的回答："好。"

江恫之后被叫去喝酒，顾影坐在沙发上玩手机。她离吧台的距离不远，能听见那边的讲话声。她没什么兴趣听他们聊天，便自动屏蔽掉了这些声音。

不知道过了多久，那边像是有人喝醉了，说话声拔高了好几度。

"别跟我提这事！"坐在唐科对面的那人端起酒杯猛灌了几口，看起来心情不好。

"怎么了？"唐科失笑，"前几天不是你自己说有姑娘在追你？"

"老子被人玩了！"那人说。

"展开说说。"唐科被激起了八卦的心。

那人许是喝多了，直言不讳："前天她约我一起吃晚饭，饭后我送她回家，下车之前她跟我说喜欢我，说完没等我回答就拉开门走了。我还以为她害羞，回家后没忍住给她打了个电话，告诉她我也喜欢她，结果你猜她说什么？"

唐科很配合地问："说什么？"

"她说她是开玩笑的！"那人气得又给自己倒了杯酒，"她说她当时脑子不清醒。"

不知道是出于同情还是诧异，一时间几个大男人都没有回话。

那人喝完一杯酒，继续说："今天上午她又找我了，还说想我，搞得我都心软了，你们说我要不要原谅她？"

"千万别，"唐科端起酒杯跟他碰了一下，"不要原谅她！"

其他人也纷纷附和，只有坐在最边上的江恫慢条斯理地说道："也不是不可以。"

唐科似乎不敢相信这话是从江恫口中说出来的："你什么时候变得这么好说话了？"

江恫皱眉，轻叩了一下酒杯，漫不经心地说："这不得看对象是谁吗？”

听到这里，顾影的心脏狠狠跳动了几下，她好像听出了江恂的意有所指。

她当年谎称没收到短信后，只顾自己心情不好，压根儿没想过江恂也会难过，没想过这是对他的一种伤害。后来心情好点儿了，她也没对此事做出任何解释，又开始若无其事地靠近他，而他也再次允许了她的靠近。

临出国前的那节体育课上，他再次提起此事，而她故意忽视他给的机会，又一次伤害了他。即使这样，他后来还是答应了自己那无理又荒唐的要求。

就如唐科所说的那般，谁都知道江恂不是一个好说话的主儿，那么骄傲肆意的一个少年，偏偏对她一次次纵容，一次次妥协，只因为对象是她。

他的喜欢向来都是明目张胆的，现在也一样。而她因为心里的芥蒂和自卑，无视了这一点，还对他时冷时热，患得患失。

顾影很内疚，同时也很感动，因为以后，她也能这么毫无保留地回应他了。

没过几分钟，陷入自己思绪里的顾影被人拉了起来。

“走吧。”

“啊？”她慢半拍地抬头，“你们结束了？”

“嗯。”江恂牵着她往门口走，“我们回家玩。”

江恂身上散发着浓浓的酒味，顾影侧头偷偷看了他一眼，见他脚步从容，整个人透着闲散的慵懒，眼里却无醉态。

“想看就大方看。”江恂抬起眼皮看了过来，眼里满是笑意，“又不是不给看。”

顾影讷讷地道：“我看你喝醉了没。”

江恂嗓音慵懒：“没喝多少。”

稍做犹豫，顾影说：“你以后别总喝酒，对胃不好。”

“嗯？”江恂意外地抬了抬眉梢，“你关心我？”

这样的对话还是会让顾影不自在，但她这次没退缩，而是大方地承认："嗯，关心。"

"行。"这话对江恂还挺受用，他眉眼间都是愉悦，"我以后尽量少喝，但是有些应酬可能难免。"

"好。"

顾影一直拉着江恂的手，坐上车也没放开。代驾在前面开车，他们坐在后座。顾影盯着江恂的侧颜，目光直白又热烈。见完叶阿姨后所产生的激动情绪之前一直被她刻意压制着，而现在压着她的那块小石头被她拿掉了，她任由情绪尽数释放。

江恂眼帘微垂，神色很淡，他像是在思考问题。良久，他似是无奈地开口："顾影。"

"嗯？"顾影还在看他。

"别这么看着我。"江恂偏头对上她的目光。

"为什么？"顾影弯了弯唇，"你刚刚还说想看就大方看。"

江恂用指尖在她手心刮了一下，哑着嗓子说："至少等回家再看。"

顾影："……"

回到年华里，顾影很自然地跟江恂回了他家。

"你先坐，我去给你倒杯水。"江恂松开她的手转身去了餐厅。

顾影坐下后将外套脱了放在边上，没一会儿，江恂端来一杯水递给她。

顾影接过喝了一口。在江恂坐下后，她轻声问："那我现在可以看你了吗？"

江恂靠在沙发上，扶额轻笑："你看吧，看完了回去睡觉。"

没了那种患得患失的感觉，顾影不再掩饰自己的满腔热情。她就好像拥有了挂在橱窗里的那件漂亮衣裳，终于可以把衣服拿出来穿了。

顾影放下茶杯主动坐在江恂的腿上，揽住对方的脖子，清澈的水眸里的爱意呼之欲出："那我得多看一会儿。"

江恂伸手揽住她往怀里一带："只是看就可以了？"

两个人之间的距离缩短，彼此呼吸交融。顾影的视线下移，落在他的唇上：“还想亲一下。”

话音落地，她的唇便压了下来。她不再像之前那样浅尝辄止，而是生涩地抿着他的唇，一遍遍地描画他的唇形。

江恂似乎不满足这种程度的亲吻，倏地按住她的脑袋反客为主，强势地加深了这个吻。

他吻得很重，重到顾影的唇上传来酥麻的刺痛感。他的另外一只手隔着一层衣物在顾影的背上轻抚，最后停在一个排扣上，他调情似的用手指拨弄了一下。

顾影的身子颤了颤，下一秒，江恂放开了她，一句“别怕”还没说出口，顾影又一次吻住了他。她的吻毫无章法，却很认真投入。

顾影意乱情迷下，唇渐渐往下，也学着他以前的样子，一个个吻落在他的下巴和脖子上。视线触及他上下滚动的喉结，顾影好奇地张开嘴含了一下。

江恂的头微微后仰，呼吸也渐渐变得不稳，眼尾还有一抹被情欲染上的红。他的手顺着顾影的背渐渐往下，当手不再隔着毛衣按在那排扣上时，他用另一只手抬起顾影的下巴，直视她水光潋滟的眸子。

江恂以为会从里面看到类似害怕的情绪，但是没有，女孩眼里是对他全然的依赖和信任。

江恂早就觉得她今天情绪不对劲了，她不是前几次那种突如其来的不开心。说不上来是什么感觉，她好像突然就变热情了，他有点儿招架不住。他没弄懂她这情绪的由来，如果贸然发生点儿什么，有乘人之危之嫌。

江恂强压下内心翻腾的情欲，在她的唇上咬了一口，随即把她从自己腿上移到了沙发上。

“怎么了？”顾影还有点儿没反应过来。

江恂把她脸上的一根发丝拨开，哑声道：“我喝了酒。”

顾影一时不太清醒：“喝了酒就不行了？”

江恂还在用手抚摩她的发丝，闻言倏地一顿：“你说什么？”他沉着脸，像是在不可思议地质问，又像是意有所指地威胁。

顾影被欲望支配的脑子开始恢复理智，她理了理自己的头发，打算去端茶几上的水。她怎知刚起身手腕就被人攥住往后一拉，她的身子又回到了江恂的腿上，这次是背对着他。

"说清楚点儿。"江恂把她的头发全撩到肩膀一侧，露出雪白纤细的脖颈，他低头在上面落下一吻。

湿热的触感从后颈处传来，顾影的眼睫轻轻一颤。她张了张嘴，尽量让自己的嗓音保持平稳："不是你想的那个意思。"

"那是什么意思？"江恂的吻换了位置，并渐渐加重了力道，像是要给她烙下自己的印记。

"嗯？"男人的嗓音低哑，尾音像是带了钩子，在顾影的心上撩拨，轻易吞噬着她的理智。

"我是想问，喝了酒为什么不行？"顾影解释。

江恂停住动作笑了："有差别吗？"他的笑声就在耳侧，灼热的呼吸烫红了顾影的肌肤。

顾影伸手揪住他的衣服，扭头跟他无声地对视。江恂将她眼里的害羞和无措尽收眼底，又扫了一眼她揪住自己衣服的手，满意地在她唇上亲了一下。这才是她的正常反应。

他将顾影转了个身，让她侧坐在自己怀里，随即伸手捏了捏她的脸，说："你先跟我说说今天发生了什么事，然后我们再来讨论行不行的问题。"

他果然没信自己的胡诌。顾影有点儿后悔，自己应该控制一下情绪，刚刚好像是有点儿过于大胆和热情了。

江恂用目光锁住她，顾影连躲都没办法躲。她眨了眨眼睛，问："我能先喝口水吗？"

江恂没心软："说完再喝。"

顾影快速地在脑子里想了个答案："我今天下班的时候听到同事说了一句话。"

江恂嗯了声，示意她继续。

"她说'喜欢是肆无忌惮，爱是克制'。"顾影说。

“然后呢？”江恂抱着她靠在沙发上，视线却没从她脸上移开。

“然后我发现，我跟你无论是在一起之前还是之后，很多时候都在克制自己的感情。”顾影舔了舔唇，迎上他的目光，“江恂。”

“嗯？”这一声轻唤像是撞在江恂的心口，那里阵阵发软。

虽然顾影已经做好了心理准备，但是面对江恂不闪不避的目光，有些话还是难以说出口。她忽地揽住对方的腰将脸搁在他的肩膀上，轻声说：“我就是想告诉你，我爱你。”

“谁跟你说的这些歪理？”江恂紧紧地抱住她，嗓音里有淡到不愿让人察觉的激动。

“是呀，我也觉得不对。”顾影眉眼弯弯，“所以现在决定不再克制了。”

“这就是你今天突然这么……”江恂顿了下，像是在想一个合适的词。

顾影无声地一笑，接下他的话：“热情吗？”

江恂笑道：“你自己也知道？”

顾影从他的肩膀上抬起头，大方地承认：“知道。”

她伸手抚上江恂的脸庞，指尖在他的眼角眉梢处流连，一本正经地说：“我以后可能会继续这么热情，你别被吓着了。”

“吓着？”江恂捉住她作乱的手，轻轻挑眉，“那你继续吓吓我。”

顾影动了动手，想将手抽回来，但是未果。

江恂捉住她手腕的手往下移，指尖所到之处像是带着电流，激起了一阵阵战栗。

他一点点地分开她的手指，与之十指相扣：“所以，我们现在是不是该讨论——”

江恂的话被突兀的来电铃声打断。

顾影看了一下，发现是自己的手机在响。她小心翼翼地问：“我先接个电话？”

江恂定定地看着她，不说话，手也没放开。

铃声响个不停，顾影倾身在他脸上亲了一下：“我怕医院有急事找我。"

江恂脸上的表情柔和了几分，放开了她的手。

顾影从他身上离开，拿过自己的手机看了一眼，屏幕上显示的是孔莹的名字。她接起电话，电话那头的人却没有出声。

"孔莹？"顾影心想对方不会是按错了吧。

孔莹嗯了声："小影姐，你今晚会回家吗？"

"会。"顾影觉得她很不对劲，像是在忍着哭腔，"你怎么了？"

"没事。"孔莹吸了吸鼻子，"我就是问你什么时候回。"

"你现在在年华里？"顾影确定她在哭。

"嗯，刚回来。"孔莹说。

"行，我马上回来。"

顾影结束通话回过头，蓦地撞进一双没什么温度的眸子里，江恂懒懒地靠在沙发上，眼皮耷拉着，看起来有些不爽。

"你听到了？"顾影用手指往上示意了下，"孔莹在楼上哭，我得回去看看。"

江恂轻抬眼皮，问："你撩拨完人就跑的习惯不能改是不是？"

顾影小声道："事出有因。"

见他没出声，顾影穿上外套站起身打算走："那我走了？"

顾影往门口走，走了两步又转过身来，她脸上的红晕还未散尽，此时似乎又深了一个度。

"那个问题不需要讨论了，我刚刚已经感受到了。"她说完看也没看江恂一眼，逃也似的离开了他家。

身后的江恂看着她落荒而逃的背影，愣了一瞬，随即低笑出声。

回到楼上，顾影站在玄关处拍了拍自己的脸，长舒了一口气才换鞋进屋。

客厅里静悄悄的，电视机没开。孔莹盘腿坐在沙发上，怀里抱着一个抱枕，眼眸低垂。

顾影走近了才发现她在掉眼泪，抱枕上有一块明显的深色痕迹。

"怎么了？"顾影从茶几上扯了几张纸递过去，"要不要跟我说说？"

孔莹接过纸擦了擦眼睛，说话的同时眼泪又开始决堤："他不喜欢我。"

顾影在她身边坐下，莫名地想到了小杰："你是说你喜欢的那个男孩不喜欢你吗？"

"嗯，我今天去找他，他都不出来见我。"孔莹抽噎着说，"我给他送手套他也不要，那是我亲手织的。"

"所以你今天没见到他？"顾影一下一下地顺着她的背，心道这不像小杰的性格，就算是不喜欢，他也不会这么没礼貌，连人都不出来见。

"见到了。"孔莹摊开自己的手，几条红色伤痕在她白皙的手掌上显得触目惊心，"因为我摔了一跤，我给他打电话，他就下来了。"

顾影拉着她的手看了看，发现上面已经上过药，问："你还有没有哪里受伤？"

"还有膝盖。"孔莹瓮声瓮气地说，"没事，不疼了。"

"他不是来见你了？"顾影迟疑地问，"你为什么那么肯定他不喜欢你？"

"因为他让我别过去找他了。"孔莹说，"我都还没表白，他的态度就这么冷淡，连朋友都不愿意跟我做。"小姑娘眼眶泛红，委屈的模样可怜极了。

顾影的视线下移，再一次落在孔莹上好药的手上，她这一刻好像明白了什么。杨杰向来心细，待人友好，能说出让人别去找他那种话，想必是经过了一番深思熟虑，而她恰好懂他的心结。

"也许，他不是不喜欢你。"顾影试探着说，"也许他有什么顾虑呢？"

"还能有什么顾虑？"孔莹说，"喜欢就喜欢，不喜欢就不喜欢，这要顾虑什么？"

顾影无声地叹了口气，孔莹还是太单纯了，不懂世道的复杂，但是顾影决定帮一帮他们。

第十四章

你怎么这么好欺负

周五是平安夜，顾影约了杨杰和李思怡一起来年华里吃火锅。

听说杨杰会来，孔莹起初很兴奋，没一会儿又变得有些犹豫，说自己晚上可能没空。

“别呀，这是在你家呢。”住院部办公室里，顾影拉了拉孔莹的衣袖，“你一起吧，你哥今天要加班，等会儿我买了菜一个人提不动。”

孔莹抿了抿唇，别扭道：“那行吧。”

江恂今天的确要晚点儿下班，所以下班后，顾影跟孔莹打了车到年华里附近的超市，买了满满两袋子的食材。

从超市出来，天光已经暗下去。她们到达小区门口时，正好碰上刚从的士上下来的李思怡。

互相打完招呼，李思怡问：“小杰呢？”

“他要晚点儿。”顾影说，“江恂会把他带过来。”

然而她们到家还没半小时，杨杰和江恂就到了。

杨杰身着黑色冲锋衣，一来就进厨房打算帮忙洗菜。彼时厨房里已经站了三个人，孔莹见到他，动了动嘴，想打招呼，最后还是背过身去认真洗菜。

“不用你帮忙。”顾影把他赶了出去，“孔莹你也出去玩吧，这里我和思怡来就行。”

“哦。”孔莹放下手里的活儿走了出去，杨杰也紧随其后来到客厅。

客厅的沙发上，江恂一个人坐在那儿百无聊赖地玩着手机，孔莹和杨杰走过去分别坐在他的左右两边。

没一会儿，顾影从厨房出来就看到这样一幅画面：三个人各自低头看手机，全程没有任何交流。

她走过去喊了声：“江恂。”

江恂抬头看过来：“嗯？”

“你跟我来房间一趟，”顾影说，“我给你看个东西。”

“行。”江恂从善如流地站起身跟着她来到卧室，“看什么？”

顾影走到梳妆台前打开中间那个抽屉，从里面拿出一本相册。她有些不好意思地晃了晃：“我大学时的相册，想看吗？”

江恂毫不犹豫地表示自己感兴趣：“看看。”

“那你坐这儿吧。”顾影让他坐在梳妆台前，指了指那个打开的抽屉，“这里面还有一些小东西，你都可以看。”

“嗯。”江恂依言坐下，开始翻看她的相册。

“你先看，火锅好了我来叫你。”顾影把他安置好，转身走出了房间。

她原本也没想过要给他看这些，完全是为了给小杰和孔莹创造一个独处的机会。

等她再次回到房间已经是二十分钟后，江恂早已放下了相册，手里把玩着一个翻盖旧手机。

听到开门声，他停下动作，漫不经心地回头：“火锅好了？”

顾影看到那个旧手机，心里一紧，心不在焉地嗯了声。

“那走吧。”江恂放下手机，帮她把相册收进抽屉。

见顾影站在一旁欲言又止，他笑了：“怎么了？”

“那个手机……”顾影扫了一眼手机，吞吞吐吐地说，“你怎么拿出来了？”

"我看着很眼熟。"江怕把手搭在手机上，状似要揭开翻盖，"这好像是你高中时候的手机？"

"是的。"顾影在他揭开翻盖的前一秒伸手拿过手机，欲盖弥彰地说，"这里面没什么东西。"

江怕从容不迫地收回手："那你这么紧张做什么？"

"我没有紧张啊。"顾影把手机放回抽屉里，关好抽屉，"旧手机有什么好看的。"

"也许可以看回忆？"江怕说。

"内存不够，以前的那些短信都删了。"顾影拉起他的手，"快点儿，他们还在等我们。"

江怕不置可否地哼了一声。

其余三人已经等在餐桌前，待两个人坐过来，他们才开吃。

这是顾影吃过的最安静的一顿火锅了，全程只有她和李思怡偶尔蹦出一句话。

李思怡因为明天要回养母家，兴致也不是特别高，所以后半场，餐厅里彻底安静下来，只有碗筷碰撞的声音。

饭后杨杰和孔莹负责收拾，李思怡要赶明天一早的高铁，所以先回了家。

顾影倒了杯水给坐在沙发上的江怕，说："你看，就你没干活儿。"

"我要是现在去厨房，你不得嫌我打扰他们？"江怕好笑地问。

"你怎么知道？"顾影诧异地问。

"你的目的太明显了，"江怕拉过她的手，"你什么时候改当月老了？"

顾影瞄了一眼厨房，低声说："上次孔莹哭就是因为杨杰，我想帮帮她。"

"这种事情得靠自己。"江怕悠悠地道，"别人帮不上忙。"

"那我和你在一起还有孔莹的功劳呢。"顾影将眉眼弯了弯，"要不是她把房子租给我，说不定我们就没交集了。"

"谁说的？"江怕哂笑，"问过我没有？"

"问你什么？"顾影不解。

"交集这种东西，我不想断就不会断。我可以等你，但不会任由你来去自如。特别是……"江恂继续说，"当我知道你对我还有跟当年一样的感情后。"

还有一个原因就是他放不下。在这之前因为顾影的态度，他也曾想过放弃，但念头一起，就强烈地感觉不适，心想要是放不下就慢慢来吧。他从来不是个强求的人，但是在这件事上异常执着。

顾影以前总觉得两个人之间有一根无形的线，殊不知，这根线是江恂递到她手上的。

她觉得脸颊开始发烫："你什么时候知道的？"

江恂扭头："你猜？"

顾影认真地回忆了下，说："是我喝醉酒那次？"

"哪次？"江恂问完又反应过来，"不是，比那要早。"

"啊？"

"啊什么啊？"江恂捏了捏她的手，"别猜了，是同学会。"

两个人的聊天终止于孔莹和杨杰出现，顾影把手抽了回来，招呼他们坐下。

杨杰没坐几分钟就起身离开，孔莹也说要回爸妈家，便跟他一起出了门。

考虑到顾影第二天要上白班，江恂陪她看了会儿电视也下了楼。

他走后，顾影给李思怡发了条微信，嘱咐李思怡明天回家要注意安全，有什么事及时给她打电话。毕竟李思怡的养母每次喊李思怡回家都没什么好事。

本来只是例行嘱咐，没想到第二天中午顾影真的接到了李思怡的来电。电话里她哭得很无助，说养母拿走了她的身份证，不让她走。

顾影恰好周日和周一休息，于是挂断电话后她买了一张傍晚去李思怡家的高铁票。

买好票，她给江恂打了个电话，告诉他自己要去一趟宿阳。她怕江恂担心，便没有说具体原因，只说李思怡有事找她帮忙，她顺便去那儿玩两天。江恂不疑有他。

顾影不在，周日下午江恂难得回了趟家。

叶曼文见到儿子回来，脸上堆满笑：“哟，儿子回来了？今天不去约会？”

江恂往沙发上一坐，没理会她的揶揄。

“你什么时候带我儿媳妇回来？”叶曼文对顾影的称呼从“未来儿媳妇”直接变成了“儿媳妇”。

江恂的嘴角勾起一个极小的弧度：“看她过年愿不愿意来。”

“你加把油哇，”叶曼文说，“红包我都准备好了。”

“行。”江恂感觉有点儿渴，起身来到餐厅，打开冰箱门，从里面取出一瓶水。正要关门，他的视线被一张略显熟悉的便利贴所吸引。

淡粉色的便利贴贴在冰箱门内侧，上有一行娟秀的字迹：魏叔叔您好，寄盒草莓给您尝尝，希望您和您的家人会喜欢。这句话末尾还有一个笑脸。

江恂的身子僵在原地。

“这么冷的天怎么还喝冰水？”叶曼文的声音从客厅传来，“这里有刚泡好的茶。”

江恂撕掉那张便利贴，关上冰箱门，重新来到客厅。他把手里的便利贴伸到叶曼文面前，问：“这是什么？”

叶曼文抬眼，待看清这张便利贴后，眸光微闪：“别人给老魏送了些水果，他让你爸带了点儿回来给我们尝尝。”

“是草莓吗？”江恂的声音异常平静，轻飘飘的，却让叶曼文慌了神。

“你……知道了？”

“知道什么？”江恂盯着她，似乎在极力忍耐着什么。

周围陷入了沉默。叶曼文眼帘低垂，双手摩挲着手里的茶杯。

良久，江恂再次开口：“上周二你是不是找过她？”

明亮宽敞的客厅内，江恂跟叶曼文一站一坐。

沉默半晌，叶曼文放下手中的茶杯，叹息一声："对。"

向来端庄的她这会儿在自己儿子面前难免流露出些许不安，像是在等待他发火。

然而江恂并没有发火，他深吸一口气，将那张便利贴紧紧地攥在手里。在这之前他心里还存着一丝希望，希望自己猜错了，希望这只是一个阴差阳错的巧合。

"当年是你让魏叔叔找上她的？"江恂的嗓音较之前哑了几分。

"嗯。"

江恂口中的"魏叔叔"其实是江恂爸爸的秘书，当年送顾影出国，要办理很多手续，资助人那栏必须填写真实姓名，资助人还要跟被资助者见面。叶曼文不想自己出面，跟江恂爸爸商量了一下，最终选择以公司的名义去资助。

"意思是这件事我爸也有份？"江恂没什么情绪地问，"你们俩合伙欺负人家一个小姑娘？"

"不是，你爸他不知道。"叶曼文可不敢坑自己的老公，"他的公司每年都会做慈善活动，当年我只是说了我的想法，他听了觉得不错就采纳了。"

江恂不以为然地扯了扯唇，看来他的妈妈还是不够了解自己的老公。这件事由魏叔叔亲自出面去处理，他爸不可能不知道，只不过是在纵容而已。

江恂忽然觉得有些荒唐，他的妈妈在这儿演电视剧呢？现实生活中竟然真的有"给你五百万，你离开我的儿子"的戏码，并且还发生在自己身上。可笑至极！

江恂拧开手中的那瓶冰水，猛灌了几口，冰凉的液体顺着喉咙往下，丝毫没有浇熄他内心的火苗。他将空瓶随手丢进垃圾桶，转身朝大门方向走。

"你去哪儿？"叶曼文站起身，眼里全是慌乱，"不吃晚饭了？"

江恂步履不停。

"江恂。"叶曼文定了定神，说，"我刚刚说给顾影准备了红包是真的。”想让她当儿媳妇也是真的。

江恂似是没听到叶曼文的话一般，头也不回地打开大门走了出去。不需要叶曼文的最后一句话，江恂也知道她现在的态度，一来她阻止不了他，二来她这些年性格温和了很多，收起了掌控欲，开始尊重他所有的选择和想法。

从顾影前几天激动的心情中也可以看出来，叶曼文应该对她表达了友好，可是这种友好并不能抵消叶曼文曾经施加在顾影身上的伤害。

如果顾影不知道这件事还好，可她分明早就知道。刚在一起没多久，江恂就问过她关于资助人的事情，那会儿她明显在回避这个问题。

前段时间因为被资助人要近照，她整个人的情绪变得很低落，还表现出对他的患得患失。种种迹象表明，她知道此事。就算没证实，她至少有这样的猜测。而她在明知别人对她的资助不怀好意之后，还抱着一颗感恩的心去给对方寄礼物。

江恂走到越野车旁，拉开车门坐上车。手里的便利贴已经被他捏得变了形，他脑子里浮现出顾影那天在车里写便利贴的模样，女孩的神色无比认真又小心翼翼。

别人可能不觉得这是件多么不好的事情，毕竟顾影得到了许多。可是他们不知道，这给原本就有些自卑的她带来了怎样的伤害。

江恂闭了闭眼睛，稍微平复了一下情绪，才发动车子离开。

宿阳。

顾影今天陪李思怡去了一趟律师事务所，跟律师了解了一些关于解除收养关系的程序。

从律师事务所出来后，她们又来到了李思怡的养父母家。

李思怡在顾影的支持下向养父母提出了解除收养关系的想法，养母听完后，先是感到震惊，接着便破口大骂。她的骂声里夹杂着方言，顾影听不懂，但是偶尔能听出几个难听的词汇。

顾影气得火冒三丈，反观旁边被骂的李思怡，表情淡漠，充耳不闻。

等那人骂完了，她才开口："你明天跟我去一趟公安局吧。"

"我不去，"养母冷笑了一声，"你别想就这么摆脱我们。"

"不去也行，"李思怡一点儿也不意外她的不配合，"那我明天会向法院起诉，到时候等他们来调解。"

养母又是一阵谩骂。不知道是怕法院的人还是不想就这么放过李思怡，她这次骂完去房间拿来了李思怡的身份证。

"不就是要这个？给你。"养母说着把身份证还给李思怡，但等她伸手来拿的时候，又躲过了她的手，"我把你从十二岁养到现在，问你要点儿钱你就想解除关系，说出去也不怕被人笑话！"

李思怡气不过想去抢："十万块是一点儿钱？我是什么大老板随随便便就能拿出十万块？"

"你工作这么多年了，十万都拿不出还好意思说？"养母用力甩开了她的手。

顾影看着她尖酸刻薄的样子实在忍不住插了句嘴："那您和您的老公工作一辈子存了多少个十万块？"

"关你什么事？"养母看见顾影就火大，"别把我的女儿带坏了！"

"你也知道她是你的女儿？"顾影说，"你每隔一段时间就问她要钱，她哪里有钱存？十万块等着你儿子自己赚吧！"

"我要钱是打算买房，这房子买了我们全家一起住。"养母还在狡辩，"她也有份。"

顾影笑了："房产证上写她的名字吗？"

"当然写我儿子的名字。"养母说，"她将来要嫁人的，要什么房子？"

顾影不愿再跟这种人讲话："算了，我们回头去补办张身份证。"

说罢她走过去想拉李思怡，结果养母拿身份证的手用力一甩："谁要你多管闲事？！"

身份证从顾影的手腕上划过，那里传来一阵刺痛，一道红色的血痕霎时出现在顾影白皙的手背上。

李思怡见状再也没了顾忌，把养母用力地往后一推，骂道："神经病！”

养母见顾影的手受伤了，嚣张的气焰灭了不少。李思怡看也没看她一眼，拉着顾影往门口走。

“喂，下个月记得打钱过来，有多少打多少。”当两个人走到门口正要开门时，养母的声音再次响起。

李思怡维持着手按在门把上的姿势，转身说：“我不会再给你打钱了，另外，我还会坚持向法院起诉。”她说完拉开门走出房间，随即把门关上隔绝了里面的骂声。

李思怡表面看上去十分干练能干，实际上心软又没有主见。今天要不是顾影给了她解除收养关系的建议，她估计能被那家人纠缠一辈子。但是只要她做出决定，一般就很难反悔。

顾影觉得这样挺好的，李思怡出来工作了这么多年，该还的也都已经还完了。她要完全摆脱他们，目前来说不现实，就算有法院干涉也很难。在这个过程中，她肯定还会受到各种骚扰，但是只要坚定想法，实现自由只是时间问题。

“你的手没事吧？”走出小区，李思怡拉起顾影的手细细端详，发现被刮到的地方很红但没有出血，只是破了皮，她心里暗暗松了一口气。

“没事。”顾影怕她自责，轻描淡写地说道，“开始有点儿疼，现在一点儿也不疼了。”

李思怡弯了弯唇，没说话，心道怎么会不疼。

宿阳这两天天气很好，白天艳阳高照。只不过现在是傍晚，太阳已经落山，夕阳的余晖将天边染成一片橙红。

看着这绝美的晚霞，顾影心思微动。

“我拍张照片。”她拿出手机打开相机给江恂拍了张晚霞照发过去。

“我看看。”李思怡想瞄一眼她拍的照片，恰好看到她在给江恂发消息，“哟，搁这儿玩浪漫呢！”

顾影收起手机，不自在地清了清嗓子：“好玩。”

“他知道这是什么意思吗？”李思怡还是前段时间看短视频时看到

过这种操作。

"他知道。"他几年前就知道了，顾影抿唇轻笑了声。

"你调教得不错嘛。"李思怡笑着挽上她的胳膊，"晚上想吃什么？我请你。"

"我想去吃你之前带我去过的那家大排档！"顾影不是第一次来宿阳，以前读书的时候来过一次，令她印象最深的就是那家大排档的烧烤，堪称一绝。

"没问题。"李思怡带她往公交车站走，"这就带你去。"

这么多年过去，这家大排档还跟以前一样，没有门面，只在外面搭了一个红色的简易塑料棚。

天气这么冷，里面的人还不少。

顾影怕冷，便拉着李思怡坐在一个角落。两个人点了一堆烧烤，李思怡还要了两瓶啤酒，顾影为了陪她也象征性地喝了一点儿。

用餐过程中，她时不时拿出手机看一眼，之前发给江恫的那条消息对方一直没回。

平时她发消息过去，江恫无论多忙都会抽空回复她，何况今天是周末，这都快过去两个小时了他还没回消息，这种情况很少见。

李思怡捕捉到她的小动作，笑道："怎么，江恫没回消息？"

顾影嗯了声："他应该在忙。"

李思怡莞尔："那你还这么心不在焉的。"

"没有。"她就是期待对方的回复，时间越久，期待越甚。

李思怡给自己倒了一杯啤酒，感叹道："没想到我们的小霸王谈了恋爱会这么黏人。"

顾影干脆把手机放回口袋里："还行吧。"她最近好像是有点儿黏江恫，很喜欢跟他待在一个空间里，不需要做什么就很满足。

"你这手要不等会儿还是去买点药搽吧，"李思怡耸了耸肩，"省得江恫看见了，回头来怪我。"

"他不会怪你。"顾影看着自己的手背，叹了口气，"他会怪我。"

"怪你？"李思怡问，"为什么？"

“也许是怪我没有保护好自己？”顾影跟她简单地说了一下前两次遇到医闹江恂发火的事。

李思怡扑哧一声笑了：“你有没有想过，他生气或许是因为你的隐瞒和逞强？”

顾影目光一顿，还没来得及回话，口袋里的手机响了。顾影的眼睛亮了一瞬，她把手机拿出来一看，果然是江恂。她接起电话：“喂？”

“你在哪儿？”江恂低低的嗓音从电话那头传来。

“我在宿阳啊。”顾影说，“明天下午回去。”

“宿阳哪里？”江恂又问。

“宿阳……”顾影说到一半觉得不对劲，“你问这个做什么？”

“我在高铁上。”江恂语气惫懒地说，“大概还有半小时到宿阳。”

“你来宿阳了？”顾影下意识地拔高了音调。

江恂嗯了声：“你来接我还是我去找你？”

热闹非凡的大排档内，刚挂掉电话的顾影脑子有瞬间空白，似乎还没消化“江恂来宿阳了”这个消息。

“你刚说什么？”对面的李思怡发出不可思议的声音，“江恂来宿阳了？”

“好像是的。”顾影慢半拍地反应过来，开始收拾包，“他说还有半个小时到高铁站，我得去接他。”

“我刚说错了。”李思怡觉得手中的牛肉串顿时不香了，“黏人的不是你，是江恂才对。”

顾影收拾好包没有马上起身，而是继续吃着盘子里的烤串：“不着急，吃完我再去。”

“算了吧，你赶紧去。”李思怡拿张纸擦了擦嘴，“我早吃饱了，而且烤串都凉了。”

“你真吃饱了？”烤串好像是凉了，顾影放下手中的牛肉串，有些不放心地问。

“也不看看我们吃了多久。”李思怡拿起手机去结账，“走了。”

二人走出大排档，顾影打算去路边拦车：“你要不要跟我一起去？”

"我才不要去当电灯泡。"李思怡冷得搓了搓手,"我回酒店睡觉。"

"你现在就去睡?"顾影犹豫地问,"那我晚点儿回来不得吵醒你?"

"放心吧,"李思怡冲她眨了眨眼睛,"你今天回不来。"

顾影佯装淡定地错开视线:"到时候我给你打电话。"

"行。"李思怡笑,"要是我没睡就给你送衣服。"

顾影:"……"

一辆出租车靠边停过来,顾影拉开门坐上车。李思怡要去的方向跟她相反,二人就此分开。

宿阳市很小,顾影到高铁站才花了不到一刻钟。她下车后径直来到出站口。

见到江恫朝出站口走来的那一刻,她才知道自己有多高兴和期待。明明她才一天没见他,像是隔了很久似的。

男人身着黑色连帽卫衣外搭一件皮外套,气质张扬又矜贵。在顾影看过去的时候,他也刚好抬眼,目光随意一扫便隔着人群落在了她的身上。

顾影的眉眼染上笑意,她在他过闸后迎了上去:"你怎么来了?"

"不是你说想我了?"江恫自然地牵过她的手往外走。

顾影看着二人交握的手,嘴角的弧度止不住地扩大:"我明天就回家了。"

江恫偏头看了她一眼:"怕你忍不住。"

出站口离打车的地方不远,到了那儿,顾影问:"你还没吃晚饭吧?"

"没有。"江恫忽地凑过来闻了下,"你喝酒了?"

"就喝了一点儿啤酒。"顾影忙转移话题,"现在先陪你去吃饭,你想吃什么?"

"你刚刚吃的什么?"江恫顺着她的话问。

"我吃的烤串。"顾影微微仰头,"你要吃吗?挺好吃的。"

"行。"江恫揉了揉她的头,"带我去。"

前后不到一个小时,顾影又一次来到了这家大排档。

她领着江恂坐在刚刚同样的位置，给他推荐了几样自己认为很好吃且符合他口味的小吃。江恂好像并不在乎吃什么，让她随便点。

顾影点完单回到座位，刚坐下没几秒，又准备起身：“我忘记让他们少加点儿辣了。”

“等等，”江恂拉过她的右手手腕，待看清手背上那条明显的划痕时，他微微蹙眉，“这是怎么回事？”

“这是我刚刚……”顾影下意识地准备撒谎，在对上江恂漆黑如墨的眸子时蓦地一顿。

李思怡的话犹在耳侧：“你有没有想过，他生气或许是因为你的隐瞒和逞强？”

顾影之前隐瞒是因为怕他担心，又或者是不想给他添麻烦。逞强则是因为她这些年一个人习惯了，在儿童福利院生活这么多年早就养成了报喜不报忧的性子，就算面对让她想依赖和示弱的江恂，一时半会儿也没能改过来。

顾影回想了一下，貌似这种示弱对江恂还挺管用，比如那次她看完《今日说法》后告诉对方自己害怕，他一点儿也没觉得麻烦。

“这是下午去李思怡养母家，跟她养母推搡时不小心划到的。”顾影老老实实地说道。

“推搡？”江恂的语气不怎么好，“说清楚点儿。”

于是顾影把来找李思怡的原因以及今天发生的事情从头到尾给他陈述了一遍，最后说：“就是这么个情况，明天我再陪她去趟法院就可以了。”

“你之前怎么不跟我说？”江恂的声音很冷，“这种事情直接去法院起诉让法院的人去沟通或者叫律师都行，谁告诉你们还得去预告一番？”

顾影沉默下来。江恂也没再说话，隔了几秒，他放开顾影的手，站起身就要往外走。

顾影一下子慌了：“你去哪儿？”

江恂回头道：“你坐这儿等着，我去给你买药。”

顾影松了口气的同时起身走过来拉住他："吃完东西再去，我没事。"

江恫反手握住她，拇指在伤口的边缘摩挲，声音放轻了不少："疼不疼？"

顾影犹豫一秒，点头说："有点儿疼。"

江恫盯着她异常乖巧的面孔，眼底掠过笑意："真疼？你不是骨裂都能忍？"

顾影拉着他重新坐下："这个是真能忍。"

江恫捏了捏她的手指："不要撒谎。"

"没有，你要不提起，我都忘了，而且……"顾影看着他的眼睛，小声控诉，"你才撒谎。"

江恫问："我撒什么谎？"

"你根本就不是收到我的照片才过来的。"顾影在他边上坐下。

江恫的眼皮跳了一下："为什么这么说？"

"从云城到宿阳坐高铁要三个半小时，我给你发照片那会儿是六点左右。"顾影轻轻抽回了自己的手，"而你八点半就到了。"这是她刚刚在出租车上突然发现的问题。

江恫悠悠地问："那我骗你什么了？"

"你说是因为想我才来的。"

"难道不是？"

"你那会儿还不知道我想你。"

"这还用想？"

顾影抿了抿唇，语气硬邦邦的："你就是不愿意承认是因为想我才来的对吧？"

江恫一愣，随即闷笑出声："行，我承认，我承认我是因为想你才来的。"

顾影的唇角微微上扬，心情也随之欢快了不少。

江恫伸手捏了捏她的脸："一点儿亏都不能吃？"

顾影："对。"

江恂收起笑意，低叹：“要是真这样就好了。”

顾影没听清：“什么？”

“没什么。”此时服务员端来了烤串，江恂用眼神示意了一下，“你要不要再吃点儿？”

“要。”顾影拿起一串肉在盘子里抖了抖，把上面的辣椒粉抖掉一些，然后递给江恂，“你先尝尝。”

江恂接过：“你自己吃。”

不知道是没胃口还是不喜欢吃这些，没一会儿江恂就说吃饱了。

“你是不是不喜欢吃？”顾影建议，“要不再去别的店吃点儿什么？”

“顾影。”

“嗯？”

江恂把擦完嘴的纸巾丢进垃圾桶：“我不喜欢我会说。”

顾影弯了弯眉眼：“知道了。”

吃完东西，二人来到隔壁药店买了药。

从药店出来后，江恂拿出手机打算订酒店：“你住哪儿？”

“我住市中心那一块，”末了，顾影又补充道，“跟李思怡一起。”

江恂把手机递给她：“那你帮我订房间。”

顾影接过手机，搜索宿阳的酒店，一下出来好多选项：“你要订什么房间？”

“随便，你选就行。”江恂不甚在意地说。

顾影往下翻了翻，选定一家市中心附近的五星级酒店，预订了一间小套房。

这是她第一次订这么贵的房间，甚至都没有任何犹豫。这种选择不是建立在由谁付钱的基础上，就算是顾影出钱，她也会在能力范围内给对方预订好的酒店。

这种情况就好比，她知道他不吃洋葱，跟他一起吃饭的时候绝对不会点加洋葱的食物，但是自己一个人或者跟朋友一起吃饭的时候还是会点。她不会因此以后不吃洋葱，更不会试图劝江恂尝试吃洋葱，再说他也不会吃。这是两个人的相处过程中自然而然形成的默契，无关刻意迎合。

订好房间，顾影把手机还给他，说："订好了。"

江恂接过看了眼便把手机随手揣兜里："你要去拿行李吗？"

"啊？"顾影一时没明白他这句话的意思。

"你是直接跟我回酒店，"江恂的语气不紧不慢又理所当然，"还是先去你之前住的地方拿行李？"

顾影舔了舔唇，小声道："那先去拿行李吧。"

还真被李思怡说中了。

在酒店门口见到下来给自己送行李的李思怡，顾影的脸颊阵阵发烫。

"早就帮你收拾好了。"李思怡把行李递给她，笑意盈盈地说，"祝你有个美好的夜晚。"

顾影："……"

顾影拿上行李跟江恂来到她刚预订的酒店。办理完入住，两个人拿着房卡乘坐电梯上楼。

到了房间，江恂把行李放下，随口道："先去洗澡。"

"嗯？"顾影之前特意压制的紧张一下子全跑了出来，"现在吗？"

江恂把外套脱掉丢在沙发上，转身扫了一眼还站在玄关处的顾影："你不觉得一身烧烤味？"

"那你先去洗吧，"顾影拿起手机朝江恂晃了晃，"我先回几条消息。"

江恂的目光落在她的脸上，定格两秒，他忽然一笑说道："行，我先去洗。"

江恂去洗澡后，顾影坐在客厅的沙发上给孔莹回消息，其实她没什么要紧事，就是问孔莹这两天怎么没在家。顾影只是为自己争取时间缓解一下过快的心跳。

过了半晌，江恂从浴室走了出来，男人身穿深灰色睡衣，头发又湿又凌乱，还有水珠顺着脖子往下流，划过喉结、锁骨，最后消失在衣襟内。

顾影有点儿想喝水，正要收回目光，江恂抬眼看了过来，问："回完消息了？”

“回完了。”顾影为了掩饰自己的尴尬，指了指对方的头顶，“你的头发没擦干。”

“嗯，等会儿擦。”江恂说，“你快去洗澡。”

顾影慢吞吞地拿过自己的衣服往浴室走，还没走到门口，身后的江恂不紧不慢地提醒她：“手上的伤口注意点儿，别洗久了。”

“好。”顾影只好放弃洗头发的想法，快速冲了个澡。

等她回到客厅，发现江恂正站在落地窗前抽烟。顾影很久没见过他抽烟了，特别是跟自己在一起的时候，他基本不抽。回想起他今天突然跑过来，顾影隐隐觉得是不是发生了什么事。

江恂说想她了，这一点她相信，但江恂不是那种冲动的人。如果他是在收到她的那张照片之后决定过来的，她也不会多想。

顾影心里对未知的紧张此刻全被担忧所取代。她走过去从身后抱住江恂，轻声问：“怎么了？”

江恂慢条斯理地把烟灭掉，然后轻轻握住顾影交叉在他身前的手：“顾影。”

“嗯？”

“我上次看了你的手机。”

顾影的身子一僵。

“我看到那条消息了。”江恂把她的手拉开，转身面对她，“不解释一下？”

“你真看到了？”顾影咽了咽口水，“那你今天过来就是因为这个？”就是过来找她算账？

江恂没继续这个话题，而是把她拉到沙发前坐下，说：“先给你上药。”

顾影任由他摆弄自己的手，脑子里全被“他已经知道自己骗了他”这件事占据。

她低声说：“对不起。”

蹲在沙发前帮她搽药的江恂手上动作一停：“对不起什么？”

"我那时候收到你的短信其实很开心。"顾影悄悄松了一口气，终于可以把这些话讲出来了，"可是后来发生了一些不好的事情，就是我以前跟你说过的，我的养母让我辍学，我那时候的生活一地鸡毛，完全没心情想其他的。"

江恂嗯了声，嗓音低哑："那我第二次问你的时候你为什么也不承认？"

"那是因为我马上要出国了，"顾影迟疑地说道，"这件事你不是知道吗？"

"你出国前一晚说很喜欢很喜欢我，既然那么喜欢我，"江恂的嗓音跟他手下的动作一样轻，"为什么要走？"

"因为……因为我那时候成绩不好，很难考上好的大学。"顾影想了想说，"正好有人资助我，我当然不能放弃这个机会。"

"是吗？"

"是呀。"顾影一直在小心翼翼地观察他的表情，他很认真地在给自己上药，反而显得这段对话有些敷衍，顾影有点儿弄不清楚对方到底有多在意这件事。

思考了几秒，她又道："反正这件事是我不对，我不该骗你。"

江恂帮她搽好药，对着她的手轻轻吹了吹，问："你还有没有事瞒着我？"

"没了。"顾影摇摇头。

"再想想。"江恂终于抬起头直视她的眼睛，"真没有了？"

"真没有了。"顾影语气坚定地说，"我可以发誓！"

正当她一本正经地举起左手准备发誓的时候，江恂捉住她的手，稍微用力往前一拉，将她抱了个满怀。

紧接着，带着叹息的声音在耳畔响起："顾影。"

"嗯？"

"你怎么这么好欺负？"

房间内安静下来，静到能听见空调运作的声音。

顾影的呼吸漏了半拍。面前的人将她拥得很紧，落入耳畔的话有一丝不易察觉的心疼。

安静几秒，顾影缓缓地抬手回抱住他："我可是小霸王，哪儿有那么好欺负？"

江惆没说话，只是将她抱得更紧了。他那天看见那条短信后，还在想算了，这么多年过去了，这些旧事还有什么好计较的？

他知道顾影的处境，单纯地以为她只是需要时间成长，需要抓住一个机会，所以他在心里选择了原谅她。他知道真相后，这种原谅就显得分外可笑。

又一阵冗长的沉默过后，顾影再度开口："你……是不是知道了？"

"知道什么？"江惆不答反问。

顾影欲言又止，最终还是没说出口。

就在江惆抱住她且说出那句没头没尾的话后，她的脑子里突然冒出一个猜测。

这个猜测并不是凭空冒出的，她之前就觉得江惆今晚有点儿不对劲，可是这种感觉很快就被见到他而产生的雀跃压了下去。直到她刚刚洗完澡，这种感觉再次出现了，后来当江惆说出"我上次看了你的手机"这句话时，她以为自己找到了原因，于是开始自顾自地解释和道歉。但是她忽略了一点，江惆在说这件事的过程中就不是抱着生气的态度。

顾影认真地思考了一番，如果他真计较短信的事，在云城时有大把的时间找她算账，而不是隔了几天后突然跑来外地找她摊牌。所以，这一定不是他今天失常的真正原因。

顾影把两个人刚刚的对话捋了捋，发现江惆的重点跟她关注的点不在一个频道上。尤其是他最后意味深长地问"你还有没有事瞒着我"，如果说她还有什么事瞒着他，大概只有一件事，一件她已经放下且不愿让他知道的事。

"怎么不说话了？"江惆放开了她，跟她近距离对视，"你觉得我知道了什么？"

"你先坐这儿。"顾影拍了拍身边的位置，待江惆坐下后，她说，"你想问我什么就问吧。”

“他们找上你的时候你怕不怕？”江恂拉过她的手把玩，眼帘低垂，语气平静。他知道顾影心思敏感，多半已经猜到了。

他的这句话彻底验证了顾影的猜想，她的第一反应是：“你没跟你妈妈生气吧？”

江恂滚了滚喉结，语气生硬地说：“你先好好回答我的问题。”

“其实也没有。”顾影淡定地说道，“我就是有点儿不知所措，我不是说了吗？这对我来说是一个很好的机会。”

江恂仰头往沙发上一靠，发现自己问了个傻问题，问完才意识到毫无意义。她的回答只会轻描淡写地带过，因为在她心里，她早已原谅了他父母的所作所为。

见他不说话，顾影伸手在他眉间轻抚了下，试图把那里的褶皱抚平：“你别不信，我说的是真的。”

江恂拉下她的手：“怎么这么凉？”被他握着的那只手暖烘烘的，这只手却冰凉如水。

顾影眨了眨眼睛，莞尔：“有点儿冷。”

相较于北方的暖气，南方的空调取暖效果没那么好。顾影仅着一套薄薄的棉质睡衣，刚洗完澡出来时还不觉得，时间久了，身子越来越冷。

“那你躺床上去。”江恂拉起她往房间走。

到了床边，顾影从善如流地爬上床钻进被窝。

江恂则在床边坐下来，他双腿交叠，姿势懒散。

顾影看了一眼同样身穿睡衣的他，问：“你不冷吗？”

“不冷，”说完他又补充道，“跟你躺一起没法好好聊天。”

看来这个话题还没过去。

“你是什么时候知道的？”江恂也不知道自己要问什么，就是一些情绪挤压在胸口出不去。

“一开始只是猜测。”顾影说。

江恂接过她的话：“也就是说你一开始就知道？”

她不说了是猜测吗？她一点点地往他所在的方向移动，最后停在他边上，想环住他腰的手在他的注视下缩了回来。

江恂低头跟她对视："不想好好聊天？"

"聊。"顾影叹口气，"江恂。"

"嗯？"江恂伸手轻轻拨弄她的刘海儿。

明明要聊天的是他，但漫不经心的也是他。

"我是真心感谢他们资助我。"顾影一瞬不瞬地盯着他，"你说我这样出身的人，如果不是他们，怎么可能会有出国留学的机会？"

"不一定要出国。"江恂低声道。

"我跟你不一样，你很优秀。"顾影说，"你有自己的规划，在哪里都可以发光发热，但我不一样，我那时候如果没出国，说不定都难找到一份正式工作。"

江恂抿紧唇没出声。

"我后来想，就算那时候不出国，我跟你在一起了，大概率结果也不会太好。"顾影苦笑，"看着你越来越优秀，我只会越来越自卑。"

江恂张了张嘴，想说话，却被顾影拉了下他的手阻止了。

"跟你没关系，是我的问题，我也知道你在意的是什么。的确，一开始这对我来说是一种打击，但是我的成长也是因为它。你知道吗，我从小到大没什么让人羡慕的地方，但是现在我有了。"顾影微微一笑，"一个是你，一个是我的留学履历。"

她缓慢又认真地说："而这两样，都是你的家人给的。"女孩的眼神干净明亮，干净到江恂不敢与之对视。

"你的家人一开始的目的或许不单纯。但你有没有想过，他们想让我离开你，有太多方法可以选择，"她抿了抿唇，再开口时嗓音有点儿哑，"只要一句'你这样的人根本配不上我的儿子'就可以把我打入地狱。"

那样的话，她可能这辈子都不敢再跟江恂说话。

可他们没有，甚至都没提江恂，如果换成一个心大的人，压根儿不可能联想到这些。

江恂低头在她的眼角落下一吻：“以后你少看些偶像剧。”

“他们很善良，”顾影揽住他的脖子，“而我也很幸运。”

江恂一手撑在她耳侧，维持着俯身的姿势，轻声道：“顾影。”

“嗯？”

“我代他们向你道歉。”江恂轻扯了下嘴角，“不管怎么样，他们都曾伤害过你。”

“那行。”顾影的眉眼弯了弯，“我原谅你了。”

仿佛受到她的感染，笑意也在江恂眼里晕开：“谢了。”

两个人这么近距离地对视，没过几秒，周围的磁场就变了，暧昧的因子迅速在空气中滋生，几乎将他们包围。

江恂的视线渐渐往下，落在她领口附近那片雪白的肌肤上，灯光下的皮肤显得愈加晶莹剔透，仿若一种无声的诱惑。他把另一只手移到顾影头顶，轻松地解开她的丸子头，柔顺的黑发四散开来。

视线移到她唇上，像是再也忍不住，江恂捧着她的头俯身吻了上去。他的动作很温柔，像是对待一件稀世珍宝，令人怦然心动。她整个人都软了，缓缓地闭上眼睛开始生涩地回应他。

不知道过了多久，江恂轻轻咬了她一口，伴随着含混不清的话响起：“先放开我。”

顾影迷迷糊糊地睁开眼：“嗯？”

没等他再次提醒，她反应过来收回了搭在他脖子上的手。

江恂撑起身子，脸停在她上方，说话间的呼吸还不怎么稳：“顾影。”

“嗯？”

“我有点儿冷。”

顾影下意识地掀开被子一角：“那你快进来。”

江恂的视线落在她泛着水光的唇上，眸光变黯，下一秒，他又俯身吻了她一下：“手还疼吗？”

“不疼。”顾影不懂他的冷跟她的手疼不疼之间有什么关联。

江恂嗯了声：“疼就说。”

话音落地的同时，江恂躺了进来。在顾影还没做出任何反应之前，江恂抬起她的下巴，再次吻了上去。

这次的吻不同于刚刚的温柔，他重重地舔舐、啃咬，甚至深入地搅乱她的每一寸呼吸。她周身充斥着他身上好闻的味道，那其中混杂着沐浴露香和淡淡的烟草味。她的思绪渐渐被抽离，只能被动地承受他的索取。

男人的手顺着她的后颈往下，所到之处如电流经过，激起阵阵战栗。顾影的眼睫轻颤，身子不由自主地僵了一下。察觉到她的反应，江恂抽回手，吻也从她的唇上离开落在她的侧脸上，细细碎碎的吻似乎带着安抚的意味。

"顾影。"

"嗯？"顾影的尾音有些颤抖。

"你不是想看我的腹肌？"江恂的吻来到她的眼睫处，他停下动作，垂眼看她，"给你看好不好？"

顾影听懂了他这句话里的暗示。她或许有对未知的紧张和不安，但没有半分抗拒。

"好。"她轻声应下。

得到她的应许，江恂继续低头亲她，一个个吻从脸颊来到耳畔，他张口轻轻咬住顾影的耳垂，同时拉着她的手往自己身上放："要不要先摸一下？"

触碰到他的那一刻，顾影整个人都瑟缩了一下，但是抓住她的那只手并没有允许她退缩，而是带领她去感受更多。手下的温度很高，跟她的脸一样。

旖旎的气氛在周围扩散，房间渐渐升温。

江恂终于放开了她的手，还没等她喘口气，一个天旋地转，她被抱着翻了个身。

江恂躺在下面伸手帮她把颊边的几根头发丝拨开，嗓音沙哑地说："你要不要吓吓我？用你的热情。"

顾影的脸一下子红了。她把脸埋在江恂的肩头，试图当鸵鸟。

江恂低笑一声："不是你说的要热情？"低低的笑声从喉间溢出，隔着薄薄的布料，顾影能清晰地看到他胸口的振动。

浅浅的气息似是化作了实物在顾影的心上撩拨，她偏头，视线落在江恂的耳朵上，她发现江恂特别喜欢亲吻她的耳垂，在好奇心的驱使下，她也吻了上去。

一开始江恂跟她一样有一瞬的僵硬，但是很快他将手放在顾影头上，一下一下地顺着她的头发，像是在鼓励她继续。顾影慢慢地放下害羞，一遍遍地吻着他的耳垂、下巴和脸颊，她的唇顺着下颌来到他的喉结以及锁骨处。

在极度安静的环境下，顾影能听见他吞咽口水的声音以及越来越粗重的呼吸声。

她停下动作抬头，男人的头微微后仰，眼眸幽深，眼里的情欲毫不掩饰地暴露在灯下。对视两秒，江恂拿回了主动权。

不知道过了多久。顾影只觉得自己身上沾染了江恂的味道，而男人还在不知餍足地吻着她，无以名状的难耐让她忍不住一遍遍低声唤他。

"江恂。"

"嗯？"

"江恂。"

"嗯。"

"江恂。"

"我在。"

"江恂。"最后这一遍，她捧着江恂的头，嗓音已经染上哭腔。

江恂顺势抬起头。

灯光下，女孩的眼尾泛红，水光盈盈的眸子里带着些许埋怨。

"这不是怕你疼吗？"江恂捏了捏她的脸，"等我一下。"

顾影也不知道自己怎么了，只觉得又羞又恼。她将手搭在自己眼睛上方。

在看不见的情况下，听觉异常灵敏，她听见了撕包装袋的声音。

紧接着，江恂重新俯身过来。

刚刚那种无以名状的情绪瞬间被不安所取代。

"江恫。"

"嗯。"

"关灯。"

江恫并未顺她的意："晚点儿再关。"

他说话的同时拉开了顾影搭在眼睛上的手，她眼里的埋怨已经消失，有的只是对他全然的信赖。她乖巧到让人想欺负，他忍不住真的欺负了。

顾影只觉得自己变成了海上的一条孤船，随着海浪的起伏浮浮沉沉。江恫压抑在心上的一些情绪此刻尽数释放，化成一场疾风骤雨。

顾影的红唇动了动。

江恫附耳过来："你说什么？"

顾影瓮声瓮气地说了两个字。

江恫在她的脸上咬了一下："娇气。"

话音落地，疾风骤雨慢慢变成了和风细雨，一如整个房间的氛围，旖旎如梦。

灯不知道是什么时候关的。最后结束的时候，顾影全身瘫软，意识迷蒙。两个人的气息交织在一起，在空气中拉扯出缱绻又暧昧的线条。

黑暗中，顾影感觉脸上的发丝被人拨开，紧接着便是一个个轻柔的吻落下来。迷迷糊糊间，她听到他在耳边说了几个字，心满意足地弯了弯唇。

江恫把她从床上抱起来往浴室走，瞧见她懒洋洋的样子，闷笑了一声："不中用。"

他也不看看他折腾了多久。

顾影累到不想动，任由江恫抱着去洗了澡，洗完澡她被放回了床上。江恫又给她的手背上了一遍药，在这个过程中，顾影实在熬不过困意，渐渐陷入了沉睡。

过了半晌，洗完澡的江恫回到床上，伸手把她揽进怀里。

"江恫，"顾影无意识地呢喃，"好累，不要了。"

江恂好笑地在她的头顶落下一吻："睡吧，不动你了。"

翌日上午，顾影悠悠转醒。

阳光穿过厚厚的窗帘，透进来一束微弱的光。她察觉自己身后贴着一堵肉墙，滚烫的体温把她最后一丝蒙眬的睡意冲散。

昨晚的一切历历在目，顾影不自在地把身子往前移了移，很快又被人搂了回去。

"醒了？"江恂的嗓音低沉，咬字清晰，他一点儿也不像刚睡醒的样子。

顾影回头问："你醒来很久了？"

江恂懒懒地嗯了声："有一会儿了。"

"现在几点了？"顾影今天上午还跟李思怡约好陪她一起去法院，不知道还来不来得及。

"不知道。"江恂说，"应该快十二点了。"

"十二点？！"顾影伸手想去拿手机，却发现手机并不在床头柜上。她记得昨天洗澡之前好像把手机放在那儿了，难不成她记错了？

"在找手机？"江恂问完把手机递到她面前，"给。"

顾影接过看了一眼，果然已经十一点四十了："完了完了。"

江恂见顾影打算拨打李思怡的电话，不紧不慢地开口："她给你打了三个电话。"

顾影拨电话的手一顿："嗯？"

"我接了。"江恂继续说。

"那她说什么了？"顾影放弃打电话，转过身面对他。

"她说她自己去法院，让你直接回云城。"江恂坐起身顺便把顾影也拉起来，"你饿不饿？快点儿起床。"

顾影还有点儿担心李思怡："那她一个人没问题吗？"

"我给她介绍了律师。"江恂掀开被子下床，站在床边像是想起了什么，忽地问，"你还疼吗？"

"啊？"顾影以为他是指手上的伤口，于是伸出手给他看，"不疼了，你看都结痂了。”

江恂扫了一眼她的手，视线移到她的脸上，表情似笑非笑：“我不是问手。”

顾影堪堪收回手，几乎马上懂了他说的是什么。

她转过身从另一边下床，径直往浴室走，尽量让自己的声音显得平静自然：“不疼了。”

“真不疼了？”江恂也来到浴室门口，倚在玻璃门边，嗓音带笑，“你昨晚不是还哭得可怜兮兮的？”

顾影正在拆一次性牙刷，闻言深吸一口气：“那我哭也没见你停下来呀。”

江恂听到她略带埋怨的话，喉间蹦出几声笑。

最终尴尬的还是顾影：“江恂你别笑。”

江恂收起笑，伸手揉了揉她的脑袋：“抱歉，我有点儿失控了。”

顾影开始刷牙，刷完牙抬头看了一眼镜子，这一眼让她目光一顿。

镜子里，她的脖子和锁骨上全是深色的痕迹，松松垮垮的领口下也有若隐若现的红痕。

“江恂。”顾影转身看向一直站在门口的江恂，指了指自己的脖子，“你不觉得你有点儿……”

江恂问：“有点儿什么？”

顾影含混不清地说：“粗暴。”

江恂悠悠地说：“你这是想找我算账？”

“也不是。”顾影把衣领往上拉了拉，一本正经地说，“你下次注意，被人看到了不好。”

“下次注意？”江恂一边重复她的话，一边慢条斯理地解开自己的衣领，“你这是在提醒谁？”

顾影的视线触及他脖子下方的痕迹，她恨不得找个地洞钻进去。那是她的杰作？

江恂似乎还不打算放过她：“粗暴？”他朝顾影走近，低声问，“那我这个怎么说？”

顾影往后退了一步："那算了。"

江恂再次逼近："什么算了？"

狭小的空间内，顾影被他的气息笼罩，尴尬之余又多了一分不自在："我是说我们扯平了。"

她说完转身拧开水龙头洗了一把脸，洗完低头绕过江恂往外走："我洗好了，你洗吧。"

江恂瞥见她脸上的红晕，这次没再逗她。

顾影离开房间来到客厅，灌了一杯水后，坐在沙发上给李思怡打电话。

电话一接通，那边响起李思怡含笑的嗓音："起床了？"

顾影忽略她的调侃，正色道："你去过法院了没？"

"去过了，而且江恂还给我推荐了律师，我以后不需要自己去找他们了，律师会负责。"李思怡说，"别担心我，你等会儿直接回云城，我在这儿等律师过来。"

"那你什么时候回去？"顾影问。

"应该明天就能回。"李思怡说。

"行。"顾影嘱咐，"那你有事再给我打电话。"

顾影挂断电话没多久，江恂从里面走出来，男人已经穿戴整齐，见她还是穿着一身睡衣，催促道："快去换衣服。"

"好。"

等她换好衣服出来，江恂拿出手机打算订高铁票："你下午还有事吗？"

"没有，我刚刚给李思怡打过电话了。"顾影把两个人的行李收拾好拿到客厅。

"那我们吃完饭就回去？"江恂征询她的意见。

"可以。"顾影点头。

订好票，他们离开酒店，就近在旁边的饭店用了餐。饭后，顾影还在当地买了些土特产。

"给同事带的？"江恂拎过她手里的土特产，随口问。

“不是。”顾影笑了笑，“给你买的。”

江恂看着手里的两大袋东西，眼皮跳了一下：“你认真的？”

顾影眼里盛满灿烂的笑：“是给你带回家的。”

江恂还是不解：“嗯？”

“你今天回一趟家吧。”顾影仰头看他，“帮我把这些带给叶阿姨。”

江恂心口的某处似乎被什么东西撞得塌陷了一块，他几乎立刻就明白了她的用意。

他腾出一只手用力地揉了揉她的头：“行，我帮你走一趟。”

江恂的车停在云城高铁站了，到达后，他先是将顾影送回年华里，再赶往父母家。

到达年华里停车场，江恂问：“你真不跟我一起去？”

“不了。”顾影打开门下车，“下次吧。”

江恂失笑：“你记得吃饭。”

“知道了。”顾影的嗓音随着关门声响起。

江恂看着她走进电梯间才重新启动车子。

第十五章

何以为家

自从昨天江恂从家里离开后，叶曼文的心情一直很低落。她怕儿子因为此事跟她心生嫌隙，想联系顾影，又怕唐突，一时不知道该怎么办才好。

江霖下班回来，见妻子还是一副闷闷不乐的样子，不免失笑："你还在想着那件事？"

"你还好意思问我？"叶曼文瞪了他一眼，"你明明一开始也知情！"

"放心。"江霖松了松自己的领带，缓缓地说道，"这件事我也有责任。"他的儿子他了解，有时候聪明得让人头疼。

"那我们要不要做点儿什么？"叶曼文问，"道个歉？"

"不用。"江霖往沙发上一坐，"你就别操心了，他不会怪你的。"

叶曼文可不这么认为："他那天明明就生气了。"

"他生气是因为我们的出发点不好。"江霖端起茶杯抿了一口，继续说道，"他不会怪你是因为没造成什么不好的结果。"

"是吗？"叶曼文话音未落，玄关处传来了开门的声音。

"你看，他这不就回来了。"江霖老神在在地说道。

叶曼文抬眼看过去，江恂正好开门走进来。

“儿子回来了？”叶曼文迎了上去，“没吃晚饭吧？我让阿姨多加两个菜？”

“随便。”江恂换好鞋往里走，经过叶曼文的时候把手里的土特产递给她，“这是顾影让我带给你的。”

“是吗？”叶曼文开心地接过，“宿阳特产？她去旅游了？”

江恂淡淡地嗯了声，看到沙发上的江霖，叫了一声“爸”。

江霖点点头，端给他一杯茶：“公司最近怎么样了？”

“挺好的。”江恂在他身边坐下来，“前段时间开发了一款新游戏。”

父子俩开始闲聊，叶曼文则跑去厨房让人加菜。

晚饭很和谐，谁都没再提顾影那件事，就好像没发生过。叶曼文也终于放下心来。

跨年夜这天，顾影在住院部值白班。

下午三点半，新生儿科的一个护士急匆匆地跑进办公室问：“顾医生，23 号床的那名产妇今天出院了？”

“23 号床？”顾影翻了一下自己的工作日志，“你是说崔忆丹？”

“对。”护士说，“就是她。”

顾影点头：“她今天上午就出院了，但是她的宝宝不还在医院吗？”

护士告诉顾影，现在已经联系不到产妇和她的丈夫了，但是宝宝过几天要动手术，现在还躺在保温箱里，诊疗卡已经欠费，医院想通知家人续费却找不到人。

“怎么会这样？”顾影猜测，“他们会不会是出去吃饭了？”

“现在都三点半了，”护士说，“就算在吃饭也能接电话吧，他们的手机都关机了。”

顾影在资料中找到那名产妇的号码想试着打一下，号码还没按完，又一个新生儿科的护士走了进来，说：“别联系了，没用。”

“怎么回事？”顾影紧蹙眉头，心里生出一种不好的预感。

“他们不要孩子了。”后面进来的那名护士说，刚刚在宝宝的衣物里发现了一张字条，字条是宝宝父母留的，大概意思是他们负担不起宝宝的治疗费用，希望医院给宝宝找个好人家。

顾影气得手都开始发抖。他们为什么能这么狠心？

这名宝宝是早产儿，且患有先天性消化道畸形，目前在保温箱内。这种病后期可以通过手术治疗，痊愈的概率很大，只要护理好，对宝宝以后的生活没有任何影响。最重要的是，手术费不到三万块。

他们怎么可以这么随随便便地丢弃一个孩子？十月怀胎也不容易吧？

“那你们报警没？”顾影问，“赶紧报警，让警察把他的父母找回来。”

“我刚跟主任说了这件事。”护士说，“已经报警了，不说了，我还得去给宝宝喂奶。”

顾影也跟她们一起去楼下看了一眼宝宝，小家伙还在保温箱里手舞足蹈，完全不知道自己已经成为一名弃婴了。

看到他，顾影又想起了儿童福利院的那些孩子，好像有一段时间没去了，她打算下班去看看。

走出病房，顾影给江恂发了条消息，告诉他下班后自己要去一趟儿童福利院，晚点儿回年华里。

这几天云城的气温很低，没有下雪，但是树上挂满了冰凌，市区的很多路段也结了冰。

顾影下班后打了辆车前往儿童福利院，一路上碰到了好几起交通事故。

路上顾影收到了江恂的短信，说晚点儿过来接她。顾影见路况不好，便回复让他别来。

今天跨年，路上来往的行人和车辆异常多，顾影花了比平常多一倍的时间才到儿童福利院。

看完孩子们，顾影来到后院顾慈的房间，此时顾慈刚吃完晚饭，正在看电视。她现在完全不认得人了。顾影看在眼里，心里泛酸。

“小姑娘，你想跟我一起看电视吗？”见她站在门边，顾慈朝她招了招手，“过来坐。”

“好。”顾影走到顾慈旁边坐下，看了会儿电视，决定帮院长妈妈整理一下房间。

顾慈以前的房间跟现在完全是两个模样，以前所有物品摆放整齐，房间一尘不染，现在连床铺都有些凌乱。

顾影先帮她把被子叠好，整理枕头的时候，发现枕头下面放了好几封信。姜黄色的信封上写了不同人的名字，都是顾影认识的人。

她抽出写着自己名字的那封信，走到顾慈面前问：“这是什么？”

“欸，你别拿。”顾慈伸手抢过她的信，“这是我写给我的孩子们的。”

“你手上的那封信上写的是我的名字。”顾影小心翼翼地指了指自己，“我就是顾影，我现在能看吗？”

“你是顾影？”顾慈上下打量她，“你真的是我女儿？”

“是呀，”顾影笑道，“院长妈妈，我真的是你女儿。”

顾慈盯着顾影看了好几秒，最后也跟着笑了：“那你看吧。”

顾影接过信拆开，里面是一张叠好的老旧信纸。她打开，看到信的前两行鼻子就酸了。

小影，院长妈妈很久没见你了，好像也不能这样说，你这么孝顺，肯定经常来看院长妈妈，但是对不起呀，院长妈妈可能认不出你了，所以只能趁清醒的时候给你们写信……

顾慈在信里嘱咐顾影要好好吃饭，注意身体，还跟她说自己过得很好，让她别挂念，最后居然还提到了江恂。

院长妈妈忘记跟你说了，我见到你喜欢的男孩子了，我们家小影眼光很好，江恂这孩子很不错，他愿意陪我这老人家聊天。而且我告诉你一个小秘密，他也喜欢你。他第一次来看我的时候我刚生病不久，他说他是替别人来看我的。这个别人是谁不用我说了吧？院长妈妈祝你们幸福……

顾影想起自己曾经问过小杰，他也说第一次碰到江恂来儿童福利院是在院长妈妈刚生病那会儿。江恂怎么会知道院长妈妈生病了？

想到这里，顾影发现自己还忽略了一个重要的问题：江恂当年出国去她的学校看她时，是怎么找到她的？且不说他不知道她在哪个医院，他连她在哪所大学都不知道吧？

顾影记得自己仅仅发了一张天空的照片，其他什么信息都没有，所以他是怎么知道的？

顾影收好信，帮顾慈收拾好房间，又陪她聊了会儿天才离开儿童福利院。

今天跨年，外面肯定人山人海，顾影不想去凑热闹，决定买点儿吃的到江恂家里玩游戏，或者看跨年演唱会也行。

不知道江恂现在吃饭了没，顾影拿出手机准备给他打电话，这才发现手机上有一条江恂四十分钟前发来的微信：我来接你，现在出发。

顾影轻蹙眉头，不是说好不要他来接吗？

现在江恂应该快到了，顾影继续往前走，省得他要开车上坡。然而还没等她走到天骄街就接到了江恂的电话。

"你现在在哪儿？"江恂不像在车里，那边的环境很嘈杂。

"我刚从儿童福利院出来。"顾影怕摔跤，走得很慢，"我到大良便利店等你。"

电话那头的江恂的声音透着无奈："你可能得自己打车回家了。"

顾影停下脚步："为什么？"

"我这里出了车祸——"

江恂的话还没说完，电话突然挂断了，顾影心里一紧，连忙给他回拨了过去。一个机械的语音响起，提示对方已经关机。

此时的江恂站在追尾事故现场，他发现手机没电后，第一时间拉开车门从车里找出了充电宝。

刚插上充电宝，他就不停地按开机键，差不多过了一分钟，手机才开机。

他连忙给顾影打电话："刚刚我的手机没电了。"

他说完电话那头的人没出声。

隔了几秒，才传来顾影隐约发颤的嗓音："我不是说了让你别来吗？我说过没有？"

远离市中心的某条大道上，江恂站在路边，身后是来往的行人，面前是络绎不绝的车辆。他的车子已经被保险公司的人拖走，对方全责，后续事项不用他管。

想起顾影刚刚在电话里夹杂着怒气的质问，江恂无声地笑了。

这姑娘还是第一次这么跟他生气，以至于他当时都愣了，反应过来后才告诉她自己没事，车祸只是轻微的追尾。可她似乎不领情，后面的语气依旧硬邦邦的，问他在哪儿，让他待在原地等她。

没过一会儿，一辆出租车靠边停下，后座车门打开，顾影从里面走了出来。

她来到花坛边缘，上下左右仔细打量江恂，又上前拉起他的手臂动了动，眼看还要往下碰，江恂迅速地捉住了她的手，故意逗她："大街上的，有伤风化。"

见他好像真没什么事，顾影暗自松了一口气，抽回自己的手转身往前走，走了两步见人没跟上，又回过头问："你不回家？"

"回。"江恂轻轻挑眉，依言跟了上去，"生气了？"

顾影没有回应，似是没听见一般。

两个人并排走在人行道上，谁都没再开口说话。

临街门店内传来各种版本的《新年好》，到处洋溢着喜庆的气氛。

江恂稍稍偏头，视线不时地落在顾影脸上。路灯下，女孩皮肤白皙，长而翘的睫毛在眼睑下方落下一片阴影，额前的几缕黑发被风吹得凌乱，给她平添了几分脆弱的美感。

他的视线往下，落在她微抿的红唇上。这一幕无端地让他想起了那次车子抛锚，他在儿童福利院前的坡道上碰到她的情形。她摔在地上时的表情跟现在如出一辙，当时的江恂跟现在一样，很想捏捏她的脸或者抱抱她。

他那时候没有这么做是因为不合适，现在同样不合适。她这么认真地生气，他的随便对待会让她感觉到不尊重。

迎面走来一群年轻男女，眼看顾影就要跟人撞上，江恂适时地把她拉到身边："注意看路。"

江恂握着顾影的手腕，在她站好后也没有松开。他观察着她的表情，见她没表现出抗拒，顺势牵住了她的手。

走了几步后，顾影也悄悄回握住他的手。

江恂一开始不知道她要怎么回家，直到看见了地铁站。

地铁站外有一位卖花的小姑娘，看见成双成对的情侣都要上前问一句“要不要买花”。江恂他们也没能幸免。

“哥哥，买朵花送给女朋友吧？”女孩来到两个人面前，“不贵的，十元一朵。”

“你这花可以用来道歉吗？”江恂还真停下了脚步。

“啥？”小女孩开始没反应过来。

“哥哥不小心惹女朋友生气了，”江恂不紧不慢地说道，“你这花可以用来道歉不？”

小女孩看了一眼顾影，又看了一眼二人交握的手，大大的眼里全是疑惑，不过为了挣钱，她很快换上一副笑脸：“当然可以呀，你只要买朵花送给这位姐姐，她肯定就不生气了。”

“那行，”江恂掏出手机打算付款，“你手上的花我都要了。”

“好嘞。”小女孩把挂在脖子上的二维码伸过去，“我这里正好有二十朵花，代表‘爱你’的意思。”

顾影张了张嘴想要阻止，但是她还有些别扭，不知道该说什么。

江恂付完款接过小女孩递来的花，继续牵着顾影往地铁站走。

从年华里地铁站出来，直到走进电梯，江恂才把花递过来：“小孩应该不会骗人吧？”

彼时，顾影正打算伸手按自家楼层的按钮，见状她的手改变方向接过花抱在怀里：“谢谢。”

江恂抬起她的下巴细细端详：“不生气了？”

“我没生气。”顾影偏了偏头，低声道。

江恂的眼皮动了动：“你还没吃饭吧，先去我那儿吃饭。”

顾影跟他回到家里，发现自己的别扭好像影响到了江恂的情绪，于是又说了一遍：“江恂，我没生气，我只是害怕。”

当她听说他发生了车祸又联系不上他时，那种未知的恐惧像一张密不透风的网突然将她笼罩，她害怕得喘不过气来。

刚换好鞋的江恫叹了口气，将她抱在怀里："没事，我不是有你送的平安符？"

顾影闷闷的嗓音从他胸口传来："可是我也会担心。"

江恫低头在她的头顶落下一吻："抱歉。"

温馨和谐的气氛被一阵门铃声打断，顾影茫然地抬起头，心想这个时候会是谁敲门。

"我叫的外卖。"江恫松开她，"很晚了，先吃饭。"

江恫点了好几个菜，但顾影没什么胃口吃得不多。

饭后江恫洗了草莓给顾影，然后去浴室洗澡。

顾影坐在茶几前玩游戏，玩了一会儿觉得没意思，打开电视机开始看跨年演唱会。

不一会儿，江恫在她身边坐下来，刚坐下他就接到了保险公司打来的电话，等他结束通话，顾影问："车子被撞得很严重吗？"

江恫轻描淡写地说："还行。"

"我都叫你不要去了，你非要去。"顾影忍了忍还是没忍住，"我过去的时候看到路上出了好几起车祸。"

江恫低笑："你还说不生气？"

顾影："……"

"你的脾气还挺大，"江恫捏起一个草莓塞进她嘴里，"还不好哄。"

顾影咬着草莓，说话含糊："哪有？"

"怎么没有？"江恫悠悠地道，"我生气的时候，你随便亲一下或者说几句好听的就完事，你呢？"

"那你也可以说几句好听的。"顾影顿了顿，小声道，"或者亲我一下也行。"

"我哪敢。"江恫抹去她唇上残留的草莓汁，"你生气的时候话都不跟我说。"

被他这么一说，顾影都觉得自己有点儿小题大做了，只不过，她那时是真被吓得不轻。

“江恂。”顾影侧头跟他对视，“你可能不知道你对我来说有多重要，你要是受伤了，我会很难过很难过，我在电话里凶你是因为后怕。”

江恂伸手把她拉进怀里：“我知道。”

“你不知道。”顾影捧着他的脸，神情颇为认真，“你可是我从天上摘的……宝贝。”

你是我年少时的喜欢，也是后来漫漫长夜里遥不可及的梦想。如今梦想得以实现，我要加倍珍惜。

江恂拉下她的手，挑了一下眉，问：“谁是宝贝？”

顾影不好意思了。

江恂挠了一下她的手心：“怎么不说了？”

顾影的睫毛微微一颤。

江恂的另一只手顺着她的尾椎骨一路往上，用指尖或轻或重地撩拨：“还看电视吗？”

气氛霎时变得暧昧起来。顾影迎上他灼灼的目光，讷讷地吐出两个字：“随便。”

“那就等会儿再看。”江恂手没停，咬了一下顾影的下唇，“先让让我。”

他的手即使隔着衣物也让顾影起了阵阵酥麻感，更别说后来没有阻碍的触碰。

顾影在他的动作下浑身酥软，发出细细的嘤咛声。

良久，江恂抽回手偏头亲吻她的耳垂，哑声在她耳边说了几个字，她蹭了蹭他的脖子没搭腔。江恂低笑一声，不由分说地抓着她的手渐渐往下。

电视机里的声音变得越来越遥远，顾影的感官全被眼前人占据，一颗心蹦到了嗓子眼儿。

“手放松。”江恂低哑的嗓音贴着她的耳畔响起。

顾影的手指蜷缩不愿意张开。

“顾影。”江恂轻声诱哄，“乖一点儿。”

江恂的这一声哄直达顾影心底，她的身体以及整个灵魂都被拿捏住了。她只能顺着他的意，跟着他的节奏感受他。

顾影的脸贴在他的胸口上，听到头顶传来让她耳热的声音，她微微抬头看过去。

江恂仰着头，眼睛半合，动情的样子迷人又性感。顾影没忍住凑过去吻住了他的唇。

江恂按住她的头，动作激烈地回应她，二人唇齿交融，在静谧的客厅里发出暧昧的声音。

过了半晌，像是再也忍不住了，江恂翻身将顾影抵在身后的沙发上。

顾影瑟缩了一下："江恂。"她气息不稳地唤他。

"嗯？"江恂的嗓音哑得厉害。

顾影用最后一丝理智推了推他："回房间好不好？"

江恂停下，深吸一口气后起身将她抱回了房间。

一个星期后，警察通过监控录像找到了那对丢弃婴儿的夫妻。

当天顾影恰好在住院部里值班，在休息时间关注了此事。

夫妻俩直接被带回了新生儿科，看着还躺在保温箱里的宝宝，两个人掩面痛哭。崔忆丹身子明显还很虚弱，哭着哭着差点儿跌坐在地上，幸好身边的护士及时将她搀扶住了。

"你们既然这么舍不得，当初为什么要丢下他？"搀住她的那个护士见状难免多了句嘴。

"我们没钱。"崔忆丹捧着脸哭得越发伤心，"我们负担不起他的医药费。"

她说原本生孩子就没打算来大医院，只因当时动得太突然，她老公无奈之下打了 120，平台就近分配了雅康医院派车去接。

她还说她老公前两年生了一场大病，家里的钱早已花光。

"这个手术费没多少钱，"护士说，"你找亲戚朋友凑一凑，凑个三万块就差不多了。"

"借不到。"崔忆丹抽抽噎噎地说，"亲戚都被我们借怕了，没人会愿意再借钱给我们。"

"先不说他是你十月怀胎的亲骨肉，"顾影此时插话道，"弃婴违法你知道吗？"

"我知道，"崔忆丹不停地点头，"警察跟我们说了，我现在想找个好人家把宝宝送出去，省得他跟着我们受苦。"

"他现在生着病，你去哪儿给他找好人家？"顾影说，"你问过宝宝没？哪个孩子不想待在自己父母身边？你们这是打着为孩子好的名义行不负责任之事。"

在医院工作了这么多年，顾影见过太多倾家荡产为儿女治病的父母，那才是真正的爱。他们这是自私。

"宝宝现在其实一点儿都不舒服，"搀着崔忆丹的护士也加入劝说的行列，"但是他很乖，每次呕吐都只哭一下，我都心疼了，你赶紧签字给他做手术吧。"

夫妻俩听到这话，刚止住的眼泪又开始往外流。崔忆丹甚至背过身去，不敢看宝宝。

顾影的心里稍感慰藉，他们终究还是爱孩子的。

见夫妻俩态度软化，护士把他们带到主任办公室，说可以给他们开证明，让他们自己在网上发起水滴筹。

顾影离开之前，还是不放心地补充道："有父母的地方才叫家，这都快过年了，宝宝肯定希望跟你们在一起。"

说起过年，顾影小时候过年都在儿童福利院，那时的她还挺开心。因为她从小在那里长大，在顾影的认知里，儿童福利院就是她的家，长大后她才知道不是。

后来被李美收养，她以为她终于有了家。可是在那里她好像也没体会到书上说的那种家的温暖，那两年过年都没在儿童福利院时开心。

今年过年，江恫提议带她回家。

顾影原本觉得第一次去他家，直接去过年好像不大好，但是叶阿姨前两天给她打了个电话，再次邀请她到家里过年。

人家几番邀请，再拒绝就显得有些矫情，于是顾影答应了。

随着除夕的临近，顾影一天比一天紧张。

她从江恫那里打听到了他家人的喜好，提前几天准备好礼物，跟同事换好班，还给自己买了两套新衣裳。

除夕当天，顾影早早地起床打扮。她给自己化好妆，没过几分钟又觉得不适合卸掉重新化，明明早已选好今天要穿的衣服，换上后又变得很纠结。

江恫上楼来找她，见她没准备好也不催，只是倚在门边看着她来回忙碌。

"顾影。"过了半晌，江恫开口了。

"嗯？"顾影在检查自己的眉毛有没有两边不一样，敷衍地应了声。

"别紧张。"江恫说，"他们很喜欢你。"

江恫漫不经心的嗓音似乎带有魔力，顾影突然冷静下来。他说"他们很喜欢你"而不是"他们会喜欢你的"。这完全是两个概念，前者代表肯定，后者带有不确定性，而顾影的紧张就是源于这种不确定性。

江恫现在帮她剔除了这种不确定性，她内心的紧张也随之消散了大半。

"嗯，我知道。"

五分钟后，两个人终于出门了。

坐上车后，顾影为了避免紧张，跟江恫闲聊起来："对了，李思怡让我问你，上次你给她推荐的那个律师，费用你是不是帮忙付了？"

"没有。"江恫淡淡地道，"我只是让他打个折。"

"奇怪。"顾影嘀咕，"李思怡说那人不收她的钱，只是让她完事后请吃顿饭。"

江恫哂笑："那可能不是我的面子。"

"那是什么原因？"顾影问。

江恫分神看了她一眼："那你得问当事人了。"

顾影说："算了，反正思怡没吃亏就行。"

今天出门的人少，路上没几辆车，一路上畅通无阻，不到半小时就到了江恂爸妈家。

走进客厅，看到沙发上坐着的几个人，顾影有瞬间的不知所措。

“小影来了？”叶曼文自然又热情地招呼她，“快来坐。”

“奶奶可算是见到你了。”坐在最边上的那位两鬓斑白的老人应该是江恂的奶奶，她的语气宠溺又含笑，“江恂把你藏了这么久，终于舍得带回来了。”

她们的热情感染了顾影，她渐渐放松下来。

江恂的伯伯、姑姑下午才会过来，所以现在家里只有他爸爸妈妈和爷爷奶奶。顾影一一打完招呼并把准备好的礼物送给他们。

“哎哟，真是有心了。”江奶奶的脸上是掩饰不住的高兴，“小姑娘可真漂亮，便宜江恂这小子了。”

“不是。”顾影脱口而出，“是便宜我了。”

江恂懒懒地坐在沙发上看手机，闻言头也不抬地低笑了几声。叶曼文都忍不住发笑。顾影的耳根开始发烫。

江奶奶笑呵呵地拍了拍她的手：“真可爱。”

顾影：“……”

江爷爷和江爸爸虽然不怎么说话，但是顾影能感受到他们的友好和善意。

午饭后没多久，迎来了孔莹他们一家子，见到她，顾影仅剩的那点儿不自在也都消失殆尽。

孔莹挽着顾影坐在沙发一角，说话别别扭扭的：“小影姐，你能不能给我讲讲你小时候在儿童福利院的事？”说完像是怕她不高兴，又补充道，“你要不想说也没关系，我就是随便问问。”

顾影失笑：“没关系，你想听什么？”

“你们过年怎么过的？上学呢？”孔莹的问题接连不断，“会不会有人欺负你们？”

“先说过年吧……”顾影回答她的问题的同时不动声色地把叙述重点转移到杨杰身上，“他小时候很长一段时间都活在无声的世界里，院长妈妈带他去医院进行听觉干扰训练时，已经错过了语言形成的关键期……"

孔莹听得很认真，时而浅笑时而蹙眉，听到有人欺负杨杰时，手都攥成了拳头。

两个人的谈话终止于江恂的到来，他将两张明信片递给孔莹："给你。"

孔莹一脸困惑地接过："这是什么？"翻过来看到上面的人像，她眼睛一亮，"你找廖俊要签名了？"

江恂不咸不淡地嗯了声："不是你要的？"

"对，不过我现在不喜欢他了。"孔莹抽出一张明信片递给顾影，"这张给你。"

"我不要，谢谢。"顾影说话的同时伴随着一个下意识往后退的动作。

江恂就坐她边上，手搭在她身后，她这一退像是在往他怀里钻。

江恂撩起她耳侧的一缕头发绕在指间，不紧不慢地说："你这么紧张做什么？"

顾影眸光微闪："我哪有紧张？"

看完两个人互动的孔莹慢半拍地收回明信片，随即用恨铁不成钢的语气对顾影说："你真是被我哥吃得死死的！"

顾影："……"

晚饭是一大家子一起吃的，叶曼文还特意做了顾影爱吃的煎饼："听江恂说你喜欢吃这个，阿姨之前没做过，不知道味道好不好，你试试看。"

顾影的眼眶有些发热，似乎感受到了她的情绪，江恂在桌下捏了捏她的手以示安抚。

顾影敛了敛神，拿过煎饼咬了一口："好好吃，谢谢阿姨。"她的眉眼笑成弯月，味蕾和心灵都得到了满足。

"好吃就行。"叶曼文笑了笑，"以后多来，我给你做。"

顾影点头："好。"

晚饭后顾影被拉去陪江奶奶打麻将，江恂搬来把椅子坐在顾影旁边，男人单手搭在她的椅背上，百无聊赖地玩着手机。

"江恼。"顾影是真不大会，所以下意识地跟他求助，"这个怎么出？"

"不可以作弊。"还没等江恼开口，江奶奶就微眯着眼提醒道。

"哦，好。"顾影还真乖乖地应下，甚至有两次江恼想主动指点她，都被她拒绝了，"你别告诉我，我自己来。"

江恼往椅背上靠："我是想告诉你，你刚刚和了。"

顾影回头："啊？哪里？"

江恼轻抬眼皮："被你打出去了。"

"那你怎么……"不早说，顾影欲哭无泪。

"没事没事。"江奶奶还安慰她，"再抓，还会有的。"

顾影果然不适合打牌，一场牌打下来，就她输得最多。

这可让赢了钱的江奶奶开心坏了："小影，我真是越来越喜欢你了，你比江恼可爱多了，下次再来玩。"

"好的。"顾影微微一笑，"那奶奶你们早点儿休息，我先回去了。"

离开江家刚过十二点，城市周围全是此起彼伏的鞭炮声，还有烟花接连在天边绽放。

回年华里的车上，顾影盯着怀里好几个厚厚的红包，迟疑地问："这些我真的可以收吗？"

这是刚刚出门之前长辈们给的，除了江爷爷、江奶奶、江爸爸和江妈妈，还有江恼的伯伯和姑姑也都给了红包。

"为什么不可以？"江恼说，"这是给你的压岁钱。"

顾影的喉间微微发涩，她都忘记还有这种习俗了，从没想过自己这岁数还能拿到压岁钱。

今晚的一切对她来说，就像梦境一般，幸福到有些不真实。

顾影弯了弯唇："江恼。"

"嗯？"

"没事，就喊喊你。"她就是想确认这是不是真的。

顾影再次见到那名患有消化道畸形的宝宝是元宵节这天。宝宝已经做好手术住进了普通病房。

顾影听说这一消息后，下班之前特意来到新生儿科探望。

她进到病房的时候，崔忆丹正在给哭闹的宝宝换尿不湿，她面容慈祥，嘴里轻声哄着："宝宝不哭，妈妈马上就好了。"

换好尿不湿的崔忆丹一抬头，恰好看到了站在门边的顾影："顾医生？你怎么来了？"

"听说宝宝做完手术了，我下来看看。"顾影往里走了几步。

"是呀，这都多亏了你们。"崔忆丹除了一开始看了一眼顾影，她的视线一直在宝宝身上，"宝宝现在终于可以正常进食了，之前可苦了他咯。"

顾影能感觉到崔忆丹身上从内而外散发出来的母爱，这是她之前所没有的。相处才能产生爱，看来这句话适用于任何关系。

崔忆丹说她现在一天二十四小时都在医院陪伴宝宝，宝宝很坚强，手术后都没有大哭大闹过，她的老公前两天找了份上晚班的工作，同时打两份工。

她说，他们一点儿都不觉得累，宝宝就是他们每天努力的动力。

看到这样的结果，顾影很开心，这种开心一直持续到下班后坐上江恂的车。

"什么事这么高兴？"江恂瞧见她嘴角的笑，好奇地问。

"我突然发现……"顾影抿唇轻笑，"强扭的瓜也挺甜的。"

江恂抬了抬眉梢："什么意思？"

顾影把那个宝宝的事情跟他简单地说了一遍："你看，这不挺好的？你说我爸妈那时候如果能跟我多相处一段时间，是不是就不会丢下我了？"

江恂没说话，而是腾出一只手轻轻拍了拍她的头。

顾影意识到自己不知不觉中把气氛弄得沉重了，于是说回原来的话题："我说强扭的瓜很甜不只是说这个，我刚刚在想，要是出国前我没有喝醉酒，没有跟你做那些离谱的约定，我们是不是就没可能了？"

“你这意思是，”江恂试着剖析她的话，“我是你强扭来的瓜？”

意思是这么个意思，但这么直白地表达出来，好像有哪里不对劲，顾影试着解释：“这就是一个比喻。”

“这个比喻是建立在一方不愿意的基础上的，”江恂瞥了她一眼，“我有不愿意？”

“你不是说是我使劲撒娇你才答应的吗？”顾影把“撒娇”两个字说得很模糊。

遇到一个红灯，江恂停下车，扭头对上她的视线：“你是不是以为谁对我撒娇都有用？”

顾影的脸在他直白的目光的注视下渐渐爬上绯色，视线也与之错开，心头的雀跃化作她嘴角的一抹浅笑。她说：“我没这么以为。”

李院长的来电铃声响起，顾影拿出手机按下接听键，听完李院长的话，她嘴角的笑瞬间消失：“院长妈妈摔跤了？她现在在哪儿？”

“行，行，我现在马上过去。”顾影打完电话发现江恂已经把车停在了路边。

“现在去儿童福利院？”他问。

“先回我们医院。”顾影面色焦急，“院长妈妈被送到了急诊室。”

十分钟后，两个人重新回到雅康医院。

顾影找到李院长的时候，院长妈妈正在做检查。

李院长说院长妈妈是今天早上摔的，一开始她自己说没事，不愿意来医院。直到下午发现她的两条腿疼到不能动，李院长才强行把她送来了。

拍片结果显示，顾慈的两边膝盖都有轻微的骨折，如果是年轻人，这种程度不算严重，但是对于一个七十岁出头的老人家而言很遭罪。

医生开了一些药让顾慈回家好好休养，顾影拿完药让江恂把她们送回了儿童福利院。顾影帮院长妈妈上好药，等她睡着才回年华里。

顾影今天做了三台手术，刚刚又来回跑了一通，到达年华里停车场，她已经昏昏入睡。

“到了？”顾影搓了搓自己的脸，解开安全带开门下车，关门之前还不忘拎起儿童福利院小朋友送给她的礼物。

在江恂锁好车走过来时，她将其中一个袋子递了过去：“给你，你拎重的。”

江恂没接，而是将她打横抱起。

顾影眨了眨眼睛：“这是做什么？”

江恂垂眸扫了她一眼：“不是你说让我拎重的？”

顾影一愣，随即轻笑出声：“你这是哪儿学来的套路？”

那天从医院回去后，院长妈妈的腿过了很久才恢复。

她的腿好了，但是顾影发现她讲话不如之前利索了，变得有些大舌头。李院长说这是老年痴呆的前兆，院长妈妈老了，有些事情没办法。

自那以后，顾影隔三岔五就会去儿童福利院看望院长妈妈，有时候是她一个人去，有时候是跟江恂一起。

天气渐暖，很快到了五月。五一这天顾影休息，便跟江恂一起去了趟儿童福利院。

下午阳光很暖，且有微风相伴。顾影和江恂把院长妈妈带到后院晒太阳。

院长妈妈的话越来越少，她现在偶尔讲那么几句，内容还跟以前一样，是顾影和儿童福利院其他小孩小时候的事情。只不过她现在记忆残缺，一件事很难讲完整。

顾影让江恂先陪顾慈聊天，自己回到房间帮忙打扫卫生。收拾床铺的时候，她再一次看见了那几封信。

顾影刚要帮院长妈妈把信整理好放回原处，她的视线被其中一个信封上的名字所吸引，江恂？院长妈妈什么时候给江恂写了信？顾影记得上次来还没看到，看来信是近段时间写的。

顾影收拾好房间拿着那封信来到后院，将信封递给坐在院长妈妈旁边的江恂：“给。”

江恂接过：“这是什么？”

“院长妈妈给你写的信。”顾影解释，“她现在会趁清醒的时候给我们写一些话，我今天发现里面有给你的一封信。”

江恂看了眼正在闭眼休息的顾慈，又朝顾影晃了下手中的信封：“那我现在可以拆？”

“当然可以。”顾影笑，“本来就是给你的。”

江恂撕开信封，从里面取出信纸，打开之前回头向站在他身后的顾影投去轻飘飘的一瞥：“这是给我的。”

顾影摸了摸鼻子：“我知道。”

江恂边展开信纸边懒洋洋地问：“那你偷看还这么理直气壮？”

顾影仍没有走开，太好奇院长妈妈会给江恂写什么了。

信纸被展开，上面只有几行字。

小江，你好。我帮你问过小影了，她虽然没明说，但我肯定她还喜欢你。我们家小影对自己的身世有些敏感，面对自己喜欢的人，她可能会表现得自卑。所以，阿姨希望你能耐心点儿，多给她一点儿时间，多引导她，她那么坚强，一定会勇敢地走向你的，加油!

顾影鼻头一酸，内心的感动无以复加。原来院长妈妈一直都知道隐藏在她内心深处的症结。她从小到大向来报喜不报忧，儿童福利院的所有工作人员和小朋友都觉得她开朗自信。她瞒住了所有人，似乎没瞒住院长妈妈。

“有笔吗？”

见江恂回头看过来，顾影赶紧擦了下眼角：“嗯？你要笔做什么？”

江恂唇角带笑地说：“回信。”

于是顾影给他找来了一支笔，看着他在信纸的下方写下一行字：

谢谢您，小影很勇敢，她已经朝我走来了。

他写完把信纸重新塞进信封里，反手递给顾影：“好了，帮我放回原位。”

顾影捏住信封，他却没有松手。

“怎么了？”

“过来一点儿。”江恂说。

顾影俯身："干吗？"

江恂在她的唇上亲了一下："谢谢我们小影的勇敢。"

阳光下，两个人一站一坐，一个弯腰，一个仰头。

微风吹乱了顾影的黑色长发，江恂帮她理了理，然后松开了信封："去吧。"

受到江恂的启发，顾影回到房间后也给院长妈妈回了一段话。

再次来到后院，她想起了一个被她遗忘的未解之谜："江恂。"

江恂懒洋洋地应了声："嗯？"

顾影拿了床薄毯盖在已经睡着的顾慈身上："你当年出国是怎么找到我的呀？"

江恂气定神闲地吐出两个字："你猜。"

顾影搬了把椅子在他身边坐下："我就是猜不到才问你的。"

江恂把手搭在椅背上，捏了捏她的耳垂："你告诉我的。"

"我告诉你的？"顾影震惊到忘了控制音量，把院长妈妈吵醒了。

顾慈醒来后，瞪了她一眼："小姑娘吵什么呢？还让不让人好好睡觉了？"

顾影："……"

顾影后来才知道，江恂通过关注她的企鹅空间获取了她的所有信息。

那次生病，她矫情地上传了一张打点滴的照片到空间，仅凭腕带上的信息，江恂便找到了她。他一直在默默地关注她的所有动态，而她对这一切一无所知。

那天他们陪了顾慈一下午，离开儿童福利院后，两个人在外面吃了个晚饭。

节假日的市中心很热闹，饭后，顾影一时兴起，问："我们去看电影吧？"

"行。"江恂停下前往停车场的脚步，"我们是有很久没约会了。"

顾影继续往前走："不在这儿看，这里肯定买不到票，去年华里附近的那个商场。"

坐上车，顾影拿出手机开始订票。

五一有很多电影上映，网上显示评分最高、口碑最好的是一部黎巴嫩电影叫《何以为家》，顾影昨天还听同事推荐过，说这部电影是根据真实事件改编的，且主角也是由当事人出演。

顾影看到海报上“生而不养，何以为家”这几个字时，心情莫名地有些沉重，但她还是选择了这部电影。

拿到电影票的第一秒，江恂的眼皮微微一跳：“这个好看？”

“对呀。”顾影拉着他排队检票，“都说好看。”

整个看电影期间，顾影的情绪还算稳定。

可当她看到最后十二岁的赞恩笑着拍证件照的那一幕时，实在绷不住哭了出来。

江恂把她抱在怀里，轻轻地抚摩她的头无声地安抚她，等她平复好情绪才牵着她走出放映厅。

离开电影院，江恂问：“你还想去哪儿？”

“去趟超市吧，”顾影说话还带有鼻音，“买点儿零食回家玩游戏。”

“行。”商场就有超市，他们在负一楼的超市买了些吃的回到车上。

商场离年华里很近，不一会儿便到了停车场。

江恂停好车，坐在原位没动：“顾影。”

顾影从电影院出来后，情绪一直处于一个很低落的状态：“嗯？”

江恂的下巴往她正前方抬了抬：“帮我从手套箱里找个东西。”

顾影拉开身前的手套箱：“找什么？”

“一个黑色盒子。”江恂说。

里面的东西不多，顾影几乎不需要特意找就看到了那个黑色盒子，她拿出来递到江恂眼前，问：“是这个吗？”

江恂嗯了声：“你打开看看。”

顾影不解地盯着手里的黑色丝绒盒：“是什么？”

江恂笑：“你打开不就知道了。”

顾影看了他一眼，才缓缓打开盒子。见到里面的东西，顾影的心跳陡然加速，伴随着一种极为强烈的预感，她似乎知道接下来要发生什么。

"看到了？"江恫尾音上扬地问。

"看到了。"即便在这么昏暗的灯光下，盒子里的钻戒依然折射出璀璨的光芒。

江恫的嗓音一如既往地从容："我以前是不是说过要告诉你什么是真正的家？"

顾影紧张到屏住了呼吸："啊？"

"啊什么啊？"江恫揉了揉她的脑袋，"我是时候履行承诺了，你能给我个机会不？"

车厢内顿时安静下来。顾影没说话，江恫也不催，摆出一副耐心十足的模样。

沉默须臾，顾影舔了舔唇，轻声问："你现在是在跟我求婚吗？"

江恫嗯了声："本来我想找个时间弄得正式一些，但我觉得现在就挺合适。你也不用有压力，我只是提前跟你预约好，至于什么时候结婚看你高兴。"

顾影抬头直视江恫，笑容在嘴角绽放："好，我答应你。"

"这么好说话？"江恫的眼里笑意闪动，"不为难一下我？"

顾影摇摇头，眼里渐渐起了水雾。她朝江恫伸出双手："抱抱。"

这是我曾经做梦都不敢想的事情，怎么会舍得为难你？

江恫的心软得一塌糊涂，他倾身将顾影紧紧地抱在怀里："谢了。"

"客气。"顾影说。

抱了好一会儿，江恫松开了她，拿过顾影手里的盒子，将戒指取出来套在她的左手无名指上："走吧。"

"嗯？"顾影抬头。

江恫捏了捏她的脸："回家。"

顾影仰头，眉眼间是藏不住的笑意："好。"

她内心深处最后那处封闭的空间被人打开了，有阳光照了进来，从此她的世界再无黑暗。

有人要用一生去治愈童年，而顾影只需要一个江恫。

第十六章

五月格拉斯

五月三号这天晚上，睡觉前顾影给自己定了个闹钟。

十一点五十五分，搁在枕边的手机发出嗡嗡的响声。睡得迷迷糊糊的顾影陡然一个激灵，茫然两秒，想起了自己的计划，立马拿过一旁的手机关掉闹钟。

顾影捧着手机在床上翻了个身，等到五十九分，打开微信给江恂编辑了一条“生日快乐”。眼看屏幕上的时间跳到零点，顾影立即点击发送。

她做完这些事情打算睡觉，江恂的消息却在此时回了过来：还没睡？

顾影将唇角微微翘起，回复：我睡完一觉醒来了，你不也没睡？

江恂回过来两条语音：“我在等着看有没有人卡着零点给我送祝福。”

他低笑了声：“这不被我等到了吗？”

顾影没开灯，手机屏幕是房间内唯一的光源。江恂低沉磁性的嗓音在静谧又黑暗的环境中响起，听得顾影怦然心动。

大家都说一个人恋爱谈久了，对另一半的新鲜感会渐渐减少，感情也会趋于平淡，很难再有心跳加速的感觉。但这种言论不适用于顾影，只要对象是江恫，甚至他都不需要说话，不需要做任何动作，只是不经意扫过来的一眼也能让她心跳失常。

顾影敛了敛神，给他回过去一条消息：以前也有人给你零点送祝福吗？

江恫回复得很快：有。

顾影指尖停顿了下，顺势问：谁呀？

江恫没继续发消息而是打了个电话过来："你说是谁？"

顾影捏电话的手紧了紧："我哪里知道？"

一声轻笑自电话里传来："不知道算了。"

顾影眼皮动了动，听他这语气，难不成是自己？她绞尽脑汁地回忆，自己究竟哪一年给他零点发了消息。

高二那年她犹豫了很久，最后选择当面给他送礼物。高三那年她已经出国，后来她都是在企鹅空间偷偷给他送祝福。

对了，企鹅空间，顾影眼睛一亮，脑子里闪过一个念头。

"江恫，"她小心翼翼地问，"你是不是关注了我的空间？"

江恫嗯了声："你想起来了？"

"我又没忘记。"顾影把脸贴在枕头上，小声说，"我以为你不会看这种东西。"

"我只看你的。"江恫语气散漫，"不然我去哪里弄你的消息？"

顾影呼吸一窒。

江恫散漫的语气中透出些许无奈，好像在说：那是我唯一能得到你的消息的地方，我不关注怎么办？

这一刻，顾影之前所有的疑惑都有了答案。

原来这就是他知道自己的学校在哪儿，生病在哪儿住院，以及院长妈妈生病的消息的原因。

她那时候把空间当成树洞，经常发一些动态，每年五月四号都会卡在国内的零点发一个生日蛋糕的表情包。

她记得头两年还会有高中同学在下面问：你这是祝江恫生日快乐？

如果下面出现这种评论，顾影就会立即把这条动态删掉，但第二年照旧发。后来玩空间的人少了，偶尔会有几个人点赞，但再也没有人发过类似的评论。

“所以，”顾影舔了舔唇，“你是在等我的祝福？”

“嗯，每年都等。”江恂顿了一下，说，“但你后来不发了。”

“我发了呀。”顾影说完猛地想起一件事，“不是我不发了，是我的企鹅账号被盗了，后来没有再用了。”这么说来她的确有两年没发生日祝福。

“没事。”江恂轻描淡写地道，“都过去了，何况你那时候什么都不知道。”

顾影知道他说的是什么，自己那时候连跟他的约定都不记得，怎么会知道他在等自己的生日祝福？突如其来的内疚将顾影笼罩，她轻声唤：“江恂。”

“嗯？”

“我以后每年这天的零点都会跟你说生日快乐，直到我再也动不了的那天为止。”

“谁说非要零点？”江恂悠悠地说，“这又不是在国外，你少熬夜，早点儿睡。”

顾影嘀咕：“那你刚刚还说在等。”

江恂吊儿郎当地说：“我开玩笑呢。”

“我不管，”顾影郑重其事地说，“这是我对你的承诺。”

江恂笑：“行，我记住了。你明天要上早班，快去睡觉。”

“可是我现在睡不着。”顾影爬起来把灯打开。她现在睡意全无，且有一种冲动。

“那再聊会儿？”江恂问。

“我给你做了一个蛋糕。”顾影答非所问。

“哦，然后呢？”

顾影听出了他语气里极力隐藏的笑意，恼羞成怒：“江恂！”

这人有时候很坏，明明知道她内心的想法，偏偏装不懂，非逼她亲口说出来。

江恂闷笑了一声："下来吧，我等你。"

五月初，半夜里还是有点儿凉。

顾影在睡衣外随便套了件薄外套，从冰箱里取出白天做的蛋糕，拎着来到江恂家。

他家茶几前的地毯换成了浅色的，且坐上去比以前更舒服。

顾影把蛋糕搬出来放在茶几上，插好蜡烛后扭头问江恂："打火机呢？"

江恂从口袋里掏出打火机递给她："小心点儿，别烫着手。"

顾影点上蜡烛后，轻快地给他唱生日歌。

江恂单手在沙发上撑起自己的脑袋，笑着看她。

烛光映出两个人的影子，微风拂过，烛光摇曳，影子随之而动。画面温馨又缱绻。

"好了，"顾影唱完歌招呼他许愿，"快许愿吧。"

江恂没动："你帮我许了吧。"

顾影轻扯嘴角："还能代许愿？"

"怎么不行？"江恂不甚在意，"你的愿望就是我的愿望。"

顾影的眼睫轻颤了下，江恂有时候不痛不痒的一句话对她来说比情话还甜，他却不自知。

顾影还真就帮他许了个愿。

江恂拿掉蛋糕上的蜡烛，切了一小块蛋糕给顾影，问："你刚刚许了什么愿？"

"不能说，"顾影接过蛋糕尝了一口，"说出来就不灵了。"

江恂调侃："你之前不是还写出来？"

顾影叉了一块蛋糕递到他嘴边："你怎么不吃？试试看，挺好吃的。"

江恂张嘴接过，吃完做出评价："味道不错。"

"是吧，看来我有天赋。"顾影又喂了他两口，知道江恂不喜欢吃这些甜食，她只做了个小蛋糕意思一下。

吃完蛋糕江恂从茶几下方拿出一个小礼品袋递给她："给你的礼物。"

顾影错愕地接过："为什么你过生日我还有礼物？"

江恂瞥了她一眼："你好好想想今天还是什么日子？"

顾影眨了眨眼睛，试探地问道："在一起一周年纪念日？"

江恂不置可否地嗯了声。

"可是我都没有给你准备礼物。"顾影当然记得，只不过她以为江恂不会在意这种纪念日，加上顾影不想让这种可有可无的纪念日占了他生日的风头，便没有提。

江恂将她拉到自己面前："那你想想办法？"

顾影马上明白了江恂的意思，从善如流地搂住他的脖子，在他唇上亲了一下："可以吗？"

"不够。"江恂捧着她的脸主动吻了上去。

这次可不是蜻蜓点水的一吻，等结束时，顾影已经气喘吁吁地瘫软在他怀里。

江恂爱不释手地轻抚她的脸："你今晚要不在这儿睡？"

"要回去的。"顾影起身端起茶几上的水喝了一口，"我明天上早班。"

江恂看向她："你以为我想做什么？"

顾影放下茶杯迎上他的视线："你不想吗？"

江恂叹口气，再次把她拉到面前："再亲一会儿就送你上去。"

顾影重新回到自己的房间已经是二十分钟后了。

她拍了拍自己发烫的脸颊，脑子里不由自主地想起刚刚的情形。

江恂亲了她很久。那时她衣衫不整，嘴里抑制不住地发出嘤咛。

意乱情迷之际，她听见男人在她耳边低语："想吗？我可以换个方式帮你。"

想到这里，顾影又想起孔莹除夕那天说过的话，自己好像真被江恂吃得死死的。

这人就是在这种事上也游刃有余，明明要亲的是他，最后受不住的反而是她。

顾影去浴室洗了一把脸，冷静下来后发现自己还没看江恒送给她的礼物。

她大致扫了一眼，看形状好像是一支口红。她以为自己看错了，结果还真是口红，是一支兰蔻的唇釉。

他居然还会买这种化妆品？

江恒不是那种什么都不懂的男人，但送口红还是令她觉得不可思议。

顾影出于好奇在网上查了下这支唇釉，发现它有一个非常好听的名字叫五月格拉斯，代表唯一的意思。

顾影心跳漏了半拍，难不成江恒也知道这层含义？

她想了想，给江恒发了条微信：你为什么送我口红啊？

J：你涂了好看。

顾影又发过去一条消息：那你为什么选这个颜色？

J：柜员推荐的。

顾影抿了抿唇，回复：哦。

他果然不知道。顾影叹息一声，放下手机，回到床上睡觉。

刚关好灯没几秒，手机嗡嗡响了两声。

顾影翻身拿过手机，上面有江恒发来的新消息：顾影，我这辈子只喜欢过你一个人，未来也是。

这条消息成功地让顾影失眠了。

这种兴奋带来的失眠好像也不影响精神状态，第二天白天，顾影照样精神抖擞。

江恒还在五一假期中，白天跟几个朋友约好在俱乐部打牌。

他说等顾影下班过来接她一起去吃饭，但顾影不让，说自己可以过去。江恒记起她上次生气的事情便没有勉强。

下午五点半，顾影下班走出医院，打了辆车来到了江恒所说的俱乐部。她从没来过这种地方，感觉这里既像KTV又像酒吧。

还没走近，顾影就见到了等在门口的江恒。

男人手里握着手机，指尖在屏幕上轻点，出众的长相和气质吸引了很多路人的目光。

离他几步远的地方站着三个年轻女孩，三个人盯着他看了很久，其中一名女孩被另外两个人往前一推，顺势走了两步，来到江恫面前。

女孩理了理头发，像是鼓起勇气跟江恫说了句什么。江恫眼皮都没抬一下，嘴巴动了动，不知道回了句什么，女孩灰溜溜地走了。

与此同时，顾影收到了江恫发来的微信：到了没？

她站在原地回复：你抬头。

下一秒，江恫抬头，见到她，对方淡漠的神情瞬间柔和下来："过来。"

顾影依言走过去。

待她走近，江恫牵着她就要往里走，但顾影没动："等等。"

江恫收回脚步："怎么了？"

"你脸上有东西。"说罢，顾影伸手在他脸上轻轻擦了下。

江恫任由她动作："好了吗？"

"没。"顾影踮脚，手在他眉眼间游移。

江恫轻抬了下眉梢，隔了两秒，像是明白过来什么，单手搂住顾影的腰往上一提，然后吻住了她。

这个吻不是一触即离，但也没停留多久。

江恫放开她，抵着她的唇轻笑："这样好了没？"

大庭广众之下的亲密加上被识破心机的尴尬，羞得顾影下意识地往他怀里钻。

江恫抬起她的下巴，手指在她的唇瓣上轻点了一下："要是还没好的话——"

"好了。"顾影偏头打断他，之后也不需要他带路，佯装淡定地往俱乐部走。

顾影被江恫带到俱乐部三楼的一个包间。

包间很大，进去左边是沙发区，右边有一张椭圆形牌桌，周围坐着六七个人，除了一两个陌生面孔，其他人顾影都见过。

互相打完招呼，顾影走到沙发前坐下，江恫给她端来一杯温水和一盘水果："先垫垫肚子。"

顾影莞尔："我又不饿。"

刚刚上楼时，江恫告诉她单浩天会过来，大概还有一个小时才会到，所以得晚点儿吃饭。

"我知道。"江恫在她身边坐了下来，"你刚吃了东西。"

"嗯？"顾影一脸困惑，"我没有哇。"

江恫扭头看她，表情耐人寻味："没有吗？"

顾影在他渐渐凝聚笑意的目光下红了脸。她移开视线，讷讷地道："没有。"

顾影今天把黑发绾了个丸子头，露出白皙纤细的脖颈。她脸上的红晕一点点往下蔓延，很快脖子和耳根都染上了淡淡的绯色。

江恫心尖发痒，伸手捏了捏她的耳垂："那真是可惜了。"

"嗯？"

江恫嗓音含笑："我还挺开心的。"

"……"

"喂，江恫，"牌桌那边有人朝这边喊，"快点儿过来，你的筹码还在这儿呢。"

江恫懒懒地应了一声，却没动。反而是松了一口气的顾影推了推他："叫你呢。"

江恫捉住她的手："跟我一起去？"

"我又不会玩。"

"我教你。"

"不去。"顾影抽回自己的手，拿出手机，"我还是玩游戏吧。"

江恫见她已经开启游戏，便站起身来到牌桌前坐下："邹旺呢？"

"去洗手间了。"沈熠说，"都去了一刻钟了。"

唐科轻声嗤笑："他手气不好估计躲厕所哭去了。"

"谁躲厕所哭了？"被谈论的主角此时恰好推门走进来，"这不还没结束吗？谁输谁赢还不一定呢！"

邹旺往牌桌走，在见到沙发上的顾影时倏地一顿："美女？"

他脚步一转，换了个方向朝顾影走去："你看看你看看，这是什么缘分？我们又见面了。"

顾影茫然地抬起头，一时没想起他是谁。

邹旺在她身边坐下："我没记错的话你叫顾影对吧？我叫邹旺，我们在沈熠宝宝的满月宴上见过。"

顾影瞄了一眼他的寸头，眼底的茫然退去："哦，我记起来了。"

"是吧。"邹旺笑。

顾影嗯了声："你就是江恫那个同时交三个女朋友的大学同学。"

邹旺脸上的笑容僵住了。

"江恫说，"顾影还没说完，"好像还不止三个？"

话音落地，牌桌那边响起此起彼伏的偷笑声。

顾影不动声色地往旁边挪了一点儿，低头继续玩游戏。

邹旺尴尬地看过去，发现那边几人已经停止打牌，纷纷投来各种复杂的目光。那目光里面有好奇、怜悯、兴味和欣赏。

"怎么了？"邹旺问，"我跟美女聊会儿天，碍着你们打牌了？"

唐科好不容易止住笑，好心劝他："你要是今晚还想留条裤衩回家，就赶紧滚过来。"

"为什么？"邹旺又问。

沈熠缓缓道："你口中的美女是江恫——"

"我知道，"邹旺抢了他的话，"江恫的高中同学，这事上次不就说过了？"

沈熠把话咽了回去，默默对他竖起一个大拇指。

另外有一个人问："你有没有想过她为什么会出现在这儿？"

"今天不是江恫生日？"邹旺都被弄蒙了。

"服了！你什么时候见过江恫过生日叫女生来？"唐科真想撬开他的脑子，看里面是不是全是水，"顾影是他女朋友，女朋友！"

邹旺一愣，目光转向江恫的同时瞳孔渐渐放大："她是你女朋友？"

江恫用手指轻轻敲击着椅背，淡淡地说："不是。"

邹旺悬着的心还没落下去一半，又听见江恂说："是未婚妻。"

这几个字一出，不只是邹旺，屋内所有人包括顾影都露出诧异的神色。

"怎么？"江恂抬了抬眼皮，表情似笑非笑，"你想认识？"

邹旺猛地站起身："误会误会，我哪敢哪！"

"美女？"江恂手里抓着几张牌，搓开又合拢，如此反复。

"不是。"邹旺找了个离江恂最远的位置坐下，"是嫂子。"

沈熠见状出来打圆场："刚刚你说未婚妻？"

江恂坐直身子，低低地嗯了声。

唐科激动地爆了个粗："你求婚了？什么时候的事？"

"还得跟你报备？"江恂拿牌轻叩桌面，"继续，打完这把去吃饭。"

十五分钟后，一行人离开俱乐部前往明月阁。

车子在明月阁停车场停下，顾影打算下车，手还没摸上门把手就被江恂给拉了过去，熟悉的气息伴随着灼热的呼吸扑面而来。

下一秒，顾影的唇上一软，呼吸被夺了个彻底。

江恂捧着顾影的头，一寸一寸地吮着她的唇瓣，没多久便抵开她的牙关长驱直入。他吻得有些凶狠，顾影唇上传来轻微的刺痛感。

狭小封闭的空间内温度缓缓上升，不知道过了多久，江恂终于放开了她。

顾影靠在他怀里稍微平复了一下呼吸，然后坐直身子对着车内后视镜理了理头发。看着镜子里自己红红的嘴唇，她小声抱怨："江恂，你太粗暴了。"

江恂淡淡地嗯了声，算是承认。

顾影眼皮微微一跳："下次在外面别这样，别人一看就知道我们刚刚干什么了。"

江恂哑声失笑："好。"

顾影拿出唇釉补了一下口红，搽完侧头看向江恂，笑问："好看吗？"她用的是那支五月格拉斯。

江恂眼尾一挑："好看。"

顾影眉眼弯了弯："我也觉得。"

江恂捏了捏她的脸："我说你好看。"

顾影："……"

等他们到达预订好的包间时，单浩天都到了。

"我还以为你们迷路了。"唐科不怕死地调侃。

顾影："……"

江恂慢条斯理地走过去坐在单浩天边上："什么时候到的？"

单浩天耸了耸肩："刚到。"

顾影也微笑着跟单浩天打招呼："好久不见。"

"也不久吧？"单浩天笑了笑，"上次不是在帝都见过？"

"啊？"顾影下意识地瞄了江恂一眼，面上闪过几分不自然，"哦，对，我给忘了。"

"看我干什么？"江恂倒了一杯酸奶给她，用仅能两个人听到的声音对她说，"怕我知道你其实不是自己记起来那晚跟我说的话的？"

顾影的太阳穴突突地跳："你怎么知道？"

江恂扫了她一眼："我有脑子。"

顾影："……"

等上菜的时候，一桌人有一搭没一搭地聊着天。

沉默了很久的邹旺突然问："江恂，你们俩怎么在一起的？"

邹旺问完发现全桌人又一次朝他投来复杂的目光，连忙解释："不是，我太好奇了，我想象不到江恂会怎么追人，我也想象不到他会怎么接受别人。"

毕竟他在大学里见过太多次江恂毫不留情拒绝别人的场面。

"那你想象不到的事情多了去了。"唐科冷笑，"我那会儿开了顾影一个玩笑，他就把我训了一顿，你能想象？"

"这有什么？"单浩天不紧不慢地插上一句，"高二期末考试前两天，我们都在抓紧复习，你猜他在做什么？"

"高二？"唐科眯了眯眼睛，"你不是说高中是顾影追的他？"

单浩天白了他一眼："你就说你该不该被训？"

唐科摸了摸鼻子："行吧，他在做什么？"

单浩天瞥了一眼神色从容的江恂，笑了声："他在电脑上做传单。"

"做传单？"唐科问，"那是干什么？"

"反正……"单浩天想了个合适的表达方式，"反正是顾影那会儿需要的东西。"

江恂正漫不经心地帮顾影烫碗，顾影却听得心里起了巨大的波澜。

唐科早就知道她高中追过江恂？唐科说开了她一个玩笑？是什么玩笑？

单浩天说的传单，顾影几乎不需要多想就猜到了是什么。原来不知道怎么落在她课桌上的那张招聘传单是江恂自己做的。

满腔的感动促使她拉了拉江恂的衣服下摆："江恂。"

江恂偏头看过来："嗯？"

顾影的唇角翘起："谢谢你。"

江恂无声地扬起一个笑："谢什么？"

此时服务员已经上菜，顾影拿起筷子准备吃饭："没什么。"

饭后，一群人没有要求其他活动，都心照不宣地把时间留给江恂陪女朋友。

回家的路上，顾影又一次想起了唐科的话。

她回忆了一下几次跟唐科接触的场景，如果非要说他开她玩笑的话，应该就是跟孔莹一起在明月阁碰到他们那次。他连问了她几个问题，最后一个似乎是想问她对江恂的看法，被江恂一句"我们不熟"给堵了回去。

顾影想，唐科说的开玩笑该不会就是这个吧？

所以那时候唐科就知道她高中追过江恂，故意问这些问题来试探她的反应？

所以江恂那时候说"不熟"其实是在给她解围，他生气也不是生她的气，而是在不爽唐科开她的玩笑？

顾影悄悄在心里把这个问号去掉，画上一个句号。

顾影又想起昨晚他给自己发的那条微信，忽地开口："江恂。"

"嗯？"江恂打了一下方向盘，车子正在转弯。

"我有没有跟你说过我见到你的第一眼就喜欢上你了？"顾影目视前方，眉眼间是浅浅的笑意。

江恂分神看了她一眼："没有。"

"那我现在告诉你。"顾影说，"我喜欢你十年了。"

从见到你的第一眼开始沦陷，那种喜欢一直延续到现在，不是继续爱，是一直爱。

"你要这么说我也是。"车子进入停车场，江恂停好车侧身看向她，"我也是十年。"

"反正我比你久一点儿。"顾影反驳，"你又没对我一见钟情。"

"都说一见钟情不过是见色起意。"江恂拉过她的手问，"你呢？"

顾影甚至忘记了见色起意是个贬义词："那你连见色起意都没有！"

"我现在有。"江恂笑着挠了下她的手心，"所以，你什么时候搬来跟我住？"

有一段时间没跟李思怡见面了，周六这天，顾影跟她约好一起吃晚饭。

两个人约在市中心新开的一家川味火锅店，顾影刚到没两分钟，李思怡便出现在门口。

"这里。"已经坐在位置上的顾影朝她招了招手。

待她在对面坐下，顾影给她倒了一杯茶："怎么出了这么多汗？"

"下午去户外发传单了，"李思怡端起茶杯喝了一口，"可把我热死了。"

"赶紧擦擦汗。"顾影递了张纸给她，随口问，"你养母没再找你了吧？"

"没找了。"李思怡擦完汗笑了笑，"这还得多亏江恂介绍的那个律师，他好厉害，三言两语就把我养母一家吓得话都不敢说，只能不停地点头。"

"那就好。"顾影把菜单递给她，示意她点菜，"收养关系解除了？"

"前几天刚办好手续。"李思怡长舒了一口气，"我终于自由了。"

"恭喜。"顾影真心为她感到高兴，"以后对自己好点儿。"

听完这句话李思怡的手一顿："你这句话我前两天刚听过。"

顾影好奇地问："谁跟你说的？"

"就是那个律师。"李思怡点完菜把菜单递给服务员，清了清嗓子，不自在地道，"我有一种感觉不知道对不对。"

"什么感觉？"顾影很少见到李思怡这么犹豫的样子，顿时觉得有些新鲜。

"就是……"李思怡将胳膊撑在桌面上，朝她凑近了些，"我感觉他在追我。"

顾影扑哧一声笑了出来。见李思怡瞪过来，顾影立马收住笑："那你是怎么感觉出来的？他做了什么？"

"你上次不是说江恫没帮我垫钱吗？"李思怡分析，"他陪我跑了好几趟宿阳，先不说他提供的帮助和专业知识，时间都花了不少，结果他倒好，一分钱不要，只说让我请客吃饭。"

李思怡蹙了蹙眉："一开始我还以为他是照顾江恫的面子不收钱，我还问了他，你猜他怎么说？"

顾影顺势问："怎么说？"

李思怡回忆起那天在她问出这个问题后，男人别有深意地盯着她的眼睛反问："跟江恫有什么关系？"

"总之他说不是。"李思怡感觉刚刚消下去的热气一下子又蹿了上来。

她喝了一口水，继续说："他前几天在我这儿买了套房，之后说为了庆祝让我陪他去看电影。"

顾影脸上的笑实在绷不住了："很明显他是在追求你呀，你又不是第一次谈恋爱了，怎么跟个小女生似的在这儿猜来猜去？"

"主要是我觉得太难以置信了。"李思怡说，"你说我一个置业顾问，人家高校毕业的大律师，他看上我哪一点了？"要不是他最近表现得越来越明显，李思怡都不会往这个方向猜。

“这哪能说得清？”顾影摆出一副过来人的姿态，“比如说我见到江恂的第一眼就喜欢上他了，那是一种心动的感觉，我知道我喜欢他，但你要问我喜欢他哪一点，我也说不出呀。”

李思怡调侃：“你难道不是看上的他的脸？”

顾影笑吟吟地道：“他也这么说。”

李思怡趁势转移话题：“对了，你现在什么情况？你还住孔莹那儿？”

旁边有服务员上菜，顾影身子往旁边偏了下：“是呀。”

“哦？”李思怡尾音上扬，“你还不搬去跟他一起住？”

“过段时间吧。”顾影笑笑，“我还没做好心理准备。”

这也是她上次回给江恂的话，在她心里同居就等于完全进入了对方的生活，所有缺点和脾气都将会被无限放大，矛盾也会随之增多，虽然她和江恂目前好像还没出现什么矛盾，但她觉得这些东西在以后的相处过程中在所难免。

她也不是不想同居，说白了就是她怕。江恂自然是尊重她的想法，随她高兴。

“行吧。”李思怡笑她，“看你能坚持多久！”

顾影：“……”

后来的事实证明顾影的确没坚持多久。

两个人吃完火锅，到附近的商场随意逛了逛便各自回了家。

顾影快到家门口的时候，意外见到了不知道为什么出现在这里的杨杰。

“小杰？”

杨杰站在小区门口的一棵樟树下，头上戴着一顶鸭舌帽，正低头看手机。许是没听见，他对顾影的叫声一点儿反应也没有。

于是顾影往前走了几步，在离杨杰一步远的地方站定，他余光察觉到有人接近，侧头看了过来。杨杰见到她先是一愣，随后很快反应过来朝她点点头。

顾影见他耳朵上挂着助听器便再次开口：“你怎么在这儿？”

杨杰双手比画几下，然后把手里拎着的一个小塑料袋递给她，意思是让她带给孔莹。

　　顾影瞄了一眼袋子里的东西，好像是感冒药。她眼睛亮了亮，问："你怎么不自己送上去？"

　　杨杰笑着摇摇头，不等顾影再说什么，转身往地铁站的方向走。

　　"等等。"顾影叫住了他，等他回头看过来，又冲他挥了挥手，"没事，你回去注意安全。"

　　杨杰点点头，再次转身离去。

　　顾影边往小区走边给他发了条微信：如果有喜欢的人，一定要努力争取。

　　回到家，顾影发现客厅的灯没开，里面一片漆黑。远远看过去，只有一丝暖白的光从孔莹房间的门缝中漏出来。

　　顾影走到孔莹门前敲了敲门，不一会儿，里面传来孔莹略显沙哑的嗓音："请进。"

　　顾影开门进到房间，发现孔莹已经躺在了床上。

　　"睡了？"

　　孔莹背对着她嗯了声。

　　"是不是生病了？"顾影走到床边轻声问。

　　孔莹闷声说："没事，就是有点儿感冒。"

　　"怪不得。"顾影轻笑了声，"把我们小杰急坏了，你看他给你送药来了。"

　　孔莹倏地翻身看了过来。小姑娘的眼睛和鼻子都是红红的，一看就是刚哭过："这是他送的？"

　　"对呀。"顾影把药放在床头柜上，打算出去给她烧热水，"我回来的时候在小区门口碰见他，不知道他在那儿站了多久。"

　　顾影不知道这两个人到底是什么情况，没有多问，也没有多说，只是把事实告诉孔莹。

　　吃完药之后的孔莹心情明显好了很多。顾影嘱咐了几句，放心地回了自己的房间。

最近江恂又开始忙了起来，几乎天天加班。

顾影洗完澡躺在床上，捧着手机正要给他发微信，对方的消息先她一步跳了进来：回来了？

顾影翻了个身趴在床上回复：嗯，我都准备睡觉了，你下班了没？

J：下班了，你下周周末双休吗？

下周周末？顾影记得自己好像是休息。她退出微信打开值班表确认了一下，确实是休息。她回复：我休息，怎么了？

J：带你去看星星。

顾影眨了眨眼睛，回过去一个问号。

江恂回了条语音过来："你不是说想和我一起看星星？"

男人含笑的嗓音在静谧的房间里响起，顾影的脸颊开始发烫。

原来他还记得那十件事，那张纸上其余的事情他都已经陪她做了，只有看星星这一条没有。

顾影以为他说的看星星，是去附近的山上或者就近找个公园躺在草地上。结果临出发那天她才知道，江恂要带她去海边。

"我们这样会不会太赶了？"去机场的路上，顾影问。

"今晚去住一晚，明天下午回。"江恂提前买好了来回的机票，"最重要的不是晚上看星星？"

也对。

江恂定的地方是一个位于南方的海边小镇，这几天天气晴朗，最适合看星星。加之今天是周末，海边的沙滩上到处都是大大小小的帐篷。

顾影他们也租了一个。帐篷顶部是透明的塑料，人躺在帐篷里面睁开眼就可以看到星星。

"江恂。"顾影双手枕在头下方，看着天上闪闪发亮的星星，轻声开口，"你是什么时候喜欢上我的？"

江恂扭头看了她一眼："你猜。"

顾影心里其实有个答案，正好可以求证一下。她问："是我跟你做了同桌之后？"

跟他成为同桌恰好是他那次生日过后没多久，顾影前几天回忆了一下，发现他对自己态度的改变貌似就是从那个时候开始的。

江恂轻笑了声：“也许更前面。”

“那是什么时候？”如果不是那时候，顾影还真猜不到，毕竟在那之前，江恂虽然没有表现出讨厌她，但也不是特别热络，只是维持着同学之间的基本礼貌。

“我自己也不确定，不过，”江恂悠悠地说，“我一直还挺喜欢你喊我的名字的。”

顾影偏头看着他，银白色的月光照亮了他棱角分明的侧脸以及嘴角那抹浅浅的弧度。

她心思微动，忽地翻了个身凑过去亲了一下他的嘴角。

“江恂。”

“嗯。”

顾影又亲了一下：“江恂。”

江恂揉了揉她的头：“嗯。”

顾影眉眼染上笑意：“我以后可以喊你一辈子。”

江恂轻抬眉梢：“你之前不是还说想喊老公？”

“我觉得喊名字挺好的。”微弱的光线下，顾影脸上以肉眼可见的速度爬上红晕。

江恂的喉结滚了滚，他按住她的头往下一压，张口含住了她的唇。似乎觉得这样亲不过瘾，江恂一个翻身跟她调换了位置。

不远处海浪拍打沙滩，周围的游客在嬉戏。

这一刻，顾影感觉周围的一切皆成了幻影，她所有的感官都被眼前的人占据。

良久，在顾影感觉自己肺里的空气都要消耗完的时候，他终于放开了自己。

江恂趴在她的肩头，两个人不稳的呼吸声跟远处的海浪声交织在一起。头顶是璀璨的星空，美好得让人分不清是梦境还是现实。

平复好呼吸，江恂躺回了原位，问：“星星好看吗？”

顾影仍旧盯着他的侧脸："好看。"

江恂感受到她的视线，扫了她一眼："我问的是星星。"

"你就是星星啊。"顾影说，"我上次不是说过你是我从天上摘的吗？"

"你上次可不是说的星星。"想起上次她对自己的称呼，江恂忍不住发笑。

天上的星星被我摘下来，就变成我的宝贝了。这句话，顾影可不好意思说出口。

"再叫一遍？"江恂侧过身子撑着脑袋看她。

顾影没开口。

"不叫？"江恂月牙似的眼里有着浓浓的笑意，语气却相当随意，"行，那晚点儿再叫。"

那天晚上，她最后还是叫了他"宝贝"，且不止一遍。

从海边回来后没过几天，江恂去了外地出差，说是要在那儿待一个星期。

江恂出差的第五天晚上，顾影给他打了个电话过去。电话响了很久没人接，她连忙挂断了。

现在已经是晚上十点，他还在忙？

没能跟他通上电话，顾影也没心思睡觉，干脆捧着手机看微博。

隔了大概十分钟的样子，江恂回了个电话过来。男人的嗓音有些沙哑："还没睡？"

"没。"顾影心里一紧，"你怎么了？声音怎么哑了？"

"没事。"江恂轻描淡写地说，"我刚回酒店，可能有点儿累。"

顾影见过他疲惫的样子，那会儿他说话懒懒的，但不会像现在这样声音沙哑。

想到一种可能，顾影学着他的语气不紧不慢地说道："可以，你又喝酒了是吧？"

江恂似是因她的话愣住，隔了两秒才笑出声。他没承认也没否认，只是在笑，隔着电流仿佛都能感受到他浅浅的气息。

顾影把脸埋在被子里，安静地等他笑完。

"顾影，"江恸止住笑，声音又低又哑，"你的宝贝想你了。"

顾影呼吸一窒，接踵而来的便是疯狂加速的心跳。

江恸这是在跟她撒娇？原来喜欢的人跟她撒娇是这样一种感觉，她感觉心都化了，恨不得立刻奔去他身边。

顾影的脸在枕头上蹭了蹭，她尽量让自己的声音听起来平静一些："你什么时候的航班？我到时候去机场接你。"

"明天傍晚的航班。"江恸的嗓音还是很哑，且透出一丝不易察觉的疲惫，"我差不多晚上十点才到，你早点儿睡不用来接我。"

"江恸，"顾影冷静下来后越发觉得他的声音很不对劲，他跟以往喝了酒不一样，她问，"你是不是生病了？"他的声音像是因感冒变得干涩。

江恸低低地笑了声："你一会儿说我喝酒，一会儿说我生病，就这么明显？"

顾影现在基本可以确定他生病了："你是感冒了吗？严不严重？"

江恸嗯了声："就是喉咙有点儿干，不严重。"

难怪江恸说想她。他不是那种把"喜欢"和"想念"挂在嘴边的人，通常都是用行动表示。原来不管男女，在生病的时候都比较容易说出平时不会说的话。

顾影无声地叹口气："那你吃药了没？大夏天感冒很难受的。"

"没事，我睡一觉就好了。主要是这几天没睡好。"

"那你早点儿睡。"顾影顿了下，又说，"记得喝温水。"

江恸笑："知道了。"

挂断电话后，顾影久久没能入睡，要不是相隔太远，真想现在跑过去找他。也就是在这一刻，她突然下定决心要搬去跟他同居。

隔天晚上下班后，顾影来到江恸的家里，把菜备好，还熬了一锅稀饭。

晚上八点五十，她出门前往机场。机场在郊区，她坐大巴过去要四十分钟。

顾影到那儿的时候江恫的飞机还没落地，等了差不多二十分钟才等到他出来。男人耷拉着眼皮，眉宇间是掩饰不住的倦怠。

顾影第一时间伸手过去想探一下他的体温，手还没碰到他的额头就被他捉住了。

"又来？我刚刚没跟谁讲话吧？"

顾影动了动眼皮，冷静地瞟了他一眼："你发烧了是不是？"

江恫叹息一声，拉着她的手往额上贴了下："给你碰。"

手下的温度明显不正常，他拉着她的那只手温度也很高。

顾影抿了抿唇，拉着他往外走："你昨晚没吃药吧？"

"没。"江恫盯着她白皙的侧脸，眉眼柔和。

"你感觉累是因为你在发烧，"顾影苦口婆心地道，"你得吃退烧药才行。"

江恫没忍住低头在她的侧脸上亲了一下，很轻很轻的一个吻，像是怕把感冒传染给她，一触即离。

滚烫的温度通过接触传递给了顾影，她不自觉地紧了紧握住江恫的手："你的车停哪儿了？"

"那边。"江恫领着她来到越野车旁，坐上车。

顾影看了一眼疲惫的江恫，脑子里冒出一个强烈的念头："我想去考个驾照。"

"什么时候？"江恫边启动车子边问，"你有时间吗？"

"有，我可以用休息的时间去。"顾影打开手机，打算搜索离年华里比较近的驾校，"孔莹说考自动档一个月就可以搞定，那我也报个自动档好了。"

"行。"江恫说，"我等会儿帮你选个驾校。"

回到家里，顾影快速地炒了两个菜端上桌。

江恫没什么胃口，就喝了一碗粥。顾影让他先去洗澡，自己留在餐厅里收拾桌子。

等江�洗完澡回到客厅，顾影把早就准备好的药和温开水给他："把这个药吃了。"

江恟坐在沙发上，伸手接过水喝了一口，但没接药："我没那么娇弱，用不着吃药。"

"感冒了吃个药怎么就娇弱了？"顾影又摸了一下他的额头，不知道是不是刚刚洗完澡的缘故，额头没那么烫了，但他的面色看起来还是不怎么好。

江恟笑着接药："我就是前几天没休息好，疲劳感冒，明天起来就好了。"

"你昨晚在电话里也这么说。"顾影小声嘟囔。

"我昨晚不是没睡好嘛。"江恟吃完药把杯子放在茶几上。

顾影蹙眉："你昨晚后来还去工作了？"

"不是。"江恟轻轻抬了抬眼皮，慢悠悠地吐出两个字，"想你。"

顾影觉得他的烧退了，她自己反倒烧起来了。

"那你现在赶紧去睡觉。"

"再坐会儿。"江恟拿出遥控器打算开电视。

顾影却按住了他的手："先去休息。"说罢，她想了想，继续道，"要不我搬来跟你住吧？"

江恟眼里闪过意外："你做好心理准备了？"

顾影嗯了声："反正是早晚的事。"

既然做好了决定，顾影周末就开始行动。

她的东西不多，跟江恟两个人来回走了两趟就全部搬完了。

孔莹前两天得知她要搬家后还有些失落，说不想她搬，差点儿都哭了。顾影安慰了孔莹好一阵才把她哄好。

东西暂时都放在客厅，顾影打算把它们搬到房间里去整理。她问："我住哪间？"

"什么意思？"江恟推着她的行李箱往里走，闻言回了一下头，"你搬来跟我住还分房睡？"

顾影拎着另外一个旅行袋跟在他后面："不是，我怕你还没收

473

拾好。”

江恂带她走进主卧：“衣柜都给你腾出来了。”

他的卧室很大，这不是顾影第一次来，却是她第一次认真打量。里面有专门的更衣室，除此之外，房间里只放了一张床，没有任何其他装饰，空旷又单调。

江恂把装有她衣服的行李箱推到更衣室，问：“我帮你收拾还是你自己来？”

“我自己来。”顾影连忙走过去，“你去忙你的事。”

“我现在没事。”江恂倚在门边看着她收拾，“我们下午去趟宜家吧。”

顾影抬头：“你要买东西吗？”

“你不要吗？”江恂用眼神示意了一下，“梳妆台不要买？还有床单、窗帘你想换都可以换掉。”

顾影笑了：“那我换成粉色的也可以吗？”

“都可以。”江恂低头看她，“你喜欢就好。”

顾影把衣服全部挂进衣柜，又把洗漱用品放进浴室，稍微收拾一番，跟江恂一起出了门。

顾影读书的时候就想过，以后有了自己的房子要怎么装修，房间要怎么装饰。以前的想法，现在终于可以实现了，顾影逛得很开心。

江恂全程没表现出一点儿不耐烦，甚至会在她选择困难的时候适当地给出建议。

逛完宜家，两个人在外面吃完晚饭才回家。

回到家后顾影迫不及待地开始装饰房间。她买了一组创意照片墙的相框，在江恂的帮助下把相框钉在了床头上方的墙壁上。她还买了两盏复古风格的台灯放在两边的床头柜上。

没一会儿宜家送货员又送来了梳妆台和小沙发。顾影指挥江恂把这两样东西摆好，房间终于不再显得那么空旷，多了一些生活气息。

顾影站在中间环顾了一周，满意地点点头：“完美。”

江恂的眼神落在她脸上，他颇为同意地颔首：“我也觉得。”

“那我先去洗澡了？”顾影刚刚出了一身汗，一点儿也不舒服。

江恂嗯了声，开始往衣柜的方向走：“我也去。”

“啊？”顾影的眼睫颤了颤，“那还是你先洗吧。”

江恂拿出自己的睡衣，听到这话，就知道她想歪了：“我去外面的浴室洗。”

他拿着衣服往门口走，在经过顾影身边的时候，微微俯身在她耳边笑着低声说：“就算要一起洗也不是现在。”

顾影感觉一股热气从脖子那里直往上蹿，脑袋都快冒烟了。她逃也似的进了浴室。

顾影洗头发、吹头发用了点儿时间，走出浴室时发现江恂已经坐在了床上。男人的头发有点儿湿，他屈腿靠在床头，正在看手机。

听到开门声，他抬头看过来：“洗完了？”

“嗯。”顾影脚步停住。

江恂把手机放下，朝她招了招手：“站那儿干什么？过来。”

顾影从善如流地走到床边坐下。直到这一刻，她才真正意识到自己已经跟他开启了同居生活。

顾影扫了一眼他的头发，问：“你怎么不把头发吹干？”

“一会儿就干了。”江恂看着坐在另一边的顾影，忽然一笑，“我突然发现我家的床有点儿大。”

顾影有些紧张，虽然两个人什么亲密行为都有过了，但面对这种情况她还是有些紧张。

“是挺大的。”她穿了一套短款睡衣睡裤，露出白皙的手臂和长腿。不知道江恂把冷气开到多少度，顾影竟然觉得有点儿凉。

“你空调开的多少度？”

“冷吗？”江恂转身拿过床头柜上的遥控器，将温度调高，“抱歉，我习惯了。”

“你感冒才好。”顾影说，“空调温度调得太低不好。”

江恂嗯了声：“我以后不开这么低了。”

说起感冒，顾影又想起他上次在电话里说过的话，当时她有个问题没问出口，现在不想错过这个机会。

“江恂。”

“嗯？”江恂偏头看向她。

“你上次……”顾影迎上他的目光，小声地问，“就是你上次在电话里是不是在跟我撒娇哇？”

似是没想到她会这么问，江恂先是愣了一秒，紧接着便轻笑出声：“你听出来了？”

“嗯，听出来了。”顾影舔了舔唇，犹豫地道，“要不你再撒一个？”

她还挺想念江恂的那句话，让她有一种被需要的感觉。

江恂轻抬了下眉尾：“那你过来一点儿。”

顾影听话地往他那边移了些。

“再过来一点儿。”江恂拍了拍自己身边的位置。

顾影又坐过去一些。

江恂缓慢地抬起她的下巴，压低嗓音问：“你的宝贝现在想亲你，可以吗？”

“宝贝”这两个字被他说得很暧昧，明明他在称呼他自己，顾影却觉得像是在唤她一般，听得心里小鹿乱撞。

她听见自己说：“好。”

江恂的唇跟着她的声音落下，一开始是轻吻，后来渐渐深入。

二人同居的第一晚，有些事情就这么顺其自然地发生了。

当一切结束后，意识还处在混沌中的顾影听到耳边传来一个低哑的嗓音：“我们找个时间去领证吧。”

顾影下意识地问：“这么快吗？”

“怎么？”江恂张口咬了咬她的耳垂，“你想白睡我？”

顾影：“……”

那天江恂说找个时间去领证，这事不知道怎么被他的妈妈知道了。

顾影这天刚下班就接到了叶曼文的来电。

“小影，下班了吧？”叶曼文的声音一如既往地温和。

“刚下班。”顾影边打电话边往更衣室走，“现在打算换衣服回家。”

"那就好，是这样的，你们不是打算领证吗？"叶曼文含笑道，"我帮你们看了看日子，下周五就挺好的，你看你有没有时间？"

顾影记得下周五自己上晚班，有空倒是有空，只不过叶曼文怎么知道她跟江恫要去领证啊？

叶曼文笑了："江恫前两天回了趟家，特意问我要了户口本，我问是不是去领证，他说先备着，等你哪天有时间再去。"

"那就周五去好了，我那天上晚班。"顾影的唇弯出一个浅浅的弧度，原来他都把户口本拿来了，却没再提去领证的事。

江恫总是这样，会直白地表达自己的想法，但是从来不会给她压力，任何事情都要等她心甘情愿且做好足够的心理准备。

跟叶曼文通完电话，顾影换好衣服走出医院。

江恫最近忙，顾影便没让他接送，每天自己搭地铁上下班。

回到家，她放下包去厨房做饭。

江恫回来的时候，她还在切菜，对方洗完手二话不说就接下了她的活。

"去客厅玩。"

顾影退到一边，却没马上离开厨房："江恫。"

"嗯？"

"听说下周五是个好日子。"

江恫偏头看了她一眼："什么意思？"

顾影盯着他的侧脸，眉眼带笑："适合领证啊。"

江恫切菜的动作一顿，接着便笑了："你上次不是还嫌太快了？"

"我觉得你说得对。"顾影一本正经地说，眼里却带着笑意，"我不能白睡你，得给你个名分。"

江恫抬了抬眉梢："那先谢了。"

"客气。"

顾影从厨房出来后，在手机上查了领结婚证的地方和流程。

网上有很多人说民政局里拍的证件照显老，不好看，作为过来人的他们建议大家领证之前先去照相馆照一套证件照。

于是周四晚上，顾影下班后拉着江恂到照相馆拍了一组证件照。

回家的路上，她还顺便去超市买了些巧克力，打算明天带去分给民政局的工作人员。

“还要准备什么？”不知是出于紧张还是兴奋，顾影不时地在客厅走来走去。

“户口本。”江恂坐在沙发上道。

“户口本准备好了。”顾影停下来，蹲在茶几前再次检查了一遍上面的东西，“照片、身份证都有。”

“那就只差一样了。”江恂说。

顾影立马抬头看向他：“什么？”

江恂漆黑的眸子里是前所未有的认真：“你准备好跟我共度余生了吗？”

似乎没想到会听到这样的答案，顾影愣了一秒，紧接着笑意在她的嘴角绽放：“这个我早就准备好了。”

江恂倾身在她头上轻轻揉了一下，说：“那就准备齐了，你早点儿去睡觉。”

“好。”顾影心里的焦虑被江恂轻而易举地抹平，一夜好眠。

隔天一早，两个人吃完早餐直达民政局。

过几天就是七夕，应该有很多情侣等着在那天领证，所以今天来领证的人不是很多，几乎没等几分钟就轮到了他们。

工作人员递给两个人各一张表格，顾影感觉这是件特别神圣的事情，所以填写表格时格外仔细，但是今天不知道怎么回事，她越是仔细越容易出错。

第二次写错字后，顾影都不敢抬头问工作人员要表格了。

“麻烦再给我一张表格。”旁边突然响起江恂淡淡的嗓音。

顾影抬眼看过去，就见他跟工作人员解释：“我的女朋友可能有些紧张。”

工作人员一脸了然的表情，重新拿了张表格给顾影：“慢慢写，不着急。”

顾影：“……”

领完证后走出民政局，顾影忍不住问：“你就一点儿也不紧张？”

“我不紧张。”江恂看着手里的结婚证，“倒是有点儿激动。”

顾影小声说：“也没看出你哪里激动。”

江恂指了指自己的胸口：“你要不要再来听听心跳？”

“不用。”顾影想起刚在一起那天晚上的事情，不由得红了脸，“我其实也挺激动的。”

两个激动的人平静地坐上车，江恂还没启动车子，叶曼文的电话便打了过来。

“儿子，领完证没？”

“刚领完。”江恂问，“怎么了？”

“中午带我的儿媳妇回来吃午饭？”叶曼文的声音听起来比他们俩都激动，“我今天买了很多菜，回来庆祝庆祝？”

江恂扭头看向顾影，同时传达叶曼文的意思：“我妈叫我们回去吃饭，要去吗？”

顾影点点头，表示没问题。本来两个人领完证也没什么别的安排，不如回去跟家人分享一下这份喜悦。

只是顾影没想到会在那里再次碰到贺歆。

当时他们刚走到家门口，还没等江恂开门，门从里面被打开，下一秒，贺歆走了出来。面对面撞上，三人皆是一怔。只不过江恂很快反应过来，极其自然地拉起顾影的手侧身让贺歆过去。

贺歆盯着他们握在一起的手，嘴一撇，越过二人往外走，走了两步又回过头来，说：“顾影，我有话跟你说。”

顾影的眼皮跳了一下：“行。”她轻轻抽回自己的手，示意江恂先进去。

“别待太久。”江恂倒是没阻止她，也没多看贺歆一眼，说完转身进了屋。

“你想跟我说什么？”顾影觉得有些好笑，这姑娘每次见面都有话跟自己说，但是两个人并不熟。

"我刚刚听叶阿姨说你们结婚了？"贺歆的语气很生硬，她看起来不怎么开心。

顾影点点头："领证了。"

贺歆抿了抿唇："我以前觉得就算不是我，江恂的妻子也会是那种各方面都很优秀的女子，他值得最好的。"

顾影颇为赞同地点点头："我现在也这么觉得。"

贺歆每次都被她的态度气到："你别打岔，我本来想跟你道个歉的，现在突然不想了。"

顾影失笑："你不用跟我道歉，我还得谢谢你。"

贺歆眉心一紧："你要谢我？"

"对呀，"顾影说，"要不是你，我跟江恂可能没这么快在一起。"

贺歆深吸一口气："你就别在这儿嘚瑟了，我走了，再也不见！"

她刚转身，脚步还没迈开，身后便传来顾影温柔又坚定的声音："我刚刚说的是真的，我也觉得江恂值得最好的，而我，对他来说或许就是最好的。"

叶曼文准备了丰盛的午餐，还特意把江恂的爸爸也叫回了家，说是为了庆祝儿子领证。

饭后江恂的爸爸回了公司，顾影和江恂坐在沙发上看电视。

叶曼文端来一盘切好的西瓜："这是刚刚邻居家送来的西瓜，尝尝看甜不甜。"

顾影吃了一块，做出一个客观的评价："很甜。"

"甜就多吃点儿。"叶曼文丢下这句话便上了楼。前后不到两分钟，她又回到了客厅。

这次叶曼文的手上多了个盒子。她坐到顾影身边，拉过顾影的手，把手里的盒子放在顾影的手心，说："这是我给你的新婚礼物。"

顾影受宠若惊："谢谢。"

"都是一家人了，别客气！"叶曼文瞄了一眼她边上的江恂，小声道，"你以后也不用每个月打钱过来了，没必要。"

顾影曾经听过无数遍这句话，但每次她的内心都很坚定：钱是要还的，肯定要还的。

但这一刻，她释怀了："好。"

叶曼文也松了一口气，对她来说，这样才代表那件事完全过去了。

从江恫家出来，顾影决定去一趟儿童福利院，想跟院长妈妈分享自己的喜悦。

顾慈现在见到顾影连"小姑娘"都不叫了，只是缓缓地转头看了她一眼，那一眼停留了好几秒，就在顾影想做自我介绍的时候，顾慈又淡漠地收回视线，俨然一副对待陌生人的态度。

顾影如今跟顾慈讲话很少能得到回应，顾慈偶尔说几个字也都含混不清的。

顾影的心口阵阵发酸。她满怀期待地拿出之前那封信，展开信纸，失望地发现信的末尾还是自己上次写的字，下面并未增加内容。看来院长妈妈近段时间都没清醒过。

她吸了吸鼻子，又在下面加了一段话，然后从包里拿出一张结婚证件照放在上面，照片上她和江恫身穿同款白衬衫，他们的脸上都是掩饰不住的笑。

顾影把包裹着照片的信纸折好放回原处，在心里祈祷下次来能在上面看见院长妈妈的祝福。

陪顾慈坐到暮色将至，两个人才离开儿童福利院。由于顾影要上晚班，他们在外面吃完晚饭，江恫便把她送到了医院。

到了住院部门口，顾影打算下车，却迟迟不见江恫打开中控锁。她问："你怎么不开门？"

"不想开。"江恫抬起眼皮，悠悠地说，"我是不是新婚夜就要独守空房？"

顾影差点儿被自己的口水呛到："我这不是要上班没办法吗？"

"行。"江恫叹了口气，"你上去吧，我明天早上来接你。"

顾影被他无奈的样子逗乐，在他的唇上亲了一下才下车。

翌日早上八点，江恓准时来到住院部楼下接人。

到家后，顾影洗完澡就去房间补觉。江恓上午在书房工作，差不多到下午一点才去厨房做饭。顾影一般要睡到下午两点左右才会醒来。

她今天起来的时候，江恓正好把菜端上桌："洗手吃饭。"

"好。"刚睡醒的顾影整个人恹恹的，没什么力气。吃完饭她径直走到沙发前盘腿坐了上去。

没一会儿，江恓从餐厅端来一杯温水给她："喝点儿水。"

顾影接过喝了两口："谢谢。"

江恓帮她把水杯放在茶几上，往她身边一坐。

刚坐下，顾影就倒在他怀里："江恓，你怎么这么好？"

江恓单手搂着她，嗓音慵懒："我还挺中用的吧？"

顾影嗯了声，她就差"饭来张口，衣来伸手"了。

"那你能不能也中用点儿？"江恓拉着她的手把玩，漫不经心地说。

"那我下次也给你做饭，给你端茶送水。"顾影说。

"我不是指这个。"

"那指什么？"

"我说晚上，"江恓捏了捏她的手，轻笑，"你能不能别那么娇气？"

顾影："……"

对于什么时候办婚礼这件事，顾影和江恓都没什么明确的计划，倒是叶曼文闲得无事经常在家里看日子。

她倒不是着急让两个人办婚礼，只是他的儿子在这些事情上完全尊重顾影的意思，顾影这孩子又有些害羞，主动提及的概率很小，所以还得她来推动一下。

恰逢周末，叶曼文睡完午觉给顾影打了个电话："小影，在忙吗？"

顾影接到电话的时候刚好练完车："不忙，刚在驾校练完车准备回家呢。"

“是这样的，我想问一下你们想好了什么时候办婚礼吗？”叶曼文问。

顾影愣了一下：“没有。”事实上两个人压根儿没商量过这件事。

叶曼文说看了个好日子，问顾影的想法。顾影表示自己都可以，只要江恂没意见就行。

叶曼文笑了：“你的意见就是他的意见。”

顾影的脸上烧起来：“那我晚点儿问问他那几天有没有空。”

“行。”叶曼文说，“你们决定好了就告诉我。”

结束通话的同时，顾影看到了停在路边的那辆熟悉的黑色越野车。

她笑着走过去拉开车门坐上车：“你等很久了？”

“没，刚到。”江恂收起手机看向她，“热不热？”

“有一点儿。”现在是九月中旬，秋老虎比盛夏还要难熬，人在外面一站就能出汗，何况顾影还要外出练车。她把头上的棒球帽取下来，扯了张纸擦额头上的汗，说：“刚刚妈妈给我打电话了。”

江恂伸手帮她理了理头发，问：“她说什么了？”

“她说帮我们看好了婚礼的日子。”顾影对上他的视线，“问你有没有空。”

江恂顺手揉了下她的头：“你确定她是问我？”

“我都可以呀，”顾影皱眉，轻声道，“所以就看你有没有时间了。”

“她说什么时候？”江恂问。

“她说十二月八号或者来年的二月十八号。”顾影说。

“你不是说喜欢五月？”江恂之前问过她最喜欢的季节，她说的是这个月份。

顾影一愣，不过很快反应过来，学着江恂平时的语气反问：“你说我为什么喜欢五月？”

江恂轻笑：“那就让你更喜欢一点儿。”

顾影不解：“什么意思？”

“我晚点儿打电话给我妈，让她看看五月的好日子。”江恂的眉尾轻轻上扬，“而且你不是说过，结婚最好在不冷不热的时候吗？”

顾影眨了眨眼睛："我说过吗？"

江恂瞥了她一眼："你说那样的天气最适合穿漂亮的婚纱。"

这句话顾影有印象，好像是出自她之口。但只不过是某天他们在家看电影时，她看到屏幕上的一个结婚场景，随口提了那么一句。

顾影记得他当时没做任何回应，却没想到他把那句话记在了心里。

江恂当天回去就给叶曼文打了个电话，说要来年五月办婚礼，叶曼文自然没意见，没过几天她又给顾影打来电话，说已经重新看好了结婚的日子，定在五月二十号。

还有大半年的时间，顾影寻思着自己暂时也不需要做什么准备。

直到过完年，她才在叶曼文的提醒下开始着手拍婚纱照。

现在拍婚纱照都流行旅拍，顾影知道江恂工作忙，她自己也没时间，最后选了本市的一家影楼，约在三月中旬拍摄。

顾影原本以为拍婚纱照会是一件很享受的事情，没想到会这么累，早上六点就到店化妆，一直拍到晚上九点还没结束。

她好几次看到江恂不耐烦地扯领带，以为他会喊停，结果到最后喊停的人是她自己。

"算了，我不拍了。"刚回到影楼，顾影在化妆师打算帮她改妆时摇了摇头，"帮我卸妆吧，谢谢。"

化妆师有些犹豫："可是你们还有一套内景没拍。"

"我知道，不拍了。"顾影现在只想回家睡觉。

化妆师又看向站在顾影身后的江恂，他直接把领带扯了下来："给她卸妆吧。"

卸完妆顾影感觉自己快睡着了，已经换好衣服的江恂走过来捏了捏她的脸："先去换衣服。"

顾影顺势抱住他的腰："好累。"

江恂盯着她，问："要不，我帮你换？"

顾影抱了几秒，还是认命地站起身去换衣服。

拍完婚纱照，接下来就是准备请柬，顾影在淘宝上找了家店定制了一百张请柬，收到货的当天晚上她坐在茶几前，一张张地认真书写。江恂则抱着电脑坐在一旁工作。

顾影按照叶曼文发给她的名单写完，在写自己要邀请的人时犯了难。她在想要不要邀请邱安南。

正当她拧着眉犹豫不决的时候，旁边传来江恂低低的嗓音："想什么呢？"

顾影脱口而出："我在想要不要邀请邱安南。"

江恂微抬眼皮，不咸不淡地说："就是你请吃冰激凌的那个学长？"

顾影的眼神微闪："嗯。"

江恂懒懒地问："为什么要想？"

顾影觉得她给自己刨了个坑："他在国外，我怕他没空。"

"是怕他没空还是怕他尴尬？"江恂定定地盯着她的眼睛。

顾影收回视线，讷讷地道："我为什么会怕他尴尬？"

"为什么你不知道？"江恂靠在沙发上，漫不经心地道，"我还以为他跟你表白了。"

他真的什么都知道，顾影也不是想瞒着他，只是觉得这件事不重要，没必要说。

她立即表明自己的态度："我反正只当他是学长。"

"那就不用想这么多。"江恂说，"你邀请你的，该想的是他。"

顾影："知道了。"

婚庆策划的事都是叶曼文在张罗，她经常会给顾影发一些照片或参考方案让顾影选择，还不时打电话过来问顾影的想法。

这天午休，顾影刚结束跟叶曼文的通话，抬头便对上了邓佳佳和孔莹戏谑的目光。

"这么看我做什么？"

孔莹笑着说："你好看。"

邓佳佳冲顾影眨眨眼："准新娘，咱们要不要举办一个单身派对呀？"

"单身派对？"顾影理解的单身派对跟联谊没两样。

"就是结婚前跟几个闺密聚聚。"邓佳佳解释。

顾影恍然一笑:"可以呀,你们什么时候有空?"

"我看看。"邓佳佳打开手机看日期,"就五月十三号吧,那天我们都休息。"

孔莹和顾影都表示没问题。

离约定的日子还有半个月,这期间顾影还约了李思怡。得知顾影要结婚,李思怡在电话里都哭了,说找个时间聚聚,正好一起。

天气一天天地变暖,很快到了五月十三号,周五。

顾影一早就跟江恫说好今天约了人出去玩,要晚点回来。

"结束了给我打电话。"早上,江恫穿好衣服站在床边俯身亲了一下还睡得迷迷糊糊的顾影,"到时候我去接你。"

顾影含糊地应了声。他走后,顾影又睡了两个小时。

今天李思怡要上班,因此她们约了下午六点在市中心见面。

顾影把几个人拉到一个微信群,方便联系。

下午四点,邓佳佳往群里发了一条消息:今天都给我穿得性感一点儿,把你们最性感的衣服穿出来!

孔莹:哈哈哈,是时候拿出我的吊带裙了。

邓佳佳:@孔莹,穿起来,晚上让你的男朋友来接!

李思怡:那我只能穿工作服去了。

顾影平时穿得比较休闲,性感的衣服还真不多。

她现在的衣柜里能称得上性感的估计只有一件黑色针织背心,这是上次跟李思怡逛街时买的,她买来后放在衣柜里从来没穿过。

黑色的细肩带背心搭配一条高腰牛仔裤,露出大片锁骨和若隐若现的一截细腰。顾影看着镜子里的自己有些犹豫,有点儿不大敢穿出去,主要是她没这么穿过。

犹豫了很久,她临出门之前在外面套了一件宽松的白色衬衫。

四人碰面,都盯着对方的穿着忍不住笑。

孔莹还真穿了一条吊带小白裙,裙子穿在她身上,清纯中带着一丝性感。

顾影别有深意地笑了笑："你的男朋友估计都不敢直视你了。"

"你别打趣我了。"孔莹从没说过自己的男朋友是杨杰，但她总觉得顾影像是知道了。

"你能不能把外面的这件衣服脱掉？"李思怡嫌弃地扯了扯顾影的衬衫，"不伦不类的。"

"我觉得还好。"顾影还是有些难为情。

"行吧。"李思怡耸耸肩，"你开心就好。"

四个人选择在附近的一家韩式料理店吃晚餐，饭后，按照邓佳佳一开始的安排，她们决定去酒吧玩。

"去零时空吧。"走出饭店门，顾影和孔莹异口同声地道。

二人说完都看向对方，顾影问："你也知道那是你哥的朋友开的酒吧？"

孔莹点点头，她也是刚刚才知道的。她的手机上有一条杨杰不久前发来的消息：你们如果要去酒吧就去零时空，那里的老板是你哥的朋友，有事可以找他。

"那走吧，就去零时空。"邓佳佳率先往路边走，"这样能玩得放心一点儿。"

四个人打了辆出租车来到零时空，顾影要了个不起眼的卡座。

"你们要喝酒吗？"她问。

"当然。"邓佳佳说，"不然我们来酒吧干吗？"

"喝吧，这可是你的单身派对。"李思怡揶揄，"说不定你以后都没机会出来喝酒了。"

顾影让她们自己点酒水："怎么可能没机会？你可别因为我结婚了就不找我玩了。"

李思怡随便点了一杯酒："就怕江恂不放你出来。"

顾影弯了弯嘴唇："他不会。"

邓佳佳点完轮到孔莹，她看了眼自己的手机屏幕支支吾吾地道："要不我还是喝果汁吧？"

邓佳佳睨了她一眼："男朋友不让你喝？"

“没有。”孔莹最终还是点了杯酒。

四个人在卡座上坐了一会儿后，邓佳佳拉着大家一起去舞池跳舞。

除了邓佳佳，其余三人都是第一次来这种地方跳舞，她们最开始都尴尬地站在里面，稍稍晃一下头。

李思怡适应得很快，没一会儿就跟着节奏律动起来。她看着旁边的顾影，再次拉了拉顾影的衬衫，问：“你不热吗？你看看你周围的其他人，穿得比你暴露的多了去了。”

顾影不看也知道，酒吧最不缺的就是穿着性感的女孩，反而她这种显得很另类。

不知是受到环境的影响还是李思怡的劝说奏了效，顾影终于脱掉了那件白衬衫。

此时从二楼走廊经过的唐科随意地往舞池里扫了一眼，视线落在顾影身上时，脚步一顿。他站在原地认真地看了好几秒，在确认自己没看错后才拿出手机拍了一张照片发给江恂。

唐科收起手机继续往前走，走到二楼末尾那间包间门口停下，还没等他推门，门从里面被打开，江恂出现在门口。

唐科吊儿郎当地一笑：“看到照片了？”

江恂直接越过他往外走：“你陪一下李总。”

“喂！你等会儿再去行不行？”唐科压低声音道，“我怕我搞不定啊。”

江恂头也不回地走到栏杆前俯瞰一楼的舞池，目光准确无误地落在顾影身上。

女孩的眉眼染上浅笑，身子跟着音乐节拍小幅度地律动，看得出来还有些拘谨。这种拘谨跟她今天的穿着形成鲜明的对比。

江恂斜倚在栏杆上，视线往下落在她盈盈一握的腰上，眸色变黯，他忽地从口袋里掏出一根烟咬在嘴里。

他的视线重新回到顾影的脸上，他却迟迟没点燃烟。也许是他的目光太过炙热，顾影似有所感地仰头看了过来。两个人的视线在空中交汇，江恂看见她清澈明亮的杏眼渐渐睁大，身子也僵在原地。

他愉悦地勾起唇角，冲对方轻轻抬眉。喧闹的酒吧内，顾影猝不及防地对上了江恂的目光。周围的一切在这一刻与她隔绝开来，她只听得到自己的心跳声，眼里只看得到江恂嘴角的那抹笑，愉悦又不怀好意的笑。

顾影的脑子空白了一瞬，接踵而来的是莫名其妙的心虚。

注意到她突然停下来，孔莹顺着她的目光看过去，见到江恂的刹那，孔莹的眼里浮现出诧异："我哥也在这儿？你之前知道吗？"

"不知道。"她哪里知道？她要是知道绝对规规矩矩地穿好衬衫坐在卡座上。

孔莹收回视线："那你要上去吗？"

顾影低下头："要吧。"她打算回卡座穿上那件衬衫再上去。然而再次仰头看过去的时候，她发现江恂已经在往楼梯口走，明显是要下楼。

顾影心里一紧，也顾不上去穿衬衫了，转身就往楼梯的方向走。她像一个做错事情被家长抓到了的小孩，想赶在家长骂人之前先服个软。

江恂下楼，顾影上楼，前者脚步从容，后者脚步匆匆，二人恰好在楼梯中间相遇。

顾影隔着两级台阶跟江恂对视，用手不自在地揪着衣服："你怎么在这儿？"

"应酬。"江恂言简意赅地说，笑着朝她伸手，"过来。"

顾影已经很久没体会过他带来的压迫感了，让她想要靠近又害怕靠近。

"我……要不还是不打扰你了吧？"

江恂慢条斯理地走下一级台阶，极其自然地牵着她的手往楼上走："不会打扰。"

顾影看着两个人交握在一起的手，认命地跟上他的脚步。

江恂领着她来到二人表明心意那晚所在的封闭式阳台，放开她的手，随口问："你什么时候来的？"

"没多久。"顾影现在特别想念那件衬衫，把自己的黑色长发往前撩了些，以寻求一丝安全感，"来了半小时不到。"

江恂没特意看她，语气也跟平时没差别："你晚上吃的什么？"

"韩国料理。"顾影深吸一口气，想让他给个痛快，"你把我拉上来就是问这些？"

江恂直视她带着些许无措的眼睛，忽然轻笑出声："那你以为我要干什么？"

顾影眸光微闪："我怎么知道？"

又是一声轻笑自对面传来，下一秒，顾影感觉自己的肩带被人拨了一下。

"衣服不错。"

她的脸一下涨得通红，她不知道对方这几个字是出自真情实感还是别有深意。

稍做思虑，顾影淡定地憋出两个字："谢谢。"

江恂嘴角的弧度悄悄上扬，他不再刻意回避，放任自己的目光在顾影的身上游移，目光从她轻轻扑扇的睫毛一路往下，看着她涂了口红显得异常娇艳的唇，小巧的下巴和完全暴露在空气中的锁骨。此刻有几缕黑色的发丝凌乱地散落在锁骨上面，黑与白的对比给人以强烈的视觉冲击。

周围安静下来。

听江恂没再开口，顾影稍稍抬眼看过去，陡然撞上他灼灼的目光，那目光直白又不加掩饰，仿佛带着小火苗，烫得她的身子有些发热。

顾影小声地唤他："江恂。"

"嗯？"

"你能不能……"顾影舔了舔唇，继续说，"别这么盯着我看？"

江恂将目光移到她水光潋滟的唇上，目光越发肆无忌惮起来："为什么？"

顾影的内心在抓狂，她总不能直接说"我害羞"吧！

她受不了了，干脆往江恂的身上凑，想要抱住他："你老看我干吗？"

怎知江恂伸手握住她的肩膀阻止了她靠近，他语气戏谑地说："穿这么漂亮还不让人看了？”

顾影的脸上火烧似的烫，她羞得一个劲儿地往他的怀里钻：“抱一下。”

顾影这副娇憨羞涩的模样勾得江恂心痒难耐，他收起手上的力道纵容她的靠近，她终于得以抱住他，贴近他像是给了自己安全感，加上看不见那道灼人的视线，她的身体和精神都放松了不少。

与此同时，头顶传来一个低哑的嗓音：“你穿成这样使劲往我怀里钻，有没有想过后果？”

“嗯？”顾影正要仰头，动作还没开始就被人抵在身后的玻璃上，紧接着下巴被人抬起，一个炙热的吻落了下来。

那是一个很温柔的吻，江恂捧着她的脸，头稍稍偏向一侧含着她的唇瓣吸吮。不多时，吻渐渐往下，落在她的下颌、脖子上，最后来到锁骨间。

顾影的脖子被迫后仰，背上冰冰凉凉的触感跟江恂带来的烫人温度好似冰火两重天。

余光瞄见身后的万家灯火唤醒了顾影的理智，她推了推身前的人：“江恂。”

“嗯？”

顾影原本想让他停下，话到嘴边却变成：“你轻点儿。”

江恂动作一顿，随即闷笑出声：“我做什么了你就让我轻点儿？”

男人浅浅的气息喷在脖子上，酥麻感扰得顾影尾音发颤：“我的意思是你别弄出印子。”

江恂从她的肩膀上抬起头：“那你还来招我？”

顾影不敢直视他幽深的眸子：“我哪里有招你？”

江恂干燥温热的手掌顺着她露在外面的皮肤一路抚摩过去：“那你穿成这样是来招谁？”

顾影僵着身子不敢动，眼里因为他的手带来的悸动渐渐起了水雾。这模样看在江恂眼里仿若催情剂。

他眸色变黯：“怎么不说话了？”

“我就是过来玩，哪有招人？”顾影看向他的眼神带着委屈，“江恂。”

江恂嗓音沙哑：“嗯？”

“这里是外面。”顾影想提醒他收敛点儿。

“知道。”江恂把她结结实实地抱住，安抚似的亲了亲她的额头，“不动你了。”

等他离开，顾影暗自舒了一口气。

江恂自然没错过她的小动作，凑近她耳畔低声笑道：“回家再继续。”

在顾影的眼睛瞪过来的时候，江恂笑着揉了揉她的头：“下去玩吧。”

顾影回到卡座前先去了一趟洗手间，在确认自己的脖子上没什么印记后才放心地回到位置上。

“哟！我还以为你今晚回不来了。”李思怡撑着下巴打趣道，“孔莹不是说你被江恂带走了？”

顾影拿过自己的衬衫穿上，轻描淡写地说：“他恰好在这儿有应酬。”

李思怡端详她的脸：“他就这么放过你了？”

顾影睨她：“不然呢？”

李思怡提醒：“你的口红没了。”

顾影红着脸将视线转移到趴在桌上的邓佳佳身上：“她怎么了？”

说到这个李思怡就觉得好笑：“看她一开始那豪迈的气势以为她有多能喝，结果两杯倒。”

顾影同样觉得不可思议：“醉了？”

对面的孔莹把视线从手机上移开看了过来：“对，她的男朋友马上就到。”

过了半晌，邓佳佳的男朋友来到酒吧把她带回了家。

“你们还要喝什么吗？”顾影看着桌上已经喝得差不多的酒水问，“再点几杯果汁？”

孔莹放下手机拍了拍自己发烫的脸颊："不喝了，我可能也要走了。"

李思怡挑眉："你的男朋友也来了？"顾影也微笑着看过来。

孔莹挠挠头，眼神有些飘忽："对……对呀。"

李思怡看了一眼时间，征询顾影的意见："要不今天就散了？"

顾影自然没什么意见："我都可以。"

三人决定好后结伴走出酒吧门，顾影起身前给江恂发了条消息：我打算回家了。

"你们往哪边走？"孔莹指了指右边的某个方向，"我要去那边。"

顾影心领神会地一笑："快去吧，别让男朋友久等。"

"那我走咯，下次见。"孔莹丢下这句话便转身离开，轻快的嗓音表明她此刻心情雀跃。路口拐角处，身穿黑色T恤衫的杨杰正站在路灯下等她。

"那是不是小杰？"李思怡揉了揉自己的眼睛，还以为看错了，"真的是小杰！"

她正想走过去打招呼，手臂被人拉住，顾影低低的嗓音响起："你别过去。"

李思怡看了看顾影，又看了看那边径直朝杨杰走过去的孔莹，震惊到忘了控制音量："难不成小杰就是孔莹的男朋友？"

顾影把李思怡的头扭回来："别看，小声点儿，不然两个小朋友要害羞了。"

李思怡看着一脸淡定的顾影，问："这么说你早就知道了？"

顾影嗯了声："很久了。"

李思怡张了张嘴，不知道说什么，隔了好几秒她失笑道："挺好。"

"是挺好。"顾影话锋一转，"你呢，你怎么回去？"

"我也有人来接，"李思怡指了指路边的一辆银灰色小车，"喏，他已经到了。"

顾影顺着她手指的方向看过去，眉毛一扬："律师？"

李思怡含糊地嗯了一声。

“恭喜呀。”顾影发自内心地笑了，“快去，这里不好停车。”

“行。”李思怡走之前往她身后看了一眼，“你老公都找来了。”

顾影闻言蓦然回头看过去，江恂站在酒吧门口，视线正对着她。她清了清嗓子扭头想要跟李思怡道个别，结果发现对方已经坐上了那辆银灰色小车。

顾影迎着那道几乎要将人烫化的视线走过去，问：“你忙完了？”

江恂嗯了声，然后牵起她的手往停车场走：“回家。”

初夏的晚风浪漫又温柔，正如此时街角路灯下的画面。

孔莹用双手紧抓着自己包上的链条，稍稍仰头看向杨杰：“你等很久了？”

杨杰摇摇头，视线落在她染上绯色的脸蛋儿上，伸手比画了几下：“喝酒了？”

孔莹弯了弯眉眼，笑得傻气：“就喝了一点点。”

杨杰暗自叹口气，轻偏了下头，示意孔莹往前走。孔莹没动，而是伸出一只手，撒谎道：“我要你牵我。”

杨杰眼里浮现淡淡的笑意，旋即握住她的手，牵着她往前走。

孔莹心满意足地收紧自己的手与他十指相扣。她知道对方要带她去地铁站，然后送她回年华里。

孔莹低头看了眼自己的白色小裙子，脸上的笑容微微收敛。佳佳还说她穿成这样准能把男朋友迷住，明明刚刚在酒吧也有不少人投来类似惊艳的目光，怎么到他这儿就一点儿反应都没有呢？

“杨杰。”孔莹停下脚步，在杨杰不解地看过来时，她歪头很认真地问，“我今天好看吗？”

她的语气里除了认真还有一丝杨杰轻易就能听出来的埋怨，他笑着点点头。

女孩细软的鬈发自然地垂落在肩头，白色裙子跟她很配。今天的她于他来说就像夜里突然降临的仙女。

“是吗？”孔莹抿了抿唇，正想抱怨他反应冷淡，面前递过来一个手机，屏幕上只有三个字：像仙女。

孔莹心里的那丝郁闷霎时烟消云散，笑容在她的嘴角无声地绽放："真的吗？"

杨杰再次点点头，并且拉她继续往前走。

孔莹维持着嘴角上扬的弧度直直地盯着杨杰的侧脸，月光勾勒出他侧脸的轮廓，孔莹拉了拉他的手，一句没过脑子的话脱口而出："那你就不想亲亲仙女？"

她问完脸红了个透，但仍坚定地看向他，没有移开视线。

杨杰的眼皮跳了一下，他并未对这句话做出任何回应，甚至连脚步都没停一下。

孔莹的嘴角渐渐往下拉。她记得邓佳佳说过，很喜欢一个人时会忍不住想去亲近对方，这种想法有时候从一个人的眼神中就可以看出来。

孔莹不久前在酒吧就看到她哥流露出这种眼神，那会儿她都怀疑她哥想把小影姐吃掉。

可是她跟杨杰谈恋爱这么久了，两个人亲近的次数少之又少，还基本是她主动。

"你是不是不喜欢我呀？"孔莹闷闷的声音随着晚风飘到杨杰的耳边，"别人说喜欢一个人的时候会忍不住想亲她，你都不想亲我。"

杨杰像是没听到一般，只是更用力地拉着她的手。

感觉他的脚步有所加快，孔莹都快跟不上了："你走那么快干吗？我头晕。"她本就不胜酒力，虽说喝得不多，但也足以让她犯晕。

杨杰偏头看了她一眼，不自觉地放慢了步伐。

"咦？"孔莹发现不知不觉中他们已经远离了大马路，"这是去哪儿？从这里可以去地铁站吗？"

没人回答她，又走了一小段距离，她被杨杰带入一条很窄的巷子里。待巷口的光彻底消失，杨杰终于停下脚步。

"来这儿干吗？"孔莹突然有些紧张。

杨杰松开她的手改捧着她的脸，粗糙的指腹在她的脸颊上摩挲，须臾，他俯身吻住她的唇，用行动回答了她。

这是杨杰第一次主动吻她的唇，且不是简单的浅尝辄止，而是深入的索取。

孔莹一开始瞪着圆圆的眼睛跟他对视，在看清他眼底翻涌的情潮时，下意识地闭上了眼睛。

静谧的巷子内，一盏路灯都没有，只有头顶倾泻下来的月光。暧昧的吞咽声夹杂着不稳的呼吸声打破了这一方宁静。

意乱情迷下，孔莹无处安放的双手攀上杨杰的脖子。她尝试着回应对方，怎奈一张嘴就咬了他一下。

杨杰闷哼一声放开了她。孔莹睁开迷蒙的双眼，内心惭愧不已："我……我不会，疼不疼？"她感觉自己咬的那一下还挺重的。

杨杰摇头，手仍停留在她的脸上，一下一下轻轻蹭着，带着十足的安抚意味。

孔莹感觉自己全身上下都快要热到爆炸了。她贴在身后的墙上，一动也不敢动。

杨杰望着她的眼眸，怦然心动间，又一次低头在她脸上落下一个个轻柔的吻，每一个吻都包含怜惜和珍重。

到最后，他每吻一下，都要抬头看一眼孔莹，无声地诉说着满腔的爱意。

孔莹懂了："你说喜欢我是吗？"

杨杰点头的同时一个吻落在她眼角。

"知道了。"孔莹抱住他，"我也喜欢你，很喜欢很喜欢。"

两个人安静地抱了一会儿，杨杰催她回家。

"我头晕，你背我好不好？"想到自己穿了裙子，孔莹又补充道，"就背到巷子口。"

杨杰从善如流地蹲下身，等她趴上来后起身往巷口走。他的脚步很慢，跟来时截然相反。

昏暗的巷子内不时响起孔莹轻快的嗓音。

"杨杰，你是不是亲过别人？不然怎么觉着经验很丰富？"

杨杰摇摇头。

“杨杰，我喝醉了，你今晚能不能留下来照顾我？”

杨杰没有回答。

“我头晕，还有点儿想吐。”孔莹装起可怜来，“家里就我一个人，醒酒汤都没人煮。”

杨杰还是不为所动。

借着月光，孔莹看见视线里杨杰的耳朵渐渐变成红色，好奇地伸手捏了一下：“杨杰，你的耳朵红了。”

杨杰停下脚步，忽地扭头看向她，清冷的眸子里是孔莹不敢直视的欲望。

“好了好了，我不闹你了。”孔莹把脸埋在他肩头，瓮声瓮气地说，“你把脸转过去。”

到了巷口，杨杰把她放下来，然后拿出手机打下一行字：你没醉。

孔莹突然有点儿后悔晚上没多喝几杯了。

平稳行驶的越野车内，代驾在前面开车。

江恂和顾影坐在后座，江恂靠在椅子上，漫不经心地把玩着顾影的手。自上车起这人一句话也没说，顾影想起他之前的话，心跳不可抑制地加快了速度。

她总觉得即将迎来一场暴风雨。

两个人一路无言地到了家，灯还没打开，她就被人提着腰搂了过去，灼热的呼吸扑面而来，她把头往后仰，说：“我还没洗澡。”

江恂按住她的头往前压：“等会儿再洗。”

一切抗议的话全被江恂堵了回去，他将压制了一个晚上的欲望尽数释放了出来。他的热情渐渐吞噬掉顾影的意识，她只能任凭眼前人予取予求。

待一切归于平静，已经是后半夜了。

江恂起身按开床头灯，暖色的灯光下，顾影泪眼婆娑的样子映入眼帘。

他凑过来亲了亲她的眼睛，嗓音缱绻：“你还好吗？”

顾影的眼睫颤了颤，语气颇为不满："不好。"

江恂失笑："哪里不好？"

"哪里都不好。"顾影连抬手的力气都没有，不然就把他推开了，"你今天一点儿都不乖。"

"乖？"江恂轻哼了一声，"我那是让着你。"

"那你今天怎么不让着我了？"顾影问。

"我让了你这么多回，"江恂撩起她的一缕头发绕在指尖，嗓音慵懒，"你偶尔也让我一回行不行？"

"那你也太粗暴了。"顾影小声地抱怨。

见她出了一身汗，怕她着凉，江恂起身抱她去洗澡："你不也受着了？"

顾影把头埋在他胸口，想了想，轻声问："你是不是生气了？"

江恂垂下眼睛扫了她一眼："生什么气？"

"我穿成那样去酒吧。"顾影说。

"没有。"江恂没什么情绪，"还挺好看，你可以继续穿。"

"还穿什么？"顾影回想起一些画面，耳根发热，"衣服都被你撕坏了。"

江恂轻笑："再给你买行不行？"

婚礼的前两天，顾影跟江恂来了一趟儿童福利院，他们给孩子们带了些夏天的衣物和生活用品。

两个人把东西交给工作人员后，顾影被李院长叫去了办公室，说孩子们给她准备了结婚礼物。

"这是孩子们的一点儿心意。"李院长把用大号塑料袋装好的两个婚庆娃娃递给她，"工作人员有帮忙一起做，不然拿不出手。"

"很好看，我很喜欢。"顾影接过来仔仔细细地打量一番，发现娃娃底部还有一些小卡片，"这是什么？"

"这是孩子们给你写的祝福。"李院长无奈一笑，"我差点儿忘了。"

"没关系，这不装里面了嘛。"顾影在李院长对面坐下，"后天上午我会安排车来接你们，能去的孩子都可以带上，江恫他们家都欢迎的。"

"孩子们就不去了，没几个能自理。"李院长已经做好决定，"后天就我和顾慈两个人去，到时候给他们带喜糖回来。"

顾影经过一番深思熟虑后没再劝说，毕竟她那天肯定顾不上这么多，带孩子们出门的确很麻烦，她尊重李院长的想法。

从李院长那儿出来后，顾影来到了后院顾慈的房间。

江恫坐在里面百无聊赖地看电视，旁边坐着一脸木然的顾慈。

见到顾影进来，顾慈动作极为缓慢地转头看过来，视线落在她脸上两秒又面无表情地转开了。整个过程中她的眼神毫无变化，好似没看见人一般。

江恫示意顾影过来坐，待她走近，他压低嗓音道："我跟她聊了几句，她没什么反应。"

顾影并不意外，李院长说顾慈现在很少开口说话，有时候一个问题问很多遍才能换来顾慈的一个点头。

顾慈的这种状态从过完年开始一直持续到现在。顾影尝试着跟她沟通，逗她笑，可结果不尽如人意——顾慈要么没反应，要么就是递过来一个茫然又困惑的眼神。

顾影放弃沟通，去厨房给她切了点儿水果，又帮她把房间收拾了一番。

枕头下面的那些信都已经被拆开，顾影没抱什么希望地把自己的那封信拿出来看了一眼。

信纸拆到一半，顾影呼吸一窒，忍着手抖把信纸全部展开。

她没有看错，信纸最下方真的多了几行字：

知道你跟自己喜欢的人在一起了，院长妈妈很开心。你们那么喜欢对方，在一起肯定很甜蜜吧？不知道院长妈妈还能不能喝上你们俩的喜酒，希望可以等到那一天，院长妈妈很想看你穿婚纱的样子。每个女孩都有嫁妆，我们小影当然也不能例外，院长妈妈早就准备好了，嫁妆就在我的衣柜中间的那个抽屉里，愿我们小影永远幸福。

"怎么了？"见顾影蹲在床边很久没动，江恫走过来才发现她的眼角泛着泪光，他半蹲下身子伸手拭去她眼角的泪，“院长妈妈给你回信了？”

顾影仰头看向他，说：“院长妈妈给我准备了嫁妆。”

江恂轻笑：“那我岂不是又赚了？”

顾影的嘴角弯起一个浅浅的弧度，心里的酸涩瞬间被江恂暖心的话冲散了。

她把信纸装回去，又打开江恂的那封信想看看有没有回复，结果没有。

顾影收拾好床铺，走到衣柜前取出自己的嫁妆。院长妈妈给她准备了一套金饰和一个玉镯子。

此时的顾影还不知道，她的嫁妆不只有这些。

从儿童福利院回家的路上，她接到了何语梦打来的电话。

“你没在家？”

何语梦的问题问得顾影一怔，她下意识地说：“没，我在路上，你来我们家了？”

“我明天才到呢，再说了，我去你家干吗？”何语梦笑，“江恂给我们订了五星级酒店的豪华套房。”

顾影扫了一眼正在开车的江恂，小声问：“那你是什么意思？”

“我和郑俏还有班上的其他几个同学一起给你寄了点儿东西。”何语梦说，“刚刚快递员说给你打电话没人接。”

“是吗？我好像没听到手机响啊。”顾影边嘀咕边看了眼手机，屏幕上还真有个未接来电，“看到了，是我没接到。”

“那行，你保持电话畅通，快递员等下会再打给你。”何语梦交代。

“你能先告诉我是什么东西吗？”顾影很好奇。

电话那头的何语梦笑吟吟地道：“是我们高二7班的娘家人给你准备的嫁妆。”

“啊？”顾影感觉喉间阵阵发紧，感动得不知所措，“谢谢。”

“谢什么，记得让江恂给我们准备娘家人的席。”何语梦开玩笑地道，“我们可是上亲。”

顾影笑着应下："好。"

她收到快递才知道，何语梦口中的嫁妆是正儿八经的嫁妆，一共三大箱东西，里面有棉被、行李箱、热水壶，甚至连牙刷、脸盆都有。其中还有一个施华洛世奇的水晶天鹅摆件，盒子里夹着一封同学们的手写信。

顾影把这封信和儿童福利院小朋友写的卡片全拿出来，坐在茶几前认真看。她眼眶发热，嘴角含笑，感觉自己收到了这世间所有美好的祝福。不管是院长妈妈还是同学们，他们都在用自己的方式填补顾影人生的空缺，弥补她心中的遗憾。他们的心意让顾影在这一刻体会到了人生的圆满。

江恂坐过来捏了捏她的脸，说："你的娘家人还挺多。"

顾影眉眼染上笑："对呀，你以后可不能欺负我。"

江恂的手顺着她的侧脸往下，他用指腹在她唇上轻点了一下，说："你说的是哪种欺负？"

顾影声音温暾："哪种都不行。"

江恂倾身在她的唇上咬了一口："那我可保证不了。"他抵着顾影的唇闷笑，"你太好欺负了。"

婚礼的前一天晚上，顾影住酒店，作为伴娘的李思怡陪她一起。

晚饭后，孔莹帮叶曼文送点儿东西过来，便顺势留在这儿跟她们聊会儿天。

聊着聊着，顾影察觉到了孔莹的心不在焉："怎么了？"

"没怎么。"孔莹一副闷闷不乐的样子，为了不扫兴，扯出一个勉强的笑容，"可能昨晚没睡好。"

"该不会是跟男朋友吵架了吧？"顾影这么猜测是有根据的。她下午就看出小杰的状态不大对劲，感觉他莫名地有些烦躁，这可一点儿都不像他的性子。

被戳中心事的孔莹笑容凝固在脸上，语气也变得生硬："没有。"

李思怡和顾影对视一眼，都心照不宣地忍住笑。

"要不要喝点儿饮料？"顾影不动声色地转移话题。

"不用。"孔莹张了张嘴，最后叹了口气，"我还是回去算了。"

"别呀，你先坐会儿。"李思怡拿出手机发了个视频邀请，"我叫个人送你回去，这么晚你一个小姑娘多不安全。"

孔莹还没来得及拒绝就听到李思怡冲手机屏幕喊了声："小杰。"

"你没在房间？"杨杰今晚就住隔壁，所以看见在外面的他李思怡有些诧异，"你什么时候出去了？"

杨杰朝她比画了几下，说自己有事。

"那你什么时候能回来？"李思怡刻意把屏幕往孔莹那边侧了侧，"想请你帮忙送个人回去。"

屏幕里的杨杰目光一顿，随即表示自己半个小时后到。

"行，那你快点儿。"李思怡说完便结束了通话。

坐在另一边的孔莹心里既紧张又别扭："我不用他送，我现在就走。"

"别呀，你再陪陪我吧。"顾影眨了眨眼睛，"我好紧张。"

孔莹看了看她又看了看李思怡，总觉得自己被她们看穿了内心："你们干吗呀！"

李思怡一脸无辜："我们干吗了？"

顾影清了清嗓子："我是认真的，你来给我送东西，我得保证你的安全，一个人回去我不放心。"

孔莹抿了抿唇，小声嘟囔："那行吧。"

半个小时后，杨杰赶回了酒店，手上还拎着个姜黄色的纸袋。看到孔莹的那一刻，他暗自松了一口气。

孔莹却对他视而不见："时间不早了，小影姐你们早点儿休息，我先走了。"孔莹说完耷拉着脑袋越过杨杰往门口走。

"好，明天见。"顾影原本想给小杰一个眼神，示意他跟上去，然而她想多了，人家根本不需要她提醒，杨杰的眼神就没从孔莹身上移开过，他很自然地跟在她身后走了出去。

孔莹知道杨杰就在身后，但她不想理会他。从等电梯到乘坐电梯下楼，两个人处在一个空间内，她都故意不去看对方。

直到走出酒店大门，孔莹的手腕倏地被人抓住。她停下脚步，试图抽回自己的手，但是未果。她仰头看过去，秀眉轻蹙："你放开我。"

杨杰眼神坚定且温柔地摇了摇头。

孔莹使出绝招，委屈巴巴地吐出一个字："疼。"

杨杰眼里晕开淡淡的笑意，他有控制力道知道自己不会弄疼她。

"你还笑！"孔莹气不打一处来，"我在生你的气呢。"

杨杰点点头，手顺着往下改成与她十指相扣，另一只手拿出手机打字：对不起。

孔莹把头别开："对不起有什么用？我那天等了你好几个小时。"

周五晚上，两个人约好去看电影，她票都买好了，后来杨杰又说晚上要加班。

于是孔莹就把七点半那场的票送给了邓佳佳，重新买了两张晚上九点的票。

眼看时间快到九点，她给杨杰发消息问他快到了没，对方没回，打电话过去也没人接。

孔莹在电影院门口等到电影开场，耐心终于告罄，她气得直接回了家。后来杨杰发了很多条短信过来解释，正在气头上的她这两天都没理对方。

杨杰牵着她来到酒店前的喷泉边坐下，再次把手机屏幕递过去。亮起的屏幕上是孔莹想看的那部电影的购票信息，场次是今晚十点半。

孔莹瞥了一眼，语气还是不怎么好："我不想去。"

杨杰无声地一笑，转而拿起之前一直被他拎在手上的姜黄色纸袋递了过去。

"干吗？"

杨杰把手抬了一下，示意她打开看。

孔莹好奇地打开纸袋，看到里面的东西后眼睛一亮："糖炒栗子？"

里面还有一个同款颜色的小纸袋，装了满满一袋栗子，上面的商标孔莹很熟悉，就是十三中对面她最喜欢吃的那家。

杨杰伸手拿出一颗栗子剥了壳递到孔莹嘴边，她很自然地张嘴接住，问："栗子还是热的，你刚去买的？"

杨杰点点头，继续给她剥栗子。

连续吃了几颗栗子后，孔莹意识到不对劲，自己不是在生气吗？她咽下口里的栗子，脸上闪过一丝不自在："我还没原谅你，我是因为，是因为……"

孔莹一时找不到合适的理由，杨杰见状拿出手机在她面前打字，给她递台阶：是因为你喜欢……

看到这几个字，孔莹的心怦怦直跳。她说："你别仗着我喜欢你就欺负我，下次我可不会这么轻易原……"

剩下的话在看到杨杰后面打出的字时被她默默吞了回去。杨杰打的字是：是因为你喜欢吃糖炒栗子。

孔莹看完文字抬头的一瞬间对上了杨杰染上些许笑意的目光，脸颊阵阵发烫，她磕磕巴巴地说："糖……糖炒栗子也不行。"

杨杰抬起她的下巴在她的唇上轻啄了一下，黑眸无声地跟她对视，像是在问：这样可以吗？

二人气息交融，眼神相对。对视几秒后，孔莹不争气地移开视线，讷讷地道："那现在还去不去看电影？"

杨杰拉起她的手往路边走，用行动回复了她。

婚礼当天，凌晨五点半顾影就被叫起来梳妆打扮。

早上八点，她刚化好妆，何语梦和郑俏一伙人便出现在她的房间。

"我们来帮你堵门，不能让江恂轻易就把你接走。"这是何语梦的原话。

原本陪在顾影身边的只有杨杰和李思怡，她们一来，房间内很快热闹起来。

没过多久，江恂便带着接亲队伍到达房门外。何语梦跟李思怡按照之前商量好的计划堵在门口，两个人手上各持一张写满奇怪问题的纸，打算用来为难江恂。而被她们护在身后的顾影此时接到了一个电话，电话那头正是她们要为难的人。

"顾影。"

"嗯？"

"开门。"江恂低低的嗓音穿过嘈杂的环境清晰地落入顾影耳中，"你的宝贝来接你了。"

顾影的身心都为之一颤，她只能说："好。"

她挂断电话后朝门口的人喊："开门吧！"

"啊？"李思怡和何语梦齐齐回头，"什么意思？"

顾影顶着一屋子好奇的目光，硬着头皮说道："我想他了。"

屋内的几个人皆是一愣，反应过来后都用恨铁不成钢的眼神看着她，特别是何语梦，激动地说："我真是服了你！你怎么还是被江恂吃得死死的？你就不能出息点儿？"

顾影心道：我也不想啊，可是他又自称宝贝了。

最后去开门的是杨杰，因为孔莹在门外嚷嚷站得脚痛。

孔莹进门后给屋子里的人发了很多红包，喜庆的氛围一下被重新点燃。

婚礼定在郊外的一所度假山庄举行。

接完顾影，长长的车队从酒店出发前往婚礼现场。

今天是周末，市区路段车队行走缓慢，他们花了差不多一个小时才到度假山庄。

此时婚礼现场已经来了不少宾客。

整个婚礼主题以淡粉色为主，主舞台以及草坪的甜品架和酒水架上到处点缀着不知名的淡粉色鲜花。鲜花的清香在整个婚礼会场弥漫开来，沁人心脾。

人群中有人忍不住好奇地问："这是什么花呀？好漂亮。"

"这是从法国格拉斯空运过来的五月玫瑰，"正在招呼宾客的叶曼文闻言笑着回应，"也是我们家江恂对这场婚礼提出的唯一要求。"

那人讶异地说："原来这就是格拉斯的五月玫瑰。"

"有什么寓意吗？"有人问。

“这种玫瑰一生只开一次花，很珍贵，”有人解释，“代表唯一的意思。”

“哇哦，”周围响起此起彼伏的艳羡声，“太浪漫了！”

顾影昨天下午来彩排都没见到这些鲜花，负责人说鲜花凌晨才会到。

之前叶曼文问顾影喜欢什么颜色，顾影说希望素一点儿，白色什么的都可以。

她记得当时叶曼文沉吟了几秒后问她：“以白色为基调，淡粉色点缀可以吗？”

顾影当然没什么意见，这两种颜色在一起，光是想象就很浪漫。

直到此刻，她走进婚礼现场才知道，对方为什么说要用粉色点缀。

她认得这花，上次查口红的时候就看到了网上的介绍，那支口红的名字源于产自法国格拉斯小镇的一种花，叫五月玫瑰，介绍里还附带了五月玫瑰的图片，跟现场的粉色花朵一模一样。

婚礼仪式即将开始，叶曼文走上台帮她整理头纱，江恂站在远处对她笑。

阳光正好，清风徐徐，周围的一切于她来说就像童话故事那般美好。

她不是公主，但她嫁给了王子。

结婚仪式在主持人的开讲中正式开始。

台下第一排正中间有个特殊的位置，顾慈穿着新衣裳安安静静地坐在轮椅上，眼睛无神地望着前方。

“老顾，今天可是你的女儿结婚，”坐在旁边的李院长拍了拍她的手，“开心一点儿，笑一个。”

顾慈的眼皮动了动，她转头看了过来，眼里全是不解。

“你看，台上那位美美的新娘就是顾影，”李院长耐心地重复，“是你最喜欢的女儿顾影啊，看见没有？她笑得多开心！”

顾慈点点头。

李院长很满意她的反应，继续说：“你女儿结婚了，你也笑一个。”

顾慈似是听懂了，缓缓地将视线转向舞台上正在交换戒指的顾影，嘴角一点点地往上扬，扯出一个宠溺又欣慰的微笑。

交换完戒指，顾影在主持人的提醒下，背对着台下准备抛捧花。一群年轻人极其配合地往舞台下方聚拢，一个个撸起袖子做出一副抢捧花的架势。

当顾影抛出捧花的那一刻，很多人大笑着往旁边躲去。捧花呈抛物线越过人群落入站在外围的孔莹怀里，她下意识地抱住了捧花。

看着怀里的花束，她像是还没明白过来是怎么一回事，愣在当场。

周围有人鼓起了掌，孔莹茫然地抬起头，视线触及人群中身着黑色西服的杨杰时，她脸上的茫然顷刻间消失，取而代之的是一脸灿烂的笑容。

番　外

　　夏夜，微风带走了白天的炎热，人的心情也舒爽了许多。

　　孔莹和邓佳佳从明月阁出来，打算去附近的商场逛逛。

　　"欸，小影姐的男朋友就是你的表哥，你居然今天才知道？"邓佳佳碰了一下孔莹的胳膊，语带调侃，"你还跟小影姐住一起呢！"

　　对于这件事孔莹到现在都觉得不可思议："我压根儿就没往我哥那儿想！他们之前还说不熟来着，结果都是骗子！"

　　邓佳佳大笑道："人家小两口闹别扭你还当真了。"

　　孔莹抿了抿唇，正要回话，余光突然瞄到对面一个眼熟的身影。她偏头朝马路对面看过去，杨杰站在公交车站旁的路灯下玩手机。男人单手插兜，站姿随意，偶尔抬头看一眼来车的方向。

　　"我今天不想逛街了。"孔莹收回视线，停下脚步，有些不自在地看向邓佳佳，"我想起点儿事，要不我们下次再去逛？"

　　"我没问题，是你说要去逛街的。"邓佳佳看了一眼时间，"正好我还能去约个会。"

　　"你最好了！"孔莹立马笑着朝她挥挥手，"那你赶紧去约会吧！"

　　邓佳佳看她这架势大概猜到了什么："你是不是要去找你喜欢的那个男孩？"

孔莹脸上一热，慌忙转移视线："你看，来了辆出租车，快拦住！"

邓佳佳乘坐出租车离开后，孔莹迫不及待地看向对面，好在杨杰还站在原地。她匆匆走到斑马线前过马路，马路过到一半，就见杨杰往到站的 48 路公交车走去。

孔莹心里一紧，开始跑起来，终于赶在公交车关门前一秒气喘吁吁地挤上了车。

她上车后径直往坐在最后排的杨杰走去，只是才迈开脚步，身后便传来司机的提醒。

"姑娘，你还没投币。"

"不好意思，我忘了。"孔莹转过身连连道歉，在包里找了一圈没找到零钱，之前办的公交卡也忘带了，于是小声问司机，"我身上没零钱，我去后面找我朋友……"

孔莹的话在看到突然被递到眼前的公交卡时戛然而止，她的视线顺着捏着卡的修长手指往上，见到了杨杰清秀冷峻的面孔，对方稍抬下巴，示意她刷卡。

刷完卡两个人来到最后一排坐下，杨杰坐里侧靠窗的位置，孔莹坐他旁边。

他坐下后一直偏头看向窗外，除了最开始示意她刷卡，后来都没再看过她一眼，也没好奇她为什么出现在这儿，要去哪儿。

孔莹看着他安安静静的样子，蓦然想起今天在派出所从小影姐那儿听来的事。她心里闷闷的，有一种呼吸不过来的难受。

那些人凭什么这么诬陷他？！他在别人诬陷他的时候连话都不能讲，不知道那时候他心里有多委屈。

孔莹忍不住拉了拉他的衣摆，在他回头看过来的时候嘴巴动了动想说什么，又懊恼地放弃了，最后拿出手机给他发微信：还疼吗？

杨杰看了一眼手机，又看了看她，像是没懂她的意思。

孔莹伸出食指隔空指了指他嘴角的瘀青，杨杰反应过来笑着摇了摇头。

许是很少晒太阳，杨杰的皮肤很白，越发衬得嘴角的瘀青很明显，还有隐在碎发下的那道伤痕，依稀有血丝渗出，他怎么会不疼？

孔莹平复了一下情绪，又给他发过去一条消息：你买点儿药擦。

杨杰盯着手机的眸子闪了一下，他没回复这句话而是问了另外一个问题：你去哪儿？

孔莹抬眼，正好撞上杨杰看过来的目光，男人眼眸清澈明亮，里面还倒映着手足无措的自己。

她移开视线，含糊地说："我回家。"她总不能说"我自己也不知道去哪儿，只是冲动地跟你上了车"这种实话吧？

杨杰盯着她的侧脸看了两秒，之后便自然地收回视线，而陷入尴尬和羞赧中的孔莹并没有意识到对方根本听不见她说话。

车子经过了两站，快要到达下一站时，孔莹收到了杨杰的微信：麻烦让一下，我要下车了。

孔莹愣愣地抬头，见他打算起身，也跟着起身往后门走。

杨杰看着跟在他身后一起下车的孔莹似乎一点儿也不意外，他下车后沿着公交车行驶的方向接着往前走。

孔莹站在原地，内心很纠结，她在想要不要继续跟上去。她也没有别的目的，就是想陪陪他，想提醒他擦药，可是他好像不需要自己陪。

他们两个见面的次数不多，她只是偶尔会在微信上随便问几句有的没的。

两个人其余的交流就是玩游戏，孔莹一有空就会让他带自己玩游戏。他一般不会拒绝，就像他会回自己的每一条微信，但也只限于最基本的礼貌。

两个人现在好像连朋友都说不上，可是她知道自己的感情，这不是一时的新鲜感，而是与日俱增的喜欢。这种喜欢表现在，她每天都想见到他，抓心挠肝地想，必须时刻控制自己才能不总是给他发消息。

这是孔莹二十二年来第一次体会到这种除亲情、友情以外的感情。

她以前跟朋友放过话，说如果自己遇到喜欢的男生一定会大胆地去追，毫不掩饰地把自己的喜欢告诉他。可真正遇到时，她才知道有些事情远远没有想象中那么简单。

不是她不够勇敢，是杨杰给她一种感觉，如果她真把喜欢说出口，估计以后两个人难有交集。所以对于杨杰，她现在是束手无策又心慌意乱，完全不知道该怎么办才好。

孔莹叹了口气，抬头的一瞬间发现前面的杨杰不知何时已经停下脚步，正定定地看着这边，像是在等她。孔莹像只被放了气的气球再次注入气体，整个人的眉眼都鲜活起来。

她跟了上去，问："你在等我吗？"

话音落地，她维持着牵强的微笑冲他点点头，以示抱歉。她怎么老忘记这件事呢？

杨杰并不在乎这些。他瞄了一眼她的嘴型和明媚的笑容，就大概猜到她讲了什么。他点了点头，继续往前走。

孔莹也不知道他要去哪儿，但这是他第一次允许并且邀请自己靠近。刚刚等她算是邀请吧？

孔莹难掩心头的雀跃，嘴角怎么也抑制不住地往上翘。

没一会儿她跟着杨杰来到了地铁站。等地铁的空隙孔莹发了条消息给他：去哪儿？

杨杰：送你回家。

孔莹眨了眨眼睛，一脸茫然。此时地铁正好到站，杨杰偏了偏头示意她上车。

直到从年华里地铁站出来，孔莹都没敢去看杨杰的眼睛。原来他知道自己在撒谎，他知道自己的目的是他。

在地铁上，孔莹甚至想给他发消息狡辩说自己是回爸妈家。消息发出去之前，她想了想，觉得这样反而显得欲盖弥彰，干脆保持沉默。

杨杰把孔莹送到小区门口，正要转身离开，她用眼神和动作制止了他。她在对方不解的目光下发了条消息：你在这等会儿，我马上就来。

孔莹发完也没等他回复，随即跑进小区门口的一家药店。

五分钟后，她从里面出来，手里多了一袋药。

杨杰看着她跑到自己面前站定，伸出手把药递过来，示意他接。杨杰把视线从她泛红的脸上收回来，接过药，朝她微微颔首，算是道谢。

孔莹拿出手机发消息：你回去要记得搽药，还有谢谢你送我回来。

杨杰看完消息再次点点头。

他走后，孔莹也回了家，那天晚上她一个人在床上开心了很久。

从那天起，孔莹不知不觉中提高了给杨杰发消息的频率。

杨杰一开始还会跟以前一样，每条都回，且很准时。但是过了一段时间，他回消息的速度越来越慢，甚至有几次直接没回，连孔莹找他玩游戏，他好几次都以没时间为由拒绝了她。

孔莹又一次陷入了慌乱中。

某天孔莹下定决心不再给他发消息。可是这样的决心并没有维持多久，在得知他们公司最近在筹备新游戏需要天天加班后，孔莹帮他也帮自己找到了合理的借口。

天气越来越冷，孔莹还是坚持给他发消息，但不会过于频繁，大概一个星期一次，杨杰有时候会很快回复，有时候隔好几天才回复。

十二月八号这天，孔莹在网上看到了江恂的公司在帝都举办表演赛的画面。

她在网友发出的图片里看到了很久不见的杨杰。男人穿着黑色冲锋衣坐在电竞椅上，认真帅气的模样看得孔莹的心怦怦直跳。他好像瘦了。

孔莹怕他不高兴，一直忍着没去找他，但是现在，好像有点儿忍不住了。

前几天邓佳佳说要给男朋友织围巾，让孔莹陪着去买了几卷毛线，在她的劝说下，孔莹也买了两卷。

最近下班回家后，孔莹就在房间里对着视频学织手套。她学得很努力，手套也已经成型，她却没有勇气和理由送出去。

现在她好像找到一个勉强可以称之为理由的事情了，因为他那天的表演赛获得了胜利。

十二月十八号，周六。

孔莹决定今天把手套送出去。下午她给杨杰发了条微信，问他在哪儿，他说在家里。

孔莹原本想约他出来吃个饭，又怕他不会答应，索性去他所在的小区找他。

之前聊天时，孔莹问过他租住的小区的名字，他现在一个人住公寓，没跟人合租。

来到他所在的小区门口，孔莹猛然察觉，自己这么贸然过来是不是有点儿不合适？她现在要是让他下来，好像那种当众求婚的人，有道德绑架的嫌疑。

于是，孔莹在小区附近找了家奶茶店坐下了。

她点完奶茶，坐在座位上开始给杨杰发消息：你现在有空吗？我正好在你们家附近逛街，顺便给你个礼物。

她把想好的理由也发了过去：我上次看你赢了比赛，觉得好厉害，想表达一下我的崇拜。

杨杰很快回复：没必要，谢谢。

孔莹一下子就蔫了，她鼻子一酸，怎么就这么难呢？明明邓佳佳说过"女追男，隔层纱"，孔莹感觉自己隔着一座珠穆朗玛峰。

孔莹吸了吸鼻子，不死心地回复：可是我都带过来了。

杨杰：你留着自己用吧。

孔莹：这个我用不了。

杨杰：我在做晚饭。

换成以往，孔莹一定会回一句：那你忙吧。

可是她这会儿倔性子上来了，干脆说：我也没吃晚饭。

杨杰完全不为所动：那你快去吃饭。

孔莹：你能不能出来陪我吃？

杨杰这次很久都没回消息。孔莹忍着心中的酸涩喝完了一杯奶茶，他还是没回复。

冬天天黑得早，现在刚过五点，暮色已经降临。

孔莹在奶茶店里坐了很久，久到她都不知道自己何时掉了泪。

手机响起一阵来电铃声，孔莹抹了一把泪，接起她妈妈打来的电话。

"莹莹，晚上回家吃饭吗？"妈妈温柔的嗓音从电话那头传来。

孔莹的嗓子哽了一下，她隔了两秒才出声："不回了，我在外面跟朋友玩。"

"怎么了？"妈妈听出她声音不对劲，柔声问。

"没事，我在外面有点儿冷，先不跟你说啦，我们还在找地方吃饭呢。"孔莹尽量让自己的语气跟往常一样轻快。为了避免露馅儿，她快速地结束了通话。

挂断电话后，孔莹看见屏幕上有一条杨杰一分钟前发来的微信：天气很冷，早点儿回家。

他好像什么都知道，又好像什么都不知道。她明明什么都没说，却像是已经遭到了拒绝。

孔莹从小到大一帆风顺，从没遇到过什么重大的挫折。从来没有什么事情能让她这么伤心过，也从来没什么人让她这么小心翼翼地对待过。

可他就像一块怎么也焐不热的石头，并且越来越冷，她感觉再不丢掉就要冻伤她的手。即使这样，她也舍不得扔。

孔莹没回他的消息，起身出了奶茶店。

天气很冷，尤其是到了晚上，气温骤降，寒风刺骨。

孔莹漫无目的地走在大街上，经过杨杰小区的门口时她停下了脚步，半响，又继续往前走。

人行道上过来一辆摩托车，孔莹往旁边让了一步，结果不小心踩到了道路边缘，脚一崴，便以极其狼狈的姿势摔倒在地上。

一时间，痛感把所有的委屈都带了出来，孔莹的眼泪夺眶而出。她忍着疼痛从地上爬起来，走到几步远的休息椅前坐下，心里的委屈和那股倔强促使她打了个电话给杨杰。

电话响了几声被接起，那边很安静，只有浅浅的呼吸声传来。

"杨杰，"孔莹一开口就崩溃了，"我摔了一跤，痛死了。"

电话那端的人呼吸顿了一秒，但处在崩溃中的孔莹没有察觉到，她哭得都开始咳嗽了。

杨杰已经很久没有这种恨自己不能开口说话的消极情绪了。他的嘴巴动了动，他很想问她在哪儿，可是发不出声音。电话里的女孩在哭，哭声像一根根细针往他心上扎，心口传来阵阵刺痛。

安静地听了几秒，他挂断电话，给她发了条消息过去：你在哪儿？

他等了近一分钟才等来她的消息：你们小区门口右边的第三棵樟树下。

看完消息杨杰套上外套准备出门。临出门前，他犹豫了一下，最后取下耳朵里的助听器留在家里，转身走了出去。

没多久，杨杰便看到了坐在树下哭得可怜兮兮的孔莹。他走过去在对方面前站定。

隔了一秒，孔莹才慢半拍地抬起头。

视线触及那双水光盈盈的眸子，杨杰插在口袋里的手微微动了一下。

"你来了？"孔莹用手胡乱地擦了擦眼泪，然后把怀里的礼品袋递过去，"这个给你。"

杨杰暗自在心里叹了口气，伸手接过礼品袋。

"东西给你了，那我先走了。"孔莹想起身，可是膝盖上传来一阵痛，紧接着，她的手腕就被人抓住了。

杨杰盯着她掌心的伤痕，微微蹙了蹙眉。

温暖干燥的触感从手腕上传来，孔莹的眼睫轻轻颤了一下，她觉得自己话都不会讲了："你……你拉着我干吗？"

杨杰很快放开了她，随即拿出手机发消息：你坐在这里等会儿。

孔莹在他转身之际才发现他没戴助听器，这就意味着他刚刚根本没听见自己说的话。

杨杰回来的时候，手上多了一袋药，这个场景跟几个月前在年华里门口的画面重合在一起，只不过两个人交换了角色。

杨杰拆开药蹲在她面前，认真地给她的手心上药。他动作很轻很轻，每擦几下药，还要抬头看一眼孔莹的反应，见她蹙眉，他便停下来让她缓缓再继续。

给她的手心上完药，杨杰半蹲着身子给她发消息：还有哪儿受伤了？

孔莹回复：膝盖。

杨杰看了一眼她穿牛仔裤的腿，低头打字：我先送你回去，膝盖你自己回去上药。

孔莹点点头。她再次起身，膝盖的疼痛似乎比之前更剧烈。

杨杰见她因为疼痛小脸皱成一团，便在地面前蹲了下来。

孔莹见到杨杰后，被他拉手和上药，心跳早已乱了节奏，一颗心这会儿都快跳出嗓子眼儿了。

她平复了一下情绪，轻轻趴了上去。这是她第一次跟一个男人这么亲密地接触，她屏住呼吸，生怕对方听到她狂乱的心跳声。

孔莹双手揽住他的脖子，两个人肌肤相贴，那温度几乎要将孔莹灼伤。她鼻息间全是他身上独特的气息，她忍不住将脸贴在他的肩头。

走了一会儿，孔莹偷偷打量杨杰。男人的脚步不紧不慢，侧脸冷硬，表情依旧很淡。原来所有的旖旎气氛只不过是她自己的想象。

孔莹悲从中来，他为什么就是不喜欢她呢？

"你为什么不喜欢我呢？"孔莹仗着他听不见，肆无忌惮地把心事说出口，"不喜欢就算了，为什么要躲着我？"

"我可以假装不喜欢你，可以假装只和你做朋友，"孔莹软声呢喃，"你不要不理我好不好？"

她说话时喷出的气息尽数洒在杨杰耳畔，那里泛起了酥酥麻麻的痒。杨杰把脖子往另一边偏了偏。孔莹停止了说话。

到了大马路边，杨杰拦了辆出租车，陪孔莹一起回了年华里。

下车后，杨杰把她送到她家楼下的电梯前，刚要转身，衣服下摆被人拉住，他垂眸看了过去。

孔莹拉住他的衣服下摆，鼓起勇气说："我喜欢你。"

杨杰盯着她的嘴唇，身子僵了一下，不过很快孔莹放开了他，还朝他笑着挥了挥手。

电梯门打开，他看见孔莹走了进去。

电梯门渐渐地在他眼前合上，孔莹的身影彻底消失在他眼前。下一秒，他收到了一条来自她的消息：我刚刚说的是谢谢你，谢谢你送我回来，谢谢你帮我搽药。

孔莹回到家，还没坐下便收到了杨杰发来的微信：先搽药，再去吃点儿东西。

她坐在沙发上，乖巧地回复：好。

孔莹回完消息，为了方便上药先进房间换了一条家居裤。

上完药，她拿过手机打算告诉杨杰，发现屏幕上有一条他两分钟前发来的微信：下次别再一个人跑来找我了。

今天出门起，孔莹心头就燃烧着一团热情的小火苗，后来杨杰拒绝见面，小火苗也随之熄灭。在他帮自己搽药把自己送回家的这个过程中，小火苗重新燃起。

但看到这条信息，孔莹的心脏像是被人泼了一盆冷水，那一团微弱的火苗再次化为灰烬。

她今天勇敢了一次，也厥了一次。勇敢是因为喜欢，厥也是因为喜欢，可是无论哪种，杨杰都不买账。这种情绪被某个人的言行操控的感觉太难受了。

孔莹把手机丢到沙发上，拿过抱枕抱在怀里，将脸埋进抱枕里，呜咽着哭出声。对这段感情，她真的无能为力了。

好在没过一会儿，小影姐回来了，孔莹在她的安慰下，心情逐渐趋于平静。

当天晚上孔莹有了个决定，或许她真的可以尝试一下不去联系他。时间久了，喜欢自然就会淡去。

孔莹做到了不去联系杨杰，坚持了至少一个星期。可是有些缘分挡也挡不住，平安夜这天晚上，小影姐说邀请了两个朋友来家里吃火锅。

听到杨杰名字的那一刻，孔莹内心有一瞬的激动，紧接着便是抗拒。算了，她要不还是回避一下，免得给他造成困扰，同时也影响自己的心情。虽然她很想见对方。

只是最后，孔莹内心的这些纠结和顾虑全败给了想念，她答应了小影姐晚上一起吃火锅。

晚上杨杰到的时候，孔莹在厨房帮忙一起洗菜。听到小影姐叫杨杰小名，孔莹下意识地回头看了一眼，站在厨房门口的杨杰也随之抬眼看了过来，四目相对，只是一秒，二人同时移开视线。

小影姐拒绝了他帮忙洗菜的提议："孔莹你也出去，我和思怡在这儿就够了。"

"啊？哦。"孔莹把洗好的菜装到盘里，跟杨杰前后脚来到客厅。

除了她和杨杰，客厅里只有她哥在。

大少爷一来就懒散地坐在沙发上玩手机，没有一点儿要去厨房帮忙的意思。

孔莹在江恂右边坐下，杨杰坐在了另一边。两个人自始至终都没有任何交流，直到她哥被小影姐叫去了房间。

空气中弥漫着微妙的尴尬。孔莹眼睛盯着手机，屏幕上是跟杨杰的微信对话框。

她的手落在输入法上，迟迟没动。过了几秒，她还是给杨杰发了条消息：要喝水吗？

孔莹发完消息，大方地看了过去。她开始因为紧张一时忘了，这里可是她家！她作为主人询问这些不是再正常不过？

杨杰顿了一下，然后侧头看向她，摇了摇头。

孔莹发现他现在没有那么爱笑了。她记得刚认识他的时候，他每次摇头或点头，脸上都带着淡淡的笑。不像现在，他经常冷着一张脸，也不是冷，是他面无表情的样子让人觉得冷。

孔莹见他重新低头看手机，又编辑了一条消息，点击发送键的那一刻，她忽然意识到有什么不对。孔莹收回手的同时看向杨杰的耳朵，那里明明就戴着助听器！

"那个……你在玩游戏吗？"孔莹又问了一遍自己发过去的消息。

杨杰点点头。

孔莹在原地坐了一会儿，见江恂一直没回来，她起身挪到离杨杰很近的位置坐下，问："你在玩什么游戏？"

一股淡淡的清香扑面而来，杨杰在屏幕上的指尖颤抖了一下，他稍稍把手机屏幕往孔莹那边侧了侧，好让她看清游戏内容。

"你好厉害。"孔莹由衷地夸赞，"我来跟你学习学习。"

杨杰轻轻抬起眼，扫了她一眼。

孔莹的耳根微微发烫："怎么了？不能看吗？"

杨杰摇摇头，低头继续玩游戏。

不知道是不是孔莹的错觉，她听到了一声似有若无的叹息声。他这算是默许吧？

孔莹喜欢他是真的，喜欢玩游戏也是真的，所以，看他玩游戏也成了一种享受。

杨杰的手指修长白皙，握着手机轻点屏幕的动作看起来赏心悦目。他神色寡淡，但反应异常灵敏。

玩完一局游戏，孔莹见到他的屏幕上有队友发来消息：小哥哥好厉害呀，能加个好友吗？

孔莹轻哼了一声，司马昭之心！她屏息盯着屏幕，想看杨杰会不会加好友，结果他像没看见一般，顺手退出了游戏。孔莹因为他这个小小的举动，嘴角微微上扬。

在杨杰看过来时，她嘴角蓦地一僵，随即又露出一个笑："你不玩了吗？"

杨杰摇摇头，低头给她发了条微信：快吃饭了。

他不玩游戏，孔莹也没了跟他套近乎的借口，接下来的很长一段时间，两个人都没有再交流。

饭后两个人自发留下来收拾残局。

孔莹几乎没做过饭，也很少做家务，收拾起来自然没有杨杰从容。她全程在一旁打下手，都是杨杰在做。

从厨房出来后，杨杰在客厅坐了没几分钟就起身离开。孔莹这会儿已经忘记自己之前的决定，见他起身，也毫不犹豫地跟了上去。

跟他并排站在电梯门前，孔莹清了清嗓子解释道："我今晚回我妈那儿睡。"

杨杰盯着她故作镇定的小脸，并未做任何回应。

走出小区，孔莹随口问："你怎么回去？坐地铁吗？"

杨杰摇头，指了指公交车站所在的方向。

孔莹："哦，那我去坐地铁了。"

地铁站跟公交车站的方向正好相反，虽然很想跟他多待一会儿，但孔莹知道自己不能再冲动了。她微笑着转身往地铁站走，走了几秒，脚步渐渐慢下来，最后直接停住了。

她突然回头，冲着前面那个高瘦的背影喊："杨杰！"

杨杰身子一顿，然后扭头看了过来。

孔莹朝他跑了过去："我有个东西忘记给你了。"

她边说边从随身携带的包里掏出一个红苹果："平安夜快乐，愿你一生平平安安。"

女孩歪头，澄澈的杏眼里闪着期待又真诚的光芒，杨杰有片刻晃神。

"接着呀。"孔莹手往前伸了伸，"又不是只有你一个人有，我给小影姐和我哥都送了，差点儿忘记给你了。"

杨杰伸手取走她掌心的苹果，微微点头，算是道谢。

"不客气。"孔莹潇洒地挥挥手，"走了。"

杨杰在她转身之际鬼使神差地抓住了她的手腕。

孔莹心跳漏了半拍："怎么了？"

杨杰很快松开了她的手，指了指不远处一个水果店，示意她一起过去。

手腕上还残留着他掌心的温度，孔莹心跳如擂鼓。她亦步亦趋地跟在杨杰身后到了水果店。

在他表示要来水果店时，孔莹就大概猜到了他想做什么。

但是当面前递过来一个超大的红苹果时，她还是愣了："谢谢。"

杨杰把苹果递给她后，拿出手机编辑消息。

几秒后，孔莹收到他的微信消息：也愿你事事平安。

知道他是礼尚往来，知道他或许是不想欠自己人情，孔莹还是因为这个苹果开心了很久。

平安夜过后，她还是坚持不给杨杰发消息，不去联系他。她只偶尔在他发的朋友圈下面点个赞，或者评论一句无足轻重的话。杨杰有时候会回复，有时候不会。

他发朋友圈的次数不多，内容大致都是一些跟同事一起出去聚餐的照片或者游戏截图。孔莹会把有他身影的每一张照片保存下来，以解相思之苦。

时间很快到了除夕夜。

跟往年一样，孔莹一家晚上跟外公外婆一起过年。今年因为她哥带了小影姐回家过年，所以家里格外热闹。

孔莹出于好奇问了小影姐很多他们在儿童福利院的事情。孔莹从小影姐那儿得知，杨杰小时候因为聋哑经常受到同龄人欺负。小影姐说杨杰从来不哭，也从不还手，后来年龄大点儿了才学会反击。

孔莹遗憾自己没早点儿认识杨杰，要是小时候就认识他多好呀，那样她就可以保护他，不让任何人欺负他。

小影姐说他今天一个人在家里过年。不知道他有没有给自己煮好吃的，不知道他开不开心。

孔莹饭后一直心不在焉，小影姐被外婆拉去打麻将，她一个人没事干坐在沙发上看春晚，眼睛盯着电视屏幕，心思却已经飘远。坐了会儿实在觉得无聊，她跟长辈们打了声招呼，称自己想回家睡觉。

孔莹近段时间经常开车上下班，所以她父母允许她一个人开车回家。

二十分钟后，车子不知不觉地停在了杨杰住的小区门口。

孔莹坐在车里没动，知道自己不会去找杨杰，只是想离他近点儿。

她靠在驾驶座上，盯着小区门口，原本想坐几分钟就离开，未曾想真的见到了杨杰。

男人身着黑色冲锋衣，一手拿手机一手插兜，踩着不紧不慢的步伐出现在小区门口。孔莹见到他的第一反应居然是想躲。

其实马路离小区门口有一段距离，在小区门口的人如果不是特意看，根本不会注意到车里有人。

孔莹定了定神，再次偏头看过去。

杨杰站在小区门口没动，没过一分钟，一位身穿白色呢子衣的女孩朝他走去，女孩手里拎着一个保温杯，在他面前站定后，把手里的保温杯递给了杨杰，杨杰笑着接过。

孔莹从这个方向看过去，只能看见杨杰的表情，看不清楚女孩的表情和长相。她送完东西后一刻也没停留，转身朝停在孔莹前面的那辆车走过来。

孔莹这才看清她的长相，她的五官不是特别出色，但胜在眉眼间的那抹温柔。而且，她的年龄看起来比他大。

原来他喜欢这种？所以他拒绝自己是因为有喜欢的人了？同样是给他送东西，差别怎么就那么大呢？

孔莹的眼眶渐渐发热，透过模糊的视线，她看见杨杰拎着保温杯转身进了小区。这一刻，她比上次收到杨杰让她别来找他的短信还要难过。

这种感觉就好像她看上了一条很贵的裙子，奈何买不起，但只要它没卖出去，她心里就还有一丝希望。她偶尔来看一眼，想等攒好钱再来买它，可是今天来看，发现裙子已经被人买走了。

无尽的失落和难过将孔莹重重包围，她感觉车内的空气越来越稀薄，都快要喘不过气了。她打开窗户吹了一会儿冷风，待情绪平复下来，才启动车子回家。

回到家后，孔莹趴在床上狠狠地哭了一场。

不知道过了多久，放在一旁的手机不时振动，窗外响起噼里啪啦的爆竹声。孔莹知道，新年到了。

新年到了，她的单恋也结束了。

她翻了个身拿过一旁的手机，回复完几个朋友的新年祝福，犹豫了好久，还是打开了跟杨杰的微信对话框，发过去一条简短的新年祝福：新年快乐！

孔莹是发自内心地希望他快乐，不只是新年，她希望她喜欢的男孩以后的每一天都开心度过。

　　孔莹以为对方不会回复这条像是群发的消息，没想到他回复得还挺快：新年快乐。

　　原封不动的四个字，又让孔莹一阵鼻酸。她好想告诉他：我不快乐，一点儿都不快乐。

　　可是她不敢再回复，因为不合适。

　　从那天起孔莹变得安静了不少。这种安静仅限于她自己一个人待的时候，在家里她照样跟爸妈撒娇，在外面照样跟朋友打打闹闹。

　　这样藏着心事过了几个月，孔莹生病了。这还是她成年后第一次得重感冒。

　　五月中旬，天气不冷不热。

　　周六早上，她下了晚班，拖着疲惫的身子回到年华里，什么都没吃洗完澡就直接睡下了。

　　昨天下午开始，孔莹喉咙就有些不舒服，且咽口水时有刺痛感。

　　一个晚班过去，她整个人像是被抽干了力气，头昏脑涨，了无生气。

　　孔莹躺在床上，一会儿觉得热，一会儿觉得冷，迷迷糊糊地睡了一上午后被饿醒了。

　　她拿过手机点了个外卖。等待外卖的时候她顺便看了一下朋友圈，当看到某张照片时，她呼吸一室。

　　照片背景应该是某个 KTV 的包间，几个人围着茶几上的一个大蛋糕。中间那个戴生日帽的女孩就是除夕那晚给杨杰送东西的人，而她右边就是一脸淡笑的杨杰。

　　这条朋友圈是杨杰昨晚发的，配文仅四个字：生日快乐。

　　许是感冒作祟，孔莹积累了这么久的情绪顷刻间崩溃。她哭得上气不接下气，边哭边删掉了杨杰所有的联系方式，告诉自己再也不要想他了。

　　才删完孔莹又后悔了，高烧中的她意识模糊，但是杨杰的电话号码她记得。

孔莹在拨号键盘上按下杨杰的手机号码，本来想重新保存，却不小心拨了出去。她迟钝地反应过来后想要挂断，可是为时已晚，对方已经接起电话。

电话那头安安静静的，孔莹知道有人在听。

她想杨杰既然已经接了电话，那她就再打最后一通电话吧。

"你在听对吗？"孔莹的嗓音染上哭腔，且带有浓浓的鼻音，"我以后都不会烦你了。"

"喜欢你真的很难受，"孔莹抽抽噎噎地说，"我再也不要喜欢你了。"

孔莹说完等了几秒，啪的一下将电话挂断了。

没过多久外卖到了，孔莹撑着头重脚轻的身子起床吃了点儿东西。吃完东西脑子清醒了不少，她有些后悔刚刚自己说的那些话。

她从没跟杨杰摊牌过，虽然对方可能知道，但她亲口说出来又是另外一回事，何况还是在现在这种情况下。这样的做法只会让双方都尴尬，甚至还会给他造成困扰。

思前想后一番，孔莹给他发了条短信：非常抱歉刚刚打扰了你，我发烧脑子有点儿不清醒，本来想打给我妈妈，不知道怎么打给了你，对不起！

杨杰隔了几秒才回复：没事，你好好休息。

杨杰接到孔莹电话的时候正在公司加班。他已经很久没收到她的短信和电话了，没想到再次联系会听到这样的话。他以为自己会松一口气，实际上他感到了淡淡的失落。

杨杰在原地愣怔了几十秒，继续工作。

没一会儿，他收到了对方的短信。他回完她的消息把手机丢到了一边。

一个小时后，他实在忍不住了，起身去跟部门经理请假，请好假后重新回到办公室收拾东西。

"喂，出什么事了？"戴黑框眼镜的小胖停下手头的工作，一脸关切地问。

此时出现在门口的美术部主任也凑了过来："小杰，听说你请假了？需要帮忙吗？"

杨杰冲他们摇摇头，表示没什么事。

他走后，办公室里一个穿格子衬衫的小伙子把椅子往后滑了一下，转身看向对面的小胖，说："我觉得你们不能老这么特殊对待他，对他来说或许是一种压力，你记得除夕那天晚上，我们有多少人去给他送了饺子吗？"

美术部主任何嫣摸了摸鼻子："谁让你们都不说？"

杨杰从公司出来后在药店买了几种感冒药，买完药就打车来了年华里。

他站在小区门口给孔莹发了条消息，对方没回。他想上楼又觉得冒昧，直接走掉又有些不放心。

杨杰等了很久，直到天黑，碰到从外面回来的顾影，才把药给对方让她带上去。

孔莹知道是杨杰给她送来的感冒药时，起初很诧异，之后也没有过多的情绪波动，只是把这一行为归结于他的善良。

她以为自己不会再跟他有什么交集了，直到七夕节前一天。

这天是孔莹的一个室友的生日，她们宿舍的几个人约好了晚上一起去酒吧放松一下。

晚上九点，一行人吃完饭来到了一家名叫零时空的酒吧。

孔莹很少来酒吧，也不会喝酒，但是今天她特别想尝试一下酒精的滋味。

特调的鸡尾酒味道还不错，孔莹喝了小半杯也没出现头晕不适等感觉。

两个室友跑去舞池跳舞了，孔莹跟另外一个妹子坐在原地聊天。她眼睛四下扫了一圈，视线蓦然定格在某处。

右前方那个卡座上有一个孔莹见过一次面的人，如果照片算的话，就是见过两次。

其实孔莹现在也不确定对方跟杨杰的关系，就算他们没在一起，那个女人也是他喜欢的人，可是他喜欢的人现在正窝在另外一个男人怀里笑得很甜蜜。

孔莹突然很生气，所以在那个女孩往酒吧门口走时，她也跟了上去。

刚出酒吧门，孔莹便上前叫住了她："你好，我能跟你聊几句吗？"

何嫣象征性地左右看了一眼，又用手指了指自己："你是问我吗？"

"是的，"孔莹点点头，"我就是找你。"

何嫣失笑："小美女，我不认识你吧？"

"不认识，"孔莹抿了抿唇说，"但你认识杨杰对吧？"

何嫣眼里闪过诧异："你也认识小杰？你是他什么人？"

"我……我是他朋友。"孔莹把朋友两个字说得很小声，像是心虚，说完又抬头看向何嫣，神色变得严肃，"我刚刚看到你和那个男的在一起了。"

何嫣有点儿没懂孔莹的意思："所以？"她跟自己的老公在一起怎么了？

"所以我想提醒你，别欺负杨杰。"孔莹刚刚想了想，这个女人会在除夕给杨杰送吃的，那肯定也喜欢杨杰，既然她喜欢杨杰为什么不好好对待他呢？

"他很单纯善良，玩不来你们这种感情游戏，你要不喜欢他就直接跟他说，不要伤害他。"孔莹认真地说。

何嫣的眉毛拧在一起，很快又舒展开来，她像是明白了什么，忽然一笑："你怎么知道我跟杨杰的关系呀？"

"除夕我看到你给他送吃的了。"孔莹的语气很生硬，"我还看到了他帮你庆生的照片。"

何嫣拉长尾音说："原来是这样。"话音落下，她余光一瞥，忽然朝另外一个方向招了招手，"小杰，这里。"

孔莹身躯一震，僵硬地转过身子。夜色中，身穿黑色T恤衫的杨杰从远处走来，城市的霓虹灯在他身后成为虚化的背景。

孔莹立马回过头来说："姐姐，我刚刚就当没看见，你要喜欢他就好好跟他在一起，如果不喜欢就告诉他，千万别伤害他。"

孔莹说完就要走，何嫣的话却把她的脚步绊住了。

"你为什么不把刚刚看见的告诉他？"

孔莹喉间微微发涩："我告诉他不也是在伤害他吗？主要问题在你，得看你的态度。你们聊吧。"孔莹的余光瞟到杨杰正在靠近，为了避嫌，她忙转身往另外一个方向走。

杨杰停在何嫣的面前，眼神却追随着孔莹。

"那个小姑娘是你的朋友吧？"何嫣也顺着他的视线看了过去，"刚刚人家以为我欺负了你，心疼得快哭了。"

杨杰闻言倏地转头看向何嫣，用眼神询问她是什么意思。

何嫣把刚刚跟孔莹的那段无厘头的对话跟他复述了一遍："小姑娘真是爱惨了你。"

杨杰皱眉，喉结上下滚动一番，随即朝孔莹离开的方向追了过去。

室友还在酒吧里，孔莹没有走远，而是躲在酒吧侧面的一个角落里偷偷地抹泪。别人把她看中的裙子抢走了还不好好爱惜，她又气又难过。

不多时，一张纸巾被递了过来，孔莹顺着那只手看过去，就见到不知何时跟过来的杨杰正默默地盯着她，对方眼里有些许无奈。

孔莹没接他的纸，反而哭得更凶了。杨杰拿出手机低头打字。

手机响了一声，孔莹拿出来一看，是他发来的微信：我好像总是让你哭。

盛夏的晚风跟孔莹砸在屏幕上的眼泪一样灼人。

她看着屏幕上被泪水模糊的文字，心头涌上一股酸涩。他说得没错，她认识他这一年多来流泪的次数，快赶上她人生前二十多年哭过的次数了。她不想哭的，她也很无奈。

面前的人再次递过来一张面巾纸，孔莹接过，快速地把眼泪擦干，头也不抬地说道："我哭不是因为你，我是因为……是因为刚刚喝了点儿酒不舒服。"

女孩眼眶泛红，眼中水光盈盈，说话间带有浓浓的鼻音，委屈又可怜。

杨杰眸光微闪，低头在屏幕上点了几下发过去一条消息：你一个人？

"不是。"孔莹终于抬起头，并且试图扯出一个微笑，"我大学室友过生日，跟几个朋友一起来的。"

杨杰点点头，清冷的目光落在她的脸上。

几个月没见，她看起来比之前瘦了些，整个人不似以前那么充满活力，像一个被蒙上轻纱的太阳，身上的光芒敛去了不少。

想到她打给自己的最后一通电话以及刚刚从何妈那里听来的话，杨杰的心脏像是被一只手紧紧攥着，胸口传来不容忽视的疼痛感。

孔莹也在回望他。

月光把两个人的影子投在墙上，加上树影，构成了一幅唯美的画面。

因为很久没见，孔莹看着他的脸一时出了神，反应过来后她急忙移开视线："你怎么跑这来了？你……"她咽了咽口水，艰难地问道，"你朋友不是在等你？"

孔莹看到墙壁上杨杰的影子动了，他低头打字，下一秒，孔莹的手机进来一条消息：她说你哭了。

孔莹心口一颤，很快屏幕上又进来一条消息：她是我同事，你看到的那个人是她老公，今天我们几个同事聚餐。

杨杰落在屏幕上的手指顿住，迟疑一秒，又继续打字：没人欺负我。

但我好像欺负你了。

孔莹不知道自己现在是什么感受，觉得难以置信又很惊喜，惊喜过后便是尴尬。他这么解释，无疑是知道了她闹了个什么大乌龙。

还有他的同事，孔莹回想起那个女人刚刚的态度，她肯定也猜到了自己的小心思。

"那……那我误会她了。"孔莹头都不敢抬，"麻烦你代我跟她道个歉。"

她的声音越来越小:"要不我自己去也行。"

对话框里很快又跳出来一条消息:没事,她不会怪你。

紧接着又出来一条消息:她说你很可爱。

这句话像是给孔莹的心跳安了加速器,她的心跳一下子乱了节奏。这话明明不是他说的,明明他只是转述一下别人的话,还是给她带来了不小的心理冲击。

她前几个月刻意的遗忘像是做了无用功,一见面所有被压制的喜欢全从心底跑了出来。

"谢谢她。"孔莹双手紧紧抓着手机,觉得自己有必要也跟他解释一下,"我除夕那晚开车回家,经过你们小区门口的时候,恰好看见她给你送吃的,后来又看见了你朋友圈的照片,所以误会了。"

杨杰似乎并不在意这件事,在屏幕上打了两个字:没事。

对呀,他都不喜欢她,怎么会在意她的这些胡思乱想呢?但他分明是知道的,不然一开始也不会有那句"我好像总是让你哭"。

他估计是内疚吧!就好像她在大学拒绝某个关系还不错的学长时,也会有这种感受,但那绝不是喜欢。

孔莹稍微整理好情绪,把手机收起来,笑着说:"那我就放心了,我先进去了。"

杨杰点点头,看着她的背影消失在酒吧门口,才移动脚步离开原地。

"你去哪儿了?"孔莹回到喧闹的酒吧大厅,几个室友便迫不及待地凑上来问。

还有人发现了她眼角有未干的泪渍:"你这是怎么了?"

"谁欺负你了?"今天过生日的那位室友相当豪迈地撸了撸自己并不存在的袖子,"说,老娘去帮你教训他!"

孔莹被她给逗乐了:"我还能让人给欺负了?"

"对呀,你可是小公主,"室友一摸了摸她的头,"谁忍心欺负你呀。"

孔莹苦涩地笑了笑,偏偏有些人什么都不做就能伤到她。

"你是不是不能喝酒哇？"室友二拿走她面前的酒杯，将一杯果汁推了过去，"你还是喝这个好了。"

孔莹端起果汁喝了一口："谢谢。"

她放下杯子，不经意地一抬头就看见了不远处静坐在卡座上的杨杰，男人眼帘微垂，正在听旁边一个戴黑框眼镜的小胖子讲话，不知道对方讲了什么，他轻勾了一下唇，随即用手比画了几下，逗得小胖子哈哈大笑。

他的同事也懂手语吗？

孔莹正要收回视线，杨杰忽地抬眼看了过来，两个人目光隔空相撞，她心虚地想要躲开，却被另一个人捕捉到了目光。

何嬷在远处朝她招了招手，示意她过去。

"那人你认识吗？"室友一碰了碰孔莹的手臂，显然目睹了何嬷朝她招手的这一幕。

"认识。"孔莹隔空朝何嬷露出一个笑。

"人家叫你过去呢！"室友一问，"你要过去吗？熟不熟哇？"

远处的何嬷再次朝孔莹招招手，孔莹点点头："我过去一下，没事，那里有熟人。"

孔莹答应过去不全是为了杨杰，她觉得自己有必要跟他同事当面道个歉。

"来，小姑娘，坐这儿。"何嬷特意腾出杨杰身边的一个位置招呼孔莹坐下，"想喝点儿什么？"

他们所在的是一个扇形卡座，卡座上坐了六七个人，孔莹坐下后，座位刚好坐满，她右边是杨杰，左边是何嬷。

孔莹没有去看杨杰，而是稍稍侧身看向何嬷："我不用。"

何嬷看了一眼那边默默低头看手机的杨杰，眼里闪过几分兴味："那就喝红酒好了，我们刚开了一瓶，还不错。"

她说完从桌子中间取出一个高脚杯，正要开始倒酒，放在桌上的手机屏幕亮了一下，她点开，是杨杰发来的微信消息：她喝了酒会不舒服。

何嫣的手顿住了，不知道为什么，她从这条消息中品出了一丝酸涩的情绪。

何嫣再次看向杨杰，对方依旧保持低头看手机的姿势，仿佛周围的一切都与他无关，实际上他却在默默关注边上的人。他没直接劝小姑娘别喝酒，也没帮她拿饮料或白开水，只是私下里发消息给自己，何嫣忽然懂了些什么，不敢开玩笑了。

"小姑娘，你还是喝果汁吧。"何嫣召来服务员要了一杯果汁，"看你不像会喝酒的样子。"

"谢谢。"孔莹拘谨地往她身边凑近了些，小声说，"我刚刚误会你了，不好意思。"

何嫣不甚在意："没事，这种小事不用放在心上。"

孔莹感激地朝她点点头："好。"

这时有人好奇地问："嫣姐，这姑娘是谁呀？"

面对这么简单的一个问题，何嫣认真思考了几秒，说："是小杰的朋友，也是我的朋友。"

"杨杰？"戴黑框眼镜的小胖子撞了一下杨杰的胳膊，"你朋友？你都不打招呼？"

杨杰扫了一眼孔莹的侧脸，然后低头在手机上打字。

戴黑框眼镜的小胖子看了一眼手机，非常不赞同地白了杨杰一眼："刚刚在外面打过招呼，现在就不用了？"

"他这人就是这样，姑娘你别介意。"小胖子了解杨杰不喜跟人接触的毛病，怕孔莹因此不高兴，于是替好友多了句嘴。

孔莹扬起一个不是很自然的微笑："我知道，我不介意。"

她过来后，杨杰自始至终都没想要跟她交流的意思，甚至没给她一个眼神。

孔莹来的目的已经达到，感觉再坐下去又会哭出来。她跟在座的人打了声招呼，起身回到了室友这边。

孔莹回来后发现今天的寿星室友哭了，问过才知道原来她前几天已经跟男朋友分手，怪不得她今天非要来酒吧，还非要喝酒。

孔莹懂她的这种难过，并且觉得自己更可怜，连恋爱都没谈过就提前体会到了失恋。

"来，我陪你喝酒。"孔莹拿过酒杯给自己倒了一杯酒，不顾另外两位室友的阻拦，一饮而尽。

"姐妹，仗义！"寿星抹了一把眼泪，也拿起酒杯跟她碰杯。

毫无意外，喝到最后两个人醉了个彻底，好在还有两个清醒的人。她们一人搀扶着一个醉鬼走出酒吧。

四人来到酒吧外面打算打车，晕晕乎乎的孔莹靠在室友身上，暗暗在心里想，谁说喝醉能忘掉不开心？她怎么感觉自己更难受了呢？

孔莹让室友松开她："我可以站直，你别拉着我，太热了。"

室友依言松开手，刚一松开，孔莹身子一晃，最后还是稳住了。

她站直身子的同时，视线停留在左后方某处。杨杰像是刚从酒吧走出来，刚好也看了过来。

酒不可以让人忘掉不开心，但是可以壮胆。孔莹也不知道自己怎么就冲动了，拖着轻飘飘的身子，趁室友没注意毫不犹豫地朝杨杰跑去。

她跑的每一步都让人提心吊胆，看着她不稳的脚步，杨杰疾步迎上去。

"杨杰。"孔莹用脑子里仅剩的一点儿理智克制住自己没有扑进他怀里。她在离对方一步远的距离停下，身体的不适和无力让她控制不住地往下跌。

与此同时，一双有力的手适时握住了她的手臂，阻止了她的动作。

杨杰的靠近击垮了孔莹的最后一丝理智，她委屈地撇嘴，放任自己将头抵在对方胸口。

"杨杰，"她吸了吸鼻子，轻声呢喃，"你到底要怎样才能喜欢我呀？"

这句话是孔莹当天晚上最后的记忆。

再有记忆已经是隔天上午，孔莹从年华里的床上醒来，睁开眼蓦然发现床上还有另一个人。

"你怎么在这儿？"

"嗯？"室友茫然地睁开眼，"你醒啦？"

孔莹的意识渐渐回笼："昨晚是你送我回来的？"

室友打了个哈欠："不全是。"她没好气地说道，"你觉得我能背得动你？我只是陪同别人送你回来的。"

孔莹的脑子有瞬间的空白，她紧紧地抓着被子边缘："还有谁？"

室友撑着脑袋冲她眨眨眼："你真不知道是谁？"

孔莹眼神飘忽："我哪里知道？"

"就是你拼命跑过去抱住的那位帅哥。"室友说，"你认识他对吧？我问他你们是不是认识，他点头，而且之前招手让你过去的那个姐姐也说你们是朋友，我看你抓着他不松手，就提出请他送你回家。"

"然后呢？"孔莹问。

"然后帅哥答应了，前提是让我跟他一起。"室友笑道，"虽然我原本也是这么想的，但他这要求还是让我有些惊讶。"

孔莹倒是能理解，这种行为是杨杰的作风，他向来不会越界，也怕跟她产生过多的纠葛。

"对了，他好像不会说话对吧？"室友又说，"他昨晚跟我沟通都是在备忘录上面打字给我看。"

孔莹低低地嗯了声。

"他人还挺好的，昨晚临走前还提醒我给你煮醒酒汤。"室友翻了个身，打算起床，"你们什么关系呀？"

"就是……认识，他是我嫂子的弟弟。"在杨杰看来，两个人就只是认识而已吧。

回想起自己昨晚跟他说的那句话，孔莹的内心竟然很平静。她有一种破罐子破摔的想法，反正他早就知道了自己的心思，随他去吧！她现在连道歉和解释都不想了，左右他也不在乎，她何必把自己弄得更难堪？

孔莹就当这件事没发生过，之后没去联系杨杰。对方自然也不会联系她，毕竟最想当这件事没发生过的人是他。

孔莹再次见到杨杰是在一个月后的某个周末。

这天孔莹跟邓佳佳约好了去市中心逛街。她从家里吃完午饭出来，到达约定地点才一点钟。

邓佳佳还在乡下奶奶家，说要下午三点左右才会到。

孔莹不想一个人逛街，两个小时的时间干坐在咖啡店也难熬，因此她在附近找了一家电竞馆，准备进去玩一会儿游戏。

这家电竞馆在云城很有名，里面的设备都是顶尖、豪华的配置，还有赛事展示屏和观众区，吸引了众多电竞爱好者光临。

孔莹听说过这里，却还是第一次来。她一来就正好碰上有比赛。

听工作人员说，今天是电竞馆老板组织的某款大型网游的比赛，获胜的队伍将享有终身免费在该电竞馆上网的权利。

这里可不是一般的网吧，上网费用不便宜，这个奖品对于喜欢到这儿玩游戏的人来说诱惑还挺大的。

当然，也不是谁报名都能被选上，首先你得在这里展示一下你的实力，实力被认可才有机会参加比赛，所以今天能在这里参加比赛的选手，都是这方面的高手。

而这一众高手中，孔莹一眼就看到了杨杰。

男人身穿黑色T恤衫，眼神定定地盯着眼前的屏幕，手上的动作行云流水，眼里不见一丝紧张。他右边是孔莹见过的那位戴黑框眼镜的小胖子，小胖子明显比杨杰激动，嘴里时不时冒出一句口头禅。

赛事展示屏前有很多人在围观，孔莹也加入其中，但她的注意力一直在杨杰身上。

她看见杨杰稍稍偏头听队友讲话，看见他不知什么原因蹙了一下眉，她也不自觉地跟着蹙了一下眉。

后来游戏结束，杨杰所在的队伍获胜，孔莹看见杨杰从容地取下耳机，脸上表情很淡，只在小胖子开心地跑过来抱他时，脸上才浮现出淡淡的笑意。

身边有观众为他们欢呼，还有人在讨论杨杰。

"欸，那个穿黑色衣服的小哥哥好帅呀！"

"是呀是呀，我也觉得，我好像在网上见过他，之前楚一科技公司不是办了场表演赛吗？就廖俊来的那次，他也在。"

"心动了，不知道他有没有女朋友。"

"去问问不就知道了！"

"对，兮兮你现在就去问，别让其他人捷足先登了。"

孔莹扭头，看见被称作兮兮的那名长发女孩款款朝杨杰走去。

孔莹抿了抿唇，也朝电竞椅走近了几步，这个位置能听到队员们的讲话。

"帅哥，能加个微信吗？"兮兮走到杨杰面前，开门见山，"我也喜欢玩游戏，想跟你学习学习。"

杨杰瞥了她一眼，然后摇摇头。

兮兮没想到他会这么直接地拒绝自己，脸上有些挂不住："我不会打扰你的，交个朋友嘛。"

杨杰像是没听见一般，一点儿反应都没给。

兮兮再接再厉："你好歹给句话吧？"

这时旁边不知谁说了句："他不会说话。"

"不会说话？"兮兮震惊地看向那人，"是我想的那个意思吗？"

那人点点头。

基于杨杰对自己不屑一顾的态度，知道真相的兮兮语气不怎么好："原来是个哑巴，晦气！"

她这句话没有刻意压低声音，在场很多人都听见了，包括离杨杰很近的小胖子。他嘴巴动了动，反驳的话还没说出口就被人抢了先。

"你说谁哑巴呢？"孔莹气呼呼地走了过来，站在兮兮面前。

兮兮后退了一步："我有说错吗？他难道不是哑巴？"

"你妈妈没教过你礼貌吗？"孔莹绷着一张脸，疾言厉色地说道，"要不要我教教你？"

"你是谁呀？"兮兮觉得莫名其妙，"我就叫他哑巴怎么啦？"

孔莹再一次听到"哑巴"这两个字，理智全无："那我就替你父母教育你一下！"

她扬起手挥过去，眼看巴掌就要落在对方脸上，千钧一发之际她的手腕被人抓住了。

孔莹偏头，猝不及防地对上了一双漆黑的眸子，眸子的主人朝她摇摇头。孔莹垂下眼帘，倔强地想要抽回自己的手，奈何对方没松开手，反而握得更紧了。

兮兮看着两个人，后怕地舒了一口气："神经病。"她丢下这句话后转身回到闺密身边。

"你……"孔莹的怒火噌噌往上冒，骂人的话还没说出口就被杨杰拉着往外走。

"你才是神经病，"小胖子终是没忍住，"要不到联系方式就恼羞成怒，你可真高贵呢！"

兮兮后面回了什么，孔莹已经听不到了，因为她被杨杰拉着走出了电竞馆。

两个人下了长长的楼梯，来到马路边。

外面太阳很晒，杨杰将孔莹带到树荫下才放开她。

孔莹的脾气一下子就上来了："你拉我干吗？"

杨杰只是看着她，没打算拿出手机打字，似乎想让她发泄。

"她那么说你你不生气吗？"孔莹问。

杨杰摇摇头。他真不生气，再说，那两个字也不算骂人。

"可是我生气！"孔莹很心疼，心疼到想打人，"她凭什么那么说你？！"

杨杰看着她渐渐泛红的眼眶，垂在身侧的手悄悄握成拳又松开，如此反复了好几次。

他耳畔无端响起那晚她在酒吧门口说过的话："你到底要怎样才能喜欢我呀？"

孔莹这句委屈又无力的话这一个月以来反复在杨杰耳边回荡，每响起一次，都是对他心脏的一次折磨。

"你不能这么老实，"孔莹低下头重重地眨了眨眼睛，两滴清泪随之

536

落地，"这样会让喜欢你的人难过。"

头顶传来轻柔的触感，孔莹身子一僵，慢动作般抬起头，只来得及看见一只手从她头顶收了回去。

杨杰拿出手机给她发微信：我没有任人欺负，她的话伤不了我。

孔莹看完消息温暾地说道："可是我听了很不舒服。"

杨杰的嘴角扬起一个浅浅的弧度，他又发过去一条消息：你热不热？我请你喝饮料。

现在是下午两点，正是一天中最热的时候，孔莹都快出汗了。

"好呀。"

杨杰指了指前面，示意她一起走。

"你不是赢了比赛吗？接下来是不是还要领奖什么的？"孔莹怕他这么走掉耽误事，"要不你还是回去吧，我自己找个地方喝饮料。"

杨杰继续往前走。

"杨杰，我跟你说话呢！"孔莹一手挡在额头处遮太阳，一手拉了拉他的衣摆，"你给个回应啊。"

杨杰走到一处阴凉的地方才停下脚步，拿出手机编辑消息：你跟我沟通很麻烦吧？

孔莹心慌了一下："我没有这样想。"

杨杰：事实就是这样，很麻烦，如果我们交流变多了，你可能会烦。

孔莹情急之下脱口而出："我可以去学手语。"

杨杰一愣，只是一秒，又继续发消息：那样更麻烦。

"我不觉得麻烦。"孔莹想了想，觉得这么说不对，于是改口，"就算麻烦那我也心甘情愿。"

她不知道杨杰为什么会提这个，只想表明自己的想法："就像我很喜欢十三中对面的那家糖炒栗子，可是从我的学校去那里要坐很久的车，而且我每次去都要排队，有时候一排就是一两个小时，或许别人会觉得麻烦，说不吃也可以，可是我就是喜欢吃，无论付出多少时间和精力，我都想吃到。吃上糖炒栗子的那一刻，我会觉得一切都是值得的。"

"我们学校旁边也有糖炒栗子，但那不是我喜欢的味道。"孔莹鼓起勇气直视他的眼睛，"你懂吗？只要是我喜欢的，我从来都不怕麻烦。"

杨杰迎上她的目光，第一次没有隐藏眼里的情愫，那样直白又不加掩饰的目光顷刻间让孔莹红了脸。

她一点点地耷拉下脑袋，过了一会儿，她的手机里进来一条消息：那就试试吧。

孔莹猛地抬头："试试是什么意思？"

手机里又进来了新消息：你不需要做任何事情，我也喜欢你，所以你要不要试着跟我交往一下？

孔莹仿佛被天上掉下来的馅饼砸中，被砸得晕头转向："我……你说喜欢我？你是认真的吗？"

杨杰认真地点点头。

孔莹舔舔唇，说话有些语无伦次："那……那我现在要怎么办？我不知道，有些突然。"

杨杰发来一条消息安抚她：不着急，你好好考虑，我们先去喝饮料。

"不行。"孔莹拉着他的衣摆不让他走，眼神透着坚定，"我答应你，现在就答应。"

她怕对方是一时冲动，还没等她消化完他就反悔了怎么办？

杨杰点头表示好。

"那……你现在是我的男朋友了？"孔莹还是觉得难以置信。

杨杰再次点点头。

孔莹终于笑了，脸上的笑容比今天的阳光还要灿烂："那男朋友陪我去喝饮料吧！"

杨杰点点头，笑意在眼底浮现。

我会陪着你，一直到你不再需要我为止，就算那时候我遍体鳞伤也无所谓，因为我再也不想看见你为我而流泪了。